火山の下

マルカム・ラウリー

斎藤兆史 監訳

渡辺暁・山崎暁子 共訳

ExLibris Classics

白水社

火山の下

Malcolm Lowry

Under the Volcano

JONATHAN CAPE 1947

装丁　緒方修一

我が妻マージョリーへ

世に不思議なものは多いが、人間ほど驚くべきものはない。荒々しい南風に乗って白き海を渡る力で、人間を飲み込まんとする波の間に路を作り、馬を使って土を返し、来る年も来る年も鋤《すき》を動かして、神々の長にして永遠不滅の大地を耕す。

また、陽気な鳥たちも、野獣の群れも、深海の魚たちも、これすべて編んだ網の罠で捕えるだけの優れた知恵を持っている。そして、野に棲み、丘をさまよう野獣をその技で手なずける。たてがみを振り乱す荒馬を飼い馴らしてその首にくびきをつけ、疲れを知らぬ山牛を飼い馴らす。

そしてまた言葉、鋭敏な思考、国造りの感情を自らに教え、晴天の下での野宿が難しいとなれば、肌を刺す霜、肌を刺す大雨をしのぐことを学んだ。そう、人間はいかなることにも対処する術を持ち、何が来てもなす術がないということはない。ただ、襲いかかる病苦から逃れる術こそ学んだものの、死を前にしたときは、空しく救いを求めるのみ。

ソポクレス『アンティゴネー』

そして、私は犬とヒキガエルの境遇をうらやみ、まさに犬や馬にさえなりたいと思った。なぜなら、彼らは私と違って、地獄や罪悪の永遠の重みに潰されてしまうような魂を持っていないことを知っていたからだ。いや、私はそれを目の当たりにし、そのように感じ、そしてそのために打ちひしがれていたけれども、その悲しみをさらに強めていたのは、自分の心のどこを探しても、救いを求める気持ちが見出せなかったことである。

ジョン・バニヤン『罪人の長へのあふれる恩寵』

Wer immer strebend sich bemüht, den können wir erlösen.
たゆまず上を目指す者なら誰でも、我々は救うことができます。

ゲーテ

1

二つの山脈が共和国を横切るように大きく南北に走り、その間にいくつもの渓谷と高原を形作っている。二つの火山にはさまれた渓谷の一つを見下ろす位置に、海抜六千フィートの町クアウナワクがある。緯度で言えば、北回帰線のかなり南、正確には北緯十九度線上にある。太平洋を西に進めば、ほぼ同じ緯度にレビヤヒヘド列島があり、さらに西に行けばハワイ南端に突き当たる。東に進んで、英領ホンデュラスの国境に近いユカタン半島の大西洋岸に行けばツコッシュの港に、さらに東に行けばインドはベンガル湾の港町ジャガナートにたどり着く。

丘の上に建てられた町の外壁は高く、街路といわず小道といわず、道という道が曲がりくねっては途切れている。北はアメリカから続いている立派な縦断道路は、やがていくつもの狭い街路に分かれていき、最後には山羊道となる。クアウナワクには、十八の教会と五十七の酒場《カンティーナ》がある。さらにゴルフ場、山から絶えることなく流れ落ちてくる水をたたえた四百もの私設、公設のプール、そして多くの豪華ホテルがあるのもこの町の自慢である。

オテル・カシノ・デ・ラ・セルバは、鉄道の駅にほど近い町はずれの小高い丘の上に建っている。幹線道路からはだいぶ奥まったところにあり、四方の雄大な景色が一望できる見晴らしのいい庭園やテラスに囲まれている。そこには宮殿を思わせる壮麗な侘びしさのようなものが漂っている。それもそのはず、ホテルはもはやカジノとしての営業は行なっていない。バーで酒を賭けてサイコロを振ることすら禁じられているのである。博打で身を滅ぼした者どもの亡霊がホテルをさまよう。立派なオリンピック・プールにはもはや泳ぐ者の姿もない。飛び込み台も閑散として悲しげに立っている。ハイ・アライのコートは雑草が生い茂った空き地と化している。ただ二面のテニスコートだけは、シーズン中は使えるように整備されている。

一九三九年十一月の〈死者の日〉の夕暮れ時、白いフランネルのズボンをはいた二人の男がカジノの正面テラスに座ってアニスを飲んでいた。テニスに続いてビリヤードでひとしきり遊んだあとであった。防水カバーに納まった彼らのラケットは——医師のものは三角形、もう一人のは四角形の——締め具でそり止めが施されており、二人の前にある手すりの上に置かれていた。ホテルの裏手の丘を下ったところにある共同墓地から墓参の列がくねくねと練り歩きながら近づいてくるにつれ、物悲しく響く人々の歌声が二人の耳にも届いてきた。二人は墓参の人々を見ようと振り返った。少しして、その蠟燭の寂しげな明かりだけが、遠くに見えるトウモロコシの束の間で輪を描くようにして見えてきた。アルトゥーロ・ディアス・ビヒル医師は、身を乗り出しているムッシュ・ジャック・ラリュエルのほうへアニス・デル・モノの瓶を押しやった。

二人からやや右手の眼下には町の甘美なる静寂が広がり、その上に大きく映える夕焼けは、あちらこちらに逃げ水のごとく点在する閑散としたプールに赤い光をにじませていた。彼らが座っている場所からは、町はいたって平穏そうに見えた。ただ、ラリュエルのように身を乗り出して耳を澄ませば、抑揚のある歌声と、規則正しい足音にも似た彼方の雑音をかすかに聞き分けることができた。鮮明でありながらも、墓参の行列から響いてくる小さなつぶやき声や鈴の音と分かちがたく溶け合っている不協和音——それは終日続く祭り《フィエスタ》の喧噪であった。

ラリュエルは自分でアニスを注ぎ足した。彼がアニスを飲むのは、それがアブサンに似ているからであった。顔は真っ赤に火照り、瓶を握る手がかすかに震えた。瓶の派手なラベルに描かれた悪魔が彼に向かって熊手を振り回していた。

「……行くように説得して、何とかやらせようと思ったんだけどネ、断酒《デアルコリゼ》を」ビヒル医師が言った。彼はそのフランス語の言葉で言い淀んだのち、また英語で話を続けた。「でも、私自身、あの舞踏会の次の日は体調悪かった、ほんとに。それではだめネ、我々医者は宣教師みたいに振る舞わなくてはいけないから。あの日もテニスしたよネ。そう、それで、領事を庭で見かけたから、ちょっとうちに来ないか、使いをやって誘ってみたネ。来てくれるとありがたいが、だめなら手紙をくれと言った。まだ飲みすぎで死んでいなければネ」

ラリュエルは微笑んだ。

「でも、あの人たち、いなくなってたヨ」相方は続けた。「それで、そうだ、彼が家にいるのを見かけなかったか、君に聞こうと思ってネ」

「君が電話してきたとき、彼は僕のうちにいたんだよ、アルトゥーロ」

「うん、それは知ってる。だけど、我々はその前の晩、ひどく酔っ払ってたヨ。そりゃあもうすっかり酔っ払ってた《ペルフエクタメンテ・ボラーチョ》。だから領事も私みたいに具合が悪いと思ったネ」ビヒル医師は首を振った。

「病は体のなかにあるだけじゃない。魂、と呼ばれていた部分にもある。君の哀れな友だちは、ありったけのお金をあんな果てしない悲劇に注ぎ込んだんだネ」

ラリュエルはアニスを飲み干した。彼は立ち上がり、バルコニーの手すりのところに行くと、それぞれのテニス・ラケットの上に手を置いて、下の景色を見回した。人気《ひとけ》のないハイ・アライのコート、それを囲む草に覆われた土手、さびれたテニス・コート、それからホテルに続く道の真ん中近くにある噴水が見え、そこでは、サボテン農園の農夫が手綱を引いたまま馬に水を飲ませていた。下の別館のベランダでは、アメリカ人の少年と少女がいまごろになって卓球を始めていた。ちょうど一年前の今日起きたことなど、もはや別の時代のことのように思われる。まるで一滴の水のごとく、現在の恐怖のなかに吸い込まれてしまったかのように思う者もいるだろう。だが、そうではない。悲劇は非現実的で無意味なものになりつつあっても、人はまだ、それぞれの生が何らかの価値を宿し、声明文のなかの単なる誤植などではなかった日々を思い出すことができるのだ。彼は煙草に火をつけた。左手に目をやると、はるか北東の方向、渓谷と東シエラマドレ山脈の麓にあたる丘の連なりを越えたところに、ポポカテペトルとイスタクシワトルという二つの火山が雄大にそびえ立ち、夕陽のなかにくっきりと浮かび上がって見えた。ラリュエルは、それより手前、十マイルほど離れたあたりか、一番大きな渓谷よりもさらに低い位置にあるトマリンの村を認めた。密林の陰に隠れるように横たわるその村からは、誰かが不法に炭を焼いているらしく、青いスカーフのような細い煙が立ち昇っていた。目の前にあるアメリカ縦断道路の向こう側では、畑や小さな木立があちこちに広がっており、その間を縫うように、一本の川とアルカパンシンゴ街道が曲がりくねって走っていた。刑務所の監視塔が川と街道の間に広がる森の上にそびえ、道は、ギュスターヴ・ドレの絵のような紫色をした丘のなだらかな傾斜とともにはるか彼方に消えていった。町の上方では、斜面の上の目立つ位置に建てられたクアウナワク唯一の映画館のネオンサインが、不自然な明滅を繰り返していた。「愛なしでは生き《ノ・セ・プエデ・ビビール・》られない《シン・アマール》」とラリュエルは言った……「あの馬鹿《エストゥピド》がうちに彫っていった言葉だよ」

「なあ、君《アミーゴ》、いやなことは忘れなヨ」うしろからビヒル医師が声をかけた。

「――だがな、イヴォンヌは帰ってきたんだ！　まったく解せないよ。奴のところに戻ってきたんだぞ！」ラリュエルはテーブルに戻ると、グラスにテワカン・ミネラル・ウォーターを注いで飲んだ。彼は言った。

「健康と金に乾杯《サルー・イ・ペセタス》」

「そしてそれを使う時間にも《イ・ティエンポ・パラ・ガスタルラス》」相方は神妙な顔でそう答えた。

ラリュエルは、デッキ・チェアに深く腰掛けてあくびをしているビヒル医師を見つめた。落ち着きをたたえたその浅黒いメキシコ人らしい顔は整いすぎるほど整っており、濃い茶色の、邪気のない優しい目をしていた。それは、男が一日中川で水浴びをしているのを尻目に女たちがせっせと働く理想郷テワンテペックにいる、いたいけなオアハカの子供たちの目のようだった。手は小さくほっそりとして、手首も華奢なくせに、その甲には驚くほどに黒い毛がもじゃもじゃと生えていた。「もうとっくに忘れたよ、アルトゥーロ」彼は英語でそう答え、くわえていた煙草を神経質そうな細い指で口元から離した。そこに指輪をはめすぎていることは自分でも知っていた。「それより気になるのは——」

ラリュエルは煙草の火が消えているのに気づき、アニスをもう一杯飲んだ。

「失礼《コン・ペルミソ》」ビヒル医師はポケットからライターを取り出し、火をつけた。その二つの動作があまりにすばやく、ほとんど同時に行なわれたために、まるで火がすでについていて、彼が自分のなかからそれを取り出してきたかのようにも見えた。彼はその火をラリュエルのほうに差し出した。「ここの追悼教会に行ったことはない？」彼は唐突に尋ねた。「身寄りのない人たちの聖母がいる教会なんだけどネ」

ラリュエルは首を振った。

「誰も行かない。身寄りのない人たちだけネ」医師はゆっくりとした口調で言った。彼はライターをポケットにしまうと、軽やかに手首を回して時計を見た。「行こうか《アロン・ヌザン》」そして「行こう《バモノス》」と付け加えると、大口を開けて笑いながら何度もうなずいた。そして、まるでその勢いでつんのめったかのように前かがみになり、頭を両手の間にうずめた。それから彼は立ち上がると、ラリュエルのいる手すりのところに来て、深く息をついた。「ああ、でも、この時間が一番好きネ。日が落ちると、みんな歌い出して、犬もみんなかぶりつきはじめて――」

　ラリュエルは笑った。二人が話しているうちに、南の空の雲行きが怪しくなってきた。墓参の人々は、すでに丘の斜面をあとにしていた。頭上を旋回していた眠そうなハゲタカたちが風下に向かっていった。「それじゃ、八時半ごろに。一時間ばかり映画《シネ》を見に行くかもしれない」

「わかった《ブェノ》。それじゃ今夜、いつものところで。君が明日いなくなるなんて、まだ信じられないョ」

彼が手を差し出すと、ラリュエルは親しみをこめてその手を握りしめた。「なんとか今夜おいでョ。もしだめでも、いつも君の健康を気づかっていることだけは覚えておいてネ」

「それじゃまた《アスタ・ラ・ビスタ》」

「ではのちほど《アスタ・ラ・ビスタ》」

　――ラリュエルは、幹線道路の脇に独り佇んだ。四年前、ロサンゼルスからはるばる車を飛ばしてやって来たとき、その愚かしくも美しい長旅の最後の一マイルがこの道だったのだ。彼自身、自分がこの地を去るのだということを信じられずにいた。それから、明日のことを思って気が滅入りそうになった。どの道を通って家に帰るかを決めかねているうち、トマリンと町の広場《ソカロ》を結ぶ混雑した小型バスが、がたつきながら彼のそばを通り過ぎ、峡谷《バランカ》のほうに向かって坂を下っていった。道はそこからクアウナワクに向かって上り坂となる。今夜は、その方向に行く気にはなれなかった。彼は通りを横切り、駅を目指した。汽車で去るわけではなかったが、出立の時が迫っているのだという思いがふたたび重くのしかかってきて、固定された転轍機を子供のように避けながら狭い線路の上を歩いていった。沈みゆく日の光が、草の生い茂った前方の土手の石油タンクに反射していた。プラットホームはひっそりとしていた。線路上に車両はなく、遮断機も上がったままである。この駅が汽車を迎えた形跡も、ましてや送り出した形跡も見当たらない。あるのはただ、駅名を記した板だけである。

クアウナワク

しかしながら、一年足らずの時をさかのぼれば、この場所にはけっして忘れえぬ別れの場面があった。はじめて領事の腹違いの弟であるヒューと会ったとき、ラリュエルは彼のことが気に入らなかった。あれは、ヒュー、イヴォンヌ、そして領事本人がニカラグア通りにある自分の家に来たときのことだ。いま思うに、ヒューのほうも自分のことが気に入らなかったろう。ヒューは一見して風変わりであった。もっとも、イヴォンヌとの再会にあまりの衝撃を受けていたためにさほど変わり者とは思わず、のちにパリアンで会ったときにもすぐには彼に気づかなかったが、いずれにしても、そのときのヒューの外見は、好意的かつ少し毒のある領事の評をまさにそのまま戯画化したものであった。なるほど、これがあのとき話題になっていた坊やか！　ラリュエルは何年も前に耳にした話をぼんやりと思い出した。三十分もしないうちに、ラリュエルは彼のことを何とも退屈な、空理空論に徹したマルクス主義者、自意識の強いうぬぼれ屋のくせに、社交的な夢想家を気取っているのだと決めつけていた。一方ヒューはヒューで、さまざまな事由により、ラリュエルに会うための「心得」を領事から聞かされておらず、おそらく彼をもっと退屈な人間、中年の唯美主義者、支配欲を持って女に言い寄る独身の助平おやじだと判断したようである。だが、眠れぬ夜が三度明け、永遠とも思われる長い時が過ぎ去ると、抗しえぬ悲劇的な結末に直面した悲しみととまどいが二人を結びつけていた。ヒューがパリアンからかけてきた電話に出てから数時間のうちに、ラリュエルはヒューについて多くのこと——彼の希望、不安、自己欺瞞、そして絶望——を知った。ヒューが去ったとき、まるで息子を失ったような気がした。

テニス着のままであることも気にせず、ラリュエルは土手を登った。それでも僕は正しかったのだ。一番上まで登り着くと、彼はしばらく息を整えながらそう自分に言い聞かせた。僕は正しかった。領事が「発見」されたあと（それまでの間、駐クアウナワク英国領事の一世一代の大舞台に肝心の主役がいないという、滑稽なまでに悲劇的な状況が生まれていた）、ヒューが型どおりの良心など捨て、「警察」が奇妙にも彼を拘束することをためらっている——それどころか、いまになってみればほとんど「事件」と言ってもいい出来事の、少なくともある部分に関する証人としてその身柄を拘束するのが至極当然と思われるときに、よりによって彼を厄介払いしたがっているらしい——この好機を何が何でも逃してはならない、折しも彼を待ってベラクルスに停泊している船に一刻も早く乗り込むべきだと説得したのは正しかったのだ。ラリュエルは振り返って駅を見た。ヒューは空白を残していった。ある意味で、最後の夢とともに姿をくらましてしまったのだ。ヒューは、二十九歳にしてなお、自らの行動で世界を変えること（と言う以外に表現の仕方がない）を夢見ていた——そしてラリュエルもまた、四十二歳にして、偉大な映画を作って世界を変えるという夢をあきらめきれずにいた。だが、いまやそんな夢も誇大妄想に思えた。ともかく、いわゆる大作と言われるものは作ってきた。そして、自分が知るかぎり、それによって世界は毛ほども変わらなかったのだ。それでも彼は、どこかで自分とヒューを重ね合わせていた。ヒューと同じく、僕はベラクルスに行こうとしている。そしてまたヒューと同じく、自分の船が無事に港に着くのかどうか確信がない……

ラリュエルの行く道は、耕しかけの畑のなかを通っていた。畑を縁取るように、仕事帰りのサボテン農夫が踏み固めた草の生えた小道が走っていた。雨期に入ってからは来ていなかったが、ここまではお気に入りの散歩道である。サボテンの若茎が目を楽しませてくれる。夕陽に照らされた緑の木々は枝垂れ柳だろうか、突如吹きはじめた強い風に揺れている。黄色い日の光をたたえた湖が、はるか遠く、パンの塊のような小さな丘の下に広がった。だが、今宵はどこか不吉な雰囲気が漂っている。黒雲が南に流れていく。陽光は、溶けたガラスのごとく畑の上に降り注ぐ。鮮烈な夕陽に照らされ、火山も恐ろしげに見える。ラリュエルは、本来ならもう荷物のなかに入れていなければならない上質の重いテニス靴を履き、テニス・ラケットを振りながら颯爽と歩いた。不安がふたたび彼を襲った。それは、結局これだけの年月を経ても、この地で過ごす最後の日を迎えたいまでも、自分がよそ者であるという感覚であった。四年、いや、ほとんど五年近くここに住んでいたのに、まだ別の惑星をさまよう放浪者のように感じる。だからといって、この地への未練が弱まるわけではない。神のおぼしめしがあれば、もうすぐパリに帰れるのだが、やはりこの地は去りがたい。まあ、いいさ！　彼は戦争について、それが悪であると思う以外に特に何の感情も持っていなかった。戦争をすれば、どちらかが勝つ。どちらが勝っても、生活は苦しくなるだろう。もっとも、連合国が負けるようなことがあればなおさらだ。いずれにせよ、自分自身の闘いは終わらない。

　なんと絶え間なく、なんと鮮烈に景色は変わっていくことか！　いまや畑一面に石が転がっており、枯れ木が立ち並んでいる。置き去りにされた鋤《すき》が空を背景にして黒い影を浮かび上がらせ、天に向かって無言の祈りを込めた手を差し伸べている。ここは別の惑星だ。彼はまた想像をめぐらしてみた。視線を転じて、トレス・マリアスの先を見やれば、たちどころにありとあらゆる景色が広がる奇妙な惑星だ。コッツウォルズ丘陵、ウィンダミア湖、ニューハンプシャー、ウール゠エ゠ロアールの草地、さらにはチェシャーの灰色の砂丘、サハラ砂漠まで見える。この惑星では、まばたき一つで気候を変えることができ、そのつもりになれば、幹線道路を横切って三大文明を渡り歩くこともできる。それにしても、美しい。すべてをぬぐい去ってしまうような破壊的なものを秘めているが、この美しさは否定しようがない。まさに地上の楽園そのものだ。

しかしながら、この地上の楽園において、自分はいったい何をしてきただろうか？　友人もろくにできなかった。メキシコ人の愛人はできたが、喧嘩をしたし、美しいマヤの偶像をたくさん手に入れたものの、国外に持ち出すことはできないだろう。それに――

ラリュエルは、雨が降りそうだと思った。まれにではあるが、この季節には雨が降る。たとえば、昨年もとんでもないときに雨が降った。たしかに、南の空には雷雲が垂れ込めている。何となく雨の匂いまでが漂ってきたような気がして、彼は雨に濡れるこのうえない喜びに思いをめぐらした。頭から足先までずぶ濡れになり、どんどん雨を吸い込んで休に張りついてくる白いフランネルのズボンの重さを感じながら、この荒々しい土地をひたすら歩きつづけるのだ。彼は雲を見た。黒い駿馬が空を駆け上がっていく。季節はずれの黒い嵐！　まるで恋のようだと彼は思った。遅すぎた恋。ただし、嵐のあとの落ち着いた静けさは帰ってこない。驚いた大地に戻ってくる、黄昏時の香気、ゆるやかな陽光と暖かさは恋のあとにはないのだ！　ラリュエルは歩みを速めた。そんな恋に飲み込まれて呆然とするもよし、盲目になるもよし、狂うもよし、死ぬもよし――そんな比喩によって運命はいささかも変わりはしない。畜生め《トネール・ド・デュ》……遅すぎた恋の何たるかを語っても、心の渇きはどうにもならぬ。

町は、いまやほぼ右手上方にあった。ラリュエルは、オテル・カシノ・デ・ラ・セルバを出てから、ゆっくりと丘を下っていたのだ。彼が横切っている畑からは、丘の斜面の林越しに、そして城をかたどった黒い影のようなコルテス宮殿の向こうに、クアウナワクの広場にある観覧車が見えた。すでに夜間照明がともされ、ゆっくりと回っている。その明るいゴンドラから上がる人々の笑い声とは別に、またしてもあの歌うような熱狂の声がかすかに聞こえたような気がした。それは次第に小さくなって風にかき消され、ついにはまったく聞こえなくなった。セント・ルイス・ブルースか何か、アメリカ音楽の活気のない旋律が、畑を横切って彼の耳に届いた。時折、風に乗って運ばれてくる静かな音楽のうねりの表面から意味不明の声が飛沫《ひまつ》のごとく飛び散り、町はずれの壁や塔にぶつかって砕けるというよりも、むしろ壁や塔を叩いているように聞こえた。それから、今度はうめき声のような響きを帯びて彼方に飲み込まれていった。気がつくと、彼は醸造所を抜けてトマリン街道へと通じる小道を歩いていた。それから、アルカパンシンゴ街道に入った。一台の車が通り過ぎていき、彼は顔を背けて土ぼこりが引くのを待ちながら、イヴォンヌと領事と一緒に巨大な火山の火口が変化してできた湖底沿いを車で通ったときのことを思い出し、懐かしい風景を眺め渡した。土ぼこりに煙る水平線、巻き上がる塵埃のなかを駆け抜けるバス、土ぼこりを吸い込まぬように顔に布を巻き、震えながらトラックの荷台に必死で立っている少年たち。（ズボンをはためかせ、両足を踏ん張って立っているこのような若い人足を乗せたトラックは轟音とともにメキシコ中を走り回っており、それは、英雄的な国民がしっかりと準備した未来の象徴として、どこか壮大な雰囲気を漂わせていると彼はいつも感じていた。）そして、日の光のなか、塵埃の塊が丘の上に登っていくと、土ぼこりに煙る湖岸の丘は、さながら豪雨のなかに浮かぶ島々のように見えた。ラリュエルは、峡谷《バランカ》の先の斜面に建つ領事の旧邸を認めた。あのころは領事もまだ幸せそうな顔をしていて、三百六の教会と、〈トイレット〉と〈ハーレム〉という二軒の床屋があるチョルーラの町を歩き回ったり、それから廃墟となったピラミッドに登ったりして、これがバベルの塔の原型だと得意げに話していた。思えば、自らの脳裏に渦巻く言葉《バベル》をうまく隠していたものだ！

ぼろをまとった二人のインディオが、土ぼこりのなかからラリュエルのほうに近づいてきた。二人は何やら議論をしていたが、その熱の入り具合には、夏の夕暮れ時にソルボンヌの構内を歩く大学教授を思わせるものがあった。その声と、上品でありながら薄汚れた手の動きは、信じられないほど優雅で繊細であった。その身のこなしにはアステカ王家の風格があり、二人の顔はユカタンの遺跡に残るくずれた彫像を思わせた。

「――すっかり酔っ払ってたな《ペルフェクタメンテ・ボラーチョ》――」

「――まったく夢みたいだよ《コンプレタメンテ・ファンタスティコ》――」

「ほんとだな、この世のものとはとても《シ・オンブレ　ラ・ビーダ・インペルソナル》――」

「まったくだ《クラーロ・オンブレ》――」

「まったくだよ《ポシティバメンテ》！」

「おやすみ《ブエナス・ノチエス》」

「おやすみ《ブエナス・ノチエス》」

二人は夕闇のなかに消えていった。観覧車は視界の下に沈んだ。祭りの喧噪と音楽は、近づいてくるどころか、一時的にやんでいた。ラリュエルは西の方角に目を向けた。盾をテニス・ラケットに、合切袋を懐中電灯に持ち替えた古《いにしえ》の騎士のごとく、ここにさまよう魂が目撃した戦闘を一瞬の間思い描いた。彼は、もう一本右の小道を下ってオテル・カシノ・デ・ラ・セルバが馬の餌場としている実験農場を通り、まっすぐに目的地たるニカラグア通りに向かうつもりであった。だが、突然の衝動に駆り立てられるように、左に曲がって刑務所沿いに走る道に入った。最後の晩を迎え、何となくマクシミリアン宮殿の廃墟に別れを告げたくなったのである。

南の空を見ると、雷雲のごとく黒々とした巨大な大天使が太平洋から天上を目指している。それでもまだ、そこには嵐の前の静けさがある……イヴォンヌへの情熱は（彼女がいい女優であったかどうかはともかく、自分の映画に出てくれていたらどんなにか素晴らしかっただろうと言ったことは本当だった）、理由はうまく説明できないが、はじめてシャルトル大聖堂の二つの尖塔を見たときの印象を彼の脳裏に呼び起こした。あのとき、彼はサン・プレに滞在していて、礁湖《しょうこ》と閘門《こうもん》、そしてもはや使われなくなった灰色の水車のあるそのけだるいフランスの村から続く草地の上を一人で歩いているとき、野の花が揺れる刈り株畑の上に、眼前の陽光のなかにゆっくりとその美しい姿が浮かび上がったのだ。何世紀もの昔、同じ野原をさまよった巡礼者たちも、その光景を目の当たりにしたに違いない。彼の恋は、束の間の平穏をもたらした。それはあまりに短かったが、シャルトルそのものの魅力、魔力に不思議と通じるものがあった。はるか昔、あの町のあらゆる脇道、雲を背に永遠に漂いつづける大聖堂を望むあらゆるカフェを愛したものだった。自分がその町で人の口の端《は》に上るほどの借金を抱えているという事実さえも、その魔力を解くことはできなかった。ラリュエルは宮殿に向かって足を速めた。それから十五年後、領事の苦境をめぐるいかなる自責の念も、このクアウナワクでも領事と自分を結びつけていたものは、いずれの側からしても自責の念ではなかったのだとラリュエルは思い返した。もしかしたらそれは、お互いに暗黙のうちにイヴォンヌがまだそこにいるかのごとく振る舞うことで得られる、さながら痛む歯で噛む快感にも似た、むなしい慰めを求めるような気持ちであったろう。

――ああ、だが、あのようなことがあってみれば、クアウナワクからできるだけ遠いところに身を置いたとしても不思議ではない！　しかしながら、二人ともそんなことはしなかった。そしていま、ラリュエルは過去の重みが外側からのしかかってくるのを感じた。まるでそれが形を変えて、自分を取り巻く紫色の山々に乗り移ったかのようだった。銀の鉱脈を秘めた神秘の造形。はるか遠くに見えながら近くに迫りくるその静かな山々からは、鬱然とした不思議な力が沸き出し、彼の体をここに釘づけにしようとしていた。これぞまさにその重み、多くの重み、だがそのほとんどは悲しみの重みであった。

彼は畑のなかを歩きながら、坂の垣根の下に乗り捨ててある色褪せた青いフォード車の残骸に目を留めた。勝手に動き出すことがないよう、前輪の下には煉瓦が二つ置かれていた。お前は何を待っているのか、と彼は思わず問いかけたくなった。その胸には、ある種の親近感が沸き上がっていた。ずたずたになって風にはためく古いボンネット……「どうしてあなたのもとを離れてしまったのでしょう？ どうして引き留めてくれなかったの？」届くのがあまりに遅すぎたイヴォンヌからの絵葉書は、ラリュエルに宛てられたものではなかった。おそらくは、あの最後の昼、どこかの時点で――だが、どうしてそのときだと確信できようか――領事が悪意をもって枕の下に入れたに違いない。まるですべて計算していたかのように。ヒューがひどく取り乱してパリアンから電話をよこした瞬間にラリュエルがそれを見つけるのを知っていたのかもしれない。パリアン！ 彼の右手には刑務所の塀がそびえていた。その向こうに見える監視塔の上では、二人の警官が双眼鏡で東西を見渡していた。ラリュエルは橋の上を通って川を渡り、植物園として計画されたらしい林のなかの広い開拓地を横切った。南東の方角から鳥たちが群れをなして飛んできた。小さく、黒く、醜い鳥で、そのくせいやに体はひょろ長く、昆虫のお化けのようでもあり、鳥のようでもあり、ぶざまなほどに長い尾で、ひょこひょこと上下しながらぎこちなく飛んでいる。その鳥たちは、毎晩のように、無我夢中で羽ばたいて黄昏時の静寂を破りながら家路につく。その住処たる広場《ソカロ》のトネリコの木では、錐揉みのような甲高く機械的な鳴き声が日暮れまで絶え間なく響き渡っている。散り散りになりながら、不快な鳥たちはやがて声をひそめて飛び去っていった。宮殿にたどり着いたとき、すでに日は沈んでいた。

いくら自尊心が強いとはいえ、たちまち彼はここまで来るのではなかったと後悔した。崩れかけた桃色の柱は、薄明かりのなかで、自分の上に倒れかかろうとしているのかもしれない。プールには緑色の藻が一面に浮いていて、梯子は引きちぎられ、ぼろぼろの締め金にぶら下がっていた。崩れかけて異臭の漂う礼拝堂は雑草に埋もれ、小便の染み込んだ崩れかけた壁はサソリの隠れ家と化している——朽ち果てたエンタブレチュア、悲しげな飾り迫縁、糞尿にまみれて滑る石段——かつて愛に包まれていたこの場所は、いまやまるで悪夢の一場面のようだった。そして、ラリュエルは悪夢を見ることに疲れていた。フランスは、オーストリア風に装ってみたとしても、メキシコにやって来てはならない、と彼は思った。マクシミリアンもかわいそうな奴だ。宮殿にも恵まれなかったのだからな。それにしても、どうしてまたトリエステにあるあの悲劇の城までミラマールという名にしなくてはならなかったのか。妃のカルロッタは発狂し、オーストリアのエリザベート皇后からフェルディナント大公まで、そこに住んだ者がことごとく非業の死を遂げた場所。それでも、結局は人間であったこの二人の孤独な紫衣の流人、本来の居場所を失った恋人たちは、どれほどこの土地を愛していたことか——二人の楽園は、理由もわからぬまま、まさに目の前で牢獄と化して醸造所のような匂いを発するようになり、唯一の王家は悲劇的な幕を閉じた。亡霊がいる。オテル・カシノ・デ・ラ・セルバと同じく亡霊が、たしかにここには住んでいる。そしてまた、こう語る亡霊もいる。「カルロッタ、ここに来るのは我々の運命だったのだよ。見てごらん、はるかに広がる雄大な大地、山々、谷、そして信じがたいほど美しいあの火山。これが我々のものだと考えてごらんよ！　ここでうまくやっていこうじゃないか。この土地にふさわしい建設的な生き方をするのだよ！」言い争う亡霊たちもいる。「いいえ、私など必要ないのよ。あなたは私よりも自分の不幸をいとおしんでいたんだもの。全部あなたが自分で仕組んだことなのよ」「僕が？」「あなたにはいつもほかの人たちがついていた。面倒を見てくれて、愛してくれて、適当に利用して、導いてくれる人たちが。あなたのことを本当に思っている私の言うことだけは聞いてくれなかった」「違う、僕が愛したのは君だけだ」「何を言っているの。自分しか愛したことないくせに」「違う、君だけだ、ずっと君だけだよ、お願いだから信じてくれ。ずっとメキシコ行きを計画していたじゃないか？……まあ、そりゃたしかに強引だったかもしれないが。あんな機会を逃す手はなかったじゃないか！」それから突然、込み上げる思いが涙となり、立ちつくす亡霊たちの目からこぼれ落ちる。

だが、ラリュエルが宮殿で聞いたような気がした声の主は、マクシミリアンではなく領事であった。そして、ニカラグア通りの端のほうになんとか出られてほっとしながら歩を進めているとき、彼は、そこで抱き合っている領事とイヴォンヌに出くわしてしまった日のことを思い出した。彼らがメキシコに着いてまもないころであった。宮殿の印象があのときとまるで違うことに驚きながら、ラリュエルは歩調を緩めた。風はやんでいた。彼は英国製の（とはいえ、現地ではイーチリーフと呼ばれているメキシコ・シティの〈ハイ・ライフ〉の店で買った）ツイードの上着の前を開け、水玉模様の青いスカーフを緩めた。いつになく暑苦しい夕方であった。そして、なんという静けさ。いまや音もなく、叫び声さえも彼の耳には届かない。聞こえるのは、靴が地面から離れるときの間抜けな音のみ……人っ子一人見当たらない。ズボンが足にまとわりつき、ラリュエルはかすかな苛立ちすら感じていた。このところ太りすぎている。メキシコに来てから、もうだいぶ太ってしまった。そんなおかしな理由から武器を取る人間がいるかもしれないが、さすがにそういう話が新聞に載ることはないだろう。わけもなく彼はテニス・ラケットを振り回し、サーブやリターンの真似をした。だが、ラケットが重すぎる。そり止めの締め具がついていることを忘れていたのだ。彼は実験農場を右手に見ながら歩を進め、そこに並ぶ建物や畑、いまや刻々と迫りくる闇のなかで影をまとった丘を通り過ぎた。

観覧車がふたたび視界に飛び込んできた。てっぺんの部分だけが、まるで丘の上で静かに燃えるかのように眼前に浮かんだかと思うと、すぐに迫り上がる木々のなかに隠れてしまった。穴ぼこだらけの悪路は、ここから急に下り坂となる。彼は深い峡谷《バランカ》にかかる小さい橋に近づいていた。橋の中ほどに差しかかったところで、彼は足を止めた。そして、吸っていた煙草を火種にして新しい煙草に火をつけると、欄干にもたれて谷を覗き込んだ。暗すぎて下までは見えなかったが、ここにこそこの世の果てがある。大きな裂け目が口を開けている。その意味では、クアウナワクはその時代に似ている。振り向けば、いつでも深淵が覗いているのだ。ハゲタカの住処、モレクの町よ！　海を渡ってきた宗教伝説によれば、キリストが十字架にかけられようとしていたとき、この国中で大地がぱっくりと口を開けたという。だが、当時にあって、その偶然が人々の心を動かすことはなかっただろう！　あれは、この橋の上での出来事だった。領事は、アトランティスを扱った映画を作ってはどうかと彼に言ったのだ。そう、ちょうどこんなふうに欄干にもたれて、酔ってはいたが醒めた頭で、理路整然と、少し興奮気味に、いくぶんもどかしそうに――それは領事が酔って頭が冴えたときのことであった――深淵に住む精霊、嵐の神ウラカンについて語り、それこそが「大西洋の端と端が結びついていたことの証拠らしい」と言った。彼が何を言わんとしていたのかはわからない。

　だが、領事と彼がともに深淵を覗いたのは、それがはじめてではなかった。はるか昔――忘れもしない――そこには「地獄のバンカー」がぽっかりと口を開けており、そこで出くわしたことが、のちのマクシミリアン宮殿での邂逅と何らかの関係があったようにも思えてくる……領事がここクアウナワクにいたとしても、それほど奇妙なことだったろうか？　四半世紀近くも会っていなかったイギリスの古い「悪友」――とても「学友」と呼べる仲ではない――が実は同じ通りに住んでおり、しかもそれにひと月半も気づかなかったのだ。そんなはずはあるまい。おそらくは、「神々の悪戯」とでも呼ぶべき無意味な偶然の産物にすぎないのだろう。それにしても、昔イギリスの海辺で過ごした休暇の様子が、なんと鮮明に脳裏によみがえってくることか！

――ラリュエルは、モーゼル県ランギオンで生まれたが、浮き世離れした裕福な切手蒐集家の父親がパリに移り住んだために、子供のころはたいがい夏休みを家族とともにノルマンディーで過ごしていた。イギリス海峡に臨むカルヴァドス県のクールスールは、はやらない避暑地であった。隙間風の吹き抜けるおんぼろの宿屋が数軒と、何マイルにもわたって荒涼たる砂丘が続くのみ。海も冷たかった。にもかかわらず、一九一一年のうだるような夏、かの有名な英国の詩人エイブラハム・タスカーソンの家族がやって来たのは、ほかならぬそのクールスールであった。小柄で風変わりなインド生まれのイギリス人の孤児が一緒で、このむっつりとふさぎ込んだ十五歳の少年は、恥ずかしがり屋ながら奇妙に自立しており、在郷の老タスカーソンにすすめられていたらしく、詩を書いていた。誰かが彼のいるところで「父」や「母」という言葉を口にすると、わっと泣き出すこともあった。ほぼ同い年のジャックは、不思議とこの少年に惹かれていった。そして、タスカーソン家のほかの息子たち――少なくとも六人いて、ほとんどが年上で、ジェフリー・ファーミンの傍系の親戚ながらもっとたくましく育っている――がたいがい徒党を組んで行動していたために、仲間はずれにされたその少年としょっちゅう会っていた。二人は、イギリスから持ってきた古い「クリーク」二、三本と、グッタペルカ製のぼろぼろのゴルフ・ボールを持って、海岸沿いを一緒に歩いた。二人で過ごす最後の午後、ボールは海に向かって華々しく打ち込まれた。「ジョフリー」は「とっつぁん《オールド・ビーン》」になった。ラリュエルのママもまた、彼を「あの素敵なイギリスの若手詩人」としてかわいがっていた。タスカーソンのほうのママはこのフランスの少年を気に入っていた。その結果ジャックは、九月のひと月をタスカーソン一家と過ごすべく、イギリスに招待された。ジェフリーは、学期が始まるまでそこにいることになっていたのだ。ジャックの父親は、息子が十八になるまではイギリスで教育を受けさせたいと思っていたこともあって、これに同意した。特に、タスカーソン一家の男らしい風采を好ましく思っていたのだ……このようなわけで、ラリュエルはリーソウにやって来たのだった。

それは、イギリス北西岸にある、クールスールを成熟させ、洗練させたような町であった。タスカーソン一家は居心地のよい家に住んでおり、その裏庭は、起伏しながらはるか水際へと続く美しいゴルフ・コースと境を接していた。その先にあるのは海のように見えたが、実際には幅七マイルほどの河口で、西のほうに見える白波が本当の海が始まる位置を示していた。雲に覆われた黒くて無気味なウェールズの山々が川向こうに横たわり、ときおり雪を戴いては、ジェフリーにインドを思い出させた。彼らがゴルフ・コースで遊ぶことを許されていた数週間、そこは閑散としていた。ぎざぎざした花びらの黄色いツノゲシが、とげのある海辺の草のなかでひらひらと揺れていた。海岸には、黒くて醜い切り株をむき出しにした太古の森の名残があり、はるか上のほうには、もはや使われていないずんぐりとした古い灯台が立っていた。河口には、黒い花のお化けのような風車の立つ島があり、干潮のときにはそこまでロバに乗っていくことができた。リヴァプールから出航する貨物船の煙が水平線の上に低くたなびいていた。ただ漠然と虚空が広がっているようだった。週末にのみ、その場所にある問題が生じた。行楽シーズンは終わりに近づき、遊歩道沿いに並ぶ灰色の湯治宿も閑散としてきてはいたが、ゴルフ・コースにはフォーサムを楽しむリヴァプールの仲買人が終日詰めかけていたのである。土曜の朝から日曜の夜まで、ゴルフ・ボールがひっきりなしに境を越えて飛んできては屋根を直撃した。そんなときには、明るい笑い声を上げる娘たちでにぎわう街にジェフリーとくり出して、陽光にあふれた風の強い通りを歩いたり、浜辺でやっている道化劇を見物したりするのが楽しみだった。とりわけ愉快だったのは、ジェフリーが巧みに操る十二フィートの貸しヨットに乗って船遊びをすることだった。

つまり、ジェフリーと彼は――クールスールのときと同様――多くの時間を二人だけで過ごしていた。そしてジャックはいま、なぜノルマンディーでタスカーソン家の息子たちをほとんど見かけなかったのかをはっきりと理解した。彼らは、ほかに例を見ないほど、信じられないほどよく歩いた。一日に二十五マイルから三十マイルは平気で歩いていた。だが、全員が就学年齢を越えていないことを考えると、さらに奇妙に思えることがあった。皆、これまたほかに例を見ない、おそろしいほどの酒飲みであった。ほんの五マイルほど歩く間に、彼らはパブというパブに立ち寄り、それぞれの店で強いビールを一、二パイントあおるのである。末の息子はまだ十五にもなっていなかったが、午後だけで六パイントを胃袋に流し込んだ。誰かが飲みすぎて吐いたとしても、それはそれで好都合であった。酒を流し込む隙間ができるからだ。家である程度の量のワインを飲むことには慣れていたとはいえ、胃の弱いジャックと、ビールの味を好まず、また厳格なウェスリー派の学校に通っていたジェフリーは、いずれもそのような中世的な勢いに耐えられなかった。ともかく、一家はべらぼうに酒を飲んだ。情にもろく、気性の激しい老タスカーソンは、多少なりとも自分の文学的感性を唯一受け継いだ息子の一人を亡くしていて、毎夜毎夜、書斎のドアを開け放ったまま、猫たちを膝に載せて鬱然と座って、何時間も独りで酒をあおっていた。彼の広げた夕刊が、まるで残った息子たちを遠回しに咎めるかのようにカサコソと音を立てるなか、当の息子たちもまた食堂で何時間も酒盛りをしていた。タスカーソン夫人はというと、自宅にいるときには特に愛想よくする必要もないと思っているのか、まるで別人となり、息子たちの仲間入りをしてそのきれいな顔をほてらせ、やはり咎めるようなそぶりを見せながらも、陽気な酒をあおって息子たち全員を飲み負かしていた。もちろん、息子たちのほうが先に飲みはじめているのだから無理もない。――彼らは千鳥足で街路をさまようような醜態をった。むしろ、酔えば酔うほどしらふに見えるところがさすがであった。たいてい彼らは、勤務中の近衛兵よろしく背筋を見事にピンと伸ばし、正面を見据えて胸を張って歩き、一日も終わりに近づいてくると、その動きは極端にのろくなるものの、一言で言えばラリュエルの父親を感嘆させた「男らしい風采」を崩すことはなかった。たしかに、朝日が差し込むなか、一家そろって食堂の床で寝ている図はけっして珍しくはなかったが、それでも具合が悪そうにしている者は一人もいなかった。そして、いつ誰が飲んでもいいように、食料貯蔵室はいつもビールの樽で満杯だった。健康でたくましい少年たちは皆、ライオンのようによく食べた。羊の胃袋のフライやら、黒いプディングあるいは血のプディングとして知られるプディングやら、ジャックにしてみれば、少なくともある程度自分を念頭に置いて作ったような節がある、オート麦で包んだ臓物の肉団子のようなもの――ジャック、ほら、ブダンだよ――やら、ぞっとするほどごたまぜの料理をむさぼり食っていた。一方、そのころになると「あのファーミン」とも呼ばれていたとっつぁんは、借りてきた猫のようにおとなしく座ったまま、淡い色の苦いビールのグラスに手を伸ばすこともなく、はにかみがちにタスカーソン氏と話をしようと努めていた。

「あのファーミン」がそのようなおかしな家族のところでいったい何をしているのかは、はじめのうち、なかなか理解することができなかった。彼は、タスカーソン家の息子たちとは好みも違えば、通っている学校も違う。しかしながら、親戚の人間がよかれと思って彼をこの一家に預けたことだけは容易に想像がついた。ジェフリーは「いつも本にかじりついている」から、宗教的な色合いの作品を書いている「我が一族のエイブラハム」なら彼にとって「またとない」手引きとなるに違いない、というわけだ。一方、息子たちについては、ジャックの家族同様、ほとんど何も知らなかったのだろう。皆、学校では語学と体育で一番を取っているから、この元気はつらつとした子供たちならまさに

「格好」の遊び相手、哀れなジェフリーの引っ込み思案を直し、父親とインドについて「空想にふける」のをやめさせてくれる。ジャックは、哀れなとっつぁんに思いを馳せた。彼の母親は、彼がまだ幼いころにカシミールで死に、再婚した父親は、それから一年と経たぬうちに、煙のように、それでいながら醜聞を残してどこかに消えてしまった。カシミールにもどこにも、彼の身に何が起こったのかを知る者はいなかった。ある日、ヒマラヤ山脈に入っていき、そのまま姿を消したのである。あとに残されたのは、スリナガルにいたジェフリーと、当時まだ乳飲み子であった腹違いの弟のヒュー、そして継母であった。それから、さらに追い討ちをかけるかのように継母が死に、二人の子供がインドに残された。哀れなとっつぁん。風変わりな少年ながら、どんな親切にも心底感激していた。「あのファーミン」と呼ばれることにも感激していた。また、彼は老タスカーソンに傾倒していた。ラリュエルには、彼はタスカーソン家の人間全員に彼なりの忠誠を捧げ、死ぬまで一家を守り抜く気ではないかとすら思われた。人の敵意を削ぐほど頼りないところがありながら、同時に高潔な雰囲気を漂わせていた。そして、結局のところ、タスカーソン家の息子たちも、イギリス流の妙にぶっきらぼうな振る舞いながら、イギリスでの最初の夏休みになんとか彼を仲間はずれにしないように、思いやりを見せるように努めていたのだ。彼が十四分の間に七パイント飲むことができなくても、十五マイル歩けばかならずへたばっていたとしても、それは彼らの罪ではない。見方を変えれば、ある程度彼らのおかげで、ジャック自身がそこで彼の相手を務めたとも言えるのだ。たしかに彼らは、ある程度まで彼が引っ込み思案を克服する助けにはなっていたようである。たとえば、のちにジャックとともに実践することになったとっつぁんのイギリス流の「ナンパ術」は、少なくともタスカーソン家の息子たちから伝授されたものであった。二人は奇妙な道化歌を知っていて、それをわざとジャックのフランス語訛りの発音で歌った。

ジャックと彼は、その歌を歌いながら遊歩道を歩いたものだ。

おお、俺たちへんてこ歩きをしているヨ
へんてこ話をしているヨ
へんてこネクタイ身につけて
へんてこまなこのかわい子ちゃんを
　穴があくほど見ているヨ、おお
俺たちへんてこ歌を歌っているヨ
夜が明けるまで歌っているヨ
朝になったら、ほうら俺たち
へんてこ気分になってるヨ

それから、「ハイ」と大きな声で合いの手を入れ、もし女の子が振り向いたとしたら、彼女の気を引いたつもりでそのあとについて歩くのである。そして、本当に相手がその気になった場合、日が暮れていればゴルフ・コースに連れていく。そこには、タスカーソン家の息子ども曰く、「のんびりと腰を落ち着ける場所」がたくさんあるのだ。そのような場所は、大きなバンカーや砂丘のくぼみにあった。バンカーはたいがい砂地だが、深さがあり、風をさえぎってくれる。なかでも「地獄のバンカー」がもっとも深かった。地獄のバンカーはゴルファーたちに恐れられていたハザードで、タスカーソン邸のすぐ近く、長い勾配が続く八番フェアウェイの中ほどにあった。グリーンから見ると、かなり距離を置いて下方、やや左寄りにあるのだが、ある意味でグリーンを守っていると言えなくもなかった。その深淵は、ジェフリーのように何気ない顔で華麗なショットを披露するプレーヤーの第三打、ジャックのような下手くそなプレーヤーの第十五打あたりを吸い込むような位置で大きく口を開けていた。ジャックととっつぁんは、多くの場合、女の子を連れていくなら地獄のバンカーだと決めていたが、実際そこに誘い込む場合には、あまり大したことは起こらないとわかっていた。だいたいにおいて、「ナンパ」といっても、どことなく無邪気なところがあった。しばらくすると、控えめに言って「童貞」のとっつぁんと、そうでないふりをしていたジャックが、遊歩道で女の子をナンパしてゴルフ・コースまで一緒に歩き、そこで別れてあとで落ち合うという習慣ができあがった。不思議なことに、タスカーソン家では、かなり規則正しい生活をしていたのだ。ラリュエルは、今日に至るまで、なぜ地獄のバンカーについての了解がなかったのかわからずにいる。もちろん、ジェフリーの様子を覗き見しようと思ったわけではない。彼は自分の相手の女の子に退屈してきて、その子と一緒にリーソウ通りに向かってたまたま八番フェアウェイを横切っていたとき、バンカーから聞こえてきた声に二人ともはっとした。それから月明かりのなかに異様な光景が現われ、彼も女の子も目をそらすにそらせなくなった。ラリュエルは急いで立ち去ろうと思ったが、二人とも――地獄のバンカーで起きていることがどれほど衝撃的かを知らずに――笑いをこらえることができなかった。奇妙なことに、ラリュエルは誰が何を言ったかはまったく思い出せなかったが、月明かりに照らし出されたジェフリーの表情、あわてて立ち上がった女の子のぶざまな様子、そしてジェフリーと彼自身の驚くほど落ち着き払った態度だけは覚えていた。それから一同は、〈事情一変亭《ザ・ケース・イズ・オールタード》〉という妙な名前の酒場に行った。明らかに、領事が自ら酒場に行きたいと言い出したのはそれがはじめてであった。彼はジョニー・ウォーカーを大声で注文したが、給仕は店主と出くわしてしまったために注文に応じようとせず、彼らは未成年者ということで店を追い出された。どういうわけか、二人の友情は、この二つの悲しくもあり、おそらくは神が与えた小さな失敗を乗り越えることができなかった。折しもラリュエルの父親は、息子をイギリスの学校で学ばせたいとは思わなくなっていた。楽しかったはずの休暇の終わりは寒々として、彼岸嵐が吹き荒れていた。リヴァプールでの鬱然たる別れののち、彼はドーヴァーへと鬱然たる旅をし、玉葱売りのごとく独り寂しくカレー行きの海峡連絡船に乗って帰国の途をたどっていた――

　ラリュエルは、一瞬何かが動く気配に気づいて背筋を伸ばし、橋の上で横ざまに馬を止めようとしていた乗り手の邪魔にならぬよう、あわてて脇へ退いた。エドガー・アラン・ポーのアッシャー邸を思わせる闇が下りていた。町のほうから海を行く船のごとく横揺れしながら悪路を疾走してきた、このニカラグア通りのはずれではあまり見かけることのない車の揺れ動くヘッドライトに、馬は目をしばたいて立っていた。馬に乗った男は、酔っ払って鞍の上に腹ばいになっていた。鐙《あぶみ》が外れていたが、その大きさを考えれば、むしろ外れるほうが不思議で、男は手綱につかまってなんとか馬上に留まっていたが、一度たりとも前橋《ぜんきょう》をつかんで態勢を立て直すことはなかった。馬は――半ば乗り手の男を恐れつつ、おそらくは半ば馬鹿にして――荒々しく、反抗的な態度で棹立ちになったかと思うと、突然車に向かって突進した。男は、はじめはそのまますうしろに倒れるかに見えたが、まるで曲馬師のように一方に滑り落ちたところで奇跡的に体を支え、ふたたび鞍にまたがったかと思うと、滑り、ずり落ち、うしろに倒れ――なぜか前橋につかまることなく、いまや片手で手綱をさばき、外れた鐙をものともせず、湾曲した長い鞘《さや》から引き抜いた鉈《マチエテ》で狂ったように馬の腹を打ちながら、その都度態勢を立て直していた。一方、車のヘッドライトは、とぼとぼと丘を下っていく家族を照らし出した。それは喪服姿の男女とこぎれいななりをした二人の子供で、馬に乗った男が走り過ぎる間、女は子供たちを道の脇に引き寄せ、男は溝を背にして立っていた。車は止まり、馬に乗った男のためにライトを暗くしてから、ラリュエルのほうに走ってきたかと思うと、そのまま背後を走り抜けて橋を渡っていった。それは車体がスプリングの上に深く沈んだアメリカ製の馬力のある低音車で、エンジンの音がかすかに聞こえる程度であったため、馬の蹄《ひづめ》の音がはっきりと響いていたが、それもやがて小さくなり、ニカラグア通りの薄暗い上り坂へと消えていった。その途中にある領事の家の窓には――アダムが楽園を去ったのちもその家に長く灯が燃えていたように――灯りがともっているのだろうが、ラリュエルはもはやそれを見たいとは思わなかった。門は修理され、途中の左側には学校があり、あの日、ヒューとジェフリーと一緒にいるイヴォンヌに会った場所がある――ラリュエルの想像のなかで、馬に乗った男は、荷造り途中のまま鞄がうずたかく積まれた自分の家の前で馬を止めることなく、死を間近に見据えるかのような血走った眼《まなこ》でやみくもに馬を疾駆させ、角を曲がってティエラ・デル・フエゴ通りへ、さらに町中へと入っていった――そして、これもまた領事なのだと彼は突然思った。この無意味で狂気じみた姿、抑制されてはいるものの完全に抑制されてはいない、賞賛にすら値する姿、これもまた、ぼんやりとした領事の幻影なのだと……

ラリュエルは丘を越えた。そして、疲れ果てて広場の下に広がる町中に立ちつくした。しかしながら、彼はニカラグア通りを上ってきたのではなかった。自分の家の前を通らぬよう、学校の少し先で左に曲がり、広場《ソカロ》の裏手をぐるりと回るでこぼこの急な小道を通ってきたのである。人々は、相変わらずテニス・ラケットをぶら下げたままぶらぶらとレボルシオン通りを歩く彼を好奇の目で見つめた。この通りをさらに行くと、ふたたびアメリカ縦断道路とオテル・カシノ・デ・ラ・セルバに戻る。ラリュエルは笑みを浮かべた。この調子なら、奇妙な軌道を描きながら自分の家を永遠に迂回して歩くことができるのだ。いまや背後ではにぎやかな祭りが催されていたが、彼はほとんど目をくれなかった。夜でも街は華やかで、色とりどりの照明に照らし出されていたが、それもところどころであるために、まるで港のような眺めだった。風に揺れる影が鋪道をかすめていった。時折現われる木々は炭粉をまぶしたような陰を宿し、枝々は煤《すす》の重みに耐えかねたかのようにしなだれていた。小型バスがまたも彼のそばでガタンと大きな音を立て、それから急な坂道でしきりにブレーキをかけながら、尾灯もつけずにさっきとは逆方向へ走っていった。トマリン行きの最終バスである。彼は、ビヒル医院の窓を遠目に見ながら歩を進めた。〈医学博士アルトゥーロ・ディアス・ビヒル。軍医学校メキシコ校卒《ファクルター・デ・メヒコ・デ・ラ・エスクエラ・メディコ・ミリタル》。外科・産婦人科・小児科・神経科《メディコ・シルハーノ・イ・パルテーロ・エンフェルメダーデス・デ・ニーニョス・インディスポシシオネス・ネルビオサス》〉——公衆便所《ミンヒトリオ》で見かける広告と違ってなんと品のある表記だろう！——〈診察時間十二時から二時、《コンスルタス・デ・ドセ・ア・ドス・イ・》四時から七時《クアトロ・ア・シエテ》〉誇大広告ぎみだな、と彼は思った。新聞配達の少年たちが『クアウナワク新報』を売りながら走っていった。かの厄介な軍事連合《ウニオン・ミリタル》が発行している、親アルマサン、親枢軸の新聞である。「フランス軍戦闘機、ドイツ軍戦闘機により撃墜《ウン・アビオン・デ・コンバテ・フランセス・デリバード・ポル・ウン・カサ・アレマン》。オーストラリアの労働者、平和を提唱《ロス・トラバハードレス・デ・アウストラリア・アボーガン・ポル・ラ・パス》」——店頭のポスターが彼に呼びかけている——「欧米で最新流行の優雅で素敵なお洋服は《キエレ・ウステ・ベスティルセ・コン・エレガンシア・イ・ア・ラ・ウルティマ・モーダ・デ・》いかがでしょう？《エウロパ・イ・ロス・エスタドス・ウニドス》」ラリュエルはさらに坂を下っていった。兵舎の外では、フランス軍のヘルメットをかぶり、緑の組み紐が編み上げられている灰色がかった紫色の軍服を着た二人の兵隊が、ゆっくりと歩きながら見張りをしていた。彼は通りを渡った。映画館に近づいていくとき、周りの何かがおかしいと感じていた。そこには、熱病にも似た、何か不自然な熱気が漂っていた。それは急激に冷めはじめていた。そして映画館は、まるで今夜は何も上映していないといわんばかりに暗かった。その一方で、外には大勢の人々がいた。列を作っているわけではなく、どうやら早めに映画館から出てきた常連客の一団で、歩道の上やアーケードの下に立ったまま、ワゴン車に積まれた拡声器から大音量で流れてくるワシントン・ポスト・マーチを聴いていた。突然、すさまじい雷鳴が轟き、街灯がぱっと消えた。ということは、映画館の照明もすでにそれで消えていたのだ。雨になるな、とラリュエルは思った。だが、ずぶ濡れになりたいという思いは、すでにその胸を去っていた。彼はテニス・ラケットを上着の内側に入れて走った。一陣の風が一瞬にして通りを飲み込み、古新聞を吹き上げ、トルティーヤの屋台に立つ石油ランプの炎を激しく揺らした。映画館の向かいにあるホテルの上空に、乱雑な走り書きのような雷光が走り、それに続いてまた雷鳴が轟いた。風はうなり声を上げ、通りにいる人々は、おおむね笑いながら、雨宿りができる場所を求めて四方八方走り回っていた。ラリュエルの耳には、背後の山脈にこだまする雷鳴が届いた。彼は、間一髪のところで映画館に着いた。雨が滝のように降っていた。

　彼は息を切らして映画館の入口の軒下に立っていたが、そこはむしろ薄暗い市場の入口のように見えた。籠を持った農民たちがぞろぞろと入ってきた。切符売り場にはそのとき誰もおらず、扉は半開きのままになっていたが、一羽の雌鳥がそこから入場しようと大騒ぎをしていた。人々はいたるところで懐中電灯を照らしたり、マッチを擦ったりしていた。拡声器を積んだワゴン車は、雷雨のなか、滑るように走り去っていった。『オルラックの手』《ラス・マノス・デ・オルラック》のポスターが貼られていた。〈六時、八時三十分《セイス・イ・オチヨ・イ・メディア》。『オルラックの手』ピーター・ローレ主演《ラス・マノス・デ・オルラック・コン・ピーター・ローレ》〉

　ふたたび街灯がついたが、映画館はまだ暗いままであった。ラリュエルは手探りで煙草を探した。『オルラックの手』……一瞬にして、彼の脳裏に映画の古きよき時代が、そして人よりも遅く迎えた自分の学生時代がよみがえった。『プラーグの大学生』、ロベルト・ヴィーネ、ヴェルナー・クラウス、カール・グリューネの時代、敗戦国ドイツが映画によって文明国の賞賛を勝ち得ていたウーファの時代。ただ、あのときはコンラート・ファイトがオルラック役をやっていた。奇妙なことに、そのときの映画は新しく作られたものと似たり寄ったりの出来であった。新しいほうは低級なハリウッド映画で、数年前にメキシコ・シティか、あるいは——ラリュエルはあたりを見回した——まさにこの映画館で見たものだったろうか。それもありえない話ではない。だが、覚えているかぎり、ピーター・ローレが出ていても救いようがなく、二度と見たい映画ではなかった……それにしても、いま頭上に気味悪く迫りくる殺人鬼オルラックを描いたポスターは、なんと果てしなく複雑な物語を語ろうとしているのだろう！　暴虐で神聖な物語。殺人鬼の手を持つ芸術家。そこが時代の要であり、時代を象徴するものなのである。なにしろ、下手な戯画をさらにひどくしたような身の毛もよだつ姿で彼の前に立ちはだかっているのは、ドイツそのものなのだ――それとも、いくらか不快な想像をめぐらしてみるに、ラリュエル自身の姿なのだろうか？

映画館の支配人が目の前に立ち、ビヒル医師、あるいはすべてのラテンアメリカ人と同じく、すばやい、人の出鼻をくじくような丁重な態度で、両手を丸めながら彼の煙草に火をつけた。髪は雨に濡れることなく、漆でも塗ったかのようになめらかに整えられ、体からは濃厚な香水の匂いが漂い、日々床屋《ペルケリア》へ通っていることを示していた。彼は地震と雷をものともせず、このような多くのメキシコ人同様、縞模様のズボンに黒の上着という実に申し分のない《ムイ・コレクト》いでたちであった。支配人はいまやマッチを投げ捨て、その動作を無駄にすることなく、そのまま挨拶の仕種へと移った。「一杯やりましょうや」と彼は言った。

「雨季はなかなか終わりませんね」ラリュエルは微笑み、二人は人ごみをかき分けながら、映画館に隣接してはいるが軒先が分かれている小さな酒場《カンティーナ》に入っていった。セルベセリアＸＸ《ドス・エキス》の名で知られ、ビヒルが「いつものところ」と呼ぶその酒場は、瓶に差した蠟燭を明かりとしており、それがカウンターの上と壁際のいくつかのテーブルに置かれていた。テーブルは満席であった。

「やれやれ《チンガール》」支配人は小声でそう言うと、鋭い目つきでせわしなく店内を見回した。彼らは短いカウンターの隅に二人分の場所を見つけ、そこに陣取った。「残念ながら、営業はちょっと見合わせます。電線が古くなっていたものでね。こん畜生《チンガード》。まったく、毎週毎週、どこかしら照明がおかしくなりやがる。先週なんかもっとひどくてね、いやあ、えらい目に遭った。ほら、パナマ・シティの一座がメキシコ公演に来てたんですがね」

「注文しても――」

「ええ、もちろん」と相手は笑って言った――ラリュエルは、ようやくバーテンの注意を引いたブスタメンテに、以前ここで『オルラック』の映画を見たことがあるかどうか、もしあるのなら、それを過去のヒット作として再上映する気になったのかと尋ねていた。「――まず何を《ウノ》?――」

ラリュエルはためらいがちに「テキーラ」と言い、それから言い直した。「いや《ノ》、アニス《アニス》を――アニスをお願いします《アニス・ポル・ファボール・セニョール》」

「それと《イ》――えーと――炭酸水を《ウナ・ガセオサ》」ブスタメンテはバーテンに言った。「いや、それが《ノ・セニョール》」彼は、まだ何か考え事をしている様子で、まるで値踏みでもするかのように、ほとんど濡れていないラリュエルのツイードの上着の肌触りを指で確かめていた。「旦那《コンパニエーロ》、再上映なんてもんじゃありませんや。同じものが戻ってきただけなんで。こないだは、最新ニュースというのも流しましたがね。それがね、なんとスペイン戦争の最初のニュース映画なんです。それがまた戻ってきたんですよ」

「それでも、最近の映画もあるんでしょう」ラリュエルは（二度目の上映の際に官憲《アウトリダーデス》用の席が空いていたらそこに座らないかとの誘いを断わり）、カウンターのうしろに掛かっている、よく見るとスペイン系のように見えるドイツ人映画スターの派手なポスターに少し皮肉っぽい視線を送った。〈ドイツの有名美人女優マリア・ランドロック、まもなく話題の映画でお目見え《ラ・シンパティキシマ・イ・エンカンタドーラ・マリア・ランドロック・ノターブレ・アルティスタ・アレマナ・ケ・プロント・アブレモス・デ・ベール・エン・センサシオナル・フィルム》〉

「――ちょっとお待ちください《ウン・モメンティート・セニョール》。失礼《コン・ペルミソ》……」

ブスタメンテは、入ってきた扉からではなく、二人のすぐ右手、カウンターのうしろにある裏口から映画館へと出ていった。そこに掛かっているカーテンが開いていて、ラリュエルの座っているところから映画館の内部がよく見えた。まるで映画が上映中であるかのように、そこから子供たちの叫び声やフライド・ポテトと豆の煮込み《フリホーレス》を売る行商人の声が、一つの美しい喧噪となって流れてきた。これほど多くの客が席を離れたとは、にわかには信じがたかった。野良犬らしき黒い影が、売店を出入りしながらうろついていた。照明は完全に切れているわけではなく、赤みがかったオレンジ色の光がおぼろげに明滅を繰り返していた。スクリーン上では懐中電灯の光によってできた影が果てしなく行進を続け、「営業中断」に関するお詫びの言葉が、不思議と上下さかさまにぼんやりと映し出されていた。官憲席では、一本のマッチで三本の煙草に火がつけられていた。後方では、反射光が「出口《サリーダ》」の文字を浮かび上がらせ、彼はそこにそそくさと事務室に向かうブスタメンテの姿を認めた。外はあいかわらずの雷雨である。ラリュエルは白く濁ったアニスをすすった。はじめのうちは冷たくてさっぱりしていたが、そのうちに吐き気さえ催すような味に変わった。どうもアブサンとは似ても似つかない代物だ。だが、いつしか疲れも消えていて、彼は空腹を覚えはじめた。すでに七時になっていた。でも、どうせあとでビヒルと一緒に〈ガンブリヌス〉か〈チャーリー〉の店で食事を取ることになるだろう。彼は受け皿から四つ切りのライムを取り、神妙な顔でそれをしゃぶりながら、カウンターのうしろ、神秘的なマリア・ランドロックのポスターの横にあるカレンダーを眺めた。それは、テノチティトランでのコルテスとモクテスマの会見を描いており、その下には次のような文字が並んでいた。〈アステカ最後の皇帝モクテスマと、スペイン民族を代表するエルナン・コルテス が対面。《エル・ウルティモ・エンペラドール・アステカ・モクテスマ・イ・エルナン・コルテス・レプレセンタティーボ・デ・ラ・ラサ・イスパーニャ・ケダン・フレンテ・ア・フレンテ》二つの民族と、ともに高い完成度を持つに至った二つの文明が混じり合い、《ドス・ラサス・イ・ドス・シビリサシオネス・ケ・アビアン・イエガード・ア・ウン・アルト・グラード・デ・ペルフェクシオン・セ・メスクラン・パラ・インテグラル・》現在の我らの国民性の核を形成した《エル・ヌクレオ・デ・ヌエストラ・ナシオナリダー・アクトゥアル》〉するとブスタメンテが戻ってきた。カーテン脇の人ごみの上に突き出したその手には、一冊の本……

ラリュエルは衝撃を感じつつ、本を手にして何度もページを繰った。それから本をカウンターの上に置くと、アニスを一口すすった。「いや《ブエノ》、どうもありがとうございます《ムチャス・グラシアス・セニョール》」彼は言った。

「いやいや《デ・ナーダ》」ブスタメンテは低い声で答え、何やらすべてをひっくるめるような仕種で手を横にさっとひと振りして、骸骨の形をしたチョコレートを盆に載せて運んできたぼんやりとした柱のような人影を退けた。「ここ《アキ》にどれくらいの間あったか知りませんがね。二年か、三年か」

ラリュエルはもう一度見返しのページを見て、それからカウンターの上で本を閉じた。彼らの頭上では、映画館の屋根を叩く雨の音が響いていた。その手垢で汚れた栗色の表紙のエリザベス朝戯曲集を領事から借りたのは、もう一年半も前のことになる。ジェフリーとイヴォンヌが別れて五か月ほど経ったころだ。彼女が帰ってくるまで、それからさらに半年ほどあった。領事の家の庭に咲くバラとルリマツリとサクラランの間を彼らは鬱然と歩き回った。「まるでぼろぼろのコンドームみたいだ」領事はそうフランス語で言って、毒のある目つきで彼を見た。それは同時に役人風とも言える目つきで、いまになって思えば、その目はこう言っていたのかもしれない。「なあ、ジャック、君はその本を返さない気だろうが、だからこそ俺は貸したのさ。つまり、返さなかったことを君はいつか後悔するだろうからね。もちろん、そのときになれば俺は許してやるけどさ、君は自分を許せるかな？　本を返さなかったことだけじゃない。その本はいつか、もはや返すことのできないものを象徴することになるんだからな」ラリュエルはその本を借りていった。頭の片隅にあった映画作りの計画のために必要な本であった。彼はトロツキーのような人物を主人公としたフォースタス博士ものの現代版をフランスで作りたいと思っていたのである。だが実のところ、いまのいまに至るまで、その本を開いたことさえなかった。その後、本はどうなったかと何度か領事に聞かれたが、あの日さっそくなくしてしまっていたのだ。おそらく映画館に置き忘れたに違いない。ラリュエルは、セルベセリアＸＸの左手の隅から路地側に通じる日よけ扉の下の溝を猛烈な勢いで流れる水の音を聞いていた。突然、雷鳴が建物全体を震わせ、石炭が落とし樋《ひ》を滑り落ちるような轟音となってこだました。

「実を言いますとね」彼は不意に口を開いた。「これは僕の本じゃないんです」

「知ってますよ」ブスタメンテは、静かな、ほとんどささやくような声で答えた。「たぶんあのお友だち《アミーゴ》の、あの方のものなんでしょう?」支配人は、長前打音《アッポジャトゥーラ》のような、やや複雑な咳払いをした。「あのお友だちの、変わり者《ビチョ》の――」彼はどうやらラリュエルの苦笑に敏感に反応したらしく、静かな声で自らの言葉をさえぎった。「いやな奴《ビッチ》じゃありませんよ。変わった《ビチョ》方ですよ。あの青い目の」それから、誰のことを話しているのかもはや疑う余地はないとでも言わんばかりに、彼は顎をつまみ、ありもしない髭を引っ張るような仕種をした。「お友だちの――ほら――ファーミンさんですよ。領事《エル・コンスル》さま。アメリカ人のね」

「いや、アメリカ人じゃありません」ラリュエルはやや声音を上げようとした。だが、それがしづらい状況だった。酒場の客はみな話をやめ、ラリュエルは、映画館にも奇妙な静寂が訪れたことに気がついた。照明はいまやすっかり消え、ブスタメンテの肩越しに見えるカーテンの向こう側には、夏の夜の稲妻にも似た懐中電灯の光で切り裂かれる墓場のような暗闇が時折覗いているのみであった。売り子は声を落とし、子供たちは笑ったり泣いたりするのをやめ、少なくなった観客は、けだるそうに、それでいて根気強く座っていた。目の前の暗いスクリーンは、時折ぱっと明るくなって、巨人やら槍やら鳥やら、物言わぬ無気味な影を映し出したかと思うと、また暗くなった。右手の桟敷席に並んでいる男たちは、まるで壁に彫り込まれた像のように身動きもせず、階下に下りようともせず、髭を生やした口元を神妙に結んだまま、見世物が始まるのを待つ戦士よろしく、血にまみれた殺人鬼の手を一目見ようと待ち構えていた。

「え？・」ブスタメンテは静かな声で言った。彼は炭酸水《ガセオサ》を一口すすり、やはり暗い映画館を覗き込んで、それからふたたび何か思いつめた様子で酒場《カンティーナ》を見回した。「しかし、それじゃ、領事だったというのは本当なんですか？　だって、しょっちゅうここで飲んだくれていたし、かわいそうに、靴下さえ履いていないこともありましたよ」

ラリュエルはふっと笑った。「たしかに、ここの英国領事でしたよ」二人は声をひそめてスペイン語で話していて、ブスタメンテはさらに十分ほど照明のことを嘆いた挙句にビールの誘惑に乗り、ラリュエル自身はノン・アルコール飲料を飲んだ。

だが、彼はこの愛想のいいメキシコ人にどうしても領事のことをうまく説明することができなかった。映画館にも酒場にもふたたびぼんやりとした照明がついたが、見世物は一向に再開されず、ラリュエルは、新たに注文したアニスを前に、セルベセリアＸＸの隅の空いたテーブル席にぽつねんと座っていた。おそらく胃がやられるだろう。大酒を食らいはじめたのは、つい昨年のことだ。彼はしゃちほこ張って椅子に座り、エリザベス朝戯曲集の本を閉じたまま、ビヒル医師のためにとってある向かいの席の背に立てかけたテニス・ラケットを見つめていた。まるで湯がはけたあとの風呂のなかに、正気を失い、死んだように横たわっているかのようであった。家に戻っていたら、いまごろは荷造りが済んでいたかもしれない。だが、彼はいま、ブスタメンテに別れを告げるきっかけすらつかめずにいた。メキシコ一帯にはあいかわらず季節はずれの雨が降っており、外では黒々とした水が迫り上がって、ニカラグア通りにある塔《サクアリ》のような彼の家を飲み込もうとしている。二度目の大洪水に備えて作ったものの、何の役にも立たない塔である。昴《すばる》が子午線を通過する夜！　そもそも、これだけ人が気に留める領事という存在はいったい何なのだ？　見かけ以上に年を取っているブスタメンテは、ポルフィリオ・ディアスの時代を覚えていた。アメリカでは、メキシコと境を接する小さな町のすべてに「領事」が配置されていた時代である。それどころか、国境から何百マイルも離れた村にもメキシコ領事がいた。領事には、二国間の貿易における利害調整の役回りが求められる——のではなかったか？　だが、メキシコと年間十ドルも取り引きをしないアリゾナの町にもディアス配下の領事がいた。もちろん、あの者たちは領事ではなくてスパイだったのだ。ブスタメンテがそれを知っているのは、革命前、自由主義者でポンシアーノ・アリアガ派の一員であった自分の父親が、ディアス体制下の領事の命により、アリゾナ州ダグラスで三か月間収監されていたからだ（にもかかわらず、ブスタメンテ自身はアルマサンに投票するつもりであった）。ということは、セニョール・ファーミンもそのような領事の一人だったのではないか。ブスタメンテは何の悪気もなく、おそらくは何気なく、そんなことをほのめかした。たしかに、メキシコ領事ではないし、ほかの領事たちともまた毛色が違い、英国領事であったが、本当のところ、イギリスの貿易利害を主張していたとは言いがたい。そもそも、任地からして、イギリスの権益がないばかりか、イギリス人さえいない。それどころか、イギリスがメキシコとの国交を断絶したとされていたときには、なおさらもって怪しいではないか。

もっとも、ブスタメンテ自身、ラリュエルはだまされていて、セニョール・ファーミンが本当は一種のスパイ、あるいは彼の言葉で言えば「工作員《スパイダー》」だったのだと半ば信じ込んでいるふうであった。だが、たとえアルマサンに投票しようが、世界中どこを探してもメキシコ人ほど人情味にあふれた人々はいない。ブスタメンテの胸には、たとえ領事が工作員だったとしても、それによって変わることのない同情心が宿っており、毎晩毎晩ここで飲んだくれていた拠り所のない震える魂の主を哀れんでいた。妻にも捨てられ（それが帰ってきたんだよ、驚いたことに、彼女は帰ってきたんだ！　とラリュエルは思わず叫びそうになった）、靴下の件を思うに、おそらくは祖国にも見捨てられ、帽子も希望も正気も失って街をさまよっていた孤独な領事。別の工作員につけ回され、確証はないが、こちらにいる浮浪者らしきサングラスの男、道の向こうにいる日雇い労働者、あるいはイヤリングをつけてきしむハンモックをやたらに揺らしている坊主頭の少年、どの街路、どの路地の入口にもかならず見張りがいた。もはやそんな話を信じるメキシコ人もいないが（だって、事実じゃないんですから、とラリュエルは言った）、ありそうな話ではある。ブスタメンテの父親なら、それは事実だと言っただろう。たとえば、何か妙な動きをしてみるがいい、自分の父親ならそう言うだろう。たとえば、ラリュエルが家畜運搬用トラックで国境を越えようとすれば、その車が到着する前に「奴ら」はメキシコ・シティですでにその情報を察知しており、すでに対処も決めてあるのだ。たしかに、ブスタメンテは常日頃から周囲に目を光らせていたとはいえ、領事のことをよく知らなかったが、町の誰もが彼を見知っていたし、誰もがその雰囲気を、少なくとも最後の年の雰囲気をよく知っていた。いつもへべれけ《ムイ・ボラーチョ》であるのは別として、日々怯えながら生きている男の雰囲気であった。領事は一度、いまはやもめのセニョーラ・グレゴリオが営む〈エル・ボスケ〉という酒場に「かくまってくれ！《サンクトゥアリオ》」、追われているんだ、などと叫びながら駆け込んだことがあり、本人よりもさらに怯えた夫人は、午後の半分近く、彼を裏の部屋にかくまったという。その話をしてくれたのは彼女ではなく、亡くなる前のセニョール・グレゴリオ、つまりブスタメンテの庭師の兄であった。というのも、セニョーラ・グレゴリオは半分イギリス人かアメリカ人の血を引いていて、亭主とその弟のベルナルディーノに対してなかなかうまい説明ができなかったのだ。それに、もし領事が本当に「工作員《スパイダー》」だったとしても、もはやそうではないし、許されるはずだ。つまるところ、優しい人《シンパティコ》であった。あるときなど、まさにこの酒場で、領事は警察に連れていかれる乞食に有り金全部を渡していたではないか。

——だけど、領事だって臆病者ではなかったんですよ、とラリュエルは半ば見当違いのことを言って話をさえぎった。少なくとも、人生に怯えてなどいなかった。それどころか、彼はたいそう勇敢な男だった、英雄だと言ってもいい。先の戦争中は、顕著なる武勇をもって国に奉仕したとして、人もうらやむ勲章をもらったほどだ。それに、いろいろ欠点はあったにせよ、根は悪人ではない。なぜかはよくわからないが、ラリュエルは、彼が善に与する偉大なる力の持ち主であったのではないかと感じていた。もちろん、ブスタメンテは、彼が臆病者であるとは一言も言っていない。ブスタメンテは、敬虔ともいえる口吻で、臆病であることと人生を恐れることはメキシコではまったく違うことなのだと指摘した。それに、たしかに領事は悪人であるどころか高潔の士《オンブレ・ノブレ》だった。しかしながら、彼がラリュエルの言うとおりの人柄でそれほど際立った経歴の持ち主だとすればなおさら、工作員のようなきわめて危険な活動をしていても不思議ではないのではないか？　そう問いかけるブスタメンテに対し、哀れな領事はただの隠居であるということ、もともとインド行政府に入るつもりだったが、実際には外交部勤務となり、さまざまな理由によって僻地の領事館に左遷させられた挙句、ラリュエルが思うに、彼が心のどこかで熱烈に信奉していた大英帝国の邪魔をすることもないクアウナワクの閑職に落ち着いたことを説明してみても無駄のように思われた。

　だが、そもそもなぜこのようなことになったのだろう、と彼は自問してみた。わからない《キエン・サーベ》。彼は思いきってまたアニスを注文し、それを一口すると同時に、おそらくはかなり不正確とおぼしきある映像（先の戦争中、ラリュエルは砲兵隊におり、一時ギヨーム・アポリネールが部隊長であったにもかかわらず何とか生き延びた）が脳裏によみがえった。赤道上は穏やかで、サマリア号は、赤道上にいるべきところを、実際にはそのはるか北方にいた。それどころか、アンチモンと水銀とタングステンを積んだ上海発ニューサウスウェールズ州ニューカースル行きの汽船としては、しばらくの間、実に奇妙な航路を進んでいた。たとえば、なぜ東シナ海からさほど遠からぬ、日本の四国の南にある豊後水道から太平洋に出たのか？　何日もの間、広大な緑の草原をさまよう迷える羊のごとく海原を漂いながら、船はその航路を外れ、いろいろと面白い島々の沖合をかすめて進んでいた。孀婦岩《ロッツ・ワイフ》に父島《アルゾビーノ》。西之島《ロサリオ》に硫黄島《サルファ》。火山列島に南硫黄島《セント・オーガスティン》。ちょうどガイ岩礁とエウプロシュネー礁の間あたりに差しかかったとき、船は潜望鏡を認め、最大出力で後進した。だが、潜水艦が浮上したとき、船は止まった。武装していない商船のこと、サマリア号は戦いを挑むわけにはいかない。しかしながら、潜水艦の乗組員が乗り移ってくる段になって、船はその性格を豹変させた。まるで魔法でもかけられたかのように、羊は火を吹く竜に姿を変えたのだ。Uボートはふたたび海に潜る暇もなかった。乗組員は全員捕えられた。サマリア号は、その戦いで船長を失ったものの、ふたたび航海を続けるべく、その場をあとにした。潜水艦は、まるで太平洋の茫洋たる海原でさかんに燃える葉巻のごとく、ただもうもうと煙を吐きながら炎上するのみであった。

　そして、ラリュエルにはよくわからない資格において――というのも、ジェフリーは商船員だったわけではなく、ヨット・クラブか海難救助関係の何かを経て海軍中尉か、あるいはこのときにはすでに少佐になっていたかもしれないからだ――領事はこの冒険で大活躍をした。そしてそれによって、あるいはそれに際しての武勇によって、彼はイギリス海軍殊勲章か殊勲十字章を与えられたのである。

　だが、どうやら妙なことが起こったらしい。サマリア号（それは船の異名の一つにすぎなかったが、領事がもっとも気に入っていた名前である）が帰還したとき、潜水艦の乗組員たちは捕虜となったが、不思議なことにそのなかには将校が一人もいなかったのである。ドイツ人将校たちの身に尋常ならざる何かが起こったからにほかならない。話によると、彼らはサマリア号の火夫に捕えられ、火炉で焼き殺されたのだという。

　ラリュエルはこの事件について考えた。領事はイギリスを愛しており、もしかしたら、若い時分には、大衆の敵愾《てきがい》心に同調していた可能性も——もっとも当時はそれが非戦闘員の専売特許であったから、少ないとはいえ——ないではない。だが、彼は高潔な人物であり、彼がサマリア号の火夫たちに命じてドイツ人を火炉に投げ込ませたなどという話を信じる者は、おそらく誰一人としていなかっただろう。そんな命令が下ったとしても、それが実行されようと思う者もいなかった。だが、ドイツ人がそこに放り込まれたという事実は動かしがたく、それが奴らにとってふさわしい場所だと言っても無駄であった。誰かが責めを負わねばならなかった。

そのようなわけで、領事は勲章を授かる前に、まず軍法会議にかけられなくてはならなかった。彼は無罪となった。なぜ領事だけが審判を受けなければならなかったのか、ラリュエルにはまったくわからない。たしかに、領事をより悲劇的な「ロード・ジム」もどきと考えてしまうのは簡単だ。自らに異郷での生活を課し、勲章によっていささかも回復されぬ名誉と自らの秘密に悩み、そのせいで一生涯汚名がついて回ると思い込む。だが、これは事実とはまったく違っていた。見たところ、彼には汚名など一つもついて回らなかった。ラリュエルは何年も前に、その事件に関する慎重な筆致の記事を『パリ・ソワール』で読んだことがあったが、領事自身は、それについて彼と話すのを嫌がるでもなかった。さらには、それをとてつもなく滑稽に脚色して語ることもあった。「みんながせっせとドイツ人を火のなかにくべていたわけじゃないさ」と彼は言った。最後の数か月の間には、ほんの一度か二度ではあったが、酔った勢いでラリュエルをびっくりさせるようなことを突然口走った。あの事件は自分に責任があるばかりでなく、そのためにずっと罪の意識にさいなまれてきたというのである。彼はさらに先を続けた。火夫たちは悪くない。彼らに与えられた命令には疑いの余地はない。彼は表情をこわばらせながら、もっぱら自分一人でやったことだと自嘲的に語った。だが、このころ、哀れな領事はすでに真実を語る能力をほとんど失っており、彼の人生そのものが空想的な口承物語となってしまっていた。ジョゼフ・コンラッドの「ジム」と違い、彼は次第に高潔さを忘れていき、ドイツ軍将校の話は、単にもう一本メスカルを飲むための口実でしかなかった。ラリュエルがそのようなことを言って領事をいさめたために醜い喧嘩が始まり、もっとつらい出来事があっても壊れることのなかった二人の仲が、昔のリーソウのときと同じようにふたたび引き裂かれることになり——実際、最後の最後には、二人の決裂は悲しいまでに決定的で、それまでにない最悪の状態だった——結局それが修復されることはなかった。

そのとき我は大地に飛び込もう
裂けよ、大地！　我をかくまってはくれぬのか！

ラリュエルはエリザベス朝戯曲集の本を手当たり次第に開き、しばらくの間、周りのことも忘れてそこに書かれた言葉を見つめていた。それはまるで、クリストファー・マーロウのフォースタス博士が絶望の淵で渾身の呪詛を己の魂に投げつけるかのごとく、彼自身の精神を奈落の底へと引きずり下ろす力を持っているかのようであった。ただし、それはフォースタスの台詞とわずかに異なっていた。彼は目を凝らしてその一節を読んだ。フォースタスが口にした台詞は、「そのとき我は大地に駆け込もう」、そして「ああ、だめだ、我をかくまってはくれない」であった。これならさほど悪くない。そのような状況なら、飛び込むより駆け込むほうがまだましだ。栗色の革の表紙に箔押しされた顔のない金色の小像も、朱鷺《とき》の長く伸びた首と開いたくちばしのような松明を持って駆けていた。ラリュエルは己を恥じてため息をついた。何がこの妄想を生み出したのだろう？　不安定に明滅を繰り返す蠟燭の明かりと、だいぶ明るさを増したとはいえまだぼんやりとした電球の光か。それとも、ジェフリーの言い種ではないが、尋常ならざる世界と病的な猜疑心とのせめぎあいかもしれない。領事もまた、こういう馬鹿馬鹿しい遊びに興じていたものだ。シェイクスピア占い……「そして私は、すべてのドイツ人が証人となるほどの奇跡を起こしたのだ。ヴァーグナー、一人で入れ……いいかい、ハンス、カンディアから来たこの船には、ありがたいことに、砂糖、霊猫香、アーモンド、金巾《カナキン》などなど、いろいろなものが山と積まれている」ラリュエルはトマス・デッカーの喜劇の一節を読んで本を閉じ、それから、ぴんと張った布巾を腕に掛けたバーテンが驚きのまなざしでじっと見つめているにもかかわらず、目をつぶり、ふたたび本を開いて一本指を宙に泳がせると、それを明かりにかざした本のページのある一節に押しつけた。

まっすぐに伸びたはずの枝は切り取られ、
そしてアポロの髪を飾ったあの月桂樹は、
この学者の内にも生え出ることのあったあの枝は燃えてしまった。
フォースタスは逝った。その地獄への墜落を見るがいい――

ラリュエルはぎくりとし、片手で本を閉じてテーブルの上に戻しながら、本の間からはらりと落ちた紙を拾うべくもう一方の手を床のほうに伸ばした。折り畳まれたその紙を二本の指で拾い上げると、それを開いて裏返してみた。オテル・ベーヤ・ビスタの文字が見える。よく見ると、紙は二枚あった。やけに薄いホテルの便箋で、本の重さで平たく押されていたのである。その細長い紙には、表裏にわたって、隅から隅までびっしりと鉛筆書きの意味不明な文字が並んでいた。一目見ただけでは、とても手紙とは思えなかった。だが、間違いない。ぼんやりとした光のなかでも間違えようがない。のびのびとしているようで判読しにくい、すっかり酔いつぶれたようなその筆跡は、まぎれもなく領事のものであった。ギリシア文字のようなe、跳ね上がったd、単語全体を貫いているところを除けばまるでひっそりと路傍に立つ十字架のようなt。単語そのものはかなり右下がりながら、それぞれの文字はそこから落ちないよう、固まり合って反対側からよじ登ろうとしている。ラリュエルは一抹のうしろめたさを感じた。それが何らかの手紙であることを理解したからである。しかし手紙の書き手は、どうやらそれを投函する気がなかったらしい。もしかしたら、自分の手で手紙を出すことすらできなかったのかもしれない。

……夜。そしてまた夜ごと繰り返される死との闘い。悪魔の交響楽の旋律に震える部屋、悪夢に怯えるひとときの眠り、窓の外に響く声、来るはずもない人間たちが繰り返し嘲笑的に口にする自分の名、闇に響くスピネット。真の騒音が足りないかのような、銀髪色の夜。聞こえてくるのは、包帯を解かれる巨人たちの苦悶の声にも似た、耳をつんざくアメリカの都市の喧噪ではない。野良犬の遠吠え、一晩中鬨《とき》を作る雄鶏の声。太鼓の音、うめき声。あとでそれが、裏庭の電線の上に群がる白い羽や、リンゴの木にとまっている鶏だと気づく。けっして眠らぬ大メキシコの永遠の悲しみ。僕なら、己の悲しみは古い修道院の闇のなかに、罪は回廊のなかに、タペストリーの下に持っていきたい。冷たい淡黄色の死人となったときにふたたび美しい姿となる、悲しい顔をした陶工や脚のない乞食が夜明けに酒を飲む、想像もつかぬ悲しみの酒場に持っていきたい。だから、イヴォンヌ、君がいなくなったとき、僕はオアハカに行ったのだよ。あれ以上の悲しみはない。イヴォンヌ、砂漠を越えてそこにたどり着くまでのすさまじい旅の話をしようか。狭い線路の上を走る列車の三等客室の網棚に載っての旅だ。一人の子供の命を、その母親と一緒に僕の持っていたテキーラを腹にすり込んで救った。昔二人で幸せなときを過ごしたホテルの部屋に入ると、下の厨房から家畜を殺す物音が聞こえてきて、思わずけばけばしい光を放つ街路に飛び出した。夜になると、今度は洗面台にハゲタカがとまっているありさまだ。図太い神経に与えられるべき恐怖！　いや、己の秘密は墓まで持っていくもの、絶対に守らなくてはならない。そして、僕は自分のことをこんなふうに考えてしまうのだ。不思議な島を見つけながら、そのことをこの世に伝えに帰ることができない偉大な探検家。その島の名は、地獄。

それはもちろんメキシコではなく、心のなかにある。今日、弁護士たちから二人の離婚の知らせを受けたとき、僕はいつものようにクアウナワクにいた。身から出た錆《さび》だ。別の知らせも受け取った。イギリスはメキシコとの国交を断絶し、駐メキシコ領事は全員——つまりイギリス人は——本国に召還されるのだという。領事たちはたいがい親切で善良で、僕はただただその名をおとしめている。僕は彼らと一緒に帰るまいと思う。帰るにしても、イギリスという故郷へは帰らないつもりだ。それで、夜中、トマリンまでプリマスを飛ばして、〈サロン・オフェリア〉にいるトラスカラ人の闘鶏士の友人セルバンテスに会いに行ったのだ。そしてそこからパリアンの〈ファロリート〉にやって来て、朝の四時半、バーの脇の小部屋で、オーチャス、それからメスカルを飲みながら、いつか泊まったときに失敬してきたベーヤ・ビスタの便箋にこれを書いている。墓場にも等しい領事館の便箋は見るだけでつらくなりそうな気がしたのだ。肉体的な苦痛ならよく知っている。だがこれは、君の心が死んでいくこの感覚は何よりも苦しい。いま、むしろ何やら穏やかな心持ちがするのは、今宵、僕の心が本当に死んでしまったからだろうか。

それとも、地獄のなかにはウィリアム・ブレイクがよく知っている一本の道があって、そこを通らないにしても、最近ときどき夢に見ることがあるからなのだろうか。それに、弁護士からの知らせにも、一つ奇妙な効果があった。メスカルの杯の継ぎ目にその道が見えるような気がするのだ。その先に不思議な風景がある。二人が一緒に送っていたかもしれない新しい生活の幻のような風景だ。どこか北の国に住んでいる二人の姿が見えるようだ。山があって、丘があって、青い海が広がっている。家は入江のところに建っていて、夕方、お互いに満ち足りて家のバルコニーに立って海を眺めている。その先の木立に隠れるようにして製材所があり、入江の反対側にある丘の下には石油精製所のようなものが建っているが、離れているから、ただぼんやりと美しく見える。

月のない青白い夏の宵、だが夜が更けて十時ごろになると、金星が日の光を浴びて輝いているから、僕たちはたぶんかなり北のほうの国にいて、そしてこのバルコニーに立っている。すると海岸沿いにはるか遠くから長い貨物列車がやって来て、その音が次第に大きな轟音となって響き渡る。二人のいる場所と列車との間には海が広がっているのになぜ轟音となって聞こえるかというと、列車は東に向かって走っていて、しばらくの間、気まぐれな風が東の方角から吹きつけるからだ。そして僕たちは、スウェーデンボルグの天使たちのように東を向き、頭上にはきれいな空が広がっている。ただ、はるか北東、山脈の紫色がかすむあたりに真っ白な雲の塊が浮かんでいて、それが突然、雪花石膏のランプの明かりを浴びたかのように、内側から金色の稲光に照らされる。だが、雷鳴は聞こえない。聞こえるのはあの大きな機関車の轟音と、それが丘から山へと進んでいくにつれて向きを変えるこだまばかり。それから突然、丈の高い索具をつけた釣り舟が滑るように、堂々と、まるで白いキリンのように岬を回って走り込んでくる。そのすぐうしろには、扇形を縁取ったような銀色の航跡が残っている。着岸を目指しているようには見えないのだが、重々しく岸に向かってこちらに近寄ってきている。少しずつ位置を変える銀色の波の裾は、はじめは彼方からかすかに岸を打つ程度だったが、やがて弧を描いた海岸全体に広がり、次第に大きくなる波音は、消えゆく列車の轟音を飲み込んで足下の浜辺に響き渡る。一方、浮遊物は――木材がぷかぷかと浮いているのだ――一緒に波間に揺れ、あらゆるものがこの揺れ動くなめらかな銀色のなかでぶつかり合い、美しくさざめき、そよめき、踊り狂い、そしてまた少しずつ落ち着きを取り戻す。彼方にある白い雷雲が水面に反射しているのが見え、いまや白雲のなかの稲妻は海の深みから光を放ち、そして釣り舟そのものは、船室に反射する船の金色の明かりを、そのかたわらを走る銀色の航跡の上に落としながら岬を回って姿を消すと、あたりには静寂が訪れる。そしてふたたび山の彼方に浮かぶ雪花石膏のように白くなめらかな雷雲のなかで雷鳴をともなわぬ金色の稲妻が音も立てずに光り、青みを帯びた夕闇を照らす。とてもこの世の情景とは思えない……

そして、二人がそこに佇んで海を眺めていると、突然、姿の見えぬ別の船が立てる波が水面を揺らす。それはまるで巨大な車輪、湾全体をかき回す巨大な輻《や》のよう――

（またメスカルを数杯飲んだ。）一九三七年の十二月以来、そして君が去って以来、聞くところによれば一九三八年の春だという現在に至るまで、僕は意識して君への愛と闘ってきた。けっして降伏はしなかった。このどん底の人生から自力で這い上がろうと、根っこという根っこ、枝という枝にしがみついてきたが、これ以上自分をあざむくことはできない。僕がこの世で生き延びるとすれば、君の助けが必要なのだ。君がいないと、遅かれ早かれ、落ちていくしかない。ああ、いまいるこの恐ろしい場所で君のことなど微塵も考えずに済むように、君が嫌いになるような記憶を残していってくれたら、どれだけ救われたろう！　だがそれどころか、君は手紙をよこした。それにしても、なぜ最初のほうの手紙をメキシコ・シティのウェルズ・ファーゴのところに送ったのだ？　僕がまだここにいるとは思わなかったのか？――あるいはオアハカにいたとしても――クアウナワクはいまも僕の本拠地なのだよ。これはとても奇妙なことだ。簡単に調べがついたはずだよ。それに、君がすぐに手紙をくれたら、だいぶ違っていたかもしれない――せめて絵葉書一枚でもいいから、別離に対して同じ苦しみを抱いている証として、とにかく、ただ二人の心に訴えかけるものを、すぐにでもこの不条理を終わらせてくれる何かを送ってくれていたら――とにかく、何でもいいから――二人が愛し合っていると言ってくれる何かを、電報でもいいから送ってくれていたら。でも、君は間を置きすぎた――少なくともいまはそう思う。クリスマスが終わるまで音沙汰なし――クリスマスだよ！――それから年が明け、せっかく送ってくれたものを僕は読むことができなかった。そうだ、苦しみから解放されることも、しらふでいることもほとんどなかったから、手紙全体の意味合いをぼんやりと理解するのがせいぜいだった。でも、手紙に込められた気持ちは感じ取れた。いまでも感じ取れる。いまも何通か持ち歩いていると思う。だが、読むのはつらすぎるし、意味を完全に理解するには長すぎる。いまさら開くのはよそう。とても読めるものじゃない。胸が張り裂けてしまう。ともかく、届くのが遅すぎた。それに、もうこれ以上手紙は来ないのだろうし。

ああ、だけどどうして読んだふりくらいしなかったのだろう？　ともかく手紙をもらったという事実を受け止め、自分の心にふんぎりをつけなかったのだろう？　そして、どうしてすぐに電報か何かを送らなかったのだろう？　ああ、どうして、どうして、どうしてなのだ？　たぶん、頼めばそのうち君は帰ってきてくれただろうと思っているのか。だけど、生き地獄とはこのことだよ。頼むことなどできなかったし、いまさら頼むこともできない。電報を送ることもできなかったし、できないのだ。ここでも、メキシコ・シティのメキシコ電信会社でも、そしてオアハカでも、手が震えないように酒を飲んでから、郵便局のなかで震え、汗をかきながら、午後いっぱい電報の文章を書いているが、まだ一通も送れずにいる。それに、以前は君の電話番号もわかっていたから、実際にロサンゼルスまで長距離電話をかけたこともあるが、一度もつながらなかった。電話が故障していたこともある。それなら、なぜ自分でアメリカに行かないのだろう？　具合が悪くて切符の手配もできず、サボテンの荒野が果てしなく広がる景色を見たらくらくらと眩暈がして途中で倒れそうなのだ。それに、わざわざアメリカに死に場所を求めてどうする？　合衆国に骨を埋めても構わない。だが、どうせならメキシコで死にたい。

それはともかく、君の想像のなかで僕はまだ本を書いているのかい？　まだいろんな疑問に答えを出そうとしている姿を思い浮かべるのだろうか。たとえば、すべての信条、宗教に受け入れられ、そしてすべての風土や国土にふさわしい、客観的で、意識的で、消えることのない、そんな究極の現実があるかどうか、なんていう問いにね。それとも、僕が慈悲と悟りの間、慈愛《ケセド》と理解《ビナー》の間を（だが、なおもケセドを目指し）さまよっているのが見えるのだろうか。不安定ながら、なんとか心の平静を保とうとして、埋めることのできぬ恐ろしい空隙の上で、たどることもできないに等しい神に通じる雷神の道の上で、ぐらつき、よろめきながら進んでいるのが見えるのだろうか。まるでケセドにいたことがあるかのように！　僕にはむしろ地獄《クリフォト》がお似合いだ。本来なら、「ハンプティ・ダンプティの勝利」とか「輝けるどんぐの鼻」などという題の売れない詩集を出していてもいいころなのに！　せいぜいのところ、詩人のジョン・クレアのように、「恐ろしき幻影を織り成す」ぐらいか……誰の心のなかにも筆を折った詩人がいる。こんな状況のなかでは、せめて「秘密の知識」についての壮大な作品を書いているふりをするのも悪くない。それが世に出なかったとき、題名がその中身の欠如を説明していると言えばいいのだから。

──だが、悲しきは憂い顔の騎士！　ああ、イヴォンヌ、君の歌声が耳について離れない。君の温もりと笑顔、素朴さと友情、万能の才、健全なる精神、だらしがないくせに極端にきれい好き──そして、あの甘い新婚時代。よく一緒に歌ったシュトラウスの歌曲を覚えているかい？　年に一度、一日だけ死者たちはよみがえる。ああ、あの五月のように、私のところに戻ってきてくれ。ヘネラリフェ庭園とアルハンブラ庭園。それから、スペインで出会ったときの運命の影。グラナダのバー〈ハリウッド〉。何がどうハリウッドなのだ？　そして、あそこの女子修道院。なぜロス・アンヘレスなどという名前なのだ？　それから、マラガにあるペンシオン・メヒコ。だが、あのとき二人が経験した一体感にまさるものはない。あれはいまでもどこかに残っていると信じたい。パリでもまだそこにあった──ヒューがやって来るまでは。これもまた幻なのか？　めっきり涙もろくなっている。でも、誰も君の代わりにはなれないのだ。君のことを愛しているかいないか、こう書きながら思わず笑ってしまうほど、それはわかりきったこと……ときどき激しい感情に駆り立てられることがある。どうにもならぬほど絶望的な嫉妬、それが酒で増幅されると、想像の力で自滅したいという衝動に変わる──せめて幽霊たちの餌食とならないため──（また数杯メスカルを飲んだあとのファロリートでの夜明け）……時がすべてを癒してくれるなんて嘘っぱちだ。どうして僕に君の話をしようなどという見当違いをする奴がいるのだ？　君には僕の人生の悲哀などわかるまい。寝ても覚めても、君が僕を必要としているのではないかという強迫観念にとらわれている。もちろん、必要とされても何もしてやれない。僕が君を必要としても、君は何もできない。幻のなかに君を見ているうち、どうすればよいかを君に問うために、投函するつもりのないこの手紙を書かずにはいられなくなったのだ。変だろう？　だけど──やり直すことが自分たちに対する、あるいは二人が作り出した何か別の自己に対する務めではないか？　ああ、あのころの愛と思いやりはどうなってしまったのだ！　これからどうなるというのか――二人の心はいったいどうなってしまうのだ！　愛のみが、この地上での卑しき生きざまに意味を与えてくれるもの。別に新たな発見でもない。気が狂っていると思うかもしれないが、まるで永遠に聖餐を受けつづけているかのように、またこんなふうな飲み方をしているのだ。ああイヴォンヌ、二人で作り上げたものをこんなみじめな形で忘却の淵に沈めることはできないよ――

目を上げて丘を見よ、という声が聞こえてくる気がする。時折、赤い小型の郵便飛行機が不思議な形をした丘を越えて朝の七時にアカプルコから飛んでくるのを見るとき、というよりもむしろその音を――ほんの一瞬、空をかすめる飛行機の轟音を――聞いているとき、ベッドの上で（その時間に横になっていたとして）がたがたと震えながらひどい気分で、うわごとを言いながら一杯のメスカルに、唇に近づけながらもまだ現実のものとは思えない酒に、その前の晩に前もって手の届きやすいところに置いておいた酒に手を伸ばしながら、君がそこに、毎朝飛んでくるあの飛行機に乗っているのだと、僕を助けに来てくれたのだと思ってしまう。そして朝が過ぎ、君は来ていない。だけど、ああ、願わくば君に来てほしい。よく考えてみると、なぜアカプルコから来ると思い込んでいるのだろう。だが、お願いだイヴォンヌ、聞いてくれ、もはやこの身を守る鎧は崩れ落ち、いま僕は自分を守ることができずにいる――そして飛行機が飛び去り、それから、ほんの一瞬、はるかトマリンの上空を飛んでいくのが聞こえる――戻ってきてくれ、戻ってきてくれ。酒でも何でもやめるから。君がいないと死んでしまう。お願いだイヴォンヌ、戻ってきてくれ。この叫びを聞いてくれ。僕のもとに戻ってきてくれ、イヴォンヌ、せめて一日だけでいいから……

ラリュエルはゆっくりと手紙を畳み、親指とほかの指を使って丁寧に皺を伸ばすと、ほとんど何も考えずにいきなり手紙を丸め上げた。彼はくしゃくしゃになった紙を握りしめ、テーブル席に腰掛けたまま、ただぼんやりとあたりを見回した。ものの五分の間に酒場《カンティーナ》の内部はすっかり様変わりしていた。外では嵐がやんだようだが、セルベセリアXXは、雨宿りに入ったとおぼしき農夫たちであふれ返っていた。彼らは席につくことなくカウンターの横に固まっていたが、テーブル席はがらがらであった――出し物はまだ中断されたままであったが、ほとんどの観客は列をなして映画館に戻り、まるでそれがすぐに再開されるのを察したかのようにじっと待ち受けていたからである。そして、あたりの光景は美しくもあり、そこにはある種の敬虔な雰囲気さえ漂っていた。酒場ではまだ蠟燭が燃え、電球が鈍い光を放っていた。大半は空っぽの籠がお互いに寄りかかるようにして床の上に所狭しと並んでいる脇で、農夫の一人が二人の女の子の手を引いていた。バーテンは、小さいほうの子にオレンジをやった。誰かが出ていき、その女の子はオレンジの上に座り、日よけ扉がパタパタと揺れていた。ラリュエルは時計を見て――ビヒルはまだ三十分は来ないだろう――それからまた手のなかでくしゃくしゃに丸まった紙に目をやった。雨で洗われた新鮮な冷気が日よけ扉から酒場に流れ込み、屋根から雨が滴り落ちる音、街路の溝を走る水音が聞こえた。そして彼方の祭りの喧噪がふたたび彼の耳に届いた。彼はくしゃくしゃになった手紙を本のなかに戻そうとしたが、そのとき半ば無意識に、しかし突然の強い衝動によって、それを蠟燭の火のなかに差し入れた。立ち昇った炎がぱっと酒場の内部を照らし、その明るさでカウンターのところにいる客たちの姿が、ほんの一瞬、凍りついた壁画のように浮かび上がった。よく見ると、小さな子供たち、ゆったりとした白い服を着てつばの広い帽子をかぶったマルメロかサボテンの農夫のほかに、墓地から帰ってきた喪服姿の女たち、それから黒っぽいスーツの襟元を開いてネクタイを緩めた浅黒い顔の男たちが何人かいた。彼らはみな話をやめ、怪訝そうにラリュエルのほうを見つめていた。バーテンだけはやめさせようとする構えを見せたが、ラリュエルがそののたうつ紙の塊を灰皿に入れると、そのままそしらぬ顔をした。灰皿に載った紙片は、美しい均質の灰に姿を変えながら自らを畳み込み、炎上する城となって崩れ落ちたかと思うと、やがて身を沈めてかすかな音を立てる蜂の巣と化し、そこから小さな赤い虫のような火の粉が這い出ては飛んでいった。その上では、細かくちぎれた灰がいくつか薄い煙のなかを漂い、そこにあるのは、もはやパチパチと音を立てる燃えかすのみ……

突然、外から鐘の音が響いてきたかと思うと――悲しみ《ドレンテ》……痛み《ドローレ》！――また急にやんでしまった。

暗い嵐の夜、町の上では、光り輝く観覧車が逆さに回転していた。

2

……「死体は急行列車で運ばれるんだ！」

この奇妙な台詞をベーヤ・ビスタのバーの窓越しに広場に運んだ疲れ知らずの元気な声は、その主こそ目に見えずとも聞き間違えようがなく、植木鉢の並ぶバルコニーのある、この広々としたホテルと同じくらい切なくも懐かしくて、同じくらい現実離れしている、とイヴォンヌは思った。

「だけどさ、フェルナンド、なんで死体が急行列車で運ばれるんだと思う？」

これまた懐かしいメキシコ人のタクシー運転手——とはいえ、クアウナワクの小さな離着陸場にいたのはタクシーではなく、彼女をベーヤ・ビスタに連れていくと言ってきかない横柄なステーション・ワゴンだけであった——は、彼女の荷物を持ち上げると、それをまた歩道の上に下ろした。まるで彼女を安心させようとしているかのようであった。なぜここにいらっしゃったのか知っていますよ。でも、私以外、誰もあなたさまに気づかないでしょうね。大丈夫、ばらしやしませんから。「そうですよ《シ・セニョーラ》」男は含み笑いをした。「奥さま《セニョーラ》——領事さまですよ《エル・コンスル》」彼はため息をつき、その目にどこか感嘆の色を浮かべ、バーの窓のほうに頭を動かして合図した。「なんてお方だ《ケ・オンブレ》！」

「——だけど、逆にさ、フェルナンド、運んじゃいけないって法もないよな。なんで死体を急行列車で運んじゃいけないんだ？」

「絶対に必要です《アブソルタメンテ・ネセサリオ》」

「――ただのくそアラバマの農夫の一団だよ！」

最後の台詞は、また別の声で発せられた。ということは、バーは特別に一晩中営業していて、きっと満員なのだ。恥ずかしさに身の置きどころがなく、懐かしさと不安で頭が朦朧《もうろう》としたイヴォンヌは、混雑したバーに入りたくはなかったが、かといって代わりにタクシー運転手に行ってもらうことにもためらいを感じ、旅路の風と空気と潮の香にさらされた意識のまま、まだ旅をしているような気分で、昨晩ペンシルヴェニア号を迎えるために海へと押し寄せた――はじめのうちは色とりどりの便箋が紙吹雪となって船室から吹き上げられたかのように見えた――華麗な蝶の大群に囲まれてアカプルコに入港したときのように感じながら、身構えるように広場を見回した。そこには喧噪のなかの静けさがあった。蝶の大群はなおも頭上を乱れ飛んでおり、開かれた重い舷窓《げんそう》を抜け、果てしなく船尾へと消えていった。眼前にあるのは、朝七時の日の光を浴びて輝く静止画のような二人の広場。まだ身動きせずにいるものの、すでに片目を半分だけ開けた寝ぼけまなこでじっと様子を窺っている。回転木馬と観覧車がある。広場は、夢うつつのうちにこれから始まる祭り《フィエスタ》を楽しみにしている――小山のように連なったタクシーもまた、違うものを楽しみにしている。彼女が内々に教えられたところでは、今日の午後、タクシーのストライキがあるという。広場《ソカロ》は、まどろんでいる道化師のような雰囲気ではあるが、昔のままであった。古い野外音楽堂に人影はなく、風雲児ウエルタの騎馬像は、枝垂れ木の下、相変わらず険しい目つきで渓谷の彼方を見つめていた。その視線の先には、何事もなかったかのように、まるで一九三八年の十一月ではなく一九三六年の十一月であるかのように、あの懐かしい火山が変わらぬ美しさをたたえてそびえ立っていた。ああ、なんて懐かしい光景だろう。冷たい山の水がさらさらと走り抜ける私の町、クアウナワク。ワシが翼を休める場所！　それとも、ルイスが言ったように、本当は森の近くという意味なのかしら？　光り輝く深い森、トネリコの古木が鬱蒼と生い茂るこの森から離れて、どうやって私は生きてきたのだろう？　彼女が深々と吸い込んだ空気には、まだどことなく夜明けの匂いがあった。アカプルコで迎えた夜明け——頭上は緑と深い紫に染まり、金色の光の帯が巻き取られていくと、そこに鉱石の輝きを放つ川が現われたのだ。明けの明星があまりに鮮やかに燃えていたために、その光を受けて離発着場に自分のおぼろな影が生まれているのではないかとさえ思われた。ハゲタカは赤煉瓦色の水平線の上をけだるそうに漂い、それが静かに凶事を予兆するなか、メキシコ航空の小さな飛行機が、まるで堕天使ルシフェルの使者を務める羽の生えた赤い小悪魔のごとく、厳然と別れを告げる吹き流しをなびかせながら、天高く昇っていった。

彼女は、最後の一瞥で広場《ソカロ》を眺め渡した——コルテス宮殿内の救急センターの外には、最後に見たときからまったく動かずにいるかのような無人の救急車が停まっており、〈オテル・ベーヤ・ビスタ、一九三八年十一月の大舞踏会《グラン・バイレ・ノビエンブレ》。ラジオで活躍中の人気アーティストが集合、収益は赤十字に寄付《ア・ベネフィシオ・デ・ラ・クルス・ロハ・ロス・メホーレス・アルティスタス・デル・ラディオ・エン・》されます《アクシオン》。どうぞお見逃しなく《ノ・ファルテ・ウステ》〉と書かれた大きなポスターが二本の木の間に吊り下げられている。疲れきって青ざめた顔をした何人かの客がその下を通って家路についている。同じくくたびれた音楽がそのときまた始まり、彼女は舞踏会がまだ続いていることを知った——それから、革のようなアルコールの匂いがつんと鼻をつく薄暗がりに視界を遮られ、思わず目をしばたたきながら、静かにバーに入っていった。彼女の脳裏にはまだ、荒々しくも清らかなその日の朝の海が渦巻いていた。夜明けの大波が押し寄せては波頭をもたげて砕け、砂の上を滑ったかと思うと、無色の楕円を描いて地中に吸い込まれていく。早起きのペリカンたちは獲物を探しながら旋回しては潜り、潜っては旋回し、まるで惑星のように規則正しい動きで泡のなかへとまた潜っていく。勢いを失った白波はそそくさと立ち去っては穏やかな水面に姿を消し、漂流物は浜辺のいたるところに打ち上げられている。彼女の耳にはもう、カリブ海の波にもまれる小舟に乗った若きトリトンのごとき少年たちが吹きはじめた法螺貝の物悲しい調べが届いていた……

だが、バーはがらんとしていた。

いや、よく見ると一人だけ客がいた。正装に身を包み、とくに乱れた様子もなく、領事は一房の金髪を目の前に垂らしたまま、短く尖った顎髭に片手のこぶしを当てて頬杖をついていた。彼は斜に構えて椅子に座り、直角に曲がった小さなカウンターのところにある椅子の横木に片足を掛けていた。カウンターに寄りかかるようにして、どうやら独り言を言っているらしい。聞き手を務めるべきバーテンは、年のころ十八くらいのこぎれいななりをした浅黒い若者で、少し離れたところで(彼女の脳裏によみがえったばかりの記憶によれば、路地に面した別のバーとの間にある)ガラスの間仕切りにもたれて立っており、何も聞いていない様子であった。イヴォンヌは身動きもできずにそのまま扉のそばに立ちつくし、じっとその様子を見つめていた。その耳にはいまも飛行機の轟音が鳴り響き、体は海を抜けるときの打ちつけるような風と空気を感じていた。まぶたには、迫り上がっては遠ざかる眼下の道路、突起のついた教会ごと絶え間なく飛び去っていくいくつもの小さな町の映像がまだ焼きついていた。コバルト色のプールが点在するクアウナワクが、彼女を迎えるべくふたたび斜めに迫り上がってきた。しかし空の旅の興奮は、重なり合う山々、影のなかでのたうつ大地をよそ目に猛然と襲いかかる陽光、きらきらと輝く川、暗闇を宿してうねり狂う渓谷、明るくなりはじめた東の方角から突然視界のなかに回り込んできた火山、それらのものを目の当たりにした興奮と渇望は、すでに彼女の胸から消え去ってしまっていた。イヴォンヌは、この男の心と会うために飛んできた己の心が、まるで皮膚にぴったりとくっついてしまったかのように感じた。彼女はバーテンに関して思い違いをしていたことを知った。彼はとりあえず話は聞いていた。というよりも、(よく見ると靴下を履いていない)ジェフリーの話は理解していないかもしれないが、タオルを握った手で必要以上にゆっくりとグラスを磨き上げながら、言葉や動作で働きかける間合いを測っていたのだ。彼は拭いたグラスを下に置いた。それから、カウンターの端の灰皿のなかでくすぶっている領事の煙草をつまみ上げてそれを深々と吸うと、目をつむっていたずらっぽい恍惚とした表情を浮かべ、また目を開き、鼻と口から渦巻く煙をゆっくりと吐き出しながら、上段に並んだ年代物のテキーラ《テキーラ・アニェホ》の瓶のうしろに貼られているポスターを指差した。両端がくるりと丸まったソファに深紅のブラジャーをつけた女が横たわるカフェアスピリーナの広告であった。「絶対に必要です《アブソルタメンテ・ネセサリオ》」とバーテンは言い、イヴォンヌは、彼が(明らかに領事の言い種を真似て)絶対に必要だと言っているのがアスピリンではなくて女のほうであることを理解した。だが、その言葉は領事の注意を引くことなく、バーテンはふたたび同じ表情で目を閉じてはまた開き、領事の煙草を元の場所に置くと、また煙を吐き出しながらもう一度ポスターを指差して――彼女はその隣に貼ってある〈『オルラックの手』ピーター・ローレ主演《ラス・マノス・デ・オルラック・コン・ピーター・ローレ》〉とだけ書かれた地元映画館のポスターに目を留めた――繰り返した。「絶対に必要です《アブソルタメンテ・ネセサリオ》」

「大人でも子供でも、死体はさ」領事は、ちょっと間をおいてバーテンの戯芝居に笑いで応え、苦しみにも似た表情で、「そう《シ》だな、フェルナンド、絶対に必要だ《アブソルタメンテ・ネセサリオ》」と同意し――これは儀式なのだと彼女は思った。彼らの間の儀式。かつては自分たちの間にもこんな儀式があったけれど、結局ジェフリーがそれに少しばかり飽きてしまったのだ、と――ふたたび青と赤のメキシコ国営鉄道の時刻表を調べはじめた。それから突然顔を上げて彼女を見た。近眼のような目つきで自分の周りを見回し、そこに彼女が立っているのに気づいたのだ。日光を背にしているから、おそらくぼやけて見えているのだろう。彼女は、深紅の鞄を手にかけてそれを腰のところに下げ、彼は自分の存在に気づいたに違いないと思いながら、半ば颯爽と、いくらか自信なげにそこに立っていた。

時刻表を手にしたまま、領事はゆっくりと立ち上がり、近づいてくる彼女と相対した。「――なんてこった」

イヴォンヌはためらい足を止めたが、領事は彼女のほうに向かってこようとはしなかった。そこで彼女は、そっと彼の隣の椅子に滑り込むようにして腰を掛けた。二人は接吻を交わさなかった。

「驚いたでしょ。戻ってきたのよ……一時間くらい前に飛行機で着いたの」

「――アラバマが来るときには、誰にも何も聞かないんだ」という声が、突然ガラスの間仕切りの向こうにあるバーから聞こえてきた。「ただトンズラするだけさ！」

「――アカプルコのオルノス・ビーチから来たの……サン・ペドロからはね、ジェフ、船で来たのよ――パナマ太平洋船舶のね。『ペンシルヴェニア号』よ。ジェフ――」

「――馬鹿なオランダ人め！　太陽が焦がした唇はひび割れるのさ。ああ、ひどい話だ。馬たちはみんな土ぼこりを上げて逃げていく。俺は我慢できない。馬まで攻撃したんだ。奴らは絶対見逃さない。まず撃っておいて、そのあと尋問しやがる。まったくあんたの言うとおりだ。ああ、まさにうまいことを言うもんだ。くそ農夫の一団を捕まえたら、俺は尋問なんかしない。そうだとも！――うまい煙草を一服しようぜ――」

「明け方って素敵だと思わないか？」時刻表を置いた領事の手はともかく、その声はきわめて落ち着いていた。「向こうのお客さんの言うとおり」彼は間仕切りのほうに首を傾けた。「一服――」震える手で差し出された煙草を押し返した彼女は、その箱に記された名前に胸を打たれた。ああ《アラス》！「――」

領事は重々しい口調で言った。「そうか、オルノスか。――だけど、どうしてホーン《オルノス》岬を通ってきたんだい？　船乗りの話だと、あそこは尻尾を振る悪い癖があるっていうじゃないか。それとも、岬じゃなくてかまど《オルノス》のことかい？」

「——ニカラグア通り五十二番地《カイエ・ニカラグア・シンクエンタ・ドス》よ」イヴォンヌは、もうすでに自分の鞄を持っていた浅黒い美男にトストン銀貨を押しつけて言った。男は一礼してどこかに姿を消した。

「俺がもうあそこに住んでいなかったとしたら？」領事はふたたび椅子に腰掛けたが、体の震えがひどく、手酌で飲んでいたウィスキーの瓶を両手で握らなくてはならないほどであった。「飲むかい？」

「——」

それとも飲むべきなのだろうか？　飲むべきだろう。朝酒はいやだとしても、一緒に飲まなくては。その覚悟で来たのだから。必要とあらば、一杯と言わず、何杯でも領事に付き合うつもりで。だが、それどころか、彼女は自分の顔から笑みが引いていくのを感じた。「覚悟はできている、このために来たのだから」と思うと、そしてジェフリーがそれを知っていると思うと、何が起きても涙を流すまいとしていた顔から笑みが消えていくのだった。そして、いつの間にか「あなたは飲んで。気持ちだけお相伴するから」と答えていた。（それどころか、彼女はどんなことでもする覚悟ができていた。結局、そう腹を決めるしかないではないか。船で来ることにしたのは、この旅が無謀でも早計でもないと自分を納得させる時間があるからだったが、船旅の間も、この旅が無謀で早計だと悟った飛行機の旅の間もずっと、彼に一言知らせておくべきだった、いきなり驚かせるのはあまりに意地が悪いと自分に言いつづけていた。）「ジェフリー」彼女はそう言葉を継ぎながら、一生懸命に考えてきた台詞も、計画も気配りもすべてがあっけなく暗闇に消えゆくなか、ここに座っている自分は惨めに見えるのではないか、あるいは、酒を飲もうとしないがゆえに——自分でもかすかにそう感じているくらいだから——感じが悪く見えるばかりではないかと考えていた。「いったいどうしていたの？　何度も何度も手紙を書いたのに。胸が張り裂ける思いで書いたのよ。どうしたの、あなたの――」

「――人生」という言葉がガラスの間仕切りの向こうから聞こえてきた。「なんて人生だ！　まったく、冗談じゃない！　俺の国じゃ、誰も走りゃしねえ。こっちから道を切り拓いて進まなくちゃならないわけさ――」

「――だって、返事がないから、てっきりイギリスに帰ったのだと思うじゃない。どうしていたの？ねえ、ジェフ――仕事は辞めてしまったの？」

「――セイル砦に行ったのさ。お前のライフルを持って。自動小銃を持ってさ――パン、パン、パン、パン、パン――って、あれさ――」

「サンタ・バーバラでばったりルイスに会ったの。そしたら、あなたがまだここにいるっていうものだから」

「――それで、できるのできねえのって、そりゃアラバマでやることでさ！」

「まあ、留守にしたのは一度だけなんだ」領事はがたがた震えながらゆっくりとグラスを傾けると、それから彼女の脇に座り直した。「オアハカに行ってたんだ――覚えてるかい、オアハカを」

「――オアハカ？――」

「――オアハカだよ――」

――その名は張り裂けそうな心のようだった。嵐にかき消された鐘の音が突然響き渡ったようだった。砂漠で水を求めながら死にゆく者の最期の言葉のようだった。オアハカを覚えているかですって！　あそこのバラと大木、土ぼこりに、エトラとノチトラン行きのバス。そして、〈男性がお連れ《ダマス・アコンパニャーダス・》のご婦人方は無料《デ・ウン・カバイエーロ・グラティス》！〉あるいは、古《いにしえ》の香しきマヤの大気のなかに立ち昇り、亡霊たちのみが耳にした二人の夜ごとの愛の叫び。まさしくオアハカは、かつて二人がお互いを見出した場所だった。イヴォンヌは、自分に対して身構えるというよりも、カウンターに置かれたチラシをまっすぐにそろえながら、フェルナンド相手の役回りから自分相手の役回りへと気持ちを切り替えているように見える領事を、驚きにも近いまなざしで見つめていた。「こんなのは私たちじゃない」彼女は突然心のなかで叫んだ。「こんなのは私たちじゃない――誰か違うと言って。ここにいるのは、絶対に私たちじゃないって！」――離婚《ディヴォース》。そもそも何を意味する言葉だろう？　彼女は、船に乗っているときに辞書で調べたのだ。別れること、離れること。そして「離婚した《ディヴォースト》」の意味は、「別れた、離れた」。オアハカは離婚を意味する。二人はそこで離婚したわけではないが、彼女が去ったあとで領事は、まるで離別の核心を探ろうとするかのように、その地を訪れたのだ。二人は愛し合っていたのに！　だが二人の愛は、まるでどこか遠く離れた荒涼たるサボテンの平原をさまよっているかのようだった。道に迷い、よろめいては倒れ、野獣に襲われながら助けを求め――瀕死の状態にあって、疲れ果てた末の平穏のうちに最後のため息をつく。オアハカ――

――「その小さな死体のことだけどね、イヴォンヌ、おかしいのはさ」と領事は言っていた。「付き添いの者がその手を握っていなくちゃいけないということなんだ。いや、違った。手を握るんじゃないな。一等客車の切符を握っているんだった」彼は笑いながら右手を上げた。その手は、見えない黒板のチョークを拭き取るかのように震えていた。「こう震えがくると、こんな人生は耐えがたくなるね。だけど、ちゃんとおさまるよ。そのために飲んでるだけなんだ。薬だよ。薬として飲んでるんだ」イヴォンヌは彼のほうに振り返った。「――だけど、もちろん震えが一番ひどいんだ」彼は続けた。「別のはしばらくするとよくなってくる。かなり調子がいいよ、半年前よりはだいぶよくなった。たとえば、オアハカにいたときよりはずっと」――その目には、彼女がいつも恐れていたお馴染みの奇妙な光があった。いまやそれは、積み荷を下ろしているペンシルヴェニア号の甲板の昇降口にずらりと並んでぼんやり輝いているランプのような、内に向かう光だった。ただ、こちらの光は何かを奪い取ろうとしていた。彼女は突然、昔のように、この光が飛び出してきて自分に向けられるのではないかと恐ろしくなった。

「たしかに、前にもこんなあなたを見たことがある」バーの薄暗がりのなか、彼女の思いが、愛がそう語っていた。「何度も見ているから、別に驚いたりはしない。あなたはまた私を拒絶するのね。でも、今度は全然違う。まるでこれが決定的な拒絶みたい――ああ、ジェフリー、どうして引き返せないの？　いまでも私の手の届かない愚かな闇のなかに、離別の暗闇のなかにわざわざ入り込まなくてはいけないの！――ああ、ジェフリー、どうしてこんなことをするの！」

「そうは言うけどさ、ほら、どこもかしこも真っ暗闇というわけじゃないんだよ」半分だけ煙草の詰まったパイプを取り出し、かなり苦労してそれに火をつけながら、領事は穏やかにそう答えているように見えた。彼女の目は領事の視線を追ったが、彼の目はバーの内部をさまよいつつも、けっしてバーテンの視線と合うことはなかった。バーテンはもったいぶって、忙しげに、背景のなかに自らを滅し去っていた。「俺の目の前にあるのが真っ暗闇だと思ったら、とんでもない誤解だよ。第一、そんなふうに考えているのだとしたら、どうしてこんなことをするかなんて説明しようがないじゃないか。でも、あそこの日の光を見れば、ほら、答えがわかるんじゃないか。見てごらんよ、窓のところから差し込む光をさ。明け方の酒場《カンティーナ》の美しさにかなうものがあるかい？　君の好きなあの火山は？　君の星――ヘルクレス座のラス・アルゲティは？　それとも南南東の空で燃えさかる蠍《さそり》座のアンタレスかい？　悪いが、かなわないね。もっとも、ここが美しいというより、俺の頭がいかれていて、ここは厳密には酒場と呼べる場所じゃないが、ほかの酒場がひどすぎるのさ。すぐに店を閉めちまったり。天国の門が大きく開いて俺を招き入れてくれるとしても、これほど神々しくて複雑で絶望的な喜びを与えてはくれないさ。鉄のシャッターが金属音を立てて開くと、鍵をはずした日よけ扉がぶつかり合いながら客を迎え入れてくれる。客たちは魂を震わせながら、危なっかしげに口元に酒を運ぶんだ。すべての謎が、希望が、失望が、そうだ、すべての災いが、そこに、あの自在ドアの向こうにあるんだよ。ところで、隅に座っているタラスコ人の婆さんが見えるかい？　さっきまでは見えなかったろうが、いまはどうだい？」恋をしているかのような、ぼんやりとした焦点の定まらぬ光をたたえてあたりを見回していた彼の目が、彼の愛が彼女に問いかけていた。「俺と同じように飲んでくれなかったら、朝の七時にドミノをするタラスコ人の婆さんの美しさなんてわかりっこないじゃないか」

たしかに、薄気味悪いことに、部屋にはもう一人別の人間がいた。領事が何も言わずに二人のうしろに目をやるまで、彼女はその存在にまったく気づかなかった。いまやイヴォンヌの視線は、陰になったバーのテーブル席に座っている老女に注がれた。テーブルの端には、柄の部分に何かの動物の鉤爪がついている金属製の杖が、まるで生き物のように引っかかっていた。老女は、ひもでつないだ小さな鶏を懐に入れていた。鶏はそこから顔を覗かせては、ぴくぴく動く機敏な横目で周りを見回した。老女が鶏を近くのテーブルの上に置くと、その小さな生き物は小刻みに鳴き声を上げながら、ドミノ牌をつつき回った。それから老女は鶏を懐に戻すと、衣服をたぐり寄せて優しくその上に掛けた。だが、イヴォンヌは目をそらした。鶏を連れた老女とドミノ牌を見てぞっとしたのである。それはまるで何かの凶兆のようであった。

——「死体と言えばさ」——領事が手酌でウィスキーを注ぎ足し、いくらか震えのおさまった手で伝票にサインをしている間、イヴォンヌはぶらぶらと戸口のほうに歩いていった——「俺としてはウィリアム・ブラックストーンの隣に葬ってほしいな——」領事は伝票をフェルナンドのほうに押しやったが、幸い彼女を紹介する素振りは見せなかった。「インディアンたちのところに行って暮らした男だよ。もちろん、誰だか知ってるだろう?」領事は体を半分彼女のほうに向けて立ち、まだ飲んでいない新たな酒をいぶかしげにじっと見つめていた。

「――まったく、気に入ったのならさ、アラバマ、お先にどうぞ……俺はいらねえや。だけど、欲しいってんなら、取りにいけばいいさ」

「絶対に必要です《アブソルタメンテ・ネセサリオ》――」

領事は酒を半分残して席を立った。

外に出ると、陽光が降り注ぎ、いまだに続いている舞踏会の蝕まれた音楽が寄せては返すなか、イヴォンヌはふたたび彼を待ちながら、不安そうな目つきで肩越しにホテルの正面玄関を見ていた。そこからは、酔いの醒めやらぬ客たちが、まるで巣から飛び出してふらついているスズメバチのように、三々五々、わらわらと出てきたかと思うと、とたんに領事は、軍人のように、執政官のように背筋をしゃんと伸ばし、いまやほとんど震えることもなく、サングラスを取り出してかけた。

「さて」と彼は言った。「タクシーもいなくなったようだな。歩くとするか」

「何ですって? 車はどうしたの?」イヴォンヌは知り合いに会うことを恐れて落ち着きを失っていたために、サングラスをかけた別の男の腕をつかみかけた。それはホテルの壁に寄りかかっていたみすぼらしいメキシコ人の若者で、領事は、持っていたステッキを自分の手首に無造作にかけると、謎めいた声で男に話しかけた。「やあ、こんばんは《ブエナス・タルデス・セニョール》」イヴォンヌは急いで歩き出した。「そうね、歩きましょう」

領事はうやうやしく彼女の腕を取り(彼女の視線の先では、サングラスをかけたみすぼらしいメキシコ人のところに、さらに遠くの壁に寄りかかっていた、片目に眼帯をした裸足の男が歩み寄り、領事は彼にも「こんばんは《ブエナス・タルデス》」と声をかけたが、ホテルからそれ以上客が出てくることはなく、残されたその二人は、彼らのうしろから礼儀正しく「どうも《ブエナス》」と挨拶を返しながらも、まるで「『こんばんは』だってよ、変な野郎だぜ！」とでも言わんばかりに、立ったままお互いを肘で突き合っていた）、それから二人は広場を斜めに横切っていった。もっと遅い時間にならないと祭り《フィエスタ》は始まらないようで、いままで何度も死者の日を経験してきた街路は閑散としていた。色鮮やかな旗や紙の吹き流しがはためいていた。木々の下では観覧車が、光を浴びたまま鬱然と止まっていた。それでも、眼下に広がる町ではすでに、まるで豊かな色彩が一気に爆発したかのように、遠くで沸き上がる鋭い騒音が響き渡っていた。〈ボクシング！〉と書かれたポスターがあった。〈トマリン闘技場《アレーナ・トマリン》。シコタンカトル《フレンテ・アル・ハルディン・》公園前《シコタンカトル》。一九三八年十一月八日の日曜日《ドミンゴ・オチョ・デ・ノビエンブレ・デ・ミルノベシエントストレンタイオチョ》、手に汗握る四試合《クアトロ・エモシオナンテス・ペレアス》〉

イヴォンヌは、何とか尋ねまいと思ったが、こらえきれずに聞いた。

「また車をぶつけたの？」

「実を言うと、なくしたんだ」

「なくしたですって！」

「残念だが――ま、いいさ、畜生、えらく疲れているんじゃないのかい、イヴォンヌ」

「ちっとも！　あなたこそ――」

――〈ボクシング！　四ラウンドの前座試合《プレリミナーレス・クアトロ・ロンダス》。トルコ人《エル・トゥルコ》（ゴンサロ・カルデロン、五十二キロ）対熊《エル・オソ》（五十三キロ）〉

「船の上でずいぶん長いこと眠ったんだから！　それに、歩くほうがはるかにいいわ、ただ――」

「大したことはない。ちょっとリューマチの気があるだけさ。――ああ、それとも熱帯性の下痢かな？　このガタが来ている足の血行がよくなってありがたいよ」

――〈ボクシング！　五ラウンドの特別試合《エベント・エスペシアル・ア・シンコ・ロンダス》。勝者は準決勝グループに進出します《エン・ロス・ケ・エル・ベンセドール・パサラ・アル・グルーポ・デ・セミフィナレス》。トマ・

アゲーロ（クアウナワク出身、無敗のインディオ《エル・インベンシブレ・インディオ・デ・クアウナワク》、五十七キロ。共和国の首都から到着したばかり《ケ・アカバ・デ・イエガール・デ・ラ・カピタル・デ・ラ・レプブリカ》）。トマリン闘技場《アレーナ・トマリン》。シコタンカトル公園前《フレンテ・アル・ハルディン・シコタンカトル》〉

「残念だな、車がないからボクシングを見に行けそうもない」と領事は言い、大げさなほど背筋を伸ばして歩いていた。

「ボクシングは嫌いよ」

「――だけど、どのみち次の日曜まで試合はないよ……今日はトマリンで闘牛みたいなのがあるって聞いたんだが。――あいつ誰だか覚えているかい？」

「いいえ！」

領事は彼女と同じくそれが誰だかはっきり思い出せず、その大工らしき男に一本指を立てて曖昧な挨拶をした。男は首を振りながら、木目のある切り出し板を小脇に抱えて二人の前を走り過ぎていったが、歌うような口調で、「やあ、飲んべえさん《メスカリート》！」とも聞こえる言葉を笑いながら投げかけていった。

陽光が二人の上に照りつけ、動かぬ救急車の上に照りつけた。それによってヘッドライトは一瞬まぶしい光を放つ虫眼鏡と化し、火山になめらかな光沢を与えていた――だが、彼女はいま火山に目をやることができなかった。とはいえ、ハワイ生まれの彼女は、昔から火山には親しんでいた。小柄な代書屋が広場の木陰のベンチに腰掛け、ほとんど足が地面に届かぬまま、この時間から巨大なタイプライターを叩いていた。

「私は出口に向かう唯一の道をたどっている、てん」代書屋の前を通り過ぎるとき、領事は明るく落ち着いた声でそんな文言を提供してみた。「さようなら、まる。段落改め、章改め、世界改め――」

周りの景色――広場を取り囲む〈伝統衣装《ラ・チーナ・ポブラーナ》　手刺し刺繍ドレスの店〉といった店の名前や、

〈自由の浴場《バーニョス・デ・ラ・リベルター》。首都で最高にして湯をたやさない唯一の温泉《ロス・メホーレス・デ・ラ・カピタル・イ・ロス・ウニコス・エン・ドンデ・ヌンカ・ファルタ・エル・アグア》。紳士淑女のための特別サウナ《エストゥーファス・エスペシアレス・パラ・ダマス・イ・カバイエーロス》〉あるいは〈パン屋の皆さま《セニョール・パナデーロ》、よいパンにはよい小麦粉「プリンセサ・ドナーヒ」をお求めください《シ・キエレ・ブエン・パン・エクシーハ・ラス・アリナス・プリンセサ・ドナーヒ》〉といった広告など——は、イヴォンヌにとってやはり不思議と懐かしいものでありながら、一年ぶりとあってひどく奇妙にも思え、そのため、彼女はしばらくの間、思考と肉体が、そして存在の仕方そのものが切り離されているという耐えがたいほどの違和感に悩まされた。「あの代書屋を使って何通か私に返事をよこすこともできたでしょう」と彼女は言った。

「ほら、昔マリアがあそこを何て呼んでいたか覚えているかい?」領事はステッキを持ち上げ、木々の先、ちょうどコルテス宮殿に対してはすかいに建っている小さなアメリカの食料品店を指した。「ピーグリー・ウィーグリーだよ」

「絶対に」イヴォンヌは歩みを速め、唇を噛みしめながらこう胸に誓った。「絶対に泣かないから」領事は彼女の腕を取っていた。「ごめん、気がつかなくて」

二人はまた通りに出た。そこを渡ったとき、彼女は印刷屋の窓に気を取り直すきっかけを見つけてほっとした。二人は昔のようにそこに立ってなかを覗き込んだ。宮殿に隣接してはいるものの、まるで坑井《こうせい》のようにのっぴきならぬ狭い急な坂道を隔てて建つその店は、早い時間から開いていた。ウィンドウの内側に置かれた鏡のなかから、海の生き物が彼女を見返していた。それは水に濡れ、陽光を浴びて銅色に輝きながら、潮風と波しぶきに髪をあおられて、イヴォンヌのさりげない虚栄の動きを真似ながらも、人の悲しみを越えて波間を走っているかのようであった。だが、波間と海岸とウィンドウの間にいる日に焼けたこの生き物は気づいていなくとも、太陽が悲しみを毒に変え、輝く肉体が病んだ心をただ嘲っていることにイヴォンヌは気づいていた。ウィンドウのなかには、鏡に映った彼女のうつろな視線の両脇に、昔と同じく華やかな結婚式の招待状が並べられ、昔と同じくごてごてと飾られた花嫁たちの修正を施された写真があったが、いまはそこにそれまで見たこともないものが加わっていた。領事は「妙だな」とつぶやいて指を差し、まじまじと覗き込んだ。それはシエラマドレ山脈の氷河堆積物が崩れつつあることを伝える拡大写真で、山火事で割れた巨岩を映し出していた。この奇妙な、そして奇妙に物悲しい写真——ほかの展示物の性格が、そこに辛辣な皮肉を与えていた——は、すでに回りはじめた印刷機のはずみ車の奥に高く掲げられ、「別れ《ラ・デスペディーダ》」と題されていた。

二人はさらに進んでコルテス宮殿の前を通り過ぎ、それからその裏を通って宮殿の脇の崖を下りていった。そこを下っていけば、下で弧を描いているティエラ・デル・フエゴ通りへの近道となるのだが、崖は煙を上げる瓦礫の山に等しく、二人はかなり慎重に歩かねばならなかった。とはいえ、市街地を過ぎたいま、イヴォンヌの気持ちはだいぶ楽になっていた。別れ《ラ・デスペディーダ》、と彼女は考えた。別れ！ 湿気と岩屑《がんせつ》が消えれば、あのひび割れた岩は真っ二つに裂けて地面に崩れ落ちる。それは時間の問題だと写真の説明にあった……本当かしら？ ほんの少し前には誰もそれが不変であることを疑わなかったあのかわいそうな岩を助ける術はないの！ ああ、あのときは誰にとっても、あれは一枚岩以外の何ものでもなかったのに！ たとえ亀裂が入っていたとしても、完全に崩れてしまう前に、せめて離ればなれになりかけている二つの大きな岩だけでも救う手立てはないの？ その手立てはない。岩を真っ二つに引き裂いた激しい山火事は、二つに割れた岩それぞれの崩壊をも誘発し、互いをつなぎ留める力をすっかり奪ってしまったのだ。ああ、でもどうして——何か不思議な地質の魔法をかけて——岩をまた一つにつなぎ合わせることはできないものかしら！ 彼女は割れた岩を元どおりにしたかった。自分は岩の片割れであり、もう片方を救いたかった。そうすれば、どちらも一緒に救われると思ったのだ。自らを石にするほどの堅固な思いを胸に彼女はそれに近づき、願をかけ、熱い涙を流し、そして心からの許しを与えた。しかし、岩の片割れは動かなかった。「それは結構だが」と片割れは言った。「君のせいなんだし、俺のほうは好きなように壊れたいんだ！」

「――トルトゥには」と領事は話していたが、イヴォンヌは上の空で、二人はもうティエラ・デル・フエゴ通りに出ていた。それはでこぼこのほこりっぽい狭い道で、人影がないと見慣れない感じがした。領事はまた震えはじめていた。

「ジェフリー、喉が渇いたから、どこかに入って何か飲まない？」

「ジェフリー、一度だけ冒険して、朝食の前に一緒に酔っ払いましょうよ！」

イヴォンヌはこのいずれの台詞も口にしなかった。

――火の国通り！　二人の左手には、道よりも少し高い位置に、階段の刻まれたでこぼこの側道があった。蓋のない下水溝が埋め立てられて中央が少し隆起した小路は、全体にわたって右手に急傾斜しており、まるで昔の地震で地崩れしたかのようであった。こちら側には、長方形の鉄格子窓のついた瓦屋根の平屋が道と同じ高さに建ち並んでいたが、心持ちそれより低い位置に見えた。その反対側、今度は少し高い位置に並ぶ小さな店の前を二人は通り過ぎていった。ほとんどの店は開店の準備を始めているか、あるいは〈モレロス州トウモロコシ製粉所《モリーノ・パラ・ニシュタマル》〉のようにすでに店を開けていたが、まだ眠たげな表情をしていた。馬具屋あり、牛乳屋《レチエリーア》あり（その看板は、本当は色欲《レチエリー》渦巻く売春宿を意味するのだと言う者もいたが、彼女にはその冗談がわからなかった）、小さなソーセージやチョリソがカウンターの上にぶら下がっていて、山羊のチーズや甘いマルメロのワインやカカオの実なども売っている薄暗い店あり、いろいろな店が立ち並ぶなか、領事は「ちょっと失礼《モメンティート》」と言って、そのうちの一軒に入っていった。「先に行っていてくれ、追いつくから。すぐに行く」

イヴォンヌはそのまま歩きつづけ、そこから少し離れたところでまた引き返した。メキシコで二人が暮らしていた最初の週以来、彼女はこの通りの店に入ったことがなく、食料品店《アバローテス》で気づかれる危険性はほとんどない。それでも、領事について店に入ろうと思い立ったのが遅すぎたことを悔やみながら、彼女は錨を下ろしたまま揺れている小さなヨットのように落ち着きなく外で待っていた。彼を追って店に入るきっかけがどんどん失なわれていった。受難の気分が彼女の胸に忍び込んだ。彼女は、領事が店から出てきたとき、見捨てられ、辱められながらもじっとそこで待っている自分の姿を見てくれたらと思った。だが、振り向いて二人が歩いてきた道を見た瞬間、彼女はジェフリーのことを忘れていた。——信じられない。クアウナワクに帰ってきたなんて！　あそこにはコルテス宮殿があり、崖の上には男が立って、谷を見渡している。その険しい武人のような雰囲気から察するに、それはコルテスその人かもしれない。男が動いたために、その空想は打ち破られた。いまや男はコルテスどころか、ベーヤ・ビスタの壁に寄りかかっていた、サングラスの貧しい若者に似ていた。

「旦那は大のワイン好きだね！」という力強い声が食料品店のなかから静かな通りに響いてきたかと思うと、それに続いて、おそろしく陽気だが乱暴な男の笑い声が聞こえてきた。「旦那は——悪魔《ディアブロ》だあ！」それからしばらく領事が何か話している声が聞こえた。「卵だって！」陽気な声がまた大きく響いた。「旦那は——悪魔二匹分！　三匹分だなあ」甲高い歓声が上がった。「卵だってよ！」それから、「あのべっぴんは？——ああ、旦那——いやはや、悪魔五匹分、旦那——卵とはね！」という声が響くなか、領事は穏やかな笑みを浮かべたまま、イヴォンヌが見上げる先の歩道に出てきた。

「トルトゥには」そう言いながら、ふたたび落ち着きを取り戻した領事は彼女と歩調を揃えて歩き出した。「理想的な大学があるんだが、あそこではいかなる専門も、しかるべき筋から聞いた話だがね、何ものも、たとえ体育科目でさえも、絶対に妨げてはならないことがある——いいかい！……飲酒だよ」

どこからともなく、子供のなきがらを納めた小さなレース飾りのついた棺とそれを見送る葬列が現われた。楽隊がそれに続いた。サキソフォン奏者が二人、それからベース・ギター奏者とバイオリン奏者がこともあろうに「ゴキブリの歌《ラ・クカラーチャ》」を演奏していて、それに続いてたいそう厳粛な顔をした女たちが歩いていたが、その二、三歩うしろでは、数人の野次馬が冗談を言い、土ぼこりを上げながら駆け足で葬列を追いかけていた。

　二人は道の片側に立ったまま、その小さな葬列《コルテジュ》が足早に町の方角に曲がっていくのを見送り、それから視線を交わすことなく黙って歩き出した。道の傾斜は多少緩やかになり、歩道と店はいつしかなくなっていった。道の左側には背の低い無表情な塀があるばかりで、その向こうは空き地になっていた。道の右側に目を転じると、家々は次第に石炭のつまった、屋根のない掘建て小屋の様相を呈してきた。耐えがたいほどの痛みと闘ってきたイヴォンヌの心臓が一瞬止まりかけた。いつの間にか、二人はあの住宅地に、自分たちが暮らした場所に近づいていたのだ。

「ジェフリー、足下をちゃんと見てね！」だが、角を直角に曲がってニカラグア通りに入るときにつまずいたのはイヴォンヌのほうであった。領事の無表情な視線の先で、彼女は陽の射す方向に顔を向け、通りの端近くにある正面の奇妙な家を眺めていた。そこには二つの塔が立っており、棟木の上の細い通路でつながっていた。こちらに背中を向けた労働者らしき男も、不思議そうに塔を見つめていた。

「そう、まだちゃんとあるよ。頑として動かないのさ」と彼は言い、二人はすでに家を左手に見ながらそこを通り過ぎていた。彼女は塀に刻まれた文字を見たくはなかった。二人はそのままニカラグア通りを抜けていった。

「でも、通りの感じが少し変わったわ」そう言うと、イヴォンヌはふたたび口をつぐんだ。実のところ、彼女はなんとか自分の気持を抑えようとしていた。不思議なことに、このところ彼女が思い描いてきたクアウナワクの情景のなかでは、この家はまったく存在していなかったのだ！　このところ何度か、想像力の導くままに、彼女はジェフリーと一緒にニカラグア通りを歩くことがあったが、哀れな二人の幻は、一度たりとも塔《サクアリ》のあるジャックの家に出くわすことはなかった。まるで家そのものが最初から存在しなかったかのように、それはしばらく前に跡形もなく消え去っていた。ちょうど、殺人犯が犯行現場のそばにある何らかの目印を無意識のうちに脳裏から消し去ってしまい、かつてはよく知っていたその場所の近くに戻ってきたときには右も左もわからなくなっているかのようであった。だが、ニカラグア通りはさほど変わったようには見えなかった。相変わらず大きな灰色の石ころが散らばり、月面のように穴があちらこちらに開いている。よく知られているとおり、凍りついた噴火口のような状態で、一見すると工事中のようだが、実は市と土地所有者の話し合いが行き詰まっていることを冗談のごとく示すものでしかなかった。ニカラグア通り！——ともかくも、その名前が彼女の胸のなかで切々と響き渡った。ただ、ジャックの家を見たときの奇妙な衝撃だけは、頭のどこかに冷静な部分が残っていることを示していた。

歩道のない幅広の通りは、さらに勾配を増して下り坂になっていた。たいがいは生い茂った木が上から張り出した塀の間を通っているが、いま差しかかった場所だけは右手に小さな石炭小屋が並んでいる。道は三百ヤードくらい先で左に曲がり、さらに三百ヤードほど行くと、彼らの家の先で視界から消えていた。その向こうでは低くうねる丘の景色を木々が覆い隠していた。大きな邸宅のほとんどは道の左手のかなり引っ込んだ位置に、まるで谷越しに火山と相対するかのように、峡谷《バランカ》に近いほうに建っていた。彼女は、二つの地所の間にある有刺鉄線で仕切られた場所に立ち、生い茂った刺だらけの草を吹きぬけた突風が荒っぽく束にまとめたようなその原っぱ越しに、ふたたび彼方の山々を仰いだ。そこにそびえるポポカテペトルとイスタクシワトルは、はるかマウナロア、モクアウェオウェオからの使いのように見える。いまではその山々の麓をぼやかすかのように暗雲が垂れ込めている。雨季の終わりだというのに、草は思ったほど青々としていない。途中で乾期が続いたに違いないが、それでも道の両側の溝のなかを山水が滔々《とうとう》と走り抜けている――

「それから、あいつもまだあそこにいるんだ。これまた頑として動かないのさ」領事はうしろを振り向くことなく、ラリュエルの家に向かって肩越しに首を振った。

「誰――誰が動かないですって――」イヴォンヌは口ごもるように言って、うしろに目をやった。そこにいたのはさっきの労働者だけで、男は家を見るのをやめて小路に入っていくところであった。

「ジャックだよ」

「ジャックですって！」

「そうさ。俺たちは実に仲良くやってきたよ。ジョージ・バークリーからオシロイバナまで、ひとおりやりつくしたかな」

「何をしているんですって？」

「外交に従事しているのさ」領事は立ち止まってパイプの煙草に火をつけていた。「それについて話しておくべきことがあるって、ときどき本気で思うよ」

「――」

彼は足を止め、あふれんばかりに水が流れている溝にマッチを捨て、それから二人はなぜか、早足とも言えるほどの速度で歩き出した。彼女は物思いに耽りながら、路面を小刻みに叩く怒ったような自分の靴音と、肩のあたりに響く領事の呑気な声を聞いていた。

「たとえば、君が一九二二年にザグレブの白ロシア大使館にイギリス人随行員として行っていたとしたら、君のような女性だったら、一九二二年にザグレブの白ロシア大使館で随行員として非常にいい仕事をしたろうといつも思うんだ。どうしてあそこがあんなに長続きしたかは知らないが、君だったら、何か、技術というのとは違うけど、物腰というか、仮面というか、ともかく、一瞬にして超然とした、誠実ならざる無関心の表情を顔に張りつける技を身につけていたかもしれない」

「――」

「だけど、君がどう感じているかはよくわかっている――俺たちが、つまりジャックと俺が暗黙のうちに無関心でいることのほうがよっぽど無礼だってね。たとえば、君が去ったときにジャックが去るべきではなかったとか、俺たちは仲たがいをすべきじゃなかったとか、そんな話になるほうがまともだってね」

「――」

「だけどさ、イヴォンヌ、イギリスのQボートの船橋に上がったことがあるとしたら、君のような女性ならイギリスのQボートの船橋が似合うといつも思っているんだが――望遠鏡でトテナム・コート・ロードあたりを覗き見て、もちろん比喩的な意味でだよ、毎日毎日、そこで波を数えていたとしたら、君が身につけたものは――」

「お願いだから、ちゃんと前を見て歩いて！」

「だけど、もし君が、マクシミリアンとカルロッタの悲しい恋に呪われた町カッコールズヘイヴンの領事をやっていたとしたら、どうして――」

――〈ボクシング！　トマリン闘技場《アレーナ・トマリン》。玉男《エル・バロン》対真ん丸男《エル・レドンディーヨ》〉

「それより、小さな死体の話がまだ終わってなかったね。そのことで実に驚くべきは、アメリカとの国境出口へ手荷物《チッキ》で、本当に手荷物でだよ、送られなくてはいけないということなんだ。送料は大人二人分の運賃と同じ――」

「――」

「だけど、俺の話を聞きたくなさそうだから、もうちょっと大事な話をしよう」

「――」

「だから、別の話だよ。もうちょっと大事な話」

「わかったわ。何？」

「ヒューのことだ」

イヴォンヌはようやく返事をした。

「ヒューから連絡があったの？　どうしているの？」

「俺のところにいるよ」

――〈ボクシング！　トマリン闘技場《アレーナ・トマリン》。シコタンカトル公園前《フレンテ・アル・ハルディン・シコタンカトル》、一九三八年十一月《ドミンゴ・オチヨ・デ・ノビエンブレ・デ・》八日の日曜日《ミルノベシエントストレンタイオチヨ》、手に汗握る四試合《クアトロ・エモシオナンテス・ペレアス》。玉男《エル・バロン》対真ん丸男《エル・レドンディーヨ》〉

〈『オルラックの手』《ラス・マノス・デ・オルラック》　ピーター・ローレ主演《コン・ピーター・ローレ》〉

「何ですって！」イヴォンヌは急に立ち止まった。

「今回は、アメリカの牧場に行っていたらしい」領事はやや神妙な面持ちでそう言っていたが、その間、二人は何とはなしに歩を進めていた。ただし、さっきよりは足の運びが遅くなっていた。「どうしてかはわからん。まさか乗馬を習うわけでもあるまいが、ともかく一週間ほど前、見るからに安っぽいなりをしてひょっこり現われたのさ。まるで『ユタの流れ者』に出てくるフート・S・ハートみたいだったよ。自分で出てきたのか、それとも追い出されたのか、アメリカから家畜運搬用トラックに乗ってきたらしい。新聞記者ってのがどうやってこういうことをうまくやるのか、正直よくわからない。たぶん、出たとこ勝負だったんだろう……ともかく、家畜と一緒にチワワまで来たのさ。それから、密輸目的で銃を運んでいる、何とかという名前の男がいて――ウェーバーだったかな――会ったこともないし、忘れてしまったが、そいつに飛行機で送り届けてもらったというわけだ」領事は踵にパイプを打ちつけて灰を落とし、笑みを浮かべた。「最近、みんなが飛行機に乗って会いにきてくれるみたいだな」

「でも――でも、ヒューは――どうして――」

「あいつは途中で服を失くしたんだが、不注意だったせいじゃない。国境で値段以上の税金を取られるから、仕方なく置いてきたというんだ。だけど、パスポートはなくさなかったよ。そんなのは珍しいことで、だって彼はまだ――どういう立場かはまったくわからないが――ロンドンの『グローブ』に関わっているわけだろうし……もちろん、あいつが最近かなり有名になったって話は知ってるだろう。それも二度目だよ。最初のときを知っているかどうかは知らないがね」

「私たちが離婚したことは知っているのかしら？」イヴォンヌはやっとのことで尋ねた。

領事は首を振った。二人はゆっくりと歩きつづけたが、領事はずっと地面を見つめていた。

「話したの？」

領事は黙ったまま、さらに歩調を緩めた。「俺はいま何て言った？」彼はようやく口を開いた。

「何にも、ジェフ」

「まあ、俺たちが別れたってことはもちろん知ってるよ」領事は、持っていたステッキで溝のそばに咲いていたほこりっぽいヒナゲシの花を払いのけた。「でも、俺たちが二人とも、ここにいるものと思ったらしい。ひょっとしたら、と思ったんじゃないかな――ともかく、離婚が成立したことは話さずにおいた。少なくともそうしたつもりだ。話さずにおいたということだよ。ともかく、正直なところ、覚えているかぎり、彼が発つときその話をするところまではいかなかったと思う」

「それじゃ、もうあなたのところにはいないのね」

領事は咳き込むほどに笑い転げた。「いや、いるよ！　いるどころじゃない……それどころか、あいつの救助活動があまりに厳しくて、あやうく死にかけたよ。つまりね、俺を『更正』させようとしているんだ。その効果が現われているだろ？　あいつがイタリア人顔負けの腕をふるったあとがわからないかい？　ひどいストリキニーネを作って、それで文字どおり大成功するところだったんだ。だけどね」領事の足が一瞬だけもつれたように見えた。「もっと詳しく言うと、実際あいつは俺のところにいる理由があったんだ。俺という詩人スウィンバーンを介護するセオドア・ワッツ・ダントンの役だけを演じていたわけじゃない」領事はまた別のヒナゲシの花を払いのけた。「もっともこっちは物言わぬスウィンバーンだがね。あいつは牧場でのんびりしている間に風の噂を聞きつけて、まるで牛を追いかけ回す赤い布みたいに、それを追ってここまで来たというわけなんだ。その話はしなかったかな？……それで――さっき言わなかったかな？――あいつはメキシコ・シティに行ったのさ」

しばらくして、イヴォンヌは自分の耳にも届くか届かないくらいの弱々しい声で言った。「それじゃ、私たち、少しくらい一緒にいられるわよ、ね？」

「どうかな《キエン・サーベ》」

「だって、彼はいまメキシコ・シティにいるんでしょ？」彼女は急いで言い足した。

「ああ、仕事を辞めようとしていたから――いまごろは家にいるかもしれないな。ともかく、今日戻ってくると思う。何か『行動』を起こしたいんだと言っていたよ。あいつ、このところ人民戦線に肩入れしているみたいだから」領事が真面目に言ったのかどうかはともかく、彼が付け加えた言葉には同情の響きがあった。「あいつの感傷的な衝動がどういう結末を迎えるかは、誰にもわからんさ」

「それで、どう思うかしら」大胆にもイヴォンヌは突然問いかけた。「今度あなたを見たら」

「そうだな、まあ、それほど変わっていないだろう。それほど時間も経っていないし。それより、俺が言おうとしていたのは」領事はわずかにしゃがれた声で続けた。「ヒューの出現によってラリュエルと俺との素敵な時代が終わったということだ」彼は、歩きながらまるで盲人のようにステッキを突き回し、しばらくの間、たわむれに土ぼこりのなかに模様を描いていた。「もっとも、愉快だったのは俺のほうだけさ、ジャックは胃が弱いから、三杯くらい飲むとたいてい吐いちまって、それで四杯目あたりから善きサマリア人を演じはじめて、五杯目からは、これまたセオドア・ワッツ・ダントンになるんだ……だから俺は、いわばその演技の変化をありがたく受けとめたんだ。ヒューのために、もし君が何も言わずにいてくれたら、少なくとも俺はいま感謝するだろうから――」

「まあ――」

領事は咳払いをした。「もちろん、あいつの留守中そう大酒を食らっていたわけじゃないし、ごらんのとおり、いまだってすっかりしらふと言えなくもない」

「ええ、そうね」と言ってイヴォンヌは微笑んだが、その頭のなかにはさまざまな思いが渦巻いていた。こうしたことから逃れるために、千マイル離れたところに必死の思いで逃げていたのだ。しかしながら、彼女はいま彼のかたわらをゆっくりと歩いていた。そして、何の足がかりもない吹きさらしの高所を歩く登山者が断崖の上の松林に目をやり、「下の急斜面のことなど気にするな。あそこの松のてっぺんにいるよりはよっぽどましじゃないか！」と言って自らを励ますように、彼女は意識してその瞬間から逃れ、思考を停止した。いや、通りの景色を思い出していたのだ。メキシコ・シティへの宿命的な旅のはじめに、いまはなきプリマスの車内から切ない気持ちで振り返り見たあの景色――あのときは事態がなんと絶望的に見えたことだろう！――に思いをめぐらしていた。プリマスはすさまじい音を立てて角を曲がり、スプリングの勢いで跳ねながらがたがたと窪みにはまり込んだかと思うと、突然止まり、それから這い出し、ふたたび前に跳ね出しては、左右を問わず、塀を目指して走りつづけた。彼女の記憶よりも塀は高く、ブーゲンビリアに覆われていた。花は煙るほどに生い茂っていた。その向こうには、どっしりとした大きな枝を持つ木々の梢が見え、その先に、パリアン州の永遠の象徴たる監視塔が見え隠れしていた。家々は塀に隠れてここからは見えないが、以前試してみてわかったとおり、塀の上に乗っても見えない。それらはまるで小さくなって中庭《パティオ》のなかに納まってしまったかのようで、展望塔《ミラドール》が切り離されて、まるで孤独な魂の屋根のごとく浮かんでいるようにも見えた。また、何となくニューオーリンズを思わせる錬鉄製の透かし彫りが施された高門越しでも、家々はよく見えなかった。家を囲む、恋人たちの密会の約束が記された塀は、メキシコというよりもスペインの夢の家を守っていた。右手にある側溝はしばらく地下を走り、暗く口を開けた――昔マリアが炭を取りに行っていた――燃料庫のある、通りに建つ一軒の掘建て小屋は、邪悪なまなざしで彼女を睨みつけていた。それから、水はふたたび太陽のもとに勢いよく飛び出し、反対側では塀と塀の間からポポカテペトルだけが姿を見せていた。気づかぬうちに二人は角を曲がり、自分たちの家の入口が見えるところにまで来ていたのだ。

いまや通りにはまったく人気《ひとけ》がなく、まるでむきになって競争でもしているかのような二本の細い側溝の激しい水音以外、音らしい音はなく、あたりは静まり返っていた。その情景を見て、彼女は混乱しながらも思い出した。まだルイスに会う前、領事がイギリスに帰ったものと半ば思い込んでいたとき、クアウナワクを、なんとか心の目に留めておこうとしたことを、言わば来るべき破滅が洪水となって押し寄せるとき、彼の幻が、邪険にされながらも慰めを与える自分の影だけを伴って歩きつづけることのできる安全な歩道としてこの地を留めておきたいと思ったことを。

ところが、あの日以来、クアウナワクは、相変わらず人気はないものの、まったく違ったふうに見えていた――過去はぬぐい去られまっさらになり、ジェフリーがそこに、孤独に、しかしいまでは実体を有し、自分の助けを求め、そして救うことのできる存在としてそこにいた。

そして、ジェフリーはたしかにここにいる。孤独でもなく、彼女の助けを必要としないばかりか、彼女の責めのただなかで生きている。むしろ、その責めによって奇妙にも生き長らえているようにさえ見える――

イヴォンヌは鞄をきつく握りしめた。急に頭がくらくらして、相手の話も耳に入らない。見たところ元気を取り戻した領事は、ステッキでいろいろな場所を指し示していた。右手には田舎道、あそこの小さな教会は学校になったから校庭に墓と鉄棒が両方あるのさ、溝のなかには暗い入口があって――両側の高い塀はその部分だけ途切れている――庭の下にある廃鉱となった鉄の採掘場に通じているのだよ。

学校からの行き帰り……
ポポカテペトル
それは君の晴れの日だった……

領事は口ずさんだ。イヴォンヌは自分の心が溶けていくのを感じた。山の静けさのような感覚が、二人の上に同時に舞い降りたかのようだった。それは偽りであり、嘘であったが、ほんの一瞬、まるで昔のように、市場での買い物を終えて家に戻ってきたときのような感覚を味わった。彼女は笑いながら彼の腕を取った。二人は歩調を揃えて歩き出した。そしていま、ふたたびあの塀があり、通りに下りていくための車回しがある。誰も掃除をしていないと見えて道路には土ぼこりがたまり、かなり前についた裸足の足跡がそのまま残っている。そして、あの門がある。蝶番《ちょうつがい》が外れていて、入口を少し入ったところに倒れているが、思い出してみれば、いつもそれは鬱蒼と茂るブーゲンビリアの陰に隠れるようにして、そこに傲然と横たわっていたのだ。

「さあ、着いたよ、イヴォンヌ。おいで……もう家だよ！」

「ええ」

「妙だな――」と領事が言った。

汚らしい野良犬が二人についてきた。

3

三日月形の車回しを上がっていくとき、地面にぽっかりと口を開けた穴ぼこはもとより、サングラス越しにぼやけた鉛色を浮かべ、不当な渇きのゆえにいたるところで枯れつつ、お互いに寄りかかるように見えながらも、まるで末期に及んで性の楽しみを求める夢を、あるいは空しい生殖を一度に試みる幻想を抱いて死にゆく快楽主義者のごとく悶えている背の高い異国風の植物たちが如実に語る悲劇を目の前にして、領事の漠然たる想像のなかで、自分のそばを歩きながら自分のために苦しんでいる人物は、過去を振り返り、解釈を与えながらこう語っていた。「見て。懐かしいはずなのに、知らないものみたい。悲しく見えるわ。この木に触ってみて。昔、大好きだった木でしょう。ああ、かつて心が通じていたものが、こんなに遠いものに思えるなんて！　家のあそこの壁龕《へきがん》を見て。キリストがいまもじっと苦しんでいらっしゃるでしょう。お願いすれば、助けてくださるはずよ。でも、できないのね。あそこのバラの苦しみを考えてみて。ほら、芝生の上にコンセプタのコーヒー豆があるわ。マリアのだってあなた言ってたけど、天日干しにして乾燥させているのよ。あの甘い香りがまだわかる？　変てこな花をつける懐かしい大きなバナナ、かつては生命の象徴だったのに、いまでは忌まわしくも男根の死を象徴しているわ。もうこういうものの愛し方がわからないのね。いまあなたが愛しているのは酒場《カンティーナ》だけ。かすかに残っていた生きる意欲はいまや毒に変わってしまった。それだけなら強い毒ではなかったのに、毒があなたの日々の糧になってしまって、酒場にいるときは――」

「ペドロもいなくなってしまったの?」イヴォンヌは彼の腕にしがみついていたが、声には別段変わった響きは感じられないな、と彼は思った。

「そう、ありがたいことにな!」

「猫ちゃんたちは?」

「おい、わん公《ペーロ》!」領事はサングラスを外し、人懐っこい様子で踵を追ってくる野良犬に愛想よく声をかけた。だが、犬は怯えて車回しを戻っていった。「それにしても、庭はめちゃくちゃだな。何か月も庭師を入れていなかったからな。ヒューがちょっとばかり草むしりをしてくれたよ。プールも洗ってくれたし……水の音が聞こえるだろ? 今日は水が張ってあるはずだ」車回しの幅が広がって小さな劇場のように開けた場所があり、そこから出た道が、バラの花壇に囲まれた狭い芝生の斜面を斜めに横切って「正面」玄関に続いている。もっとも、「正面」とは言っても、実際には、配水管を半分に割ったような形の植木鉢色の瓦で葺いた白い平屋の裏手にあたる。一筋の黒煙が立ち昇る煙突を左に見て木々の間から覗くと、一瞬、平屋建ての家が錨を下ろした美しい小舟のように見えた。

「いや。不正とか、給料未払いの訴訟とか、そんなことばかりだったな。それから、ハキリアリと戦ったりね。いろんな種類のやつがいる。留守中に一度泥棒に入られちゃってさ。それから、洪水だね。クアウナワクの排水がおいでになって、宇宙の卵みたいな臭いのものを置き土産にしたもんだから、最近までその臭気が漂っていたよ。まあ気にするな、君なら――」

イヴォンヌは腕を離し、小道を横切るように生えているアメリカノウゼンカズラの触糸を持ち上げた。

「ねえ、ジェフリー！　私のツバキはどこ？――」

「さあね」芝生を二分するように、家と平行に走る水のない水路があり、その上には橋をかたどった板が掛かっていた。フロリバンダとバラの間で、一匹の蜘蛛が念入りに巣を織り上げていた。タイランチョウの黒い群れが、ざらついた鳴き声を上げながら家の上をかすめていった。二人は水路の板を横切り、玄関前の「階段」のところまで来た。

たいそう賢い黒い地の精《ノーム》のようだといつも領事が思っている老女（かつて庭の下にあった鉱脈のごつごつした守り神の愛人であったのかもしれない）が、お決まりのモップ、トラペアドール、別名アメリカ人の亭主を肩に担ぎ、履き物の踵を引きずるようにして、カサカサと音を立てながら「正面」玄関から出てきた――だが、踵を引きずる動きとカサカサという音は、区別がつかないようでありながら、別々のからくりによって制御されているのだ。「コンセプタだ」と領事は言った。「イヴォンヌ、コンセプタだ。おい、コンセプタ、ファーミン夫人のお帰りだ」地の精は子供のような笑みを浮かべ、それが一瞬、女の顔を無邪気な少女の顔に変えた。コンセプタはエプロンで手を拭い、領事がもたもたしている間にイヴォンヌと握手を交わしていた。いまや彼は醒めた目で（とはいっても、このとき彼は、昨夜、空白の時間が訪れる直前以来の、最高に「酔いしれた」状態でもあった）、眼前の「正面」玄関の階段に置かれたイヴォンヌの荷物を見つめていた。三つの鞄と帽子箱に貼られた、咲き誇るかのようにきらびやかなラベルが、これが貴女の歴史ですと語っているようだった。オテル・ヒロ・ホノルル、ビーヤ・カルモーナ・グラナダ、ホテル・テーベ・アルヘシラス、ホテル・ペニンシュラ・ジブラルタル、ホテル・ナザレ・ガリラヤ、オテル・マンチェスター・パリ、コスモ・ホテル・ロンドン、イル・ド・フランス号、レヒス・オテル・カナダ、オテル・メヒコDF――そして、いまその上に新しいラベル、最新の彩りが加わった――ホテル・アスター・ニューヨーク、ザ・

タウン・ハウス・ロサンゼルス、ペンシルヴェニア号、オテル・ミラドール・アカプルコ、メキシコ航空。「もう一人《エル・オトロ・セニョール》は？」彼がそう言うと、コンセプタは嬉しそうに大きく首を振った。「まだ戻ってないってことか。よし、イヴォンヌ、君は昔の自分の部屋がいいだろう。ともかく、ヒューは機械のある裏手の部屋だから」

「機械って？」

「芝刈り機だよ」

「――ええ《ポルケ・ノ》、お風呂《アグア・カリエンテ》ですよ」コンセプタは、柔らかい音楽のような陽気な声に抑揚をつけながら、鞄を二つ持ってカサカサと踵を引きずるように歩いていった。

「そうか、じゃ君が使ってくれ。奇跡だね！」

家の反対側に行くと、突如として海のように開けた吹きさらしの風景が現われた。峡谷《バランカ》の向こうの平原は火山のすぐ麓まで迫り上がり、黒い霧の壁に覆われている。その上には休火山ポポカテペトルの美しい火山錐がそびえ、その左手には雪をかぶった大学町のようにイスタクシワトルの切り立った峰が連なっている。しばらくの間、二人は軽く触れ合う手をつなぐでもなく、まるでこれが夢ではないという確信が得られないかのように、そしてそれぞれ遠く離れた寝台に横たわったまま、吹き飛ばされた記憶の断片のごとき手を伸ばし、それが絡み合うのを恐れつつも、荒れ狂う夜の海を越えてお互いを探るかのように、言葉を交わすことなくじっとポーチに立ちつくしていた。

二人のすぐ下では、水道栓につながれた水漏れのするホースが、なみなみと水をたたえて軽やかな水音を響かせている小さなプールにさらに水を注いでいた。側面と底を二人で青く塗ったプールであった。塗装はほとんど色あせることなく、水はその色を真似るかのように空を映し、深い緑青《ろくしょう》色をたたえていた。プールの縁はヒューが草刈りをしていたが、そこから先の庭には言いようのないほど雑然と茨が生い茂り、領事は思わず目をそらした。束の間のほろ酔い気分は薄れはじめていた……

　彼は、イヴォンヌがまだ足を踏み入れていない、家の左側にまたがった格好でついているポーチをぼんやりと眺めた。そのとき、まるで彼の祈りに答えるかのように、コンセプタがその側面に沿って二人のほうにやって来た。コンセプタは手にした盆を見据えたまま、脇目もふらず、低い手すりの上でほこりをかぶり、盛りを過ぎてしなだれている植物にも、染みのついたハンモックにも、さえない芝居がかった様子で壊れた椅子にも、中綿の飛び出した寝椅子にも、藁の愛馬を家の壁に寄りかからせたドン・キホーテの不格好な人形にも目をくれず、赤っぽい色のタイル張りの床からまだ掃き出していない土ぼこりと枯れ葉のなかを、ゆっくりとした足取りでカサカサと近づいてきた。

「ほら、コンセプタは俺の習慣をよく知ってるから」いまや領事がじっと見つめている盆の上には、グラスが二つ、中身が半分くらい入ったジョニー・ウォーカーが一本、ソーダ・サイフォン、溶けかけの氷の入った水差し《ハーロ》、それから安物のワインのようなくすんだ赤色をした混合飲料、もしくは咳止め薬のようなものが、これまた半分くらい入った毒々しい瓶が載っていた。「これはストリキニーネなんだけどね。ウィスキーのソーダ割りにするかい？……どっちにしても、氷は君のためらしいな。ストレートのストリキニーネもいらないのかい？」領事は手すりの上から盆を取り、ちょうどコンセプタが出してきた枝編み細工のテーブルの上に置いた。

「まあ、いいのよ、遠慮させてもらうわ」

「――それじゃ、ウィスキーをストレートで飲んだらどう。ほら。困ることなんかないだろう？」

「……それより、朝食を食べさせてちょうだい！」

「――一度くらい飲むって言ってくれてもいいのに」という声が、一瞬、領事の耳のなかを信じられない速さで駆け抜けた。「かわいそうにいまお前はまた猛烈に酔っ払いたいのだろうが問題なのはこのとおり夢にまで見たイヴォンヌの帰還が果たされたということであってああだがその苦しみは放っておくがいいどうにもならないよ」その声はがなりつづけた。「それによって人生でもっとも重大な状況が生まれているのに今度はそれに対処するために五百杯も酒を食らわなくてはならないというさらに重大な状況が生まれてしまっている」生意気そうな口吻で楽しげに話しかけてくるその聞き覚えのある声の主、おそらくは角を生やした、複数の声を操る詭弁家は鋭く言い放った。「だがジェフリーファーミンお前はこの大事なときに飲まずにいられないほどの弱虫なのか違う闘えるはずだこの誘惑と闘ってきたじゃないか違うか違うと言うのかそれなら思い出してみろ昨夜何杯も酒を拒みひと眠りしたあとはすっかり醒めていたじゃないか醒めていなかった醒めていた違うか違うと言うのか醒めていたことはよくわかっているよただ迎え酒を飲んで見事に震えを鎮めていただけじゃないかそれが彼女にはわからないわかってもらえない！」

「どうやらストリキニーネを疑っているようだね」領事は余裕に満ちた静かな声でそう言い（それでも、ウィスキーの瓶があるだけでだいぶ心強かった）、自らその毒々しい瓶を取り上げ、混合液をタンブラーに半分ほど注いだ。俺は少なくとも二分半は誘惑に耐えたのだ。絶対に救いが訪れる。

「私もストリキニーネなんて信じない。また泣かせたいの、大馬鹿者のジェフリー・ファーミン。顔を蹴飛ばしてやる、この馬鹿！」これまた耳慣れた先ほどとは別の声で、領事はその声の主に敬意を表してグラスを掲げ、神妙な顔でその中身の半分ほどを飲んだ。ストリキニーネは――皮肉にも氷を入れて飲んでみると――まるでカシスのように甘い味がした。それによってようやく知覚できるかすかな刺激が与えられたらしい。領事はそこに立ったまま、恥ずべき苦痛が少しずつ和らいでいくのを感じていた……

「それにしてもわからないのかかみさんを寝取られた野郎《カブロン》め彼女は呆れているぞこうしてやっと

帰ってきたというのに最初に考えるのは一杯やることなのかとねストリキニーネだからいいだろうとかそういう問題ではなくてそういうものを必要としウィスキーと並んで出てくることがすでに罪深いのさだから顰蹙《ひんしゅく》を買ってしまったからにはもうウィスキーで始めていいんじゃないかあとでテキーラで始めるんじゃなくてさともかくどこにあるんだわかったわかったどこにあるかはわかったこれが終わりの始まりというものだ実にめでたい終わりだがともかくウィスキーだお前のかみさんのご先祖たちが好んで飲んだ喉を焦がす火のような上級の年代物いまでも一八二〇年の創業当時の《ナシオ・ミルオチョシエントスペインテ・イ・シギエンド・タン・カンパンテ》味をやってからあとでビールにするのもいいじゃないかビタミンも豊富だしどうせ弟も帰ってくることだし特別な機会じゃないかそれこそお祝いというものだろうそれでウィスキーを飲んであとでビールにしたとしても少しずつ《ポコ・ア・ポコ》でもちゃんとやめられるようになるだろう急激にやるのは危険だと誰もが知っているヒューがせっかく立ち直らせてくれようとしているのだからもちろんお前は大丈夫だ！」それは先ほど最初に聞こえた声で、領事はため息をつきながら、挑戦的とも言えるほどしっかりとした手つきでタンブラーを盆の上に置いた。

「何か言った？」彼はイヴォンヌに聞いた。

「もう三回は言ったわ」イヴォンヌは笑っていた。「お願いだから、飲むならちゃんとしたお酒を飲んで。何も私の前だからってそんなもの飲まなくていいの……私はここで座って、気持ちだけお相伴してるから」

「何だって？」彼女は手すりに腰をかけたまま、見るもの聞くものすべて面白いと言わんばかりの顔で渓谷を見渡していた。庭そのものはしんと静まり返っていた。だが、風向きが突然変わったらしい。イスタクシワトルは姿を消し、一方、ポポカテペトルは、まるで並んで走る数本の汽車が山に横ざまに塗りつける煙のように黒くたなびく雲に煙っていた。「もう一回言ってくれないか？」領事は彼女の手を取った。

二人は、熱い抱擁を交わしていた。あるいはそのように見えた。どこかで、射貫かれた白鳥が天空から地上にまっさかさまに落ちてきた。インデペンデンシア通りの酒場《カンティーナ》、〈太陽の港《エル・プエルト・デル・ソル》〉の外では、運の尽きた男たちがもう日溜まりに集まり、店のシャッターが大きな金属音を響かせて巻き上げられるのを待っているのだろう……

「いや、結構だ。薬にしておくよ」領事は、もう少しで壊れた緑の揺り椅子に尻もちをつくように倒れ込むところだった。彼は醒めた顔でイヴォンヌと相対していた。つまり、いまがその瞬間だというのか。ベッドの下で這いつくばっているとき、酒場の暗いカウンターの隅で、暗い森のはずれで、小道で、市場で、拘置所で眠っているときに夢見ていた瞬間とは、まさにこの——だが、その瞬間は生まれるときにはすでに死んでいて、消え失せていた。背後には、夜の灰色熊《ウルサ・ホリビリス》が近づいていた。自分は何をしていたのか？　どこかで眠っていたということだけはたしかだ。チャプン、チャポン、助けて《ヘルプ》、助けて《ヘルプ》。プールがまるで時計のような音を立てて時を刻んでいた。自分は眠っていた。それから？　正装用ズボンのポケットを探っていた手が、まるで手がかりのように角の堅いものに突き当たった。その紙片を光にかざしてみると、そこには次のような文字が並んでいた。

アルトゥーロ・ディアス・ビヒル
外科・産婦人科・小児科・神経科
診察時間十二時から二時、四時から七時
レボルシオン通り八番地

「――本当に戻ってきてくれたのか？　それとも、顔を見に来ただけなのか？」領事は優しい声でイヴォンヌにそう尋ねながら、名刺をポケットのなかに戻した。

「こうしてここにいるじゃない」イヴォンヌの陽気な声には、いくぶん挑みかかるような響きがあった。

「妙だな」領事はそう言いながら、イヴォンヌが許可した酒を手にすべく無意識のうちに体を起こしかけるや、早口でしゃべる抗議の声を耳にした。「大馬鹿者のジェフリー・ファーミン、飲んだら顔を蹴飛ばしてやる。飲んだら泣いてやる、この馬鹿！」「でも、やけに勇気があるな。いったいどうするつもりだったんだ――俺がとんでもない窮地に陥っているとしたらさ」

「だけど、驚くほど元気そうな顔をしていると思ったわよ。どれだけ元気に見えるか、自分じゃわからないでしょう」（領事は意味もなく上腕を曲げて力こぶを作り、反対の手で撫でてみた。「まだまだ頑丈だぞ。言ってみりゃ、馬並みにな！」）「私はどう見えるかしら？」そう言う彼女の声が聞こえたようであった。イヴォンヌは少し顔を背け、彼に横顔を見せた。

「言わなかったかい？」領事は彼女を見つめていた。「きれいだよ……よく焼けていて」そんなことを言ったろうか？「木の実のようにいい色に焼けているよ。泳いでいたんだろ」彼はそう付け加えた。「だいぶ日光を浴びたようだね……もちろん、ここもずっと日射しが強かったけどね」彼は続けた。「いつもどおり……日射しが強すぎる。雨季なのにね……言ったかな、俺はあまり太陽が好きじゃない」

「あら、本当は好きなはずよ」彼女の声はそう聞こえた。「日の当たるところに行ってもいいじゃない、ね」

「だけど――」

領事は壊れた緑の揺り椅子に腰掛け、イヴォンヌと相対した。どうやら、ルクレチウスの説に反して、魂だけが老いつつあるらしい、と、ストリキニーネが効いている状態から徐々に脱しながら彼は考えた。肉体のほうは、長年の習慣が変えがたく身についてしまわぬかぎり、何度でも再生することができる。そして、おそらく魂はその苦しみによって成長し、自分が妻に与えた苦しみゆえに彼女の魂は成長するどころか力をみなぎらせているに違いない。ああ、しかもそれは自分が与えた苦しみのゆえばかりではない。クリフという名の不埒な幽霊が与えたものもあるのではないか。彼の想像のなかで、いつもモーニング・コートと、前をはだけた縦縞のパジャマとしか結びつかずにいる男。それから、奇妙にもジェフリーと名づけられた子供は？　彼女がはじめてリノに行く二年前、幽霊との間に授かった子、いまからそこにさかのぼるだけの年数と同じ月数を生きたのちに髄膜炎で死んでしまわなければ、いまごろ六歳になっていたはずだ。一九三二年、それは二人が出会い、スペインのグラナダで結婚する三年前だ。いずれにしても、あのときのイヴォンヌは、けっして老いることのない若き褐色の女神だった。彼女は十五歳のとき（ということは、原物を見てもいないラリュエルが、エイゼンシュテインか誰かに影響を与えたものだともっともらしく語っていた西部劇に出ていたころに違いない）、皆に「いまはきれいではないが、きっと美人になるよ」と言われていたのだと彼女は言った。二十歳のときにもそう言われていたし、二十七歳で彼と結婚したときにも、少なくともそのような事柄に関する認識の枠組みに従えば、その評言は当たっていた。それは、彼女が三十歳になったいまでも当たっている。つまり、まだ「美人」になろうとしている、まさになりかけているという印象を与えるのだ。昔と同じ少し傾いた鼻、小さな耳、いまや霞んだような苦しみの色を浮かべた温かみのある褐色の瞳、これまた昔と同じ、温かさと大らかさを示すふっくらした唇の大きな口、やや弱々しい顎。イヴォンヌの顔には、ヒューの表現を借りれば、いつ何時燃えつきて灰と化すかもしれないはかないすがすがしさがあった。とはいえ、彼女は変わった。ああ、そうだ、すっかり変わってしまった！　降格となって船を下りた船長が、港に停泊している船を酒場の窓越しに見るとまるで違って見えるように。彼女はもはや俺のものではない。この灰色がかった青い洒落た旅行服にしても、誰かがこれがいいと言ったに違いない。俺ではない誰かが。

突然、彼女は少し苛立った様子でさっと帽子を脱ぎ、日焼けして色の明るくなった褐色の髪を振りながら手すりから立ち上がった。それから並外れて美しく品のある長い脚を組みながら、寝椅子に沈み込んだ。寝椅子からは、ギターの弦が無造作にかき鳴らされたような不協和音が漏れた。領事は自分のサングラスを見つけると、おどけるような仕種でそれをかけた。だが、イヴォンヌがなかなか家のなかに踏み込めずにいるのを見ると、かすかな胸の痛みを覚えた。彼は、わざと領事らしい重々しい声音を作って言った。

「ヒューもじきに帰ってくるだろう。始発のバスに乗っているとすればね」

「始発バスって何時なの？」

「十時半か、十一時か」時間などはどうでもいい。町のほうから時報が聞こえてきた。もちろん、絶対にやって来ないのなら話は別だが、酒を持ってくるのでないかぎり、誰かが到着する時刻というのは恐ろしい。家に酒がなく、ストリキニーネしかなかったらどうしただろうか？　それに耐えられただろうか？　いますぐにでも一瓶手に入れるべく、暑くなりゆくほこりっぽい街路によろめき出ただろう。あるいはコンセプタを使いに出したか。ほこりっぽい小道の角のちっぽけな酒場で、用事も忘れ、イヴォンヌが眠っている間、彼女の帰還を祝って午前中ずっと飲むことになるだろう。そのときはアイスランド人、もしくはアンデスかアルゼンチンからの旅行者のような顔をしているだろう。ヒューの到着する時刻よりもはるかに恐ろしいのは、教会に行かない子供を追いかけるゲーテの有名な教会の鐘と同じ歩調で彼のあとをついて来ているあの問題だ。イヴォンヌは一度、はめている結婚指輪をひねった。それをまだはめているのは、愛のためか、それともはめていることの二つの利点のうちの一つのためか、それともその両方のためなのか？　それとも、かわいそうに、ただ俺のために、二人のためにはめているだけなのか？　プールの水は時を刻みつづけていた。魂はここで沐浴し、その渇きを癒すのか？

「まだ八時半だ」領事はまたサングラスを外した。

「あなたのその目、かわいそうに――そんなにぎらぎらしちゃって」イヴォンヌの口から突然言葉が飛び出した。教会の鐘が近づいてきた。いまやそれはガランガランと大きな音を立てながら軽やかに柵を飛び越し、子供はよろめいていた。

「ちょっと具合が悪いもんでね……ほんのちょっとだけ」鐘はもう鳴らない、鐘はもう《ディー・グロッケ・グロッケ・テント・ニヒト・メーア》……領事は、ポーチに敷かれた一枚のタイルの模様を正装用の靴の先でなぞった。そこに納まった（地元映画館の支配人ブスタメンテが考えているように、酒代がかさんで靴下も買えないためではなく、飲酒による神経痛が体中ひどくて靴下がはけないために）むき出しのむくんだ足が痛んだ。忌まわしきストリキニーネさえ飲まなければ、そのせいで頭がこれほど冷たく、醜いまでに醒めきってさえいなければ、こんなことはなかったろう！　イヴォンヌはまた手すりに腰掛け、柱に寄りかかっていた。そして、唇を嚙みしめながら、じっと庭を見つめていた。

「ジェフリー、ここは荒れ放題だわね！」

「マリアナも塀をめぐらした農家もないけどね」領事は腕時計のネジを巻いていた。「……だけどさ、いいかい、話をわかりやすくするためにこう考えてごらんよ。敵に町を包囲され、それを明け渡したあとで、何かの形で、しばらくしてまたそこに戻る――あまりいいたとえじゃないがね、まあいいや、ともかくそう考えてごらんよ――同じ緑の風景のなかに素直な気持ちで入っていけると思うかい？　どこもかしこも、本当に同じように懐かしいと思えるかい、え？」

「だけど、明け渡したわけじゃないわ――」

「たとえ、というより、もし町が、多少痛めつけられていたとしても、ともかく機能していてさ、路面電車がいちおう時刻表どおりに動いていてもだよ」領事は腕時計をしっかりと手首に巻きつけた。「どう思う？」

「――ねえジェフリー、あそこの枝にとまっている赤い鳥を見て！　あんな大きな猩猩《しょうじょう》紅冠鳥、見たことないわ」

「ああ」領事はそっとウィスキーの瓶をつかんでコルク栓を抜くと、なかの匂いを嗅ぎ、それから神妙な面持ちで口をすぼめながら瓶を盆の上に戻した。「そりゃそうだろう。だって、それ猩猩紅冠鳥じゃないもの」

「あら、猩猩紅冠鳥よ。だって胸のところが赤いじゃない。まるで炎みたい！」いまや彼の目には、イヴォンヌが自分と同じくらい来るべきときを恐れているのがはっきりと見て取れた。そのどうにも穏やかならざる瞬間、彼女には見えない恐ろしい鐘が、巨大な舌を突き出し、ウェスリーの恐ろしい教えを吐きながらついに非運の子供を捕まえるその瞬間が訪れるまで、何でもいいから話しつづけなければならないと感じていた。「ほら、ハイビスカスの上にいる！」

領事は片目を閉じた。「銅尾絹羽鳥だと思うよ。それに胸だって赤くないじゃないか。思想を持った連中と離れて、ずっと向こうの狼谷あたりで一羽で暮らしているんだろう。独り静かに猩猩紅冠鳥でないことについて思いを馳せているのさ」

「絶対に猩猩紅冠鳥よ。この庭に住み着いているのよ！」

「そう思うなら、それでいいさ。トロゴン・アンビグウス・アンビグウスが正しい学名じゃなかったかな。曖昧《アンビギュアス》な鳥ってことだ！　だけど曖昧が二つになると断定になるから、つまりこれは銅尾絹羽鳥だよ、猩猩紅冠鳥じゃない」領事は空になったストリキニーネのグラスを取ろうとして盆に手を伸ばしたが、途中でそれに何を入れようとしていたのかわからなくなり、あるいは匂いを嗅ぐだけにしても、まず手にしたかったのはグラスではなく酒瓶ではなかったのかということすらわからなくなって、そのまま手を下ろし、さらに前かがみになって、いかにも火山を気にしているかのような動きに持っていった。彼は言った。

「ポパイのやつ、もうすぐまた姿を現わすはずだよ」

「いまのところは、ほうれん草に埋もれて見えなくなっちゃってるみたいね――」イヴォンヌの声は震えていた。

領事は、懐かしい冗談を耳にして一服しようとマッチを擦ったが、どういうわけか煙草を口にくわえるのを忘れていた。少しして、マッチの燃えさしを持っていることに気づくと、彼はそれをそのままポケットにしまい込んだ。

しばらくの間、二人はまるで物言わぬ二つの要塞のごとく黙り込んで対峙していた。

水はまだちょろちょろとプールに流れ込み――まったく、なんと静かに、ゆっくりと満ちていくのだろう――その水音が、二人の間に広がる無言の空白を満たした……ほかにも聞こえる音がある。領事の耳には、とうにやんでいるはずの舞踏会の音楽が鳴り響き、さえない太鼓のような音がその静寂を貫いているように感じられた。賤民《パリア》。それはもともと太鼓の意味でもある。パリアン。だが、おそらくは際立って音楽が欠如しているために、木々が音楽に合わせて枝を震わせているように見えるのが奇妙なのだろう。その幻覚が、庭のみならず、その先の平原を、目の前の景色全体を、恐怖の色に、耐えがたい非現実の恐怖の色に染め上げていく。おそらくこれは、ある種の精神病患者が経験する感覚にも近いものだろうと彼は思った。精神病院の庭におとなしく座っているとき、突如として狂気が隠れ蓑《みの》たることをやめて、崩れ落ちる天空とその下に広がる自分の周囲の景色のなかで具体化したようなものだ。それを目の当たりにしたとき、理性は言葉を失い、頭を垂れるのみ。頭のなかをさまざまな想念が大砲の弾のように突き抜けていくなか、狂人は精神病院の庭や気味悪い煙突の彼方にそびえる近くの山々のこのうえない美しさから何らかの慰めを得ることができるのだろうか？　それはまず無理だろうと領事は思った。少なくともこの美しさは、彼の結婚生活と同じく命が尽きているのみならず、故意に殺されたのだということを知っていた。いまや日の光は目の前にあるすべてのものの上に燦々《さんさん》と降り注ぎ、その光線が、まるで海から浮かび上がる巨大な鯨のごとくふたたび雲の上に顔を出したポポカテペトルの高木限界線を際立たせていたが、それでも彼の気分が高まることはなかった。太陽は、良心の重荷、いわれのない悲しみの重荷を分かち合ってはくれなかった。そもそも自分が何者であるかも知らないのだ。左手に見えるバナナの茂みの向こうでは、アルゼンチン大使の別邸の庭師が、バドミントン・コートをきれいにすべく、背の高い草を刈っていたが、その罪のない作業には、彼にとって何かとてつもなく恐ろしいものがあった。はらはらと落ちるバナナの幅広の葉は、それ自体、まるでペリカンが羽を休める前に大きく羽ばたく翼のように恐ろしげなものと映じた。庭にいる赤い小鳥たちの動きも、まるでバラのつぼみと化したようにいやにびくびくしているように見えた。生き物たちは、まるで細い鉄線で彼の神経とつながっているかのようであった。電話が鳴ったとき、彼の心臓は止まりそうになった。

実際、電話ははっきりとした音で鳴り響いており、領事はポーチを離れて食堂に入ると、けたたましい音を立てるその物体に怯えながら受話器を取り、そして汗だくになりながら——長距離電話だったこともあり――それに向かって早口で話しはじめたが、自分が何を言っているのかもわからぬまま、遠いトムの声をはっきりと聞き取りながらも、いつ何時煮えたぎる油が鼓膜や口に流れ込んでくるかもしれぬ感覚に怯え、自分の質問に自分で答えを返していた。「わかった。それじゃ……ああ、そうだトム、昨日の新聞に出ていた銀の噂の出所はどこだ？　アメリカ政府が否定したやつだよ。どこから出てきたのか……なんでそんな話になったんだ？　そうか。わかった。それじゃ。ああ、そうだ、ひどいもんだ。へえ、そうかい！　そりゃひどいな。だけど、結局のところ、連中のものだからな。違うのか？　それじゃな。そうするかもな。ああ、わかった、わかった。それじゃ、またな！」

……まったく。何だって朝のこんな時間に電話をかけてこなくちゃならないんだ。アメリカは何時だろう？　エリクソン交換局４３だって？

まったく……彼は受話器を逆さにかけて、ポーチに戻った。イヴォンヌがいない。しばらくすると、彼女が浴室にいる音が聞こえてきた……

領事は罪悪感を胸にニカラグア通りを上っていった。

まるで、家々の間にある果てしない階段を上っていくような感覚であった。あるいは、懐かしきポカテペトルを登っていくようでもあった。この坂の上までが、かくも長く感じられたことはない。割れた石がうねる路面が、まるで苦悩に満ちた人生のように延々と続いている。彼は考えた。九百ペソ＝ウィスキー百本＝テキーラ九百本。ゆえに、飲むならテキーラやウィスキーでなく、メスカルでなくてはいけない。街路はかまどのように熱く、領事は汗だくになった。遠くへ！　遠くへ！　彼はそれほど遠くまで行くつもりはなかった。坂の上まで行こうとも思わなかった。ジャックの家に行く手前に左に入る小道がある。草木が生い茂り、最初のうちはただの馬車道のようだが、それから鉄道の転向線を越えて、さらに道なりに行き右のほうに曲がっていくと、五分も経たぬうちにほこりっぽい一角があり、そこに名もない涼しい酒場《カンティーナ》がある。おそらく外に馬がつながれていて、飲んだくれの髭面の親父に「一晩中働いて、昼間はずっとおねんねよ！」と冷やかされる大きな白い雄猫がカウンターの下で寝ているだろう。その酒場なら開いているはずだ。

それが彼の目指すところで（いまや犬が通行人の見張りを務める小道がはっきりと視界に入ってきた）、何を飲むかは決めかねているものの、ともかく落ち着いて二、三杯補給したら、イヴォンヌが風呂から上がる前に家に戻ろうと考えていた。もちろん、それで家に帰ればきっと――

だが突然、ニカラグア通りが眼前にそり立った。

領事は人気《ひとけ》のない通りにうつ伏せに倒れていた。

――なあヒューー、お前はこのろくでなしを助けるというのか？　礼を言うよ。たしかに今度はお前が救いの手を差し伸べてくれる番だ。お前を助けるのにけっこう苦労したと言いたいわけじゃないさ！　お前がアデンからパリに着いて困っていたときも、喜んで救いの手を差し伸べたんだ。身分証明書や旅券を持たずに旅をするのが好きらしいが、あのときはそれで厄介なことになったろう。おかげで２１３１２という旅券番号はいまでも覚えている。自分の身辺がこんがらがっていたときだっただけに、しばらく気が紛れてよけいに嬉しかったのだろう。それに、あのころすでに同僚からも信頼されなくなっていたが、ああいう仕事を手際よくこなせなくなるほどの廃人ではないことが証明できて満足したのだから。なんで俺はこんな話をしているのだろう？――お前がイヴォンヌと知り合う前、俺とイヴォンヌの関係がすでに破綻しかけていたことを自分でもわかっていたと言っておきたいからなのか！　おいヒューー、聞いてるか――俺の言っている意味がわかるか？　俺はお前を許しているる。イヴォンヌのことはどうしてか完全には許すことはできないが。お前はいまも愛すべき弟、尊敬すべき男だ。いつでも、快く救いの手を差し伸べよう。たしかに、親父が一人で白アルプスに登っていって、そこから帰ってこなかったとき以来、ろくなことをしてやれなかった。もっとも、あれはヒマラヤだったがな。そしてここの火山を見ていると、無意識のうちにそこを思い出してしまうのだ。この谷を見ればインダス渓谷を思い、タスコのターバンを巻いたような古木を見ればスリナガルを思い、そして――おいヒュー、聞いてるか？――よりによってここにやって来てまずソチミルコを訪れたときは、お前は覚えていないだろうが、シャリマールの屋形船を思い出したよ。それで、義母《かあ》さんが、つまりお前の母さんが死んだとき、ああいう恐ろしいことがいっぺんに押し寄せてきたみたいだった。まるで災難という姻族がどこからともなく、というよりダムチョックの町からだな、大荷物を抱えて突然やって来たみたいに――そんなわけで、いわば兄貴らしいことをしてやる機会がほとんどなかった。というより、むしろ父親として振る舞ったということなのかもな。だが、あのときお前はまだ小さかったし、半島東洋船舶の行き先もよくわからないおんぼろコカナーダ号に乗って船酔いしてたしな。でもそのあとイギリスに戻ってみると、保護者がわんさか、ハロゲイトには代理人もわんさかいるありさまだ。施設もあれば学校もある。戦争は言うまでもない。たしかにお前が言うとおり、まだ戦争は終わっちゃいないが、何とかそいつをやり過ごすために、俺は日々酒に溺れ、お前は思想を抱いている。親父にとっての、そしてもちろん俺にとっての思想ほど自己破壊的なものでないことを願うよ。それはともあれ――おいヒュー、まだそこで手を差し伸べているのか？――これだけははっきり言っておく。あんな出来事が起こるなんて、起こりうるなんて、ほんの一瞬たりとも考えちゃいなかったということをな。俺がイヴォンヌの信頼を失ったということは、かならずしもあいつが俺の信頼を失ったということを意味しない。もっとも、人はそう考えてはくれないだろうがな。もちろん、俺は何よりお前を信頼していたさ。俺が酒に溺れていることを理由に、お前が倫理をふりかざして自分を正当化しようとは、それこそこれっぽっちも考えちゃいなかった。それに、最後の審判の日になってみなけりゃわからんだろうが、お前が俺を裁けない理由もいくつかあるぞ。だがな――ヒュー、聞いてるか？――俺は怖いんだ。その日がまだ来ないうちに、お前が衝動的にやってしまったこと、そして若気の至りゆえの愚昧として片付けたがっていたことが新たに暗い光を帯びて立ち現われて、お前を苦しめるんじゃないかと思うとな。俺はひどく恐れている。お前は根は善良で素朴な人間だし、あの愚行を食い止めえたかもしれない道徳的規範や秩序というものを何よりも重んじている。だからこそ、齢を重ね、良心が揺らいでいくにつれ、その行ないゆえに、俺に与えた苦しみよりもさらにひどい苦しみを味わうことになるのではないか。どうすれば救ってやれるのだろう？　どうすればそれを食い止められるのだろう？　どうすれば殺された人間が殺人犯のところに化けて出ないと誓えるのだ？　ああ、過去は知らぬ間に満ちあふれ、神は後悔する者に慈悲を与えてはくれない！　だが、こう言って救いになるかどうかはわからんが、俺自身、ある程度自業自得であることはわかっている。それに、あんなふうにお前にイヴォンヌを差し出したのは軽率な行為だったと、それどころか、滑稽でさえあったと思っている。その代償として、頭が風船のようになり、口と胸がおがくずでいっぱいになったような気分にさせられたのは必然だったのだな。俺は心から……ともあれ、なあヒュー、三十分ほどストリキニーネなんか飲んでいたせいで、その前に薬として何杯か飲んでいたせいで、その前にビヒル先生と一緒にまったく薬にもならぬ酒を何杯も飲んでいたせいでふらふらする。ビヒル先生には会っておいたほうがいいぞ。その友人のジャック・ラリュエルについては何も言わない。いろいろな事情でいままで紹介しなかったが――そうだ、奴からエリザベス朝戯曲集の本を取り戻さなくちゃならないんだった、代わりに覚えておいてくれ――あの前にも二日一晩ずっと飲んでいたし、さらにその前には、七百七十五杯半――だが、それを延々と数えて何になる？　ともかく、このとおり頭のなかは朦朧としているんだが、己の愚行の記憶と結びついた町を忌避しようとするドン・キホーテみたいに、どうしても回り道をしてしまうんだ——俺はビヒル先生なんて言ったか？——

「もしもし、どうなさいました？」ケンブリッジのキングズ・パレードあたりに響いているようなイギリス人の声が、すぐ真上にあるハンドルの向こうから彼に呼びかけた。その主が乗っているのは、よく見ると非常に長くて車体の低い車で、彼の脇に停まって静かなエンジン音を響かせているのがわかった。ＭＧのマグナか何かだろう。

「いえ、別に」領事は、裁判官のように冷静な顔をして瞬時に立ち上がった。「何でもありません」

「何でもないわけないでしょう。道の真ん中に倒れていたんじゃありませんか」いまや彼のほうに向けられたそのイギリス人の顔は、赤みと活気と優しさをたたえ、同時に不安の色を浮かべていた。その下にぶら下がった英国製の縞模様のネクタイは、大学の中庭にある噴水を思い起こさせた。

領事は服についた土ぼこりを払った。いたずらに傷を探したが、かすり傷一つ見つからなかった。彼ははっきりと噴水の幻影をとらえた。魂はここで沐浴し、その渇きを癒すのか？

「何でもないようです」彼は言った。「ご親切にどうも」

「だけどね、道の真ん中に倒れていたわけでしょう。あと少しで轢いちゃうところでしたよ。どうかなさったのでは？」イギリス人は車のエンジンを切った。「あれ、どこかでお目にかかりませんでしたかね」

「——」

「——」

「トリニティ・カレッジですか？」領事は、図らずも自分の声が少しばかり「英国的」な響きを帯びていくのを感じた。「それとも——」

「キーズです」

「でも、それはトリニティのネクタイでは――」領事の声には、礼儀正しくも勝ち誇ったような響きがあった。

「トリニティ？……そうか。実を言うと、これは私の従兄弟のものでしてね」イギリス人が顎を引いてネクタイを見下ろすと、その血色のいい明るい顔が心持ちさらに赤みを帯びた。「グアテマラに行くところなんですが……いい国ですね、ここは。石油がらみの話は残念ですがね。まったく見苦しい――それより、骨折も何もありませんか？」

「大丈夫です。骨は折れていません」領事は言った。だが体は震えていた。

イギリス人は、またエンジンをかけようとしたのか、手を動かしながら前かがみになった。「本当に大丈夫ですか？　私たちはベーヤ・ビスタ・ホテルに泊まっていて、午後までそこにいます。そこにお連れして休んでいただくこともできますよ……なかなかいいパブがあるんですがね、ただ夜どおし騒がしくてね。舞踏会にいらしたでしょう――違いますか？　それで気分が悪くなったんでしょう。何かのときのためにいつも車のなかに酒瓶は入れてますがね……いや、スコッチじゃないですよ。アイリッシュ。バークのアイリッシュ・ウィスキーです。一口どうです？　でも、おそらくもう――」

「ああ……」領事は勧められた酒をあおっていた。「助かったよ」

「もっと……どうぞ……」

「助かったよ」領事は瓶を返した。「本当に」

「それじゃ」イギリス人はまたエンジンをかけた。「お元気で。道路で寝ないでくださいよ。車に轢かれたりはねられたりしちゃ大変ですからね。道もひどいですしね。素晴らしい天気だ」イギリス人は手を振りながら、車を走らせて坂を上がっていった。

「そちらこそ何か困ったことがありましたら」領事は何も考えずにそう呼びかけていた。「私が――ちょっと待って、私の名刺を――」

「さよなら！」

――そのとき領事が手にしていたのは、ビヒル医師の名刺ではなかった。だが、それは彼の名刺でもなかった。**ベネズエラ政府より。**何だこりゃ？ **ベネズエラ政府は感謝の**……これはいったいどこから出てきたんだ？ **ベネズエラ政府は貴外務省に対して感謝の意を表します。カラカス、ベネズエラ。**そうか、カラカス、か――なるほどね。

ジム・タスカーソンのようにしゃんと背筋を伸ばして――あいつももう所帯持ちか、と彼は考えた――元気を回復した領事は、ニカラグア通りを滑るように下りていった。

家のなかでは、風呂の水が流れ出る音が響いていた。彼は急いで身支度を整えた。そして、朝食の盆を運ぶコンセプタを呼び止めると、（盆の上にさりげなくストリキニーネを載せてから）ブリッジでダミーを務めている間に殺人を犯してきた人間のごとく、何食わぬ顔でイヴォンヌの部屋に入った。部屋は光にあふれ、きれいに片付いていた。派手な色のオアハカの毛布が掛けられた低いベッドの上では、イヴォンヌが片手を枕にしてうたた寝をしていた。

「おやおや！」

「おやおや！」

読みかけの雑誌が床に落ちた。領事は、オレンジ・ジュースとチリソースがけ目玉焼き《ウエボス・ランチェーロス》の上にかがみ込むようにしながら、力を失ったさまざまな感情を胸に、大胆に前進していった。

「寝心地はどうだい？」

「いいわ、とっても」イヴォンヌは微笑みながら盆を受け取った。雑誌は、彼女が定期講読しているアマチュア天文学雑誌で、金の光背をまとって古代ローマ軍の兜のような黒い影と化した天文台の巨大な円蓋《ドーム》が、表紙のなかからおどけたように彼のほうを睨んでいた。「『マヤ族は』」彼は声に出して読み上げた。『はるかに高度な観測天文学の技術を持っていた。だが、コペルニクスの体系は思いもよらなかったようである』」彼はベッドの上に雑誌を投げ出すと、椅子に体を沈めて脚を組み、ストリキニーネを下の床に置いて、妙に安穏とした雰囲気で指を合わせた。「別にいいじゃないか……それより、俺は古代マヤ族の『曖昧』な暦が好きだな。それから、『疑似暦』も忘れちゃいけない！それに、月の呼び方も面白い。ポプ、ウオ、シプ、ソッツ、ツェク、シュル、ヤシュキン」

「マク」イヴォンヌは笑っていた。「マクとかいうのなかったかしら？」

「ヤシュやサクってのはあるけどね。それからワイェブ。この月が一番好きだな。五日しかない月なんだ」

「シプの一日に落手いたしました！　なんてね――」

「だけど、結局何の役に立つんだろう？」領事は、（いまごろベーヤ・ビスタの車庫に入っているとおぼしき）バークのアイリッシュ・ウィスキーの後酒としての効力を発揮すべきストリキニーネをすった。「そんな知識がさ。昔、『戦争と平和』の哲学的な部分をすべて暗記するという苦行を自分に課したことがある。もちろん、サンティアゴの猿のように身軽にカバラの索具の間を飛び回れるようになる前のことだ。だけど、この間気づいたんだが、あの本のなかで覚えているのは、結局、ナポレオンの脚がつったという部分だけなんだ――」

「あなたも何か食べたら？　お腹が空いているはずよ」

「もう済ませたよ」

イヴォンヌは、旺盛な食欲で朝食をとりながら尋ねた。

「取引のほうはどうなの?」

「トムは、トラスカラかプエブラにあった財産を没収されて、少々うんざりしているようだ。うまくやりおおせたと思っていただけにね。ここの電話番号はまだ知られていないはずだし、この件に関してどういう立場にいるのか自分でもよくわからん。もう職を退いた身だから――」

「ということは、あなた――」

「まあ、まだこんなぼろを着ているから悪いんだな――ほこりだらけだし――見苦しくて申し訳ない。少なくとも、君のためにもブレザーくらい着ておくんだった!」領事は、自分の声音の変化に気づいてひそかな笑みを浮かべた。公にできぬある理由により、図らずも「英国」訛りになっていたのだ。

「ということは、本当に辞めちゃったのね!」

「ああ、そのとおりさ! いまのところ、メキシコ国民となって、ウィリアム・ブラックストーンのように、インディオたちと一緒に暮らそうと思ってるんだ。金もうけの習慣を別にすれば、わかるかい、君の与り知らぬ世界だろう、外からなかを覗き込んでいるような――」領事は壁に掛かった絵をゆっくりと見回した。そのほとんどは、彼の母親がカシミールの景色を描いた水彩画であった。背の高いポプラが一本だけ交じった数本の樺の木を囲む小さな灰色の石塀は、ララ・ルークの墓。どこかスコットランドを思わせる急流の絵は、グガンビールの渓谷を描いたものだ。シャリマール河がかつてないほどにカム河を思わせる。シンド渓谷からはるかに臨むナンガ・パルバットの風景は、その高峰をポポカテペトルに見立てれば、この家のポーチで描いたものだと言ってもいい……「――外からなかを覗き込んでいるような」と彼は繰り返して言った。「不安を抱えながら、思惑買いをしたり、先を読んだり、離婚手当や貨幣鋳造金を支払ったり、そんなことを別にすりゃ――」

「でも――」イヴォンヌは朝食の盆を脇によけてベッドの横に置いた自分の煙草入れから煙草を取り出し、領事が手を差し出す前に自分で火をつけた。

「とっくにそうしていたんだろうけどな!」

イヴォンヌは、煙草を吸いながらまたベッドに横たわった……結局、領事は彼女が――穏やかに、理性的に、そして思いきって――言いかけたことを聞かぬまま、自分の頭のなかに沸き上がった尋常ならざる意識を追いかけていた。彼は一瞬、まるで横のほうからぼんやりと沸き上がる黒雲の下、地平線に浮かぶ船のように、絶望的な祝祭(祝っているのが自分一人であっても構いはしない)の機会が遠ざかっていくのを悟った。それは同時に、遠くから近づいてくる――なんと!――救済のしるしでもあった……

「い、いまだって?」いつの間にか、彼は穏やかな口調でそう言っていた。「だけど、い、いま行くわけにはいかないよ。ヒューのことだってあるし、君のことも、俺のこともある。ほかにもいろいろあるのはわかるだろう。ちょっと無理な相談じゃないかな」(救済のしるしがとても恐ろしい色を帯びて大きく見えたのは、バークのアイリッシュ・ウィスキーがいつの間にか効きはじめたためかもしれない。間断なく高まっていくと思っていたこの瞬間が脅かされたようだった。)「無理な相談じゃないかな」と彼は繰り返した。

「ヒューもきっとわかってくれるわ――」

「そんなことは問題じゃない!」

「ジェフリー、この家はなにか不吉なものに――」

「――そんなのは汚いやり方だと言ってるんだ――」

ああ、なんてことだ……領事はゆっくりと表情を整えた。それはいたずらっぽくもあり、同時に自信にあふれているようでもあり、領事としての最後の正気を表わしていた。そのときがやって来たのだ。ゲーテの教会の鐘が、こちらの目を覗き込んでいる。幸い、心の準備はできている。「一度、ニューヨークである男の面倒を見たことがある」彼は、直接的には何の関係もない話を始めた。「仕事にあぶれた役者みたいな奴だったな。『なあ、ファーミンさん』とそいつは言うんだ。『ここは自然《ナチュレル》な場所じゃない』奴はまさにそう発音したんだ。自然《ナチュレル》なとな。『人は、こんな場所で暮らすために造られちゃいない』そう愚痴をこぼしてたね。『フィラデルフィアでも、通りと言えばみんなこの十番街や十一番街と同じ……』」領事は、自分の声から英国訛りが消え、代わりにブリーカー街あたりの役者訛りがそれに取って変わるのを感じた。「『だけど、デラウェア州のニューキャッスルに行くと、今度はまったく様子が違うのさ！　丸石を敷いた昔ながらの道があって……それにチャールストンもさ。昔の南部の雰囲気だ……だけど、まったくこの町ときたら――うるさいし、ごちゃごちゃしてるし！　逃げ出したいよ！　行き場所さえあればね！』」領事は声を震わせながら、苦悶するような口吻で力強く言葉を締めくくった――実のところ、彼はそんな人物に会ったことはなく、その話はすべてトムから聞いたものだったが、その貧乏役者の気分になって激しく体を震わせていた。

「逃げてどうなるっていうんだ」彼は、大真面目に教訓を引き出していた。「自分たちからさ」

イヴォンヌはまた辛抱強くベッドに沈み込んでいた。そしていま、まるで白鳥を抽象化したような錫《すず》製の首の長い灰皿に手を伸ばし、煙草の火を揉み消した。すでに少しがたついている白鳥の首がその手の動きに合わせて震えながら優雅にお辞儀をしている間に、彼女はこう答えた。

「わかったわ、ジェフリー。あなたの気分がよくなるまで、この話は忘れましょう。一両日中に処理すればいいことだから。あなたがしらふのときにね」

「何言ってるんだ！」

領事はそこにじっと座り込んで床を見据えたまま、その大いなる屈辱が魂に染み入るのを感じていた。何だよ、まるでいま俺がしらふじゃないみたいじゃないか！　だが、その抗議に本来備わっているべき細かい論理の糸は、頭からするすると抜け落ちていた。つまり、しらふではないということか。そうだ、たしかに、いまこの瞬間、俺はしらふじゃない！　だからって、一分前、いや三十分前とどう関係がある。それに、そんなことを決めてかかる資格がイヴォンヌにはあるのか？　自分がいましらふでないと、いやもっとひどいことに、一両日中にしらふになるなどとどうやって保証できるのか？　しかも、たとえいましらふでなくても、神聖なるカバラの道と天空にも比すべき途方もない段階をいくつも踏んでふたたびこの状態に、今朝を迎える前にたった一度、一瞬だけ垣間見たこの状態にやっとたどり着けたのではないか。彼女の言葉を借りれば、物事を「処理」するためには、なかなか得がたいこの貴重な状態、唯一しらふになれる、このひどく不安定な酔いの状態が必要なのだ！　こうやってまるまる二十五分もの間まともな酒も飲まず、彼女のために呪われし者の苦しみと精神病院の狂気を味わいながらじっと座っているときに、自分がおよそしらふには見えないとほのめかす権利が彼女にはあるというのか？　ああ、飲んだくれの身に迫る危険も、複雑な人生の諸相も、そうだ、その意義も、女にはわかるものか！　いかなる正義の立場に身を置けば、自分が到着する前のことをも判断する資格があると思い込めるのか。そもそも、さっき俺が経験したこと、ニカラグア通りで倒れたことも、そこで――バークのアイリッシュ・ウィスキーをめぐって――沈着冷静に、さらには勇猛果敢に振る舞ったことも、何も知らないではないか！　何たる世の中だ！　そして困ったことに、彼女はもうこの瞬間を台なしにしてしまった。せっかくその気になっていたのに。領事は、「朝食が済んだら、一杯いただくわ」というイヴォンヌの言葉、そしてそれが意味するものに思いを馳せながら、（彼女がつまらぬことさえ言わなければ、そうだ、どんな救いの希望もかなぐり捨てて）「そうだ、君の言うとおりだ。ここを出よう！」ともう少しで言えたかもしれないのだ。だが、明後日になれば酔いが醒めると強く信じているような人間を誰が信頼できようか。もっとも表面的なところだけを見ても、自分がいつ酔っ払っているのか誰にもわからないということは、あまり知られていないわけでもないらしい。まるでタスカーソン家の男どもみたいだ。大した連中だった。俺も白昼街路でふらついているのを人に見られるような人間ではない。必要とあらば、行儀よく道路に寝転がっていることはあっても、ふらついたりはしない。ああ、真実も酔っ払いも等しく踏みつけにするとは、何たる世の中だ！　そこにうごめくのは、せいぜい血に飢えた人間たちだけ！　血に飢えていると、お前はそう言ったのか、ファーミン中佐。

「だけどさ、イヴォンヌ、俺がどれだけ飲んでも酔っ払わないことはよく知っているだろう」彼は悲劇的とも言える調子で、ストリキニーネを一気に飲み干して言った。「何だい、俺が馬銭子《まちんし》だのべラドンナだの、ヒューの妙な飲み物を好き好んでがぶがぶ飲んでいるとでも思うかい？」領事は空のグラスを持って立ち上がると、部屋のなかを歩きはじめた。何か致命的な（たとえば、人生を棒に振るような）間違いを犯したというよりも、何かただただ愚かなことを、それと同時に、言うなれば悲しいことをしでかしてしまったという意識はあった。だが、何らかの贖《あがな》いを求める声がそこにはあるように思えた。想念とも発話ともつかぬ形で、彼は独りごちていた。

「それじゃ、明日はビールだけにしよう。襟を正すにはビールに限る。それから、ストリキニーネをもう少し。その次の日にはビールだけにしよう――俺がビールを飲むなら、誰も文句は言わないはずだ。メキシコのビールはとくにビタミンが豊富のようだし……だって、こうしてまた三人で顔を合わせるなんて、またとない機会だし、俺の神経が正常になったら、そのときはすっかりやめるよ。そうしたら、もしかして」彼は戸口で足を止めた。「また執筆に取りかかって、本を書き上げられるかもしれないじゃないか！」

だが、扉はあいかわらず扉であって閉じたままである。すると、少し開いた。隙間からポーチを覗くと、ウィスキーの瓶がぽつねんと立っているのが見える。バークのアイリッシュ・ウィスキーよりもやや小振りで、あまり望みが入っていない。一口なめる程度なら、イヴォンヌも反対していない。俺は彼女に対して不当だったのかもしれない。だからといって、あの酒瓶に対して不当でよいという法はない。この世で空の酒瓶ほど恐ろしいものはない！　空のグラスも恐ろしいが。だが、待つことだってできる。そうだ、酒瓶に触れずにおくべきときを心得ていることだってあるのだ。彼はふらふらとベッドのところに戻りながら、想念とも発話ともつかぬ形で独りごちた。

「そうだ、書評が目に浮かぶようだ。アトランティスに関するファーミン氏の衝撃的な新発見！　この種の発見としては、ドネリー以来の快挙！　時ならぬ死によって中断されたが……驚嘆に値する業績。錬金術師に関する章もまた注目に値する！　タスマニア司教を一蹴した。ただ、そういう言い方はしないかもしれないが。なかなかいいじゃないか。メキシコ神話の英雄コシュコシュとノアの研究も手がけてみようか。出版社に面白いと言ってもらったこともあるんだ。シカゴでさ――面白いとは言ってくれたが、乗り気じゃなかった。違いがわかるかな。それももっともで、間違ってもそんな本が売れるとは思えないからな。だが、考えてみればすごいことで、人間の精神ってのは屠畜場《アバトウワール》の影が落ちるところでも花を咲かせることができるのさ！　家畜囲いからさほど下らぬところで、明日には家畜の成れの果てが料理となって出される店の悪臭を嗅ぎながらも、驚くべきことに――すべての詩は言うにおよばず――人は独房のなかで、昔プラハの町にうごめいた錬金術師のように生きることができるのだ！　そうだ、かのファウスト自身の蒸留器具や密陀僧《みつだそう》や瑪瑙《めのう》やヒヤシンスや真珠に囲まれて生きるのだ。無定形で可塑性を有した結晶質の人生を。俺は何の話をしているのだ？　結婚《コピュラ・》における交わり《マリタリス》か？　それとも、アルコールから万物融化液《アルカヘスト》に話が飛躍したのか？　教えてくれないか？……いや、とりあえず『エル・ウニベルサル』にきちんと広告を出して、新しい職に就こうか。東方のどこにでも死体に付き添います！　とな」

　イヴォンヌはベッドの上に上体を起こして、気まぐれに雑誌のページをめくっていた。わずかに寝巻きがはだけた部分から、日焼けした暖かい色が胸元で白くなるあたりの肌が覗いていた。両腕とも上掛けから出しており、片手がベッドの縁から下にだらりと垂れていた。彼が近づいていくと、彼女はその手のひらを何気なく上に向けた。それは苛立ちの仕種のようでもあり、無意識のうちに何かを訴えかけているようでもあった。それだけではない。それは昔の切なる願いを、伝えようのない優しさと忠誠、結婚生活の永遠の希望を表現したひそやかなる不思議な無言劇を一瞬のうちに凝縮したような仕種であった。領事は目頭が熱くなるのを感じた。だが同時に、突然、奇妙な困惑を覚えた。それは、不審者として彼女の部屋に忍び込んだ人間の罪悪感にも近いものであった。この部屋に！　彼は戸口に行って、部屋の外に目をやった。ウィスキーの瓶はまだそこにあった。

　だが、彼はその瓶に向かってまったく何の動きも見せず、ただ黙ってサングラスをかけただけであった。いまごろになってはじめて、体のあちこちに新しい痛みが走るのを感じた。ニカラグア通りのせいだ。ぼんやりとした悲劇の図像が脳裏をかすめた。どこからともなく蝶が舞い上がって、海のほうへと消えていった。ラ・フォンテーヌのアヒルは白い雌鶏に恋をした。恐ろしい農場を一緒に脱出したのち、森を抜けて湖に出たが、泳げるのはアヒルのほうだけ。あとを追った雌鶏は溺れ死んだという。一八九五年の十一月、午後二時から二時半までの間、囚人服を着せられ、手錠を掛けられ、身元を特定され、オスカー・ワイルドはクラッパム乗換駅《ジャンクション》の中央プラットホームに立っていたのだ……

領事がベッドのところに戻り、その上に腰を下ろしたとき、イヴォンヌの腕は上掛けのなかにあり、その顔は壁のほうを向いていた。しばらくして、彼はふたたび感極まってしゃがれた声で言った。

「君が出ていく前の晩のことを覚えているかい？　まるではじめて会った同士がデートでもするように、メキシコ・シティで食事をする約束をしたじゃないか」

イヴォンヌは壁を見つめていた。

「だけど、守ってくれなかったわ」

「だって、最後の最後になって、レストランの名前を忘れてしまったんだ。覚えていたのは、ドローサ通りのどこかだってことだけ。その前に一緒に街に行ったときに見つけた店だったな。ドローサ通りのレストランをしらみつぶしに君を探し歩いたけど、見つからないから、どの店でも一杯ずつ飲むことになったのさ」

「かわいそうに」

「どのレストランからもオテル・カナダに電話を入れていたはずだよ。というか、それぞれの店のバーからね。何回かけたかわからない。君が戻っているかもしれないと思ったからね。それで、毎回同じ応対だよ。お連れさまはお客さまに会いにお出かけになりましたが、どちらへ行かれたかはわかりません、とね。最後にはうんざりしてやがったな。どうしてレヒスじゃなくてカナダに泊まったんだかわからんが――ほら、何度も俺をあのプロレスラーと間違えていたろう。髭が似ていたのかもしれないがね……ともかく、あのとき俺はあちらこちらをさまよい歩いて、ずっともがき苦しみながら、次の日の朝になって君が出ていくのをなんとか食い止めることができると思っていた。君をあそこで見つけていれば！」

「そうね」

（彼女をあそこで見つけていれば！　ああ、寒くてつらい夜だった。風がうなり、鋪道の鉄格子から激しく蒸気が吹き上げているあたりで、みすぼらしいなりをした子供たちがぼろぼろの新聞紙にくるまって早めに眠りにつこうとしていた。だが、お前ほど帰る場所のない者はいなかった。夜も更け、次第に寒く、暗くなっていくというのに、お前はまだ彼女を見つけ出していなかった！　そして、悲しみに満ちた声が風に乗って通りを吹き抜け、お前に向かってその名を呼ぶ。悲しみ通り《ドローサ》、悲しみ通り《ドローサ》！　それから、どういうわけか次の日の朝早く、彼女がオテル・カナダを出ていった直後――お前は、彼女のスーツケースを一つ自分で運び下ろしたくせに、結局見送りには出なかった――ホテルのバーに陣取って、オン・ザ・ロックの冷たいメスカルをライムの種ごと胃に流し込んでいるとき、突然、死刑執行人のような顔をした男が、恐怖におののいて甲高い鳴き声を上げている二頭の子鹿を通りから引きずってやって来て、そのまま厨房に入っていった。そのあとで子鹿の叫び声が聞こえた。おそらく殺される間際の断末魔の叫びだったのだろう。そのときお前は考えた。こんな思いは忘れてしまったほうがいい、と。さらにそれから、オアハカで過ごしたのち、苦悩のうちにここクアウナワクに戻ってきたとき――プリマスに乗ってトレス・マリアスからぐるりと回って下りてくるうち、霧の下にぼんやりと見えていた町の全貌が、そして町のなかの目印まではっきりととらえられるようになり、お前の魂は放れ馬の尻尾のごとくに引きずられていき――この地に帰り着いたとき――）

「猫たちは死んでたよ」彼は言った。「俺が戻ったときにはもう――ペドロはチフスのせいだと言い張っている。だが、かわいそうなオイディプスは君が去った日に死んだんだろう。そのときにはもう峡谷《バランカ》に放り込まれていて、パトスちゃんのほうは、俺が帰ってきたときには庭のバナナの木の下に倒れていたよ。俺たちが最初に溝で拾ったときよりも哀れな姿だった。死にかけていたが、原因は誰にもわからなかった。マリアは悲しみのために死んでしまったのだと言ってる――」

「かわいい子だったのに」イヴォンヌは、まだ顔を壁に向けたまま、放心したような硬い声色で言った。

「よく歌ってただろう。俺には歌えないが。『子猫は仕事をしていない。大猫仕事をしていない。だあれも仕事をしていない！』」領事は、そう尋ねる自分の声を聞いた。悲しみの涙がこみ上げ、領事は急いでサングラスを外すと、彼女の肩に顔をうずめた。だめよ、だってヒューが、と彼女が言いかけた――「ヒューのことは気にするな」彼はこんな反応を引き出して、彼女を枕に押しつけるつもりはなかった。彼女の体がこわばり冷たくなっていくのを感じた。だが、彼女が受け入れたのは、ただ単に疲れていたからではない。おそらく、澄みきった空に響き渡るトランペットの音色のように美しい、二人きりのひとときに一抹の救いを見出したからなのだ……

　しかし、彼はまた、妻の感覚に懐かしさをかき立てるような前奏を奏でようと試みながらも、必死の思いでイェソドに向かう改宗者が千回目に自らの霊体を天路に通すべく描いたかの宝石張りの扉のように、自らが取りつかれているもののイメージが次第に薄らぎ、ゆっくりと、容赦なく、死のような静謐《せいひつ》のなかで朝一番に店を開ける酒場《カンティーナ》のイメージに変わっていくのを感じていた。もう九時だ。そんな酒場が一つ店を開けるはずだ。それから彼の脳裏には、そこにいる自分の姿が奇妙にありありと浮かび上がった。その口から漏れる悲劇的な怒りの言葉、すぐに口にされるはずのまさにその言葉が、背後から睨みつけている。その幻影もまた消え去り、彼はもとの場所にいる。いまや汗をかき、一度目をそらして――だが、あいかわらず一本指で、まだ形が定まらないながらもうすぐ始まるかもしれない曲の前奏を続けながら――窓の外の車回しを見やり、自分自身もそこにヒューが現われるのを恐れていると、本当に彼がやって来るのが隙間のところから見えるような気がする。しかも、砂利道を歩く足音まではっきりと聞こえてくる……誰もいない。だがいま、彼は出かけていきたい。どうしても行きたい。酒場《カンティーナ》の静けさが朝一番の活気に変わっていくのを感じるのだ。亡命者が隅っこのほうでおとなしくオレンジ・スカッシュをすすり、会計係がやって来て暗い顔で店の勘定を調べる。山賊のような男が鉄のサソリのような器具で氷の塊を引きずりながら店に入ってくる。バーテンの一人はライムを薄切りにし、もう一人のバーテンは眠そうな目でビール瓶の仕分けをしている。そしていま、俺は行かなくては。そこに客が集まり出すのが見える。このときでなければ絶対にその酒場で顔を合わせることのない客たちが。肩の上に輪縄を載せ、おくびを出し、爆笑し、人に迷惑をかけている。それから、昨夜の残骸が見える。使い切ったマッチ箱、ライムの皮、トルティーヤのように広がった煙草の吸い殻や煙草の空き箱が、汚物と痰にまみれて転がっている。もう鏡の上の時計が九時ちょっと過ぎを指しているだろうから、『ラ・プレンサ』と『エル・ウニベルサル』を持った新聞売りがばたばたと入ってくるか、あるいはまさにこの瞬間、ごみごみした薄汚い共同便所《ミンヒトリオ》のところに立っているころだろう。そばには靴磨きもいて、靴台を持ち歩いている者もいれば、それを焼けるような足掛け桟とカウンターの間に立てかけてきた者もいる。いますぐにでも俺は行きたい！　ああ、日の光、日の光、〈太陽の港《エル・プエルト・デル・ソル》〉の酒場にあふれる日の光、クレソンとオレンジに降り注ぐ日の光、あるいは神を思い描く際に差し込む一条の金色の光、氷の塊のなかにまっすぐに突き刺さる槍のような日の光、その美しさは誰にもわからないだろう——

「ごめん、だめみたいだ」領事がうしろ手にドアを閉めると、漆喰がぱらぱらと頭の上に降ってきた。ドン・キホーテの人形が壁のところから落ちた。彼は、その憂い顔の藁の騎士を拾い上げた……

それから、ウィスキーの瓶を手にすると、彼はその中身を一息に飲んだ。

だが、グラスがあることも忘れてはいない。そこにわけもわからずストリキニーネの混合飲料をたっぷりと注いでいたが、何かがおかしい。本当はウィスキーを注ぐつもりだったのだ。「ストリキニーネは催淫剤だ。すぐに効き目があるかもしれない。まだ手遅れじゃないかもしれないぞ」彼は、自分の体が緑の籐の揺り椅子を突き抜けんばかりに深く沈み込むのを感じた。

彼は盆の上に載ったままのグラスに何とか手を伸ばし、重さを量るようにそれを両手で支えていたが——ふたたび震え出し、それも今度はちょっとやそっとではなく、まるでパーキンソン病か中風の患者のように激しく震え出したため——口元に持っていくことができなかった。それから、口をつけぬまま、それを手すりの上に置いた。しばらくすると、彼は全身を震わせながらゆっくりと立ち上がり、コンセプタがまだ片付けていなかったもう一方のタンブラーにやっとのことで四分の一パイントほどのウィスキーを注いだ。〈いまでも一八二〇年の創業当時の味。《ナシオ・ミルオチヨシエントスベインテ・イ・シギエンド・タン・カンパンテ》伝統の酒《シギエンド》〉いまだに味気ない一八九六年生まれの男。愛しているよ、と彼はささやき、瓶を両手でつかんで盆の上に戻した。それから、ウィスキーをなみなみと注いだタンブラーを持って椅子のところに戻り、それを両手で持ったまま考え込んだ。しばらくして、彼はそのグラスにも口をつけずに、手すりに載ったストリキニーネの隣に置いた。それから、じっと座ったまま二つのグラスを見つめた。背後の部屋から、イヴォンヌの泣く声が響いた。

「——手紙を忘れたのかジェフリーファーミン彼女が胸が張り裂ける思いで書いた手紙をなぜそこに座って震えているなぜ彼女のところに戻ってやらないかならずしも破局に向かっていたわけではないとわかってくれるだろうそしてこれも笑い話になるさ笑えるときが来るさどうして彼女が泣いているのだと思うあのことばかりじゃないぞお前の仕打ちがひどかったからだよ手紙の返事を書かなかったばかりじゃないそうだな書いた書かなかった書いたそれじゃその手紙はどこにあるそれだけじゃな

いちゃんと読んでいないじゃないかそもそもどこにあるなくしちまったのではないかジェフリーファーミンなくしたか我々にもどこかわからないところに置いてきてしまったか――」

領事は手を前に伸ばし、気もそぞろながらやっとのことで一口ウィスキーをすすった。聞こえたのは、いつもの声のどれかか、それとも――

やあ、おはよう。

それを見た瞬間、領事はすぐに幻だとわかり、今度はじっと腰を落ち着け、大きなソンブレロを顔に載せたままプールの脇で仰向けに転がっている死人のような形をしたその物体が消えるのを待った。ということは、「あいつ」がまたやって来たのだ。そして、消えた、と思った。だが、違う、完全に消えてはいない。だって、まだ何かがあって、何となくつながっているみたいだ。あるいはこ こ、すぐ隣に、いや背後に、今度は前に回った。いや、何だかわからないが、そいつもまた消えていく。たぶん藪でうごめいていた銅尾絹羽鳥、あの「曖昧鳥」が、飛んでいるときの鳩のようにキュッキュッと羽を鳴らしながら、思想を持った連中から離れて、狼谷の侘び住まいに帰っていくのだろう。

「畜生め、いい気分だぜ」彼は突然そう思い、残りの酒を飲み干した。それからウィスキーの瓶に手を伸ばしたが届かず、ふたたび立ち上がって、指幅一つ分の酒を注ぎ足した。「もうだいぶ手の震えはおさまったぞ」彼はそのウィスキーを飲み干し、思ったよりもたくさん入っているジョニー・ウォーカーの瓶とグラスを持つと、ポーチの端まで歩いていって、それを戸棚に入れた。そこには、古いゴルフ・ボールが二つ入っていた。「勝負しようじゃないか。八番グリーンならまだ三打でいけるぞ。頭が弱ってきているな」と彼は言った。「何を言ってるんだ？　自分でも頭がおかしくなっているのがわかる」

「酔いを醒ますぞ」彼はまたもとの場所に戻って、もう一方のグラスにストリキニーネをなみなみと注ぐと、今度は盆に載ったストリキニーネの瓶を手すりの上の目立つところに移した。「ともかく、一晩中外にいたんだ。仕方ないだろう?」

「俺は醒めきっている。いつもの声、守護天使たちは消えてしまった。まっとうになりつつあるぞ」彼はそう付け加えて、グラスを手にふたたびストリキニーネの瓶と相対するようにして座った。「ある意味で、いままでのことは俺の貞節と忠誠の証でもある。ほかの男なら、この一年をまったく別な形で過ごしただろう。ともかく、俺は病気持ちじゃない」彼は心のなかでそう叫んだが、その叫び声の最後にはどこかしら懐疑的な響きが混じった。「それに、ウィスキーがいくらかあるんだから運がいいと言えるだろう。アルコールも催淫剤だからな。それと、アルコールが食料であることも忘れてはいけない。腹が減っては夫婦の勤めは果たせぬ。夫婦の? ともかく、俺は進歩している。ゆっくりと、しかし着実にな。あのときのように、やっぱりこういうことになって、ジャックのことで大喧嘩をして電球を割ったときのように、すぐにオテル・ベーヤ・ビスタに飛んでいって飲んだくれたりせず、ずっとここにいるじゃないか。たしかに、前は車があったから、出かけていくのも楽だった。だが、俺はここにいる。逃げはしない。それに、ここにいるほうがはるかにましだ」領事はストリキニーネをすすり、それからグラスを床に置いた。

「人の意志は曲げられない。たとえ神でも曲げられない」

彼は椅子に体をもたせかけた。イスタクシワトルとポポカテペトルの見事な夫婦和合の姿が、澄んだ朝の空の下、地平線の上にくっきりと美しく浮かび上がった。彼の頭上では、いくつかの白い雲が青白い凸月を追いかけるようにすばやく飛んでいった。朝酒、夕酒、酒三昧とはよく言ったものだ。これぞ人生!

おそろしく高い位置に、彼は数羽のハゲタカを認めた。ワシよりも優雅に空を舞うその姿は、火のなかから燃えながら舞い上がり、揺れながら急上昇していく紙片のようだ。

途方もない疲労感が影のように彼を襲った……領事はぐったりと眠りに落ちた。

4

デイリー・グローブ宛　インテルーブ局　ロンドン　至急　料金先方払イ　昨日頂点ニ達シタ反ユダヤ主義運動ニ続キ　「ユダヤ系中小企業織物工場主」ヲメキシコカラ追放セヨトイウ　メキシコ労働者連合ノ請願ニ好意的ナメキシコノ新聞ハ　メキシコ・シティ駐在ノドイツ公使館ガソノ運動ヲ積極的ニ支持シテイテ　同公使館ガ反ユダヤ主義ノパンフレットヲメキシコ中ニ配布シタコトガ　一人ノ地方記者ガコノパンフレットヲ所持シテイタ事実デ立証サレタノヲ　信頼デキル筋カラ知ッタト報ジタ　コノパンフレットハ　ユダヤ人ガ　彼ラノ住ムスベテノ国デ悪影響ヲ及ボシテイルト主張シ　サラニ　彼ラハ「自分タチノ絶対的ナカヲ信ジ　良心ノ呵責モ他人ヘノ思イヤリモナク　目的ノタメニハ手段を選バヌ民デアル」ノヲ強調シテイル　ファーミン

メキシコ連邦区のサン・フアン・デ・レトランとインデペンデンシア通りの角にあるメキシコ電信会社本局からその日の朝送ったばかりの最終版の電報の控えを読み返しながら、ヒュー・ファーミンは、非常にゆっくりとした足取りで兄の家に向かう車回しをぶらぶらと歩いていった。兄の上着を肩に掛け、兄の小さなグラッドストーン鞄の二つの持ち手に片手を肘のあたりまで通しており、中身の入った格子縞の拳銃入れが、太股を叩きながらだらしなく揺れていた。彼は地面に開いた深い穴の縁で立ち止まると、足下に注意、藁だけではなく目もつけていなくてはいけないな、と考えた。それから心臓が止まりかけた。世界もまた動きを止めた。障害物を飛び越えかけた馬、水に飛び込む寸前の泳者、ギロチン、首に縄を巻かれたまま落ちかけた絞首刑の男、殺人者の凶弾、スペインか中国あたりの中空で凍りつく大砲の煙、車輪、ピストン、そのすべてが停止した――

イヴォンヌ、もしくは過去の繊維で織られたイヴォンヌのように見える何かが庭仕事をしていた。少し離れたところから見ると、陽光を身にまとっているように見える。それから彼女は立ち上がると――黄色いズボンをはいているのだ――手をかざして日光をさえぎりながら、目を細めて彼のほうを見た。

ヒューは穴を飛び越して草地に着地した。そして、腕に絡まった鞄を外しながら、一瞬、心が混乱ののちに麻痺し、過去と対峙するのを拒んでいると感じた。色褪せた簡素な椅子の上に下ろした鞄の縁のところから、ちびた歯ブラシと使い古した安全剃刀、兄のシャツ、それから、昨日メキシコ・シティの百貨店サンボルンスの向かいにあるドイツ系の書店で十五センターボで買ったジャック・ロンドンの『月の谷』の古本が覗いていた。イヴォンヌが手を振っていた。

それから彼は、借りた上着を肩のあたりで半分引っかけるようにしてバランスをとりながら、片手につばの広い帽子、もう一方の手にはなぜか畳んだままの電報を持って、（ちょうどスペインのエブロ河で撤退するときのように）前に進んでいった。

「あら、ヒュー。何だ、一瞬、ビル・ホドソンかと思っちゃった――ここにいるってことは、ジェフリーから聞いてるわ。また会えてよかった」

イヴォンヌは両手のひらから土を払って片手を差し出したが、はじめヒューは握手どころかそれに触れることすらためらったのち、胸の痛みとかすかな眩暈を感じながらも力なく差し出した手を、まるで不注意で何かを落とすかのようにぐったりと下ろした。

「こりゃまた、いやはや、何とも。いつ着いたの？」

「ついさっきよ」イヴォンヌは、低い塀の上に並べられた植木鉢に手を伸ばし、枯れた花を摘んでいた。その植物は、白と深紅の入り交じった、百日草に似た可憐な芳しい花をつけていた。それから彼女は次の植木鉢のところに行き、ヒューがなぜか差し出した電報を受け取った。「テキサスに行ってたって聞いたけど。にせカウボーイにでもなったの？」

ヒューは、ステットソンのカウボーイ・ハットをあみだにかぶり、恥ずかしさを笑ってごまかしながら、踵の高いブーツと、そのなかにたくし込んだぴちぴちのズボンに目をやった。「国境で服を押収されちゃったんでね。メキシコ・シティで新しいのを買おうと思ったんだけど、その暇がなくて……すごく元気そうじゃないか！」

「あなたもね！」

彼のシャツは腰のところまではだけていて、二本のベルトの上に褐色よりも黒に近い色に日焼けした肌を覗かせていたが、彼はそのボタンを留めはじめた。それから、低い位置にあるほうのベルトの下から腰骨のあたりにある拳銃入れを斜めに横切って平たい革紐で右足に結ばれている弾帯を軽く叩き、次にその革紐を叩き（彼は内心、このいでたちを大いに気に入っていた）、さらにシャツの胸ポケットを叩いて、ようやくゆるく巻いた紙巻き煙草を見つけた。そしてそれに火をつけているとき、イヴォンヌが言った。「これ何？　ガルシアからの知らせ？」

「墨労連だよ」ヒューは肩越しに自分の電報に目をやった。「メキシコ労働者連合が嘆願書を提出したんだ。この州にひそんでいるゲルマン人の活動に反対しているのさ。見たところ、もっともな意見だと思うけどね」ヒューは庭を見回した。ジェフはどこだ？　なぜ彼女がここにいる？　しかもおそろしくくつろいだ感じだ。そもそも、別れたり正式に離婚したりはしていないのか？　どういうことなのだ？　イヴォンヌが電報を返すと、ヒューはそれを上着のポケットに滑り込ませた。「これは」彼はそう言いながら急いで上着を着た。二人はいまやひんやりとした木陰に立っていた。「僕が『グローブ』に送る最後の電報だ。それで、ジェフリーは――」

　イヴォンヌは彼を見つめた。それから、上着のうしろを引っ張ってやった。それがジェフリーのものだとわかっているようだった。袖が短すぎるのだ。彼女の目は、悲痛の色をたたえながらも、どこかしら興じているようでもあった。さらに花を摘みつづけている彼女の顔は、物思いに耽りつつも無関心であるように振る舞っているように見えた。彼女は尋ねた。

「ねえ、ヒュー、家畜運搬用のトラックに乗ってきたって聞いたけど、どういうことなの？」

「牛になりすましてメキシコに入ったのさ。国境でテキサスの人間に間違えてもらえば、人頭税を払ったり、もっとひどい目にあったりしなくて済むからね」ヒューはそう言った。「カルデナスの石油国有化騒動以来、イギリスはここで目の敵にされているからね。君は知らないかもしれないが、事実上、メキシコと戦争状態だと言ってもいい――うちの赤ら顔の君主はどこにいるんだい？」

「――ジェフリーは寝ているわ」というイヴォンヌの言葉を聞き、どうやら酔っ払っているという意味ではなさそうだとヒューは思った。「だけど、新聞社はそういう面倒は見てくれないの？」

「いやあ。そこが実に厄介《ムイ・コンプリカード》なのさ……アメリカから『グローブ』に辞表を送ってあるのに、返事が来ないんだ――ああ、それは僕がやるよ――」

　イヴォンヌは、石段の通路をふさいでいるブーゲンビリアの堅い枝を押し戻そうとしていた。それまで彼は、そこに足場があることすら知らなかった。

「私たちがクアウナワクにいるって聞いたの？」

「メキシコに来れば、いろんな得があると思ったからさ……もちろん、君がいないというのには驚いたけど――」

「庭が荒れ放題だわね」イヴォンヌは突然そう言った。

「けっこうきれいだと思うけど。ジェフリーが長い間庭師を雇わなかったわりにはね」ヒューが枝を制圧すると――僕がこうしたせいでエブロ河の戦いに敗れつつある――足場が現われた。イヴォンヌはしかつめらしい顔でそこを下りていくと、一番下に着く直前で立ち止まり、セイヨウキョウチクトウの様子を調べた。いかにも毒々しいその植物は、まだ花を咲かせていた。

「ということは、お友だちは牧畜業者なの？　それとも、同じように牛になりすましていたのかしら？」

「密輸業者だと思うよ。ウェーバーのことは、ジェフから聞いたんだろ？」ヒューはクスッと笑った。「どうやら弾薬を運んでいるらしい。ともかく、エルパソの酒場でそいつと口論になってさ、聞いてみると、家畜運搬用のトラックでチワワまで行って、そこからメキシコ・シティに飛ぶ手はずになっているというじゃないか。うまい手だと思ったんだ。実際には、クシウリアチックとかいう妙な名前のところから飛行機に乗った。途中ずっと喧嘩だよ。だって――半分ファシストみたいなアメリカ人でさ、フランス軍の外人部隊か何かに入っていたような奴だから。だけど、本当はパリアンに行こうとしていたらしくて、都合よく、ここの野原で下ろしてもらったというわけだ。けっこうな長旅だったよ」

「あなたらしいわね、ヒュー！」

イヴォンヌは、ズボンのポケットに両手を入れて男の子のように足を大きく開いて立ち、石段の下から彼を見上げて微笑んだ。鳥と花とピラミッドの刺繍のあるブラウスを、その下にある胸が突き上げていた。おそらくはジェフリーのために買ってきたか持ってきたものだろう。ヒューはふたたび胸の痛みを感じ、目をそらした。

「あんな野郎《バスタルド》は、すぐに撃ち殺してしまえばよかったのかもしれないけど。憎めないところもあったからな――」

「ここからパリアンが見えることもあるわよ」

希薄な空気のなか、ヒューは煙草を取り出した。「いまごろ寝てるってのは、何ともイギリス人らしいというか、ジェフらしいというか」彼はイヴォンヌのあとについて石段を下りていった。「ほら、これは機械で巻いた最後の一本だ」

「ジェフリーは、昨日の夜、赤十字の舞踏会に行ってたの。かわいそうに、だいぶ疲れてるみたい」

二人は煙草を吸いながら一緒に歩いた。イヴォンヌは数歩ごとに立ち止まってはあちらこちらの雑草を引き抜いていたが、突然ぴたりと歩みを止め、ぼうぼうに生い茂った緑の蔓《つる》によってすっかり絞め殺されたような格好になっている花壇を見つめた。「あらあら、ここはきれいな庭だったのに。楽園みたいだったのに」

「それじゃ、ここを出よう。散歩に行く元気がないなら別だけど」跳ねるような、苦しむような、痛ましいような、しかしながら抑制の利いた単調ないびきが彼の耳に届いた。長い眠りについている英国のひそやかな声。

イヴォンヌは、まるでジェフリーが――まだポーチに出てきていないとすれば――ベッドごと窓から飛び出してくるのを恐れているかのように落ち着きなくあたりを見回し、しばしためらったのち、明るく温かい声で「全然」と言った。「行きましょう……」彼女はヒューの先に立って小道を下りはじめた。「こんなところでぐずぐずしてないで」

彼の視線は、無意識のうちにイヴォンヌのほうに向けられていた。彼の目は、褐色に焼けたむき出しのうなじと腕を、黄色いズボンを、そのうしろにある鮮やかな緋色の花を、耳に絡みつく褐色の巻き毛を、黄色いサンダルの優雅で軽やかな動きを追っていた。彼女はまるで踊っているような足取りで、歩くというよりも漂っているかのようであった。ヒューは彼女に追いつき、二人はふたたび肩を並べ、尾の長い一羽の鳥がまるで的を外れた矢のように近くに舞い降りてきたのを避けて歩いていった。

その鳥は二人の前を闊歩して穴の開いた車回しを過ぎ、門のない門口を抜けたところで、帆をいっぱいに揚げて逃げ出そうとしている海賊船のような深紅と白の七面鳥と出会い、一緒にほこりっぽい街路に出ていった。二人は鳥たちを見て笑ったが、いくぶん違った状況であればそれに続けて言ったかもしれないこと——僕たちの自転車はどうなったかな、とか、パリのロビンソンにあった、木の上にテーブルが載っているあのカフェを覚えているかい、といったこと——は口にしなかった。

二人は左に曲がり、街とは反対方向に進路を取った。眼前の道は急な坂道になっていた。その一番下のところから、紫色の丘が盛り上がっている。なぜこうしているのがつらくないのか、と彼は考えた。いったいなぜなのだろう？　いや、すでにつらかった。ヒューは、はじめてもう一つの苦痛の存在に気づいた。大きな家々の塀を通り過ぎてしまうと、ニカラグア通りは、石がごろごろ転がり、路面のあちらこちらに穴の開いた、右も左もわからぬ混沌たる場所になった。ここではさすがにイヴォンヌの自転車も役には立たない。

「ねえヒュー、いったいテキサスで何をしていたの？」

「移動農業労働者を付け回していたのさ。つまり、オクラホマで連中の取材をしてたってこと。『グローブ』が移動農業労働者に興味を持つはずだと踏んだものだからね。それで例のテキサスの大農場に行ったわけ。そこで、中西部の黄塵地帯出身の連中は国境を越えられないことになってるって話を聞いたんだ」

「よくやるわねえ！」

「サンフランシスコに着いたら、ちょうどミュンヘン協定に間に合ったんだ」ヒューがはるか左手に目をやると、ちょうどアルカパンシンゴ刑務所の格子のついた監視塔が見えた。そのてっぺんに小さく人影が見える。望遠鏡で東西を眺めているらしい。

「あの人たち、ただ遊んでいるのよ。ここの警察は、あなたみたいに変わった動きをするのが好きなのね。その前はどこにいたの？　サンフランシスコでは行き違いだったみたいね」

一匹のトカゲが現われたかと思うと、道路脇の土手沿いにいまや好き放題に生い茂ったブーゲンビリアのなかに消え、そのあとをまた別のトカゲが追っていった。土手の下のところに、半分だけ柱で支えられた穴がぽっかりと口を開けていた。これも坑道への入口なのだろう。草地が急勾配を成して二人の右手に落ち込み、あらゆる角度に傾いていた。そのはるか彼方、ちょうど丘に囲まれた窪地に、彼は古い闘牛場があるのを発見した。そのとき、ウェーバーの声が耳によみがえった。飛行機の上で胴のくぼんだ焼酎《アバネロ》の瓶を交わしているとき、彼は耳元でこう叫んでいた。「クアウナワクだって！　革命の最中、女たちを闘牛場で磔《はりつけ》にして、牛に角で突き殺させていたような土地だ。そりゃひどいもんだぜ！　真っ赤な血が溝を流れ、市場では犬を焼いて食ったというじゃないか。まず撃っておいて、そのあと尋問しやがる！　まったくあんたの言うとおりだ――」だが、クアウナワクでは革命もとうに終わり、静寂のなか、眼前にある紫色の坂道も、野原も、監視塔と闘牛場さえも、平和を、楽園をささやき合っているようにも見えた。「中国だね」と彼は言った。

イヴォンヌは振り向いて微笑んだが、その目には困惑の色が浮かんでいた。「戦争はどうなのかしら？」と彼女は尋ねた。

「それなんだよ。三、四十本のビール瓶と一緒に傷病者運搬車から落っこちて、さらに僕の上に記者が六人降ってきたときには、さすがにカリフォルニアに行くほうがまともかもしれないと思ったのさ」ヒューは、道路と金網の柵の間にある草地沿いに右手後方からついて来る一頭の雄山羊をいぶかしげに見やった。すると山羊はそこでぴたりと足を止め、見下すような目で二人を見つめた。「まったく、最低の動物だよ、もちろん――気をつけて！――やっぱりね――」山羊はだしぬけに彼らのほうに突進し、ヒューが驚き怯えたイヴォンヌの体の温もりを感じて陶然としている間に二人の横をかすめたかと思うと、足を滑らせ、低い石橋のところで急に左に湾曲する道をずるずると横滑りしながら進んだのち、狂ったようにつなぎ縄を引きずりながら丘の向こうに消えていった。「山羊ってやつは」と彼は言い、イヴォンヌを自分の腕のなかから向きを変えて力強く押し出した。「戦争がなくたって、連中がどれだけ有害な存在か考えてもごらんよ」彼はそう続けながら、まだイヴォンヌと寄り添ったまま、一瞬の歓喜に緊張していた。「山羊じゃなくて、記者の話だよ。奴らにふさわしい罰は、この世にはない。地獄の悪だまり《マレボルジェ》に突き落とすか……そうだ、ここにも悪だまりみたいな場所がある」

その悪だまりとは、うねるようにこの国を貫く峡谷《バランカ》で、ここに来て幅が狭くなっていた――しかしながら、その壮大な景観は二人の思考を山羊からそらしてくれた。その上にかかった小さな石橋の上に二人は立っていた。眼下に見える木々が谷底に向かって生い茂っているために、目もくらむような恐ろしい裂け目は葉っぱに覆われてよく見えない。谷底からかすかに水のせせらぎが聞こえてくるばかりである。

「アルカパンシンゴがあそこだとすると、たぶんこのあたりを渡って」ヒューが言った。「征服者べルナル・ディアスとトラスカラの軍勢がクアウナワクを攻めたんだろう。舞踏会楽団《ダンス・バンド》の名前になりそうじゃないか。ベルナル・ディアスとトラスカランズなんてね……それとも、ハワイ大学ではウィリアム・プレスコットのメキシコ史を読む暇はなかった?」

「そうねえ」意味のないその質問に対してイヴォンヌは肯定とも否定ともつかぬ答えを返し、こわごわと谷間を覗き込んだ。

「古強者のディアスさえ、この谷には頭がくらくらしただろうな」

「不思議じゃないわね」

「君にはわからないだろうけど、世の中は廃人みたいな新聞記者でいっぱいなんだ。あいかわらず鍵穴を覗き込んで、自分たちの活動が民主主義の最高の利益になっているのだと思い込んでいる。だけど、君はたしか新聞は読まなかったんだっけ?」ヒューは笑った。「ジャーナリズムとは、知的で男性的な言論の凌辱なんだ、イヴォンヌ。その点では、シュペングラーの意見に全面的に賛成だ。おや」ある音を耳にしてヒューは突然顔を上げた。それは、千枚の絨毯を遠くで同時に叩いているような、不快ながら耳慣れた音であった。地平線の上にかすかにその姿を現わした火山の方角から発せられているとおぼしきその物音のすぐあとから、ビューン、ピーンという引き伸ばされたような反響が聞こえてきた。

「射撃演習だわ」とイヴォンヌが言った。「またやってるのね」

落下傘のような形をした雲がいくつも山の上を漂っていた。二人は、しばしその様子を黙って眺めていた。ヒューはため息をつき、煙草を巻きはじめた。

「イギリス人の友だちがスペインで戦っていたんだけどね、もし死んでいるとしたら、まだあそこにいるんだろうな」ヒューは紙の縁をなめて端をぴったりとくっつけると、煙草の先に火をつけた。

煙草は勢いよく煙を吹いた。「実は、戦死したと二回も伝えられたけど、そのいずれのときもあとでひょっこり現われたんだよ。一九三六年にあそこに行っていたんだ。フランコの攻撃を待っているときに、機関銃を持って大学都市の図書館で横になり、それまで読む機会のなかったトマス・ド・クインシーを読んでたんだそうだ。まあ、機関銃の話は尾ひれだったかな。そんなものを持っていたとは思えないからね。そいつは共産主義者で、いままで会ったなかで最高と言ってもいい奴だった。アンジュー地方のロゼが好きでね。ロンドンではハーポって名前の犬を飼ってたんだとさ。共産主義者がマルクス兄弟の次男の名前をつけるなんて、ちょっと意外じゃないか――どう思う？」

「あなたはどう思う？」

ヒューは片足を欄干に載せ、人類社会と同じように自らをできるだけ速く燃やしつくそうとして身を折り曲げているかのような煙草を見つめていた。

「もう一人、中国に行った友だちもいてね、彼はそこで何をしていいかわからなかった。というより、中国人も彼をどう使ったらいいかわからなかったらしくて、そのあと志願兵としてやはりスペインに行ったよ。実際に戦闘に参加する前に流れ弾に当たって死んだけどね。二人とも、自分の国では申し分ない生活をしていたんだぜ。銀行強盗をやったこともない」彼はぎこちなく口をつぐんだ。

「そういえば、私たちは内戦が始まる一年前にスペインを出たんだけど、反フランコ勢力のために死ぬなんてのはあまりに感傷的だとジェフリーはよく言っていたわ。それどころか、ファシストが勝って、すべて終わらせてくれたほうがよっぽどましだと――」

「いまじゃ、また別のことを言ってるよ。ファシストが勝ったら、スペイン文化は一種の『凍結』状態になるだけだとね――それはそうと、あれは月かい？――まあ、ともかく『凍結』するんだとさ。それで、いつかまた、言わば冬眠状態になっているのを発見されたときにだね、溶け出すということらしい。たしかに、文化に関してはそのとおりだと思うよ。ちなみに、僕もスペインにいたって知ってた？」

「いいえ」イヴォンヌは驚きの表情を浮かべた。

「本当にいたんだよ。傷病者運搬車から一緒に落ちたビール瓶は二十本程度、上に落ちかかってきた記者は五人だったけどね。みんなパリに向かっていた。最後に君と会ってからまもないころだ。要するに、ちょうどマドリードの攻防戦が本格化しようとしていたとき、万事休すかと思われて、実はそうだったんだけど、『グローブ』が行けと言ってきて……それで飛ぶようにしてそこに向かったんだが、結局そのあとで一時的に呼び戻されることになった。中国へは、ブリウエガのあとではじめて行ったんだ」

イヴォンヌは彼に奇妙な一瞥を与えて言った。

「ねえヒュー、いまになってまたスペインに戻ろうなんて、まさか考えていないわよね？」

ヒューはまったく考えていないと言わんばかりに、笑いながら首を振った。彼は吸いつくされた煙草をわざわざ谷のなかに投げ込んだ。「戻ったところで何になる《クウィ・ボノ》？　へなちょこ坊主や熟練兵たちから成る誉れ高き軍隊に味方するためにかい？　とっとと家に帰って戦いを嘲笑う練習をしているような連中だ――反共的であることが格好よく見えはじめた途端にさ。いや《ノ》、ごめんこうむりたいね《ムチャス・グラシアス》。それに、新聞の仕事はもう飽きちゃったんだ。かっこつけて言ってるわけじゃないぜ」ヒューは両手の親指をベルトの内側に押し込んだ。「つまり――もう五週間も前、正確に言うと九月二十八日に――アーサー・ネヴィル・チェンバレンがゴーデスベルクに行ってエブロ攻撃を頓挫させる二日前に――国際労働者同盟《インターナショナル》の連中が追い出され、残り半分の志願兵がペルピニャンの牢屋で腐っているというのに、この期に及んでいったいどうやって入り込めるというんだい？」

「それじゃ、ジェフリーが言ってたのは何だったの？　あなたが『行動』を起こしたがっているんだとか言ってたけど……それに、もう一つ不思議なのは、そもそもなんでここに来たの？」

「大した理由じゃないよ」とヒューは答えた。「実を言うと、しばらく海に戻ろうと思ってるんだ。すべて順調に行けば、一週間くらいでベラクルスから船に乗るつもりさ。操舵員としてね。熟練甲板員の資格を持っていることは知ってるだろ？　まあ、ガルヴェストンで船に乗り組んでもよかったんだけどね、ほら、前ほどは簡単じゃないからさ。それに、ベラクルスから出航するほうが面白いだろうしね。たぶんハバナ、次にナッソーに行って、それから、まあ、西インド諸島、そしてサンパウロに行くことになるだろうね。トリニダード島はずっと見たいと思っていたし――そのうちトリニダードが面白いことになるかもしれないよ。ジェフに何通か紹介状を書いてもらったけど、それ以上は何も。あまり責任を負わせたくなかったからね。いや、単に自分自身がいやになってきただけだよ。世界が自滅するのを思いとどまらせようと、僕みたいに五年以上あれこれやってくると、そういう行動そのものが世界の自己破壊計画の一部であることが見えてくる。僕たちにわかっていることなんて、その程度なのさ」

それからヒューは考えた。一九三八年十一月の十三日か十四日、アンチモンとコーヒーを積んで、英領西アフリカのフリータウンに向けてベラクルスを出帆した六千トンのノエミホレア号が、奇妙なことに、ユカタン半島沿岸のツコッシュからまた北東に進んでそこに向かう。それでもなお、船はウィンドワードおよびクルーキッドという名の海峡を通って大西洋に出る。そこで陸地一つ見当たらぬ大海原を何日も進んだのち、ついに山のように連なるマデイラ諸島を目にする。そこからポールリョーテを避けて、南東千八百マイル先にシエラレオネの目的地を慎重に見据えて、うまく行けばジブラルタル海峡を通過する。そこからまた、願わくばフランコの封鎖網をなんとかかいくぐり、細心の注意を払って地中海に向かう。まずガタ岬、そしてパロス岬、さらにナオ岬を過ぎると、ピチュサイ諸島が見えてくる。そこからバレンシア湾を通り、北に向かってカルロス・デ・ラ・ラピタを過ぎるとエブロの河口があり、ようやくごつごつしたガラフ海岸が船尾に見えてくる。そして、ついに、バルセロナの南方二十マイルのところにあるバイカルカにおいて、あいかわらず水上で揺れながら、追い詰められた反フランコ軍のために積荷のトリニトロトルエンを下ろし、おそらくは木っ端みじんに吹き飛ばされるのだろう……

　イヴォンヌは、顔に垂れかかった髪を振り払おうともせず、じっと峡谷《バランカ》を見下ろしていた。「ジェフって、たしかにとてもいやなものの言い方をすることがあるけど」彼女は言っていた。「でも、一つだけ共感できるところがあるのよ。国際旅団に憧れを抱いてしまうの――」

だが、ヒューはまだ見えない舵輪の前に立っていた。ポテト・ファーミン、馬鈴薯《パパ》を積んだ汽船の船長、あるいは逆のコロンブスになりきっているのだ。眼下ではノエミホレア号の前甲板が青い波くぼの上に浮かび、風下にある甲板の排水孔からゆっくりと吹き上がる水しぶきが、巻き揚げ機の古い塗料を削り取っていた水夫の目に入る。船首楼にいる見張り番が、さっきヒューが鳴らしたベルに応えてリンと一度だけベルを鳴らすと、水夫が道具をまとめにかかる。ヒューの胸は船の揺れに合わせて高鳴る。彼は、当番の船員の制服の色が白から冬服の青に変わっていることに気づき、同時に興奮を覚えながら果てしない海の清らかさに思いを馳せる――

　イヴォンヌは苛立ったように髪をうしろに振り払い、それから立ち上がった。「もしあの人たちが行かなければ、戦争はとっくに終わっていたでしょうに！」

「だけど、もう志願兵なんかいないよ」ぼんやりとヒューが言った。いまやヒューが操縦しているのは船ではなく、世界そのものであった。彼は、西洋という悲劇の大海からそれを救い出そうとしていた。「トマス・グレイじゃないが、もしも栄光の道が結局は墓場に通じるものならば——昔はけっこう詩を読んだもんだよ——イギリスの栄光は、スペインという墓場に続いていたんだ」

「何ですって！」

突然ヒューは静かな笑い声を上げたが、特に理由はなさそうに見えた。彼はすばやく体を伸ばすと、欄干の上に飛び乗った。

「ヒューったら！」

「あれ！　馬だよ」と彼は言い、（実際の身長は五フィート十一インチだが）気持ちのうえでは六フィート二インチあると思っている体を伸ばし、目を凝らした。

「どこ？」

彼は視線の先を指差していた。「あそこだよ」

「あら」イヴォンヌはゆっくりと言った。「忘れてたわ——カシノ・デ・ラ・セルバの馬よ。たぶん放牧でもしているんでしょう。丘をずっと登っていけば、あそこに出るわよ——」

……いまや二人の左手にあるなだらかな丘の斜面では、艶《つや》のある毛並の子馬たちが草地を転げ回っていた。二人はニカラグア通りを外れ、放牧地の片側を下っていく陰の多い小道を通っていった。厩舎は、実験農場のようなもののなかにあった。農場の平地は厩舎のうしろ側に広がり、その先には、両側にイギリスを思わせる背の高い木々の並ぶ、轍《わだち》のついた草の多い小道が続いていた。彼方にある木の下では、かなり大柄でありながら、テキサスのロングホーン種のように（あなたも牛に縁があるのね、とイヴォンヌが言った）妙に雄鹿に似ている数頭の雌牛が横になっていた。陽の光を浴びて輝く牛乳入れの缶が厩舎の外に並んでいた。牛乳とバニラと野の花の甘い香りが、静寂に包まれたあたり一面に漂っていた。そして、すべての上に陽光が降り注いでいた。

「素敵な農場じゃない?」とイヴォンヌは言った。「政府の実験農場か何かだと思うわ。あんな農場が持てたらいいのに」

「——せめて、あそこにいるネジツノカモシカみたいなのを借りようか?」

二人が借りた馬は、それぞれ一時間二ペソの料金であった。「ぴったりですね《ムィ・コレクト》」若い馬丁はヒューの乗馬靴を見て愛想よくその黒い目を輝かせると、さっと身を翻してイヴォンヌの深さのある革の鐙《あぶみ》を調整しはじめた。その若者を見ているうち、ヒューはなぜかわからずある情景を思い出していた。メキシコ・シティにあるレフォルマ大通りのある場所に朝早く立っていると、突然、目の前にいる人々がみな走っているように見え、笑っているように見え、陽光のなか、パスツールの銅像の前を通って仕事に出かけていく……「全然ぴったりじゃないわ《ムイ・インコレクト》」イヴォンヌは自分のズボンを眺め、それから一度、二度体を揺すって鞍のなかに身を落ち着けた。「いままで一緒に馬に乗ったことはなかったわね」彼女が前かがみになって雌馬の首を軽く叩くと、馬たちは体を揺らしながら前進を始めた。

彼らは側対歩で進み、そのお供をするかのように、厩舎から母馬を追ってきた二頭の子馬と、農場で飼われている人なつこくて貧相な毛むくじゃらの白い犬がついて来た。しばらく行ったところで、小道は大通りと合流した。彼らは、アルカパンシンゴ街道のなかに、町の周囲に点在する住宅地らしきところに入り込んだようだった。それから、森の上にそびえ立つように、いきなり目の前に監視塔が現われ、森の先にかすかに刑務所の高い塀が見えた。反対側の左手に目をやると、まるで鳥瞰図のような景色のなかにジェフリーの家が浮かび上がった。平屋建ての家は木々の前でとても小さくうずくまり、その下の長い庭は急な斜面を成して落ち込んでいる。それと平行して、丘を斜めに登っていくかのように段違いに並んだ、隣り合う家々の庭——それぞれ長方形をしたコバルト色のプールがついている——もまた峡谷《バランカ》に向かって落ちくぼみ、ニカラグア通りのてっぺんからなだらかに下る土地は、そびえ立つコルテス宮殿に向かって今度は撫でつけられたかのように盛り上がっている。下のほうに見える白い点は、もしかしたらジェフリーだろうか？　公園の入口のそばにある、彼の家の真正面にあたる場所を避けるためか、彼らは右に曲がる小道に速足で入っていった。ヒューは、イヴォンヌがファン・セリーヨの言う「お散歩乗り」ではなく、しっかりと鞍にまたがったカウボーイ流の乗馬をこなしているのを見て喜んでいた。刑務所はすでに二人の背後にあり、彼は、自分たちが監視塔で目を光らせる見張り番の双眼鏡の焦点となりながらゆっくりと馬を走らせているのだと想像してみた。「美人だな《グァパ》」と一人の警官が言う。「ああ、いい女だ《ムイ・エルモーサ》」もう一人がイヴォンヌを見て喜び、舌なめずりする。世界はいつも警察の双眼鏡に映っている。一方、子馬たちは、道路がどこかにたどり着くための手段であって、野原のように転げ回ったり草を食んだりするための場所ではないことをよく理解していないらしく、しょっちゅう道端の下生えのなかに迷い込んでいた。そんなとき、母馬がうしろから不安そうにいななくと、子馬はあわてて戻ってくるのだった。やがて母馬は鳴き疲れ、代わりにヒューがそのいななきを真似て口笛を吹いた。彼は子馬を守るという使命を自分に課していたが、事実上一行を守っているのは犬であった。蛇を見つけ出すよう訓練されているらしく、先に走っていったかと思うと急に身を翻して戻ってきて一行の無事を確認し、それからまた先頭に走り出る。ヒューはその様子をしばらく眺めていた。この犬と街で見かける野良犬、どこに行っても兄のあとばかりついて来るように思われるあのおぞましい動物とを仲良くさせるのはかなり難しそうだ。

「馬にそっくりの音ね」突然イヴォンヌがそう言った。「どこで習ったの？」

「フ、フ、ヒ、ヒ、ヒ、ヒ、ヒイイーン」ヒューはまた口笛を吹いた。「テキサスさ」なぜテキサスなどと答えたのだろう？　この芸当は、本当はスペインでファン・セリーヨに習ったものだ。

ヒューは上着を脱ぎ、鞍の前にある馬の鬐甲《きこう》の部分に置いた。うしろを振り向き、子馬たちがおとなしく藪から出てくるのを確認しながら、彼は付け加えて言った。

「ヒイイーン、とこんな感じ。消え入るように落ちていくいななきを出すんだ」

一行は、垣根越しに二本のいかつい豊饒の角を突き出している山羊の前を通り過ぎた。間違いなくさっきの山羊だ。二人は笑いながら、山羊がニカラグア通りを外れたのはもう一本の小道のところか、いや、アルカパンシンゴ街道と交わったところじゃないか、と話し合った。山羊は草地の端で草を食みながら、今度は彼らのほうにずる賢そうな一瞥をくれたが、それ以上動こうとはせず、さっきは外したかもしれないがまだやる気だぞと言わんばかりの顔で、じっと二人のほうを窺っていた。

新しい道は、木陰に包まれて静かなたたずまいを見せていた。轍《わだち》が深く刻まれ、乾季にもかかわらずあちらこちらに点在する水たまりが見事に空を映し出していた。ところどころに現われる木立と、果てしなく広がる野原を覗かせる壊れた垣根の間をくねくねと進んでいくうちに、彼らの間には、まるでさらなる安全を確保するために愛という小世界を運ぶ隊商《キャラバン》のような連帯感が生まれた。さっきまでは、だいぶ暑くなりそうだという予感があった。だが、いまや適度の陽光が二人の体を温め、そよ風が頬を撫でていった。左右に広がる田園は二人に純朴そうに微笑みかけ、朝の眠たげな歌声が立ち昇る。雌馬たちはうなずき、子馬たちが寄り添い、犬が歩き回る。何というまやかしだろうと彼は思った。僕たちは必然的にこの状況に落ち込んだのではないか。死者がよみがえる（とバスのなかでは確かな話として聞いた）年に一度のこの日、この幻影と奇跡の日に、何かの逆転現象でほんの一時間だけ、過去に存在しなかったもの、兄弟愛が裏切られて以来ありえなかったもの、ありえなかったと考えたほうがいい幸福の図を垣間見ることを許されたかのようだ。ヒューの頭にもう一つの考えが浮かんだ。それでも、生涯、いまほど幸せなときはないだろう。これから先に迎えるのは、すべて毒された平穏だ。そして、この瞬間もまた毒されていく――

（「なあファーミン、お前はかわいそうな善人だねえ」そこにいるはずのない隊商の一員がそんな台詞を口にしたのだろう。そしてヒューの脳裏には、ファン・セリーヨの姿がはっきりと浮かび上がった。背が高く、体に似合わぬ小さな馬に鐙もつけずに乗っているために、足がほとんど地面に届きそうだ。幅広のリボンのついた帽子をあみだにかぶり、箱に入ったタイプライターを首からぶら下げて鞍の前橋《ぜんきょう》のところに置いている。手綱を握っていないほうの手に銭袋を握り、一人の少年が土ぼこりを上げながらそのかたわらを走っている。ファン・セリーヨ！　彼こそは、メキシコが実際にスペインに与えた寛容なる救いの手を人間の形ではっきりと象徴する稀有な存在だった。彼はブリウエガに行く前に故国に戻ってきた。薬剤師の教育を受けていたが、オアハカの信用金庫で共同農場《エヒード》の仕事をし、馬に乗って遠くのサポテク族の村々による共闘を支援するために金を援助しに行っていたのだ。残忍そうな声で「キリスト万歳《ビバ・エル・クリスト・レイ》」と叫ぶ山賊に取り囲まれたり、音の反響する教会の塔のなかで反カルデナス勢力の男たちに銃撃されることもしばしばであった。日々の仕事はまた大義名分をめぐる冒険でもあり、ファンはわざわざ速達の手紙をよこして、ヒューをそこに誘い込もうとしていたのだ。切手――そこには太陽を射貫こうとしている射手が描かれていた――がべたべたと貼られた小さな封筒には、自分で元気に仕事に復帰し、百マイルと隔たらぬところで頑張っている旨が書かれた手紙が入っていた。そしていま、神秘の山々を見るたびに、その機会がジェフとノエミホレア号に永遠に失われたことが嘆かわしく思われた。そしてヒューの耳には、どこからともなく親友の責めさいなむような声が幻聴となって届いた。それは、かつてスペインでクイカトランに残してきた馬の話をしたときと同じ、よく通る声だった。「かわいそうに、いまごろはずっと歯嚙みしてるぜ」だが、その声はいま、ファンの幼少時代の、ヒューが生まれた年のメキシコについて語っていた。ファレス大統領は生き、そして死んだ。だがメキシコは、言論の自由が保証された国になっただろうか？　生活と自由が保証され、誰もが幸福を追求できる国だろうか？　鮮やかな壁画に囲まれた学校のある国、寒い山中のどんな小さな村にも野外劇場があり、持って生まれた才能を自由に発揮することができる人民が土地を所有する国、実験農場の国、希望の国だろうか？　いや、メキシコは奴隷制の国だ。人が家畜のように売り買いされ、ヤキ族、パパゴ族、トマサチク族などの先住民たちが強制移送されて根絶やしにされたり、奴隷以下の労働者にさせられ、彼らの土地は、没収されるか、外国人の手に渡った。そしてオアハカには、かの恐ろしいナシオナル渓谷が横たわり、その渓谷で、七歳にして正真正銘の奴隷だったファンの目の前で、兄は笞《むち》で打ち殺され、四十五ペソで買われてきた別の奴隷は七か月で餓死した。持ち主にとってみれば、それから新しい奴隷を買うほうが、十分に食べ物を与えた挙句に過酷な労働のために一年で死なれるよりもはるかに安上がりなのだ。そして、それはすべてポルフィリオ・ディアスへとつながっていた。いたるところに農村警官《ルラーレス》がいる。政治指導者《ヘフエス・ポリティコス》、殺人、自由主義政治制度の廃止、大量虐殺および国外追放の機械としての軍隊。ファンはその時代を知り、その辛酸をなめたのだ。それだけではない。のちの革命の時代、母親が殺されたのである。そののち、ファンは自らの手で父親を殺した。ウエルタと戦っていたが、これを裏切ったのである。ああ、罪と悲哀は常にファンの足跡にもつきまとっていた。それもそのはず、彼はカトリック信者ではない。懺悔の冷水で身を浄《きよ》めて出直すというわけにはいかないのだ。だが、結局当たり前のところに落ち着いてしまう。すなわち、過ぎたことは取り返しがつかないのだ。そして良心が人に後悔を迫るのは、それが未来を変える可能性があるときだけだ。人間は、あらゆる人間は、メキシコのようにと言ってもいい、絶えず上を目指して闘わなければならないのだ。ファンは彼にそう語りかけているようだった。人生とは、戦争以外の、仮の住まい以外の何だというのだ。それぞれの人の魂の熱き土地《ティエラ・カリエンテ》でも、同じように革命の嵐が吹き荒れている。平和はないが、地獄への通行料はそれですべて支払ったことになるだろう――）

「そうなの？」

「どうかな？」

一行は川に向かってゆっくりと丘を下って――くぐもった独白に眠りを誘われたか、犬さえもゆっくりと歩いていた――ついにそこに入り込んだ。最初はゆっくりと慎重に歩を進め、一瞬ためらったのち、波に乗ってぐっと前進した。安定していた足下に微妙な揺らぎが生じたため、逆に体全体が軽くなった感じがする。まるで馬が泳ぎ、あるいは宙を舞い、頼りない本能ではなく、キリストの担ぎ手、そして旅人の守護聖人たるクリストフォロスの使命感をもってしっかりと乗り手を運んでいるかのようだ。犬は、くそ真面目な顔で先に泳ぎ出した。子馬たちは、神妙な面持ちでうなずき、首から下を揺らしながら、そのあとに続いた。川は陽の光を穏やかな水面に踊らせながら、さらに下流の川幅が狭まるところで小さくも荒々しい波を沸き立たせたかと思うと、岸辺に近いところで渦を巻き、逆巻きながら黒い岩を洗い、まるで早瀬のような野性的な景観を作り上げていた。頭上の低いところでは、幻想的な稲妻のような見慣れぬ鳥たちが、まるで生まれたてのトンボのように、信じられない速度で宙返りや急転逆行などの空中曲芸を繰り返していた。反対側の岸辺には、鬱蒼と木が生い茂っていた。なだらかな土手の先、さっき来た道の先に通じているとおぼしき洞穴のような入口の少し左手には居酒屋《プルケリア》があり、その入口にある（遠くから見ると、アメリカ人軍曹が身につける山形袖章のお化けのような）木の自在ドアの上では、派手な色のリボン飾りがはためいていた。白茶色の日干し煉瓦の壁に、かすれた青い文字で店の名前が記されていた。〈上等のプルケ《プルケス・フィノス》 ラ・セプルトゥーラ〉墓場。薄気味悪い名前だ。だが、おそらくどこかに洒落が利いているのだろう。一人のインディオが壁にもたれて座っていた。縁の広い帽子を顔まで下げ、陽射しのなかで休んでいた。男の馬らしき一頭の馬が近くの木につながれており、ヒューのいる川の中ほどからでも、その臀部に焼きつけられた数字の7が見えた。同じ木には、地元映画館のポスターが張りつけられていた。〈『オルラックの手《ラス・マノス・デ・オルラック》』ピーター・ローレ主演《コン・ピーター・ローレ》〉居酒屋の屋根では、マサチューセッツ州のケープ・コッドで見かけるような風車のおもちゃが、微風を受けて絶えずくるくると回っていた。ヒューが言った。

「ねえイヴォンヌ、君の馬は水を飲みたがっていないようだよ。ただ、水に映っている自分の姿を見ているだけでさ。そのままにしておいてあげなよ。あまり首をぐいぐい引っ張らずにさ」

「引っ張ってないわよ。そんなことわかってるわ」イヴォンヌはそう言って、皮肉っぽい微笑を浮かべた。

彼らはジグザグの線を描きながらゆっくりと川を渡った。カワウソのように泳ぎの達者な犬は、すでに対岸にたどり着こうとしていた。ヒューは、イヴォンヌが何か言いたげな様子であることに気づいた。

「――あなたはお客さまなんだから、ね」

「おいおい《ポル・ファボール》」ヒューは小首をかしげた。

「――外で食事をして、映画にでも行かない？　それともコンセプタの料理で我慢する？」

「何だって？」ヒューは、なぜかイギリスのパブリック・スクールに入学してすぐの一週間のことを思い出していた。何をすればいいのか、何を答えればいいのか、右も左もわからぬまま、大きな無知の渦に巻き込まれるようにして混雑したホールに集まり、いろいろな活動を行ない、長距離走をしたのだった。ときには、限られた学生だけが特別な扱いを受けることもあった。たとえば、あるときわけもわからず校長夫人と乗馬に出かけ、それはご褒美だと言われたものの、何の褒美なのかまったくわからなかった。「いや、せっかくだけど、映画は気に入らないと思うな」彼は笑って言った。

「こじんまりとした変わったところよ――面白いと思うかも。ニュース映画なんて二年くらい前のものだったりしてね。いまでも変わってないんじゃないかしら。それに、何度も同じものばかりやるの。『逃亡奴隷《シマロン》』とか『一九三〇年の砂金掘り』とか、そうそう――去年は『明るいアンダルシアにいらっしゃい』という紀行映画を見たわ。スペインからの便りなんていう――」

「しょうもないな」とヒューは言った。

「それで、ずうっと照明の調子が悪いの」

「ピーター・ローレの映画はどこかで見たことがあるよ。いい役者だけど、ひどい映画だったな。ねえイヴォンヌ、馬は水を飲みたがってないって。あるピアニストの話なんだけど、自分の手が殺人鬼の手か何かだと思って罪の意識にさいなまれて、血を洗い落とそうとしつづけてるんだ。本当に殺人鬼の手という設定だったのかもしれないけど、忘れちゃったな」

「気味の悪い話ね」

「そうだね、でもそれほどでもないんだ」

対岸にたどり着くと、馬たちは水を欲しがるようになり、二人はそこで止まって馬たちに水を飲ませた。それから、一行は土手を登って小道に入った。先ほどよりも垣根は高くて厚みがあり、両側にサンシキヒルガオが巻きついていた。そこだけ見れば、イングランドの風景にも見える。デヴォン州かチェシャー州の名もなき横道を探索しているかのようだ。その幻想を打ち破るものがあるとすれば、ときどき木の上に群がって密談をしているハゲタカくらいのものであった。急な坂を上って森林地帯を抜けると、道は平坦になった。まもなくさらに開けた田舎道に差しかかり、ゆっくりした駆け足に切り替えた――ああ、なんて素晴らしい、いや、そう言って自分をだますことができたらどんなに素晴らしいだろう、おそらくユダもこんな気持ちだったのだろうと彼は考えた――そして、畜生、また来やがった――もしキリストが捕えられたあの夜明《マドルガーダ》けのあとで、ユダが馬を持っていたとしたら、あるいは借りたとしたら、あるいはもっとありそうな話として盗んだとしたら――それがどうした、我々には関係ない、とあの連中《バスタルドス》は言ったのだ――おそらくは酒を、それも（間違いなく今朝のジェフと同じように）三十杯ほど飲みたくなったいまになって銀貨三十枚を返したことを後悔しながら、それでもつけで数杯は飲めたかもしれない、革と汗のいい匂いを嗅ぎ、パカポコという軽快な蹄《ひづめ》の音を聞きながら、エルサレムのまぶしい空の下、こんなふうに馬に乗っていくのはどれだけ愉快なことだろう――そしてほんのひとときだけでも苦しみを忘れているから、心から愉快だと思えるわけであり――もし昨晩あの男を裏切りさえしなければ、たとえ自分の行く末を完全に理解していたとしても、もしあんなことさえ起きなければ、首を吊りに行く必要など一つだってなければ、どれだけよかったことか、どれだけ素晴らしかったことか――

そしてまた来やがった。あの誘惑が、未来を台なしにする卑劣な蛇が現われたのだ。踏みつけてしまえ、この愚か者め。メキシコの勇猛なワシとなれ。お前は川を越えてきたのではなかったか。神の名において、死ぬがよい。そして、実際ヒューは、水泳パンツのベルトのように道の上に浮き出るような死んだガーターヘビの上を越えていった。もしかしたら、それは毒トカゲだったかもしれない。

一行は、右手下方に大きく広がるさびれた公園のような場所の端に出た。そこは、かつて堂々たる高木の並ぶ大きな林であったかのようにも見えた。二人は馬の歩調を緩め、うしろにいたヒューは、しばらく一人でゆっくりと馬を進めた……子馬たちがイヴォンヌと彼女との間に割って入り、彼女は周りの様子がまったく目に入らぬといった様子で、ただぼんやりと前を見つめていた。その森には、土手を築いて人工的に造られたらしい灌漑用水路があったが、そこにはびっしりと落ち葉が詰まり――とはいえ、かならずしも落葉樹ばかりというわけではなく、いたるところに薄暗い木陰があった――

両岸に沿って歩道が走っていた。実際、彼らがたどってきた小道は、いつの間にか歩道の片方につながっていた。左手のほうで、車両の転轍の音が響いた。ということは、駅は遠くないのだ。もしかしたら、白い煙が立ち昇っているあの塚の向こう側かもしれない。だが、低木地よりも上に設えられた線路は、二人の右手にある木立の向こうで光を放っていた。どうやら、その一帯で線路が大きく迂回しているようだ。一行は、数段の崩れた石段の下に干上がった噴水のある場所を通り過ぎた。噴水の水盤には小枝と葉っぱが詰まっていた。ヒューはあたりの匂いを嗅いだ。いやに生臭い匂いが漂っているのだが、彼ははじめのうちそれが何の匂いかわからなかった。彼らは、フランス風の城跡とおぼしき場所に入り込んだ。木々の間に見え隠れしている建物は、木立の端にある方庭のようなところに建っていた。方庭は高い塀の向こうに立ち並ぶイトスギに囲まれていて、塀に取りつけられた巨大な門が二人の前方で口を開けていた。門の間では土ぼこりが立ち昇っていた。〈セルベセリア・クアウナワク〉と城の側面に書かれた白い文字がようやくヒューの目に留まった。彼はイヴォンヌに手を振りながら声をかけ、止まるように促した。なるほど、この城は醸造所《セルベセリア》なのだ。とはいえ、一風変わった醸造所で、野外レストラン兼ビア・ガーデンになる決意がつきかねているといった風情である。外の方庭には（おもに仕事と趣味を兼ねて時折やって来る「味利き」たちのために用意してあるらしい）丸テーブルが二つ三つ置かれていた。すっかり黒ずんで葉っぱに覆われたそのテーブルの上にそびえる巨大な木々は、オークにしてはあまり見慣れない種類のもので、かといってまったく見慣れない熱帯樹でもない。実際にはさほどの古木ではないのかもしれないが、悠久の太古から生えているような、あるいは少なくとも数世紀前の皇帝の誰かが金の移植ごてで植えたかのような、何とも言えぬ風格をたたえていた。ちょうど乗馬隊が足を止めたその木々の下で、一人の少女がアルマジロと遊んでいた。

醸造所の建物は、近づいてみるとかなり違って見えた。どちらかと言えば長方形に切った水車小屋のようで、実際に水車のような音が突然聞こえたかと思うと、どこか近くの小川の水に反射した陽光が、水車のような形をした光となってその側面で跳ね回っていた。その建物からちらりと覗いた機械のなかから、まだらの服を着て日よけ帽をかぶった猟場の番人風の男が、泡の立つ黒いドイツ・ビールのジョッキを二つ持って出てきた。男は、まだ馬から下りていない二人にビールを差し出した。

「やあ、冷たい」ヒューは言った。「けどうまいや」ピリリと喉を刺激するビールで、まるで壌土でも蒸留したかのような、どことなく金属にも土にも似た味がした。そして舌が痛くなるほど冷たかった。

「こんにちは《ブエノス・ディアス》、お嬢ちゃん《ムチャチャ》」イヴォンヌはジョッキを手に、アルマジロを連れた子供に微笑みかけていた。番人は壁の穴を通って機械のところに戻り、まるで船上の技師のように機械音を静めた。子供はアルマジロを抱いたまましゃがみ込み、不安げに犬を見つめていたが、犬のほうは、十分に離れた位置で横になり、醸造所のうしろ側を調べる子馬たちの様子を見つめていた。アルマジロが、まるで小さな車輪にでも乗っているかのように逃げ出すたび、少女はその鞭のような長い尻尾をつかまえてひっくり返した。そんなとき、この生き物はなんとやわらかく無力なのだろう！ 少女はそれを元に戻すとまた放した。何百万年もかかって形づくられた破壊の機械のようだった。「おいくら《クアント》？」とイヴォンヌが尋ねた。

「五十《シンクエンタ》センターボ」

ふたたびその生き物をつかまえた子供が甲高い声で言った。

「まさか本当に欲しいわけじゃないだろ？」ヒューは——米墨戦争でセロゴルドの渓谷から出てきたウィンフィールド・スコット将軍をひそかに気取り——鞍の前橋に片脚をかけて座っていた。

イヴォンヌは冗談めかしてうなずいた。「いいじゃない。あんなにかわいいんだもの」

「あんなの飼い馴らせないよ。あの子にだって無理だ。だから売りたがっているんだろう」ヒューはビールをすすった。「アルマジロのことはよく知ってるよ」

「あら、私だって！」イヴォンヌは大きく目を見開いて、からかうように首を振った。「生き物だってことくらいはわかるわよ！」

「庭で放し飼いなんかしてごらんよ。地面の深いところに潜っていっちゃって、二度と戻ってこないよ」

イヴォンヌは目を見開いたまま、まだ冗談めかして首を振っていた。「だって、かわいいじゃない？」

ヒューは勢いをつけて脚を戻し、ジョッキを鞍の前橋に立てかけて、その生き物を見下ろした。一癖ありそうな大きな鼻、イグアナのような尻尾、そして斑点のある無防備な腹。まるで火星人の子供のおもちゃのようだ。「いや《ノ》、いらないんだよ《ムチャス・グラシアス》」彼はきっぱりと断わったが、少女はそしらぬ顔をしたままその場から立ち去ろうとしなかった。「戻ってこないだけじゃないぜ、イヴォンヌ。無理に捕まえようとすれば、ものすごい力で穴に引きずり込まれちまう」ヒューは眉を上げて彼女のほうを向き、二人はしばし黙って見つめ合った。「たしか君の友だちのW・H・ハドソンもひどい目に遭ったんじゃなかったっけ」とヒューは付け加えた。どこか二人の背後で、木の葉がカサリと落ちた。まるで突然の足音のようであった。ヒューはゆっくりと冷えたビールを飲んだ。「ねえ、イヴォンヌ」と彼は言った。「単刀直入に聞くけど、ジェフとは本当に離婚したのかい？」

イヴォンヌは思わず飲んでいたビールでむせてしまった。手綱は握らずに前橋に巻きつけていたため、馬はよろめくように足を進めたが、ヒューがその馬勒に手をかける前に立ち止まった。

「彼のところに戻るつもりなのかどうかということさ。それとも、もうすっかり戻ってきているのかい？」ヒューの馬もまた、その気持ちを感じ取ってか一歩前に足を進めていた。「いきなり立ち入った質問ですまない。だけど、なんとも居心地が悪いものだからさ。——何がどうなっているのか、はっきり知りたいんだ」

「私も知りたいわ」イヴォンヌは彼のほうを見なかった。

「ということは、離婚したかどうかも自分でわかっていないわけ？」

「あら、したわ——離婚は、ちゃんとね」彼女は悲しげに答えた。

「なのに、戻ってきたのかどうかはわからないってこと？」

「いいえ、そうね……いいえ。ちゃんとわかっているわ。戻ってきたのよ」

ヒューが黙っていると、また木の葉がカサリと落ちて、下生えのところに傾いたまま引っかかっていた。「それじゃ、僕がすぐにいなくなったほうが、君にとっては都合がいいんじゃないか」彼は穏やかな口調で尋ねた。「最初のうちは、しばらく厄介になるつもりだったけど——ともかく、一日二日、オアハカに行ってみようと思ってたんだ——」

イヴォンヌはオアハカという言葉を聞いて顔を上げた。「そうね」と彼女は言った。「そうかもしれないわね。でもね、ヒュー、そんなこと言いたいんじゃないの。ただ——」

「ただ、何？」

「ただ、私たちがじっくり話し合うまでは、まだ行かないでほしいってこと。怖いのよ」

ヒューはビールの代金を払った。たったの二十センターボであった。アルマジロより三十センターボ安いということか、と彼は考えた。「もう一杯飲むかい？」また醸造所の機械が——カン、ゴク、カン、ゴクと——騒々しい音を立てはじめ、彼は思わず声音を上げた。

「これ飲みきれないわ。代わりに飲んで」

乗馬隊はふたたびゆっくりと動き出し、巨大な門を通って方庭からその先の道に出た。まるで取り決めをしておいたかのように一行はそろって右に曲がり、鉄道の駅から離れていった。町の方角からやって来た乗合バス《カミオン》が背後に近づいてきたとき、ヒューはイヴォンヌの横で手綱を引いて馬を止め、犬は溝に沿って子馬たちを安全な場所に誘導した。町の広場《ソカロ》とトマリンを結ぶバスは、ガタゴトと音を立てながら角を曲がり、視界から消えた。

「パリアンに行くにはあれに乗る手もあるわね」イヴォンヌは顔を背けて土ぼこりを避けた。

「あれはトマリン行きのバスじゃないのかい？」

「そうだけど、パリアンに行くにも一番便利な方法よ。たしか別の道を通っていく直行バスもあるはずだけど、町の反対側のテパルサンコから出てるの」

「パリアンって、なんか不吉な感じのするところじゃないか」

「本当につまらないところよね。たしかに昔は州都だったわけだけど。ずいぶん昔に大きな修道院があったはずよ——その点ではオアハカに似てるわね。僧房の名残りをとどめている店もあるみたいで、酒場《カンティーナ》なんかもかつてはその一部だったらしいわよ。廃墟みたいだけど」

「ウェーバーはそこに何を見ているんだろう」ヒューは言った。イトスギと醸造所は見えなくなった。何の前触れもなく、遮断機のない踏切が現われ、そこで彼らは、今度は家を目指してもう一度右に曲がった。

二人は、ヒューが木立越しに見た線路沿いに馬を進めた。木立を横目に見ながら来たときとはほぼ反対の方角に向かっている。両側の低い土手は狭い溝に向かって傾斜しており、その先には雑木林が広がっていた。線路の上に張られた電線が風に吹かれ、ギターー、ギターラ、ギターとすすり泣くようにうなっていた。カン、ゴクよりはだいぶましだ。複線ながら幅の狭い線路は、さしたる理由もなくいったん木立から離れたかと思うと、また戻って並進していった。また少し先に行くと、まるで帳尻を合わせようとするかのように、同じように木立寄りに湾曲していた。だが、遠くに行くと、線路は左に大きく曲がっており、その角度から論理的に考えて、どうやらまたトマリン街道と合流するらしい。電柱はそれに耐えられないらしく、我関せずとばかりにそのまままっすぐ大股に立ち並んで視界から消えていた。

イヴォンヌは微笑んでいた。「不安そうな顔しちゃって。この線路は、『グローブ』のいいネタになるんじゃない?」

「これがいったいどうなっているのか見当もつかないよ」

「あなたがたイギリス人が造ったものよ。ただ、建設会社は一キロメートル単位でお金をもらっていたんですって」

ヒューは笑い声を上げた。「すごいね。まさか、敷設距離を伸ばして利益を上げるためにこんな歪んだ線路にしたなんて言うんじゃないだろうね」

「でも、みんなそう言ってるわ。本当だとは思わないけど」

「そうか、なるほどね。そりゃがっかりだ。メキシコ流の洒落だと思っていたのに。でも考えさせられるね」

「資本主義体制について?」イヴォンヌの笑みには、またどこかからかうような色があった。

「『パンチ』に載っていた話を思い出すよ……ところで、カシミールにプーンチという場所があるのを知ってるかい?」(イヴォンヌは何かをつぶやきながら首を振った。)「――ごめん、何を言おうとしたのか忘れちゃったよ」

「ジェフリーのことはどう思う?」イヴォンヌはついにその質問を口にした。彼女は前かがみになり、前橋にもたれたまま、横目で彼を見つめていた。「ねえ、ヒュー、本当のことを言って。何か――その、なんていうか――望みはあると思う?」二人の馬は、この慣れない道の上で慎重に歩を進めた。子馬たちはそれまでよりはるか先に行ってしまっており、自分たちのむこうみずな振る舞いを認めてもらおうとするかのように、時折うしろを振り向いていた。犬は子馬たちの前方を走っていたが、ところどころで身を翻し、かならず全員の無事を確認しに戻ってきた。そして、線路の間に蛇が隠れていないかどうかを確かめるために、せわしなく鼻を鳴らしていた。

「酒のことかい?」

「私に何かできると思う?」

ヒューは、線路の枕木の間から何とか顔を出している忘れな草に似た青い野の花を見下ろした。こんなトキワナズナの花にも悩み事がある。数分おきに轟音とともにまぶたを襲うあの恐怖の黒い太陽は何? 数分おき? 数時間おきかもしれない。それとも数日おき。ぽつんと立っている腕木記号機はずっと上がったままのようであり、列車の運行を考えることすら馬鹿馬鹿しくなってくる。「ジェフが『ストリキニーネ』なんて言って飲んでるやつを知ってるだろう」とヒューは言った。「記者の治療薬だよ。まあ、実際には、クアウナワクにいる何とかという人に処方してもらったんだけど。君たちの知り合いだよ」

「グスマン先生?」

「そうそう、グスマン。たしかそういう名前だったと思う。何とかジェフを診てもらおうとしたんだけどね。そんなことに無駄な時間を費やす気はないって、断わられちゃったのさ。いまのところ、パパに異状はない、って言うだけでね。唯一の問題は、酒をやめる覚悟を決めようとしないことだって。まさにごもっともな話さ」

線路は雑木林と同じ高さまで、そしてさらに低いところまで落ちくぼみ、いまや土手は二人の頭上にあった。

「お酒が問題なんじゃないわ」突然イヴォンヌが言った。「でも、なんであんなことするのかしら?」

「君がこうして帰ってきたんだから、やめるだろうさ」

「あまり期待していないみたいね」

「いいかい、イヴォンヌ。言いたいことは山ほどあるけど、ほとんどのことは言う時間がない。そもそも、どこから話を始めたらいいかわからない。何がどうなっているのかもわからないし。ついさっきまで、君たちが離婚していたのかどうかもはっきり知らなかったくらいだ。ともかく――」ヒューは自分の馬に向かって舌打ちをしたが、そのまま手綱を引いた。「ジェフについては」と彼は続けた。「いままで何をしていたんだか、どのくらい飲んでたのか、皆目見当もつかない。いつ酔っ払っているのかもわからないことが多いんだ」

「女房なら、そんなこと言っていられないわよ」

「ちょっと待ってくれ。――ジェフには、ひどい二日酔いに苦しんでいる先輩記者の介抱をしているみたいに接していたんだ。だけど、メキシコ・シティにいる間、こんなこと《クゥィ・ボノ》として何になるって考えていたよ。一日か二日やっこさんをしらふにするだけでは、何の解決にもならない。まったく、もし僕らの文明が一日か二日しらふになったら、三日目には良心の呵責に耐えかねて死んじまうよ――」

「とても参考になったわ」イヴォンヌが言った。「ありがとう」

「それにね、しばらくすると、あれだけ酒が強いんだから、飲ませといたっていいじゃないかっていう気にもなるんだ」ヒューは前かがみになってイヴォンヌの馬を撫でた。「いや、真面目な話、ここを出たらどう？　メキシコからさ。だって、これ以上ここにいる理由なんかないじゃないか。ともかく、ジェフは領事の仕事にはうんざりしているようだし」ヒューは、しばしの間、土手の上で空を背景にした影絵のようにして立っている子馬を見つめていた。「お金もあるんだからさ」

「ねえヒュー、怒らないで聞いてね。あなたに会いたくなかったわけじゃないけど、実は今朝、あなたが帰ってくる前にジェフリーを連れ出そうとしたの」

「うまく行かなかったってわけ？」

「たぶん、どうにもならなかったと思うわ。前に二人で考えたことがあるのよ。違う土地に行って、人生やり直そうって。だけど、今朝聞いたら、ジェフリーは本を書きつづけるような話をしていたの――本当にまだ何か書いているのかどうか、私にはちっともわからないけれど。私と知り合って以来、全然執筆している様子なんかなかったし、ほとんど何も見せてくれないのよ。それでも、研究書なんかはずっと持っているみたいだし――もしかしたら――」

「そうだね」とヒューは言った。「錬金術だのカバラだの、実際どれだけ知っているのかな？　そんなものにどんな意味があるって言うんだろう？」

「いまそれをあなたに聞こうと思っていたの。私自身、まるでわからなかったから――」

「そんな、僕にだってわからないな……」ヒューは自らの優しさに満足したような口調で付け加えた。「たぶん、ジェフリーは黒魔術師なんだろう！」

イヴォンヌはおぼろな笑みを浮かべ、手綱を前橋に軽く打ちつけていた。線路はそのまま開けた場所に出て土手の上を走り、ふたたびその両脇が下りの傾斜となった。はるか頭上では、ミケランジェロの頭のなかで逆巻く意匠のごとく、彫刻のような白雲が流れ去っていった。子馬の片方が線路を外れて丈の低い藪のなかに入っていった。ヒューがお決まりの口笛を繰り返すと、子馬はくるりと身を翻して土手を登り、彼らはふたたび一団となって、自由奔放に曲がりくねる細い線路に沿って軽快に歩いていった。「ねえヒュー」とイヴォンヌが言った。「船で来る途中に考えたんだけど……なぜだかよくわからないけど――どこかに農場を持つのが夢だったの。本物の農場よ。牛や豚や鶏がいて――赤い納屋があってサイロがあって、それからトウモロコシと麦の畑のある」

「あれ、ホロホロ鳥は？　一、二週間したら、僕もそんな夢を抱くかもな」とヒューが言った。「さっきの話とはどう関わってくるの？」

「どうって――ジェフリーと二人でこれから買うのよ」

「買うだって？」

「そんなにおかしい？」

「そうじゃないけど、どこに買うの？」一パイント半の強いビールが効いてヒューは上機嫌になり、突然、くしゃみにも似た大きな笑い声を上げた。「ごめん」彼は言った。「つなぎを着て麦わら帽子をかぶったジェフリーが真面目な顔して鍬を握ってアルファルファの畑を耕しているかと思うとさ、それだけでツボに来たね」

「そんなに真面目になってくれなくてもいいのよ。私だって人食い鬼じゃないんだから」イヴォンヌもまた笑っていたが、きらきら輝いていたはずのその黒い瞳はどこか曇っていた。

「だけど、ジェフリーが農場を嫌がったらどうするんだい？　牛を見ただけで気持ち悪くなるかもしれない」

「あら、そんなことないわ。昔、よく農場を持とうって話をしてたもの」

「そもそも農場経営がどういうものかわかってるの？」

「いいえ」イヴォンヌは明るく突き放すようにその可能性を否定し、前かがみになって雌馬の首を撫でた。「だけど、自分たちの農場を手放したような夫婦を見つけて、住み込みで管理をしてもらったりできるんじゃないかと思うのよ」

「歴史的に見て、いまは地主階級になって栄えるような時代だとはとても思えないけど、もしかしたらそれもまんざら悪くないのかもしれないね。その農場ってのは、どこになるんだい？」

「そうね……たとえば、カナダなんて悪くないんじゃない？」

「……カナダだって？……本気かい？　そりゃ悪くはないけど――」

「本気も本気よ」

一行は線路が大きく左に曲がっている場所に差しかかり、そこで土手を下った。木立は背後に消えたが、彼らの右手にはまだ（その真ん中に馴染みの目印たる刑務所の監視塔を覗かせている）こんもりと茂った森がはるか先まで広がっていた。その森を縁取る位置に一瞬だけ道が見えた。彼らはその道を目指し、単調に電線を爪弾く電柱を頼りに、歩きづらい藪のなかを縫うように進んでいった。

「僕が聞きたかったのは、たとえばどうして英領ホンデュラスじゃなくてカナダなのかってことだよ。トリスタン・ダ・クーニャの火山島群だってあるだろう。ちょっと寂しい場所かもしれないが、歯をきれいに保つには最高だってさ。それから、トリスタンのそばにはゴフ島もある。無人島だよ。だけど、自分たちだけの植民地にしちまえばいい。それとも、昔、乳香《ミルラ》と没薬の産地だった、ラクダがシャモアみたいに山登りするというソコトラ島は――アラビア海に浮かぶ僕の大好きな島だよ」だが、そのような空想を語るヒューの声音は、おどけた調子ではあったものの、けっして懐疑的ではなかった。彼は、少し前を行くイヴォンヌに構うことなく、半ば自分自身に語りかけているようであった。結局のところ、カナダの問題と真面目に取り組みながらも、同時にいまの状況にはわくわくするような奇抜な解決策がいくらでもあると自分に思い込ませようとするかのようであった。ヒューは彼女に追いついた。

「最近、ジェフリーからシベリアよりちょっとましな土地の話は聞いてないかしら？」彼女は言った。「あの人がブリティッシュ・コロンビアに島を持ってるってこと、忘れてないわよね」

「湖に浮かぶ島だろ？　ピナウス湖ね。思い出したよ。だけど、あそこには家なんか一軒もないんじゃなかったっけ？　それに、樅《もみ》の球果や硬い土ばかりじゃ、家畜も放牧できないし」

「そういうことじゃないのよ、ヒュー」

「それとも、そこにテントを張って、どこか別のところに農場を持とうってわけ？」

「ねえヒュー、違うの――」

「だけど、カナダで農場を買うったって、サスカチュワン州みたいなところしかなかったらどうするんだい」ヒューは反論した。馬鹿馬鹿しい歌の文句が頭に浮かび、馬の蹄の音に合わせて鳴り響いた。

ねえ、フィッシュ河に連れて帰って
オニオン湖に連れて帰って
グアダルキビル河は持っててていいから
コモ湖もあなたにあげるから
ホースフライ湖に連れて帰って
アネロイド村とグラベル村に

「プロダクトなんて名前の場所にしたら。あるいは、ダンブルなんていうところはどうかな」彼は続けて言った。「たしかダンブルってところもあったはずだよ。間違いなくダンブルってあるよ」

「わかったわよ。くだらないってわけね。だけど、何もしないでここに座っているよりはましでしょう！」ほとんど泣き出しそうになりながら、イヴォンヌは怒ったように馬を駆り立てて乱暴に小走りさせたが、いかんせん道が悪すぎた。ヒューは彼女の脇で手綱を引き、彼らは一緒に馬を止めた。

「ごめんよ、本当に悪かった」自らの言動を深く恥じて、彼はイヴォンヌの馬の馬具に手をかけた。

「さっきはどうかしてた」

「それじゃ、本当は名案だと思ってくれてるってこと？」イヴォンヌはわずかに明るさを取り戻し、ふたたび相手をからかうような声音さえ弄してみせた。

「だいたい君はカナダに行ったことあるの？」ヒューは彼女に聞いた。

「ナイアガラの滝には行ったことがあるわ」

二人は馬を進め、ヒューはずっと彼女の馬具に手をかけていた。「僕はカナダには行ったことがない。だけど、スペインでマッケンジー＝パピノーの歩兵大隊にいたカナダ人漁師の友だちがさ、世界で一番恐ろしいところだっていつも言ってたよ。少なくとも、ブリティッシュ・コロンビアはね」

「ジェフリーもよくそう言ってたわ」

「まあ、ジェフはそのことについてはあまりはっきりとは言わないんだけどね。でも、マッゴフがこんなことを言ってた。彼はピクト人でね。たとえば、ヴァンクーヴァーに上陸するとする。それはわかるよね。そこまでは大したことじゃない。マッゴフは現代のヴァンクーヴァーがどうも気に入らなかった。奴が言うには、サモア島の港町パンゴパンゴにソーセージとマッシュ・ポテトを混ぜたような感じの場所で、かなり清教徒的な雰囲気があるんだそうだ。みんな夜は早く眠りについて、下手に刺激しようものなら、英国国旗《ユニオン・ジャック》を掲げて反撃してくる。だけど、ある意味では人間は誰一人そこに住み着かない。そこは一時しのぎの場なんだそうだ。採掘して出ていくだけ。地面を爆破して、森林を伐採して材木をバラード入江まで転がしていく……とはいえ、酒を飲もうとしたら大変だよ」ヒューはクスッと笑った。「どこもかしこも、これまた都合よく飲めないようになってるんだな。バーはなし、あるのはせいぜい寒くて居心地の悪いビアホールくらいのもんだ。出すビールにしても水みたいに薄いから、酒飲みを自認する人間は口をつけない。家で飲むしかないが、酒が切れたら、一瓶手に入れるだけでもはるか遠くまで行かなくちゃならない――」

「だけど――」二人とも笑い声を上げていた。

「だけど、その前に」ヒューはヌエバ・エスパーニャの空を見上げた。ジョー・ヴェヌーティの名盤のような日であった。彼は耳を澄ませ、電柱とその上の電線が立てるかすかな音を聞いていた。それは、一パイント半のビールでほろ酔い気分の彼の心の声と共鳴していた。この瞬間、新天地における二人の幸福こそがこの世でもっとも素晴らしく、容易で、単純なことであるように思われた。そして、おそらくはすばやい行動こそが重要であるような気がした。彼はエブロ河の戦いのことを思った。長い時間をかけて練られた攻撃が、いつの間にか膨れ上がった思いもよらぬ要因によって最初の数日で頓挫させられるように、突然の捨てばちな行動が、まさに多くの要因を一気に破壊することによって、かえってよい結果をもたらすかもしれない……

「肝心なのは」彼は続けた。「できるだけ早くヴァンクーヴァーを出ることだね。どこかの入江を下ってどこかの漁村に行って、まさに海に面した掘建て小屋と水際の使用権だけを、そうだね、百ドルくらいで買うといい。それで、この冬、月に六十ドルくらいで生活する。電話はなし。家賃も払う必要なし。領事職もへったくれもない。ただ一介の地元民になる。開拓者のご先祖さまたちの精神だよ。水は井戸から汲む。薪は自分で割る。そもそも、ジェフリーはなかなか馬力がある。それこそ本気で執筆に取りかかれるだろうし、君は星を見ることもできれば、季節感を取り戻すこともできる。十一月の下旬にも泳げることだってあるだろうね。そして、本物の人間と知り合うんだ。引き網漁師、年寄りの船大工、罠猟師。マッゴフによれば、この地上に残された最後の自由人たちだ。そこにいる間に島の用意をして、それまで一生懸命逃げ場にしてきた農場のことを考えてごらんよ。そのときになっても欲しいと思っているかどうか——」

「ええ、ヒュー、そうね——」

彼はイヴォンヌの馬を揺り動かさんばかりに熱っぽく語りつづけた。「掘建て小屋の様子が目に見えるようだよ。森と海の間にあって、そこから桟橋を歩いて海の上まで行ける。その下にはごつごつした岩があって、そこにほら、フジツボやイソギンチャクやヒトデがびっしり張りついているんだ。店に買い物に行くには、森のなかを通っていかなくちゃならない」ヒューはその店を眼前に見る思いがした。森はしっとりと湿っているだろう。それから、たまに木が大きな音を立てて倒れてくる。時折、霧が出て凍りついたりするのだろう。すると、あたり一帯が水晶の森になる。小枝に載った氷の結晶が育って木の葉のように広がる。それからまもなくテンナンショウの季節になり、春がやって来るのだ。

馬は早駆けで進んでいた……藪はなだらかな平原に変わり、彼らは軽快に馬を進めた。子馬たちが嬉しそうに前に跳ね出していくと、犬はあきれたような顔で毛をなびかせながら走っていった。そして、いつの間にか馬が体を揺らせながらゆっくりと大股で歩きはじめると、ヒューは、入江の不規則な小波に洗われた船が大洋のうねりのなかに乗り出していくときのような変化を、抑えがたい強烈な喜びを感じた。彼方から響くかすかな教会の鐘《カリヨン》の旋律は抑揚を繰り返したのち、まるでその日の本質的な部分に溶け込んでいくかのように、静かに消えていった。ユダは忘れていた。いや、ユダはどうにか贖いを済ませたのだ。

彼らは柵のない平坦な道に沿って早駆けで進んでいたが、規則的な重い蹄の音がいきなり金属的な硬い響きを帯びて散らばったかと思うと、彼らは道路の上をパカパカと駆けていた。道は、まるで平原に突き出した岬のような場所をぐるりとめぐり、森を縁取るようにして大きく右に曲がっていた。

「またニカラグア通りに出たわ」イヴォンヌは陽気に叫んだ。「もうそこよ！」

彼らは馬を駆り立て、ふたたび地獄の悪だまり《マレボルジェ》にも似た蛇行する峡谷《バランカ》に近づいていたが、最初に渡った地点よりはかなり高い場所にいた。二組の人馬は横に並び、白い柵のついた橋を速足で渡っていった。すると、そこは突然廃墟になっていた。イヴォンヌは先頭を切ってそのなかに入っていたが、馬たちは、手綱の合図というより、おそらくは懐かしさと思いやりから、自らの判断によって足を止めた。二人は馬を下りた。廃墟は、道の右手にある草地のかなりの部分を占めていた。彼らの近くには、かつて礼拝堂であったとおぼしきものがあり、床の部分に生えそろった草はまだ露を宿したままきらきらと輝いていた。別の場所には、広い石造りのポーチの残骸があり、低い手すりはぼろぼろに崩れ落ちていた。ヒューはどうしていいかわからぬまま、崩れかけた桃色の柱に馬をつなぎ止めた。柱は、意味を失って朽ち果てゆく紋章のごとく、廃墟から切り離されたかのように立っていた。

「かつて栄華を誇ったこの場所は何だろう？」彼は言った。

「マクシミリアンの宮殿よ。きっと夏の御用邸ね。あの醸造所のそばにあった森の地所も、マクシミリアンが昔所有していた土地の一部でしょう」イヴォンヌは突然不安げな顔をした。

「ちょっとここで休まないか」とヒューは彼女に聞いた。

「ええ、いいわよ。一服したいし」彼女はためらいがちにそう言った。「でも、カルロッタが好きだった景色を見るには、だいぶ下らなくちゃいけないわ」

「皇帝の展望塔《ミラドール》は、昔はさぞ立派だったんだろうな」ヒューはイヴォンヌのために煙草を巻きながら、ぼんやりとあたりを見回した。一面が廃墟に馴染んでいるため、どこにも悲哀の色は感じられなかった。お馴染みの青いヒルガオがつたう壊れた塔や崩れ落ちた石壁の上に鳥がとまっていた。子馬たちは、世話役たる犬が近くで休みながら見守るなか、礼拝堂のなかでおとなしく草を食んでいた。動物たちはここに残していっても大丈夫そうだ……

「マクシミリアンとカルロッタか」とヒューは言っていた。「ファアレスは彼を射殺するべきだったのかな」

「とっても悲しい話よね」

「ディアスの野郎も一緒に銃で片付けてしまえばよかったのに」

岬のような場所まで来たところで、二人は自分たちが来た道を振り返り、平原を、藪を、鉄道を、そしてトマリン街道を見やった。ずっと同じ方角から乾いた風が吹いている。ポポカテペトルとイスタクシワトルが見える。谷間の向こうに悠然とそびえている。射撃の音はやんでいた。ヒューは心が痛んだ。ここに下りてくるまでの間、彼は暇を見つけてポポカテペトルに登ってみたいと本気で考えていた。もし可能ならファン・セリーヨと――

「まだあそこに君の月が出てるよ」彼は、宇宙の嵐によって夜の闇から吹き飛ばされた破片のような月を指し示した。

「昔の天文学者って」彼女は言った。「月の上のいろんな場所にとても素敵な名前をつけたと思わない？」

「堕落の沼。僕が覚えているのはそれだけだな」

「闇の海とか……凪の海とか……」

二人はそれ以上言葉を交わすことなく並んで立ちつくし、その肩越しに風が煙草の煙を引き裂いて通っていった。ここから見る谷は海に似ている。疾駆する海。トマリン街道を越えると、土地はうねりくねり、猛り狂う波のような砂丘と岩となって四方八方に砕け散る。手前の山を縁取るように突き出た樅の木は壁を守る瓶の破片のようで、その上に立ち昇る白雲は、さながら空中で静止した白波のようだ。だが、火山の向こうに目をやると、雨雲が集まりはじめていた。「ソコトラ島」彼は思った。「昔、乳香と没薬の産地だったという、これまで誰も訪れたことのない、アラビア海に浮かぶ神秘の島――」

かつて戦場であったこの場所の景観には、何かとてつもなく激しい力がひそんでいた。それは彼に向かって叫び声を発しているようでもあった。その力の申し子が発する叫びを、その懐かしい声を、彼は体全体で受け止め、風のなかに投げ返した。それは勇気と誇りの合言葉であった――情熱的に、それでいていつもどこか偽善的に自分の魂らしきものを肯定し、善くありたい、正義を成したいという願いを肯定する心の声であった。彼は、この広い平原を越え、火山を越え、うねり狂う青き大海の彼方へと視線を注ぎながら、あの果てしなき焦燥、測り知れぬ憧憬を感じているように見えた。

5

彼らのうしろを歩いているのは、同じ旅路を歩む唯一の生き物たる犬であった。それから一行は次第に海に近づいていった。そして、高邁なる精神をもって北部地方に足を踏み入れ、天にも昇る気持ちで雄大なるヒマラヤ山脈を仰ぎ見た……湖はそこで波音を響かせ、ライラックは風に揺れ、スズカケノキは若芽を出し、山々は輝き、滝は踊り、春は緑に染まり、雪は白く、空は青く、果樹の花は雲のように煙り、そして彼はまだ喉の渇きを感じていた。やがて雪は輝きを失い、雲のように煙る果樹の花に見えたのは蚊の群れで、ヒマラヤ山脈は塵埃に隠れ、そして彼の喉はますます渇いていた。それから湖面の波は風に乱れ、雪は風に舞い、滝は風に揺れ、果樹の花は風にさらわれ、季節は風のように流れ――すべてが吹き飛ばされ――彼自身も、花の嵐に飲み込まれながら、いまや雨に濡れる山々のほうへ吹き飛ばされていった。だが、雨は山のところでしか降っていないので、彼の喉の渇きを癒せなかった。そもそも彼自身、山のなかにいるわけではないのだ。彼は畜牛に囲まれ、小川のなかに立っていた。彼が休んでいるそばで、子馬たちは冷たい湿地に膝まで浸かっていた。彼はうつ伏せになり、雪帽子をかぶった山脈を映す湖の水を飲んでいた。雄大なるヒマラヤ山脈の背後には、地上五マイルあたりの高さまで雲が層を成して浮かんでいた。紫色のスズカケノキと村一つが桑畑のなかにひっそりと佇んでいた。それでも彼の渇きは癒えなかった。おそらくは飲んでいるものが水ではなく、明るさ、そして明るさの約束だからなのだ――どうして明るさの約束などを飲んでいるのだ？　おそらくは飲んでいるものが水ではなく、輝きの保証だからなのだ――どうして輝きの保証などを飲んでいるのだ？　輝きの保証、明るさの約束、光、光、光の、そしてまた光、光、光、光、光の約束！

……領事は、頭蓋骨のなかで雷鳴を轟かせる恐ろしい宿酔に想像を絶するほどの苦しみを覚えながら、保護壁のように大挙して押し寄せては耳元でがなり立てる悪魔たちの声を耳にして、隣人に見られているかもしれないという恐ろしい状況に気づきはじめていた。はた目には、自分が何か罪のない園芸品を見ながらただ庭をぶらぶら歩いているようにはとても見えないだろう。それどころか、自分は歩いているようにさえ見えないかもしれない。ついさっきポーチで目覚めた領事は、すぐにすべての出来事を思い出すや、走り出さんばかりであった。彼はよろめいてもいた。そして、いたずらに自制しつつ、必死に平静を装いながら領事の貫禄の片鱗くらいは漂わせようとして、礼服のズボンの汗に濡れたポケットに深々と手を差し入れた。それから、リューマチの足も顧みず、彼は本当に走っていた……これならば、いかにももっと大胆な目的があるように見えないだろうか？　たとえば、清教徒たちのもとを離れてインディアンとともに暮らしたウィリアム・ブラックストーンのもどかしい悲劇の演技を真似ているとか、あるいは大学の遊覧旅行の最中に堂々とその一団を離れ、同じく礼服のズボンをはいて暗黒のオセアニアの密林に消えたまま二度と戻ることのなかった友人ウィルソンの自暴自棄の行動を真似ているように見えないだろうか？　ちょっと無理がありそうだ。第一、もしこのまま庭の果てに向かって進んでいくとしたら、そのような知られざる世界へのいかなる幻の逃避をも打ち破るかのように、そこにはよじ登れない金網が張りめぐらされている。「だが、自分に目的がないなんて馬鹿な考えは起こさないことだ。我々が警告したのに、あれほど言ったのに、いまとなってはその訴えもむなしく、よりによってこんな嘆かわしい状況に――」彼は、ほかの声にかき消されそうなその馴染みの声を聞きながら、背後から撃たれたことに気づかずにもがき苦しむ男のように、形を変えながら消えては生まれ変わる幻覚のなかを突き進んでいった。「――自らはまり込んでしまったからには」その声は厳しい調子で続けた。「何とかしなくてはいけない。だから我々は、その何かを成し遂げられるようにお前を導いているのだ」「俺は飲まないぞ」領事はそう言って、突然足を止めた。「それとも飲もうかな？　ともかくメスカルは飲まん」「当然だ。瓶はそこにある。茂みの向こうだ。それを取ればいい」「だめだ」彼はその声に抗《あらが》った――「大丈夫、必要な分だけ、ほんの一口だ。薬だよ。まあ二口くらい」「ああ」領事は言った。「ああ、そうだな。よかった」「それなら飲んだうちに入らんだろう」「そうだな。メスカルじゃないし」「もちろん、テキーラだ。もう一口どうだ」「ありがとう、いただくよ」領事は震える手で瓶をまた唇のところに持っていった。「うまい。ふう。生き返った……地獄だ」と彼は付け加えて言った。「――やめろ。瓶を下ろすんだ、ジェフリー・ファーミン。何をやっているんだ？」耳元で別の声が大きく響き、彼は振り返った。目の前の小道に目をやると、小枝とばかり思っていた小さな蛇がカサカサと音を立てながら藪のなかに入っていき、彼はしばし魅入られたかのように、サングラス越しにじっとその様子を見つめていた。たしかに本物の蛇だ。とはいえ、蛇程度の取るに足りない生き物に俺は動じたりはしない。彼はそう考えていくぶん得意な気分になり、犬の目をまっすぐに見つめた。それは、妙に馴染みのある野良犬であった。「おい、わん公《ペーロ》」まだそこにいる犬に向かって彼は繰り返した――だが、これと同じことが前になかったか、いまではなくて一、二時間前にこれと同じことが、言ってみれば起きていなかったかどうか、彼は瞬時に思いめぐらした。妙だな。彼は、下生えの見えないところに――年代物のハリスコ産《テキーラ・アニェホ・デ・》テキーラ《ハリスコ》とラベルに書かれた――白い波状ガラスでできた瓶を投げ入れ、あたりを見回した。何もかもが元に戻っているらしい。ともかく、蛇も犬も消えた。そして声も聞こえなくなった……

いまや領事は、しばらくの間、すべてが本当に「正常」であるという幻想を抱ける状況になったと感じた。イヴォンヌは眠っているのだろう。まだ邪魔をするには及ばない。それに、ほとんど減っていないテキーラの瓶を思い出したのは幸運だった。これでふたたび彼女と顔を合わせる前に、少しでもしゃきっとすることができるというものだ。ポーチで飲むのは無理だったろう。いまの状況では、ポーチで飲むのはなかなか厄介だ。飲みたいときに、誰にも邪魔されたりせずにちょいと引っかける場所があるのはいいことだ……振り返って庭を見上げている間にそのような考えが脳裏に去来し――彼の心は、まるで重々しくうなずきながら至極真面目にそれを受け入れたようだった。奇妙なことに、庭はさっきの印象ほど「朽ち果てて」いるようには見えなかった。雑然としてはいるものの、それはそれでなかなかの雰囲気を醸し出している。彼は、手入れがなされぬまま伸び放題に伸びている植物が近くにあるのを喜んだ。その一方、遠くのほうでは、目もあやなバナナの花がこれが最後とばかりに卑猥に咲き乱れているし、素晴らしいノウゼンカズラあり、堂々として頑強な梨の木あり、プールの回りに植えたパパイヤの木あり、さらにその先にはブーゲンビリアに覆われた白い平屋建ての家があり、その細長いポーチは船橋に似ている。そこにはいかにも秩序らしきものが見受けられたが、その光景は、この瞬間、たまたま振り返った彼の視界のなかで、水のなかにも似た平原と火山の不思議な景色のなかに何の気なしに溶け込んでいた。藍色の巨大な太陽の光が南南東一帯をさまざまに染め上げている。いや、こっちは北北西か？　彼は悲しみに包まれることもなく、ある種の恍惚さえ感じながらその景色をしばし観賞すると、アラスという銘柄の煙草に火をつけ（悲嘆の声にも似たその名を機械的に繰り返し）、それから水のように額を流れ落ちるアルコールの汗を拭おうともせず、自分の庭と、その先端を切り取った形になっている小さな新しい公園とを隔てる柵に向かって歩きはじめた。

　ヒューが到着した日に酒瓶を隠して以来、その公園を見ることなど絶えてなかった。きれいに手入れがなされてはいたが、見るからに仕事がやりかけであることを示すものが残されていた。見慣れぬ道具が、おどろおどろしい大鉈《マチエテ》や、陽光のなかで輝くねじ曲がった歯でまともに精神を突き刺すかのような奇妙な形をした熊手などが柵に立てかけられていたのだ。それからまた別のものが立てかけてあった。それは、引き抜かれたものか、新しいものか、一枚の立て札であり、その長方形の青白い面が金網越しに彼を見据えていた。「この庭が好きですか?《レ・グスタ・エステ・ハルディン》」とそれは問いかけていた……


　この庭が好きですか?《レ・グスタ・エステ・ハルディン》

　あなたのものですね?《ケ・エス・スーヨ》

　子供たちが荒らさないようにご注意ください!《エビテ・ケ・スス・イホス・ロ・デストルーヤン》


　領事は、身じろぎもせず、立て札に書かれた黒い文字を見つめていた。お前はこの庭が好きか? なぜお前のものなのだ? 荒らしたら追放するぞ! 単純な言葉、単純で恐ろしい言葉、人間存在の根本に関わる言葉。人間に下される最終判決のようでありながら、ある種の無色の冷気、白い苦悩、イヴォンヌが去った日の朝にオテル・カナダで飲んだ冷たいメスカルのようにひんやりした苦痛以外の何の感情も喚起しない言葉。

　しかしながら、いま彼は——どうしてそれほどすばやく元の場所に戻って瓶を見つけたかも判然としないまま——またテキーラを飲んでいた。ああ、ほのかに漂う脂《やに》とフナクイムシの香り! 今度は人目も気にせずゆっくりと酒をあおると、それから彼はその場に立って——実際、左手の茨の向こうにある、敷地を区切る柵の陰で花に水をやっている隣人のクインシー氏にその様子を見られてもいた――ふたたび平屋建ての家のほうを向いた。彼は閉塞感を覚えた。偽りの秩序は幻のごとく消え去った。いまやごまかしようのない怠慢が亡霊のごとく取り囲む家の上を、果たされざる責任が悲劇の羽根に乗って漂っていた。背後にあるもう一つの庭では、彼の運命が静かに繰り返していた。「なぜお前のものなのだ？……お前はこの庭が好きか？……荒らしたら追放するぞ！」立て札の文句はこのとおりの意味ではないかもしれない――領事のスペイン語はアルコールのせいで怪しくなることがあった（あるいは、スペイン語の怪しいアステカ人あたりが書いたものかもしれない）――が、当たらずとも遠からずと言ったところだろう。突然、彼は意を決してふたたびテキーラの瓶を下生えのなかに放り投げると、ふたたび公園のほうに向かい、「のんびりとした」足取りを装って歩いていった。

　必要以上に疑問符がついているように見える立て札の注意書きを「確認」しようとしたわけではない。そう、彼が欲しているのは、いま自分でもはっきりと悟ったように、誰かと話すことなのだ。話さなくてはならない。だが、そればかりではない。彼が欲しているのは、いままさに輝く瞬間をとらえること、いやもっと正確に言えば輝くべき瞬間をとらえるようなことであった。それは、茨越しにクインシー氏が現われたことによってもたらされた瞬間であった。彼のところにたどり着くには、いまや右手にあるその茨を迂回していかなければならない。とはいえ、この輝くべき瞬間は、今度はもっと別のもの、すなわち讃えるべき瞬間、さらには――少なくともこれだけ素直になれるのもテキーラのおかげだろう――どれだけ短い一瞬だとしても、愛すべき瞬間のようなものでもあった。厳密にどういうことを愛するのかはまた別の問題だ。自問したからには、答えてみようか。愛すべきは、自分の無謀で無責任な振る舞い、いやむしろ、そのような振る舞いとは裏腹に自分のなかで天才の炎が明々と燃えているという事実だろうか。もっとも、それほど明々とではないが、燃えているのは自分の天才の炎ではなく、奇妙ではあるが、あの懐かしい老エイブラハム・タスカーソンの天才の炎なのだ。かの大詩人は、かつて若き日の自分の秘めた才能を高らかに褒め讃えたのだ。

それなら、ああ、そういうことなら、俺がしたいのは、俺がしたいのは、と彼は考えながら（彼は立て札に目もくれず右に曲がり、金網沿いの小道を歩いていた）――そしてこのとき、誓ってもいい、細かいところまで確かめる前に消えてしまったが、どうやら喪服のようなものを着た人物が公園の真ん中近くに立っていて、苦悶のうちにがっくりとうなだれた――焦がれるようなまなざしを野原のほうに向けた。ジェフリー・ファーミン、それでお前がしたいのは、たとえお定まりの幻覚の解毒剤にすぎないとしても、何ということはない、ただ飲むというだけのこと。ふたたび群がりくる声の命ずるがままに、日がな一日、まさに飲みつづけるだけのこと、だが、そればかりではない。今度もまたもっと細かい条件がつく。ただ飲みたいわけではない。特定の町の、特定の場所で飲みたいのだ。

パリアン！……古代の大理石と、海風が吹きつけるキクラデス諸島を思わせる名前だ。パリアンの灯台酒場《ファロリート》。それは夜と明け方に響き渡る陰鬱な声で呼びかけてきた。だが（金網の柵をあとにしてふたたび右に曲がっていた）領事は、そこに行けるかもしれないという希望に胸を高鳴らせるにはまだ酒が足りないと感じた。今日はあまりに落とし穴が多すぎる！　落とし穴とは、まさに言い得て妙だ……彼はすんでのところで峡谷《バランカ》に落ちるところだった。こちら側にある崖の柵のない一角――谷はそこからアルカパンシンゴ街道に向かって急に落ち込んでいき、さらにその下でふたたび曲線を描きながらまっすぐに公園を分断していた――は、彼の地所に隣接する五つ目の土地であった。テキーラの効果で気が大きくなった彼はそこで立ち止まり、崖の向こうを覗き込んだ。ああ、なんと恐ろしい裂け目、相反するものの間に覗く永遠の恐怖よ！　巨大な深淵よ、飽くことを知らぬ強欲よ、たとえ我が汝の口に飲み込まれるのを厭うと見えようとも、嘲ることなかれ。考えてみれば、町を、いや国を引き裂くこの入り組んだ広大な渓谷、この忌まわしきものにいつも出くわすのだ。ところどころで二百フィートの絶壁となっていて、その先には雨期になると手に負えないほどの荒々しい川となるところがある。だが、底は見えずとも、いまのいまもそれは地獄の淵《タルタロス》、そして巨大な屋外便所としてのそもそもの機能を回復しはじめているはずだ。たぶんこのあたりはさほど恐ろしくないだろう。その気になれば安全な足場を探し、ところどころでテキーラをあおりながら下っていき、その底に住んで汚物にまみれているに違いないプロメテウスを訪ねることさえできるかもしれない。領事はさらにゆっくりと歩いた。ふたたび自分の家と相対しながら、同時にクインシー氏の庭との境界に沿って走る小道に出ていた。左手にある境界の柵のすぐ先には、自分の庭の茨と並行してなだらかに広がるこのアメリカ人の芝生があり、無数の小さな水管から吹き出される水がそれを潤しているところであった。イギリスの芝生でこれほどなめらかで青々としたものは見たことがない。突然、感傷的な気分と同時に激しいしゃっくりの発作に襲われた領事は、自分の庭に根づきながら隣の庭に向かって枝葉の影を伸ばしている節くれだった果樹の裏手に回り込んで、それに寄りかかって息をひそめた。そんな妙な格好で、はるか上のほうで庭仕事をしているクインシー氏から身を隠しているつもりになっていたが、やがて自分の庭の美しさに発作的に心を奪われ、クインシー氏のことなどすっかり忘れていた……いつの日か、あのポパイ山はチェスター・ル・ストリートのぼた山以下の意味しか持たなくなるのだろうか？　そこに救いはあるのか？　そしてあのサミュエル・ジョンソンが褒め讃えた偉大な景色、すなわちイングランドに通じる道は、ふたたび俺の魂の大西洋を延びていくのか？　そうなると、なんと奇妙な体験だろうか！　リヴァプールに上陸し、霧雨のなかにまたあのロイヤル・ライヴァー・ビルが浮かび上がるのを見るのはなんと不思議な感じがするのだろう。すでにその霧雨に乗って、飼葉袋とカエルグワール・ビールの陰気な匂いが漂ってきている——喫水の深い見慣れた貨物船が、いまも整然と帆柱を並べ、埠頭で涙を流している黒ショールの女たちの目から乗組員たちの姿を鉄の塊で隠しながら、いかめしい雰囲気のまま潮の流れとともに出帆していく。リヴァプール。戦時中、そこから頻繁に出航したのが、封緘命令を受けた謎の潜水艦撃沈船Qボートだ。いまでは見ることのなくなった敵の潜水艦が現われて、ひとたび命が下るや、貨物船を装って茫漠たる大海を航行していた船が一瞬にして砲塔を備えた軍艦に早変わりする……

「リヴィングストーン博士でいらっしゃいますね」

「ひっく」領事は、思いのほか早く、至近距離にふたたび人影が現われたことに驚いた。そこに立っていたのは、少し前かがみになった背の高いごま塩頭の男で、カーキ色のシャツと灰色のフランネルのズボンを身につけ、サンダルを履いていた。非の打ちどころのない様子で、元気そうで、アイダホ州ソーダ・スプリングスの誉れといった様子で、手にはじょうろを持ち、不愉快そうな顔をして、柵の向こう側から角縁の眼鏡越しに彼のほうを見つめていた。「やあ、クインシー、いい朝だね」

「どこが？」引退したクルミ栽培家はいぶかしげに尋ね、絶えず揺れ動いている水管の射程圏外にある花壇にじょうろの水を撒きつづけていた。

領事は茨に注意を促す仕種をし、それからどうやら無意識のうちにテキーラの瓶のある方向を指し示していた。「あそこから君の姿が見えたものでね……ほら、ちょうどうちの密林を調査していたところで」

「え、何をしていたって？」クインシー氏はじょうろの上から彼を見やったが、まるで私は何もかも見ていたのだと言わんばかりであった。すべてお見通し。なぜなら私は神なのだから、神というものは、お前よりだいぶ年老いていても、お前がまだ自分が目覚めているかどうかもわからないときに、こうしてちゃんと起きて、必要とあらばそれと闘っているのだよ。それなのに、お前は一晩中出歩いていたとしても、けっして闘っていたわけではあるまい。私には闘う用意がある。それどころか、一大事となれば、ほかの何とでも誰とでも、喜んで闘う用意がある！

「いや、ほんとに密林になっているんじゃないかと思う」と領事は続けた。「ほんとに、いまにもアンリ・ルソーが虎に乗って出てくるんじゃないかという気がするよ」

「何の話だ？」クインシー氏はそう言って眉をひそめた。それに、神というものは、けっして朝食前に酒など飲まないのだ。まるでそう言いたげな顔であった。

「虎に乗ってね」と領事は繰り返した。

相手は一瞬、物質世界に生きる者の冷笑的な目で彼を見つめた。「なるほど」と彼は嘲るように言った。「虎がたくさんいるのか。象もたくさんいるんだろうな……それは結構だが、今度おたくの密林を調査するときは、柵のそちら側に吐くようにしてもらえないかな」

「ひっくっ」領事の答えはそれだけだった。「ひっくっ」彼はそううなるようにして笑い声を上げ、そして自分を驚かそうとして腎臓のあたりを強く叩いたが、意外にもこの治療が効いたらしい。「そんなふうに見えたかもしれないが、何もかもがしゃっくりのせいで――！」

「そのようだね」クインシー氏もまた、テキーラの潜伏場所にちらりと目をやったように見えた。

「それにおかしいんだが」領事は相手の言葉をさえぎった。「昨晩は、ミネラル・ウォーター以外、ほとんど何にも手をつけていないんだが……それはそうと、どうやって舞踏会から無事に帰ってきたんだい？」

クインシー氏は彼をじっと見据え、それから近くの給水栓のところに行ってじょうろに水を満たしはじめた。

「ミネラル・ウォーターだけ」領事は続けて言った。「それに炭酸水《ガセオサ》を少し。そう聞くとソーダ・スプリングスが懐かしくなるんじゃないかい？――えへへ！――そう、酒はもうきっぱりやめたんだ」

相手はまた水を撒きはじめ、いかめしく柵沿いに下りていった。領事は、七年蟬の禍々しい抜け殻がぶら下がっている果樹にさっさと見切りをつけ、歩調を合わせて彼についていった。

「そうだよ、本当に禁酒中なんだ」彼は言った。「いまさら言うまでもないが」

「瀕死の間違いじゃないのか、ファーミン」クインシー氏はむっつりとつぶやいた。

「それはそうと、さっき小さなガーターヘビを見たんだよ」領事はいきなりそんなことを言った。

クインシー氏は咳払いか荒い鼻息のような音を立てたが、言葉を発することはなかった。

「それで思ったんだがね……ねえクインシー、エデンの園なんかの古い伝説には、我々が知っている以上の深い意味があるんじゃないかと思うことがよくあるんだよ。アダムがあそこから追放されていなかったとしたら？　つまり、従来考えられてきたような意味での追放とは違って――」クルミ栽培家は宙を見上げたかと思うと、それからじっと彼のほうを見据えたが、その視線は領事の横隔膜よりさらに下の一点にまっすぐ注がれているように見えた――「もしも彼に与えられた罰が」領事は興奮して続けた。「そこに、もちろん独りで、住みつづけなければならないというものだったとしたら――神から絶縁され、顧みられず、苦しみながら……いや、ひょっとすると」彼はさらに陽気な調子で付け加えた。「アダムは最初の土地所有者だったのかもしれない、神のほうが実際にカルデナスみたいな存在で、最初に農地改革を唱え――くくっ！――彼を追い出したとしたら。どう思うかい？　ねえ」領事は含み笑いをしながらも、この国の歴史的状況を考えると笑い話にはなっていないことにも気づいていた。「だって、いまでは誰もが知っていることじゃないか――ねえ、クインシー――原罪とは、土地を所有することだったんだってね……」

クルミ栽培家は彼のほうを向き、かすかに首を縦に振っていたが、彼の説に同意してうなずいているふうには見えなかった。その現実政策論者《レアルポリティーク》の目はまだ彼の下腹の一点に向けられており、その視線をたどった領事は、ようやくズボンの前が開けっ放しになっていることに気づいた。これぞ詩的自由《リセンチア・ヴァアトウム》というものだ！「失礼、直すよ《ジャドゥブ》」と彼は言い、それからズボンの前を閉め、なぜか自分の無礼を恥じることもなく、笑いながら先ほどの主題に回帰すべく話を続けた。「ほんとにね、まったく……それでもちろん、なんでそれが罰かって言うと——つまり、楽園に住みつづけることがなんで罰になるかって言うとね、かわいそうなアダムの奴が、心のなかでは、その場所を憎んでいたってことかもしれんよ！ どうしようもなく憎い、ずっとそう思っていたなんてね。そして、天の爺さまがそれを知ってさ——」

「幻でも見たのか、さっきそこにあんたの奥さんがいたような気がしたんだがね」クインシー氏は苛立ちを抑えるようにしてそう言った。

「——無理もないよ！ ひどい場所だもの！ ちょっと考えただけでも、サソリはいるわ、ハキリアリはいるわ——それ以外にもいやらしいものだらけで、それに耐えていかなくちゃならないんだから！ え、何だって？」相手が先の質問を繰り返したとき、領事は大きな声を出した。「庭に？ そうか——いや、そんなはずはない。どうして君が知っているんだ？ 寝ているはずなんだが——」

「ずっといなかったんじゃないのか？」相手は穏やかな口調でそう言い、平屋建ての領事の家がもっとよく見えるよう、身を乗り出した。「弟さんはまだいるのかい？」

「弟？ ああ、ヒューのことか……いや、いまメキシコ・シティに行ってるよ」

「それなら、戻ってきたようだよ」

領事もまた自宅に目をやった。「ひっく」という短いしゃっくりには不安の響きがあった。

「奥さんと一緒に外出したようだ」クルミ栽培家はそう付け加えた。

「――おや、おや、誰かと思えば藪のなかの蛇、藪蛇ちゃんか――」このとき領事が話しかけていたのはクインシー氏の猫であった。彼がまたもや飼い主の存在を一時的に忘れて話しつづける間、その灰色の哲学的な動物は長い尻尾をひきずるようにしてヒャクニチソウの間をかき分けながら忍び寄ってきた。彼は体をかがめて自分の太ももを叩いた――「これこれ、ちっちゃなプリアーポスの猫ちゃん、かわいいオイディプスちゃん」すると猫は、彼を友だちと認めたらしく、喜びの鳴き声を上げながら柵をすり抜け、喉を鳴らしながら領事の脚に体をすりつけてきた。「かわいいシコタンカトルちゃん」領事は立ち上がった。それから二度短く口笛を吹くと、猫の耳がくるりと向きを変えた。「鳥のとまっている木だと思ってるんじゃないかな」と彼は付け加えた。

「そうかもな」とクインシー氏は答え、給水栓のところでふたたびじょうろに水を満たした。

「食用には適さなくて――ウィリアム・ブラックストーンの言い種じゃないが――おもちゃや慰みものとして飼われるだけの動物ってのもね――え?――ブラックストーンの名前はもちろん聞いたことあるよな!――」領事はしゃがみ込むような格好になり、半ば猫に、半ばクルミ栽培家に対して話しかけていた。クルミ栽培家は、手を休めて煙草に火をつけていた。「それとももう一人のウィリアム・ブラックストーンだったかな?」彼は、今度はクインシー氏に直接話しかけたが、相手はまったく聞いていなかった。「私はこの人物が大好きでね。たしかそのウィリアム・ブラックストーンの話だったと思うんだが。それとも、エイブラハム何とかだったか……ともかく、ある日、いまの――どこだったか、まあそれはいいとして――マサチューセッツ州のどこかに到着した。そして、そこでインディアンたちと平和に暮らしていたんだ。しばらくすると、川の向こう側に清教徒たちが定住するようになった。彼らはブラックストーンを招いて、こっち側のほうが健全だと言ったわけだ。まったく、思想を持った連中だから」彼は猫に向かって言った。「ウィリアムさんは彼らのことが気に入らなかった――そりゃそうだろう――それで、インディアンたちのもとに戻って、また一緒に暮らしたというわけ。だけどね、クインシー、清教徒たちは彼を見つけ出したんだ。いかにもありそうな話じゃないか。すると彼は姿をくらました――どこに行ってしまったのかまったくわからない……それで、猫ちゃん」領事が意味ありげに自分の胸をぽんと叩くと、猫は顔を膨らませ、相手を威嚇するように背中を丸く持ち上げながら後ずさりした。「インディアンたちはここにいるというわけさ」

「たしかに」クインシー氏は、だんだんと苛立ちをつのらせている曹長のような面持ちでため息をついた。「さっき言っていた蛇とか桃色の象とか虎とかと一緒にな」

領事は笑った。その笑い声におどけた調子はなかった。まるで、このすべてが、かつて友と見なした寛容なる偉人を戯画化した茶番劇であることを知りつくしている頭の一部が、同時にこの演技によって与えられる満足感の空しさを理解しているかのようであった。「本物のインディアンじゃない……庭にいるってことでもない。ここに」彼はまた胸を叩いた。「そう、意識の最後の辺境《フロンティア》にいる、そういうこと。私の好きな言葉で言えば、天才は」彼は立ち上がり、ネクタイを直すと、まるでこの瞬間、天才および猫に対する興味と出所を同じにする決意に促されるように（それ以上ネクタイを気にすることなく）肩をいからせて付け加えたが、その決意は、胸に宿ったときと同じ速さで消えていた。「――天才は他人の助けを必要としない」

どこか離れたところで時計が時を告げていた。領事はその場にじっと立ちつくした。「ああ、イヴォンヌ、よりによって今日、この日、君を忘れてしまったなんてことがあるだろうか？」十九、二十、二十一回、時計の音が鳴り響いた。彼の時計によれば十一時十五分前だ。だが、時計はそこで鳴りやまなかった。さらに二回、悲しくも不快な音が響いた。ボーン、ボーン。ヒュルルー。それから、虚空を満たすかのようなささやき声が響き渡った。ああ《アラス》、ああ《アラス》。それとも、あれは羽の音か。「最近お友だちはどうしてるんだね？——名前が思い出せないが——あのフランス人の」クインシー氏はしばらく前にそう尋ねていた。

「ラリュエルかい？」領事は、遠くで響く自分の声を聞いた。彼は眩暈を感じていた。彼はけだるそうに目を閉じ、柵にしがみついた。クインシー氏の言葉が彼の神経を叩いたかと思うと——それとも、誰かが本当に扉を叩いているのか——急に途絶え、それからまたさらに大きな音となって彼の耳朶を叩いた。老トマス・ド・クインシー。マクベスの門を叩く音。トン、トン、トン。誰だ？　猫《キャット》。猫の誰？　破滅《キャタストロフィ》。破滅の誰？　破滅物理学者《キャタストロフィジシスト》。何だ、お前かい、かわいいポポ猫《キャット》ちゃん。ジャックと俺が眠りを殺し終えるまで、際限なく待っているのか？　猫地獄《キャットアビシズ》への転落《キャタバシス》。黒禿鷲《キャタルテス・アトラタス》……もちろん、知っていなければならなかった。これぞ退きゆく人心の最後のとき、そして悪魔の心が登場して夜が隠蔽される決定的瞬間——本物のド・クインシーは（あのただの阿片中毒者が、と彼は考えながら目を開き——いつの間にかテキーラの瓶のある方向をまっすぐ見据えていることに気づいた）ダンカンとほかの者たちの殺害が隠蔽され、深い失神状態と煩悩の停止状態のなかでこんなふうに自然と消えていくのを想像していたのだ……ところで、クインシーはどこへ行った？　それに、何だ、朝刊に隠れるようにして芝生を横切って自分を助けにやって来るのは誰だ？　まるで魔法にでもかけられたように給水栓の息がいきなり絶えるあたりだ。あれはグスマン先生ではないか？

　グスマンでないとしたら、もしそうでないとしたら、そんなことは考えられないが、そうだとしたら、あれは昨晩一緒にいたビヒル先生に違いない。それで、こんなところでいったい何をしているのだ？　その人物が近づいてくるにつれ、領事はどんどん居心地が悪くなってきた。おそらくクインシーはあいつの患者なのだろう。だが、それなら、なぜ医者は家のなかにいないのだ？　なぜこんなふうにこそこそと庭を歩き回っているのだ？　考えられるのはただ一つ。ビヒルの訪問が、自分が（うまく連中の目をごまかすことができたが）テキーラを飲みに来るかもしれない時間に合わせて仕組まれていたということだ。その目的は、当然ながら俺の行動をひそかに探り、俺に関する何らかの情報を入手すること。その情報はどんな性質のものなのか、手がかりは、おそらくあの非難がましい新聞の紙面に出ているのだろう。「サマリア号事件の審議が再開、ファーミン中佐はメキシコにいるもよう」、「ファーミン有罪ながら放免、証人台で涙」、「ファーミン無罪ながら世の罪を双肩に担う」、「ファーミンの泥酔死体バンカーで発見さる」そんなおどろおどろしい見出しが一瞬にして領事の脳裏にくっきりと浮かび上がった。医者は『エル・ウニベルサル』ばかりでなく、俺の運命まで読んでいるのだ。だが、自分の良心を取り巻くものたちの存在も無視できない。あの朝刊紙にもじわりと群がっているようだ。（医者があたりを見回しながら立ち止まったとき）そのものたちは顔を背けながら片側に退き、聞き耳を立て、そしてささやいた。「我々に嘘はつけないよ。昨晩何をしていたかはお見通しなんだ」そもそも自分は何をしでかしたのだ？　彼の脳裏にふたたび鮮明に浮かび上がったのは――ビヒル医師は彼に気づいてにっこりと笑い、新聞を畳んで急いでこちらに近づいてきた――レボルシオン通りにある医師の病院の診察室であった。朝の早い時間に、酔った勢いでそこを訪れたのだ。そこには昔のスペインの外科医たちを描いた無気味な絵があり、彼らは間抜けな山羊面を心霊体《エクトプラズム》のようなひだ襟から奇妙な恰好で突き出し、からからと大笑いをしながら異端審問的な手術を行なっていた。だが、そのすべては自身の行動とは完全に切り離されたただの鮮烈な状況として記憶していて、またそれ以外の記憶はあやふやで、彼はそこからほとんど何の慰めも得られなかった。その場面に自分が邪悪な役割を担って登場していない保証はどこにもないのだ。少なくとも、たったいまビヒルが笑ったときに感じた慰め、さらに、さっきまでクルミ栽培家がいたところに医師が到着し、そこで足を止めて突然深々とお辞儀をしたときに感じた慰めの半分も得られなかった。一度、二度、三度。そのお辞儀は暗黙のうちに、それでいながら力強く、昨夜は結局何一つ犯罪は犯さなかったと領事に告げていた。少なくとも、これだけの敬意に値しない人間に成り下がるようなことはしでかしていない、と。

それから、ほぼ同時に二人の男はうなるような声を出した。

「やあ《ケ・タ》――」と領事が口火を切った。

「いやいや《ポル・ファボール》」相手はしゃがれた声でさえぎり、爪の手入れが行き届いていながら小刻みに震える指を唇に当てると、それからわずかな不安を浮かべた顔を庭に向けた。

領事はうなずいた。「たしかに。お見かけするところとてもお元気そうだから、夕べ舞踏会などにいらっしゃっているはずがない」彼は相手の視線を目で追いながら、大きな声で忠実にそう付け加えたが、実際のところさほど元気であるはずがないクインシー氏の姿はどこにも見当たらなかった。おそらくは一番大きな給水栓のところに行って水を止めているのだろう――とすれば、何か「仕組まれている」のだと疑った自分が馬鹿だった。大した意味のある訪問ではなく、車回しのところにいた医者が、庭仕事をしているクインシー氏にたまたま気づいただけではないか。彼は声を低めた。「まあいいさ、せっかくだから軽い二日酔いにはどんな処方をなさるのか伺っておこうか」

医者はまた不安げな視線を庭のほうに向けてから静かに笑いはじめたが、すでに体ごと陽気に打ち震えており、白い歯は陽光に輝き、染み一つない青いスーツすらも笑っているようであった。「あのネ《セニョール》」彼は唇の上でたゆたう笑いを子供のように噛み殺しながらしゃべりはじめた。「セニョール・ファーミン、何とも申し訳ないが、ここでは私」彼は息を整えてまたあたりを見回した。「宣教師みたいに振る舞わなくてはいけないのです。ということは、つまり」彼はさらに淡々とした口調で続けた。「今朝はだいぶ気分がいいのですネ。猫ならゴロゴロ言っちゃうくらい」

「まあ、それは」領事は前と同じく静かな口調でそう言って、今度は自分から周りを警戒し、峡谷《バランカ》の向こう側に、さながら機関銃の砲撃を受けながら坂を上ってくる歩兵部隊のような格好で生えそろったリュウゼツランを疑わしげに見やった。「言いすぎかもしれないがね。単刀直入な言い方をすれば、飲みすぎによる慢性のちょっとした幻覚症状が何をやっても消えない場合は、どんな治療をすればいいのだろうか」

ビヒル医師の顔に驚きの色が走った。医者は茶目っ気のある笑みを口の端に浮かべながら、ややぎこちない手つきで新聞を円筒状にきれいに巻き上げた。「ということは、ゴロゴロどころではなくて――」彼はそう言うと、自分の目の前で片手を揺らしながら丸くのたうつようなすばやい動きを模してみせた。「むしろ――」

領事は陽気な顔でうなずいた。すでに気分は落ち着いていた。朝刊の見出しが目に入っていた。教皇の病気とエブロ河の戦いの話題で持ちきりのようだ。

「――出てくるわけですネ《プログレシオン》」医者は目を閉じて、さらにゆっくりと同じ仕種を繰り返した。指を鉤爪のように曲げて一本一本のたくらせながら、彼は白痴のように首を振った。「――しょっちゅう《ア・ラ・トス》、ネズミみたいにネ！」彼は飛びかかる仕種をした。「そう《シ》」と医者は言うと怯える真似をして口をすぼめ、額をぴしゃりと叩いた。「そう《シ》」と彼は繰り返した。「怖いネ……迎え酒が一番かもしれない」そう言って彼は微笑んだ。

「お宅の先生によると、私の幻覚症状はさほど重症ではないそうだよ」ついに落ち着きを取り戻して意気揚々とした領事は、そこにちょうど現われたクインシー氏に得意げにこう伝えた。

ここまで、彼自身と医者の間にそれとわかるほどの合図は取り交わされなかったが、次の瞬間、領事のほうは、平屋の自宅を見やると同時に手首を意味ありげに口に向かって小さく傾け、ビヒルのほうは伸びをすると見せて伸ばした両腕をかすかにばたつかせた。そのやりとりの（大飲酒同盟のなかでも上級者のみが知る曖昧な言語において）意味するところは、「終わったらうちに来て一杯やらないか」「また頭が『飛んで』しまうからだめだが、よく考えればそれも悪くない」ということであり――彼はまたテキーラの瓶を口につけて飲んで戻ってきたようだった。それに続いて、陽光のなか、彼はゆっくりと力強い足取りで平屋の家に向かって歩いていった。何かの虫を追いかけて自分の庭に入り込んだクインシー氏の飼い猫を伴って、領事は琥珀色の輝きのなかを漂っていた。自分を待ち構えている難問どもがすでに勢いよく解決されようとしているかに見える家のさらに向こうでは、今日という日が、まるで自ら喜んで迷い込みそうな広大無辺の見事な砂漠のごとくに広がっている。迷うと言ってもそれは楽しい迷いで、しかもどうしても必要な水場、あるいはぽつりぽつりと点在するテキーラのオアシスを見つけられないほどの迷い方でもない。そこにたどり着けば、こちらの言うことなどまるで理解しないずる賢い悪の軍団が勢揃いし、けっして喉の渇きを感じることのないかの誉れ高きパリアンの荒野へ向かえとけしかけてくるだろう。いまや彼は薄れゆく蜃気楼によってそこにすっと引き込まれ、凍った針金のような骸骨や夢幻のごとくさまようライオンの間を通り抜け、間違いなくそこで自分だけを待ち受けている悲劇のなかに見事に追い込まれていくのだ。もちろん、楽しい道のりは続く。突き詰めていけば、悲劇のなかにもある種の勝利がある。領事はいまけっして陰鬱ではなかった。むしろ逆だ。これほどまでにあたりが明るく感じられたことはないと言ってもいい。はじめて彼は、自分の庭のなかで自分を取り巻くものたちの尋常ならざる動きに気づいた。一匹のトカゲが木の上に駆け上っていったかと思うと、別の種類のトカゲが別の木から下りてくる。暗緑色をした一羽のハチドリが花をつついているかと思うと、また別の種類のハチドリがしきりに別の花をつついている。その規則的に並んだ刺繡のような模様が市場で売られているブラウスを思わせる大きな蝶たちが、けだるそうに優雅な宙返りを繰り返しながらひらひらと飛び回っている。(イヴォンヌが言うには、昨日、アカプルコ湾で彼女を出迎えた蝶が、遊歩甲板の船室のそばを風下に向かって、さながらびりびりに引き裂かれた色とりどりの恋文のごとく舞っていたらしいが、ちょうどこんな感じなのだろう。)蟻たちは、道に沿ってあちらこちらに方向を変えながら、花びらや深紅色の小さな花を運んでいく。その間、頭上や足下から、空から、そしてどうやら地中からも、ヒューヒュー、ガリガリ、カラカラといった音、さらにはラッパのような音色まで聞こえてくる。仲良しの蛇はどこへ行った? 梨の木の上にでも隠れているのだろう。指輪でも投げようと狙っているのか。売春婦の靴でも投げるつもりか。梨の木の枝にぶら下がったガラス瓶のなかには虫を捕まえるための粘着性の黄色い物質が詰まっており、地元の園芸大学の人々が儀式のように毎月それを取り替えにやって来る。(メキシコ人は陽気だ! 何かにかこつけてはじゃれ合っている。園芸大学の連中も、このときとばかりに女たちを連れてきては、木から木へひらひらと飛び回って、滑稽舞踊の一場面のような動きを見せながらガラス瓶を一つ一つ取り替えて歩いては、しばらくすると、まるで領事がそこにいないかのような顔で、何時間も木陰でごろごろしているのだ。)すると今度は、クインシー氏の猫が面白い動きを見せはじめて領事の目をとらえた。猫はようやく虫を捕まえたのだが、獲物を噛み砕くどころか、虫を傷つけないようそっと歯の間に挟んでいた。虫は一瞬たりともばたつくことをやめず、口角から突き出たその光り輝く美しい羽は、パタパタと猫の髭を煽っていた。領事は、虫を救うべく体をかがめた。だが、猫は手の届かぬところに飛び退いた。彼はふたたびかがんだが、結局同じことであった。領事がかがみ、猫は手の届かぬところに身をかわす。虫は、あいかわらず猫の口のなかで必死にもがいている。この馬鹿げた追跡劇の末に、彼は自宅のポーチへと近づいていた。ついに猫が虫を殺そうとして鉤爪のある前足を伸ばして口を開くと、それまでずっと羽をばたつかせていた虫は、突然、まるで死の淵から奇跡的に浮かび上がる人間の魂のごとく身を翻して飛び出し、どんどんと上昇して木々の梢を越えていった。そして、その瞬間、彼の目に二人の姿が映った。彼らはポーチのところに立っていた。イヴォンヌは腕いっぱいにブーゲンビリアの花を抱え、それをコバルト色の陶器の花瓶に少しずつ活けているところであった。「――だけど、あの人が絶対にいやだって言ったらどうするの。どうしても行かないって言ったら……気をつけてね、ヒュー。刺があるし、どこに蜘蛛がひそんでいるかもわからないから」「やあ、花の女神《スチケタル》だね！」領事がそう陽気に叫んで手を振ると、猫は、「あんなもの欲しくなかったの、最初から放してやるつもりだったのに」と言わんばかりの冷ややかな顔で肩越しにうしろを振り向き、それからきまり悪そうに藪のなかに走っていった。「おーい、ヒュー、また蛇みたいに草むらに隠れていやがったな！」

……それなのにどうして、浴室に座っているのだろう？　俺は寝ているのか？　死んでいるのか？　気を失っていたのか？　いま浴室に来たところなのか、それとも三十分前に来たのか？　夜なのか？　ほかの連中はどうした？　だがそのとき、ほかの者たちの声がポーチから聞こえてきた。ほかの者たち？　医者はいなくなったのだから、ヒューとイヴォンヌしかいないはずだ。それでも一瞬、間違いなく家は人であふれ返っているという気がした。何だ、まだ午前中、いや午後になったところか。腕時計ではまだ十二時十五分だ。十一時の時点では、クインシー氏と話をしていたはず。「ああ……ああ」領事はうめくような声を上げた……そういえば、トマリンに行く用意をすることになっているんだった。だが、トマリン行きを計画できるほど俺がしらふであるとどうやって信じてもらえたのだろうか。それはそうと、なぜトマリンなんだ？

一連の思考が、まるで年老いた小動物の群れのようにだらだらと領事の脳裏を横切っていったが、同じ脳裏には、一時間前、虫が猫の口から飛び出したのを目にした直後のようにふたたびしっかりとした足取りでポーチを通り過ぎる自分自身の姿が映っていた。

彼は――コンセプタが掃き清めた――ポーチを通り過ぎていた。そして、しらふの顔でイヴォンヌに微笑みかけ、ヒューと握手を交わして冷蔵庫のところに行き、その扉を開けたのだった。二人が自分の話をしていたことはわかっていた。それればかりか、ふと聞こえてきた言葉の断片から、その会話の内容全体がおぼろげに見えていた。同じように、もしそのとき古い月を抱いた新月を見たとしたら、陰の部分は地球からの光のみに照らされていたとしても月の完全な形を思い描いて、彼はさぞかし心動かされたことだろう。

だが、そのあとは何が起こったのだ?「ああ」と領事はまた叫んだ。「ああ」ここ一時間ばかりの間に出くわした顔が眼前に浮かぶ。ヒューとイヴォンヌとビヒル医師の姿が、さながら古い無声映画の映像のようにせわしなく動き回り、頭のなかでは彼らの声が無音の爆発を繰り返していた。誰一人として重要なことをしていないように見える。それでいながら、あらゆるものがこのうえなく重要な意味を持っている。たとえば、「アルマジロを見たわ」というイヴォンヌの言葉――「何だって、メガネザルじゃないのか!」と彼が答えたところで、ヒューが彼のために冷えたカルタブランカ・ビールを取り出し、手すりの縁で栓をこじ開けて、シューシューと吹き出してくる泡をグラスに注いだ。それがストリキニーネの瓶のそばにあることなど、いまやその意味をほとんど失ったと認めざるをえない……

浴室にいる領事は、手のなかのグラスにいくぶん気の抜けたビールがまだ半分ほど残っていることに気がついた。手元はかなりしっかりしていたが、グラスを握りしめていたためにしびれていた。彼は、いずれグラスが空になったときに発生する問題を何とか先送りにすべく、少しずつグラスを傾けた。

――「無茶だよ」と彼はヒューに言った。そして、威厳ある領事らしさを装いつつ、ともかくいますぐ出かけていくのは無理だとヒューを説得した。少なくともメキシコ・シティには行けない。今日はバスが一本しかなく、しかもそれはヒューが乗ってきたバスであり、すでにメキシコ・シティに向かって引き返している。それに、一日に一本しかない汽車は、夜の十一時四十五分にならないと出発しない……

それから、気がつくと「でも先生、ブーゲンビルじゃないかしら？」とイヴォンヌが尋ねていた――そして、実に驚くべきことに、浴室にいる彼にはこのようなあらゆる細部が炎のように迫りくる魔の手のごとく鮮烈に感じられた――「ブーゲンビリアを発見したのは、ブーゲンビルじゃなかったかしら？」と彼女が聞いている間、医者は何も言わずに彼女が抱えている花を覗き込んでいたが、その目は「厄介な状況」に遭遇してしまったことに対する警戒と困惑をかすかに表わしているように見えた。――「言われてみれば、ブーゲンビルのような気がしてきた。だからこの名前がついたんだよな」ヒューはぼんやりとそう言い、手すりに腰掛けた――「そう《シ》。薬局《ボティカ》に行って、誤解されないように、『キニーネ入りのワインを、なければ馬銭子をもらいたいのだが《ファボール・デ・セルビール・ウナ・トマ・デ・ビーノ・キナード・オ・エン・ス・デフエクト・ウナ・トマ・デ・ヌエス・ボミカ・ペロ》――』と言えばいいんですヨ」ビヒル医師は含み笑いをしながら話をしている。イヴォンヌはさっき部屋に引っ込んだはずだから、ヒューに話しかけているのだろう。領事はその会話を盗み聞きしながら、もう一本ビールを取りに冷蔵庫のところに行った――それから、「まったく、今朝あまりに気分が悪くて、通りの窓枠にしがみついていなければなりませんでしたヨ」とビヒルは言い、戻ってきた領事に向かって言った。「――昨晩の馬鹿な振る舞いを許してください。まったく、ここ数日はあちこちで馬鹿なことばかりしてきたけれども」――そう言ってウィスキーのグラスを掲げた――「もう飲みません。回復するにはまるまる二日寝ないと」――それから、イヴォンヌが戻ってきたとき――すべての出来事を派手に暴露するかのように、ふたたび領事に向かってグラスを掲げ――「乾杯《サルー》。あなたが私みたいに具合が悪くないといいですが。あなた、昨日の晩はそりゃあもうすっかり酔っ払って《ペルフェクタメンテ・ボラーチョ》たから、そのまま死んじゃったかもと思ったネ。今朝、使いをやろうと思ったくらい。まだ飲みすぎで死んでいないかどうか確かめるためにネ」とビヒル医師が話していた。

おかしな奴だ。浴室にいる領事は気の抜けたビールをすすった。おかしな奴だが、礼儀正しいし、度量が広い。他人に対する配慮がちょっと欠けているのが玉に瑕《きず》だ。どうして人は酒を我慢することができないのだろう？　こっちはクインシーの庭でビヒルの立場にかなり気を使う余裕が一応あったのに。結局のところ、信頼できる飲み友だちはいないということだ。そう考えると寂しい。だが、この医者の度量だけは、ほとんど疑う余地がない。まもなく、「まるまる二日寝る」必要があるにもかかわらず、彼は一同をグアナフアトに誘っていた。無謀にも、彼は今晩から休暇をとって車で出かけてはどうかと言い出した。今日の午後、あいつとの下手なテニスの試合が済んだら――

領事はまたビールをすすった。「ああ」と言って彼は身を震わせた。「ああ」昨夜、ビヒルとジャック・ラリュエルが友人であることを知って、彼はかすかな戦慄を覚えた。朝っぱらから思い出したくもない……ともかく、二百マイルも離れたグアナフアトまで行くという案はヒューが却下した。というのも、ヒューは――それにしても、カウボーイのいでたちと無造作だがしゃんとした立ち居振る舞いがよく似合っている！――すっかり夜行列車でここを発つ気になっていたからである。一方、領事はイヴォンヌのことを考えて、ビヒルの提案を断った。

領事は、自分が手すりから身を乗り出して、庭に埋め込まれたトルコ石のようなプールを見下ろしていることに気がついた。汝は愛を生き埋めにした墓場なり、とシェイクスピアは詠った。バナナの木、鳥、そして雲の一団が鏡像となってプールのなかを漂っていた。刈り取られた芝の切れ端が水面に浮かんでいた。新鮮な山水が、すでになみなみと水をたたえたプールにホースを通じてちょろちょろと流れ込んでいたが、ホースのあちらこちらの割れ目からはまるで小さな泉のように水が吹き出していた。

それから、気がつくと、イヴォンヌとヒューが下のプールで泳いでいた……

――「まったく《アブソルタメンテ》」手すりのところにいる領事の脇で、医者がゆっくりと煙草に火をつけながらそう言っていた。「裏手には」と領事は言いながら火山のほうに顔を向け、心のなかに漂っていた侘びしさがその高みに吸い込まれていくのを感じていた。あそこでは、昼間のこんな時間でも身を切るほどの冷たい風のなかで雪が舞っており、足下の地面は死んだ溶岩――もっとも孤独な野生の草木すら根づかぬ火の玉の化石、魂の抜け殻――で埋めつくされている。「君からは見えない裏手には、俺のもう一人の敵がいる。向日葵さ。そいつの視線を感じるんだ。憎しみもな」「そうだね《エクサクタメンテ》」とビヒル医師は言った。「君がもう少しテキーラを控えれば、そんなに憎まれないんじゃないかネ、すごくひょっとしたら」「そうかもしれないが、今朝はビールしか飲んでないぜ」領事は断固としてそう言い切った。「見ればわかるだろ?」「ああ、なるほど《シ・オンブレ》」ビヒル医師はうなずいた。新しいウィスキーの瓶を開けてすでに何杯か飲んだいまでは、クインシー氏の家から見えない位置に身を置く努力をやめ、領事と一緒に堂々と手すりのそばに立っていた。「さっきの話に戻ると」と領事は続けた。「この魔界の美には千の顔がある。それぞれが苦悩に満ちていて、まるで女みたいに自分以外のものが与える刺激に嫉妬するんだ」「ごもっとも《ナトゥラルメンテ》」とビヒル医師は言った。「でも、冗談抜きでネズミみたいに幻覚がときどき《プログレシオン・ア・ラトス》出てくるのなら、さっき言ったのよりももっと長い旅に出ちゃうかもしれないヨ」領事がグラスを手すりに置くのを横目に、医者は続けて言った。「私も、がんばって酒をやめなかったらね。あのネ《ミ・アミーゴ》、病は体のなかにあるだけじゃなくて、魂、と呼ばれていた部分にも巣食うんだョ」「魂？」「そのとおり《プレシサメンテ》」と医者は言い、せわしなく指を組み合わせたり解いたりしていた。「網目と言ったらいいのかナ？　網目。神経というのは、網目というか、ほら、何と言ったらいいか、塩基系統になっていて」「ああ、なるほど」領事は言った。「電気系統ね」「だけど、テキーラをたくさん飲んでしまうと、その塩基系統がちょっと具合が悪くなる《ウン・ポコ・デスコンプエスト》わけ、わかる《コンプルネ》？　たまに映画館《シネ》でもそういうことがあるでしょ、わかる《クラーロ》？」「一種の痙攣みたいなものが起こるってことかね」領事はやけくそ気味にうなずいてサングラスを外したが、その瞬間、すでに十分近くも酒を飲んでいないことに気がついた。テキーラがくれた酔いも醒めてしまっていた。彼が庭のほうを覗き見たそのとき、まるで眼前でまぶたの切れ端が小刻みに震えながら不安定な幻影に形を変えて飛びはねていくように見えた。それから、すぐさま頭のなかで怪しげなおしゃべりが聞こえてきた。それはまだはっきりした声にはなっていないが、奴らは帰ってくる、帰ってきつつある。彼の想像力のなかで、自分の魂が一つの町となってふたたび浮かび上がった。だが、今度の町は彼の不品行の黒い傷跡だらけで、すっかり荒れ果てていた。彼は焼けるように痛む目を閉じ、まっとうに生きている人々の体内で組織がきちんと作動しているさまを想像していた。スイッチがきちんとつながっており、真に危険が迫ったときにのみこわばる神経は、悪夢を寄せつけぬ眠りのなかで、休んでいるわけではないが、すっかり落ち着いた状態に保たれている。そこは平和な村だ。まったく、（どうやら他人の目に自分がえらく楽しそうに映っていても不思議ではないときに）こんな想像をめぐらしているだけでますます苦しくなる。その一方で、自分の体内装置のひどい不具合にも気づいている。明かりがついたり消えたり、またついてまばゆいばかりの光を放ったかと思うと今度は急に薄暗くなる。まるで電池が切れる直前の発作的な最後の輝きだ――そして、ついには町全体が真っ暗になり、伝達機能は麻痺し、動けば足手まといにしかならず、爆弾が作動し、思考が雲散霧消する――

領事は気の抜けたビールを飲み干していた。彼は浴室の壁をじっと見据えたまま、古典的な沈思黙考を無気味な戯画にしたような姿勢で座っていた。「狂人ってのは、実に面白いよネ」酒をおごってくれた人間に対してそんなふうに話を切り出すのも妙なものだ。しかしながら、昨晩、ベーヤ・ビスタのバーで、医者はまさにそう言って話を始めたのだ。もしかしてビヒルは、まるで風や天気ばかり観察してきた人間が、空が晴れ渡っていても嵐の到来を、どこからともなく現われた暗黒が精神の荒野を走り寄ってくるのを予言するかのように、迫りくる狂気を（この主題に関する先ほどの考察を思い返してみると、いまさらそれを迫りくるものだと考えること自体がおかしい）慣れた目つきで見抜いたと思っているのか？　もちろん、いまの段階でも空が晴れ渡っているとはとても言えない。しかしビヒルは、まさに宇宙の諸力に押し潰されつつあると感じている人間にどれほどの興味があるのだろう？　自分の魂にはどんな湿布が貼られたのか？　科学という秘儀の祭司でさえ、己の力ではどうにもならぬ悪のすさまじい力をどれだけ理解しているのだろう？　特にその道に通じているわけではないが、領事は壁に現われた旧約聖書のベルシャザルの運命の言葉を読み取った。それに比べれば、狂気などはバケツに落ちた一滴の水にすぎない。しかしながら、いわば浴室という世界の真ん中に座って、独りで惨めな考えに耽っている名もない男が自分たちの運命を支配しているということを誰が信じようか。この男がこうして考えている間にも、この舞台裏でどこかのひもを手繰り寄せればすべての大陸が丸ごと火に包まれ、世に惨禍がもたらされるということを――いままさにこの瞬間にも惨禍が近づいてきたらしく、領事の知らぬ間に空が暗くなっていた。もしかしたら、それを引き起こしているのは大の大人ではなく、子供なのかもしれない。小さな子供、もう一人のジェフリーのように――そして、ティエラ・デル・フエゴ通りで自分たちの前をかすめていった棺に眠る子供と同じくらい――純真無垢な子供が、どこかの教会の二階に据えつけられたパイプオルガンの奏者席に座ってでたらめにすべての音栓を引くと、王国は分裂して滅亡し、天からは呪詛の雨が降る……

領事はグラスを口のところに持っていき、中身が入っていないことをあらためて確認すると、それをそのまま床の上に置いた。床は、プールから上がったばかりの者の足から滴る水でまだ濡れていた。浴室の床にひそむ奇怪な謎。彼の記憶のなかで、二度目に自分がカルタブランカの瓶を持ってポーチに戻ったとき、それはなぜかはるか昔の出来事のように感じられたが、そのとき、自分でも正体のわからない何かが自分の前に立ちはだかり、そこに戻っていく人物と浴室に座っている自分自身を引き裂いたかのようであった（ポーチに向かった人物は、罪深い存在でありながら、自分よりも若々しく、より自由にのびのびと動き回っているようであり、またグラス一杯のビールを持っているというだけの理由でも、まだその未来は明るいように見えた）――サテンのようになめらかな白い水着を着たイヴォンヌは、若々しく、美しく、爪先立ちで医者とすれ違うところだった。医者はこう言っていた。

「奥《セニョーラ》さん、一緒に来ていただけないのがすごく残念ネ」

領事と彼女は、まるでお互いの意思を確認し合うかのように視線を交わし、それからイヴォンヌはふたたび下のプールで泳いでいて、医者は領事に向かってこう言っていた。

「グアナフアトは、とんがった山々にきれいに囲まれた場所ですヨ」

「グアナフアトはいいヨ」と医者が言っていた。「信じないかも知れないけど、そこにあるさまは見事ネ。お婆さんの胸に抱かれた古い金色の宝石みたい」

「グアナフアトは」とビヒル医師は言った。「街の通りがいいネ。通りの名前がたまらない。くちづけ通り。蛙の合唱通り。小さな頭通り。すごいよネ」
「不快だね」と領事は言った。「グアナファトって、どの死体も立たせて埋葬するところだろ?」——ああ、とここで彼はロデオのことを思い出し、突然自分の内に力が沸き上がってくるのを感じながら、自分の水泳パンツをはいてプールの縁で何やら考え込んでいるヒューに呼びかけた。「トマリンってのは、お前の友だちが行ってるパリアンのすぐ近くだよな」と彼は言った。「そこまで一緒に行こう」それから医者に向かって言った。「君も来いよ……お気に入りのパイプをパリアンに置いてきちまったんだ。できれば、それを取ってきたいんだが。ファロリートに寄ってね」すると医者が言った。「うひゃー、そりゃ地獄だョ《エス・ウン・インフィエルノ》」一方イヴォンヌは、その会話をよく聞こうと水泳帽の端をまくり上げ、「闘牛じゃないのね?」とおずおずと言った。すると、領事は言った。「いや、ロデオさ。まあ、君があまり疲れていないようだったらね」

もちろん医者は一緒にトマリンに行くことはできなかったが、その話をする間もなく、突然会話をさえぎるかのような大きな爆発音がして、家は揺れ、驚いた鳥たちが庭の上空を散り散りになってかすめ飛んだ。シエラマドレ山脈の射撃演習である。先ほどうたた寝をしている間、領事は夢うつつの状態でそれを聞いていた。谷のはずれ、ポポカテペトルの下の岩山の上空を煙が漂っていた。三羽の黒いハゲタカが全速力で飛んできて、木々の間をすり抜けるように屋根の上空ぎりぎりのところをかすめていった。そのこもったようなしわがれた声は、愛の叫びに似ていた。恐怖に駆られて尋常でない速度で飛んでいるため、ハゲタカたちはひっくり返りそうになりつつも、お互いに寄り添い、それでいてぶつからないように角度を変えてバランスを保っていた。それから、三羽が避難場所となる別の木を探しているとき、こだまとなって戻ってきた射撃音が家の上をさっと通り過ぎ、そのまま上昇して雲散霧消したかと思うと、どこかで時計が十九回鳴った。十二時。そして領事は医者に向かって言った。「ああ、幻の洞窟にいる闇の魔術師の夢、その手が腐って震える間さえも――この部分が好きなんだ――この美しい汚れた世界の真の終わりだった、か。まったく。なあ君《コンパニエーロ》、俺はときどき、世界が本当にこの足の下に沈んでいくんじゃないかと思うことがあるんだよ。アトランティスみたいにね。どんどん沈んでいって、恐ろしいタコに食われちまうんだ。賢者テオポンポスのメロピスみたいに……それと、アトランティスを滅ぼした火を吹く山か」すると、暗い顔でうなずいていた医者が言った。「そう《シ》、テキーラのせいネ。まあ《オンブレ》、ビール少々《ウン・ポコ・デ・セルベサ》、ワイン少々《ウン・ポコ・デ・ビーノ》なら、でもテキーラはもうだめヨ。メスカルもだめ」それから次に、医者はこうささやいていた。「でも、ほら《オンブレ》、奥さん《エスポーサ》が帰ってこられたんですから」（どうやらビヒル医師は、違う表情で何度も同じことを言っていたようだ。「でも、ほら《オンブレ》、奥さん《エスポーサ》が帰ってこられたんですから」）そして次には、医師は帰るところだった。「こちらが首を突っ込まなくても、あなたのほうから私の忠告を求めると思ったネ。いや、ほら《オンブレ》、昨日の晩も言ったとおり、私はお金なんかに興味はないヨ――失礼ですが《コン・ペルミソ》、漆喰がだめネ」たしかに、漆喰が医者の頭の上にぱらぱらとこぼれ落ちていた。それから、「それじゃまた《アスタ・ラ・ビスタ》」、「さよなら《アディオス》」、「どうもありがとう《ムチャス・グラシアス》」、「本当にどうも」、「行けなくてすまない」、「お元気で」という声がプールのほうから聞こえてきた。それからまた「それじゃまた《アスタ・ラ・ビスタ》」の声が響き、静かになった。

そして、いまや浴室にいる領事は、トマリン行きの仕度をしているところだった。「ああ……」と彼は言った。「ああ……」だけど、ほら、結局何も悲惨なことは起こらなかったじゃないか。まず、体を洗わないと。また汗をかき、身を震わせながら、彼は上着とシャツを脱いだ。洗面台の蛇口はひねってあった。しかしながら、どういうわけか彼はシャワーの下に立ち、出ることのない冷水の衝撃を待ちながら悶えていた。そもそもまだズボンをはいたままであった。

領事はどうすることもできずに浴室に腰を下ろし、まるで港に停泊する船のようにそれぞれ違った角度で壁の上にとまっている虫をじっと見つめていた。芋虫が探査用の角を張り出してあちらこちらを確認しながら、身をよじらせて彼のほうに向かってきた。胴体のてかてか光る大きなコオロギがカーテンに張りついてその裾をかすかに揺らしながら、まるで猫のように顔を洗っていた。軸の先についた目は、まるで頭のなかでぐるぐると回っているように見えた。彼は、芋虫が近づいてきている気配を感じて振り向いたが、芋虫もまた停泊位置をわずかにずらしながら向きを変えていた。今度は、サソリがゆっくりと彼のほうに向かってきた。突然、領事は四肢を震わせて立ち上がった。だが、サソリを恐れたのではない。ぽつんと飛び出した釘の薄い影や蚊をつぶした跡や壁の傷、ひび割れなどが急にわらわらと動き出したのである。どこに目をやっても、新しい虫が生まれ、たちまち身をよじらせながら心臓めがけて近づいてくる。まるで虫の全世界が近づいてきてぐるりと自分を取り囲み、いまにも襲いかかってくるかのようだ。これぞもっとも気味の悪い光景である。しばらくの間、庭の隅に隠してあるテキーラの瓶が心のなかで輝きを放っていたが、領事はそのまま寝室に転がり込んだ。

ここまで来れば、さすがにもうあの恐ろしい群れを見なくて済むかに思われたが――いまベッドに横になってみると――それは、先ほど見た死人の幻のごとく、ずっと頭のなかにしつこく残っているようであった。その騒然とした、まるで死にゆく君主の耳朶を叩きつづける鬼太鼓のような喧噪のなかから、時折聞き覚えのある声が聞こえてきた。

――おい、やめるんだ、馬鹿。足下に気をつけろ。これ以上は助けてやれない。

――友だちなんだから、喜んで助けるネ。一緒に頑張ろう。お金なんかどうでもいいから。

――何だ、君じゃないか、ジェフリー。私を覚えていないのかい？ 昔なじみのエイブだよ。いったい何をやらかしたんだ？

――アハハ、ついにこういうことになったか。しゃんとまっすぐになったと思ったら――棺に収まってるのか！

――息子よ、息子よ！

――いとしい人。あの五月のように、私のところに戻ってきて。

6

――いまいましい人生の道なかばでふと気がつくと私は《ネル・メッツォ・デル・カミン・ディ・ノストラ・ヴィータ・ミ・リトロヴァイ》……ヒューはポーチの寝椅子の上に身を投げ出した。

生暖かい強風が庭を吹き抜けていた。ひと泳ぎしたあとで昼食に七面鳥肉のサンドイッチを食べて元気になった彼は、さきほどジェフがくれた葉巻を手すりで風からかばいつつ、メキシコの空を走り抜けていく雲を眺めながら寝転んでいた。なんて速い雲の流れだ、速すぎる！　ダンテの『地獄篇』の文句じゃないが、人生の道なかば、いまいましい人生の道なかばで……

二十九個の雲。二十九歳になると、人生、三十年目に入ったということだ。そして、自分はその二十九歳。そして、午前中ずっと自分のなかで強まっていたらしい感覚がついにはっきりと意識に上った。それは、二十二歳のときに気づくはずで気づかなかった感覚、そして遅くとも二十五歳のときに気づくはずでなぜか気づかなかった感覚、これまで死の淵にある人々やA・E・ハウスマンとしか関係がないと思っていた感覚、すなわち、人はいつまでも若くはいられない――それどころか、人はまたたく間に年を取っていく――という感覚で、彼はそれを悟るや耐えがたいほどの衝撃を感じた。今日の煙草が昨日の煙草のように感じられるほど時があっという間に過ぎゆくなか、あと四年も経たぬうちに三十三歳になり、さらに七年経てば四十歳、四十七年経てば八十歳。六十七年後ならだいぶ先の話に思えるが、そうなるともう百歳だ。もはや神童ではありえない。こんなちゃらんぽらんな生き方をしていることの言い訳もできない。結局、僕は大してかっこいい男ではないのだ。もはや若くはない。とはいえ、僕は天才だ。まだ若い。かっこいい。そうじゃないか？ お前は嘘つきだ、と庭で激しく揺れる木々が言っている。お前は裏切り者だ、とバナナの葉がざわめきながら言う。それに臆病者だ、と甲高い楽の音が響く。ということは、広場《ソカロ》で祭りが始まったということだ。そして、エブロ河の戦いに敗れている。お前のせいだ、と風が言う。お前は自分がこきおろそうとしていた記者仲間を裏切ったのだ、認めるがいい、真に勇敢だった記者仲間を――ああー！ ヒューは、このような思いを払いのけようとするかのごとく（「俺はそんな人間じゃない」、「そんな罪を背負わされるいわれは何もない」、「ほかの皆と同じじゃないか……」）、ラジオのダイヤルをぐるぐる回してサン・アントニオの局を探した。だが無駄であった。今朝の決意はすべて無に帰してしまった。これ以上、さっきの思いに抗っても無駄だ。なすがままにしておくしかない。少なくとも、それでしばらくイヴォンヌのことが頭から離れるならいいじゃないか。もっとも、いずれはまたそこに注意が行ってしまうのだが。ファン・セリーヨのことを考えてもだめだ。こうしてサン・アントニオを試してもだめらしい。と、そのとき、二人のメキシコ人の声が、それぞれ違った周波数に乗って聞こえてきた。だって、いままでやってきたことはすべて誠意に欠けていたじゃないか、と最初の声は言っていたかもしれない。あの音楽出版社のボロウスキーに対する仕打ちはどうだ。トテナム・コート・ロードのはずれのオールド・コンプトン街にあった、奴の薄汚い小さな店を覚えているか？ お前が自分の一番の取り柄だと思い込もうとしているもの、つまり、ユダヤ人を助けたいという強い思いも、己の卑劣な行ないに根ざしたもの。それももっともなことで、奴が慈悲の心でお前を許してくれたから、お前も奴の不正を許したのだ。バビロンからユダヤ人全員を連れ出してくる勢いだったよな……いや、残念ながら、お前には過去と呼べるほどのものがない。未来に立ち向かっていくときの基盤となるべき過去がな。あのカモメも助けにきてはくれないのか、とヒューは自問した……

子供のとき、カモメを助けたことがある——食べられる星をつかまえる天空の掃除係だ。あの日、雪のために目も見えなくなったカモメは、岩場の金網に引っかかったまま、必死に羽をばたつかせてもがいていた。カモメはこちらにまで攻撃を仕掛けてくるありさまだったが、何とか片手をその足下に添え、傷つかないように引き出して、そいつを陽光のなかに高々と掲げてやったのだ。あれは素晴らしい瞬間だった。カモメは、その天使のような羽を広げて、凍てつく河口に向かって飛び立ったのだ。あのカモメも助けに来てはくれないのか？

山麓でふたたび大砲が鳴りはじめた。どこかを走っている汽車が、近づいてくる蒸気船のような音を立てて警笛を鳴らした。今夜ヒューが乗る汽車なのかもしれない。下のプールの底に逆さに映っているパパイヤの木の間で、小さな太陽がゆらゆらと燃えていた。腹を見せたハゲタカたちの鏡像が一マイルの深さで旋回して消えた。実際にはかなり近いところにいる鳥が、ポポカテペトルのきらめく山頂で引きつりながら動いているように見えた——実のところ風はすでにやんでいて、葉巻も吸いやすくなっていた。ラジオの音も途絶え、ヒューはあきらめてまた寝椅子に身をもたせかけた。

もちろん、カモメが出てきてもどうしようもない。自分が物語に登場させた段階で、もう汚れた存在になっている。貧しいホットドッグ売りが出てきてもだめだ。あの身を切るような十二月の夜、新しいワゴンを押してオックスフォード街をとぼとぼ歩くホットドッグ売りに会ったのだ——ロンドンにはじめて登場したホットドッグのワゴンで、あの男はひと月ばかりそれを押して歩いていたが、結局ホットドッグは一本も売れなかった。クリスマスも目前、家族もお腹を空かして待っているから、彼は靴の底をすり減らして頑張っている。まさにチャールズ・ディケンズの世界だ！　あの男が騙されて買ってしまったあのちゃちなワゴンがあまりに新しかったので、見ていていっそう痛々しく感じられた。それにしても、なぜまたよりによって、とヒューは彼に尋ねた。頭上では怪しい幻影が揺れ動き、周りには、魂のない黒い建物が、己の崩壊を予知する冷たい悪夢にすっぽりとくるまって建っている。（二人の前に立ちはだかる教会のすすけた壁からは十字架に磔《はりつけ》にされたキリストの像が取り外され、そこには像の跡と、「過ぎゆく者たちよ、これは汝らにとって何の意味も持たぬのか」という銘文だけが残っていた。）なぜまたよりによってオックスフォード街でホットドッグなんて目新しいものを売り歩こうという気になったのかい。南極でアイスクリームを売ったほうがましなくらいだ。いや、裏通りを入ったところのパブの外でじっくりと商売をしようという手はあるだろう。それもただのパブじゃだめだ。シャーロット街の〈フィッツロイ・タヴァーン〉あたりなら、毎晩八時から十時くらいまで、飢え死にしそうな芸術家たちが死ぬほど酒を飲んでいる。ホットドッグのような食い物がないせいで魂が衰えていくからなのさ。あれこそうってつけの場所だ！

　とはいえ――ホットドッグ売りが出てきてもだめだ。クリスマスまでには、フィッツロイの外あたりで大繁盛していたのはたしかなのだが。突然、ヒューは葉巻の灰をまき散らしながら起き上がった。――とはいえ、自分が贖おうとしていることは何の意味も持たないのか？　大部分が否定的で、自己中心的で、馬鹿馬鹿しく、誠意に欠けた来し方を贖うことは。追い詰められた政府支持軍に供給すべき船積みのダイナマイトの上に座ろうと言っているのだ。具体的にどうするあてはないが、ともかく、人類のために喜んでこの命を捧げようと言っているのだぞ。それも過ぎゆく汝らには何の意味も持たぬのか？……もっとも、自分が何をしようとしているのかを友人たちが誰も知らなかった場合、自分はそこにどのような意味を持たせたいのか、それはいま一つはっきりしなかった。少なくとも、領事は自分がもっとむこうみずなことをしでかすのではないかと思っているだろう。そして、一つ認めなければならないことがある。領事が不愉快なほど真実に近いことをほのめかす状態にあるなら、認めるのにやぶさかではない。すなわち、このようなときに誰かがそのような決意をすることが馬鹿馬鹿しいほどに美しいのは、それが不毛であり、遅すぎるからにほかならないということだ。政府支持軍はすでに敗れ、ロシア軍でさえ支援をあきらめ、国際労働者同盟《インターナショナル》も撤退したとなれば、無事生還できた人間に対し、はやりのスペイン熱に浮かされていただけだとは誰も言えないだろう。だが、いざとなれば死《デス》と真実《トゥルス》は韻を踏む！　例によって、足下から滅びの都の土ぼこりを払ってくれた人に言い逃れをする手もないではない。自分は自分自身から、そして自分の責任から逃げようとしているのだ、と。だが、うまい考えがヒューの脳裏をかすめた。僕には責任というものがない。それに、そもそもこの地上に居場所がないのに、どうやって自分から逃れえようか。宿なし。インド洋の流木だ。インドが僕の故郷なのか？　不可触賤民を装うのはさほど難しくはあるまい。それから囚人となって、イギリスがインドに自由を与えるまで、アンダマン諸島で七十七年過ごすというのはどうだ。だが、これだけは言っておく。そんなことをしてもマハトマ・ガンジーに恥ずかしい思いをさせるだけだ。心中ひそかに尊敬する世界でただ一人の公人ではないか。いや、スターリンも尊敬しているぞ。それからカルデナスとジャワハーラール・ネルーも——もっとも、三人とも僕に尊敬されたって困るだろう。——ヒューはまたサン・アントニオからのラジオ受信を試みた。

　ラジオが一気に息を吹き返した。テキサスの放送局からの洪水報道があまりに早口なので、まるで実況放送員自身が溺れかかっているかのように聞こえた。別のアナウンサーは高い声で倒産や災害の話題について早口でしゃべりまくり、別のアナウンサーは恐怖にさらされた首都の窮状を伝えていた。人々は暗い街路に散らばる瓦礫につまずき、何千もの群集が、爆弾によって引き裂かれる暗闇のなかで避難場所を探しながら走り回っています。聞き慣れた用語ばかりだ。暗闇、災害！　世界はこういったものを食いあさっている。次の戦争が起きたときには、特派員たちはかつてないほどに深刻な顔をして炎のなかに飛び込んでいき、ひからびた糞の塊を大衆の前に差し出すことになるのだろう。突然、甲高い叫び声が株価の下落や異例の高騰、穀物、綿、金属、弾薬の価格を伝えた。その間ずっと、通奏低音のように雑音が鳴り響いている——まるであたりを漂う騒霊《ポルターガイスト》か、意味不明の乱痴気騒ぎのようだ！　ヒューは、スピーカーの網目の喉から漏れるこの世の脈動に耳を澄ませた。そこから聞こえてくる声は、いまや来るべき事態の重大さに怯えているふりをしながらも、それが避けられないと知るや、積極的にそこに飛び込んでいくべきだと主張していた。せわしなくラジオのダイヤルを回していると、ヒューは一瞬、ジョー・ヴェヌーティのバイオリンの音色を耳にしたような気がした。取りとめのない旋律が、まるで陽気なヒバリのように、深く沈潜したこの怒りのはるか頭上、常夏の楽園へと舞い上がる。そして、それ自体怒り狂いながらも、自由と抑制の間で揺れ動いている。いまでもこの音楽がアメリカでもっとも幸福なものに思えるときがある。『小さなキンポウゲ』とか『林檎の花』といった詩的な名前のついた古いレコードを改めて紹介しているのだろう、妙に胸に突き刺さる。まるでこの音楽が、古びることのないまま、いまとなってはもはや失われ、取り戻すことのできない宝箱のなかに入れられてしまったかのようだ。ヒューはラジオのスイッチを切り、葉巻を指にはさんだまま横になってポーチの天井を見つめた。

エド・ラングが死んでから、ジョー・ヴェヌーティも昔どおりのジョーではなかったと聞く。エドのことを考えるとギターを思い出す。もしヒューが、しばしば脅しのように予告していたとおり、自叙伝を書くとしよう。もっともそれは大して必要のないことで、彼の人生など、よく雑誌に載っているような短い要約の形式で書いておけば、それで事足りる程度のものだ。「某は二十九歳にして鋲《びょう》締め職人、作曲家、マンホール監視人、火夫、水夫、乗馬教師、芸能人、楽団員、ベーコン洗い屋、聖人、道化師、兵士（五分だけ）、心霊主義教会の案内係の経験を有しており、その経験によってより幅広い世界観を得たとはとても言えないものの、ニューカッスル・アンダー・ライムから外に出たことのない銀行員よりも狭い世界観を持っているとも言えない」――が、ともかく自叙伝を書くとすると、自分の人生のなかでギターがかなり重要な象徴的意味を担っていることを認めざるをえないだろうとヒューは考えた。

この四、五年の間、ヒューはギターを弾いていなかった。彼はたいていどんなギターでも弾きこなすことができた。彼の数多くの楽器は、ロンドンやパリの地下室や屋根裏部屋で本と一緒に埋もれていた。あるいはウォーダー街のナイト・クラブ、グリーク街の〈マーキス・オブ・グランビー〉や、彼の飲み代が未払いのまま女子修道院に変わってしまった昔のアストリア・ホテルのバー・カウンターの裏や、タイズバーン街かトテナム・コート・ロードの質屋に置かれていた。ヒューはそれらのギターの姿を思い描いた。おそらくは、もともとの音色と響きのままに、自分が重い足取りで引き取りに来るのをしばらく待っていたのだろうが、そのうち、ほこりをまとうにつれ、弦は、それぞれ弾き手のかすかな記憶をつなぎ留めつつ、鋭い銃声のような音、あるいは妙に苦悩に満ちた哀れな音、もしくはジョージ・フレデリック・ワッツの魂に巣食う悪夢を思わせる、夜の闇に響く挑発的な猫の鳴き声のような音を立てながら、希望を捨て、お定まりのようにもっとも高音の弦から切れていく。そして最後に残るのは、歌を失った竪琴の静かな死に顔、蜘蛛やゴキブリにもってこいの無音の洞穴、そしてフレットの節目がついた華奢な首《ネック》のみ。まるで、弦が切れるたび、ヒュー自身が心の痛みを感じつつ青春から引き離されてきたかのように。その一方、過去は苦悶に歪んだ暗い影となって厳然とそこに留まり、彼を責めさいなむのだ。もしかしたら、ギターたちはすでに何度も盗まれ、転売され、質屋めぐりをしたかもしれないし――それぞれのギターが偉大なる思想や教義であるかのように、別の名手に受け継がれたかもしれない。もっとも、このような感慨は、昔ギターをかき鳴らしていただけの人間よりも、異郷の地で死にゆくセゴビアのような名手にこそ似合う。だがヒューは、自分がジャンゴ・ラインハルトやエディ・ラングのように、あるいは、別の意味で、フランク・クルミットのようにはうまく弾きこなせないにしても、かつては才能豊かなギタリストであるとの評判を得ていたことを思い出さずにはいられなかった。もっともその評価も、彼に関するほかの評価同様、多分に怪しいもので、そもそも一番受けたのも、テノール・ギターにウクレレのようなチューニングを施し、それを事実上は打楽器のようにかき鳴らす奏法であった。それでも、このとっぴな奏法で、彼がスコットランド急行の音から月夜に足を踏み鳴らす象の足音まで、どれにも聞こえる騒音を操る魔術師となったことは、パーロフォン社の古いリズム・クラシック（ジャガナートというそっけないタイトルだ）が今日に至るまで証明している。ともかくも、いままで自分が手がけたなかでは、おそらくギターがもっとも本物に近いものだと彼は思った。そして、本物だろうが偽物だろうが、これがあり、ギターのゆえにこそ作曲家になったのだ。そして、はじめて船に乗ったときも――ヒューは人生設計に深く関わってきたことだけは間違いない。ギターがあったからこそ彼は記者になったのでゆっくりと燃えるような恥ずかしさが込み上げてくるのを感じた――ギターに多くを負っていたのだ。

ヒューは、学校に通っている時分、まだ十七歳になる前から曲を書きはじめていた。ほぼ同じころ彼は童貞を失い、それからいくつか曲を作ったのち、ロンドンのニュー・コンプトン街にあるユダヤ系のラザルス・ボロウスキー商会に二曲買ってもらった。彼の売り込み方は――そして、この点において、彼の青年時代には、同じように挫折した芸術家アドルフ・ヒトラーのそれにどこか通じるものがある――休日のたびにギターを持って音楽出版社を回るというものであり、ギター・ケース、もしくはジェフリーの古いグラッドストーン鞄のなかには、ピアノ独奏用に書き直した譜面が入っていた。イギリスの音楽業界で名が売れたことで、彼はすっかり舞い上がってしまった。叔母が事態を完全に把握する前に、ヒューはその勢いに乗って彼女の許可を得て、学校を辞める決心をしていた。学校にいる間、彼は雑誌の編集を手伝ったりしていたが、しっくりと馴染んではいなかった。俗物的な理想論が蔓延しているので気に入らないのだと、彼は自分に言い聞かせていた。いくらか反ユダヤ主義的な雰囲気も漂っていた。そして、熱い心を持ったヒューは、ギターのおかげで人気者だったが、好んでユダヤ人と付き合い、自分の記事のなかでも彼らを好意的に扱った。彼はすでにあと一年ほどでケンブリッジに入ることになっていた。しかしながら、そこに行くつもりは毛頭なかった。どこかの詰め込み式の学校で腐るよりはましかと、その進路を選択しただけである。そして、この流れを食い止めるためには、すばやく行動を起こさなくてはならない。若気の至りというべきか、彼は作曲で身を立てられると考えた。すなわち、四年後に遺産管理局からの受給が始まる前に自活できるようになるということである。誰に頼ることもなく、学位の怪しげな恩恵を受ける必要もない。

だが、彼の成功はすでに下火になりはじめていた。そもそも楽譜の出版にあたって準備金を支払わねばならず（それは叔母が出してくれた）、曲は何か月も待たなければ発表してもらえない。そして、彼の脳裏にはある思いが、啓示よりもはっきりとした輪郭をともなって現われた想念があった。三十二小節構成という条件を満たした、同じように凡庸で、愚鈍の響きすら感じさせるこの二つの曲――ヒューはのちにその題名があまりに恥ずかしくなり、今日に至るまで記憶の密室の引き出しに封印してある――だけでは、とても奇跡は起こせないだろう。もっとも、曲はほかにもある。「サスケハナ・マミー」、「夢見るウォバシュ河」、「ミシシッピの夕闇」、「失意の泥沼」などはなかなか啓示的だと思うし、少なくとも「郷愁への郷愁」（つまり、故郷を懐かしむ気持ちが懐かしいということだ）というフォックストロットの声楽曲の題名は、ワーズワースとまではいかないが、なかなか深い味わいがある……

だが、これはすべて未来のことのように思われた。ボロウスキーは全部引き受けてもいいようなことを言っていた。ただし、条件があると……そして、ヒューとしても、別のところに売り込んで彼を怒らせたくはなかった。もっとも、売り込みに行ける出版社もそれほど残ってはいなかったのだ！だが、もしかして、もしかして、その二曲が大当たりして、売れに売れて、そしてボロウスキーのためにひと財産稼ぐようなことになって、もし世間の注目を集めたとしたら――

世間の注目！　それだ、いつもそれなのだ。世間をあっと言わせるものが必要で、時代もそれを求めているのだ。そして、あの日、ガーストンの海務監督局――なぜガーストンだったかというと、ヒューの叔母が、春になってロンドンから北部のオズワルドトウィッスルに引っ越したからである――に出向いて、ピロクテーテース号への乗船申し込みをしたとき、少なくとも何か世間をあっと言わせるものが見つかったという確信があったのである。ああ、なんて醜悪で哀れな姿だろうかとヒューは思った。当時、イギリスでレコードを出しはじめていたばかりのビックス・バイダーベックと幼少時代のモーツァルトと子供時代のウォルター・ローリーを足して三で割れば自分になると思い込んでいる若者が、受付で申込書の点線の上に名前を書いているのである。おそらく、当時ジャック・ロンドンを読みすぎていたせいもあるのだろう。『海の狼』などを読み、一九三八年のいまは勇壮な『月の谷』にも手を出している（お気に入りは『星をさまようもの』だった）が、そもそも海そのものが好きだったためでもあろう。実際以上に広く見積もられる、あの吐き気を催すほどにうねり狂う大海こそ自分の愛する唯一のもの、未来の妻が嫉妬すべきただ一人の相手なのだ。おそらく、これはすべてあの若者にも当てはまることだったのだろう。水夫と火夫の相互扶助条項の先に、はるか彼方、東方の売春宿での限りない快楽を——少なくともその夢を——見ていたに違いない。だが、不幸にもそのせっかくの英雄譚を台なしにするかのように、言わば「思慮分別」を排して己の目的を達成するため、ヒューはあらかじめ半径三十マイルの地域にあるすべての新聞社——ロンドンの大手日刊紙のほとんどがその北部の地域に支社を持っていた——を回って、自分がどういうつもりでピロクテーテース号に乗り組むのかを詳しく「説明」した。父親の謎の失踪以来、イギリスで人々の「口の端」に上るほどの名家の出であることを利用しつつ、曲が商品になると言って——大胆にも全曲ボロウスキーのところから出版されるとまで触れ回って——話を大きくすることで宣伝効果を高め、この作戦によって、もはや彼の航海が知れ渡った以上、一族がそれに反対すればさらなる衆目とあからさまな嘲笑の的になりかねないという状況を作り上げ、無理やり一族の合意を取りつけた。ほかの要因もあったけれども、ヒューは忘れてしまった。もっとも、新聞社訪問の際に毎日ご丁寧にあのぼろギターをぶら下げていかなければ、連中はほとんど何の興味も持ってはくれなかっただろう。そう考えると、ヒューはぞっとした。なるほど、実のところ、記者の多くがまるで子供に対するような優しい態度で接してくれたのもうなずける。夢の実現と称して馬鹿なことを始めた若者を微笑ましく思い、適当に話を合わせてくれたのだろう。彼がその場でそういう印象を抱いたわけではない。むしろ逆である。ヒューは、自分がうまいことやっていると信じて疑わなかったし、いたるところで受け取った、船を持たぬ海賊たちからの奇妙な「祝福」の手紙も、彼の信念を強めるばかりであった。彼らは、兄たちとともに先の戦争に海の上で参加することができなかったゆえに悲しき無為の呪いの下で生活し、次の戦争について楽しげに空想をめぐらす人々、ヒュー自身が代表していると言えるような人々であった。彼はまたぞっとした。もしかしたら、船旅に出なかった可能性もあったのだ。それまでまったく思い出しもしなかった手強い親戚が突然地面から飛び出したかのように登場し、叔母の味方について、彼を止めにかかったかもしれない。そうならなかったのは、ジェフリーが彼らの父親の妹に宛ててモロッコのラバトからいさぎよい返事を電送してきたからにほかならない。「笑止　ヒューニハ　望ミドオリ旅ヲサセルガ一番　好キニサセテヤッテホシイ」――これは効いた。この電報によって、彼の旅は英雄譚どころか、反逆の香りすらきれいに失ってしまった。漠然と逃げ出そうと思っていた人々からいまやいろいろな助力を得るようになったにもかかわらず、さらに自分の計画を世間に公表したあとでさえも、彼は一瞬たりとも自分が「海に逃げる」のでないことを疑う気になれなかった。そして、この一件に関し、ヒューはどうしても領事を心から許すことができなかった。

　ともあれ、その日はやって来た。五月十三日の金曜日、三千マイルの彼方では――いま思い出すだけでもヒューの胸を刺す歴史的偶然である――フランキー・トランバウアーがかの有名なレコード『わけもなくハ長調で』を出した日である。イギリスの新聞社は彼の船旅を面白がって、アメリカ的な雰囲気の軽い記事を出しはじめていた。「学生作曲家　船乗りになる」「名士の弟　海の呼び声を聞く」「かならずオズワルドトウィッスルに帰ってくるよ　神童の別れの言葉」「古代カシミールの謎を呼びさます　学生歌手の冒険談《サガ》」などなど。あるときは、「コンラッドに憧れて」などというよくわからない見出しの記事や、またあるときは、「大学生作曲家　ウクレレを持って貨物船に乗り込む」という不正確な記事――やがて賢い老水夫に言われてあらためて気づいたことだが、彼はまだ大学生ではなかった――も出たし、極めつけは、その状況下では見事に的を射たものではあったが、「かわいいヒューには旅をさせよ　叔母の言葉」というものであった。ヒュー自身は、東に向かうのか西に向かうのか、あるいは、ピロクテーテースがギリシア神話の登場人物である――ポイアースの息子、そしてヘラクレスの友であり、その大弓はヒューのギターと同じように、誇らしくも非運に見舞われた所持品であった――という、最下級の乗組員でさえどこかで耳にしているようなことも知らぬまま、支那《キャセイ》、そしてパランバンの売春宿に向けて船出をした。ヒューは、己のちょっとした売名行為がもたらした自業自得の屈辱を思うと、思わず寝椅子の上で身悶えした。これほどの屈辱を受ければ、誰だって海よりもっと遠くへ逃げたくなる……ともあれ、冷静に見て、彼は乗組員のなかでも浮いた存在（おい、あの新聞見たかい？　にせ公爵だか何だかわけのわからない奴が乗ってるんだってよ）となっていた。乗組員たちの態度は海の男に似つかわしいとは言えなかった。彼らの多くは、はじめのうち、彼に対して親切にしてくれているようであったが、結局のところ、心底彼のためを思ってそうしていたわけではなかったということがわかった。どうやら、彼が海務監督局に対して影響力を持っていることを見抜いていたらしい。よくわからない性的衝動に駆られる者もいた。一方、信じられないほどの悪意を持っていそうな者も多くいた。しかも、それまでの船乗りには考えられないような、それ以降のプロレタリアートにも考えられないような卑劣ないたずらをするのである。日記は盗み見されるわ、金は盗まれるわ、さらには綿のズボンを盗まれたうえにつけで買い戻させられた。つけだったのは、実質的に購買力を奪われていたからである。また、寝台やずだ袋に鑿《のみ》を仕込まれたりもした。そのくせ、たとえば彼が下士官の浴室の掃除などをしていると、突然、とても若い水夫が妙に媚びへつらうような態度を見せ、こんなことを言ったりする。「すいませんね。本当なら僕たちが何かして差し上げなくちゃいけないのに、いろいろやっていただいて」ヒューは、自分もまた仲間を間違った立場に追い込んでいるということがわからず、このような台詞を軽蔑の念をもって聞いた。たしかにいじめは尋常ではなかったけれども、彼はそれを悪意と取ることはなかった。一つには、この新しい生活のなかで彼にとって致命的に欠落している部分が、それによって何となく埋められたこともあったのだろう。

この物足りなさの原因は、船での生活が、複雑な意味で「軟弱」だということにあった。悪夢のような苦しみがなかったわけではない。だが、それはまた彼が若すぎて味わいつくせない特殊な体験であった。こき使われなかったわけでもない。酷使した両手は、すっかり皮が厚くなった。熱帯地方を航行中に巻き揚げ機の下で作業をしたり、甲板に鉛丹を塗ったりするときの暑さと倦怠のゆえに気が狂いそうにならなかったわけでもない。船上でのいじめは、学校での上下関係よりひどくなかったわけでもない。もっとも、そのような上下関係のない近代的な学校に行かされていたので、それはあくまで想像上の苦痛であった。船上の生活とはそのようなもので、彼は別段反発を感じていたわけではない。彼が反発を感じたのは、むしろ思いもよらぬ、ささいな事柄であった。

たとえば、船員の部屋は船首楼《フォックスル》ではなく「水夫部屋」と呼ばれ、本来それがあるべき前甲板ではなく船尾楼《プープ》の下にあった。船員の部屋が前にあり、だからこそ船首楼と呼ばれていることは常識ではないか。だが、その船の船首楼は、実のところ船首楼ではないのだから、フォックスルとは呼ばれていなかった。それは船尾楼の甲板を天井とする位置に、まさに「水夫部屋」として造られており、ちょうどマン島の船のように複数の船室に区切られている。そして、食堂に突き当たる通路に沿って並ぶ船室のなかには、寝台が二つずつ設えられているのだ。だが、そのような「よりよい」環境をやっと手に入れたにもかかわらず、ヒューはありがたいとは思わなかった。彼にとっての「船首楼」――そこ以外のどこで乗組員が生活するというのだろう？――は、揺れる一本の灯油ランプの下、テーブルを囲むように寝台の並んだ、どうしようもなく邪悪な匂いのする蛸部屋でなければならなかった。男たちはそこで喧嘩をし、淫行を働き、酒を飲み、人を殺す。ピロクテーテース号の上では、喧嘩も淫行も殺人も起こらなかった。飲酒に関しては、ヒューの叔母が面白いことを言った。実に品のあるロマンチックな想像をめぐらしつつ彼の計画を許すにあたり、彼女はこう言った。「ねえ、ヒュー、黒海を越えていくのに、まさかコーヒーしか飲まないなんてことはありえないわよね」彼女は正しかった。ヒューは黒海の近くには行かなかった。しかしながら、船の上ではコーヒーを飲むことが多かった。もちろん、紅茶も飲めば、水も飲んだ。熱帯地方を航行しているときは、ライムの果汁を飲んだ。ほかの船員たちも同じであった。そして、その紅茶もまた彼の悩みの種であった。同僚が病気であったためにヒューが最初に任された仕事は、毎日午後、六点鐘と八点鐘が鳴り響くと、まずは甲板長の食堂に、次に乗組員たちのところに、仰々しくも「アフタヌーン・ティー」と呼ぶものを運ぶことであった。軽食には、副料理長が作った味と香りのいい小さなケーキが添えられていた。ヒューはそれを食べながら、軽蔑の念を禁じえなかった。海賊ともあろうものが、四時にケーキを食べながらお茶を飲んでいるのだ！　これなどはまだましだ。問題は食事である。ピロクテーテース号はイギリスのありふれた貨物蒸気船であったが、伝統——それがあまりに強いために、ヒューはいまだに、たとえ夢のなかでもそれを否定できずにいる——に反して、食べ物がとても美味であった。パブリック・スクール時代の、商船の乗組員には五分と耐えられないような賄《まかな》い食に比べたら、美食と言っても過言ではない。はじめのうち、彼がさらに厳格な勤務を命じられていた場所は下士官の食堂で、そこでは朝食に最低五品もの料理が供されていた。とはいえ、「水夫部屋」の食事もけっして遜色はなかった。アメリカ風乾燥細切れ肉、燻製ニシン、落とし卵とベーコン、粥、ステーキ、ロール・パンなどが一度に、ときに一つの皿に山盛りになって出てくるのである。ヒューはそれまで、これほど大量の食べ物を見た覚えがなかった。さらに驚くべきは、いつの間にか、この素晴らしい食べ物を船側《せんそく》から大量に海に放り込むのが自分の仕事であるとわかったことだった。乗組員が食べ残したその食料は、「厨房へ逆戻り」という扱いになるよりも、そのままインド洋へ、海という海へ捨てられることのほうが多かった。ヒューは、このよりよい環境をやっとの思いで手に入れても、やはりありがたいとは思わなかった。不思議なことに、ほかの者たちもそれをありがたがってはいないように見えた。顔を合わせれば、誰も彼も食べ物がひどいと文句を言っていた。「まあいいさ、なあ、どうせそのうち国に帰れば、もう少しましな食い物にありつけるだろうさ、こんなペンキを塗りたくったみたいなわけのわからないものじゃなくて」そして、根っから忠義心の強いヒューも、ほかの乗組員と一緒になって文句を言った。とはいえ、心のなかでは賄い係に同情していたのだが……

それでも、彼は強い閉塞感を味わっていた。自分が本質的に過去の生活からまったく逃れていないことを悟っただけに、なおさら絶望的な気分になった。いままでの生活が、形こそ違え、まさにここにあった。学生時代と同じ対立、同じ顔、同じ人々がそこにあるような気がした。ギターが弾けることで薄っぺらな人気を博するところも同じ、賄い係と仲良くしたからといって不評を買うのも、あるいは中国人の火夫と仲良くしてさらなる不評を買うのも、まさに同じような展開である。そんなことを考えると、船までが巨大な移動サッカー場のように見えてくる。たしかに反ユダヤ主義は陸に置いてきた。そもそもユダヤ人は船乗りになるほど馬鹿ではない。だが、もしパブリック・スクールを出ればイギリス流の俗物根性とおさらばできると考えていたとしたら、残念ながら、それは大間違いであった。それどころか、ピロクテーテース号の船上にはびこる俗物根性はすさまじく、ヒューが想像だにしない類のものであった。料理長は、一生懸命に働いている副料理長を完全に下に見ていた。甲板長は営繕係を職人として見下し、同じ小部屋で食事をともにしながら、三か月も口を利かなかった。営繕係は営繕係で、甲板長をただの古参の下級士官だとして馬鹿にしていた。非番のとき好んで縞のシャツを着ていた賄い長は、袖なしシャツに汗拭きを引っかけて愉快な顔をしている、職業意識の希薄な副賄い長をあからさまに見下していた。首にタオルを巻いて岸までひと泳ぎしてきた新米は、船の恥だとして、襟のないシャツの上にネクタイを締めた操舵員にこっぴどく叱られた。そして船長は、ヒューを見るたびに怒りで顔を真っ赤にした。ヒューがあるインタビュー記事のなかで、褒め言葉を使ったつもりでピロクテーテース号を不定期貨物船と称していたからである。不定期貨物船であろうがなかろうが、ピロクテーテース号は、ヒューには思いもよらなかったブルジョア的な偏見と禁忌のなかでのたうち回っていた。あるいは、彼の目にそう見えただけかもしれない。いずれにしても、のたうち回っていたというのは正しくない。ヒューは、新聞記事のたとえとは裏腹に、コンラッドのようになろうなどという気は毛頭なく、当時はまだ彼の文章など一語も読んだことがなかった。だが、コンラッドがどこかで台風について何かを書いているということは何となく知っていた。中国沿岸では台風が発生する季節があるのだという。そしていまはまさにその季節で、船は中国沿岸を航行していた。しかしながら、台風の気配は微塵もなかった。あるいは、台風が発生していたとしても、ピロクテーテース号はそれに出くわさぬよう、慎重な航行を続けていた。エジプトのビター湖を出てから横浜の錨地《びょうち》に着くまで、海は退屈なまでに穏やかだった。ヒューは、錆《さび》を削りながらつらい当直の時間を過ごした。もっとも、実際それはつらくもなかった。なにしろ、何も起こらないのだ。さらに言えば、彼は日中勤務の船員だったから、それは当直というものでもなかった。それでも、哀れなヒューは、自分は何かロマンチックなことをしてきたのだと自分に言い聞かせるしかなかった。もちろん、そのようなことは何もしていなかった！　地図を見て気を紛らすことも容易にできたであろう。だが、残念ながら、地図もまた学校時代をありありと思い起こさせるものであった。そのため、スエズ運河を通りながらも、彼はスフィンクスやイスマイリアやシナイ山に気づかなかった。また、紅海を渡るときも、ヒジャーズ、アシール、イエメンがあることに気づかずにいた。というのも、インドから大きく離れていながらインドの領土だというペリムが、魅惑の島としていつも彼の頭のなかを支配していたからである。しかしながら、ある午前中ずっとその恐るべき場所の沖合を航行していたのに、彼はまったくそのことに気づかなかった。野趣あふれる牧夫の姿が描かれたイタリア領ソマリランドの切手は、かつて彼の一番の宝物であった。一行はソマリア北東部のグアルダフイ岬を通り過ぎたが、逆方向に向かう船に乗っていた三歳児のときと同様、それにもまったく気づかなかった。その後、コモリン岬もニコバル諸島も彼の脳裏をかすめることはなかった。シャム湾を航行中も、プノンペンなどどこへやら。おそらく、彼は自分でも何を考えているのかわかっていなかったのであろう。鐘が鳴り、エンジンが低いうなり声を上げていた。見よ《ヴィデーレ》、見よ《ヴィデーレ》。そして、はるか天上にはまた別の海があり、そこでは魂が目に見えない崇高なる航跡を刻んでいたのだろう――

　ソコトラが彼にとって象徴的な意味合いを持つようになるのはずっとあとのことだったし、本国に向かってカラチ沖合を航行中、自分の生まれた地に向かって心のなかで表敬の叫びを発するくらいの距離にいることすら、思いつきもしなかった……香港も、上海も。だが、上陸の機会もめったに訪れることがないから、少ない持ち金も使いようがない。そして、上陸許可が一度も下りぬまままるまるひと月も横浜に停泊したあとでは、さすがにヒューの苦悶も絶頂に達していた。しかしながら、ひとたび許可が下りてみると、水夫たちは飲み屋で浮かれ騒ぐどころか、ただ船上に座り込んで繕い物をしたり、ヒューが十一歳のころから聞いているような下品な冗談を言い合っているだけであった。あるいは、不毛の粗野な代償行為に耽っていた。ヒューもまたイギリスの年長者から受け継いだ偽善から逃れることができなかった。しかしながら、船上には立派な図書室があり、ランプ係の指導のもと、ヒューは授業料の高いパブリック・スクールでも教わらなかったようなことを学びはじめた。彼は『フォーサイト・サガ』と『ペール・ギュント』を読んだ。さらにこのランプ係――ある意味で共産主義者の気のいい男で、当直のときは、たいてい階下で「アルスターの赤い手」という冊子を熟読していた――の影響の下で、ケンブリッジに行くのをやめようという考えを捨て去ることになった。

「もし俺が君の立場にいたら、とりあえずそこに行ってみるね。そこの組織からもらえるものは全部もらっちまうのさ」

ともあれ、世の好奇の目は、中国沿岸を航行中の彼に容赦なく向けられていた。シンガポールの『自由新聞』の大見出しは「義弟、兄の妾を殺害」というようなものだったとしても、紙面のどこかにかならず次のような記事があった。「巻き毛の若者は、ペナン島の埠頭に到着したピロクテーテース号の船首楼の先に立ち、ウクレレで新曲を爪弾いた」そうなると、日本で話題になるのも時間の問題であった。それでも、ギターがあったからこそ救われた。そして、いまやヒューは、自分が何に思いを馳せているのかを知った。イギリス、そして帰路の航海！　あれほど逃げ出したくてたまらなかったイギリスが、いまや約束の地として唯一の憧れの対象となっていた。錨を下ろして停泊している果てしなく退屈な時間、「ブルースを歌って」のブレイクにも似た横浜の黄昏を眺めながら、彼は恋人を思うような気持ちで祖国を思った。本国に恋人がいたとしても、これほどの想いを寄せることはなかっただろう。一度か二度、短い間だけ本気で恋をしたこともあったけれども、そんなこともとうの昔に忘れていた。ニュー・コンプトン街の暗がりで輝くボロウスキー夫人のやわらかい笑みのほうが、よほどしっかりと脳裏に焼きついていた。彼が心に思い描いていたのは、女ではなく、ロンドンの二階建てバスであり、北部の音楽堂の広告であった。バーケンヘッド演芸場、毎晩二回（六時半、八時半）の公演。それから緑のテニス・コート。ボールがこぎれいに刈られた芝の上に落ちる音、ネット越しに描く鋭い軌跡、デッキ・チェアに座って紅茶を飲む観客（もっとも、ピロクテーテース号の上でも彼らの真似をするのは簡単なのだが）、最近になってうまいと思いはじめた上等のイギリス・ビールと古いチーズの味……

だが何といっても、そろそろ発売されるはずの自分の曲である。本国に戻ったとき、それこそバーケンヘッド演芸場で、毎晩二回、大入りの聴衆の前でそれが演奏され、歌われるのだとしたら、これ以上嬉しいことがあるだろうか？　そして、憧れのテニス・コートのそばで皆がほかならぬ自分の曲を口ずさんでいるとしたら。いや、曲を口ずさむのでなく、自分のことを話していたとしたら。イギリスで自分を待っているものは名声にほかならない。それも、自分の演出で作り上げた偽の名声、安っぽい悪名ではなく、本物の名声なのだ。地獄を、「業火」を経験したのだから、今度こそ名声を――そしてヒューは、かならずそうなるはずだと自分に言い聞かせた――権利として、報酬としてそれを受けるべきときが来たのだ。

だが、ヒューが本当に地獄を見るべきときがやって来た。ある日、前世紀の遺物たる哀れな姉妹船のオイディプス王号――彼もやはり悲劇のギリシア人であることを教えてくれたのは、ピロクテーテース号のランプ係だったかもしれない――も横浜の錨地に停泊していた。二隻の大船はある程度の距離を保っていたが、この晩にかぎってはあまりに近くにいすぎた。というのも、潮の流れに乗って二隻は絶えず向きを変えながら近づいていき、一瞬、もう少しでぶつかりそうになるくらいに急接近したのである。ピロクテーテース号の水夫部屋は大騒ぎとなり、二隻がお互いの船側をかすめたとき、一等航海士はメガホンを使って叫んだ。

「サンダーソン船長よりテルソン船長に申し上げます。停泊位置を修正願います！」

ピロクテーテース号と違って白人の火夫を乗せているオイディプス王号は、十四か月という信じられないほどの長期にわたって本国を離れていた。そのため、その不遇の船長は、ヒューたちの船長ほどむきになって自分の船が不定期貨物船であることを否定したりはしなかった。ジブラルタルの岩壁を二度も船首右舷に見ながら、船が向かう先はテムズ河やマージー河ではなく、大西洋であり、さらに彼方のニューヨークであった。そこから先は、ベラクルス、コロン、ヴァンクーヴァーを経て、はるか太平洋を渡って極東に戻る。そして、今度こそついに本国に帰れると皆が確信しているいま、ふたたびニューヨーク行きを命じられたのである。乗組員たち、とくに火夫はこの事態に死ぬほどうんざりしていた。翌朝、二隻の船があらためてゆったりと距離をとって停泊しているとき、ピロクテーテース号の水夫用食堂に募集広告が貼り出された。そうすれば、代わりにピロクテーテース号勤務となってもいいという乗組員を募るものであった。オイディプス王号の水夫三人、火夫四人と交代した者たちは、船と一緒にイギリスに帰ることができる。こちらは、まだ出航して三か月しか経っていないが、一週間のうちに横浜を出て帰路に着くことになっていた。

たしかに、海の上にいればいるほど、少額とはいえ金になる。だが、三か月がおそろしく長い期間であることも事実である。十四か月となると(ヒューはまだメルヴィルも読んだことがなかった)、これはもう永劫だ。オイディプス王号がさらに半年以上も流浪生活を続けるとは考えづらい。だが、実のところはわからない。もしかしたら、イギリス行きの船舶と接触するたびに古参の船員から少しずつ入れ替えて、さらにあと二年、流浪の旅を続けようという目算かもしれない。二日経って、募集に応じた船員は、結局、無線電信士と平《ひら》の水夫の二人きりであった。

ヒューの目の先で、新しい場所に停泊中の古い蒸気船オイディプス王号は、彼を挑発するかのように、またも激しく揺れながら近づいてきて、ピロクテーテース号のこちらから顔を出し、あちらから顔を出したかと思うと、一瞬防波堤の近くに寄り、次の瞬間には海の方向に流れていた。オイディプス王号は、ピロクテーテース号と違い、彼の目には船のあるべき姿に見えた。まず、低いゴールポストみたいな柱や、その他サッカー場を思わせるおかしな装備はどこにも見当たらない。その帆柱と起重機は、堂々たるコーヒー・ポット型をしている。帆柱はすべて黒く、鉄でできている。煙突も高く、塗料が剝げている。全体として汚く、錆びついており、船側の鉛丹があらわになっている。左舷のほうに著しく傾いているようだが、もしかしたら右舷にも大きく傾くのかもしれない。船橋の状態からすると、最近――そんなことがありうるのか？――台風に遭遇したらしい。そうでないとしても、近いうちに台風を呼び込むような雰囲気がある。古くてガタがきており、何とも嬉しいことに、いまにも沈みそうでさえある。それでも、目の前の船にはどことなくみずみずしさが感じられた。それは、けっして消えゆくことのない、はるか水平線上にいつまでもたゆたう幻影のようであった。聞くところによると、最高時速は七ノットだという。なんとそれでニューヨークに向かうというのだから驚きだ。いずれにしても、もしそちらに乗り組むべく契約をしたら、イギリスはどうなる？　さすがの彼も、二年後に帰ったときにまだ自作の曲が売れに売れ、自分の名声が色褪せぬままであると考えるほど能天気ではなかった……それに、新たに活動を始めるとなると、また苦労していろいろと立て直さなくてはならない。逆に、こちらの船上での汚名は消えるかもしれない。おそらく、自分の名はコロンまでは届いていまい。ああ、ジェフリー兄さんもこのような海を、経験の野を知っているが、兄さんだったらいったいどうしただろうか？

だが、彼にはどうしようもなかった。上陸許可も得られぬまま、ずっと横浜に停泊中の船の上で腐っていたのである。もはや限界であった。まるで学期末をまさに目前に控えた学校で、突然夏休みがないと宣告されたようなものだ。八月も九月も、いつもと同じように勉強をしなければいけない、と。とはいえ、船の上では、誰も何も言ってはくれなかった。ただ、彼の内なる声がしきりに応募を勧めた。自分が応募すれば、すでに海に疲れた、自分よりもよっぽど故郷を懐かしんでいる水夫が自分の代わりに帰国できるのだ。ヒューは、オイディプス王号の募集に応じた。

ひと月後、シンガポールでピロクテーテース号に戻ったとき、彼は別人になっていた。赤痢にかかったのだ。オイディプス王号は、彼の期待を裏切らなかった。食べ物は粗末であった。冷蔵庫はなく、代わりに氷を入れた冷蔵箱があるだけであった。そして、賄い長は（薄汚い雑魚船員で）一日中自分の船室で煙草を吸っていた。船首楼もちゃんと前方についていた。しかしながら、周旋屋の手違いにより、彼は不本意ながら船を下りることになった。ニューヨーク行きはお流れとなり、メッカに向かう巡礼者を船に乗せるロード・ジムを演じるつもりはさらさらなかった。巡礼者さながらの船員仲間たちは、全員とは言わないまでも、とりあえずは故郷に帰るのであろう。非番のとき、体の痛みと対峙しつつ、ヒューは哀れな気持ちになった。それでも、時折、むっくりと起き上がってこんなことを思った。なんて人生だ！　これに耐えきれる人間には、どんな地位が与えられたっていい。古代エジプト人ですら、まだまだ本当の奴隷生活を知らなかった。もっとも、彼にしたところでどれだけ知っているというのか。たしかにあまり知らない。ミキ――それは黒炭の積み出し港で、新米水夫が抱く海の男の夢をすべて叶えるために作られたような町であり、建物という建物は売春宿、女という女は、入れ墨をした年増の醜女《しこめ》に至るまで売春婦であった――で補給した石炭は、すぐに燃料庫いっぱいに積み込まれ、機関室の床のすぐ近くまで来ていた。彼はそれまで荷繰り人足の仕事のよい面しか見てこなかった。もちろん、そんな面があるとしての話だ。それなら、甲板勤務のほうがましか？そうとも言えない。かといって、哀れむべきものでもない。水夫にとって、船上生活はとても売名行為の一環としてこなせるようなものではない。それは真剣勝負そのものである。ヒューは、船上での経験を利用しようと考えていたことをひどく恥じた。何年もの間、とてつもなく退屈な日々が続き、いつ病気や危機的状況に襲われるかもしれないという漠然たる不安を抱えている。自分の運命は会社次第だが、会社が自分の健康を気にするのは、それが保険金の支払いに関わるからという理由でしかない。帰還とは、十八か月ごとに台所の敷物の上で妻と腰を温め合うことにほかならない。それが海というものである。それに、海に葬られたいという憧れがある。そして、抑えきれぬほどの自尊心も。いまやヒューは、ランプ係が言わんとしていたことを何となく理解できたような気がした。ピロクテーテース号の上で、なぜ自分がいじめられたり持ち上げられたりしたのか？　それは、彼の軽率な売り込み方によるところが大きかった。すなわち、水夫たちにとって不信と同時に畏怖の対象でもある冷酷な体制の代表であるかのような顔をしてしまったからである。さらに言えば、この体制に対してより敏感に反応するのは、火夫よりも水夫のほうである。そもそも前者は、錨鎖孔から出てきてブルジョアの空気を吸うことなどほとんどない。それでも、うさんくさい体制であることには変わりはない。そのやり方を信じるわけにはいかない。そいつのスパイはどこにでもいる。そいつは、ギターの音色に乗せて人を騙したり情報を伝えたりするだろう。そのゆえにこそ、日記まで盗み見する必要がある。悪行を未然に防ぐべく、常に目を光らせていなくてはならない。必要とあらば、阿諛《あゆ》追従も辞さず、協力するふりもしよう。そうすれば、逆にあちらから機嫌を取りに来る。図書室での読書が利するような心の平穏はすでにかき乱されているにしても、食べ物や住環境を改善するのにいろいろ得があるかもしれない。こんなふうにして、魂が虜《とりこ》となる。それゆえに、ときどき気がつくと妙にへりくだって、「すいませんね。本当なら僕たちが何かして差し上げなくちゃいけないのに、いろいろやっていただいて」などという台詞を口にしているのだ。たしかにそれもそうだ。この体制が自分たちのためになっていることはそのうち明らかになる。今度戦争になれば、皆が仕事にありつける。「だけど、こんなふざけた真似をして、そのままで済むと思うなよ」といつも心のなかで繰り返している。「きさまは、俺たちの手中にある。平和なときも戦争のときも、俺たちがいなけりゃ、キリスト教世界は灰の山のように崩れ去るのさ！」ヒューは、この思想に論理の欠陥を見つけた。だが、体制のしるしなしにオイディプス王号に乗り込んでみると、ヒューはいじめられもへつらわれもしなかった。彼は仲間としての扱いを受けた。そして、重責を負わされたときには、寛大なる助力も得た。少なくともひと月の間。しかしながら、オイディプス王号の上で過ごしたそのひと月の間に、彼は心のなかでピロクテーテース号との和解を成立させていた。そのため、自分が病気で休んでいる間、ほかの誰かが自分の仕事をしなければならないことをひどく気に病むようになっていた。病み上がりで仕事に戻ったとき、彼はまだイギリスと自分の名声を思い描いていた。だが、何よりも自分の仕事を立派に務め上げることに専心した。最後の厳しい数週間、彼はほとんどギターを弾かなかった。周りともきわめてうまく行っているように見えた。そのため、船が埠頭に向かっているとき、船員仲間たちがどうしても荷造りを手伝いたいと申し出てきた。あとでわかったことだが、荷物にはかびの生えたパンが詰まっていた。

一行はテムズ河口のグレーヴズエンドに停泊して、上げ潮を待っていた。あたりは朝霧に包まれ、すでに羊たちが静かな鳴き声を上げはじめていた。薄明のテムズ河にはどこか揚子江を思わせるものがあった。すると、突然、誰かがパイプを庭の塀に叩きつけて灰を落とす音がした……

シルヴァータウンで一人の記者が乗り込んできたが、ヒューはその男が暇なときに自分の曲をかけたりするかどうかも尋ねる前に、無理やり船から下ろしてしまった。

何かに駆り立てられるようにそのような極端な振る舞いを見せたものの、彼はともかくその晩のうちにニュー・コンプトン街に行き、ボロウスキーの薄汚い小さな店を訪ねた。すでに閉店後であり、明かりは消えていた。だがヒューは、自分の曲が店頭に並んでいることをほとんど疑わなかった。何という不思議な体験だろう！　知りつくした曲の和音が頭上から聞こえてくる様子さえ想像がつく――ボロウスキー夫人が二階で練習をしているのだ。その後、ホテルを探している間にも、周りの皆が自分の曲を口ずさんでいるかもしれない。その晩、アストリア・ホテルで見た夢のなかでもその声がずっと響いていた。彼は夜明けに起き出し、ふたたびあの店の素晴らしいウィンドウを眺めに行った。彼の曲は二つともそこになかった。ヒューは、ほんの一瞬がっかりしただけであった。おそらくは曲が絶大な人気を博しているために、店頭に並べる楽譜がすべて売り切れているのだろう。九時になって、彼はまたボロウスキーの店に行ってみた。小男は彼との再会を喜んだ。ええ、たしかに、二曲ともだいぶ前に出版しましたよ。いま持ってきますよ、とボロウスキーは言った。ヒューは固唾を飲んで待っていた。だけど、なぜこんなに時間がかかるのだ？　そもそも、ボロウスキーは自分の曲の出版元ではないか？　まさか、見つけ出すのに時間がかかるなんてことがあるはずはない。ようやくボロウスキーと手伝いの店員が大きな包みを二つ抱えて戻ってきた。「ほら」と彼は言った。「この曲ですよね。どうしましょうか？　お持ち帰りになります？　それとももう少しここに置いておきますか？」

そこにあったのは、たしかにヒューの曲であった。ボロウスキーによれば、それぞれ千部ずつ刷ったのだという。それでおしまい。売り歩く努力がなされたわけでなし、口ずさむ人もいない。バーケンヘッド演芸場でコメディアンが歌っていようはずもない。「学生坊や」が書いた歌のことなど誰も知らない。そして、ボロウスキーに関するかぎり、将来誰かがそれを知ろうが知るまいが、まったくお構いなしである。印刷さえすれば、それで自分は契約条項を履行したことになる。かかった費用は、おそらく準備金の三分の一ほど。残りは純利益となる。もしもボロウスキーが、何も疑うことなく自分から喜んで金を払う間抜け野郎たちの曲を毎年千曲出版しているのだとすれば、それ以上の販売努力などどうして期待しえようか。準備金だけで十分な利益になる。第一、ヒューは曲を自分のものとして所有している。ご存じなかったのですか、とボロウスキーは穏やかな顔で言った。イギリス人作曲家の歌なんて、市場がありませんよ。出版されている曲の大半は、アメリカ人の手になるものです。ヒューは、不覚にも、作曲という謎めいた世界の一員となれたことを思って喜びさえ感じてしまった。「だけど、あれだけ騒がれたんだから」と彼はたどたどしい口調で言った。「そちらにとってもいい宣伝になったはずでは?」するとボロウスキーは静かに首を振った。あの話題は、曲が出る前に消えてしまいましたよ。「でも、簡単に復活させられるのでは――」ヒューは、善意に満ちた複雑な思いを飲み下してそうつぶやきながら、前日に船から追い出した記者のことを思い出していた。それから、恥ずかしさを嚙みしめながら、彼はまた手を変えてみた……もしかしたら、アメリカに行ったほうが、作曲家として成功する可能性は高いのでは? そして、彼はオイディプス王号のことをぼんやりと思い出していた。だがボロウスキーは、アメリカでの成功の夢を一笑に付した。アメリカでは、ウェイターはみんな作曲家ですよ――

しかしながら、この間ずっと、ヒューはかすかな希望のまなざしで自分の曲を眺めていた。少なくとも、自分の名前は表に印刷されている。それに、一方の曲の表紙にはダンス・バンドの写真までついている。イジー・スミガルキン楽団が演奏して大ヒット! 彼は、それぞれの楽譜を数部ずつ持ってアストリアに戻った。エレファント・アンド・カッスルではイジー・スミガルキンが公演を行なっており、彼は踵《きびす》を返してそこに向かった。自分でもなぜだかよくわからなかった。ボロウスキーからは、すでに厳しい現実を知らされていたのだ。すなわち、たとえイジー・スミガルキンが〈キルバーン・エンパイア〉のようなしけた店で演奏するような音楽家だったとしても、バンド演奏用の楽譜のない曲などに興味を示すようなことはない。たとえ、ボロウスキーが手を回してそういう曲を演奏してもらっても、それが大喝采を浴びることはないのだ。ヒューは、世の中がわかりはじめてきていた。

彼はケンブリッジの試験に合格したが、まだ同じようなところに出入りしていた。進学するまでに、まだ十八か月あった。ピロクテーテース号から追い出した記者が、どういうつもりか、こんなことを言っていた。「あんたは馬鹿だよ。町中の記者に追いかけられるところだったのに」すっかり鼻をへし折られたヒューは、この人物を通じて、新聞社で記事をスクラップ・ブックに貼る仕事を得た。結局このありさまだ！　しかしながら――下宿代は叔母に出してもらっていたものの――すぐに彼は自分が自立しているという気持ちになった。そして早々と昇進した。海にまつわる記事などはまだ一つも書いていなかったが、悪名にも助けられていたようである。心の底で彼は誠意と芸術を求め、そしてウォッピング・オールド・ステアズの石階段で燃やされている、彼の売春宿探訪の記事は、その両方を含んでいたらしい。だが、心の隅ではまた別の炎がくすぶっていた。もはや彼は、ギターとジェフのグラッドストーン鞄に入れた譜面を持って怪しげな出版社を訪ね歩くようなことはしなかった。しかしながら、彼の人生は、ふたたびアドルフ・ヒトラーの人生と似通ったところを見せはじめた。ボロウスキーと連絡を取りつづけていた彼は、いつしか想像のなかで復讐を企んでいた。ある種の個人的な反ユダヤ主義が生活の一部となった。毎夜毎夜、人種的な憎しみを噴出させた。いまでもときどき、自分は機関室で資本主義から落ちこぼれたのだと感じることがあったが、その感情はそのままユダヤ人への憎しみの燃料となった。たしかに、悪いのは昔の哀れなユダヤ人たちだ。ボロウスキーだけではなく、すべてのユダヤ人が悪いのだ。そもそも、自分は奴のせいであてもない探求の旅に出て、気がつけば機関室にいたのだ。英国商船のような経済の無駄が存在するのもユダヤ人のせいだ。白昼夢のなかで、彼は――一人の例外も認めぬ、つまり冷酷非情な――ユダヤ人虐殺の指導者となった。そして、日々、その計画の実現を目指して進んでいった。たしかに、時折、ピロクテーテース号のランプ係の影が彼の眼前に立ちはだかり、その計画が見えづらくなることもあった。あるいは、オイディプス王号の荷繰り人足たちの影がちらつくこともあった。ボロウスキーや奴の同類こそがユダヤ民族の敵ではないか？　そしてユダヤ人自身が、荷繰り人足たちやかつての自分と同じょうに、追放され、搾取され、この地上をさまよい歩いているのではないか？　だが、同胞愛が何だ。自分の同胞など、水夫鞄にかびたパンを詰めやがった。それでも、ある程度まともな、はっきりとした価値を見つけるためには、ほかにどこに行けばいいというのだ？　両親は死んではいないのだろうか？　叔母はどうだ？　ジェフは？　だがジェフは、亡霊となった自分の分身のごとく、いつもラバトやティンブクトゥにいる。第一、ジェフはかつて反逆児としての自分の尊厳を失墜させた張本人ではないか。ヒューは笑みを浮かべて寝椅子に横たわった……そうだ、思い出のなかだけでも自分を支えてくれる人がいたはずなのだ。さらに彼は、十三歳のとき、かなり熱烈に革命家を目指した時期があったことを思い出した。そして、思い出してみれば奇妙なことだが、自分を異端児の道に仕向けたのも、やはり昔の予備校の校長と、権力、教会、英国紳士の三つがトーテム・ポールみたいに重なって追いかけてくるような雰囲気を持つ――英国国歌の似合う、親たちの信頼の的たる――ボーイ・スカウトのゴートルビー隊長ではなかったか？　あの助平親父！　日曜ごとに礼拝堂で説教を垂れていた、あの見事なまでに独立独行の癇癪持ちは、歴史の授業中、目を丸くしている生徒たちに向かって、ボリシェヴィキたちが『デイリー・メイル』に描かれるような子供殺しの殺人鬼ではなく、パングボーン・ガーデン・シティの自分の周りに住む普通の人たちよりほんの少し生彩に欠ける生活を送っているだけだと説明した。だがヒューは、そのころ昔の師のことを忘れてしまっていた。一日一善の習慣もとうの昔に忘れていた。いかなる困難に直面してもキリスト教徒はにこやかに口笛を吹くことも、一度ボーイ・スカウトに足を踏み込んだ者はみな共産主義者になるということも。ヒューはただ、いつも用意周到に事を進めることだけは忘れずにいた。そうして、ヒューはボロウスキーの女房を誘惑したのだ。

成り行きに関しては、いろいろと見解の相違があったかもしれない……だが、あいにくそれでボロウスキーの決意が揺らぐことはなかった。彼は、ヒューを妻の共同被告として離婚訴訟を起こした。さらに悪いことが続いた。ボロウスキーは、ほかの点でも自分をだまそうとしたとして、突然ヒューを告発した。自分のところから出した二曲は、あまり有名でないアメリカ人の曲からの盗作にほかならないというのである。ヒューは動揺した。こんなことがありうるだろうか？　自分はいままでまったくの幻想の世界に生きていたのだろうか？　わざわざ自分で金を払い、正確に言えば叔母の金銭的援助を得て、なんと他人の曲の出版を心から待ち望んでいたなんて。さらに言えば、曲が世に出なくてがっかりした気持ちさえ偽物だったなんて。結果的には、そこまでひどい状況に追い込まれたわけではなかった。それでも、一方の曲に関するかぎり、告発の根拠はあまりに堅固なものであった……

寝椅子の上で、ヒューは葉巻と格闘していた。全能の神。全知全能の神よ。自分でもずっとわかっていたはずだ。自分がわかっているということはちゃんとわかっていたのだ。その一方で、演奏のことばかり気にしていたから、自分のギターの腕前に酔いしれて、たいていの曲が自分の曲だと思い込んでいたような気もしていた。問題のアメリカ人の曲自体もまた盗作だったという事実は、ほとんど何の救いにもならなかった。ヒューは苦しんだ。このとき彼はブラックヒースに住んでいたが、ある日、発覚の恐怖に追い立てられるように貧民街をさまよい歩いた。ルイシャムを通って、キャットフォードからニュー・クロス、さらにオールド・ケント街を下って、そうだ、エレファント・アンド・カッスルの交差点を過ぎて、ロンドンの中心部まで十五マイルも歩いたのだ。自作の非運の曲が、いまや短調の不気味な調べとなって追いかけてきた。彼は、ロングフェローが美化して描いたそのどうしようもない貧民街に埋もれてしまいたかった。世界が自分もろともその不名誉を飲み込んでくれればいいと願った。たしかにそこにあるのは不名誉であった。あれだけ宣伝してしまったのだから、それは間違いない。いまや叔母はどう思うだろうか？　それにジェフは？　自分を信頼してくれる数少ない人たちは？　ヒューは、最後のユダヤ人大虐殺を思い描いた。もちろん、どうにもならない。ついには、両親がこの世にいないことがせめてもの慰めに思えてきた。大学の指導教授は、離婚訴訟の法廷にしょっぴかれた一年生を迎え入れることを喜びはしまい。何を言われるか、考えただけでもぞっとする。目の前は真っ暗、人生もこれで終わりだ。唯一の希望は、すべてが終わったらすぐに、いや、できるならそれが始まる前に、また船に乗り組む契約をしてしまうこと。

するとと突然、奇跡が起きた。思いもよらぬ素晴らしいことが起こったのである。どうしてそんなことになったのか、今日に至るまでヒューにはまったくわからない。ともかくもボロウスキーが突然すべてを撤回したのだ。彼は妻を許した。そしてヒューを呼び寄せ、きわめておごそかに許しを与えたのである。離婚訴訟は取り下げられた。そして、剽窃の罪も不問に付された。すべて間違いだったとボロウスキーは言った。不幸中の幸いというか、曲は出回らなかったのだから、何の被害があろうか。こういうことは早く忘れてしまうにかぎる。ヒューは自分の耳が信じられなかった。いま思い出しても信じられない。そして、すべてを失い、ずたずたに切り裂かれた人生を引きずりながら、まるで何事もなかったかのように、平然と進学しようとは――

「助けてくれないか」

ジェフリーが、顔を泡だらけにしたまま部屋の戸口に立ち、髭剃り用ブラシを小刻みに震わせながら手招きをしていた。ヒューは吸いつくした葉巻を庭に投げ捨て、立ち上がって兄のあとについてなかに入った。ヒューは普段、自分の部屋に行くのに（その向かい側に開いたドア越しに芝刈り機が見えた）この面白い部屋を通り抜けねばならなかった。いまはイヴォンヌの部屋もふさがっているので、浴室に行くにもここを通らねばならない。そこは快適で、家の大きさからすると、とてつもなく広い部屋だった。陽光が燦々と降り注ぐ窓の下には、ニカラグア通りに通じる車回しがある。部屋にはイヴォンヌの甘ったるい香水の香りが漂い、ジェフの寝室の開け放たれた窓からは、庭の草木の匂いが流れ込んでいる。

「ひどい震え方だ。こういう震えを経験したことはないかい？」と領事がぶるぶると全身を震わせながら話していた。ヒューは兄の手から髭剃り用ブラシを取り、洗面台の上に転がっていた香りのいいロバの乳の石鹸にすりつけて泡を立てはじめた。「ああ、あるよな、思い出した。だけど、震え方が王道じゃなかったな」

「いや――新聞記者は震えたりしないよ」ヒューは領事の首にタオルを巻いた。「眩暈のことだろう」

「車輪のなかでもう一つ車輪が回っているような感じだ」

「それはお気の毒に。さてと、用意はできた。じっとしてて」

「じっとしていられるわけがないだろう」

「それじゃ、座ったほうがいいかもしれない」

だが、領事は座ることもできなかった。

「なんてこった、ヒュー、悪いな。どうしてもこうやってぴょんぴょん跳ねちまう。まるで戦車のなかにいるみたいだ――いま俺は戦車って言ったか？　だめだ、一杯やらなくちゃ。ここにあるのは何だ？」領事は、窓台の上から栓の抜かれたベーラムの瓶を取った。「これはどんな味がすると思うか？　頭皮用だって」ヒューが止める前に、領事は思いきり仰いでいた。「悪くない。全然悪くないぞ」彼は勝ち誇ったようにそう言って、舌なめずりをした。「ただ、ちょっとアルコール分が少ないな……少しペルノーに似た感じだな。ともかく、ゴキブリがうようよと押し寄せてくるのを防ぐにはいいまじないになる。それに、複眼で睨みつけてくるプルーストみたいなサソリの幻もね。待ってくれ、ちょっと――」

ヒューは、蛇口をひねって勢いよく水を出した。隣の部屋からは、イヴォンヌがトマリン行きの支度をして動き回る物音が聞こえていた。だが、彼はポーチのラジオをつけっぱなしにしていた。おそらく彼女の耳には、いつもの浴室の雑音しか届いていないのだろう。

「仕返しだよ」ヒューに支えられて椅子のところに戻った領事は言った。「昔、お前にも同じことをしてやった」

「そうだったね《シ・オンブレ》」ヒューは眉を上げ、ふたたびロバの乳石鹸をブラシで泡立てた。「たしかに。具合はよくなったかい？」

「お前が子供のとき」領事は歯をガチガチ鳴らしながら言った。「インドから帰ってくる半島東洋船舶の船の上で……あのコカナーダ号の上でな」

ヒューは兄の首のタオルをきれいに掛け直し、それから、無意識のうちに相手の無言の指示に従うかのように、鼻歌を歌いながら寝室からまたポーチへと出ていった。そこに置かれたラジオは、ふたたび家のこちら側に向かって強く吹き出した風のなかで場違いなベートーベンの音楽を流していた。思ったとおり領事が戸棚に隠していたウィスキーの瓶を見つけ出してそれを持って戻る途中、ヒューは、壁にぐるりと設えた高い棚にきちんと並べられた領事の本——その本と、明らかに領事が横たわっていたと見えるベッドのしわを除けば、そのきちんと片付いた部屋は、その主が何か仕事をしているという痕跡、あるいは将来において何か仕事をしようとしている気配はない——に目を留めた。『高等魔術の教義と儀式』や『中央アメリカにおける蛇とシヴァ神信仰』に加え、二列の長い棚には、革の背表紙が赤茶け、縁がぼろぼろになったカバラや錬金術関連の本がたくさん並んでいた。なかには、大切に扱っているためか、『ソロモン王の魔術』のようにかなり新しく見えるものもあったが、残りは雑多な本の寄せ集めであった。ゴーゴリ、『マハーバーラタ』、ブレイク、トルストイ、ポントピダン、『ウパニシャッド』、マーメイド版のマーストン、バークリー、ドゥンス・スコトゥス、スピノザ、『あべこべ』、シェイクスピア、タスカーソン全集、『西部戦線異状なし』、『カスバートの鈎』、『リグ・ヴェーダ』――そして、なぜか『ピーター・ラビット』。「『ピーター・ラビット』のなかにはすべてが詰まっている」と領事はよく言っていた――ヒューは笑みを浮かべて戻り、スペイン人のウェイターのような大げさな仕種で、強い酒を歯磨き用のコップに注いだ。

「いったいどこでそいつを見つけたんだ？――ああ！……助かった！」

「大したことじゃない。前にカラザーズにも同じことをしたよ」領事の震えがたちどころにおさまったので、ヒューはその髭を剃りはじめた。

「カラザーズ――あの爺さんか？……カラザーズに何をしたって？」

「首を支えてやったんだよ」

「だけど、やつは酔っ払っちゃいなかったろう」

「酔っ払うどころじゃなく……ぐでんぐでんだったね。個人指導のときもだぜ」ヒューは剃刀の刃を翻した。「このままじっと座っていてくれよ。これなら大丈夫だ。兄さんのことをだいぶ高く買っていたらしくて――ずいぶんといろんな話をしてくれたよ。ほとんど同じ話の焼き直しだったけど……兄さんがカレッジのなかまで馬に乗ってやって来たという話――」

「いやいや……馬で行くなんてはずはない。羊より大きいものは怖くてだめなんだから」

「ともかく、馬がいたんだよ。食堂のなかにつながれていたそうだ。しかもかなりの暴れ馬。大学の用務員が三十七人くらい、それに門衛まで総出でようやく引っ張り出したらしい」

「なんてこった……だけど、カラザーズがそんなに酔っ払って個人指導をしてるなんて、想像もつかんぞ。待てよ、俺がいたときはまだやっこさん講師だったっけ。初版本にばかり夢中になっていて、俺たち学生なんかにゃ目もくれなかったんだと思うよ。もちろん、戦争が始まったばかりのころで、大変な時期だった……でもいい奴だったな」

「僕がいたときも、まだ講師だったよ」

（僕がいたとき？……それはいったい、どういう意味だろう？　いやしくもケンブリッジで何かをしたとすれば、それは何だ？　イースト・アングリア王ジーグバート、あるいはジョン・コーンフォードの精神に匹敵するほどのことをなしえたろうか。結局のところ、授業をさぼり、寮を抜け出し、カレッジ対抗の船漕ぎ競争には出ず、指導教授を、ついには自分自身をもだましていたのか。経済学、それから歴史とイタリア語を学んで、かろうじて試験に合格しただけ。シャーロック・コートのビル・プランタジネットに会いに行くために、船乗りらしからぬ嫌悪感を抱いて門をよじ登り、セント・キャサリンズ・カレッジの鉄門の車輪を握りしめて、一瞬眠り込んだとき、メルヴィルと同じように、世界はすべての港をあとにして突き進んでいると感じたのだ。ああ、ケンブリッジに響く港の鐘よ！　月明かりに照らされた噴水、中庭と回廊、その気高くも超然たる自信に満ちた悠遠の美。それは、たとえ卑小なる日常のあやふやな記憶のなかで保たれたものであるにせよ、日常生活の喧噪のモザイクというよりも、はるか八百年前に死んだ修道僧の不思議な夢の一部みたいだ。人を寄せつけぬその住処は、沼地に打ち込まれた棒や杭の上に建てられていて、かつては湿原の神秘的な静寂と孤独のなかで見張りの塔のような光を放っていたのだ。「芝生に立ち入るべからず」の立て札によって大切に守り継がれてきた夢。それでも、この世のものとは思えぬその美しさを前にすれば、誰でもこうつぶやかずにはいられない。神よ、我を赦したまえ。一方、僕の住処はと言えば、マーマレードの匂いと足の不自由な男が大事にしている古長靴の悪臭が充満した、貨物操車場近くのぼろ家だ。ケンブリッジでの体験は、海が陸になっただけだったな。同時に、すさまじい退行でもあった。きわめて厳密に言えば——僥倖に恵まれて、自他ともに認める人気者ではあったけれど——それはもっとも恐ろしい悪夢だった。そこでは、『あべこべ』に出てくる不遇のバルティテュード氏みたいに、大人になった自分がある日目覚めてみると、仕事上の難問ならまだしも、三十年前に予習をせずに臨んだ幾何学の授業や思春期の悩みに直面している。下宿や船首楼は、心のなかの定位置に収まっている。しかし、ひょろ長い体の上に載った昔馴染みの級友の顔が水死体みたいに膨れ上がって、かつてやっとの思いで切り抜けた苦しみがそっくりそのまま、しかしさらに倍加された形で襲ってくるなか、時間をふたたび全速力で遡るとき、胸がむかついてくるのだ。そうでなくとも、どのみち脳裏に思い起こされるのは、派閥争いや俗物根性、川の水となって流れ去った才能、役員会の推薦を辞退した正義、辱められた熱意——そして、霜降りの服に身を包み、次の戦争における自分たちの存在意義について老女みたいな上品ぶった口調で話す図体のでかいでくのぼうたち。まるで、時間の流れとともに海上生活の記憶が肥大化してしまったせいで、陸に上がった水夫のように深刻な心的不適合を起こして、けっして安住の地を見出せないような気がした。しかしながら、ギターには前より真剣に取り組みはじめていた。そして、またしても親しく交わっている友人はたいていユダヤ人だった。多くは学友として付き合ってきた連中だ。はっきり言って、一一〇六年以来、断続的であるとはいえ、彼らのほうが先にこの地に住んでいたことは認めなくてはならない。だが、いまや自分と同じくらい大人なのは彼らだけだという気がしてくる。彼らだけが真に寛大な独自の美意識を持っている。ユダヤ人だけは、修道僧の夢を汚すことがない。そしてまたどういうわけかユダヤ人だけが、早くから多くの苦難を乗り越えてきただけあって、人の苦しみを、孤独を、そして何より貧困な楽才を理解することができたのだ。だから、大学にいたころ、叔母の援助を受けて『ユニヴァーシティ・ウィークリー』を買ったのだ。大学の行事には出ず、シオニズムの強力な支持者となった。地元のダンス・パーティーで演奏していたユダヤ人中心のバンドと、「スリー・エイブル・シーメン」という自分のバンド両方のリーダーを務め、かなりの金を稼いだ。そして、アメリカ人客員講師の美しいユダヤ人妻を愛人にした。彼女を誘惑したときの小道具もギターだった。ピロクテーテースの弓やオイディプスの娘のように、ギターは僕にとって道標であり支えだった。どこに行っても、ギターだけは堂々と演奏できた。だから、画家のフィリップソンがわざわざ僕のことを巨大なギターのイラストにしてライバル紙に載せたときも、それを思いがけなくもありがたい賞賛のしるしと受け取ったくらいだ。そこでは、自分が巨大なギターとして描かれており、そのなかには、まるでそこが子宮でもあるかのように、妙に見覚えのある幼児が丸まって隠れていた――）

「たしかに、ワインにはやたらと詳しかったなあ」

「僕がいたころには、ワインと初版本がごっちゃになりかけてたけどね」ヒューは、頸静脈と頸動脈の上で剃刀を滑らせながら、兄の顎髭の縁を器用に剃った。「なあスミザーズ、極上のジョン・ダンを一瓶持ってきてくれないか……ほら、一六一一年の本物をね」

「そりゃおかしいな……と笑っている場合かな。かわいそうな爺さんだ」

「素晴らしい奴だったよ」

「最高だね」

（……皇太子の前でギターを演奏したことも、休戦記念日に街で退役軍人たちのために一緒に物乞いをしたことも、アムンゼン協会が開いた歓迎会で演奏したことも、さらには新しい時代を迎えんとするフランス下院のお歴々の前で演奏したこともあったな。「スリー・エイブル・シーメン」の人気はうなぎ登りで、音楽雑誌『メトロノーム』がヴェヌーティの「ブルー・フォー」にたとえて論じたほどだ。手を怪我することが自分に襲いかかる最悪の事態に思えたこともあった。それなのに、砂漠でライオンに噛まれて死ぬ夢をよく見たものだ。最後にギターを所望して、それをかき鳴らしながら死んでいく……なのに、突然自分からやめてしまった。ケンブリッジを離れて一年もしないうちに、まずバンド活動をやめ、それから友人知人の間で演奏するのもやめてしまった。そこでパタリとやめてしまったから、イヴォンヌなどは、僕がギターを弾いていたことも知らないだろう。ハワイ生まれだからかすかな接点があったのに。あまりにきっぱりやめたから、ヒュー、ギターはどうしたんだ？ねえ、ちょっと弾いてみてよ、なんて誰も言わなかった——）

「なあ、ヒュー」と領事は言った。「白状しなくちゃならんことがある……お前のいないときに、ちょっとストリキニーネでずるをしちまった」

「タラヴェチパロチアム、かい？」ヒューは、相手を脅かすようなおどけた口調で言った。「それとも、首を斬られて力を得るということか。さてと、メキシコ人の言い種じゃないが、楽にして、うなじを剃るから」

だがヒューは、ドアの向こうにある領事の部屋をぼんやりと眺めながら、まずティッシュ・ペーパーで剃刀を拭った。寝室の窓は、大きく開け放たれていた。カーテンが部屋の内側に優しくなびいていた。風は凪いでいた。まったりとした庭の香りが漂っていた。ヒューの耳には、家の反対側でふたたび吹きはじめた風の音が届いた。大西洋から荒々しく吹きつけてくる風に、激しいベートーベンの音楽が乗っている。だが風下のこちら側では、浴室の窓の外に見える木々も、その風にまったく気づかぬようであった。そして、カーテンはカーテンで、自分たちが感じるかぎりの微風にそよいでいた。不定期貨物船の第六ハッチに覆いかぶさるように、溝にはめ込まれたつやのある起重機の間に吊り下げられていた乗組員の洗濯物を思い出す。船尾の先、ほんの一リーグと隔たらぬところでは、地元の船とおぼしき帆船が、しきりに縦揺れを繰り返しながら、まるで暴風と戦うかのように激しくその帆をはためかせていたのに、洗濯物は午後の陽光のなかでほとんどそよいでもいなかった。そしていま、目の前のカーテンも、まるで別の力に支配されているかのように、見てもほとんどわからないほどかすかに揺れているだけであった……

（どうしてギターをやめてしまったのだろう？　もちろん、遅ればせながらフィリップソンの描いたイラストの意味を、残酷な真実を知ったからではない……エブロ河の戦いに敗れつつある——ともかく、ギターを弾きつづけること自体がただ目立つだけの演出だと思っていたのかもしれない。まるで『ニュース・オブ・ザ・ワールド』紙の週一回くらいの記事では不満だと言わんばかりに講じる、何とか脚光を浴びるための手段だと。それとも、そいつを抱えたまま、どうしようもない「愛の対象」のようなものになろうというのか。あるいは——どういうわけか——人妻にしか興味を持てない、結局のところ人を愛することができない永遠の吟遊詩人、旅芸人になる定めなのか……小物もいいところだ。ともかく、曲作りはやめたのだ。となると、ギターを弾くことだけを目的とするのは、いかにも不毛に思える。もはや弾いていて楽しくもない——子供のおもちゃとしてしまい込むべきなのだろう——）

「あれは大丈夫なのか？」

「あれって何が？」

「あそこにぽつんと立っているカエデが見えるかい？」と領事が聞いた。「ヒマラヤスギの支柱に支えられて立っているやつ」

「いや——あいにくね——」

「近いうち、風が別の方角から吹いてきたら、倒れちまうだろうな」そう話す領事のたどたどしい声を聞きながら、ヒューは彼の首筋を剃った。「それと、寝室の窓の外から覗いている向日葵が見えるかい？　一日中俺の部屋を覗き込んでいるんだ」

「部屋に入り込んできたとでもいうのかい？」

「じっと見ているんだ。鋭いまなざしでね。一日中。まるで神様みたいに！」

（最後にギターを握ったのは……ロンドンの〈キング・オブ・ボヘミア〉で軽く弾いてみせたときだ。ベンスキン・エールとスタウトを飲んだ。酔いつぶれてしばらくして目を覚ますと、ジョンと残りの連中がエンジン発動に関するあの歌を無伴奏で歌っていた。そもそもエンジン発動とは何だ？　ボリシェヴィキもどきの革命歌か――とすれば、なぜそれまでそんな歌を聞いたことがなかったのか？　いや、そんなことを言い出せば、なぜイギリスでは皆がそれほどのびのびと楽しそうに歌うのを見たことがなかったのか？　おそらくは、どんな集まりに行っても、いつも自分が歌っていたせいだろう。「私には誰もいない」のような侘びしい歌。「両想い」のような愛のない歌を……とはいえ、ジョンと「残りの連中」は、少なくとも自分の経験から言えば、けっしてにせものではなかった。それから、夕暮れ時に群集とともに歩き、悪い知らせを耳にし、不正を目撃し、一度立ち止まって思いをめぐらした者たちもにせものではない。彼らは盲信に走ることなく、振り返って自問し、決然と行動を起こしたのだ……エブロ河の勝ち戦《いくさ》だ！　別に僕の味方というわけじゃない。それでも、いまや屍《しかばね》となってスペインの地に眠る者たちも含め、どうやら友人たちが自分のアメリカ人もどきの、あまりうまくもないギターにうんざりしていたとしても不思議ではない。ただ義理で聞いていてくれただけなのだ――鼻にかかったようなギターを――）

「もう一杯飲みなよ」ヒューはまた歯磨き用のコップに酒を注いで領事に渡し、床に転がっていた『エル・ウニベルサル』紙を彼のために拾ってやった。「顎髭の横のところと、首のうしろがもうちょっとだな」ヒューは難しい顔をして剃刀を革砥《かわと》で研いだ。

「回し飲みだ」領事は肩越しに歯磨き用のコップを差し出した。「『フォース・ワースに響く不快な硬貨の音』新聞をかなりしっかりとした手つきで持って、領事は英語面の見出しを声に出して読んだ。『変態《キンク》の不幸な亡命生活』、とても信じられん記事だ。『犬の市勢調査』、これも嘘みたいな話じゃないか、なあ、ヒュー……」

「それから──あっ──これこれ！」と彼は続けた。「『クラマス・フォールズの木の中に百年を経た卵。樵《きこり》が年輪で測定』、お前が最近書いているのはこういう記事なのかい？」

「だいたいね。あるいは、『日本軍、上海へと通じるすべての道を股にかける。アメリカ軍は撤退』とかね……そんな感じ。──さあ、じっと座っていて」

（とはいえ、あの日から今日まで弾いていない……そして、あの日から今日までいいこともなかった……アレグザンダー・ポープの言い種じゃないが、中途半端な自己認識は危ないものだ。ともかく、ギターがなければ注目もされないし、人妻に対する興味も湧かず──まあ、そんなものか？ギターを捨てたことの直接の結果と言えば、おそらくはふたたび海に出たこと、それから、イギリス沿岸貿易についての一連の記事を、はじめて『グローブ』紙に載せたことだ。それからまた次の旅に出たが──精神的には何の糧にもならなかった。結局は、一人の旅客になっただけだ。だが、記事のほうは成功だった。芒硝《ぼうしょう》のこびりついた煙突。ブリタニアは七つの海を制す。それからというもの、僕の記事はある程度の関心を集めた……それなのに、なぜいつも新聞記者の仕事に本気で取り組めなかったのだろう？　おそらくは、一生懸命記者たちの気を引こうとしたあの若い日の経験の結果、彼らを嫌悪するようになり、それをどうしても克服することができなかったからだろう。それに、同業者たちと違って、自分で生活費を稼ぐ必要がなかったということもある。収入は常にあった。移動記者としてはそれなりの働きをしてきたし、今日までそれは変わっていない──それでも、日増しに孤独を、疎外感を感じるようになり——同時に、自分から前に出たり引っ込んだりする妙な癖にも気づいていている——まるで、舞台に出ていったはいいが、ギターを持っていないことに気づいたみたいに……もしかしたら、ギターで皆をうんざりさせたのかもしれない。だが、考えてみれば——どうでもいいことじゃないか——ともかく、それで人生とつながっていたのだから——）

「ちょっと前に、誰かが『ウニベルサル』にお前の記事を引用してたよ」と言いながら、領事は笑った。「何の話題だったか忘れてしまったけど……なあ、ヒュー、『お手ごろ価格』で『輸入おそろい飾りつき外出用特大新品同様の毛皮のコート』ってのを買う気はないかい？」

「じっとしてて」

「それか、五百ペソのキャデラック。原価は二百ってどういうことだ……それから、これはどういう意味だと思う？『ご一緒に白い馬はいかが』だって。お申し込みは七番箱で……妙だな……飲酒反対の魚って何だ？　これは何となく気に入らんな。でも、お前向きのもあるぞ。『愛の巣にもってこいの中心的アパート』、それとも代わりに、『真面目な、別々の——』」

「——はあ——」

「——アパートか……ヒュー、これはどうだ。『きれいでなければならないヨーロッパの若い婦人向け。地位のある、あまり年でない、教養ある男性との交際——』」

領事は体を震わせていたが、それはもっぱら笑いから来る震えのようであった。ヒューはしばし手を休めて剃刀を高く掲げ、一緒に笑っていた。

「それからヒュー、有名歌手ファン・ラミレスの遺骨が、いまだに陰鬱な雰囲気であちらこちらをさまよっている、か……おやおや、クアウナワクの警察のお偉いさんたちが何かの不謹慎をしでかしたことに対して『深刻な抗議の声』が上がっているってさ。『公の場で私的な職務を遂行したことに対する深刻な抗議の声』って、何だこりゃ――」

（「スノードン山の牧師の鼻《パーソンズ・ノーズ》に登頂」と、ウェールズにある小さな山小屋の雑記帳に書いたことがある。「所要時間二十分。岩場は登りやすい」と。「牧師の鼻を下りた」と、次の日どこかの命知らずのひょうきん者が付け足した。「所要時間二十秒。岩場はとても堅い」……人に知られることもなく、讃えられることもなく、ギターも持たずに人生の折り返し地点に差しかかっているいま、自分はまた海に戻るのだ。おそらく、この待機の日々は、登りつづけるために耐え忍ぶべきおかしな下り道のようなものなのだろう。牧師の鼻のてっぺんまで行けば、好きなときに山々を越え、お茶を飲みに家に帰れるのだ。キリスト受難劇の役者が十字架から降りて、ピルスナーを飲みにホテルに帰るようなものだ。とはいえ、人生においては、登るにせよ下るにせよ、そこには絶えず危険がひそんでいる。霧が立ち込めることもあれば、寒さに凍えることもある。いきなり頭上に岩棚が現われることもある。綱がきちんと結ばれていないこともあれば、ザイルがうまく引っかからないこともある。ただ、綱が滑り抜けるときだけは、ときとして笑い事で済む。それでもなお、僕は怖い……ただの門を登るのも怖いくらいだから、港で風に吹かれながら帆柱に登るのはなおさら……最初の船出と同じくらい恐ろしいものなのだろうか。その厳しい現実は、なぜかイヴォンヌの農場を思い出させる。誰かが豚を突いているのをはじめて見たら、彼女はいったいどう感じるだろうか……怖い。とはいえ、それほど怖くもない。海がどんなものかはわかっている。もしかして、昔のままの夢を抱いてそこに帰ろうとしているのか？　それどころか、何の悪意も抱いていない分、前にも増して子供じみた夢を抱いているのか？　海が、とくに清らかなノルウェーの海が好きだ。幻滅もまた演技にすぎない。自分はこんなことをしていったい何を証明しようとしているのか？　認めるのだ。お前は感情に流されやすく、行きあたりばったりな人間で、現実主義者で、夢想家で、臆病者で、偽善者で、英雄で、要するに、自分自身の喩えについていけないイギリス人なのだ。仮面をかぶったおべっか使いの開拓者。偶像破壊者で探検家。つまらぬことで破滅した不屈の退屈男！　あんなパブで打ちひしがれていないで、なぜああいう歌を、あの貴重な革命歌を覚えなかったのかと自問する。いまからそういう新しい歌を、違った歌を覚えたっていいじゃないか。たとえ昔のようにただ歌を楽しみ、ギターを弾くことを楽しむためだけでも。僕が人生においてなしえたことは何だ？　有名人たちに接触することか……たとえば、アインシュタインに時間を聞かれたことがある。あの夏の夕方、セント・ジョンズ・カレッジの騒々しい食堂に向かってぶらぶらと歩いていたときのこと——うしろの第四宿舎の教授の部屋から出てきたのは誰だ？　それから、門衛詰所に向かって僕と同じようにぶらぶらと歩いていたのは？——僕の軌道と交わるところで時間を聞いてきたあの男。これが名誉学位候補のアインシュタインなのか？　そして、僕が知らないと答えるとにこりと笑った……それでもたしかに僕に尋ねたのだ。そう、彼こそは時空に関する全世界の観念をひっくり返した偉大なるユダヤ人だ。その男が、牡羊座と西魚座の星環との間に張ったハンモックの脇から身を乗り出して、宵の明星が現われる時間にガウンをまとって背中を丸めたみすぼらしい新入生に、かつて反ユダヤ主義者であった酔っ払いに時間を聞いてきたのだ。そして、二人ともそれまで気づかずにいた時計を僕が指差したとき、彼はまたにこりと笑った——）

「——いずれにしても、私的な場で公的な職務を遂行するよりはましだろう」とヒューは言った。

「案外要点をついているかもしれないぞ。つまり、ここに話題になっている連中は、厳密に言えば警察ではない。正規の警察は——」

「ストライキをしてるんだものね」

「だから、当然お前の考え方からすれば、連中は民主的ということになるわけだよな……軍隊のよぅに。そうだ、民主的な軍隊ということにしよう……だけど、一方で、ちょっとばかり権力を振りかざすよからぬ輩もいるわけだよ。お前がいなくなってしまうなんて残念だ。まさにお前が一番得意とする分野なんだがな。軍事同盟《ウニオン・ミリタル》のことを聞いたことがあるかい？」

「戦前にスペインで組織されたやつのことかい？」

「この国のやつさ。憲兵隊とつながっている。その庇護の下にあるといってもいい。だって、まさに憲兵隊そのものとも言える監察官がその一員なんだから。たぶん、庭師の長《ヘフェ・デ・ハルディネロス》なんてのもそうだったんだと思うよ」

「オアハカにディアス像をもう一つ増やすらしいよ」

「――ともかく」隣の部屋に移動しながら、領事は、少し声を低めて続けた。「俺にとってはどうでもいいことだがね、軍事同盟と呼ぼうが、メキシコ国粋党員《シナルキスタス》と呼ぼうが、お前に関心があれば常に存在しているんだよ――その司令部は、昔はここの治安警察《ポリシア・デ・セグリダー》のなかにあったんだが、いまはそこじゃなくて、パリアンかどこかにあるらしいぜ」

ようやく領事の支度が整った。あとは靴下を履かせてもらうだけであった。アイロンをかけたばかりのシャツを着てツイードのズボンをはき、ポーチのところから持ってきてもらった、ヒューに貸していた対の上着をまとい、彼は鏡の前に立って自分の姿を見た。

驚くべきことに、見違えるようにこざっぱりとした領事の外見は、堕落のかけらも窺わせていなかった。もっとも、それまでよぼよぼの老人のようなやつれ果てた姿だったというわけではない。そもそもヒュー自身よりもたった十二歳年を取っているだけなのだ。それでいながら、彼の年齢は運命の力によって過去のよくわからない一点につなぎ留められているかのようであった。そこに一貫して存在していた客観的な自己は、おそらくは横目で自らの転落を見ていることに疲れ果て、夜の闇に紛れてこっそりと港を離れる船のごとく、ついには彼からすっかり離れてしまったのだ。兄については、悪意のこもった物語だけでなく、滑稽譚、英雄物語などの形でいろいろなことが語られてきた。どうやら若い時分に詩才があっただけに、よけいに伝説的な語られ方をするらしい。ヒューの脳裏をある思いがかすめた。哀れな兄は、ついに進退極まったのかもしれない。何かに取りつかれて、持ち前の防御の力をもってしても身を守りきれないのだ。鋭い爪も牙も、死にゆく虎にとって何の役に立つだろうか？　さらにまずいことに、たとえば、大蛇に巻かれているとしたら？　だが、どうやらこの不思議な虎は、まだ死ぬつもりはないようだ。それどころか大蛇ごと散歩に出ようとしているらしい。まるで、しばらくの間、その怪物の存在を無視するかのように。それどころか、尋常ならざる力と体格を持ち、人知れず大望を抱いたこの男、ヒューには理解することはおろか、救うことも、神に救ってもらうこともできず、それでも何とか自分なりに愛し、助けたいと思っているこの男は、意気揚々として自分を取り戻していた。とはいえ、このような思いを引き出したのは、いま二人が見ている壁の写真にほかならなかった。その小さな偽装貨物船の写真がそこに掛かっているということは、領事にまつわるいろいろな昔話は疑ってかかる必要があるということを示していた。突然、領事はふたたび酒で満たされた歯磨き用のコップをその写真のほうに持ち上げた。

「サマリア号は細工だらけだった。巻き揚げ機と隔壁を見てみろ。あの黒く開いたところなんか、まるで船首楼への入口に見えるだろうが、あれも一つの小細工でね――あそこには対空砲がしっかりと収まっているんだ。ほら、あそこを下りていくんだ。あそこが俺の持ち場で……あれがお前たち操舵員の通路だろう。あそこの調理室――あれがあっという間に砲台に変わる……」

「面白いのはさ」領事はさらに目を凝らして写真を覗き込んだ。「この写真は、ドイツの雑誌から切り抜いたものだってことだよ」そして、ヒューもまたその写真の下に並んだゴチック体の文字を眺めた。〈イギリスの蒸気船による対ドイツUボート偽装作戦《デア・エングリッシエ・ダンプフアー・トラークト・シュッツアルベン・ゲーゲン・ドイチエ・ウーボーテ》〉「次のページには、たしかエムデン号の写真が載っていたな」と領事は続けた。「その下には、〈かくして我は対極の世界を放棄せり《ゾー・フェアリース・イヒ・デア・ヴェルトタイル・ウンゼラー・アンティポーデン》〉とか何とか書かれていたと思うよ。『対極の世界』と来たもんだ」彼は、いかなる意味にも取れる鋭い一瞥をヒューに与えた。「妙な連中だ。ところで、急に俺の古い本に興味が湧いたようだな……残念ながら……ヤーコプ・ベーメの本はパリに置いてきてしまった」

「ただ眺めていただけだよ」

そう、目の前には数々の本が並んでいた。「われ神々しきレスチの民を愛す《ディヴィ・レスチ・ゲヌス・アモ》」のアナグラムとなるミカル・サンディヴォギウスの『硫黄論』、『ヘルメス・トリスメギストスの勝利あるいは栄光の賢者の石　ヘルメス・トリスメギストスの秘法に関するもっとも網羅的かつ明快な論文』、『明かされた秘密、もしくは王の離宮への開かれし入口　霊感と読書によって、紀元一六四五年、齢二十三にして賢者の石を手に入れた、無名氏もしくはエイリニウス・フィラレタ・コスモポリタと名乗るもっとも高名なイギリス人の手になる、かつてこれほど明確な形で確認されたことのない化学の最大の秘法を含む』、『ヘルメス・トリスメギストス博物誌　復刻・増補版——錬金術の学徒に、それをもってすればいかなる種類の欠陥も回復する賢者の石の発見と保持のため、偉大にして真なる医術を正しく伝授するための二十一の化学論文から成る書　一六七八年、フランクフルト、ヘルマン・ア・サンドの家にて』、『地下世界もしくはカバラの基礎　自然・宇宙・神秘学者ヴィラール僧院長の版からの復刻版——地上には人間以外の理知的生物がいるという主張が展開されている「悪魔論」からの補足説明付き』……

「本当にいるのか?」そう言ってヒューは遠い昔の高貴な香りを漂わせているこの最後の稀覯本を手に取り、思いをめぐらした。「ユダヤ人の知恵か!」すると突然、別の時代に生きているボロウスキー氏の戯画が脳裏に浮かんだ。そこでは、ボロウスキーはカフタンを着て丸い縁なし帽をかぶり、長い白髭をたくわえ、そして顔に熱っぽい表情を浮かべたまま、ちょうど中世のニュー・コンプトン街とも言うべき街路の露店の前に立ち、ヘブライ語で書かれた楽譜を読んでいる。

「エレキアというのは引き裂く者の意、それからイルリキムは甲高い声で泣きつづける者。アペルキは欺き、道を外させる者、そしてドレソップは震えながら獲物に襲いかかる者。ああ、そうだ、悲しみの疫病神アレキソリに、忘れちゃいけないのは、煙たい息を武器とする破壊王ブラシン、昆虫みたいにてらてら光るグレシ、恐ろしい震え方をするエフリギス。エフリギスは気に入ると思うよ……それから、うしろ向きに動くマメスや、奇妙にのたうち回るラミセンも忘れるわけにはいかないな……」領事は一人でしゃべっていた。「衣服をまとう肉、悪の尋問者もいる。理性的な連中とは言えない。だが、一度は俺の寝床にやってきた奴ばかりだ」

皆、大あわてしながらも、このうえなく上機嫌でトマリンに出発した。ヒューは、酒が効いてきたのを意識しつつ、とりとめのない領事の話をぼんやりと聞いていた――ヒトラーがさ、と、一行がニカラグア通りに歩み出たとき、領事は続けて言った――ヒューが以前に興味を持ってさえいたら、まさに好みの話題だったかもしれない――ヒトラーがユダヤ人を滅ぼそうとしたのは、うちの本棚にあるような彼らの秘教を手に入れようとしたからなのさ――そのとき、突然、家の電話が鳴った。

「ほっとけよ」あわてて帰りかけたヒューに向かって領事が言った。電話はそのまま鳴りつづけ（コンセプタは留守であった）、リンリンという呼び出し音が、さながら捕えられた鳥のように空っぽの家のなかを暴れ回った。しばらくして、音は鳴りやんだ。

歩きながらイヴォンヌが言った。

「ねえ、ジェフ、私は十分に休んだから、そんなに心配しないで。でも、トマリンが遠すぎるというなら、動物園に行きましょうよ」彼女は、広い額の下で憂いをたたえながらも美しく輝く、いかにも正直そうな目で二人をまっすぐに見据えた。その目はヒューの微笑に応えてはいなかったが、その口角にかすかに笑みが浮かんでいるように見えた。おそらく、彼女はジェフの多弁をよい兆しと本気で考えているのだろう。実際そうなのかもしれない！　本気で気にかけているのか、あるいは、肩かけ《サラーペ》や炭や氷、あるいは天気を見るときのような――風はどこに消えたのか？　ともかく、土ぼこりの立たぬ素敵な晴天になるかもしれない――非人間的なものの変化や腐敗に対する鋭い観察眼のようなものが働いたのか、泳いで元気になったイヴォンヌは、身の回りのあらゆるものを客観的にとらえ直したかのような顔で、ほとんど疲れた様子も見せず、孤高の美しさを漂わせながら足早に歩いていた。それでもヒューは、その歩き方に孤独を感じた。かわいそうなイヴォンヌ！　支度の整った彼女とあらためて挨拶を交わすのは、長い時を隔てての再会のようでもあり、また別れのようでもあった。ヒューはもはや用なしとなり、二人の「企て」も、小さな悪条件が重なって、微妙に頓挫しつつある。しかも、その悪条件のかなりの部分は、自分がこうしてここに居つづけていることによる。いまや、どこかで嘘でもつかぬかぎり、昔の情熱のままに二人きりになろうとすることは、たとえそれがジェフのためとはいえ、とてもできそうにない。ヒューは、丘の下、今朝二人で歩いた道を憧憬のまなざしで見やった。いま、一行は別の方向に向かって早足で歩いている。今朝の出来事は、すでに遠い過去のものとなってしまった。まるで子供時代か、先の戦争前の日々のようだ。一方、未来が次第にその姿を現わしつつある。ギターを弾いて歩く、どうしようもなく馬鹿馬鹿しい敗北の未来が。それに対してきちんと身構えができていないと感じながらも、ヒューは報道記者の目で、イヴォンヌの服装を観察した。彼女は素足で、さっきの黄色いズボンではなく、ウエストの部分をボタン一つで留める、仕立てのよい白いシャークスキンのスーツを着ており、その下からアンリ・ルソーの絵に描かれているような明るい色のハイネックのブラウスを覗かせていた。がたがたの石段の上にそっけない音を響かせている赤い靴のヒールは特に低くも高くもなく、鞄の色は鮮やかな赤だった。道ですれ違っただけでは、とても苦しんでいるようには見えない。彼女が何も信じられなくなっていることなど、誰も気づきはしないだろう。彼女はどこに行こうとしているのか自分でもわからないのではないか、もしかしたら夢遊病患者なのではないかと疑う者もいないだろう。なんと美しく幸せそうなのだろうと人は言うに違いない。きっとベーヤ・ビスタにいる恋人にでも会いに行くのだろう！――中背ですらりとして、たいていは離婚経験があり、情熱的だが男を恨んでいる女たち――恋人が明るい顔をしているときも落ち込んでいるときも天使のように振る舞うが、知らず知らずのうちにその野心を破壊する魔女でもある――アメリカの女たちのあの優雅で足早な歩き方、子供のようにきれいな小麦色の顔、サテンのような光沢のあるきめ細かい肌、洗い立てのような艶のある、ちょうどあんなふうな、しかし無造作な髪、ゆりかごを揺らすこともないほっそりした褐色の手、細い足――何世紀にわたる圧政がこういう女たちを作り出してきたのか？　彼女たちにとって、エブロ河の戦いで誰が負けようが知ったことではない。ヨブの軍馬を圧倒するほど意気込むのは早計にすぎるからだ。女たちには戦いの意味はわからない。その目に映るのは、死に急ぐ愚か者のみ――

「癒しの効果があるらしいな。メキシコには昔から動物園があったらしい――あの腰の低いモクテスマも、強面のコルテスに動物園を見せて回ったというからな。奴め、地獄の一丁目にでもいるような気がしたろうさ」領事は塀の上にサソリがいることに気がついた。

「蠍《アラクラン》かしら？」イヴォンヌが言った。

「バイオリンみたいだね」

「変な生き物だよ、サソリって。坊さんも日雇い労働者もお構いなし……本当に美しい生き物だ。

放っておこう。どうせ自分で自分を刺して死んでしまうさ」領事はステッキを振った……

彼らは、両側を早瀬にはさまれてニカラグア通りを上っていき、校庭に置かれた絞首台のようなブランコを横目で見ながら灰色の墓石に囲まれた学校を、高くて神秘的な塀を、マーマレード色の鳥たちがけたたましい鳴き声を上げて飛び回る、深紅の花が絡まる生垣を通り過ぎた。ヒューは、子供のとき、休みの最後の日にどこかに出かけるといつもいやな気分になったことを、ぼんやりしていてほしい時間が、まるで泳者のあとから忍び寄るサメのように、いまにも背後からすっと距離を縮めてくるように感じられたことを思い出し、この瞬間に酔いが回っていてよかったと思った。――〈ボクシング！〉というポスターがあった。〈トマリン闘技場《アレーナ・トマリン》。玉男《エル・バロン》対真ん丸男《エル・レドンディーヨ》〉風船《バルーン》対はずむ球《リバウンド》――と書いてあるのか？　日曜日《ドミンゴ》……日曜日の催し物なのか。我々の予定は、ただロデオを見に行くだけ。宣伝にも値しない生き甲斐だ。６６６――と、さらには殺虫剤の広告もあった。塀の下のほうにある鈍い黄色のブリキ板を見て、領事はひそかに面白がっていた。ヒューも一人で笑いをこらえていた。ここまでのところ、領事の振る舞いは見事である。「どうしても引っかけなくてはならない」数杯の酒も、適量かどうかは別として、完璧に効いているようだ。背筋もピンとして、肩で風を切りながら、胸を張って歩いている。いかにも質実剛健、疑問を投げかける余地もないほどに堂々と見えるところが素晴らしい。カウボーイの格好をした自分が隣にいるせいでその印象はいっそう強まっているだろう。しゃれた仕立てのツイードの上下を着て（ヒューが借りた上着の皺は大したことはなく、彼はまた別の上着を借りていた）、青と白の縞模様の古いチャグフォードのネクタイを締め、ヒューの手になる散髪のおかげで、豊かな金髪はきれいにうしろに撫でつけられ、白くなりかけた茶色の顎髭は整い、ステッキを持ち、サングラスをかけている彼を見て、これが立派な人物でないと言いきれる人間が果たしているだろうか？　そして、これだけ立派な人物が時としてほんの少しだけ人が変わったようになるとしても、それがどうした、と領事は言いたいのかもしれない。誰も気づきはしないよ、と。もしかしたら——外国にいるイギリス人はかならずどこかでほかのイギリス人と出会うものだと思っている——単に船上生活を送っていたせいなのかもしれない。そうでないとしたら、象狩りかパターン人との戦いのとき悪くした脚のせいだろう。がたがたに割れた舗道の真ん中で見えない台風が渦を巻いている。いったい誰がその渦に気づいているだろうか？　それによって脳内のどのような標識が破壊されたかを誰が知っているだろうか？　ヒューは笑っていた。

エッサコラ、ホイサと捕まって
パカポコ、馬の背に乗って
ヘイコラ、ブートルに運ばれる
因果応報、愉快な旅よ

領事はそんな謎めいた歌を歌い、あたりを見回しながら、英雄然とした態度で言葉を付け足した。

「実に素晴らしい遠足日和だ」

〈貼り紙はお断り《ノ・セ・ペルミテ・フィハール・アヌンシオス》〉……

いまやイヴォンヌは、本当に一人で歩いていた。イヴォンヌが先頭を歩き、領事とヒューが相前後しながらそのあとに続く格好で、一行はほぼ一列になって坂を上っていった。そして、苦悩する魂の集合体が何を思っていようとも、ヒューはそんなことをすっかり忘れて笑いの発作に取りつかれ、領事は何とかその笑いの伝染を防ごうとしていた。三人がそのような隊列で坂を上っていたのは、丘を下ってくる数頭の牛とすれ違ったからである。そのうしろには牛追いの少年が早足で続き、牛の尻尾をつかんで舵を取っていた。死にゆくヒンドゥー教徒が見る夢のなかの光景のようであった。さらに、何頭かの山羊もいた。イヴォンヌはヒューのほうを振り向いて微笑んだ。かわいい顔をした山羊たちはとてもおとなしく、首に下げた小さな鈴をチリンチリンと鳴らしていた。それでも父さんはお前を待っている。父さんは忘れてはいないよ。山羊のうしろから、ひしゃげたような黒い顔をした女が、炭を入れた籠の重さによろめきながら下りてきた。さらにそのうしろから、頭に大きなアイスクリームの桶をのせた一人の日雇い労働者が大股で歩いてきた。男は声を上げて客寄せをしているらしいのだが、どれくらい本気で売れると思っているかは想像もつかない。そもそも桶が重すぎて、左右を見ることも、立ち止まることすらできないようだった。

「ケンブリッジでは」領事はそう言いながらヒューの肩を叩いた。「たしかに教皇党員《ゲルフ》なんかの勉強をしたかもしれないけどさ……翼が六つある天使は変身できないって知ってたかい？」

「片方の翼だけで鳥が飛べないことくらいは学んだかもね——」

「あるいは、『聖なる地球論《テルリス・テオリア・サクラ》』を書いたトマス・バーネットがクライスツ・カレッジに入学した年は——うわあ《カスカラス》、なんてことだ《カラコレス》！　聖母マリアよ《ビルヘン・サンティシマ》！　マリアさま《アベ・マリア》！　爆撃だ《フエゴ・フエゴ》！　殺される《アイ・ケ・メ・マタン》！」

耳をつんざくようなすさまじい轟音を響かせながら一機の飛行機が彼らめがけて降下してきたかと思うと、わななく木々の上をかすめ、監視塔にぶつかるかぶつからないかのぎりぎりのところで急上昇していった。そして、単調な大砲の音が鳴り響く火山の方角に飛んでいき、次の瞬間には姿を消していた。

「終わった《アカボーセ》」領事がため息まじりに言った。

ヒューは突然、（イヴォンヌが通りたがっていた脇道から出てきたに違いない）背の高い男の存在に気がついた。男はなで肩で端正な顔立ちをしており、日に焼けていた。だが明らかに西洋人で、見るからに亡命者といった風情のその男は、彼らの目の前に立っていた。まるでこの男の全身は、物語に出てくるような不思議な魔法にかかって、垂直に持ち上げられたパナマ帽の山の部分にまで達しているかのようであった。というのも、ヒューの目には、帽子の下の空白に何か別のものが存在しているように見えたからである。その肉体を覆う光背か精神性のようなもの、あるいはおそらく帽子の下に必死に隠していたのに、一瞬、図らずもあらわになってしまいうろたえている罪深い秘密の塊のようなもの。男は三人と向かい合うようにして立っていたが、イヴォンヌ一人に微笑みかけているようにも見えた。そのぎょろりとした青い目は疑念と不安の色をたたえ、黒々とした眉毛は、喜劇役者を思わせる弧を描いたまま、ぴくりとも動かなかった。上着の前を開け、下半身の存在感を隠すつもりが、逆にそれを目立たせるような形に腹の上までズボンを引き上げたこの男は、しばらくそこでためらったのち、目を輝かせ、黒いちょび髭の下で、どこか作り物のようだが愛嬌のある、それでいて自分を守るかのような――そしてまた、どういうわけか次第に重々しくなってくる――微笑を作りながら、まるで機械仕掛けの人形よろしく、自動的に相手に取り入るように片手を差し出しながら歩み寄ってきた。

「やあ、イヴォンヌじゃないか、奇遇だね。びっくりしたよ。おやおや、とっつぁん《オールド・ビーン》――」

「ヒュー、こちらはジャック・ラリュエルだ」と領事は言っていた。「前に話したことがあると思うけど。ジャック、弟のヒューだ。これまた……着いたばかりなんだ《イル・ヴィエン・ダリヴェ》……迎え入れたばかりだと言ってもいい。ジャック、ジャック、元気かい？　えらく飲みたそうな顔をしてるじゃないか」

「――」

「――」

ほどなくすると、ヒューにはおぼろげにしか思い出せない名のラリュエルなる人物はイヴォンヌの腕を取り、丘に向かう道の真ん中を歩いていた。おそらく、特にこれといった意味はないのだろう。だが、控えめに見ても、領事の紹介の仕方はあまりにぶっきらぼうだった。ヒュー自身もいくぶん気分を害されたと感じ、理由はどうあれ、戦慄にも似たかすかな緊張感を覚えながら、また少しずつイヴォンヌから遅れをとりながらも、領事と一緒に歩いていった。その間、ラリュエルは言葉を続けていた。

「どうせだから、僕の『狂人館』に寄ってくれよ。なかなかいい考えだと思わないか、なあジェフリー――それから――ええと――ユーグ君も」

「思わない」と領事はうしろでヒューに向かって小声で言った。一方ヒューは、また笑い出したい衝動に襲われていた。領事が下卑た独り言を何度もつぶやいていたのである。二人はイヴォンヌとその連れのあとについていったが、その間に立ち昇る土ぼこりは、一陣の風にあおられて一行とともに道を進んだかと思うと、苛立ったような音を立てて地上を巻き上がり、雨のごとく降り注いだ。風がやむと、彼らと逆行するかのように溝をまっすぐに流れ落ちてくる水が、突然勢いを増したように感じられた。

二人の前で、ラリュエルは熱心にイヴォンヌに話しかけていた。

「うん……うん……だけど、バスは二時半までは出ないから、まだ一時間以上あるだろう」

――「それにしても、とてつもなく奇跡的なことなんじゃないか」ヒューが言った。「だって、ここ何年も会わずにいたのが――」

「そうなんだ。こんなところで会うなんて、大した偶然だよ」領事は、うって変わって抑揚のない声でヒューに言った。「でも、実際付き合ってみるといいと思うよ。どこか似ているところもあるし。あいつの家が気に入るかもしれないぞ。いつ行っても、どことなく愉快な家だ」

「なるほど」とヒューは答えた。

「あら、郵便屋《カルテーロ》さんが来たわ」イヴォンヌは前のほうでそう叫ぶと、体を半分よじってラリュエルから腕を離した。彼女は丘のてっぺんを指差した。ちょうどニカラグア通りとティエラ・デル・フエゴ通りが交わるところである。「あの郵便屋さん、すごいわよね」彼女は多弁になっていた。「面白いわよね、クアウナワクの郵便屋さんはみんなそっくりに見えるわ。同じ一族出身で、何世代もずっと郵便配達をやっていたりするんじゃないかしら。あの郵便屋さんのお祖父さんはね、きっとマクシミリアンの時代に郵便屋をやっていたのよ。こういう小さな不思議な人たちが郵便局に集まるって、考えただけでも楽しくならない？　伝書鳩みたいに操られているのよ」

なんでそんなによくしゃべるんだ、とヒューは心のなかで問いかけた。そして、「愉快だろうね、郵便局は」と話を合わせた。一行は近づいてくる郵便屋のほうを見ていた。ヒューはこれまで、このクアウナワクならではの郵便屋をじっくり観察したことがなかった。身の丈はどう見ても五フィートにも満たず、離れて見ると、分類不可能な、それでいてどこか愛嬌のある動物が四つ足で近づいてくるように見える。郵便屋は、くすんだ色の綿の上下を着てつぶれた制帽をかぶっており、顎には小さく髭が生えていることにヒューは気がついた。人間とは違う生き物のようでありながら、どこかかわいらしい様子で彼らのいるほうに向かって道を駆け下りてくる男のしわくちゃの顔には、およそ想像しうるかぎりもっとも親しげな表情が浮かんでいた。一行を見て男はそこで立ち止まり、鞄を肩から下ろしてその留め金を外しはじめた。

「手紙が、手紙が、手紙があります」一行と相対したとき、男はそう言いながら、まるで昨日会ったばかりのような顔でイヴォンヌにお辞儀をした。「旦那《ポル・エル・セニョール》さま宛てのお手紙です。お馬宛てのね」男は手紙の束を二つ取り出し、いたずら小僧のような笑みを浮かべてそれをほどきながら、領事に向かってそう言った。

「何だって?――セニョール・カリグラには何もなしか」

「えーと」郵便屋は、鞄を落とさないように腋をしめ、一行を横目でちらちら見ながら、別の束をぱらぱらとめくった。「ない」それから男は完全に鞄を下ろして、一心になかを探りはじめた。まもなく、手紙が道に散乱した。「あるはずなんですがね。ここかな。違う。これか。とすると、こっちか。あれ、あれ、あれ、あれ、あれ、あれ、あれ」

「いいよ、いいよ」領事は言った。「構わないで」

だが、郵便屋はまた探し直していた。「バドローナ、ディオスダード――」

ヒューもまた期待を込めたまなざしでその様子を見守っていた。『グローブ』からの便りを待っていたわけではない。そっちは来るとしても、電報で届くだろう。それよりも、郵便屋を見ていたら、太陽を射貫こうとしている射手の彩り鮮やかな切手がべたべたと貼られた、オアハカの小さな封筒、ファン・セリーヨからの便りが入っていそうな気がしてきたのである。彼は耳を澄ませた。どこか、塀の向こう側で、誰かがギターを弾いている――がっかりするほど下手な演奏だ。それから、犬が激しく吠え立てた。

「――フィーシュバンク、フィゲロア、ゴメス――違う、クインシー、サンドバー、違うな」

ようやくその真面目な小男は手紙をまとめ、申し訳なさそうな、がっかりしたような顔で頭を下げると、ふたたび道を駆け下りていった。四人はじっと男のうしろ姿を見ていた。そして、郵便屋の振る舞いは、言葉ではうまく説明のつかぬ、自作自演の大きな冗談の一部ではなかったのか、まったく悪意がなかったとはいえ、彼はずっと自分たちを笑っていたのではないかとヒューが考えていたちょうどそのとき、男は立ち止まり、もう一度手紙の束をまさぐって、振り向いたかと思うと、勝ち誇ったように小さな叫び声を上げながら駆け足で戻ってきて、葉書のようなものを領事に手渡した。すでにまた少し先を歩いていたイヴォンヌは、まるで「よかった、やっぱり手紙があったのね」と言わんばかりに、うなずきながら肩越しに郵便屋に微笑みかけ、踊り出すかのような独特の足取りで、ラリュエルと並んでほこりっぽい丘をゆっくりと登っていった。

領事は葉書の表と裏を確認し、それをヒューに渡した。

「妙だな――」と彼は言った。

――それはほかならぬイヴォンヌからの便りで、少なくとも一年以上前に書かれたものであることは明らかであった。どうやら彼女が領事のもとを去ってまもなく投函したものらしいと、ヒューは突然思い至った。領事がクアウナワクに留まる決意をしたことはおそらく知らなかっただろう。しかし奇妙なことに、葉書のほうがあちらこちらを旅していた。もともとの宛先はメキシコ・シティのウェルズ・ファーゴ社になっていたが、それが何かの手違いで外国に転送され、方々をたらい回しにされたのだ。それを示すかのように、消印のところには、パリ、ジブラルタル、さらにファシスト政権下にあるスペインのアルヘシラスの地名までが押されていた。

「いいから、読んでみろよ」と言って、領事は微笑んだ。

イヴォンヌの走り書きはこう言っていた。「どうしてあなたのもとを離れてしまったのでしょう？どうして引き留めてくれなかったの？　明日、アメリカに着きます。二日後にはカリフォルニアにいる予定です。あなたからのお便りがそこに届いていることを期待しつつ。愛をこめて、イヴォンヌ」

ヒューは葉書を裏返した。そこには、エルパソの堂々たるシグナル・ピークの写真があり、その風景のなかで、カールスバッド・キャヴァーン高速道路が、砂漠と砂漠の間にかけられた白いフェンスの高架橋を通って、さらに先へと続いていた。道は遠くの角を曲がり、そこで消えていた。

7

午後一時二十分、ヘルクレス座の蝶に向かって突き進む、無闇に回転している酔いどれの世界の横っ腹で、この家はひどいな、と領事は思った——

塔が二つ、ジャックの塔《サクアリ》が、両端に一つずつあり、幅の狭い通路で結ばれていた。その通路の下方はアトリエの屋根で、ガラス張りの切妻だ。二つの塔はその正体を隠しているように見える——サマリア号に似ていると言ってもいい。かつてこの塔は、青、灰色、紫、朱色で縞模様に塗りたくられたことがあった。しかし、時間と天候の共同作業の結果、少し離れて見るといまでは全体にぼやけた藤色に見える。それぞれの塔のてっぺんには、通路からは木の梯子を使って、建物の内側からは螺旋階段を上っていくのだが、その部分は銃眼のついたちゃちな展望塔《ミラドール》になっていた。どちらも張り出しやぐらほどの大きさしかなく、クアウナワクの谷を方々から見渡している監視塔から屋根を取って小型にしたようなものだった。

丘を下って延びているニカラグア通りを右手に、領事とヒューが家の正面に立つと、左側の展望塔の胸壁の上に不機嫌な顔つきの天使が二体現われた。ピンク色の石から彫り出された天使たちは銃眼をいくつかはさんで向き合ってひざまずき、空を背景にして横顔を見せていた。その背後、ちょうど

反対側にある胸壁の銃眼にはさまれた凸面には、同じ建材から作られたとおぼしき、マジパンででき
た砲弾のような正体不明の物体が二つ、おごそかに腰を据えていた。

もう一方の塔には銃眼つきの胸壁以外の飾りはなく、このちぐはぐさがどことなくジャックにふさわしいと領事はよく思った。そもそも天使と砲弾の不釣り合いなさまからして、まったくジャックらしい。彼が寝室を仕事場にしていて、母屋にあるアトリエのほうは食堂に変えられ、せいぜい料理人とその親戚の野営場としてしか使われていないことが多いという事実も、それなりに示唆的ではある。

さらに家に近づくと、左側のやや大きめの塔には、寝室の二つの窓——まるで崩れかけた石落としのように、山形紋の二辺が離れたような状態で斜めについていた——の下にざらざらした石板があり、金箔押しの大きな文字で覆われているのが見えた。石板は壁に浅くはめ込んであるせいで、浅浮き彫りのような印象を与える。金色の文字は線が太いのに、字間が詰まっていて何が何だかわからない。観光客が半時間もずっとその文字を見上げているのを領事は見たことがある。たまにラリュエルが出てきて、これはちゃんと言葉になっていて、フライ・ルイス・デ・レオンのあの句が書いてあるんですよ、と説明することもあった。その句を、領事はいま思い出そうとはしなかった。この奇天烈な家を自分の家以上にとも言えるほどよく知るようになったわけも考えないことにして、領事はいま、うしろから陽気についついてくるラリュエルの先に立ち、ヒューとイヴォンヌのあとについて家に入り、アトリエを抜けて——めずらしく空っぽであった——左側の塔の螺旋階段を上った。「ちょっと飲みすぎたかな?」と領事は尋ねた。この家には二度と足を踏み入れるものかと、ほんの二、三週間前に誓ったことが思い出されて、超然とした気分はもはや消えかけていた。

「君の頭にはそれしかないのか?」と言ったのはジャックのようだった。

領事は返事をせず、散らかり放題の見慣れた部屋に入っていった。斜めについた窓、あの崩れかけた石落としを今度は内側から見つつ、部屋をはすかいに突っ切り、あとの二人を追って家の裏手に面しているバルコニーに出た。日の光に満ちた谷と火山が眼前に広がり、雲の影が平原を旋回していく。

しかし、ラリュエルはすでに落ち着かぬ様子で階下へ向かっていた。「お構いなく！」二人が抗議の声を上げた。余計なことを！　領事はラリュエルの行ったほうへ二、三歩踏み出した。一見、他意のない動きだったが、ほとんど脅しだった。領事は視線を移して、部屋から上の展望塔《ミラドール》へと通じる螺旋階段をぼんやり見上げ、それからバルコニーに出てヒューとイヴォンヌにふたたび合流した。

「屋根に上がってもいいし、ベランダにいてもいいし、とにかくくつろいでくれ」下から声がした。「そこのテーブルの上に双眼鏡があるよ——えーと——ユーグ君だったっけ……僕もすぐ行く」

「屋根に上がってもいいかな？」とヒューは尋ねた。

「双眼鏡を忘れずにね！」

イヴォンヌと領事は、空中に張り出したバルコニーで二人きりになった。二人が立っているところからだと、この家は、足下に広がる谷から急角度で立ち上がる崖の中腹に位置しているように感じられた。身を乗り出して振り返ると、町そのものが見えた。町はこの崖のてっぺんに建てられていて、彼らの頭上に張り出すようにしてあった。ゴルフのクラブの形をした飛行遊具が屋根の彼方で音も立てずに揺れている。まるで痛みを訴えているような動きだ。しかし祭りの歓声と音楽が、このときはっきりと彼らの耳に届いた。はるか遠くに、領事は緑色の一角を認めた。ゴルフ・コースである。小さな人影がいくつか、崖の側面づたいを這うように進んでいく……ゴルフをするサソリたち。領事はポケットのなかに入っている葉書のことを思い出し、イヴォンヌのほうに体を動かしたようだった。彼女に葉書のことを話そう、そのことで何か優しい言葉をかけよう、自分のほうに向かせてキスをしようと。だがそこで一杯引っかけないことには、午前中の出来事を恥じるあまり彼女の目を見られないことを悟った。「どう思う、イヴォンヌ」彼は言った。「天文学的思考の君としては――」こんな大事なときに、こんなことをイヴォンヌに向かって言っているのは、本当に自分なのか？　そんなはずはない。これは夢だ。彼は上方に見える町を指差していた。「――天文学的思考の君としては」彼は繰り返した。いや、口に出してはいなかった。「あの上のほうでしきりとぐるぐる回ったり、がくんと落ちたりしているものから、見えない惑星だのうしろ向きに突き進む未知の月だの、そんなものが運行するところを連想したりしないかい？」彼は何も口に出してはいなかった。

「ねえ、ジェフリー――」イヴォンヌが彼の腕に手を置いた。「お願いだから信じて。こんなことに巻き込まれるつもりじゃなかったの。何か口実をつけてできるだけ早くここから出ましょう……そのあとなら、あなたがいくら飲んでもかまわないから」と彼女は言い添えた。

「いまだろうが、あとだろうが、飲むなんて言った覚えはないな。酒のことを思い出させたのは君だろう。それかジャックだ。いまだって氷を砕いているところらしい――それとも粉々にしていると言うべきかな？」

「私への優しさも愛も、もう全然残っていないの？」イヴォンヌは突然彼のほうに向き直り、悲しげな顔で尋ねた。彼は思った。そんなことはない、君を愛している、すべての愛を君のために取ってある。ただその愛が、はるか遠くのほうにあるような、ひどく奇妙な感じがするだけだ。まるで、うなるようなすすり泣くような声が聞こえてきそうなのに、それははるか遠くで悲しく消えゆくかのごとく響いているだけで、近づいてくるような、遠ざかっていくような、どちらともわからない、そんな感じなのだ。「あなたの頭のなかにあるのは、どれくらい飲めるかっていうことだけなの？」

「そうだよ」領事は言った。(だが、ついさっきこの質問をしたのはジャックではなかったか?)

「そのとおり——決まってるじゃないか、イヴォンヌ!」

「ジェフリー、お願いだから——」

だが、領事は彼女の顔を見ることができなかった。視界の隅にクラブの形の飛行遊具が見え、いまでは自分の体中をしたたか打ち据えているように思われた。「おい」と彼は言った。「このごたごたから抜け出させてくれと頼んでいるのかい、それともまた酒のことで説教を始めようというのかい?」

「お説教なんてしてないわ、本当よ。もうけっしてお説教なんかしない。あなたがしてほしいと言うことは何でもするから」

「そういうことなら——」彼は怒って言いかけた。

しかしイヴォンヌの顔には優しい表情が浮かび、領事はもう一度ポケットのなかの葉書のことを考えた。あれは吉兆だったはずだ。いますぐに二人を救ってくれるお守りになるだろう。昨日か、今朝のうちに家に届いてさえいれば、吉兆になっていただろう。残念ながらいまとなっては、あれが別のタイミングで届いたときのことは想像できない。それに、吉兆かどうかなんて、酒の助けなしにどうしてわかる?

「でも私は戻ってきたのよ」と彼女は言っているようだった。「わからない? 私たちはまた一緒にここにいる。二人でいるのよ。それがわからないの?」彼女の唇は震えていて、いまにも泣き出しそうだった。

それから彼女は領事に寄り添い、その腕のなかにいたが、彼はイヴォンヌの頭越しに彼方を見つめていた。

「いや、わかるよ」と彼は言ったが、わからなかった。ただ、うなるようなすすり泣くような、はるか遠くで響く声を聞き、非現実的な感覚を味わうだけだった。「君を愛している。ただ――」「心から君を許すことができないだけなんだ」頭のなかにある続きはこういう言葉なのだろうか？

――その一方で、彼はまたはじめから、一番はじめから、彼女なしで自分がどんなに激しく苦しんだかをいまさらながらに思い出していた。実のところ、イヴォンヌ不在のこの一年間に感じたみじめさ、絶望的な孤独感、喪失感は、母親を亡くして以来、経験したことのないものであった。だが、いまのこの気持ちは、母に対しては抱いたことがない。何が何でも相手を傷つけたい、挑発したい。許しだけが救いをもたらすことができるときにこんな気持ちになるのは、継母との関係において始まったことで、そのせいで彼女は何度もこう叫ぶことになった。「ジェフリー、食べられないわ。喉につかえてしまうの！」許すことは難しい。ひどく難しい。さらに難しいのは、よりによっていま、君が憎い、と言わずにいること。いまはまさに奇跡の瞬間、和解するチャンス、葉書を取り出してすべてを変えるまたとない機会だというのに。いやあと少しだけ残されているかもしれない……もう手遅れだ。領事は舌を抑えた。だが、頭のなかが二つに割れて、この不快な思考の通り道を作るべく、カチカチと音を立てながら跳ね橋のように跳ね上がるのを感じていた。「ただ胸が――」彼は言った。

「胸がどうしたの？」彼女は心配そうに尋ねた。

「何でもない――」

「かわいそうに、あなた、疲れているんだわ！」

「ちょっとごめん《モメンティート》」と領事は言って、彼女から離れた。

彼はイヴォンヌをベランダに残して、ふらふらとジャックの部屋に戻った。ラリュエルの声が階下から流れてきた。裏切りはここで行なわれたのだろうか？　まさにこの部屋に、彼女の愛の叫びが響いたのかもしれない。本が――そのなかに彼のエリザベス朝戯曲集は見当たらなかった――床一面に散らばり、壁に一番近い寝台兼用ソファの脇に天井まで届きそうなほど高く積み上げられている。まるで、中途半端に悔い改めた騒霊《ポルターガイスト》か何かの仕業のようだ。思いを遂げようと、古代ローマ王タルクィニウスの強引な足取りで迫るジャックが、もしもこの雪崩《なだれ》予備軍に足を取られていたらどうなったのだろう? オロスコ作の身の毛のよだつような木炭画が数点、このうえなくすさまじい形相で壁の上方から歯をむいている。紛《まご》うかたなき天才の手になるそのうちの一枚は、割れたテキーラの瓶が散らばるなか、女面女身の怪物ハルピュイアたちが打ち壊された寝台架につかまって歯軋りしている様子を描いていた。無理もない。領事は絵をしげしげと眺め、割れていない瓶を探したが、見つからなかった。ジャックの部屋のなかも探したが、やはり見つからない。リベラの赤味がかった絵が二枚あった。羊のような足をした無表情なアマゾーンたちが、労働者と大地との一体性を示している。ティエラ・デル・フエゴ通りを見下ろす、山形紋の形の窓の上には、いままで見たこともない恐ろしい絵が掛かっていた。一見したときはタペストリーかと思われた。〈酔いどれども《ロス・ボラチヨーネス》〉——なんで酔っ払いども《ロス・ボラーチョス》ではないのだろう?——という題名で、ルネサンス以前の絵画と禁酒主義のポスターを足して二で割ったような絵であった。かすかにミケランジェロの影響も受けている。よく見ると、本当に禁酒を訴えるポスターだが、一世紀ぐらい前のものだ。あるいは半世紀か。どの時代のものかわかりやしない。下へ、まっさかさまに地獄へ、独善的な赤ら顔で、炎をまとった悪魔やメデューサや火を吐く怪物が入り乱れ、瓶や破れた希望を象徴するさまざまなものが落ちていくなか、前向きに飛び込んだりぶざまに飛び退いたりして、酔いどれどもが金切り声を上げながら落ち込んでいく。上へ上へ、光のなかへ天国に向かって、淡い無私無欲の姿で飛び、二人一組になって、男が女をかばいつつ、克己の翼を持つ天使に守られて、しらふの者たちは崇高に舞い上がり、昇っていく。だが、皆が皆ペアになっているわけではない、と領事は気づいた。天に昇っていく女たちのうち何人かは一人きりであり、天使にだけ守られている。この女たちは半ば羨望のまなざしで落ちていく夫たちを見ているのだと彼は思った。夫たちのなかには、明らかに安堵の表情を浮かべている者もいる。領事はかすかに震えながら笑った。馬鹿げた絵だ、とはいえ——どうして善と悪の間にこのようにはっきりと境界線を引いてはいけないのか、きちんと理由を示した者がいただろうか？　ジャックの部屋のほかの場所では、楔形をした石の偶像が何体も、むっくり太った幼児のようにしゃがんでいた。部屋の片側では、鎖でつながれた偶像が列を作ってさえいた。領事はまだ心のどこかで笑っていた。この失われた未開の才能の証にもかかわらず、イヴォンヌが情熱に身を任せたあと、ずらりと並んで足かせをかけられている赤ん坊の列に対面したところを想像して我知らず笑いつづけていた。

「ヒュー、そっちはどんな具合だい？」彼は階段の上方に向かって呼びかけた。

「パリアンにはうまく焦点が合ったよ」

イヴォンヌはバルコニーで本を読んでいた。領事は〈酔いどれども《ロス・ボラチョーネス》〉に視線を戻した。不意に彼はあることに気づいた。そのように衝撃的に実感したのははじめてだった。この自分こそが地獄にいるのだ。それと同時に、奇妙に落ち着いた気分にもなった。心のなかで沸き返っているもの、突然吹き荒れたり渦を巻いたりする苛立った感情がふたたび静かになった。ジャックが階下で動き回っている音が聞こえる。まもなくまた一杯やれるだろう。そうすれば楽になる。だが、そう思って落ち着いたのではなかった。パリアンといえば——〈ファロリート〉！　彼は心のなかで思った。灯台《ファロ》、嵐を呼び、嵐を照らす灯台だ！　あとでロデオを見ているときにでも、二人をまいてファロリートに行けるかもしれない。たとえ五分でも、たとえ一杯でも。そう思うと、癒しの力さえ有するほどの愛が彼の心にあふれ、この瞬間、これまでにないほどの強い渇望を感じた。その渇望もまた、いまの落ち着いた気分の一部だったのだ。〈ファロリート〉！　それは奇妙なところで、本来は夜更けと夜明けの場所である。オアハカにあるもう一つのひどい酒場《カンティーナ》と同じく、原則として午前四時になるまで開店しない。でも、今日は死者の日だから、店を閉めないはずだ。はじめはちっぽけな店だと思っていた。馴染みになってからやっと、どれほど奥行きがあるかを知ったのだ。実はたくさんの小部屋に分かれており、互いにつながっている部屋を抜けて奥に行けば行くほど、一つ一つの部屋は小さく暗くなり、最後に行き着くもっとも暗い部屋は独房ほどしかない。この部屋は、いかにも極悪非道な陰謀が渦巻き、残虐な殺人計画がささやかれる場所に思われた。ここでは、土星が磨羯宮《まかつきゅう》にあるときのように、人生がどん底に達するのだ。しかし、頭のなかを偉大な思考が悠々と旋回する場所でもある。早起きした陶工も農夫も、空が白んでいく戸口で一瞬夢見つつ立ち止まる間……すべてが彼の眼前にまざまざと浮かんだ――酒場《カンティーナ》の片側の地面は大きく落ち込んで、コールリッジのクブラ・カーンを思わせる峡谷《バランカ》になっている。店主のラモン・ディオスダードは「象さん」という名前で知られ、妻の神経衰弱を治すために彼女を殺したと噂されている。戦争で疲れきって体中ただれた物乞いたち。ある晩、そのうちの一人は、酒を四杯もふるまってくれた領事をキリストだと思い込み、その前にひざまずいたかと思うと、領事が着ている上着の襟の折り返しにグアダルーペの聖母をかたどった二つのメダイヨンをすばやく留めつけた。二つをつないでいるのは、血を流している小さなハート形の針山のようなもので、細かな細工が施されている。「あなたに、えー、聖人さまをあげます!」このような光景のすべてが目に浮かび、酒場の空気が早くも自分を包むのを領事は感じた。悲しみと悪が間違いなく訪れそうな感覚。それから何か別のものも間違いなく訪れそうなのだが、その感覚はふっと意識からすり抜けてしまった。だが、彼にはわかっていた。その何かとは平和なのだ。ふたたび夜明けの光景が目に浮かんだ。あの開いた戸口から、孤独の苦しみを感じながら見る紫がかった光のなか、シエラマドレ山脈の上空でゆっくりと破裂する爆弾――日の出《ゾンネンアウフガング》!――木製の円板車輪のついた荷車につながれた牡牛たちは、身を切るように冷たく澄んだ天国のような空気のなか、外で辛抱強く御者たちを待っている。領事は渇望に身を焦がし、ファロリートの心髄に魂をつながれたまま立ちつくしていた。彼の頭のなかを占めていたのは、長い航海のあとでスタート岬の灯台のかすかな光を見つけ、もうすぐ妻を抱きしめられると考えている水夫の思いに近いものであった。

そこで彼の思いは唐突にイヴォンヌに戻った。自分は本当に彼女のことを忘れていたのだろうか？彼はもう一度部屋のなかを見回した。ああ、数知れぬ部屋のなかで、数知れぬ長椅子の上で、数知れぬ本の間で、二人だけの愛を、結婚を、ともに過ごす人生を、見出してきたじゃないか。その日々を思うとき、数々の挫折にもかかわらず、破滅的な色合いにもかかわらず——そして、はじめ彼女の側にほんのわずかでも偽りの要素が混じっていたとしても、つまり、この結婚によって過去を取り戻し、彼女の英国系スコットランド人の血筋に立ち返り、空想のなかの、亡霊の口笛が響くサザランドの空き城の所有者となり、朝の六時にショートブレッドをかじる、痩せこけたスコットランド低地の伯父たちの世界に入りたいという思いがいくぶんあったとしても——それでもそこに勝利がなかったわけではない。だが、幸せなときはなんと短かったことか。あまりにも早く、この勝利が素晴らしすぎるのではないかと思えてきたのだ。あまりにも結婚生活が素晴らしくて、それを失ったらどうなってしまうのだろうと恐ろしくなり、ついには耐えきれなくなったのだ。まるで勝利そのものが勝利のはかなさを告げる前兆のようでもあり、また霊気のようでもあり、彼の足をふたたび酒場へと向かわせた。それに、カフェ・シャグランもファロリートもなかったことにして一から始めるなんて、いったいどうやったらできるのだ？　あるいは、カフェ・シャグランともファロリートとも手を切ってやり直すなんて？　イヴォンヌとファロリートの両方に操を立てることは可能だろうか？——ああ、世界の灯台たるキリストよ、いま、身を揺るがす五千回の目覚めの荒れ狂う恐怖をくぐり抜けて、回を重ねるごとに恐ろしさの増すなか、愛さえも届かない場所から戻る道を見つけるには、何とかして戻ってくるには、そして勇気の存在しない燃えさかる炎のなかで救いの力を得るにはどうすればいいのだ？　どんな盲目的な信仰があればいいのだ？　壁では、酔いどれどもが果てしなく落ちてゆく。だが、小さなマヤの偶像のうち、一体は泣いているようだ……

「あれ、あれ、あれ、あれ」ラリュエルが階段をのしのしと上りながら、あの小さな郵便屋を思わせる声を上げていた。カクテルだ。卑しむべき酒。領事は誰にも気づかれずに奇妙な行動をとった。受け取ったばかりのイヴォンヌからの絵葉書を取り出して、ジャックの枕の下に滑り込ませたのである。イヴォンヌがバルコニーから姿を現わした。「おや、イヴォンヌ、ヒューはどこだい？——待たせてすまない。屋根に上がろう」ジャックは続けた。

実際には、領事が物思いに耽っていたのは七分にも満たない間のことであった。それなのに、ラリュエルはもっと長い時間場を外していたように思われた。酒を追いかけるようにして二人のあとについて螺旋階段を上りながら、領事は、盆の上にシェーカーとグラスだけでなく、カナッペと詰め物をしたオリーブもあるのを見て取った。落ち着きのある魅力的な態度とは裏腹に、実のところジャックはこの状況にすっかり恐れをなし、度を失って下へ行ったのだろう。そしてこの念の入った準備は、場を外す口実にすぎなかったのかもしれない。この哀れな男がイヴォンヌを本気で愛していたというのもおそらく事実なのだろう——「やあ」領事は展望塔《ミラドール》に出ながら言った。ヒューもほぼ同時に上ってきており、三人が近づいていくと塔を結ぶ通路から続く木の梯子を上がりきろうとするところだった。「ああ、幻の洞窟にいる闇の魔術師の夢、その手が腐って震える間さえも——この部分が好きなんだ——この汚れた世界の真の終わりだった……ジャック、こんなに気を使わなくてもよかったのに」

彼はヒューの手から望遠鏡を取り、マジパン状の二つの物体の間にある何も載っていない凸面に酒を置いて、周りの景色をまんべんなく眺め渡した。しかし奇妙なことに、酒に手をつけてはいなかった。そして落ち着いた気分も不思議と続いていた。そこにいると、まるでどこか高い位置にあるティー・グラウンドに立っているような気がした。ここから峡谷《バランカ》の反対側の木立のなかにあるグリーンまでは、素晴らしいホールになるだろう。天然のハザードになっているところは百五十ヤードほどの距離にあり、スプーン・ショットをうまく振り抜けば持っていける。高く上がって……ポコン。ゴルゴタ・ホールだ。はるか上空からイーグルの球がホールめがけて一気に降下する。ゴルフ場をあちら側に、峡谷から離れたところに作るなんて、想像力の欠如を露呈している。ゴルフ＝深淵《グフル》＝深み《ガルフ》。プロメテウスが迷子になったボールを取ってきてくれそうだ。そして向こう側には、おそろしく奇妙なフェアウェイが作れるではないか。単線の線路を横切ると電信柱が林立している。土手の上の目もくらむようなライを通り過ぎ、丘を越えてはるか遠くのほうへ、青春のように、人生そのもののようにコースは伸びていき、このあたりの平原全体を覆って、トマリンを越えてさらに先へ、密林を抜けて、十九番ホールのファロリートへ……〈事情一変亭《ザ・ケース・イズ・オールタード》〉。

「違うよ、ヒュー」彼は双眼鏡の焦点を合わせながら、しかし振り返らずに言った。「ジャックが話しているのは、ハリウッドに行く前に『アラスター』をもとにして作った映画のことだよ。可能なところは浴槽のなかで撮って、残りは古い紀行映画から切り取った廃墟のシーンと、『暗黒のアフリカで《イン・ドゥンケルステ・アフリカ》』から拝借したジャングルと、古いコリンヌ・グリフィスの映画の最後から取った白鳥をつなぎ合わせて作ったんだ——たしかサラ・ベルナールも出ていたと思うな。それで詩人はずっと岸に立っていて、オーケストラはできるだけうまく『春の祭典』をやっていることになっていた。霧のことを言い忘れたな」

彼らの笑い声は場の空気を少しほぐした。

「ところで、友人のドイツ人の監督がよく言っていたけど、あらかじめはっきりしたヴィジョンを持つべきなんだ。その映画のあるべき姿が見える」ジャックが領事の後方、向こう側の天使たちのそばで二人に言っていた。「だがそのあとでどうなるかは、また別の話でね……霧ってのは、どこの撮影所でも一番金のかからない小道具なのさ」

「ハリウッドでは撮らなかったんですか?」ついさっきラリュエルと政治的論争を始めそうになっていたヒューが尋ねた。

「撮ったよ……でもあそこで撮ったものは断じて見ないことにしているんだ」

それにしても、この自分、この領事という奴はいったい何者なのだろう? 領事は考えた。ジャックの双眼鏡でこの平原を見張りつづけている、このでこぼこした風景を覗きつづけている俺は? 探しているのは昔の己の幻なのだろうか? 自分も昔はゴルフのような、ブラインドホールのような、素朴で健全で馬鹿馬鹿しい楽しみを持ち、高く盛り上がった広い砂丘めがけてボールを打ち上げたりしたこともあった。そう、まさにジャックと一緒に。上まで登って、その高みからかすんだ水平線に縁取られた海を見る。それからぐっと下のほうに視線を移すと、グリーン上のピンのそばで俺の新しいシルバー・キングのゴルフ・ボールがきらきらしている。素晴らしい空気!――領事はもはやゴルフをすることができなかった。近年試しに何度かやってみたものの、結果は散々であった……少なくともフェアウェイのジョン・ダンみたいになるべきだった。張り替えられぬ芝土の詩人。――私が三打でホール・アウトする間、旗を支えているのは誰だ? 海岸沿いに私のゾディアック・ゾーンのボールを拾って回るのは誰だ? そしてあの最終グリーンで、本来なら四打でホール・アウトするところで、誰が俺の七十打もの人生のやり直しを認めてくれるのだ……いや、七十打では足りない。領事はついに双眼鏡を下ろし、振り向いた。酒にはまだ手をつけていなかった。

「アラスター、アラスター」と唱えながらヒューがぶらぶらとやってきた。「そもそも『アラスター』って誰なの、というか、誰だったの？　誰が何のために書いたんだい？」

「パーシー・ビッシー・シェリーさ」領事はヒューの隣で展望塔《ミラドール》に寄りかかった。「彼もやっぱり思想を持った男だよ……シェリーの逸話で俺が気に入っているのは、黙って海の底に沈んでいったという話だな――もちろん本も何冊か道連れにして――そしてしばらくそのままじっとしていたらしい。泳げないことを認めたくなかったんだな」

「ジェフリー、ヒューにお祭り《フィエスタ》を見せてあげたらどうかしら？」突然、イヴォンヌが反対側から言っていた。「だって彼の最後の日なのよ。何より民族舞踊があるんだし」

それではイヴォンヌが自分たちを「この状況から救い出そう」としているのか。領事はここに留まろうとしているのに。「どうだろうな」彼は言った。「民族舞踊とかそういうのはトマリンでやっているんじゃないかな。ヒュー、見たいかい？」

「もちろん。ぜひ。お勧めとあらば」ヒューはぎこちなく手すりから下りた。「バスが出るまでにまだ一時間ぐらいあるんじゃない？」

「あわただしくお暇するけれど、ジャックは許してくれるわよ」イヴォンヌがほとんどやけになって言っている。

「それなら下まで送らせてください」ジャックは平静な声を保とうと努めた。「祭り《フェト》が盛り上がるにはまだ早いが、リベラの壁画は見るべきだよ、ユーグ君。まだ見ていないなら」

「ジェフリー、あなたは来ないの？」イヴォンヌが階段で振り返った。「お願い、来て」とその目は言っていた。

「祭り《フィエスタ》は苦手なんだ。先に行っててくれ。バスに間に合うように発着所で合流するから。ここでジャックと話もあるし」

しかし皆はもう下に行ってしまっていて、展望塔《ミラドール》にいるのは領事だけであった。とはいえ、ひとりぼっちではなかった。イヴォンヌが天使のそばの凸壁にグラスを置いていったからである。哀れなジャックの酒は銃眼の部分に、ヒューのは脇の手すりの上に置いてあった。シェーカーにもまだ入っていた。そして、領事自身の酒はまだ手つかずであった。にもかかわらず、この期に及んで、まだ彼は飲まなかった。領事は右手で上着の上から左の上腕を触った。力――のようなもの――はあるが、自分を勇気づけるにはどうしたらいいか？　シェリーのあのとぼけた、あっぱれな勇気。いや、あれは誇りだ。そして誇りが先へ進めとせっつき、選択を迫る。このまま行くところまで行って自らの命を絶つか、自力で「しらふになる」か。いままで何度となくやってきたように三十本のビールの助けを借り、天井を見つめるという方法で。しかし今回は違う。この勇気というのが、完全な敗北を認めることを意味しているとしたら？　自分が泳げないと認めること、平たく言えば（一瞬だけ、そう悪い考えでもないという気もしたが）サナトリウムに入ることだとしたら？　いや、目的は何であろうとも、ここから「連れ出され」れば解決する問題ではない。どんな天使も、イヴォンヌも、ヒューも、彼を助けることはできない。悪魔なら、奴らは外側にいるだけでなく己の内側にもいる。いまはおとなしくしている――たぶん昼寝《シエスタ》でもしているのだろう――が、自分を取り囲み、占拠していることに変わりはない。奴らの天下だ。領事は太陽を見た。しかし彼は太陽をなくしてしまっていた。それは彼の太陽ではなかった。真実と同じように、それを直視するのはほとんど不可能である。太陽に近寄りたくなどない、太陽と向き合ってその光のなかに座るなんてごめんだ。「それでも俺は向き合うだろう」どうやって？　自分を欺いているのみならず、自らその嘘を信じ込んで、仲間のことさえ信じないようなその嘘つきの一味にさらなる嘘で応酬しているというのに。彼の自己欺瞞には一貫した根拠さえないのだ。ましてや正直であろうとする彼の努力に根拠などあるわけがない。「ぞっとする」と彼は言った。「だが俺は降参しないぞ」しかし俺とは誰だ、どうやって俺を見つけるのか、「俺」はどこに行ってしまったのだ？「俺が何をするにせよ、その行動は意識的になるだろう」そしてたしかに、領事は意識的にまだ酒に手を触れないでいた。「人の意志は曲げられない」何か食べようか？食べたほうがいい。そこで領事はカナッペを半分かじった。ラリュエルが戻ってきたとき、領事はまだ酒に手をつけずに見つめていた——どこを？自分でもわかっていなかった。「一緒にチョルーラに行ったときのことを覚えているかい？」彼は言った。「砂ぼこりがどんなにすごかったか」

二人の男は黙って見つめ合った。「本当は君と話したくなんかないんだ」しばらくして領事は続けた。「実を言うと、君と会うのがこれで最後だってかまいやしない……聞いてるのか？」

「気でも狂ったか？」ラリュエルはついに叫んだ。「君の奥さんが君のところに帰ってきたというのに、いままでそれだけを願ってテーブルの下で——文字どおりテーブルの下で祈ったり泣きわめいたりしていたくせに……彼女にこんなふうに冷たくして、そのうえ興味のあることといったら、この期に及んで次はどこで一杯やれるかってことだけなのか？」

この返答のしようのない不当な衝撃に対抗する言葉を、領事は持たなかった。彼は自分のカクテルに手を伸ばし、それを持ち上げ、匂いをかいだ。しかしどこかで、ほとんど存在意義のないところで、太綱が切れずに持ちこたえていた。彼は飲まなかった。そして愛想さえ感じさせる笑顔をラリュエルに向けた。あとで酒をやめるなら、いまのうちにやめたほうがいい。いまのうちに。あとでやめるなら。あとにするか。

電話が鳴り響き、ラリュエルは階段を駆け下りた。領事は少しの間、両手に顔をうずめて座っていたが、それから、自分の酒には手を触れずに、それどころかどの酒にも手を触れることなく、ジャックの部屋へ下りていった。

ラリュエルは受話器を置いた。「君たち二人が知り合いとは知らなかったよ」彼は上着を脱ぎ、ネクタイをほどきはじめた。「僕の主治医からの電話だったんだが、君のことを聞いてたぞ。君が生きてるかどうか知りたがってる」

「なんだ……ビヒルからだったのか?」

「アルトゥーロ・ディアス・ビヒル。医師《メディコ》。外科《シルハーノ》……などなど!」

「そうか」領事は襟の内側を指でなぞりながら用心深く言った。「そう、昨日の夜はじめて会ったんだ。実を言えば、今朝うちに来たよ」

ラリュエルは考え込みながらシャツを脱ぎ捨てて言った。「彼が休暇に出かける前に一試合するんだ」

領事は腰を下ろしながら、あの奇妙で気まぐれなテニスの試合というものがメキシコの厳しい陽射しの下で行なわれるのを想像した。ボールをトスしたはいいが、あとはエラーの山となる――ビヒルには厳しい展開になるだろうが、それが何だというのだ。(それにビヒルとは何者なのだ?――いまとなっては、あの親切な男が実在する人物なのかどうか定かではなくなって、今朝知り合った人ではなくて、午後に見た映画に出てきた俳優のそっくりさんだといけないから、念のため挨拶するのはやめておこう、という程度の現実味しかなくなっていた。)その一方で、ラリュエルはシャワーを浴びる用意をしていた。そのシャワーは、礼節を何よりも重んずる民族がなぜか建築においては無神経であることを示して、バルコニーからも階段の上からも見事なまでに丸見えの小さな片隅に設けられていた。

「君の気が変わって、イヴォンヌと一緒に彼のグアナファアト行きに付き合う気になっていないか知りたがっているよ……行ったらどうだい?」

「俺がここにいるってこと、どうやって知ったんだろう?」領事は姿勢を正した。少し震えが戻ってきていたが、自分が状況をちゃんと把握していたことに一瞬感心した。本当にビヒルという名前の人物がいて、自分は一緒にグアナファアトに来ないかと誘われていたわけだ。

「どうやってだって? 決まってるじゃないか……僕が話したんだよ。いままで会ったことがなかったとはもったいない。あの男なら大いに力になってくれるはずだよ」

「もしかしたら今日は君が彼の力になるのかもしれないよ」領事は目を閉じ、医者の声をふたたびはっきりと聞いた。「でも奥さん《エスポーサ》が帰ってこられたんですから。奥さんが帰ってこられたんですから……一緒に頑張ろう」「何だって?」彼は目を開けた……しかし、呑気に湯気を立てている下腹部についている、醜悪に垂れたキュウリ状の青い神経と肉垂の束が、自分の妻の体内で快楽を求めたのだという事実が、この瞬間、領事の全身に何とも不快な衝撃を与え、彼はぶるぶると震えながら立ち上がった。現実は何と忌まわしいことか、信じられないほど忌まわしい。彼は部屋のなかを歩き回りはじめた。一歩ごとに膝ががくがくした。本、本、本、あまりに本が多すぎる。彼のエリザベス朝戯曲集はまだ見当たらない。しかしそれ以外なら何でもある。『ウィンザーの陽気な女房たち』の仏訳版からアグリッパ・ドービニエとコラン・ダルルヴィルまで、シェリーからトゥシャール——ラフォスとトリスタン・レルミットまで。『から騒ぎ《ボークー・ドゥ・ブリュイ・プール・リアン》』! 魂はここで沐浴し、その渇きを癒すのか? そうかもしれない。だがここにある本のどれにも、己の苦しみは見つからないだろう。どんなふうにフランス菊を見たらよいかも書かれてはいない。「しかしなんで俺がここにいることをビヒルに話したんだい? 奴が俺の知り合いだって知らなかったのなら」彼はしゃくり上げそうになりながら尋ねた。

その声は、蒸気に飲まれたラリュエルの耳には届かなかった。耳栓をした指がそれを物語っていた。「君たち二人、何の話をしたんだい？　ビヒルと君とでさ」

「アルコール。狂気。こぶによる延髄の圧迫。だいたいにおいて双方の意見は一致したよ」領事はいまやいつものようにあからさまに震えつつ、バルコニーの開いたドアから外の火山を覗き見た。その上空にはふたたび煙が漂っていて、小銃の射撃音も聞こえていた。彼は手つかずの酒が置いてある展望塔《ミラドール》のほうにちらりと熱い視線を送った。「大衆の反射、しかし死の種をばらまく銃の勃起のみ」と彼は言った。祭りの音がだんだん大きくなってきているのにも気づいていた。

「何だって？」

「ほかの二人をどうやってもてなすつもりだったんだい？　もし二人があのままここにいたらさ」領事の金切り声は、ほとんど音にすらならなかった。彼自身の記憶では、シャワーとは指をすり抜けた石鹸が体の上を滑るような気持ちの悪い感覚でしかなかった。「シャワーなんか浴びて」

偵察機が戻ってくる、それともひょっとして、そうだ、ここだ、ここだ、何の前触れもなく、風を切って、まっすぐバルコニーめがけて、領事めがけて、おそらく彼を探して、目の前に迫り……ああああ！　ガシャン。

ラリュエルは首を振った。彼には何の音も、一言も聞こえてはいなかった。彼はいまシャワーから出てきて、更衣室として使っているカーテンで仕切られた別の片隅に入っていった。

「いい天気じゃないか。あとで雷になるんじゃないかな」

「いいや」

領事は不意に、これまた片隅にある電話のところに行って（そんな片隅が今日はこの家にいつもよりたくさんあるように思われた）電話帳を見つけ、体中をがたがた震わせながらそれを開いた。ビヒルじゃない、ビヒルじゃなくて、グスマンだ、と頭のなかをきれぎれの言葉が流れる。A、B、C、G。汗も吹き出す。汗だくだ。その一角は、突然、熱波到来中のニューヨークの電話ボックスと同じくらい暑くなった。手の震えが止まらない。666、カフェアスピリーナ。グスマン。エリクソン交換局34。番号は見つかったが、すぐに頭から抜けていってしまった。ススゴイテア、ススゴイテア、それからサナブリアという名前がページから飛び出して彼に向かってきた。エリクソン交換局35。ススゴイテア。もう番号を忘れてしまった、番号を忘れてしまった、34、35、666。ページをめくり返していると、大粒の汗が電話帳の上にぽたりと落ちた――今度はビヒルの名前が見えたように思った。だが、彼はもう受話器を取り上げ、受話器を取り上げ、取り上げたかと思うとさかさまに構えて聞くほうの口に向かってしゃべり、汗でぬらし、しゃべるほうの口と取り替え、聞こえない――聞こえますか？　ねえ？――また聞くほうの口に戻し、「ご用件は《ケ・キエレス》？　どちらにおかけですかだって……畜生！」彼は叫んで電話を切った。飲まないとかけられそうにない。彼は階段に向かって突進したが、半分ほど上ったところで逆上して身震いしながらまた下り出した。盆は下に持っていったんだ。いや、酒はまだ上にある。彼は展望塔《ミラドール》に上がり、目についたグラスをすべて飲み干した。音楽が聞こえた。突如として、生きているときの格好のままに死んで凍りついた三百頭ほどの牛が家の前の斜面から跳び出して消えた。領事はシェーカーの中身も飲み干してから、そっと階下に下りてテーブルの上にあったペーパーバックを取り上げ、腰を下ろして長いため息をつきながらその本を開いた。ジャン・コクトーの『地獄の機械《ラ・マシーヌ・インフェルナル》』だった。「そうよ、坊や、私の小さな坊や《ウィ・モン・ナンファン・モン・プチ・タンファン》」彼は読んだ。「人間たちにはおぞましく思えることも、私の住むこの場所から見たらどんなに些細《レ・ショーズ・キ・パレス・アボミナーブル・オ・ズユマン・シ・チュ・サヴェ・ドゥ・ランドロワ・ウ・ジャビッツ・》なことか、あなたが知っていたら《エル・ソン・プ・ダンポルタンス》！」「広場で何か飲んでもいいな」と言って彼は本を閉じ、それからまた開いた。シェイクスピア占いだ。「神々は存在する、神々こそ悪魔である」とボードレールが告げた。

　グスマンのことは忘れてしまっていた。酔いどれども《ロス・ボラチョーネス》は果てしなく業火のなかに落ちつづけている。何も気がついていないラリュエルがまばゆいばかりの白いフランネルのズボンをはいてふたたび現われ、本棚の上からテニス・ラケットを取った。領事は自分のステッキとサングラスを見つけ、二人は一緒に鉄の螺旋階段を下りた。

「絶対に必要だ《アブソルタメンテ・ネセサリオ》」外に出て領事が立ち止まって振り返ると……

「愛なしでは生きられない《ノ・セ・プエデ・ビビール・シン・アマール》」という言葉が家の上に掲げられている。路上に風はそよとも吹かず、二人は祭り《フィエスタ》の喧騒を聞きながらしばらく黙って歩いた。町に近づくにつれて祭りの音はさらに大きくなった。火の国通り。666。

　——ラリュエルは、勾配のついた通りの高くなっている側を歩いているせいか、実際よりもさらに背が高く見え、その隣で見下ろされる形になった領事は、一瞬、自分が小柄で子供っぽいという不愉快な気分を味わった。何年も前の少年時代、この位置関係は逆だった。そのころは領事のほうが背が高かった。しかし領事の成長が十七歳のときに五フィート八インチか九インチで止まったのに対し、ラリュエルのほうは違う空の下で過ごしている間も背が伸びつづけ、いまでは領事をはるかに超える長身になってしまったのだ。はるかに超える？　少年時代のジャックの愛すべき癖を、領事はいまでもいくつか覚えている。「ヴォキャビュラリー（語彙）」を「フーラリー（愚行）」と、「バイブル（聖書）」を「ランサブル（色っぽい）」と韻を踏むように発音していたこと。先割れスプーン《ランサブル・スプーン》。そして彼は一人前の男になり、自分で髭を剃ったり靴下をはいたりできるようになった。だが自分をはるかに超えてはいない。年月を経て、身長が六フィート三インチか四インチにまでなったいまでも、彼の影響力が届くところにいると言って間違いではなさそうだ。そうでもなければ、果たして領事自身の上着とよく似た英国製のツイードの上着を着ているものだろうか？　歩きやすい、どう見ても英国製の高価なテニス靴をはいているはずがあるか？　英国製の二十一インチ幅の白いズボンをはき、英国製のシャツを英国風に喉元を開けて着て、ソルボンヌかどこかでスポーツの二軍選手に選ばれたことを示す奇抜なスカーフを巻いているはずがあるだろうか？　少し太り気味であるにもかかわらず、身のこなしにさえ、英国的な、元領事らしいとも言える軽やかさがある。そもそもジャックがテニスなどをしているのはなぜだ？　ジャック、忘れたのか、はるか昔のあの夏、タスカーソンの家の裏やリーソウの新しいパブリック・コートで、ほかならぬ俺自身が君に教えたじゃないか？　ちょうどこんな午後だった。あんなに短い友だち付き合いだったのに、彼に与えた影響はなんと大きかったのだろう、と領事は思った。すべてに浸透し、ジャックの人生全体に染み渡っている。彼の本の好みにも表われているし、仕事にも——第一なぜジャックはクアウナワクにやってきたのだ？　何だかまるでこの領事の俺が、自分でもよくわからない何かの目的のために、ジャックがここに来るように遠隔操作したみたいではないか？　一年半前にここで会った男は、自分の芸術と運命とに失望していたが、それまでに会ったうちでもっとも裏表がなく誠実なフランス人のように見えた。いま、家々の間の空を背景に見るラリュエルの真面目そうな顔つきも、冷笑的な弱みを隠しているようには見えない。まるで、領事が彼を罠にはめてみじめで不名誉な立場に追い込み、さらには自分を裏切るように仕向けたかのようではないか？

「ジェフリー」ラリュエルが不意に静かな口調で言った。「彼女は本当に帰ってきたのかい？」

「どうもそのようだね」二人がともにパイプに火をつけるために立ち止まったとき、領事はジャックがいままで見たことのない指輪をしているのに気がついた。簡素なデザインでスカラベが玉髄に刻まれている。テニスをするときにジャックがそれを外すのかどうかはわからないが、その指輪をはめた手は震えていて、一方、領事の手元はいまのところしっかりしていた。

「いや、僕が聞いているのは、本当に帰ってきたのかってことなんだ」またティエラ・デル・フエゴ通りに沿って歩き出しながら、ラリュエルはフランス語で続けた。「単に遊びに来たとか、好奇心から君の様子を見に来たとか、ただの友だちとして付き合うという前提でいるとか、そういうことではないのかってことさ。差し支えのない範囲で答えてくれ」

「差し支えあることだらけだね」

「ジェフリー、正直に言うよ。僕はイヴォンヌのことを考えているんだ。君のことじゃなく」

「もっと正直になれよ。自分のことを考えているんだろう」

「ところで今日は――僕は知ってるんだ――パーティーで酔っぱらったんだろう。僕は行かなかったが。それにしても、どうして家でおとなしく神に感謝して、体を休めて正気に戻ろうとしないんだい？　なんでわざわざトマリンに行こうなんて言って皆をみじめな気分にさせるんだ？　イヴォンヌは疲れきっているじゃないか」

その言葉は領事の脳裏にぼやけた溝を刻み、そこに無害な妄想が次から次へと流れ込んできた。にもかかわらず、彼のフランス語はよどみなく口をついて出てきた。

「酔っぱらったんだろう、なんてどういうつもりだ？　電話でビヒルにはっきり聞いたくせに。それに、ついさっき、ビヒルと一緒にイヴォンヌをグアナファアトに連れて行けと言わなかったか？　グアナファアト行きに君がさりげなく加われば、彼女の疲れが奇跡的にとれるとでも思ったんだろう。トマリンより五十倍も遠いのに」

「グアナファアト行きを勧めたときには、彼女が今朝着いたばかりだなんて知らなかったんだ」

「誰がトマリンに行きたいと言い出したんだ——思い出せない」領事は言った。ジャック相手にイヴォンヌの話をしているなんて。こんなふうに我々のことを話しているなんて。もっとも、以前は話していたのだったが。「ところでヒューがどう関わっているのかは、まだ説明していなかったな——」

「——卵はどうだい！」食料品店《アバローテス》の陽気な店主が二人の右手上方にある舗道から呼びかけていた。「飲んべえさん《メスカリート》！」別の誰かが切り出し板を運びながら風を切って通り過ぎていった。どこかのバーの常連で、見覚えがある。それとも今朝会ったのか？

——「よく考えると、わざわざ説明するほどのことでもないな」

まもなく町が眼前にぬっと現われた。二人はコルテス宮殿の下まで来ていた。そばでは子供たちが（やはりサングラスをかけた、見たことのある男が子供たちをけしかけており、領事はこの男に向かって合図した）急ごしらえの回転木馬に乗って電柱の周りをぐるぐる回っていた。丘の上の広場にある大きなメリーゴーラウンドのちっぽけな模造品である。さらに上方、宮殿の柱廊には（宮殿は市庁舎《アユンタミエント》でもあるので）ライフルを持った兵士が一人、休めの姿勢で立っていた。そのさらに上の柱廊では観光客がそぞろ歩いている。サンダル履きの野蛮人《ヴァンダル》、壁画《ムラル》を見る。

領事とラリュエルの立っているところからはリベラのフレスコ画がよく見えた。「ここから見ると、上にいる観光客には見えないものが見える」とラリュエルが言った。「あそこからでは近すぎるんだ」彼はテニス・ラケットで指し示した。「右から左へ視線を移していくと、壁画の色がだんだん暗くなっていくんだ。何だか、スペイン人の意志が徐々にインディオを圧倒し征服していった様子を象徴しているように見えるのさ。僕の言ってることがわかるかい？」

「もっと遠くから見たら、左から右にかけて、アメリカ人の押しつけがましい友情が次第にメキシコ人を征服していく様子を象徴しているように見えるんじゃないか」領事は微笑んで言うとサングラスを外した。「メキシコ人たちはこのフレスコ画を目の前に突きつけられて、誰がその金を出したのか思い知らされているんだから」

彼は、いま眺めている壁画の部分に描かれているのが、自分の住むこの谷のために死んだトラウィカ人たちだということを知っていた。狼と虎の面や毛皮をつけて戦いの装束をまとった者たちを描いている。それを見ているうちに、絵のなかの人物たちが無言のうちに一か所に寄り集まってきているように思われた。いまや彼らは一体となり、敵意に満ちた巨大な一頭の獣となって彼を睨み返している。不意に、この獣がこちらに向かってきて、凶暴な身振りをしたように見えた。あっちへ行けと言っているのかもしれない。いや、そうに違いない。

「ほら、あそこでイヴォンヌとユーグが君に手を振っているよ」ラリュエルはテニス・ラケットを振り返した。「実のところ、あの二人はなかなかお似合いだと思っているんだ」彼は半ば傷ついた、半ば悪意のこもった笑みを浮かべて付け加えた。

たしかにその二人が、お似合いの二人がフレスコ画のそばにいるのが見えた。ヒューは片足を宮殿のバルコニーの手すりに載せ、こちらの二人の頭越しに火山を見ているらしい。イヴォンヌは、もうこちらに背を向けている。壁画のほうを向いて手すりに寄りかかっていたが、それから横にいるヒューのほうを向いて何か話しかけた。二人はもう手を振らなかった。

ラリュエルと領事は、崖の細い道を行くのをやめた。宮殿の基底沿いをぶらぶら歩いてから、農地信用銀行《バンコ・デ・クレディト・イ・エヒダル》の向かいを左に曲がり、広場へと続く狭い急な坂道を上った。二人は息を切らしつつ、馬に乗った男を通すために宮殿の壁に張りつくようにして進んだ。男は顔立ちの整った貧しい階級のインディオで、汚れの目立つゆったりとした白い服を着ていた。陽気に歌っていたが、二人にお礼を言うかのように礼儀正しく会釈した。男は丘を登りながら、二人の脇で小さな馬の手綱を引いて速度を緩め、話しかけてくるかに思われた。馬の両側に二つずつぶら下がっている鞍袋がチリンチリンと音を立て、馬の臀部には7という数字が焼印で押されていた。チリンチリン、小さな腹帯。だが、二人より少し先を進んでいた男は話しかけてはこず、てっぺんまで来ると不意に手を振り、歌いながら走り去った。

領事は胸を突かれた。自分の馬にまたがり、歌いながら、おそらくは愛する者のもとへ、世界中の素朴さと平和のまっただなかへ駆け去ることができたなら。人生が人間に与えているのはまさにそういうものなのではないか？　もちろん違う。それでも、一瞬の間だけ、そんなふうに思えた。

「ゲーテが馬について言っていたのは何だったたっけ？」彼は言った。『自由に倦んで鞍とくつわを受け入れ、その挙句に乗りつぶされた』」

広場《プラサ》の喧騒はものすごかった。ここでもまた、お互いの声がほとんど聞こえないほどだった。新聞売りの少年が二人に駆け寄ってきた。エブロ河畔のモラで血なまぐさい戦闘《サングリエント・コンバテ・エン・モラ・デ・エブロ》。反乱軍の飛行機がバルセロナを爆撃《ロス・アビオネス・デ・ロス・レベルデス・ボンバルデアン・バルセローナ》。ローマ法王の死は避けられない見通し《エス・イネビターブレ・ラ・ムエルテ・デル・パーパ》。領事はぎくりとした。このとき、一瞬、新聞の見出しが自分のことを言っているのかと思えたのだ。だがもちろん、死を避けられない哀れな法王のことを言っているだけだった。まるでほかの人間の死は避けられなくはないような言い種ではないか！　広場の真ん中では、一人の男がロープとスパイクが要るような複雑なやり方で、滑りやすい旗竿を上っていた。演奏壇のそばに設置された大きなメリーゴーラウンドは鼻面の長い奇妙な木馬に取り巻かれていた。木馬たちは渦巻状のパイプの上に据えつけられ、威風堂々と上下しながらゆっくりとしたピストンのような動きで回転していた。ローラースケートをはいた少年たちが傘状構造の腕の部分につかまってぐるぐる回りながら歓声を上げ、一方、それを動かしている剝き出しの機械が蒸気ポンプのようにガンガンと音を立てていた。それから機械がスピードを上げた。「バルセロナ」

や「バレンシア」といった歌にガラガラという音や悲鳴が混じり合ったが、領事の神経はそういう音に対して鈍感になっていた。ジャックは羽目板に描かれた絵を指さしていた。中心で回っている柱のてっぺんに水平な回転盤が取りつけられていて、その周りに絵がぐるりと張りめぐらされている。人魚が海中に横たわり、髪をくしけずりながら五本煙突の戦艦の水夫たちに向かって歌っている。一見、子供たちを生贄にするメディアを描いたように見える下手な絵は、実は芸をする猿の絵である。快活そうな五頭の牡鹿が、王にはふさわしからぬ様子でスコットランドの峡谷《グレン》からこちらを眺め、そして視界から去った。そうかと思うと、カイゼル髭のりりしい革命家パンチョ・ビジャが彼らのあとを追って命からがら逃げていった。しかし、このどれよりも奇妙なのは、恋人たち——川のそばに横たわっている一組の男女——の描かれた羽目板だった。稚拙な絵だったが、夢と現《うつつ》の間をさまよっているような雰囲気があり、愛の悲哀についていくばくかの真実をも含んでいた。恋人たちはぶざまに傾いた様子で描かれていた。しかしそれでも、彼らは本当にこの川のほとりで、夕暮れ時に金色の星々に囲まれて、お互いの腕に抱かれているのだと見る者には感じられた。イヴォンヌ、彼は突然優しい気持ちを覚えた。いとしい人、君はいまどこにいるのだ。いとしい人……一瞬、彼女がかたわらにいるような気がした。だが彼女が失われてしまったことを思い出した。それから、いや違う、この気持ちは昨日の、もう過ぎ去った孤独な苦悩の日々のものなのだと気がついた。彼女は失われてなどいない。彼女はずっとここにいたのだ。いまだってここにいる。いや、ほとんどここにいるに等しいではないか。領事は顔を上げてあの馬に乗った男のように歓声を上げたかった。彼女はここにいる！　起きろ、彼女は戻ってきたのだ！　いとしい人、君を愛している！　いますぐ彼女を見つけて家に（庭に飲みかけの年代物のハリスコ産テキーラ《テキーラ・アニェホ・デ・ハリスコ》の白い瓶がまだ転がっている家に）連れ帰りたい、この無意味な遠出をやめて、とにかくイヴォンヌと二人きりになりたいという欲求にとらわれた。それから、彼女といますぐまた普通の幸せな生活を送りたい、たとえばいま、周りでこの善良な人々が楽しんでいるような無邪気な幸せが叶うような生活をしたいという欲求にもとらわれた。しかし、自分たちが普通の幸せな生活をしたことがあっただろうか？　普通の幸せな生活などというものが、二人に可能だったことがあるのか？　たしかにそういうことも……だが、あの遅きに失した葉書は、いまラリュエルの枕の下にあるあれは？　あの葉書で、一人苦しむ必要などなかったことが判明したのだ。それだけではない、自分自身が苦しみを求めていたのだということもわかったのだ。葉書が届くべきときに届いていたら、何かが本当に変わっていただろうか？　そうは思えない。結局のところ、彼女のほかの手紙だって――畜生、どこにあるんだ？――何も変えはしなかった。手紙をまともに読んでいないだけではないのか。たしかに、まともに読んではいない。あの葉書をどうしたのかということすらたちまち忘れてしまうだろう。それでもあの欲求は残っていた――イヴォンヌ自身の欲求のこだまであるかのように。彼女を見つけたい、彼女をいま見つけて、二人の呪われた定めを巻き戻したい。それはほとんど決意にまで高められた欲求だった……顔を上げろ、ジェフリー・ファーミン、感謝の祈りをささやき、手遅れになる前に行動を起こせ。しかし巨大な手が頭にのしかかり、下を向かせているように感じられた。欲求は去った。同時に、まるで雲が太陽を翳《かげ》らせたかのように、祭りの情景が一変して見えた。ローラースケートが陽気にガラガラと転がる音、皮肉ではあるが快活な音楽、S字型の首をした馬にまたがった小さな子供たちの歓声、回りつづける奇妙な絵――突然、これらすべてが日常の域を超えた恐ろしさと悲しさを帯び、はるか遠くにあるように感じられる異質なものとなった。まるでこれらが五感に残された現世の最後の印象で、勢いを増しつつある癒されぬ悲しみの轟きとなって、暗い死の領域まで持ち越されたかのようだった。領事には酒が必要であった……

――「テキーラ」と彼は言った。「お一つ《ウナ》？」ボーイははっきりと聞き返し、ラリュエルは炭酸水《ガセオサ》を注文した。

「かしこまりました《シ・セニョーレス》」ボーイはテーブルをさっと払った。「テキーラと炭酸水ですね《ウナ・テキーラ・イ・ウナ・ガセオサ》」まもなく彼は塩、唐辛子、薄切りにしたライムの小皿と一緒に、ラリュエルにエル・ニーロを一本持ってきた。

そのカフェは、広場を縁取る木々のなかの、横木で囲まれた小さな庭の真ん中にあり、〈パリ〉という名前だった。実際、パリを思わせるところがあった。近くでは地味な噴水が水を滴らせていた。ボーイは赤海老《カマローネス》の皿を持ってきたが、テキーラが来たのは催促のあとであった。

ついにテキーラが来た。

「ああ――」と領事は言ったが、震えているのは玉髄の指輪のほうであった。

「本当にそれが好きなのかい?」とラリュエルは尋ね、領事はライムをしゃぶりながら、まるで木をめがけて落ちる稲妻のように、テキーラの炎が背筋を走るのを感じた。木のほうは、雷に打たれて奇跡のように花を咲かせるのだ。

「君は何だって震えているんだ?」と領事は尋ねた。

ラリュエルは彼を見つめ、びくびくした様子で肩越しにちらりと視線を投げ、ラケットを爪先の上でしならせようとするような妙な仕種をしたが、締め具をつけてあるのを思い出し、危なっかしげに自分の椅子に立てかけた。

「君ともあろう人が、いったい何を怖がっているんだ――」領事は彼をからかった。

「たしかに頭が混乱している……」ラリュエルはさっきよりもゆっくりと振り向いてうしろを見つめた。「おい、君の毒を少しくれよ」彼は身を乗り出して領事のテキーラを一口すすり、一瞬前まで恐怖がなみなみと入っていた指貫き型のグラスの上に身をかがめたままでいた。

「うまいかい?」

「――オキシドールみたいだ、それとガソリンか……もしもそいつをやりはじめたら、ジェフリー、そのときは僕ももう終わりだよ」

「俺の場合はメスカルだ……テキーラなら大丈夫、健康的さ……それにさっぱりしている。ビールみたいなものだよ。体にいい。だがもしまたメスカルをやりはじめた日には、そうだな、もう終わりだろうな」領事は夢見るように言った。

「こん畜生」ラリュエルは身震いした。

「ヒューが怖いわけじゃないよな？」領事は嘲りを込めて言いつのった――一方で、イヴォンヌが去ってからのみじめな日々が、いま、そっくりそのまま相手の目に映っていることに気がついた。「まさかヒューにやきもちを焼いているなんてことはないよな？」

「何だってそんなこと――」

「だけど君は、長い付き合いなのに、俺が自分の人生について本音を一度も打ち明けたことがないと思っているんだろう」領事は言った。「違うか？」

「そんなことはない……たぶん一度か二度、君は無意識のうちに本音を吐いたよ、ジェフリー。いや、僕は本当に助けになりたいんだ。でもいつものことながら、君はそうさせてくれない」

「君に本音を話したことなんかないよ。そりゃ、ひどいなんて言葉じゃとても言い表わせないものだからな。だがシェリーが言ったように、冷酷な世界は無関心だ。しかもテキーラは君の震えには効かなかったようだね」

「いや、僕は怖いんだ」ラリュエルは言った。

「君が怖がるなんてことはないと思っていたよ……テキーラもう一つ《ウン・オトロ・テキーラ》」と領事はボーイに言った。

ボーイは駆け寄ってきて、念押しした。「――一《ウノ》つ？」

ラリュエルは、本当は「二つ《ドス》」と言うつもりだったと言わんばかりの顔で、振り返ってボーイの姿を目で追った。「なあ、とっつぁん《オールド・ビーン》」彼は言った。「君のことが怖いんだ」

二杯目のテキーラを半分飲んだところで、領事はとぎれとぎれに聞き慣れた善意の言葉を耳にした。「言いにくいんだけどさ。率直に言うと、彼女が誰だって構わない。たとえ奇跡が起こったとしても。君が放り出してしまうのでないかぎり」

しかし領事のほうはと言えば、ラリュエルを通り越して、少し離れたところにある飛行遊具を眺めていた。機械そのものは女性的で、バレリーナのように優雅で、鉄のスカートのようなゴンドラが回りながら上へ上へと舞い上がっていく。それが最後にヒューッ、ウィーンと張りつめた音を立てて回ると、スカートがふたたび慎み深く垂れ下がり、しばしの間、静けさが訪れた。かすかな風だけがスカートをそよがせる。そしてなんと美しい、美しい、美しい――

「後生だから、家に帰って休んでくれ……いやここにいてくれ。二人を見つけてくるから。それから君は行かないいって伝えるよ……」

「でも俺は行くよ」領事は海老を引き裂きにかかりながら言った。「海老《カマローネス》じゃないな」彼は言い足した。「山羊《カブローネス》だ。メキシコ人はそう呼んでる」彼は両手の親指をそれぞれ耳の付け根にあてて残りの指をひらひらさせた。「寝取られ男《カブロン》さ。君もだよ……金星《ヴィーナス》ってのは欠けの《ホーンド》明星だから」

「君がしたことはどうなんだ？　彼女の人生に対してさ……あんなにわめき散らした挙句……彼女を取り戻したんだろ！――こんなチャンスがめぐってきたのなら――」

「君は俺の大いなる闘いの邪魔をしている」領事はラリュエル越しに噴水の下のポスターを見つめながら言った。〈『オルラックの手』《ピーター・ローレ・エン・ラス・マノス・デ・オルラック》のピーター・ローレ、六時三十分《セイス・イ・メディア》〉「何か一杯やらないと――もちろんメスカル以外だ――さもないと君みたいに頭が混乱しかねない」

「――というより、酒量さえちゃんとわきまえれば、物事がもっとはっきり見えてくると思うことがあるよ」少し経ってラリュエルは一人で納得していた。

「死との闘いさ」領事はゆったりと椅子に体を預けた。「人間の意識が生きるか死ぬかの闘いをしているんだ」

「しかし、しらふの人間なら、我々にとってこんなにも大事なことを馬鹿にしたりはしなかったろうさ。人生ってのはこういうところにかかっているんだから。そういうことが、君が自分で作り出した不幸の道具になってしまうのは、ジェフリー、君がそれを見ていないからなんだ。たとえば君のベン・ジョンソン、それともクリストファー・マーロウだったかな、君のファウスト男は、自分の足の親指の爪の上でカルタゴ人たちが戦っているのを見た。どうも君はそういうものばかりはっきり見すぎているらしいが。君の目には、たしかにすべてが実にはっきり見えている。だって実際、親指の爪に関して言えば、実にはっきりしているんだから」

「悪魔に取りつかれたサソリはいかが」領事は腕を伸ばして海老《カマロン》を押しやりながら勧めた。「悪魔に取りつかれた山羊《カブロン》だよ」

「君のテキーラの効き目は認めるよ――だがわかってるのかい？　死と闘っているのかどうか知らんが、君が自分で何かしているつもりでいる間、君のなかの超自然だか何だか、想像の産物が解き放たれている間、君がそんなことを楽しんでいる間、君と付き合わなきゃいけない世界のほうはどんなに大きな努力を強いられているか、わかってるのかい？　そうさ、現にいま、僕がどんなに努力しているかをさ」

　領事は夢見るように、近くにある観覧車をぼんやりと見上げていた。巨大だが、子供がおもちゃの梁や腕木やネジや締め釘のセットを使って組み立てたものをとてつもなく大きくしたように見えた。

今夜、この観覧車は照明をともされ、悲哀に満ちた木々のエメラルド色のなかに鋼鉄の枝脈が浮かび上がることだろう。法輪、回る。そしてカーニバルはまだほんの序の口なのだということにも思い至った。夜になればどんな騒ぎになることか！　先ほどとは違う小さな回転木馬、迷彩色に塗られたガタガタの子供だましのおもちゃが目に留まった。幼いころの自分がそれに乗ろうと決心し、ためらい、回り出しに間に合わず、次の回もその次の回も逃しつづけて、ついにすべての機会を逸して乗れずに終わってしまうのを見た。突き詰めると、俺は何の機会のことを考えているんだろう？　どこからかラジオの声が流れてきて歌を歌い出した。我がサマリア女《サマリターナ・ミーア》、敬虔な魂《アルマ・ピーア》よ、その美しい口でお飲み《ベベ・エン・トゥ・ボカ・リンダ》、そして声はやんだ。サマリア号《サマリターナ》のように聞こえた。

「そして君は、自分が排除した部分は忘れてしまうんだ。この全知の感覚とでも言うものからね。それが夜になると、あるいは酒と酒の合間、まあそれも夜みたいなものだけど、排除したものが、排除されたことを恨むかのように戻ってくる――」

「そのとおり、戻ってくる」領事はここで注意を戻して言った。「ほかに軽い譫妄《せんもう》症状もあるな。蚋《ぶよ》みたいに目の前の空中をちらちらするメテオラとか。これが出るとおしまいだということになっているらしい……だが譫妄症はほんのはじまりだ、地獄《クリフォオト》の入口近くで聞こえる音楽、蠅の神が指揮する序曲にすぎない……どうして皆ネズミが見えるんだろう？　世界の関心事たるべき問題だよ、ジャック。悔恨《リモース》という言葉を考えてみろよ。古フランス語の後悔《レモルス》。噛みます《モルデオ》、噛む《モルデレ》。噛むこと《ラ・モルディーダ》！　良心の呵責《アジェンバイト》もしかり……それになぜ、臍をかむ《ロンジュール》なのか？　語源をたどっていくと、どうして『噛む』とか『齧歯《げっし》類』ばかりなんだ？」

「地獄に落ちるのは易し《ファキリス・エスト・デセンスス・アヴェルノ》……実にたやすいよ」

「俺の闘いの壮大な意味を否定するのかい？　俺が勝つとしても。もちろん勝つよ、勝とうと思えば」自分たちのそばで一人の男が脚立に乗って木に板を打ちつけているのを意識しながら、領事はそう付け加えた。

「ハゲワシはプロメテウスに優しく、イクシオーンたちは地獄で楽しんでいると思う《ジュ・クロワ・ク・ル・ヴォトウル・エ・ドゥ・ア・プロムテ・エ・ク・レ・ズイクスイヨン・ス・プレーズ・アン・オンフェール》」

――〈ボクシング！〉

「君が失って、失って、徹底的に失うもの、いままさに失おうとしている、そんなものは言うに及ばない。君は馬鹿だ、大馬鹿者だよ……まともに苦しむことさえできない……君が実際に耐えている苦しみだって、大方必要のないものだ。実はまがいものなんだ。悲劇を悲劇たらしめている、まさにその根拠がない。君は自分を欺いているんだ。たとえば、君は悲しみを紛らわしている……イヴォンヌと僕のせいでね。だけどイヴォンヌはわかっているよ。僕もだ。君だって。イヴォンヌは気づきもしなかっただろうってことが。君が四六時中あんなに酔っ払ってさえいなければ。彼女が何をしているか気がつきもしないくらい、気にもならないくらい酔っ払ってさえいなければ。それだけじゃない。また同じことが起こるぞ、馬鹿め、きっとまた同じことが、君がしっかりしないのなら。壁に書かれた言葉が見えるぞ。おい」

ラリュエルはもうそこにいなかった。領事はずっと自分に向かって話していたのだった。彼は立ち上がってテキーラを飲み干した。だが、壁の上ではないにしても、何かが書いてあるのは事実だった。男は木に板を打ちつけていた。

この庭が好きですか《レ・グスタ・エステ・ハルデイン》？

領事は〈パリ〉をあとにしながら、自分が酔っ払っていることに気がついた。彼にはまるで珍しいどこへ行こうとしているかはわかっていた。足が左のほうによろめいていき、右のほうに進むことができなかった。どこへ行こうとしているかはわかっていた。バス発着所、というか、発着所の隣にある小さな暗い酒場《カンテイーナ》だ。おかみのグレゴリオ未亡人は半分イギリス人で、マンチェスターに住んでいたことがある。彼はおかみに五十センターボ借りがあり、ふとそれを返しに行こうと思い立ったのだ。だが、どうしてもそこへまっすぐ針路をとることができない……俺たちはみんな、へんてこ歩きをしている——

祝福された日《ディエス・ファウストウス》……領事は腕時計に目をやった。一瞬だけ、〈パリ〉での恐ろしい一瞬、もう夜かと思ったのだ。いままで何度となく経験したとおり、今日も時間がコルクの浮きみたいにひょこひょこ上下しながらうしろへ滑り去っていく、そういう一日で、朝が夜の天使の翼によってまたたく間に運び去られてしまったのかと思えたのだ。だが、今夜はまったく逆のことが起こっているらしい。まだ二時五分前にしかなっていない。もうすでに、今日はいままで経験したうちでもっとも長い日だ。一生分はある。バスに遅れなかっただけではない。もっと飲む暇もたっぷりある。酔っ払ってさえいなければ！　領事はいまの酩酊状態が大いに不満だった。

子供たちがついてきた。彼の窮状を見て大喜びしている。お金、お金、お金、と彼らははやし立てた。オーケー、おじさん《ミステル》！　どこ行く？　子供たちが彼のズボンの脚にしがみつくと、その声は勢いをなくし、小さくなり、すっかり失望の響きを帯びた。何かやるものがあるとよかったのに。しかし、これ以上人目を引くのは嫌だった。ヒューとイヴォンヌが射撃場で腕試しをしているのが見えた。ヒューが撃ち、イヴォンヌは見ている。プスッ、ヒューーッ、ポン。そしてヒューは木製のアヒルの行列を撃ち落とした。

領事は二人に気づかれぬうちによろよろと歩きつづけ、恋人と一緒の写真を撮ってくれる小屋のそばを通った。写真の背景はぎらぎらした緑色のおどろおどろしい景色で、攻撃態勢の牡牛と噴火中のポポカテペトルも入っている。それから、顔を背けて、閉鎖されたみすぼらしい小さな英国領事館の前を通り過ぎた。色褪せた青い盾の上で、ライオンと一角獣が悲しげに彼を見つめていた。面目なかった。それでも私たちは変わらずあなたにお仕えします、と彼らは言っているようだった。神と我が権利《デュー・エ・モン・ドロワ》。子供たちはもはや彼のことをあきらめていた。しかし彼は方向感覚を失ってしまっていた。縁日のはずれにさしかかっていた。謎めいたテントがいくつか、閉じたまま立っている。ぐにゃりと倒れているものもある。まるで人間のように見えた。立っているものは起きていて何かを待っているような表情で、倒れているものは身体を丸めて眠っているが、意識がないながらも手足を伸ばしたいと感じているようだ。さらにその先の、縁日の終わるところまで来ると、まさに死者の日だった。ここでは、テント小屋や屋台は眠り込んでいるというよりも命を持たず、復活の望みもないという感じだった。しかし、よくよく見るとかすかな生の気配があることに彼は気づいた。

広場《プラサ》の境界の外の地点にもう一つ、半ば舗道にはみ出す格好で、一人の客も乗っていない「安全な」回転木馬があった。縁飾りのついた帆布地のピラミッドの下で小さな椅子の列が回っている。ピラミッドは三十秒ほどの間ゆっくりと回り、そして止まった。それは、この回転木馬の番をしている退屈そうなメキシコ人の帽子にそっくりだった。小さなポポカテペトルはここにある。急降下する飛行遊具からも大観覧車からも遠く離れたここにうずくまり、存在している――いったい誰のために？と領事は思った。子供のものでもなく、大人のものでもなく、誰も乗らずにそこにある。若者のために作られた回転木馬でありながら、若者たちにはいかにも無害な刺激しか与えてくれないように見え、そのために打ち捨てられてしまったかのような風情である。彼らはちゃんとした広場にある、馬鹿でかい天蓋の下で悶えながら楕円を描いて恍惚とさせられる乗り物のほうを選ぶものだ。

領事はなおも千鳥足で歩を進めた。方向感覚が戻ってきたなと思い、それから立ち止まった。

迫力満点の乗り物《ブラーバ・アトラクシオン》！
十センターボ《ディエス・センターボス》　地獄の機械《マキナ・インフェルナル》

彼はこの偶然に半ば動転しながらこれを読んだ。迫力満点の乗り物。巨大な宙返り飛行船が、無人にもかかわらず、縁日のこのさびれた区画にいる彼の頭上を、まるで巨大な悪霊さながらに全速力で走り抜けた。ひとりぼっちの地獄でわめき声を上げ、四肢をよじらせ、汽船の外輪の殻竿のように空を打っている。木の陰になっていたのでいままで気がつかなかったのだ。その機械も止まった……

「――おじさん《ミステル》。お金、お金、お金」「おじさん《ミステル》！　どこ行くか？」

あのみじめな子供たちにまた見つかってしまった。彼らをまいた罰として、領事は否応なく、しかしできるだけの威厳は保って、例の怪物に乗せられる羽目になった。十センターボは網状のまびさしつきのテニス帽をかぶったせむしの中国人の手に渡り、彼はちっぽけな告解部屋で一人になった。どうしようもなく、馬鹿馬鹿しいまでにひとりぼっちになった。しばらくすると、機械はぎょっとするような激しい身震いをして動き出した。恐ろしい鋼鉄のクランクの先に載った告解部屋は揃ってぐーんと持ち上げられ、どさっと降下した。領事の入っている檻は力強く突き上げられてふたたび上昇し、一瞬の間、頂点でさかさまにぶら下がっていた。その間、意味ありげに空っぽなもう一つの檻は最下点にあった。この状況を飲み込む間もなく領事の檻は急落し、今度は最下点で一瞬静止したが、結局また情け容赦なく頂点まで持ち上げられて宙ぶらりんのまま動かなくなり、果てしなく耐えがたい時間がしばらく続いた。――領事は、世界に光をもたらそうとしていたあの哀れな愚か者のように、世界の上にさかさまにぶら下げられた。彼と死を隔てているのは、より合わされたワイヤーの切れはしだけであった。彼の頭上には世界が浮かび、人々が彼に向かって手を差し伸べ、道路から彼の頭の上へ、あるいは空のなかへいまにも落ちてきそうだ。999。この人たちはさっきはいなかった。きっと子供たちを追ってきて、自分を見物しようと集まったに違いない。俺は死に対して肉体的な恐怖を感じていないな、と彼はぼんやり思った。いまなら、自分をしらふに引き戻しそうなほかのどんなものだって怖くないのと同じことだ。これがいままでずっと自分の中心的な観念だったのかもしれない。でもそんなものは気に入らなかった。冗談じゃない。間違いなく、これもジャックの言っていた――ジャックだって？――必要のない苦しみの一例だ。それに、国王陛下の政府を代表していた者にふさわしい威厳を保てる体勢とはとても言えない。もっとも象徴的ではあるが。何を象徴しているのかは思いつかないが、象徴的だということはたしかだ。おっと。突然、恐ろしいことに、告解部屋が逆行しはじめた。ああ、と領事は言った、ああ。なぜなら、落ちているという感覚がなかなか追いついてこないように感じられたのである。いままで感じたことのない感覚。このうしろ向きの逆行は、飛行機の宙返りとはまるで似ていない。飛行機だったら宙返り自体はさっと終わってしまい、奇妙な感じと言っても重力が余分にかかっているという感覚だけだ。船乗りとしてはその感じだって受け入れがたいが、いまのこれは――ああ、なんてことだ！　何もかもが彼のポケットからばらばらとこぼれ落ち、彼から奪われ、もぎ取られた。くらくらし、吐き気を催しながら、前に突っ込み、うしろに引っ張られ、言語を絶する回転をするたびに、ものが新たに飛び出した。札入れ、パイプ、鍵、外していたサングラス、小銭（子供たちに引っつかまれるだろうと想像する暇もなかった）、彼は空っぽにされ、空っぽに戻り、ステッキ、パスポート――あれはパスポートだったのか？　自分がパスポートを持ってきたかどうかも思い出せなかった。それから持ってきたことを思い出した。いや持ってこなかったことを。メキシコでは領事でさえパスポートを身につけていないと厄介なことになりかねない。元領事だ。それがどうした。放っておけ！　こうして開き直ると、激しい喜びのようなものを感じた。何もかも手放してしまえ！　何もかも、特に、俺がどこに行くにも背負っていかなければならないあの恐ろしく忌まわしい悪夢に出入りの手段を与えているもの、この悪夢の身元を保証し、意味や性格、目的や存在意義を与えているものを。その名はジェフリー・ファーミン、元帝国海軍所属、前帝国領事館勤務、さらに――ふと気がつくと、中国人は眠り込んでいて、子供たちも人々もいなくなって、これはいつまでも続くのだ、と彼は思った。誰も機械を止められない……回転は終わった。

しかしまだ終わりではなかった。地上でも、世界は狂ったように回りつづけた。家々、回転木馬、ホテル、大聖堂、酒場《カンティーナ》、火山。立ち上がることさえ難儀だった。人々が自分を笑っているのに気づいたが、それより驚いたことに、持ち物を一つ一つ返してくれているのにも気がついた。札入れを持っていた子はふざけて引っこめるふりをしてから返してくれた。いや、その女の子はもう片方の手にまだ何か持っている。くしゃくしゃになった紙だ。領事はそれを受け取ってきっぱりと礼を言った。ヒューの電報らしい。ステッキ、サングラス、パイプ、壊れていない。でも愛用のではない。パスポートはなし。まあ、持ってきたはずはない。ほかのものをポケットに戻すと、彼はおぼつかない足取りで角を曲がり、どさっとベンチに腰を下ろした。サングラスをかけ直し、パイプをくわえ、脚を組み、世界が徐々に速度を落とすにつれて、リュクサンブール公園に座っている英国人観光客の退屈そうな表情を装った。

本当は気のいい子たちなのだ、と彼は思った。金欲しさに彼を取り囲んだ、まさにその子供たちが、今度は一番細かい小銭まで持ってきてくれて、さらに彼がきまり悪そうにしているのを見て、褒美も待たずにさっといなくなってしまった。いまになってみると、あの子たちに何かやればよかったと悔やまれた。あの小さな女の子も行ってしまった。このベンチに開いて置いてあるのはあの子の練習帳かもしれない。あんなに無愛想にしなければよかった。あの子が戻ってきて、この練習帳を返してやれるといい。イヴォンヌとの間に子供を持つべきだった、子供を持っただろうに、子供を持てただろうに、持つべきだったのに……

練習帳に書いてあることを、彼は苦労して解読した。

エスクルッチは老人です。彼はロンドンに住んでいます。彼は大きな家に一人で住んでいます。スクルージはお金持ちですが、けっして貧しい人にお金をあげません。彼はけちです。スクルージを愛する人はだれもいないし、スクルージもだれも愛しません。彼には友だちがいません。彼は世界中でひとりぼっちです。　男《エル・オンブレ》　家《ラ・カーサ》　貧しい人《ロス・ポブレス》　彼は住む《エル・ビベ》　彼は与える《エル・ダ》　彼には友だちがいない《エル・ノ・ティエネ・アミーゴス》　彼は愛する《エル・アーマ》　年取った《ビエホ》　大きい《グランデ》　だれも《ナディエ》　金持ちの《リコ》　スクルージとはだれですか？　彼はどこに住んでいますか？　スクルージはお金持ちですか？　貧乏ですか？　彼には友だちがいますか？　彼はどんなふうに生きていますか？　ひとりぼっちで。世界。の上に。

ついに世界は、〈地獄の機械〉の動きに合わせて回転することをやめた。家も最後の一軒が静止し、木も最後の一本がふたたび根を下ろした。彼の時計では二時七分である。そして彼はまったくのしらふだった。最低の気分だ。領事は練習帳を閉じた。スクルージの奴にこんなところで会うなんて！

――煙突掃除人のように汚れた陽気そうな兵士たちが、軍人らしくない軽やかな足取りで大通りをぶらついていた。彼らの上官たちが颯爽と軍服を着こなしてベンチに腰掛け、ステッキに重心をかけて前かがみになっている様子は、まるで戦略に思いを馳せているうちに石と化してしまったかのように見える。山のように積み上げた椅子を担いだインディオの運搬人が、ゲレーロ通りを弾むように駆けていった。狂人が救命帯のように古い自転車のタイヤをつけて通った。落ち着かない様子で首の周りのぼろぼろのタイヤ面を始終動かしている。領事に向かって何かつぶやいたが、返事も見返りも待たずにタイヤを外し、はるか前方の屋台に向かって放ち、それから、ブリキの釣りの餌入れから何かを取り出して口に詰めこみつつ、タイヤのあとをふらふらと追いかけた。タイヤを取り上げるとまた前方へ投げ、これを繰り返しながら去っていった。彼は、この極限まで単純化された法則に永遠に身を捧げているように見えた。

領事は心臓をつかまれたような気がして腰を浮かせた。ヒューとイヴォンヌが屋台のところにいるのがまた目に入ったのである。イヴォンヌは老女からトルティーヤを買っている。老女が彼女のためにトルティーヤにチーズとトマトソースを塗りつけているかたわらで、哀れになるくらいにみすぼらしい小柄なおまわりが、ストライキ中らしく、帽子を斜めにかぶり、汚れただぶだぶのズボンに脚絆《きゃはん》、数サイズ大きい上着という格好で、レタスを一枚はぎ取り、このうえなく丁重な微笑を浮かべて彼女に渡した。二人は素晴らしく楽しんでいる。それは明らかだ。二人はトルティーヤを食べ、指からソースが垂れるのを見て笑顔を交わしている。ヒューがハンカチを取り出した。イヴォンヌの頬の汚れを拭き取る。二人とも大笑いをし、おまわりも一緒になって笑っている。彼らの計画はどうなったのだろう？　自分をここから連れ出すという計画は？　まあいい。心臓に感じた衝撃は冷たい鋼で締めつけられているようなしつこい痛みとなり、あることに思い至ってほっとするとようやく少し和らいだ。もしジャックが例の小さな心配事を伝えていたとしたら、あの二人がいまあそこで笑っているわけがないじゃないか。とは言っても、確かなことはわからない。それに、たとえスト中で愛想がよくても、おまわりはおまわりだ。領事は死よりも警察を恐れていた。彼は子供の練習帳の上に小石を載せてベンチの上に残し、警官とイヴォンヌたちを避けるために屋台の陰に動いた。屋台の板の隙間から、男がまだ滑りやすい旗竿の途中にいるのが垣間見えた。てっぺんにも下にも容易には届かない位置にいる。それから彼は、海鮮料理屋の外の舗道で二筋の平行な血の流れのなかで死にかけている巨大な亀をよけ、しっかりした足取りで〈エル・ボスケ〉に入っていった。前に一度、ちょうど同じ具合に何かに取りつかれたときのような駆け足で。バスがやって来る気配はまだなかった。まだ二十分ある。もっとあるかもしれない。

バス発着所の酒場《カンティーナ》、〈エル・ボスケ〉はしかし、とても暗く感じられ、サングラスを外していても足を止めずにいられなかった……私は暗い森のなかにいた《ミ・リトロヴァイ・イン・ウナ・ボスカ・オスクーラ》——それとも森《セルバ》だったか？　どうでもいい。〈森〉とはぴったりの名前だ。だが、この暗さは彼の頭のなかではビロードのカーテンと結びついていて、実際、薄暗いカウンターの向こうに、黒というにはあまりにも汚いほこりまみれのビロードか綿ビロードのカーテンが下がっており、奥の部屋への入口を部分的に覆っていた。奥の部屋は個室のようでありながら、本当にそうなのかどうかはっきりしなかった。どうしたわけか、祭り《フィエスタ》はここまで流れ込んできていない。この店——イギリスの〈水差しと瓶《ジャグ・アンド・ボトル》〉のメキシコ版、つまりおもに店の「外」で飲む客を相手に酒を売っており、店内にはきゃしゃな鉄製のテーブルと、カウンターにはスツールが二つしかなく、東向きなので日が高くなるにつれて（そこまで気がつく者にとってはだが）だんだん暗くなっていく——は、いつものようにこの時間はがらがらだった。領事は手探りで前進した。「セニョーラ・グレゴリオ」彼は静かに、しかし苦しみともどかしさで震える声で呼んだ。声を出すのさえやっとだった。どうしても一杯やらなければ。彼の言葉はこだまとなって建物の奥から返ってきた。グレゴリオ。返事はない。周囲のいろいろなものの形がはっきりしてくるのを感じながら、彼は腰を下ろした。カウンターのうしろの樽の形、瓶の形。ああ、哀れな亀！——突然そんな脈絡のない思いが鮮烈に頭をよぎった。——大きな緑色の樽が並んでいる。中身はシェリー、焼酎《アバネロ》、カタラン、パーラス、サルサモーラ、マラガ、ドゥラスノ、メンブリーヨ、それから一リットル一ペソの生《き》アルコール、テキーラ、メスカル、ロンポペもある。こういった名前を読んでいるとき、あたかも外がうら悲しい夜明けであるかのように酒屋《カンティーナ》の内部が彼の目に明るく感じられてくるにつれて、また声が聞こえてきた。かすかに聞こえる祭りの喧騒を背景に、一つの声が言った。「ジェフリー・ファーミン、死とはこういうものなのだ、これだけのことで、これ以上ではない。暗い場所で夢から目覚める。そこには、いま見えているように、さらに別の悪夢から逃れる手立てがある。しかし選ぶのはお前だ。お前はこの逃れる手立てを使うように勧められているわけではない。お前の判断に任されている。その手立てを得るにはただ――」「セニョーラ・グレゴリオ」と彼は繰り返し、こだまが返ってきた。「オリオ」

カウンターの一隅には、誰かが宮殿の大壁画を真似て小さな壁画を描きかけた跡があった。塗料の剝げかけたところに描かれている未完成の人物像は、二、三人ばかりのトラウイカ人たちだ――奥のほうからゆっくり足を引きずって歩くような音がした。未亡人が現われた。小柄な老女で、丈のずいぶん長いみすぼらしい黒い服は動くたびに衣擦れの音を立てる。彼の記憶のなかで白髪まじりだった髪は、最近ヘナか赤い染料で染められたようで、生え際の毛は無造作に垂れていたが、うしろのほうはねじって束ねてあった。汗の浮かんだ顔は、異様に生気のない蒼白さをたたえていた。彼女は苦しみ疲れてやつれたように見えたが、領事を見るとその疲れた目がきらりと光り、明るさを得た顔には、何かを面白がっているような意地の悪い表情が浮かんだ。そこにはある決意と、くたびれた期待の色も現われた。「メスカルかしーら」彼女は節をつけた奇妙なからかい半分の調子で言った。「メスカルじゃないかしーら」しかし領事に酒を注ごうとする素振りは見せなかった。おそらく彼のつけのせいだろう。彼はトストン銀貨をカウンターに置くことで、そんな抗議に即座にけりをつけた。彼女はメスカルの樽に向かって横向きにじりじりと進みながら、腹に一物ありそうな笑みを浮かべた。

「いや《ノ》、テキーラを頼む《テキーラ・ポル・ファボール》」彼は言った。

「おごりだよ《ウン・オブセキオ》」――彼女は彼にテキーラを渡した。「いまどこにすましてるの?」

「いまでもニカラグア通り五十二番地《カイエ・ニカラグア・シンクエンタ・ドス》にすましているよ」領事は微笑みながら答えた。『住む』って言いたかったんだろう、セニョーラ・グレゴリオ、『すます』じゃなくて。はばかりながら《コン・ペルミソ》」

「おぼえてる」セニョーラ・グレゴリオはゆっくりと穏やかに彼の言葉を訂正した。「英語をおぼえてる。まあ、そうだね」彼女は自分用にマラガを小さなグラスに注ぎながら、ため息をついた。樽にはマラガとチョークで書いてある。「あんたの愛に乾杯。私の名前、なに?」彼女は塩がいっぱいに入った受け皿を彼のほうに押してよこした。塩にはオレンジ色の胡椒の粒が散っている。

「同じく《ロ・ミスモ》」領事はテキーラを飲み下した。「ジェフリー・ファーミン」

セニョーラ・グレゴリオは彼に二杯目のテキーラを持ってきた。しばらくの間、二人は口をきかずにお互いを見つめていた。「そうだね」彼女はようやくそうつぶやくと、もう一度ため息をついた。その声には領事への憐れみがあった。「そうだね。来るものを受け入れないとね。どうしようもないんだから」

「そう、どうしようもない」

「もし奥さんがいたら、その愛にぜんぶをなくすだろうにね」とセニョーラ・グレゴリオは言い、この会話が途切れた何週間も前のあの晩、すなわちイヴォンヌが七度目に領事を捨てたあの時点から続いているのだと理解した領事は、未亡人との関係の基盤となっている、同じ嘆きを分かち合う者同士という立場を変えたくないことに気づいた。彼女の亭主グレゴリオもまた、生前は本当に彼女を捨てていたからである。自分の妻は戻ってきていて、実はたぶん五十フィートも離れていないところにいることは言わずにおくことにしよう。「両方の頭は一つのことでいっぱいだから、なくすことはできない」彼女は悲しげに続けた。

「そう《シ》」領事は言った。

「そうだよ。頭がいろんなことでいっぱいなら、正気をなくすことはない。あんたの正気、人生——ぜんぶそのなか。むかし、むすめだったころには、いますましてるみたいに生きるなんて思いもしなかった。すごくすてきなゆめのことばかり、ゆめ見てた。すてきな服、すてきな髪——『私にとっていま何もかもすてき』一度はそうだった、お芝居、でも何もかも——いまは、かんがえることったらなやみだけ、なやみ、なやみ、なやみ、そしてなやみがふってくる……そういうこと」

「そう《シ》さ、セニョーラ・グレゴリオ」

「もちろん私は家からちゃんとしたむすめだった」と彼女は言っていた。「こんなもの——」彼女は小さな暗い酒場に軽蔑の視線を走らせた。「想像もしなかった。人生は変わる、思いも飲まないほうにね」

「『思いも飲まない』じゃないよ、セニョーラ・グレゴリオ、『思いもよらない』って言いたいんだろう」

「思いも飲まないんだ。まあいいさ」彼女はそう言いながら、鼻のない貧しい日雇い労働者に生《き》アルコールをなみなみと注いだ。男はいつの間にかそっと入ってきて、隅に立っていたのだ。「最高にすてきな人たちにかこまれた、最高にすてきな人生、それでいまはどう?」

セニョーラ・グレゴリオは足を引きずりながら奥の部屋に行ってしまい、領事は一人残された。彼はなみなみと注がれた二杯目のテキーラに手もつけず、数分間じっと座っていた。それを飲むところを想像しているくせに、手を伸ばしてグラスを持ち上げる気力がないのである。うんざりするほど長い間欲していたものが、突然手の届くところに、しかもたっぷりと現われた途端、すべての意味をなくしてしまったかのようだった。がらんとした酒場《カンティーナ》の空虚さと、その空虚な広がりのなかに響く甲虫の立てるようなカチカチという奇妙な音が彼の神経に障りはじめた。彼は腕時計を見た。まだ二時十七分。カチカチいう音を立てているのはこれだ。彼はまた自分がグラスを持ち上げるところを想像し、ふたたび気力を失った。一度、自在ドアが開き、誰かがなかを確かめようとしてさっと覗き込み、出ていった。ヒューか？　それともジャックか？　誰だったにせよ、その人物は二人の特徴を交互に現わしているように思われた。別の誰かが入ってきて、こそこそと周りを気にしながらまっすぐ奥の部屋に入っていった——しかし一瞬ののちにはそうではなかったような気がした。皮を剥がれたばかりのように見える飢えた野良犬が、最後に入ってきた男のうしろから体をねじ込んで入ってきた。犬はつぶらなおとなしい目で領事を見上げた。それから、座礁したボートのような哀れな胸を地面に押しつけ、むき出しのしなびた乳房を垂らして、彼の前でぺこぺことおじぎを始めた。ああ、動物界のご入来だ！　その前は昆虫たちだった。ここでまた、じりじりと俺に迫ってくる。この動物たちが、思想のない人間たちが。「あっちへ行ってくれ《ディスペンセ・ウステ》、後生だから《ポル・ディオス》」彼は犬に向かってささやき、それから、何か優しい言葉をかけたくて、若いころか子供時代に読んだか聞いたかした一節を、体をかがめながら付け加えた。「神はお前が本当はどんなに臆病で美しいかを見て取り、白い小鳥のようにお前とともにある希望の思いは——」

領事は突然立ち上がり、犬に向かって謳い上げた。

「しかし今日という日は、わんちゃん《ピチーチョ》よ、汝は我とともに赴くであろう——」しかし犬は怖がって、三本足で跳ねながら逃げていき、ドアの下に這い込んだ。

領事はテキーラを一口で飲み干した。彼はカウンターのところに行った。「セニョーラ・グレゴリオ」と彼は呼んだ。ずいぶん明るくなったように思われる酒場《カンティーナ》のあちこちを眺めながら彼は待った。そしてこだまが返ってきた。「オリオ」――おや、狼のへんてこな絵だ。ここにあったことを忘れていた。ぬっと現われた絵は、かなりの大きさのものが六、七枚もあり、壁画の作者が怠慢だったため、こちらの絵が〈エル・ボスケ〉の装飾を完成させていた。どの絵も細かい部分までそっくりだった。どの絵でも同じ橇《そり》が同じ狼の群れに追われている。狼たちは、橇に乗っている人々をカウンターの端から端まで駆り立て、間隔をおいて部屋中をぐるりと追いかけているが、そうしながらも橇と狼とは実は少したりとも動いていない。どんな赤い酒石へ導くのか、謎めいた獣よ。どういうわけか、領事は『戦争と平和』のなかのロストフの狼狩りを思い出していた――ああ、あとで伯父さんのところで素晴らしいパーティーがあるのだった。若さ、楽しさ、愛！　同時に、狼はけっして群れでは狩りをしないと聞いたことがあるのを思い出した。本当に、この種の勘違いの上に成り立っている人生がどれくらいあるだろうか。どれほど多くの狼につけられていると思い込んでいるのだろう。真の敵が羊の皮をかぶってそばですましているときに。「セニョーラ・グレゴリオ」彼はもう一度言い、未亡人が足を引きずりながら戻ってくるのに気づいた。だがたぶんもう遅すぎる。テキーラをもう一杯やる暇はないだろう。

彼は片手を差し出し、それからその手を下ろした――なんてことだ、どうしてしまったのだろう？一瞬の間、自分の母親を見ているのかと思った。気がつくと彼は涙を押し殺し、セニョーラ・グレゴリオを抱きしめたい、子供のように声を上げて泣いて、彼女の胸に顔をうずめたいという気持ちと闘っていた。「さよなら《アディオス》」と彼は言い、それでもカウンターの上に前と同じようにテキーラが置かれているのを見ると、すばやく飲み干した。

セニョーラ・グレゴリオは彼の手を取って握った。「人生は変わるよ」彼女は彼をじっと見つめながら言った。「思いも飲まないほうに。またすぐ、奥さん《エスポーサ》といっしょのあんたに会う気がする。あんたがすましてるどっかすてきなところで、あんたたちがいっしょにすましてるのが見える」彼女は微笑んだ。「とおいところ。どっかすてきなところで、そこではあんたがいまもってるなやみはみんな——」領事はびくっとした。セニョーラ・グレゴリオは何を言っているのだ？「さよなら《アディオス》」彼女はスペイン語で付け加えた。「私には家はなくて、影しかない。でも、あんたが影を必要としているとき、私の影はあんたのものだよ」

「ありがとう」

「あんがと」

「あんがとじゃないよ、セニョーラ・グレゴリオ。ありがとうだ」

「あんがと」

あたりには誰もいないように見えた。にもかかわらず、おそるおそる日よけ扉を押し開けて外に出たとき、領事の鼻先にはビヒル医師の姿があった。さわやかな、非の打ちどころのないテニス用の身なりをしたビヒルは、クインシー氏と、地元映画館の支配人ブスタメンテ氏を従え、急ぎ足で通り過ぎるところだった。領事はいまやビヒルのことも、クインシーのことも避けたい気分で、酒場《カンティーナ》から出てくるところを見られたくない一心で後ずさりしたが、ちょうど到着したトマリン行きの乗合バス《カミオン》の横を通り過ぎて颯爽と進んでいく彼らは、騎手のように肘を動かしながらずっとしゃべりどおしで、彼には気がつかなかったようだった。話の内容は全部自分のことではないかと彼は思った。あいつをどうしたらいいだろう、昨日の夜は大舞踏会《グラン・バイレ》でいったい何杯飲んだのやら、なんて言っているのだ。そうに違いない、いまだってまさにベーヤ・ビスタに向かっている。俺についてもっと「意見」を聞きに行くところなのだ。三人はあちこちひらひら動き回って、姿を消した……

〈ローマ法王の死は避けられない見通し《エス・イネビターブレ・ラ・ムエルテ・デル・パーパ》〉

8

下り坂……

「クラッチ入れて、アクセル踏んで」運転手は肩越しに笑いかけてきた。「大丈夫、お客さん」彼は三人のためにアイルランド訛りのアメリカ英語で続けた。

一九一八年製のシヴォレーのバスは、驚いた鶏の鳴き声のような音を立ててつんのめるように発進した。車内はすいていた。ただし、それをいいことに、アルコールが入って上機嫌となった領事は、悠々と体を伸ばしていた。イヴォンヌはどっちつかずに、しかし微笑みながら座っていた。とにかく出発したのだ。風はなかったが、にわかに空気が動いて、通り沿いの日よけを吹き上げていた。まもなく彼らは、無秩序な石の荒海を、横揺れしながら進んでいた。イヴォンヌの映画、『オルラック《ラス・マノス・デ・》の手《オルラック》』の宣伝ポスターがべたべたと貼られた背の高い六角柱を何本か通り過ぎた。別のところでは、やはりこの映画のポスターで、殺人者の手が網目状の血の筋に覆われているものが貼ってあった。

バスは〈自由の浴場《バーニョス・デ・ラ・リベルター》〉とブランデス商会《カーサ・ブランデス》（電気関係では一流の会社《ラ・プリメラ・エン・エル・ラモ・デ・エレクトリシダー》）を通り過ぎてゆっくりと進み、幌をかぶって警笛を鳴らしつつ、細い傾いた道に侵入した。市場の前で停車すると、生きた鶏を入れた籠を持ったインディオの女たちを乗せた。女たちのたくましい顔は濃い色の焼物と同じ色である。席に着く彼女たちの動きにはある種の重々しさがあった。二、三人は吸いさしの煙草を耳のうしろに挟み、古いパイプをくわえている女も一人いる。古い偶像にも似た彼女たちの気さくな顔には、日に焼けて皺が寄っていたが、微笑みは浮かんでいなかった。

――「ごらん！　よしよし」バスの運転手は、席を替えようとしていたヒューとイヴォンヌに呼びかけ、シャツの下に埋もれるように落ち着いていた平和と愛の小さな秘密の使者、二羽の美しい従順な白鳩を取り出した。「私の――ああ――私の空飛ぶ鳩」

二人は鳥たちの頭を掻いてやらねばならなかった。二羽は誇らしげに胸を張って、白い塗料で塗られたばかりのように輝いていた。（ヒューが最新の新聞記事の見出しから察知したように、まさにこの瞬間にも政府軍がエブロを失うという事態が進行しつつあることを、さらには、もう何日かすればモデストが完全に軍を引き揚げるだろうということを運転手は知っていただろうか？）運転手は白い開襟シャツの胸元に鳩を戻した。「あったかくしといてやらなくちゃ。大丈夫、お客さん、かしこまりました」彼は言った。「出発《バモノス》！」

バスがよろめきながら発車すると誰かが笑った。ほかの乗客もゆっくりと破顔し、乗合バス《カミオン》は老女たちのなかに一体感をもたらした。市場のアーチ型の門の時計は、ルパート・ブルックの詩に出てくる時計と同じく三時十分前を指していたが、本当は二十分前であった。一同は窓にでかでかと〈医学博士アルトゥーロ・ディアス・ビヒル　外科・産婦人科《メディコ・シルハーノ・イ・パルテーロ》〉と書かれた医院を通り過ぎ――領事は気まずそうに会釈した――そして映画館も通り過ぎて、ゆるゆると、弾みながら、大通りであるレボルシオン通りに入っていった。――老女たちもエブロ河の戦いのことを知っているようには見えなかった。そのうちの二人は、我慢強い床板がガタガタ、キーキーと音を立てているのをものともせず、魚の値段について心配そうに話し合っていた。観光客には慣れっこになっているので、三人のことは気にも留めていない。ヒューは領事に尋ねた。

「大いなる震えはどんな具合だい？」

〈葬儀《イヌマシオネス》〉領事は冗談半分に片耳をつねりながら、答える代わりに、がたがたと視界を横切っていく葬儀屋を指さしていた。入口に下がっている止まり木から、一羽のオウムが首をかしげて見下ろし、その上では看板がこう問いかけている。

どこへ行くのか《クオ・ヴァディス》？

当面の行き先は下り坂の道で、カタツムリのようにのろのろと、ひっそりとした区画の脇を通り過ぎるところであった。そこには大きな古木が何本も立っていて、春の新緑のような繊細な葉をつけていた。木々の下の庭には数羽の鳩と小さな黒い山羊がいた。「レ・グスタ・エステ・ハルディン？ケ・エス・スーヨ？　エビテ・ケ・スス・イホス・ロ・デストルーヤン！」張り紙はこう言っていた。この庭が好きですか？　あなたのものですか？　子供たちが荒らさないようにご注意ください！

……しかし庭に子供はいなかった。男が一人、石のベンチに座っているだけであった。この男こそ悪魔に違いない。巨大な顔は赤黒く、角と牙を生やし、舌は顎の上にだらりと垂れ下がっている。邪悪と色欲と恐怖の混じり合った表情だ。悪魔は仮面を持ち上げて唾を吐き、立ち上がり、踊るように軽やかな大股で、木々でほとんど隠れている教会のほうへ、よろよろと庭を歩いていった。鉈《マチエテ》のぶつかり合う音がしていた。教会の脇に張られた天幕の向こうで民族舞踊が行なわれているのだ。教会の階段では、先ほどイヴォンヌとヒューが見かけた二人のアメリカ人が、爪先立ちで背伸びをしてそれを見ていた。

「真面目な話」ヒューは領事に向かって繰り返した。領事は悪魔を冷静に受け入れているように見えた。一方でヒューはイヴォンヌと残念そうなまなざしを交わした。広場《ソカロ》ではとうとう踊りを見ることができず、バスを降りるにはもう遅すぎた。

「いつでも《クオド・センペル》、どこでも《クオド・ウビクエ》、皆によって《クオド・アブ・オムニブス》」

一行は、丘の麓で、渓谷にかかった橋を渡っていた。見るからに恐ろしい場所であった。バスからは、まるで船の帆柱のてっぺんにでもいるかのように真下が見えた。鬱蒼と生い茂った枝と葉も、危険な渓谷を少しも隠してはいなかった。両側の急斜面にはごみが厚く積もり、藪に引っかかっているものさえあった。体の向きを変えたヒューは、谷のどん底に犬の死体を見た。ごみに鼻をすりつけ、その体からは白骨が覗いている。しかし頭上には青空が広がり、ポポカテペトルが視界に飛び込んでくると、イヴォンヌは嬉しそうだった。次の坂を上っている間、火山は風景を支配していた。そして次の角を曲がったところで見えなくなった。長いくねくねとした上り坂であった。半分ほど上ったあたり、ごてごてした外装の酒場の前で、青いスーツを着て奇妙な帽子をかぶった男が、ゆらゆらと体を揺らし、半分に切ったメロンを食べながら、バスを待っていた。〈愛のなかの愛〉《エル・アモール・デ・ロス・アモーレス》という名の酒場のなかからは歌声が聞こえていた。武装した警官とおぼしき男たちがバーで飲んでいるのをヒューは見た。乗合バス《カミオン》は舗道沿いの車止めに車輪が引っかかった状態で、車体を斜めにしてずるずると進んだ。

運転手は、傾いたバスを震動させたままにして酒場に駆け込み、その間にメロンを持った男がバスに乗ってきた。運転手が現われた。勢いよく車両に乗り込むのとほとんど同時に、ぐっとギアを入れた。それから、面白がっているような視線を肩越しに男に投げかけ、自分を信じきっている鳩たちをちらりと見ると、バスを駆り立てるようにして坂を上らせた。

「大丈夫、お客さん。大丈夫。よし、行くぞ」

領事は背後の〈愛のなかの愛〉を指さしていた。

「フランコ万歳《ビバ・フランコ》……ヒューー、あそこはファシストの溜り場だよ」

「それで?」

「あのヤク中はたぶんあの店の亭主の兄弟だと思うよ。これだけは言えるね……空飛ぶ鳩ではないほうの鳩さ」

「何だって?……ああそうか」

「そうはちょっと思わないだろうけど、奴はスペイン人だよ」

座席はバスの側面に沿って並んでおり、ヒューは向かいに座っている青いスーツの男を見た。男はもごもごと独り言を言っていたが、いまでは酒のせいか麻薬のせいか、あるいは両方にやられているせいか、人事不省に陥っているようであった。バスには車掌は乗っていなかった。あとで乗ってくるのかもしれないが、運賃は降りるときに運転手に払うことになっているらしく、そういうわけで男に構う者はいなかった。鼻が高く顎のしっかりしたその容貌には、たしかにスペイン人らしい特徴が表われていた。彼の手は——片方の手はいまだにかじりかけのメロンをつかんでいたが——大きく、器用そうで、強欲な感じがした。征服者《コンキスタドール》の手だ、とヒューは不意に思った。しかし、男の全体的な印象は、これはヒューにとって都合のよすぎる思いつきかもしれないが、コンキスタドールというよりも、コンキスタドールたちの身にやがて降りかかるであろう混乱を表わしているように思われた。青いスーツはかなりの高級仕立てで、はだけた上着はウエストがしぼられたデザインのようであった。折り返し幅の広いズボンが高価な靴の上にまでゆったりと垂れていることにヒューは気づいていた。しかし靴はといえば——今朝磨かれたものが酒場のおがくずで汚れていた——穴だらけであった。ネクタイはしていなかった。しゃれた紫色のシャツは襟元が開いていて、金の十字架が覗いていた。シャツは破れ、ところどころズボンからはみ出していた。そしてどういうわけか、男は帽子を二つかぶっており、安物のホンブルク帽のようなものがソンブレロの広いつばの上にすっぽりとはまっていた。

「スペイン人って、どういうことだい?」ヒューは言った。

「モロッコ戦争のあとで来た奴らだ」領事は言った。「ならず者《ペラード》さ」彼は微笑みながら付け足した。

彼が微笑んだのは、前にこの言葉をめぐってヒューと議論を交わしたことがあったからである。ヒューは、ペラードとは裸足の文盲のことだという定義をどこかで見た覚えがあった。領事によれば、これは一つの語義にすぎない。ペラードとは元来「剝かれた者」、つまり剝奪された者のことであるが、それだけでなく、自らも豊かではないものの、最底辺の貧者を食い物にする連中のことをも意味する。たとえば、たった一年間役職について、その一年間に残りの人生を働かずに過ごせるくらい貯め込もうという目論見のもとに、文字どおり何でもやる混血の二流政治家どもがそうだ。靴磨きから、「空飛ぶ鳩」でないほうの鳩としての役目を果たすことまで、奴らは何でもやる。ヒューは最終的に、この言葉はかなり多義的だという見解に達した。スペイン人は、この言葉をインディオを指すものとして解釈することがありうる。その一方で、インディオにとって、この言葉はスペイン人を意味するかもしれない。また、スペイン人、インディオを問わず、物笑いの種となるような人物をペラードと呼ぶこともありうる。おそらくこれは、まさに征服という状況から抽出された言葉の一つなのだろう。一方では泥棒を、もう一方では搾取する者を意味している。侵略者が、侵略されようとしている者たちを侮辱する貶めの言葉というものは、常に置き換え可能なのだ!

坂をあとにし、並木道への入口を道の向こうに見ながらバスは停まろうとしていた。噴水のある並木道はホテルへと続いている。オテル・カシノ・デ・ラ・セルバだ。ヒューはテニス・コートと、動く白い人影を認め、領事の視線の先には――ビヒル医師とラリュエルがいた。ラリュエルは、それが本当に彼だとすれば、青空高くボールを投げ上げ、強烈に打ち込んだが、ビヒルはそれを追い越してコートを横切り、反対側に歩いていった。

　アメリカ縦断道路はここから本格的に始まっており、一行は少しの間、状態のよい道を楽しんだ。乗合バス《カミオン》は、活気のない鉄道の駅についた。信号機は上がったままであり、転轍器は眠り込んでいるようである。駅は本のように閉じられていた。普段は目にすることの少ないプルマン車両が待避線に沿っていびきをかいていた。盛土をピアス社の石油輸送タンクが枕にしていた。その磨かれた銀色の稲光だけが目を覚ましていて、木々の間でかくれんぼをしていた。そして今夜、この寂しいプラットホームに彼自身が巡礼の荷物を持って立つのだ。

クアウナワク

「どうだい？」（万感の思いを込めて！）ヒューは微笑み、イヴォンヌのほうへ身を乗り出した。

「とっても楽しいわ――」

　子供みたいに、ヒューは旅をしているときには皆に楽しい気分でいてほしかった。仮に行き先が墓場であっても、そう思っただろう。しかしヒューの気分としては、むしろラグビーの重要な「遠征」試合の学校代表メンバーに開始直前に加えられ、一パイントのビールの力づけを得て、まさにプレーを始めようとしているという感じだった。未知の競技場の二十五ヤードラインや、いやに白く高く見えるゴール・ポストが、ごつごつとした硬い不安をかき立てて奇妙な高揚感をもたらすと、しゃべらずにはいられなくなるのだ。真昼のけだるさは去った。だがいまの状況の生々しい現実感は、車輪の輻《や》のように、非現実的な晴れの行事へと向かう動きのなかでぼやけてしまっている。この遠出は最高の思いつきだ、これ以上のものはないといまの彼には思えた。領事でさえまだ機嫌がいいようだ。しかしまもなく、彼らの間のやりとりはふたたびほとんど不可能になった。アメリカ縦断道路はどんどん遠ざかっていった。

　バスは突然道をそれ、目に入るのはごつごつした石の塀だけとなった。いまや野花の咲き乱れる、葉の生い茂った生垣の間をガタゴトと走っていた。深い紺青色のブルーベルも見える。ヒルガオの別種らしい花も見える。低い草葺き屋根の家々の外では、緑と白の衣服が、トウモロコシの茎に引っかけてある。ここでは、鮮やかな青い花が、すでに真っ白に花開いている木々の上のほうにまで這いのぼっていた。

　右手方向、突然高さを増した壁の向こうに、今朝の木立が現われた。そしてここには、ビールの匂いからもわかるように、クアウナワク醸造所《セルベセリア・クアウナワク》がある。イヴォンヌとヒューは領事越しに励ますような友情のまなざしを交わした。どっしりとした門はまだ開いていた。バスは轟音を立てつつ一瞬でそこを通り過ぎてしまう！　だが、黒ずんで葉に覆われたテーブルと、遠くの、木の葉で詰まってしまった噴水を、ヒューの目がふたたびとらえるだけの間はあった。アルマジロを連れていた少女はもういなかったが、日よけ帽をかぶった猟場の番人風の男は一人で中庭に立っており、手をうしろに回してバスを見ていた。塀沿いではイトスギが、バスの巻き上げる土ぼこりに耐えながら、優しくそよいでいた。

　踏切を過ぎると、しばらくの間、トマリン街道は少し平坦になった。ありがたいことに、窓から涼しいそよ風が暑い車内に吹き込んだ。いま、右手の平原には、狭い線路が果てしなくうねっていた。二人で肩を並べて、家へと馬を走らせたところだ――ほかにも道は二十一もあったのに！　電柱も並んでいて、どうしても最後のカーブを左へ曲がろうとはせず、まっすぐ前へと進んでいく……あの広場でも、自分たちの話題といったら領事のことだけだった。彼がついにバス発着所に現われたとき、どんなにほっとしたことか、そしてイヴォンヌにとってはどんなに大きな安堵だったことか！——だが、道の状態はまたどんどん悪くなってきており、話すことはおろか、考えることもほとんど不可能になりつつある——

　ますます凹凸の激しくなっていく田舎道をバスはガタゴトと進んでいった。ポポカテペトルが視界に入ってきたが、それは一瞬の幻で、旋回して消えていきつつ前方で手招きしている。渓谷がふたたび現われ、距離を置いてじりじりと這いながらあとを追ってくる。乗合バス《カミオン》は耳をつんざくような音を立てて穴ぼこに突っ込み、その衝撃でヒューの魂は口から飛び出しかけた。その後もバスはさらに深い穴にいくつか出くわしては、乗り越えて進んだ。

「まるで月の上を走っているようだね」と彼はイヴォンヌに言おうとした。

　彼女には聞こえなかった……ヒューは彼女の口元の新しい小じわに気がついた。パリで会ったときにはなかった、疲れの表われだ。かわいそうなイヴォンヌ！　彼女が幸せになれますように。ともかくも、何もかもがうまく行きますように。皆が幸せになれますように。神のお恵みを。ここでヒューは、緊急事態に備えて広場で手に入れておいた焼酎《アバネロ》の小瓶を内ポケットから取り出して、素直に領事に勧めるべきだろうかと考えた。でも、どう見ても領事はまだ酒を必要としていなかった。かすかな落ち着いた笑みが彼の口元に浮かんでおり、その唇は時折わずかに動いて、騒音のなかで上下左右に揺られて始終互いに倒れかかるような状態にもかかわらず、詰めチェスの問題を解いているか、何かを暗唱しているかのように見えた。

　それから一行は木の生えた平地を、油のひかれたまっすぐな道に沿って滑るように走っていた。火山も渓谷も見えなかった。イヴォンヌは横を向いていて、そのくっきりとした横顔が窓に映って一緒に動いていた。前より安定したバスの音が、ヒューの頭に馬鹿げた三段論法を織り込んでいった。自分はエブロ河の戦いに敗れつつある、そしてイヴォンヌをも失おうとしている、それゆえにイヴォンヌは……

バスの乗客はこころもち増えていた。ペラードと老女たちに加えて、白いズボンに紫色のシャツという日曜日の晴れ着を着込んだ男たち、それからもう少し若い喪服姿の女が一人二人いた。おそらく墓地に行くのだろう。鶏たちは悲しい眺めだった。皆、一様に運命を受け入れてしまっている。雌鶏も、雄鶏も、七面鳥も、籠に入れられているものも、まだ自由の身のものも。たまに羽をばたつかせて生きていることを示す以外、鶏たちは長い座席の下におとなしくうずくまっていた。その際立って細長い鉤爪は紐で縛られていた。二羽の初年鶏が、怯えて震えながらハンド・ブレーキとクラッチの間に横たわり、羽をレバーにつながれていた。かわいそうに、こいつらもミュンヘン協定に調印してしまったのだ。七面鳥の一羽は、ネヴィル・チェンバレンにそっくりでさえあった。〈あなたの健《ス・サルー・エスタ》康のため《ラー・ア・サルボ》　車内では唾を吐かないでください《ノ・エスクピエンド・エン・エル・インテリオール・デ・エステ・ベイクロ》〉この言葉が、バスのフロントガラスの端から端にわたって書いてあった。ヒューは車内のいろいろなものに注意を向けた。周りにぐるりと銘——赤十字の援助により《コオペラシオン・デ・ラ・クルス・ロハ》——の入っている、運転手の小さな鏡。その脇には聖母マリアの絵葉書が三枚、ピンで留めてある。ダッシュボードの上には細長い花瓶が二つあり、マーガレットの花が活けてある。腐食した消火器、ペラードの座っている席の下の綿の上着と小箒——また悪路にさしかかったとき、ヒューはペラードをじっと見つめた。

目を閉じて大きく左右に揺れながら、男はシャツの裾をたくし込もうとしていた。今度は上着のボタンを丹念に、ずれたボタン穴にかけている。しかしヒューは、これはすべて何かの準備、おぞましい身づくろいのようなものにすぎないのだという印象を持った。というのも、男は依然として目をつぶったまま、座席に長々と寝そべるだけの場所を何とか確保していたからである。これまた驚いたことに、男は死体のように体を投げ出していながら、周りで起こっていることはすべてお見通しという様子を保っていた。人事不省であるにもかかわらず、男には隙がなかった。半分のメロンがその手から飛び出し、レーズンのような種がいっぱいついたかじりかけのかけらが座席の上を転がった。男の閉じた目はそれを見ていた。彼の十字架は取れて落ちそうになっていた。男はそのことを意識していた。ホンブルク帽がソンブレロから外れて床に滑り落ちたのも、彼はちゃんと知っていた。だが帽子を拾おうとはしなかった。男は盗みに遭わないように防御の体制を取る一方で、もっとどんちゃん騒ぎをするために力を蓄えていた。自分の兄弟が出入りしていない別の酒場《カンティーナ》に入るためには、まっすぐに歩く必要があるかもしれない。そのような先見の明は賞賛に値する。

松の木、松ぼっくり、石ころ、黒い地面。それだけだ。だが、その地面は焦げたように見え、石は間違いなく火山性のものだった。まさにプレスコットの言うとおり、いたるところにポポカテペトルの存在と、その古さを示すものが転がっている。しかも実物もまた現われた！　どうして火山の噴火などがあるのだろう？　人々は知らないふりをしている。彼らはためらいがちにこんなことを言うかもしれない。なぜなら、地表の岩の下では蒸気が発生して、どんどん圧力を増しているから。岩と水が分解するときにガスを出し、それが下から昇ってくる融解物質と混じり合うから。地表付近の水分を含んだ岩に、さまざまな要因から起こる圧力がかかり、それに耐えきれなくなって全体が爆発するから。溶岩が流れ出し、ガスが漏れ、噴火ということになる。――でもそれでは説明にならない。火山の噴火とは、依然としてまったくの謎なのだ。噴火の場面のある映画のなかでは、人々はかならず、じわじわと広がってくる溶岩の流れのなかに立ち、はしゃいでいる。壁が倒れ、教会がつぶれ、何世帯もの家族があわてふためいて家財道具を避難させるのだが、煙草を吸いながら溶岩の流れの間をぴょんぴょん跳びまわる人々が常に存在する……

驚いた！　道は悪いし、乗っているのは一九一八年製のシヴォレーなのに、こんなに速く進んでいたとは。この速度のせいで、小さなバスの車内にそれまでとはかなり違う雰囲気が満ちているように思われた。男たちはにこやかで、老女たちは物知り顔で噂話に花を咲かせては含み笑いをし、新しく加わった二人の少年は後部の屋根窓にしがみつき、元気よく口笛を吹いている――派手な色のシャツ、天井の輪からだらりと長く垂れ下がっている鮮やかな赤、黄、緑、青の帯状の切符など、すべてが陽気さを演出し、それまでには感じられなかったお祭り《フィエスタ》気分とも言える雰囲気を醸し出していた。

しかし少年たちは順に飛び降りていき、陽気な雰囲気は束の間の陽射しのようにはかなく消えてしまった。枝つき燭台に似た凶暴そうなサボテンが勢いよく通り過ぎ、廃墟と化した教会が続いた。あたりはカボチャだらけで、窓枠には草が生えている。おそらく革命のときに焼かれたのだろう。外壁は戦火で黒ずみ、永遠に断罪されているように見えた。

――あなたが同志に加わって、労働者の手助けをするときが来ました、とヒューはキリストに告げ、キリストは同意した。私もずっとそのつもりだったのだが、君が助け出してくれるまで、あの偽善者どもに燃えさかる教会に閉じ込められていて、息もできなかったのだ。ヒューは演説をした。スターリンは勲章を授けてくれて、ヒューが自分の考えを説明する間、熱心に耳を傾けた。「たしかにそうです……エブロを救うには遅すぎましたが、加勢はしたのです――」彼はレーニンの星を襟の折り返しにつけて立ち去った。ポケットのなかには表彰状が入っていた。ソヴィエト連邦および真の教会の英雄、心に誇りと愛を持ち――

ヒューは窓の外を見た。まあ、そういうことか。馬鹿め。だが奇妙なことに、愛はいま現実のものとして心のなかに感じられた。キリストよ、どうして僕たちは素直になれないのでしょう？　キリスト・イエスよ、どうして皆素直になって、兄弟になることができないのでしょう？

奇妙な名前の書かれたバスが、脇道から列になって出てきて、反対方向へガタゴトと走り去った。テテカラ行き、フフタ行き、シュイテペック行きのバス、ソチテペック行きのバス——

ピラミッド形のポポカテペトルが右手に大きく現われた。峰の一辺は女性の乳房のように美しい曲線を描き、もう一辺は険しく切り立って獰猛に見える。雲がふたたび吹き寄せられて塊となり、山の背後に高く連なっている。イスタクシワトルが現われた……

——シウテペカノチティトランテワカンテペック、キンタナローロー、トラコルーラ、モクテスマ、ファレス、プエブラ、トランパン——ボン！　と突然バスがうなった。一行はものすごい音を立てながら突き進み、道沿いをトコトコ歩いている子豚たち、砂をふるいにかけているインディオ、イヤリングをつけた坊主頭の少年の前を通り過ぎた。少年は眠たそうに腹を掻きながら、ハンモックをやたらと揺らしていた。崩れかけた塀の広告がすうっと過ぎていく。〈ハクション！　即効薬《インスタンテ》！　風邪と痛みにカフェアスピリーナ《レフリアドス・ドロレス・カフェアスピリーナ》。類似品にご注意《レチャセ・イミタシオネス》〉〈『オルラックの手』ピーター・ローレ出演《ラス・マノス・デ・オルラック・コン・ピーター・ローレ》〉

道の悪いところにさしかかると、バスはガタゴトと不快な揺れを繰り返しながら横滑りし、一度などは完全に道を外れたが、バスの断固たる決意はこのような動揺をも押さえ込み、乗客はついに責任を自分の肩からバスへ移せたことを喜んで、いつまでも続いてほしい快い夢見心地へと引き込まれていった。

傾斜のきつい低い土手に、ほこりまみれの木々の生えた垣根が両側から迫っていた。一行は速度を落とすことなく、道の狭い落ち込んだ部分に入っていくところだった。曲がりくねった道はイギリスの景色を思わせ、いまにもこんな標識に出くわすのではという気にさせられた。〈ロストウィジール行きの遊歩道〉〈工事中につき迂回せよ《デスビアシオン！　オンブレス・トラバハンド！》〉

タイヤとブレーキをきしらせて、バスはものすごいスピードのまま左へ迂回した。しかしヒューは、バスが間一髪で避けた男の姿を目にした。男は道路の右側の垣根の下に横たわり、ぐっすり眠っているようだった。

ジェフリーもイヴォンヌも、眠たそうに反対側の窓の外を眺めていて、男の姿を見ていなかった。ほかの者たちも、もし男に気づいていたとしても、彼が危険も顧みずにわざわざバス道路で日なたぼっこをしていることを誰一人として奇妙に思ってはいないようだった。

ヒューは声を上げようと身を乗り出したが、ためらい、それから運転手の肩を叩いた。ほぼ同時にバスは急停止した。

運転手はギシギシと音を立てる車両をすばやく導き、片手でハンドルを操ってジグザグの進路を取り、座席から首を伸ばして後方、前方の角に気を配りつつ、バスを後退させて迂回路を出て、狭い道路へ戻った。

鼻を刺すような排気ガスのお馴染みの匂いが、いまでは彼らの前方にある工事現場の熱いタールの匂いと混ざり合っていた。工事中の箇所では道幅は広めで、道路と垣根の間には広い草地があった。いまはそこで働いている者はおらず、皆おそらく何時間も前に仕事を切り上げたらしかった。やわらかい藍色の絨毯がきらきらと汗をかいているだけで、それ以外に目につくものはなかった。

迂回路入口の向かい、この草地が途切れる場所で、ごみの山のようなもののなかにぽつんと立った路傍の石の十字架が現われた。その根元には牛乳瓶、じょうご、靴下の片方、古いスーツケースの一部が転がっていた。

そして、そのもっと後方の路上に、ヒューはまたあの男を見た。つば広の帽子で顔を覆って、仰向けになってのどかに寝転がり、両腕を路傍の十字架のほうへ差し伸べていた。二十フィートも動けば、十字架の陰に草の生えた寝床がありそうなものだ。そばでは馬が一頭、おとなしく生垣を食んでいた。

バスがまた急停車すると、横になったペラードは危うく座席から床に落ちそうになった。しかし何とか体勢を立て直すと、足を突き出してバランスをとり、その状態を見事に保っただけでなく、大きく一度はずみをつけると、降車口までの中間地点に立っていた。首の十字架はきちんと元の位置におさまり、二つの帽子を片手に、もう一方の手にはメロンの残りを持っていた。もし誰かが盗みを働こうとしても、そんな気はつぼみのうちに枯らしてしまうような睨みをきかせつつ、彼は両方の帽子をドアのそばの空席に注意深く置き、それから、仰々しいばかりに用心深い仕種で道路へ下りた。目は半眼のままで、あいかわらず生気のないガラス玉のようである。にもかかわらず、彼がすでに事態をそっくり把握していることは明らかだった。メロンを投げ捨てると、彼はありもしない障害物を踏んでいるかのようにためらいがちな足取りで男のほうへ向かっていった。しかし進み方はまっすぐで、背筋もしゃんと伸びていた。

ヒュー、イヴォンヌ、領事、それから男性客のうちの二人が、バスを降りてあとに続いた。老女たちは皆動かずにいた。

人気《ひとけ》のない陥没した路上は、息苦しくなるほどの暑さだった。イヴォンヌは神経質な叫び声を上げて踵を返した。ヒューは彼女の腕をつかんだ。

「構わないで。血を見るのがだめなだけ。いやになるわ」

ヒューが領事と二人の乗客に追いついたとき、イヴォンヌはバスに乗り込むところだった。ペラードは、横たわる男の上でゆらゆらと体を揺らしていた。男が着ているのは、インディオがよく身につけているゆったりした白い服であった。

しかしながら、血はそれほど目につかなかった。男の帽子の片側についているだけであった。だが、男がのどかに眠っているのでないことははっきりしていた。男の胸は泳ぎ疲れた者のように激しく上下し、腹部は小刻みに収縮と拡張を繰り返し、片方のこぶしは土ぼこりの舞う宙を握り締め、力が抜け……

ヒューと領事は何もできずに立ちつくしていた。どちらも、相手がインディオの帽子を取るのを、そこにあるに違いないと皆が思っている傷をあらわにするのを待っており、それでいながら二人とも気が進まず、何となく礼儀に反するような気がして動けずにいるのだ、とヒューは思った。たとえペラードでもいいから、とにかく誰かほかの客が男の身を調べてくれればいいと相手が思っていることを、二人はお互いに知っていた。

誰も何の行動も起こさないので、ヒューは我慢できなくなってきた。彼は足から足へと重心を移した。そして期待を込めて領事を見た。この国にもう長くいるのだから何をすべきかわかっているはずだ。それにこのなかでは権威を代表する立場にもっとも近い。だが領事は思いに耽っているように見えた。不意にヒューは衝動的に前に進み出て、インディオの上にかがみ込んだ——乗客の一人が彼の袖を引いた。

「タバコ投げたか？」

「捨てたかということだ」領事が目を覚ました。「山火事になる」

「そう《シ》、禁止されてる」

ヒューが煙草を踏み消し、もう一度男の上にかがみ込もうとしたとき、その乗客がふたたび袖を引いた。

「だめ、だめ」彼は自分の鼻を軽く叩きながら言った。「禁止されてる、それも《タンビエン》」

「触っちゃいけない――法律なんだ」領事がはっきりと言った。この場からできるだけ遠くへ行きたいと思っているようだった。必要とあらば、インディオの馬に乗ってでも。「この男を保護するためだ。実のところ理にかなった法律だよ。さもないと事後従犯にされる危険性がある」

インディオの呼吸は、岩浜の上を引いていく海の音のように響いた。

鳥が一羽、高く舞い上がった。

「でもこの人は死にかけ――」ヒューはジェフリーに向かってつぶやいた。

「ひどい気分だ」と領事は答えたが、たしかに何らかの行動をとろうとしていた。そのとき、ペラードが先んじた。彼は片膝をつくと、電光石火の動きでインディオの帽子を払いのけた。

皆、同じ場所に立ちつくしたままその様子をじっと見つめた。血がすでに固まりかけている側頭の無残な傷と、横向きになった顔が見えた。口髭を生やした顔は赤くなっていた。皆がそこを離れる前に、金が、四、五枚のペソ銀貨と一握りのセンターボ硬貨がヒューの目に入った。それは男の服の緩んだ襟元にきちんと置かれており、部分的に襟で隠れていた。ペラードは帽子を元どおりにし、立ち上がると、いまや乾きかけた血で汚れた手で、どうにもしようがないという仕種をした。

男はどのくらいの間、この路上に横たわっていたのだろう？

ヒューはバスに戻っていくペラードを目で追い、それからもう一度インディオのほうを見た。彼の命は、こうして話しているうちにも自分たちのもとから去っていくように思われた。「畜生め！《ディアントレ》どこへ行けば医者がいるんだ？《ドンデ・ブスカモス・ウン・メディコ》」と彼は間抜け顔で尋ねた。

今度はバスのなかから、ペラードがまたあのどうしようもないという仕種をしてみせた。それは同情の仕種のようでもあった。何ができるって言うんだ、と彼は窓の向こうから伝えようとしているように見えた。バスを降りたときには、手の施しようがないなんてわからなかったではないか、と。

「でもせめて帽子をもう少し下げておこう、息が楽になるように」と領事は舌の震えを物語るような声で言った。ヒューはそのとおりにして、それから、さきほどの金をふたたび目にする間もないほどすばやく領事のハンカチを傷にかぶせ、ソンブレロの位置を工夫して飛ばないように押さえた。

運転手も様子を見にやって来た。彼は背が高く、白いシャツを着て、ふいごを思わせる汚れたズボンをはき、ほこりだらけの編み上げブーツに裾を入れていた。くしゃくしゃの頭には何もかぶらず、陽気で利口そうな道楽者の顔をして、だらしなくもたくましい足取りで歩くこの男には、どことなく寂しそうで人好きのするところがあった。ヒューは前に二度、彼が一人で町を歩いているのを見かけたことがあった。

直感的に人を信頼させる男である。ところがこの状況で、彼は見るからに無関心だった。それでも彼にはバスを運転する責任があるし、鳩のことも考えれば、彼に何ができるだろう？

どこか雲の上のほうから、単独飛行の飛行機が小さな爆音を投げ下ろした。

――「かわいそうに《ポブレシート》」

――「ひどいな《チンガール》」

この二つの言葉が、周囲で歌の文句のように繰り返されていくのにヒューは気づいていた――というのは、彼らの存在が、そもそもバスが停車した事実と相まって、男に近づくことを許したからである。少なくとも、男性客がもう一人と、農夫二人が手負いの男を囲む集団に加わっていた。それまで誰も農夫たちがそこにいたことに気づかず、農夫たちのほうは何が起こっているのかを知らなかった。依然として男に手を触れる者はいなかった——静かで不毛な雑音、さわさわとささやく声が響いていた。そこでは、この土ぼこりが、暑さが、じっと動かない老女たちと運の尽きた鶏たちを乗せたバスそのものが悪事を企んでいるのかもしれない。その一方で、あの二つの言葉、同情の言葉と卑猥な軽蔑の言葉だけがインディオの息遣いに重なって聞こえていた。

バスに戻った運転手は、道の反対側に停車してしまったことを除けば、すべてがあるべき状態にあることに満足して、警笛を鳴らしはじめた。しかし意図した効果を上げるには程遠く、さわさわというささやき声は無頓着なブーブーという音に妨げられて途切れ、がやがやという議論に変わった。

強盗か、殺人未遂か、それとも両方だろうか？　あのインディオは品物を売って、市場から馬に乗って帰ってくるところだったのだろう。売り上げは、帽子に隠れている四、五ペソよりもっと多く《ムチョ・ディネーロ》て、それで盗みの疑いをそらすために、あんなふうに少しだけ金を残していきやがったんだ。もしかすると強盗なんかじゃなくて、馬に振り落とされただけなんじゃないか？　そうかもしれないな。そんなわけないだろ。

そうだな《シ・オンブレ》、でも警察には通報していないんじゃないか？　でも誰かがもう助けを呼びに行っているに決まってる。畜生《チンガール》。俺たちのうちの誰かが助けを呼びに、警察に知らせに行くべきだ。救急車だよ——赤十字《クルス・ロハ》だ——最寄りの電話はどこにある？

だが、警察がまだこっちに向かっていないと思うなんて馬鹿げてる。あいつら《チンガードス》がこっちに向かってるはずがない、だって半分はスト中なんだから。いや、ストをしてるのは四分の一だけだ。ちゃんとこっちへ向かってるよ。タクシーは？　馬鹿だな《ノ・オンブレ》、タクシーもスト中だ。——だけど、と誰かが口を挟んだ。救急サービス《セルビシオ・デ・アンブランシア》が停止されているという噂は本当か？　赤十字じゃなく緑十字だよ、それに通報がないと動かない。フィゲロア先生を呼ぶんだ。立派な人《ウン・オンブレ・ノブレ》だよ。でも電話がない。ああ、昔はトマリンに電話があったんだが、壊れてしまったんだ。いや、フィゲロア先生は新しくていい電話を持ってる。ペドロが、ペペの息子、ホセフィーナの義理の息子で、ビンセンテ・ゴンサレスとも知り合いだっていうそのペドロ本人が、その電話を持って通りを練り歩いたんだと。

ヒュー（テニスをしているビヒルのこと、グスマンのこと、自分のポケットのなかの焼酎《アバネロ》のことを目まぐるしく考えていた）と領事の間でもひそかに議論が交わされた。というのも、少なくとも次のようなことが想像されたからである。つまり、インディオを路肩に寝かせ（どうして十字架のそばの草の上ではなくて路肩なのかという疑問は残るが）、金を盗まれないようインディオの襟元に滑り込ませ（自然と滑り落ちたのかもしれないが）、インディオの馬をいま食べている生垣につなぐという配慮をした者（だがかならずしもインディオの馬であると言えるだろうか？）、このような知恵と憐れみをもって行動した人物は、誰であろうと、どこにいようと、あるいは一人ではなく複数の人間であろうと、いまにも助けを連れてやって来るのではないだろうか。

限りなくいろいろな憶測が出てきた。しかし、インディオについて何かしようとすることを強力にかつ決定的に妨げているのは、これは自分たちが手出しすべきことではない、他人の領分だという認識であった。周りを見回してみて、ヒューはほかの者たちもまさにこのことを議論しているのだと悟った。これは私の問題ではない、いわばあんたの管轄だ、彼らは首を振りながら口を揃えて言った。いや、あんたのでもない、そうではなくてほかの誰かの問題だ。彼らの反論はますます複雑に、ますます理屈っぽくなっていき、議論はついに政治的な色合いを帯びてきた。

あいにく、この話の流れにヒューはまったく納得がいかず、もしこの瞬間ヨシュアが現われて太陽の動きを止めたとしても、時間の秩序をこれ以上徹底的に乱すことはできないだろうと考えていた。とは言っても、時間が止まっているのではなかった。むしろ、時間は別々の速度で動いていて、男が死に近づいていく速度と、皆が決断を下せずにいることを自覚する速度とが奇妙に対比されているのであった。

だが、運転手はあきらめて警笛を鳴らすのをやめ、エンジンを操作しにかかるところだった。領事とヒューは、意識のない男のそばを離れて馬のほうへ歩いていった。紐状の手綱、空っぽの鞍、ジャラジャラ音を立てる重い鉄製の鐙《あぶみ》の鞘《さや》をつけた馬は、すました様子で生垣のヒルガオを静かに食んでいた。重大な疑惑をかけられているときにそんな様子でいられるのは馬だけだ。二人が近づいたときに穏やかに閉じていた目はいまは開いており、腹黒さを感じさせた。馬の腰角には傷があり、臀部には数字の7の焼印が押されていた。

「えっ——なんてことだ——これは今朝イヴォンヌと僕が見かけた馬じゃないか!」

「そうなのか? ふうむ」領事は馬の腹帯に触れるそぶりを見せたが、実際には触らなかった。「それは妙だな……俺も見かけたんだ。というか、見かけた気がする」彼は、何かを記憶から切り離そうとするかのように道に横たわるインディオのほうへちらりと視線を投げた。「お前が見かけたとき、鞍袋はついていたかい? 俺が見たときはついていたような気がするんだが」

「同じ馬だったよ」

「もし馬があの男を蹴り殺したんだとしても、鞍袋まで蹴り飛ばしてどこかに隠すなんて知恵があるとは思えないんだが——」

しかし、バスが盛大に警笛を鳴らして、二人を置いて出発しようとしていた。

バスは彼らのほうに向かって少し進んでから、道幅の広くなっているところで停まった。うしろで行く手を阻まれていた不平たらたらの高級車を二台、先に通すためである。ヒューは車に向かって停まるように叫び、領事は自分に気づいたようにも見える誰かに向かって中途半端に手を振った。車のほうは、二台とも後部ナンバープレートに〈外交官《ディプロマティコ》〉のしるしをつけていたが、スプリングを弾ませ、生垣をこすりながら、車体を上下させて通り過ぎ、前方のもうもうとした土ぼこりのなかへ消えていった。二台目の車の後部座席から、スコッチテリアの陽気な鳴き声が聞こえた。

「間違いなく外交関係だな」

領事はイヴォンヌの様子を見に行った。ほかの乗客たちは顔を覆ってほこりをよけつつバスに乗り込んだ。バスは迂回路のほうへ進んでおり、そこに停まってからは、死のように、霊柩車のように静まり返って待っていた。ヒューはインディオのところに駆け寄った。彼の呼吸は前よりかすかに、それでいてずっと苦しげになっていた。もう一度その顔を見たいという抑えがたい欲求にとらえられて、ヒューは男の上にかがみ込んだ。と同時にインディオの右手が上がって空《くう》を探り、帽子が半分押しのけられた。一つの言葉が、つぶやくような、うなるような声となって発せられた。

「お前さん《コンパニエーロ》」

――「奴らは来やしない」ヒューはその少しあと、自分でもなぜだかよくわからずに領事に向かって言っていた。しかし彼はふたたびエンジンのかかったバスをもう少し待たせ、三人の自警団員が笑顔で近づいてくるのを見つめた。彼らは太もものあたりに拳銃入れを下げて、土ぼこりのなかをのしのしとやってきた。

「あきらめろよ、ヒュー、あの人をバスに乗せてはもらえないよ。お前が刑務所にぶちこまれるぞ。お役所のごたごたに巻きこまれて、いつ放免してもらえるかわからなくなる」と領事は言っていた。

「どっちにしろ、あれは正規の警察じゃない。さっき俺が言っていた鳥たちだ……ヒュー――」

「ちょっと《モメンティート》――」ヒューは即座に自警団の一人に向かって意見しようとしていた――ほかの二人はすでにインディオのいるほうへ向かっていた――そのかたわらで、運転手はうんざりした様子で忍耐強く警笛を鳴らした。すると自警団の男はヒューをバスのほうへ押しやった。ヒューは押し返した。自警団の男は手を下ろすと、拳銃入れを探りはじめた。ただのこけおどしであり、本気ではなかった。もう片方の手で自警団の男はさらにヒューを押し、押されたヒューは倒れないようにバスの後部乗降口を上がらざるをえなかった。その瞬間、バスはいきなり急発進した。ヒューは飛び降りかねなかったが、領事が力ずくで彼を柱に押しつけてとどめた。

「気にするな、風車よりもひどいことになっていただろうから」――「風車だって?」

土ぼこりで何も見えなくなった……

バスは轟音を立てて進んだ。酔っ払ったようによろめき、連続砲撃のような音を立てながら進んでいった。ヒューは座って、がたがたぶるぶると震える床を見つめていた。

――止血帯を巻かれた丸太のようなもの、軍靴をはいた切断された脚を誰かが拾い上げ、靴紐をほどこうとし、その後、胸の悪くなるようなガソリンと血の匂いのなか、路上に、半ばうやうやしく置いたのだ。煙草を求めてあえぎ、土気色に変わり、消された顔。頭のないものが、気管を突き出し、頭皮がずり落ちた状態で、背筋を伸ばして自動車の座席に座っている。何百人と折り重なった子供たち。わめきながら燃えるものたち。ジェフの夢のなかの化け物はこんなふうなのかもしれない。タイタス・アンドロニカスのような無意味な戦争の馬鹿馬鹿しい小道具に囲まれて、新聞ネタとしての価値さえないが、バスから降りたイヴォンヌが一瞬垣間見た恐怖、そのなかで、それなりに神経の鍛えられているヒューは、適切な対応をとることができたはずだ。何かすることができたはずだ。何もせずにいられたはずがない……

患者は暗くした部屋で絶対安静にしておきなさい。死にゆく者にはブランデーを与えてもよい。ヒューはうしろめたい思いで一人の老女の視線をとらえた。彼女の顔はまったくの無表情であった……ああ、この人たちはなんて分別があるんだろう。少なくとも自分の心をちゃんとわかっていて、事件とは関わりを持たない、と無言のうちに共同の決断を下したのだ。ためらいもせず、騒ぎ立てることもなく。危険を察知するや、ものすごい結束力で、鶏の入った籠をしっかりつかんで体に引き寄せ、停まるときも、自分の持ち物を確認するためにあたりを見回すときも、じっと座っていた。いまもそうだ。もしかしたら、彼女たちは谷での革命の日々を思い出しているのかもしれない。建物は黒く焼かれ、連絡手段は絶たれ、人々が闘牛場で磔《はりつけ》にされて突かれ、野良犬は市場であぶられた。女たちの顔に冷淡さはなかった。残忍さも。彼女たちは法以上に死を知っており、その記憶は消えない。いまは横一列に並んで座り、身動きもせず、何かを話し合うわけでもなく、一言も発することなく、石と化している。事態を男たちに任せておいたのはごく自然なことだ。それでいて、この老女たちにとっては、メキシコの歴史におけるさまざまな悲劇を通じて、同情、つまり近づこうとする衝動と、それに取って代わった恐怖、つまり（大学で習ったような）逃れようとする衝動とが、最終的に深謀遠慮、つまり自分の持ち場を動かないのが一番だという確信によって調停されたかのようであった。

　ほかの乗客たちはどうなのだろう。もう少し若い、喪服を着た女たちは？——喪服の女などはいなかった。どうやら皆バスを降りて歩いたらしい。道端の死などに墓場における復活の計画を邪魔させてはいけないのだから。とすれば、紫色のシャツの男たちは？　興味津々眺めてはいたくせに、バスから動こうとしなかった連中だ。謎である。メキシコ人ほど勇敢な者はいない。しかし、いまは明らかに勇気を必要とする状況ではなかった。豆《フリホーレス》を皆の手に。土地と自由、正義と法《ティエラ・リベルター・フスティシア・イ・レイ》を。こんな標語に意味があるのか？　わからない《キエン・サーベ》。メキシコ人にとって一つだけたしかなのは、警察と関わり合うのは愚かであるということだ。正規の警察でない場合はなおさらである。この認識は、ヒューの袖を引いた男にも、インディオの回りで議論に加わったほかの二人の男にも共通していた。ちょうど三人とも、猛スピードで走っているバスから、メキシコ人特有の優雅でむこうみずなやり方でひらりと飛び降りていくところであった。

とすれば、自分はどうなのだ？　ソヴィエト連邦および真の教会の英雄である自分には、いったい何が欠けているのか、親愛なる同志《カマラード》よ。何も欠けてはいない。ただ、応急手当の訓練を受けた従軍記者なら誰にでも備わっている確かな直感で、ぬらした青袋、溶性硝酸銀、リスの尻尾の毛の筆を急いで差し出そうとしていただけだ。

シェルターという言葉が、余分な覆いとか傘とか即席の日よけをも含むものとして理解されるべきだということを彼は瞬時に思い出した。壊れた梯子、血痕、動いている機械、気の立った馬など、原因解明につながりそうな手がかりがないか、すぐに目を配りもした。だが、あいにく何の役にも立たなかった。

そして実のところ、あれは何をしても何の役にも立たない状況だったのかもしれない。そう思っても、いっそう耐えがたいだけだった。ヒューは顔を上げて半ばイヴォンヌのほうを見た。領事が彼女の手を取っていて、彼女は領事の手をしっかりと握っていた。

トマリンへと急ぐ乗合バス《カミオン》は、あいかわらず前後左右に揺れた。少年がまた何人か後部に飛び乗ってきて、口笛を吹いていた。派手な色の帯状の切符が鮮やかにはためいた。乗客はさらに増え、畑を横切って走ってきた。男たちは同意し合うかのようなまなざしを交わした。バスはひどくはりきっている。こんなに速く走ったことはない。今日が祝日だとバスにもわかっているからに違いない。

運転手の知り合いが車内に加わっていた。おそらく帰りの便の運転手なのだろう。男は土地の者らしい器用な動きで、体をひねってバスの外側をつたって回り、開いた窓から運賃を回収した。一度、坂を上っていたときなどは、道の左側に飛び降り、バスの背後を走ってぐるりと回り、乗客におどけて笑いかけながら右側からふたたび現われた。

彼の友人がバスに飛び乗った。彼らはそれぞれボンネットの両脇にある前部泥よけの横にしゃがみ込み、時折ラジエーターの蓋越しに手をつないだ。そうしつつも、一人目の男は、危ないぐらい外側に体を倒し、徐々に空気が漏れてきている片方の後部タイヤがまだもっているかどうか見ようと振り返るのだった。それから彼はまた運賃の回収を続けた。

ほこり、ほこり、ほこり――窓から少しずつ入ってくる。崩壊がじわじわと侵入し、車内を満たしていく。

不意に領事がヒューをつつき、ペラードのほうを頭で指した。しかしヒューもペラードのことを忘れていたわけではなかった。男はこの間ずっと姿勢を正して座っていて、何か膝の上のものをいじくっていた。上着のボタンは留められており、両方の帽子は頭の上に、十字架はあるべき位置におさまっていた。前とさほど変わらない表情だったが、路上での奇妙に模範的な振る舞いのあとでは、ずいぶん生気を取り戻し、しらふになったように見えた。

ヒューは微笑みながらうなずき、男への好奇心をなくした。領事がまたつついてきた。

「俺が何を見てるかわかるかい?」

「何だい?」

ヒューは首を振り、言われたようにペラードのほうを見た。特に何も気づかなかったが、しばらくしてそれが目に入った。はじめのうちはわけがわからなかった。

ペラードの汚れたコンキスタドールの手、メロンを握っていたその手は、いまは血のついた悲しむべきペソ銀貨とセンターボ硬貨の山をつかんでいた。

ペラードは死に瀕したインディオの金を盗ったのだ。

さらにこの男は、このとき窓から笑いながら覗き込む車掌に驚くと、この小さな山から数枚の銅貨を注意深く選び出し、自分の抜け目なさに誰か何か言ってくれるのを期待してでもいるかのように、それぞれの思いに没入している乗客たちを微笑みながら見渡して、その銅貨でバス代を払った。

しかし誰も何も言わなかった。領事とヒュー以外、彼の抜け目なさに気づいた者はいなかったためらしい。

ヒューはここで焼酎《アバネロ》の小瓶を取り出してジェフリーに渡し、ジェフリーはそれをイヴォンヌに回した。彼女は何も気づかないままむせた。それだけのことだった。三人とも瓶から一口ずつ飲んだ。

——落ち着いて考えてみると、驚くべきは、ペラードがとっさに金を盗んだことよりも、いまや盗んだことを隠そうとする気がないように見えるということだった。なにしろ、手のひらを開いたり閉じたりして、血のついた銀貨と銅貨が、見ようと思えば誰からでも見えるようにしているのである。

そもそも隠すつもりなどないのかもしれない、とヒューは思った。もしかしたら、彼は自ら正当であると申し開きできるような動機に基づいて行動したのだと、いまのところそれに少しも気づいていない乗客たちを納得させようとしているのかもしれない。自分があの金を盗ったのは、あくまでも金を安全に保管するためだったのだと。なぜなら、この男自身の行動がいましがた示したように、トマリンへの途上、シエラマドレ山脈の影のなかで死にかけている男の襟首にある金が安全だとはとても言えないのだから。

そのうえ、もし俺に泥棒の疑いがかけられたとしてもどうだというのだ、とペラードの目は言っていた。いまではしっかりと見開かれ、隙がないとも言えるほどで、いたずらっぽい光をたたえている。もし俺が逮捕されたとしても、あのインディオが首尾よく生き延びたとして、自分の金に再会できる可能性がどれだけある？　もちろん皆無だ。皆よく知っているとおり。本物の警察は名誉を重んずる。人民の味方かもしれない。だが、もし自警団の連中に捕まったら、奴らは俺からこの金を盗むだけだ。間違いない。俺の思いやりがなければ、いまだってインディオからこの金を盗んでいるところだろうさ。

であるからして、インディオの金のことを心から気にかけている者は、誰もこんなことに感づいてはいけないし、あまり突き詰めて考えてもいけない。たとえいまこのバスのなかで、俺がこんなふうに手から手へ金を移し変えるのをやめたとしても、あるいはこんなふうに金の一部をポケットのなかに滑り込ませたとしても、あるいはその残りがこんなふうに偶然もう一方のポケットに消えるなんてことが起こったとしても――この演技は、間違いなく目撃者であり外国人である彼らのために行なわれていた――何の意味もありはしないし、こういう仕種は俺が泥棒だという意味ではないし、もともとは立派な意志を持っていたのに、結局は金を盗むことにして泥棒に成り下がったという意味でもない。

そしてこのことは、この金がどうなろうと変わらない。なぜなら俺がこの金を持っていることは誰の目にも公然たる事実なのだから。アビシニア同様、公然たる事実なのだ。

車掌は残りの運賃の回収を続け、いまようやく集め終わって金を運転手に渡した。バスは速度を上げて重々しく進んだ。道幅はふたたび狭まり、危険度を増した。

下り坂……一行が螺旋を描いてトマリンへ下っていく間、運転手は悲鳴を上げるサイド・ブレーキに手をかけていた。右手に見えるのは柵も何もない絶壁で、下の谷間からは低木の生えた大きなほこりっぽい丘が立ち上がり、木々が横ざまに突き出ている――

イスタクシワトルはもう見えなくなってしまっていたが、ぐるぐる回りながら下っていく間、ポポカテペトルが絶えず視界に現われたり消えたりした。二度と同じ姿を見せることはなく、はるか遠くにあるかと思えばすぐそこに現われ、ずいぶん隔たっているると見えた次の瞬間には間近にそびえ立ち、なだらかな斜面をなして堂々と広がる畑、谷、木々、雲がかすめ雹《ひょう》や雪に打たれる頂上が迫ってくる……

白い教会を通り過ぎると、バスはふたたび町中を走っていた。長い通りが一本、行き止まりが一つ、それに小路のたくさんある町で、道はどれも前方の小さな湖か貯水池のようなものへと通じていた。そこでは人々が泳いでいて、その向こうには森が広がっていた。この湖のほとりにバス停はあった。

三人はまた砂ぼこりのなかに立ち、あたりの白さと午後の強い日差しに目がくらんだ。老女たちとほかの乗客はもういなくなっていた。どこかの家の戸口から物悲しいギターの調べが流れてきて、すぐそばではざあざあというすがすがしい滝の水音が聞こえていた。ジェフが道を指し示し、三人はトマリン闘技場へと歩き出した。

だが、運転手とその友人は居酒屋《プルケリア》へ向かった。ペラードがそのあとに続いた。彼は足を高く上げ、まるで風が吹いているかのように帽子を押さえて、ひどくまっすぐに歩いた。顔にはぼんやりとした笑み、勝ち誇った笑みではなく、ほとんど哀願するような笑みを浮かべていた。

彼は運転手たちに加わるのだろう。そして何か取引をするのだ。どうだろう？

三人は彼らのうしろ姿を見守った。酒場の観音開きの扉が揺れた。――〈皆の満足　私の満足〉《キエン・サーベ》《トドス・コンテストス・イ・ヨ・タンビエン》という素敵な名前がついていた。領事は雄々しく言った。

「私も含めて皆満足」

あいつらも含めてだ、とヒューは思った。頭上の青い空に苦もなく美しく浮かんでいる、あのハゲタカども――死の批准だけを待っているハゲタカ《ソピロテス》ども。

トマリン闘技場……

――皆なんて楽しそうなの、私たちも、誰も彼もがとっても幸せ！　メキシコはその悲劇的な歴史を、過去を、足下に横たわる死を、なんて明るく笑い飛ばしているのかしら！

ジェフリーのもとを去ったことも、アメリカに行ったことも、この一年間あんなに苦しんだことも、まるで嘘みたいだった。それどころか、イヴォンヌは一瞬、はじめてメキシコに来たときのような気がした。理屈では説明できないぼんやりとしたものだが、悲しみを乗り越えられそうな、希望の見えそうな、あのときと同じ明るい予感が温かく胸を刺していた――だってジェフリーはバスの発着所に来てくれたじゃない――何よりも希望の予感、未来がひらけそうな予感――

コバルト色の竜の模様のついた白の肩掛け《サラーペ》をまとった髭面の巨人が、にこにこしながらその予感を高らかに宣言した。日曜日にはボクシングが行なわれる予定の闘技場の周りを巨人はもったいぶって歩き、土ぼこりのなか、初代機関車「ロケット号」のようなものを押して回っていた。

それは素晴らしい落花生ワゴンだった。なかでは小さな蒸気機関が休みなく動いて、猛烈な勢いで落花生を挽いているのが見えた。なんておいしそう。旅やバスやいまのこの混雑したぐらぐらの正面

9

観覧席のせいで一日の疲れや圧迫を感じても、自分が華やかに彩られた存在の肩掛け《サラーペ》の一部、太陽やいろいろな匂いや笑い声の一部だと感じられるのはなんて素晴らしいことかしら！

時折、落花生ワゴンのサイレンはぷつりと途切れ、縦溝の入った煙突は煙を吐き、ぴかぴかしたホイッスルは金切り声を上げた。巨人は落花生を売る気がないらしい。ただこの蒸気機関を皆に見せびらかさずにいられないのだ。ごらんよ、これは俺のもの、俺の喜び、俺の心、それに、もしかすると俺の発明品かもしれない！（皆そう思ってくれるといいんだが。）そして皆が彼を愛した。

最後に勝ち誇ったように煙を吐き出し、キーキーときしむワゴンを巨人が場外へ押し出しているちょうどそのとき、反対側の門から雄牛が飛び出してきた。

この雄牛も実は陽気なやつなのだ——一目瞭然。そうに決まってる。殺されるわけじゃない、遊ぶだけ、お祭り騒ぎに参加するだけだとちゃんと心得ている。でも雄牛の機嫌はまだ抑えられていた。威勢よく派手に登場したあと、雄牛は駆け出し、円形闘技場の端を、輪を描いて走っていた。ゆっくりと、思いに耽るかのように、それでいながら砂ぼこりをもうもうと舞い上げつつ。誰よりも試合を楽しむつもりでいるし、必要とあらば自分を犠牲にする覚悟もあるが、まずはこちらの威厳にそれなりの敬意を払ってもらわなくてはならない。

しかし、闘技場を取り囲む粗末な柵の上に座っている人々は、雄牛が近づいても脚を上げようともせず、そのすぐ外の地面で、豪華な立ち襟の間に首をうずめて寝ている人々も、少しも後ずさりする様子はなかった。

他方では、お調子者の酔っ払いども《ボラーチョス》が場内にふらふらと入り込み、まだそのときではないのに雄牛に乗ろうとしていた。これは作法に適っていない。雄牛は定められた方法に則って捕らえなければならないし、フェア・プレー《ポル・ケ・ノ》が求められるのだ。酔っ払いどもはよろめきながら不承不承連れ出された。それでも陽気さは失わずに……

　観衆は一様に、落花生売りに喜んだ以上に雄牛の登場を喜び、声援を送りはじめた。新参者たちが柵の上に格好よくひょいと体を持ち上げ、素晴らしい平衡感覚で横木の上に直立していた。筋骨たくましい呼び売り商人たちが、前腕を力強くぐっと伸ばして、色とりどりの果物であふれんばかりの盆を持ち上げた。高い木の股に一人の少年が立ち、手をかざして密林の向こうの火山を見つめていた。飛行機を探しているのだが、間違った方向を見ている。イヴォンヌは飛行機を見つけた。底知れぬ青のなかでブーンと音を立てている点のようだ。だがどこか背後のほうでは雷の気配もする。ピリピリするような電気の気配。

　雄牛はわずかに早足になったが、まだ落ち着いた足取りで場内をもう一周していた。進路を外れたのは一度だけ、すばしっこい小さな犬に踵をぱくりと嚙みつかれ、どこを歩いているかを忘れたときだけだった。

　イヴォンヌは背筋を伸ばし、帽子を目深にかぶり、明るいエナメルのコンパクトの不実な鏡を覗き込みながら、鼻に白粉をはたきはじめた。鏡は、ほんの五分前に自分が泣いていたことを思い出させ、肩越しにそびえるポポカテペトルを実際よりも近くに映し出した。

　火山！　あの一対の火山のことを思うと、とても感傷的になってしまう。いまは一つしか見えないけれど。どの角度に鏡を向けてみても、かわいそうなイスタクシワトルは陰になってさっと見えなくなってしまい、一方、ポポカテペトルは輝く頂が漆黒に盛り上がった層雲に映えて、鏡像であるがゆえにいっそう美しく見えた。イヴォンヌは指を頰に走らせ、片方のまぶたを閉じた。泣くなんて馬鹿だった。それも〈ラス・ノベダーデス〉の戸口のところにいる小男の前で泣くなんて。男は「じこっくは三時半」と言い、それから、フィゲロア先生はシウテペックに行っているから電話するのは

「むーり」だと言った……

「――それではいざ、血なまぐさい闘技場へ」と領事は情け容赦なく言い、それで彼女は泣いたのだった。今日の午後、血を見るどころか、血を見るかもしれないという予感だけで背を向けたのとほとんど同じくらい馬鹿なことだった。でもこれが彼女の弱点で、ホノルルの路上で死にかけていた犬のことを思い出してしまったのだ。人通りのない路面に細い血の筋がついていて、助けてやりたかったのに、その代わりに失神してしまい、ほんの一瞬のことではあったが、気がついてみると一人で歩道に倒れていて愕然としたのだ――誰かに見られでもしたらどうするの？――彼女はそそくさとその場を立ち去り、見捨てられた哀れな犬の記憶を引きずることになってしまった。そのせいで一度などは――でもそんなことを考えてどうなるっていうの？　もうできるかぎりのことはしたじゃない。電話がないことを確かめもせずに闘牛に来たわけじゃないし、それにもし電話があったとしたって！　私の見たかぎり、バスがあの場を離れたとき、哀れなインディオがちゃんと保護を受けていたのはたしかだった。それでいま、きちんと考えてみるとよくわからない、どうして――イヴォンヌは鏡を見ながら最後に一度帽子を軽く叩き、それから瞬きをした。目が疲れておかしくなったみたい。一瞬、ポポカテペトルではなく、朝方出会った、ドミノを持った老女が肩越しにこちらを見ているような気がしてぞっとした。彼女はコンパクトをぱちんと閉じ、ほかの二人のほうを向いて微笑んだ。

領事もヒューも暗い顔で闘技場を見つめていた。

周りの正面観覧席からは、不平の声、おくびの音、あまり気の入らない掛け声などがちらほら聞こえていた。いま、雄牛は頭を地面に沿って箒のようにさっさっと振り動かし、ふたたび犬を追い払って、また場内を回りはじめたところだ。しかし活気はなく、喝采も起こらなかった。柵に腰掛けている観衆のなかには船を漕いでいる者さえいた。ソンブレロをぼろぼろに引き裂いている者もいれば、友人に向かって麦わら帽子をブーメランのように投げようとして失敗している観客もいる。メキシコはその悲劇的な歴史を笑い飛ばしてはいない。メキシコは退屈している。雄牛も退屈している。誰も彼もが退屈していて、もしかするとずっとそうだったのかもしれない。イヴォンヌがバスのなかで飲んだ酒は効き目を現わし、そしていまやその効果が薄れつつあった。いわば退屈のただなかで雄牛は闘技場をぐるぐる回り、そしてついには隅に座り込んだ。

「まるでフェルディナンドみたい――」イヴォンヌは口を切った。まだ希望を感じているとも言える口調だった。

「ナーンディ」と領事はつぶやき（そういえば、ああ、バスのなかで私の手を握っていたわよね？）、煙草の煙越しに横目で闘技場を見た。「あの雄牛をナーンディと命名する。シヴァ神の乗り物だ。シヴァ神の髪からはガンジス河が流れ出る。そしてヴェーダに出てくる嵐の神、ヴィンドラとも同一視されてきた――古代メキシコ人には暴風《ウラカン》として知られていたんだよ」

「頼むから、パパ」ヒューが言った。「頼むよ」

イヴォンヌはため息をついた。本当のところ、うんざりするほどいやらしい見世物だった。いい気分でいるのは酔っ払いだけ。テキーラやメスカルの瓶を片手にふらふらと場内に入り込み、寝そべっているナーンディに近づいて、滑ったりお互いにつまずいて転んだりして、またもやカウボーイ《チャーロス》に追い出されていた。カウボーイたちは、今度はみじめな雄牛を引きずって立たせようとしている。

しかし、雄牛は引きずられようとはしなかった。最後には、それまで誰もそこにいるのに気づかなかった小さな少年が現われて、雄牛の尻尾に嚙みついた。少年が逃げ去ると、雄牛はやっとのことで発作的に立ち上がった。そしてたちまち、性悪そうな馬にまたがったカウボーイに投げ縄をかけられた。雄牛はすぐに地面を蹴って自由になった。縄は一本の足にかかっていただけであった。そして頭を振りながら歩み去ろうとしたが、また犬の姿が目に入り、くるりと向きを変えて、少しの間、犬を追いかけた……

場内の動きが突然活発になった。そこにいた誰もが、ふんぞり返っている騎手も、自分の足で立っている者も、そのなかには走っている者、じっとしている者、古い肩掛け《サラーペ》や敷物や、ひどい場合はぼろ布を振り上げて体を揺らしている者などいろいろいたが、とにかく皆、雄牛の注意を引こうとしていた。

気のいい哀れな牛は、いまや本当に、自分ではまったく理解していない事態に引き入れられ、誘い込まれようとしている者のようだった。雄牛は、ちょっかいを出してくる人々と仲良くしたい、一緒に遊びたいとさえ思っていて、人々は望みを持たせて彼を誘うのだが、実は彼を軽蔑し、辱めたいと思っているので、最後に彼は陥れられてしまうのだ。

……父親が、座席の間を縫ってイヴォンヌのほうへやって来る。ときどき立ち止まり、親しげに手を差し出してくる人がいると、子供のように嬉々として応えている。記憶のなかでいまも温かく豊かな笑い声を響かせている父親、イヴォンヌがいまでも持ち歩いているセピア色の小さな写真に米西戦争のときの大尉の軍服姿で写っている父親が。写真の父は、額が広く、眉の部分が立派に隆起しており、その下の瞳は誠実で率直そうだ。黒っぽいなめらかな口髭をたくわえた口元はふっくらとして繊細そうで、顎は割れている――致命的な発明熱に取りつかれ、かつてパイナップル栽培で一旗揚げようと自信満々でハワイへ出発した父親。それは成功しなかった。軍隊生活に未練を持っていた父は、友人たちにそそのかされ、込み入った事業にうつつを抜かして時間を無駄にしたのだった。イヴォンヌが聞いたところによれば、パイナップルの葉から合成麻を作ろうとし、その機械の動力として家の敷地の背後にあった火山を利用しようとさえしたらしい。父はオコレハウをすすり、物悲しい調べのハワイの歌を歌いながらベランダに座っていた。パイナップルはと言えば、畑で腐っていき、現地の雇い人たちは父の周りに輪になって、一緒に歌ったり、あるいは収穫期の間中寝ていることもあった。そうするうちに農園《プランテーション》には雑草がはびこって荒れ果て、どこもかしこも手の施しようがなくなり、借金漬けになった。そんな状況だった。この時期のことでイヴォンヌの記憶に残っているのは、母が死んだことくらいだ。当時イヴォンヌは六歳だった。世界大戦が、最終的な抵当権実行とともに迫りつつあり、それとともにマッキンタイヤ伯父の存在が大きくなっていった。母の兄であり、南アフリカに利権を持つ裕福なスコットランド人であった伯父は、前々から義弟の破産を予言していたが、コンスタブル大尉が突然、皆の驚きをよそに、チリ北部の町イキーケのアメリカ領事に就任したのは、明らかに伯父の大きな影響力のおかげだった。

――イキーケ領事!……クアウナワク領事! 去年のあのみじめな生活のただなかで、ジェフリーへの愛から自由になろうとして何度試みたことか。理屈で説明して、分析して片づけてしまおうと、自分に言い聞かせて――ああ、待ち続けたあと手紙を書いたのだ。はじめは期待しながら心を込めて、次にはしつこくせがむ手紙を、半狂乱の手紙を、ついには自棄になった手紙を書き、毎日毎日じっと返事を待っていた――ああ、日々の郵便が拷問だった!

イヴォンヌは領事のほうを見た。一瞬、その顔に、ふさぎ込んだときの父の表情が浮かんだような気がした。チリで長く続いた戦争の間、父がよくそんな顔をしていたのをはっきりと覚えている。チリ! 海岸線がおそろしく長いくせに横幅は狭いあの共和国、南のホーン岬か北の硝酸塩の採れる地方しか思いつくものがないあの国は、まるで父の思考を弱める作用を及ぼしたかのようだった。だって、父はあの間ずっと何について考え込んでいたのだろう? ベルナルド・オイギンスの国で、かつて同じ岸からたった二、三百マイルのところにいたロビンソン・クルーソーよりも精神的に孤立していた父は。戦争そのものの結末のこと、それとも、父が導入したかもしれない貿易協定か何かがあって、そのことを悩んでいたのか、それとも南回帰線に取り残されてしまった大勢のアメリカ兵のことを考えていたのだろうか？　そうじゃない、たった一つのことを考えつづけていたのだ。それがやっと具体化したのは休戦のあとだったけれど。父は新しい種類のパイプを発明した。頭がおかしくなるほど複雑なもので、掃除するには分解しなければならない代物だった。分解すると十七ぐらいの部品になり、一度ばらばらにするとそのままになってしまう。組み立て方がわかっているのはどうも父だけだったから。実のところ、大尉自身はパイプを吸わなかった。しかし、例によって周囲は彼をそそのかし、応援した……ヒロに建てた工場が完成の六週間後に焼け落ちると、父は生まれ故郷のオハイオに帰り、しばらくの間、鉄条網を作る会社に勤めた。

そこでことは起こった。雄牛はがんじがらめになっていた。さらに一本、二本、三本、四本の投げ縄が、先ほどの親しみのかけらもなく繰り出され、雄牛を捕らえた。観衆は木製の足場の上で足を踏み鳴らし、手拍子を打っているが、熱意は感じられない。――そう、いまこの雄牛の身に起こっていることは人生に似ている、とイヴォンヌはふと思った。堂々たる誕生、公平な機会を経て、はじめはためらいがちに、しだいに自信を持って、ついには半ば希望をなくして闘技場を回り、障害を乗り越えるが、せっかくの離れ業は評価してもらえない――退屈し、諦念に襲われ、倒れ込む。それからもっと発作的な誕生があり、新たなスタートを切る。いまや敵意をむき出しにしている世界において、自分の立場を見つけようと慎重な試みを繰り返し、審判から励ましを受けるが、それは信用ならない。審判の半分は眠りこけている。前にはたしかに一跨ぎで乗り越えた取るに足らない障害のせいで、道を踏み外して大難に巻き込まれ、ついに敵の罠に絡め取られる。彼らが積極的に悪意を持っているのではなくて、むしろ不器用な味方なのではないかという迷いは、最後まで捨てられない。そこへ大難が襲いかかり、降伏し、崩壊に至る――
――鉄条網会社の倒産も、またそれほどは目立ちもせず決定的でもなかった父親の精神の崩壊も、神や運命の前では何だというのだろう？　コンスタブル大尉は、自分は軍隊から罷免されたという妄想に取りつかれた。そしてこの、頭のなかで作り上げた不名誉がすべての引き金となった。彼は再度ハワイへ渡ろうと出発したのだが、無一文になってしまったことに気がついたロサンゼルスで、紛れもないアルコール依存症という狂気に捕らえられたのだ。

イヴォンヌはふたたびちらりと領事を見た。思いに沈んだ様子で口を結び、闘技場を見つめているようだ。あのころの私をこの人はほとんど知らない。あの恐怖のことなど。あの恐怖、いまでもそのせいで夜中に目が覚めることがある。すべてが崩れ落ちる悪夢を繰り返し見るのだ。あの白人奴隷売買の映画で表現してほしいと言われたのはあんな恐怖だった。暗い戸口から手が伸びてきて肩をつかまれる場面だ。驚いて逃げまどう二百頭の馬と渓谷に閉じ込められたときには、実際にそういう恐怖を味わった。いや、コンスタブル大尉自身と同じく、ジェフリーもこんなことにはもううんざりというところで、恥ずかしいとさえ思っているかもしれない。イヴォンヌがわずか十三歳のときから五年間、「連続もの」や「西部劇」の女優として父の生活を支えたことを。ジェフリーも悪夢につきまとわれているのかもしれない。この点に関しても父と同じく、この世でただ一人そんな悪夢を見る人なのだろう。だが、イヴォンヌが悪夢に悩まされているということは……本物に見せかけた興奮も、スタジオの見かけ倒しの平板で明るい魅力のことも、ジェフリーはほとんど知らない。十代の若さで何とか家計を背負っていたことに対する至極まっとうな誇り、厳しくも哀れを誘う、子供っぽい大人の誇りのことも。

領事の隣では、ヒューが煙草を一本取り出し、親指の爪にとんとんと打ちつけ、最後の一本だとつぶやいて口にくわえた。下の座席の背もたれに両足を載せて体を前に乗り出し、自分の膝に肘をつき、眉を寄せて闘技場を見下ろしていた。それから、まだ落ち着かない様子で、おもちゃのピストルのようなパチッという音とともに親指の爪をマッチにこすりつけて火をつけ、それを煙草に近づけた。そのなかなか美しい手で火を囲い、頭を前に傾けて……今朝ヒューは庭で、日差しのなかを、イヴォンヌのほうへやってきた。尊大に体を揺らし、カウボーイ・ハットをあみだにかぶり、拳銃入れ、拳銃、弾帯をつけ、手の込んだ刺繡と飾りのついたブーツに細身のズボンをたくし込んだその姿を見て、イヴォンヌはほんの一瞬、本物のビル・ホドソンかと思ったのだ。西部劇スターのビル・ホドソン、十五のときに三本の映画で相手役を務めたビル・ホドソンかと。馬鹿みたい！　ほんとに、なんでそんなことを思ったのかしら！　ハワイ諸島が生んだまさに野外派の少女、水泳、ゴルフ、ダンスが大好き、そのうえ乗馬の名手である彼女は……ヒューは今朝、私の乗馬の腕については何も言わなかった。君の馬は――奇跡的にも――水を飲みたがっていないよなんて講釈してみせるから、内心おかしかったけれど。お互いに、もしかしたら永久に知らないままで終わる部分ってあるものなのね！――ヒューには映画に出ていたことを話していない。ロビンソンでのあの日でさえ、話しはしなかった……でも、ヒューがまだ私をインタビューする歳じゃなかったのは残念だった。最初のときはともかく、あのひどかった二度目のとき。マッキンタイヤ伯父に大学に行かされて、最初の結婚をし、子供が死んでしまったあとで、もう一度ハリウッドに戻ったあのとき。カミナリ娘イヴォンヌ！　魅惑の歌姫もお色気娘もご用心！「トツゲキ娘」イヴォンヌ・コンスタブルがふたたびハリウッドに！　そう、イヴォンヌは戻ってきて、もう一度ハリウッドをひざまずかせるつもりなのだ。でもイヴォンヌもいまや二十四歳、かつての「トツゲキ娘」は、ダイヤや白い蘭の花や貂《てん》の毛皮の似合う、しっとりとした刺激的な女性に生まれ変わった――愛と悲劇を身をもって知り、ほんの二、三年ハリウッドを離れていた間に一生分の経験をしたのだ。先日、記者が海辺の別荘に訪ねた彼女は、波から現われたばかりのはちみつ色のヴィーナスだった。その眠たげな黒い瞳は海に向けられ、太平洋のそよ風が豊かな黒髪をなぶっていた。その姿を見ているのは難しいが、スタイルはいまも完璧、誰にも負けないエネルギーに満ちあふれている！　ホノルルのじゃじゃ馬、十二歳のころには野球に夢中で、「ボス・ボス」と呼んで崇拝していたパパの言うことしか聞かなかった暴れん坊のおてんば娘は、十四歳で子役になり、十五歳でビル・ホドソンの相手役を務めた。そのころ彼女はすでに元気いっぱいだった。年の割には背が高く、子供時代にハワイの荒波に揉まれながら水泳やサーフィンで培ったしなやかな強さを秘めていた。いまでは想像もできないかもしれないが、イヴォンヌは燃える湖に潜ったり、断崖からぶら下がったり、馬で渓谷を駆け下りたりしてきたし、両脇の騎手を同時に馬から引きずり下ろす技の名人でもあったのだ。「乗馬は得意よ」と宣言した、怯えてはいたが断固とした少女のころの自分を思い出していまのイヴォンヌは明るく笑う。撮影が始まり、もうロケにも入ったというところで、当時のイヴォンヌは反対の側から馬に乗ろうとしたのだ！　一年後には、彼女は走っている馬に飛び乗る芸当も平然とこなしていた。「でもそのころ私はハリウッドから救い出されたの」イヴォンヌは微笑みながら当時をこんなふうに振り返る。「ちっとも嬉しくはなかったんだけど。マッキンタイヤ伯父が、父の死後、文字どおり空から舞い降りて、私をホノルルに送り返したんだもの！」しかし、トツゲキ娘の名をほしいままにし、十八歳になってウッフン娘としても前途有望な娘が、最愛の「ボス・ボス」を失ったばかりで、厳格で愛情のない環境に落ち着くのは難しい。「マッキンタイヤ伯父はほんのちょっとも熱帯でいかれたりしなかったわ」とイヴォンヌは認める。「羊肉《マトン》スープにオートミールに熱い紅茶ですもの！」しかしマッキンタイヤ伯父さんは保護者の義務を心得ており、イヴォンヌは家庭教師についで勉強したのち、ハワイ大学へ送られた。そこで、本人に言わせれば「星《スター》という言葉が頭のなかで不思議な変身を遂げたために」、イヴォンヌはなんと天文学を専攻したのだ！　心の痛みと心に開いた穴を忘れるために、彼女は学業に専念しようとし、なんと天文学界のキュリー夫人になるという束の間の夢を見ていたのだ！　まもなく、大富豪のプレイボーイ、クリフ・ライトに出会った場所もこの大学だった。クリフがイヴォンヌの人生に現われたのは、彼女が大学での勉強に希望を失い、マッキンタイヤ伯父の厳しい監視に不満を募らせ、孤独で、愛情と友だち付き合いを求めていたときのことだった。クリフはと言えば、若く陽気で、結婚相手としての巷の評価はピカイチ。ハワイの月の下、君は僕を愛してるんだ、大学なんか辞めて結婚しよう、と口説いたクリフの言葉の効き目は想像に難くない。（「そのクリフとやらの話は絶対にやめてくれ」領事は知り合ったころの数少ない手紙にそう書いてきたことがあった。「そいつの様子が目に浮かんで、もう虫酸が走っている。近眼のすけこまし野郎で、身長は六フィート三、悲壮感を漂わせて、なよなよしていて毛深くて、いい声でうまいことくっちゃべるんだろう」実のところ、領事の描写はクリフをかなり鋭く言い当てていた。かわいそうなクリフ！　もう彼のことを思い出すことはほとんどなく、彼の裏切りに誇りを踏みにじられた独善的な若い自分のことも考えないようにしている——「事務的で、無能で、愚鈍で、腕っぷしは強いが子供っぽくて——アメリカ男はたいていそうだがね——喧嘩ではすぐに椅子を振り回して、見栄っ張りで、三十にして精神年齢は十歳、愛の行為を下痢みたいなもんにしちまう……」）イヴォンヌは、結婚と、その後避けられぬ結果となった離婚では、「悪評」の犠牲となり、口を開けば揚げ足を取られ、黙っていればその沈黙は誤解された。しかも誤解したのはマスコミだけではなかった。「マッキンタイヤ伯父は私から完全に手を引いたの」とイヴォンヌは悲しげに言う。（かわいそうなマッキンタイヤ伯父さん。素晴らしい話、笑っちゃうくらい——友だちに話すときには大笑いしてしまうほど。私は骨の髄までコンスタブル、母方の人間らしいところは全然ないのだから！　コンスタブルの流儀で突き進もうじゃないの！　いったいどれだけのコンスタブルの人間が、私や父と同じような無意味な悲劇に、いえそこまで行かなくても悲劇のようなものに巻き込まれたり、場合によってはそれを自ら招いたりしてきたことか。末はオハイオの精神病院で朽ち果てる者、ロングアイランドの荒れ果てた客間でうつらうつらする者。その周りでは、代々伝えられてきた銀器や、実はダイヤのネックレスを隠している壊れたティー・ポットの間を、鶏がつつき回っている。自然が間違ってこの世に送り出したコンスタブルの一族は滅びつつある。それどころか、自然は彼らを消し去ろうとしている。自ら進化しないものはこれ以上役に立たないのだ。秘密の存在意義があったとしても、それはとうに失われてしまったのだ。）そこでイヴォンヌは頭をしゃんと上げ、微笑みを浮かべてハワイを去った。心は前にも増して痛いほど空っぽだったが。そしていま、ハリウッドに復帰した彼女は、親しい人に言わせると、恋をする暇などなく、仕事一筋らしい。スタジオからは、最近のスクリーン・テストでの彼女はまさに驚くべきという噂が聞こえてくる。「トツゲキ娘」はいまやハリウッド随一の名女優なのだ！　イヴォンヌ・コンスタブルは二十四歳にして、ふたたびスターの座をつかもうとしているというわけだ。

――でもイヴォンヌ・コンスタブルはスターの座に返り咲きはしなかった。いいところまで行きもしなかった。荒馬を乗りこなしていたころの過去の知名度を武器に、大がかりな宣伝を打ってくれるエージェントを見つけはした――すごいことじゃない、とイヴォンヌは自分に言い聞かせた。世間の関心を内心ひどく恐れていたのに。成功間違いなし、と言われたが、それだけだった。しまいにはヴァージル・アヴェニューやマリポーサを、暗く呪われた天使たちの町《ロス・アンジェルス》のほこりっぽくてろくに根づいていない枯れたヤシの木の下をひとりぼっちで歩くはめになった。こんなにぱっとしないからと言って、自分に降りかかった悲劇がどうなるものでもなかった。女優としての彼女の野心にはいつも見せかけの部分があったのだ。いまにして思えば、その野心には女性としての機能が変化してしまったという問題があった。それと同時に、もう女優としての望みなどなくなったいま（それに、ついにハリウッドへの憧れを卒業したいま）わかることは、世が世なら自分は第一級の芸術家、それどころか偉大な芸術家になれたかもしれないということだ。芸術家と言えば、私はいままさに芸術家じゃない！（偉大な演出さえあれば。）だって、歩いているときや車を運転しているとき、苦悩に打ち沈んで赤信号をものすごい勢いで駆け抜けながら、領事さながらに、タウンハウスの窓の〈ゼブラ・ルームでくつろいだダンスをどうぞ〉の文字が〈くたばったダンス〉に変わるのが見えるのだから――〈雑草に注意〉は〈新婚さんに注意〉になる。掲示板の上では――〈公共時間案内所〉――巨大な青い時計の大きな振り子が休みなく揺れている。もう遅すぎる！　このせいで、こういうことすべてのせいで、たぶんクアウナワクでのジャック・ラリュエルとの出会いは、私の人生をあんなにも揺るがすような不吉なものになったのだ。二人に領事という共通点があったがゆえに、ジャックを通して不可思議な形で、領事の無邪気な時代という未知の領域に触れ、それをある意味利用することができただけではなかった。ハリウッドに対する軽蔑の念と、自分が落伍者かもしれないという自覚を共有しつつ、ハリウッドの話ができたのは彼だけだった。（いつも正直にというわけではなかったけれど、近しい肉親同士が大嫌いな親の話をするときのように夢中になって、解放感に浸りながら！）さらに二人とも同じ年に、一九三二年にハリウッドにいて、実は一度同じパーティーに出ていたこともわかった。野外バーベキュー兼プール兼バー・パーティー。そしてジャックには、領事には隠していたものも見せたのだ。カミナリ娘イヴォンヌ時代の古い写真。房飾りつきの革のシャツに乗馬用半ズボン、踵の高いブーツを履いてテンガロン・ハットをかぶっている。そのせいで今朝ジャックは、私に気づいて驚いたあの恐ろしい瞬間、うろたえたんじゃないかしら――だってきっと、ヒューと私は奇妙なまでに入れ替わって見えただろうから！……そしてまた、彼のアトリエで、領事がいつものごとく現われなかったときには、ラリュエルは自分のフランス時代の古い映画のスチール写真を見せてくれた。そのうちの一つは――なんて偶然！――東海岸に戻ってすぐにニューヨークで見たものだった。とたんにイヴォンヌはふたたびニューヨークにいて（本当はまだジャックのアトリエにいたのだが）、凍えそうな冬の夜のタイムズ・スクエア――泊まっていたのはアスター・ホテル――に立って、電光掲示板のニュースが空中高くタイムズ・ビルディングの回りを動いているのを見つめていた。災害のニュース、自殺のニュース、銀行の倒産、近づく戦争、何でもないニュース。群衆とともに見上げていた電光は突然途切れ、暗闇のなかにぱっと消えてしまった。何のニュースもない、世界の終わりが来たような気がした。それとも――ゴルゴタかしら？　肉親を失った寄る辺のないみなし子、落伍者だが金持ちで、美しくもあり、歩いてはいるが行き先はホテルではなく、慰謝料で買った贅沢な毛皮のコートに身を包み、バーの暖かさを求めていながら一人で入る勇気はなく、イヴォンヌは街娼よりもずっと惨めな気持ちでいた。煌々と非情に輝く落ち着かない都市を彼女は歩いていた――何かに追われながら、常に追われながら――〈最高の品をもっとお安く〉の広告が何度も目に飛び込んでくる。それから〈袋小路〉とか〈ロミオとジュリエット〉とか。そしてまた〈最高の品をもっとお安く〉――あの恐ろしい暗闇が彼女のうちにしつこくとどまり、偽りの何不自由ない孤独、離婚に伴ううしろめたい無力感をさらに深めた。ネオンの矢が心に突き刺さってきた――でもだまされている。暗闇はまだそこに、矢のなかにあり、実は矢であることに彼女は気づいて、次第に恐ろしくなった。足を引きずった人たちがぎこちない動きでゆっくりと通り過ぎた。男たちが口のなかで何やらつぶやきながらすれ違う。あらゆる希望が死んでしまったような顔をしている。だぼっとした紫色のズボンをはいたチンピラどもが、冷たい強風がどっと吹き込む開け放たれた店の入口あたりにたむろしている。そして一面にあの暗闇が広がっている。意味のない世界、目的のない世界の暗闇が――〈最高の品をもっとお安く〉――でもこの世界では、自分以外の者は皆、どんなに偽善的にであっても、どんなに卑しく、孤独で、傷つき、無力ではあっても、何か信ずべきものを見つけているように彼女には思われた。たとえその対象がクレーンや、通りで拾った煙草の吸いさしにすぎなくても、あるいはバーでも、イヴォンヌになれなれしく声をかけることにすぎなくても……『イヴォンヌ・グリファトンの運命《ル・デスタン・ド・イヴォンヌ・グリファトン》』……いつの間にか――なおも追われながら――旧作や外国映画を上映する、十四番街の小さな映画館の前に来ていた。そしてスチール写真に写っている孤独な人物は、まぎれもなく彼女自身だった。この同じ暗い通りを歩いていて、同じ毛皮のコートを着てさえいる。唯一の違いは頭上と周囲のネオンサインだ。〈デュボネ、アメール・ピコン、フラッテリーニ十人組、ムーランルージュ〉そしてなかに入ると、「イヴォンヌ、イヴォンヌ！」という声がして、スクリーンいっぱいに映し出された巨大な影のような馬が、自分めがけて飛び出してくるように見えた。それは先ほどの孤独な人物が通り過ぎた騎馬像で、声は暗い道を歩いていくイヴォンヌ・グリファトンに、そしてイヴォンヌ自身にもつきまとう幻の声だった。まるで外の世界からこのスクリーン上の暗い世界に息もつかずに入り込んでしまったようだ。それはたとえ途中で入っても、いままで見たなかで最高の一本だと瞬時に確信させる類の映画だった。あまりに並み外れた写実性のために、何の話で、主人公が誰なのかなどということは重要ではないように思えてくる。ある瞬間の爆発、すぐそこに迫っている脅威、駆り立てられ、憑かれた者は誰なのかを確かめることに比べたら。この場合はイヴォンヌ・グリファトン――あるいはイヴォンヌ・コンスタブル！　だが、イヴォンヌ・グリファトンは、追われ、駆り立てられている反面――映画は家柄のよい裕福なフランス人女性の没落を扱っているらしかった――自らも駆り立てる側に立ち、この影に覆われた世界で何かを求めて手探りしていた。何を探しているのか、はじめイヴォンヌにはわからなかった。彼女が近づくと、奇妙な人影が壁や脇道に凍りついた。人影はどうやら彼女の過去に関係していた。愛人たち、自殺した、たった一人の真の恋人、父親――まるで彼らから逃れるかのように、彼女は教会のなかに入った。イヴォンヌ・グリファトンは祈りを捧げていたが、一人の追っ手の影が内陣の階段に落ちた。それは最初の恋人で、次の瞬間、彼女はヒステリックな笑い声を上げていた。彼女はモンマルトルの〈フォリー・ベルジェール〉にいて、オペラ座にいて、オーケストラはレオンカヴァッロの「ザザ」を演奏していた。次に彼女は賭け事をしていて、ルーレットが狂ったように回転していた。それから彼女は自分の部屋に戻っていた。そして映画は嘲りの色を帯び、自嘲的ともいえる調子になった。先祖たちが次々と彼女の前に現われた。彼らはどんよりとして動かない利己と災厄の象徴だったが、イヴォンヌの頭のなかでは美化されているようで、英雄のように、牢獄の壁を背にして疲れきって立ち、死刑囚の護送車のなかで硬直したようにまっすぐに立って、パリ・コミューンに撃たれ、プロシア人たちに撃たれ、戦いのさなかに直立し、直立したまま死んでいる。そして今度は、ドレフュス事件に巻き込まれたイヴォンヌ・グリファトンの父親が現われて、彼女を嘲笑い、しかめ面をしてみせた。洗練された観客は、笑うか咳をするか、ぶつぶつつぶやいたりしたが、おそらく彼らの大半は、イヴォンヌがいまも気づかずにいること、つまり、これらの登場人物と彼らの関わった出来事がイヴォンヌ・グリファトンの現在の境遇にどのように影響したのかを知っていたのだろう。そのようなことはすべて映画の前半のほうの挿話に伏線として埋め込まれていた。自分の運命は遠い過去に埋められていて、未来に繰り返されるかもしれないということを知ろうと思ったら（それだってわかるかどうか疑わしいけれど）、まずはニュース映画にアニメーション映画、『アフリカの肺魚の生態』に、再上映の『暗黒街の顔役』も見なければならないだろう。しかし、イヴォンヌ・グリファトンが何を自問しているのかはいまや明らかになった。実際のところ英語の字幕があまりにそれをはっきり示していた。こんな遺産の重荷を背負ってどうしたらいいの？　この厄介なお荷物から逃れるにはどうしたらいい？　果てしない悲劇に見舞われる宿命なのかしら？　はるか昔に死んで地獄に落ちた者たちのよくわからない罪の贖いとも到底思えない、ただの無意味な悲劇でしかないのに。そうよ、どうしたら？　イヴォンヌ自身も考えた。無意味——それでも、宿命なのかしら？　不幸なコンスタブル一族を美化するのは簡単だ。自分を、先祖という重荷を背負った、ちっぽけで孤独な存在としてとらえることは、あるいはそういうふりをすることは可能だ。先祖たちの弱さと激しさがその血に流れる（なくても作り出せばいい）、闇の力の犠牲者——そういう一族なのだ、逃れることはできない！——誤解され、悲劇的だけれど、自分の意志だけはしっかりと持っている！　でも信じるものがなかったら、意志など何の役に立つというの？　これがまさにイヴォンヌ・グリファトンの問題でもあることに彼女は気づいた。これこそ私自身も探していたもの、いつも、何が起こっても探しつづけてきたものなのだ。信ずべきものを。まるで新しい帽子や貸家のように簡単に探し出すつもりで！　いま私が見出しかけ、同時に見失いかけているように、信じるものが何かの大義であっても、何もないよりはましだ。イヴォンヌは煙草が吸いたくなり、戻ってきてみると、イヴォンヌ・グリファトンはついに探し求めていたものを見つけたようだった。イヴォンヌ・グリファトンは人生そのものを信じるようになった。旅を、新たな恋を、ラヴェルの音楽を。ボレロのコードが、踵を打ち鳴らして冗長に、気取った様子で歩を進め、イヴォンヌ・グリファトンはスペインに、そしてイタリアにいた。海が見え、アルジェ、キプロス、蜃気楼の立つ砂漠、スフィンクスが映し出された。何を意味しているのかしら？　ヨーロッパね、とイヴォンヌは思った。そう、彼女にとっては、ヨーロッパ以外の何ものでもない。大旅行《グランド・ツアー》、エッフェル塔、どれもイメージどおりだ。——でも、どうしてなのだろう、生きる力にはとても恵まれているのに、私が人生を信じるだけでは満足できたためしがないのは。もしそれがすべてなら！……無我の愛を信じることが——星を信じることが！　それで十分なのかもしれない。それでも、それでもやはり、あきらめたことがないのは、望みを捨てたことがないのはたしかだ。手探りでずっと、意味を、型を、答えを見つけようとしてきたのだから——

雄牛はロープに抵抗してしばらく踏ん張っていたが、やがて、地面を掃くように首を左右に大きく振りながら、物憂げに土ぼこりのなかに腰を落とした。とりあえずは打ち負かされ、それでもあたりを窺っているその姿は、小刻みに揺れる大きな蜘蛛の巣の真ん中にかかった美しい昆虫を思わせた……死、あるいは死の一種。人生にはつきものだ。そしていま、再度の復活。カウボーイは輪縄を使って奇妙な結び目の術を施し、最後の乗り手のために雄牛の支度をしていた。だが、その乗り手がどこの誰なのかはわからなかった。

——「ありがとう」ヒューが、やはり上の空で、焼酎《アバネロ》の小瓶をよこした。イヴォンヌは一口飲んで瓶を領事に渡した。領事は飲まずに、瓶を手にしたまま、沈んだ様子で座っていた。それでも、バスの発着所に来てくれたじゃない？

イヴォンヌは観覧席を見回した。見渡すかぎり、この群衆のなかに女はほかにいない。例外は、プルケを売っている骨ばったメキシコ人の老女だけだ。いや、違った。アメリカ人の二人連れがちょうど向こうの足場を上ってきた。女は鳩羽色のスーツ、男は角縁の眼鏡をかけ、少し猫背ぎみで、後ろの髪を伸ばし、オーケストラの指揮者みたいに見える。ヒューと二人でいたときに、広場《ソカロ》の〈ラス・ノベダーデス〉の角で、編革サンダル《ウアラーチェス》や奇妙なガラガラやお面を買っていたカップルだ。その後、バスに乗っていたとき、この二人が教会の階段で民俗舞踊を見ている姿も目にした。二人はなんて幸せそうなのだろう。恋人同士か、新婚のカップルに違いない。二人の未来は、青い穏やかな湖のように、清らかに、何にも邪魔されず、二人の前に広がっているのだ。そう思うと突然、イヴォンヌの心は軽くなった。朝起きて、日差しのなかに姿を消す、夏休みの少年の心のように。

ヒューの話していた掘建て小屋がぱっと心に浮かんだ。でもそれは掘建て小屋ではなかった――家だ！　太い頑丈な松の柱で地面に踏ん張って、松や背の高い揺れるハンノキやすらりとしたカバノキの森と海の間に建っている。森のなかを曲がりくねって店へと続く細い道があり、そこにはサーモンベリーやシンブルベリーや野生のブラックベリーの藪が茂り、霜の降りる明るい冬の夜にはいくつもの月を映し出す。家の裏手にはハナミズキの木があり、年に二度、白い星のような花をつける。スイセンとマツユキソウが小さな庭に咲いている。春の朝に二人が座る広いポーチと、まっすぐ水上に突き出している桟橋がある。この桟橋は自分たちで作るのだ。引き潮のときに、杭を一本ずつ、浜の斜面に打ち込んで。一本一本杭を打ち込んでいって、ついには桟橋から海に飛び込めるようになる。海は青く冷たく、二人は毎日泳いで、毎日はしごで桟橋に上がり、そこからまっすぐ家に駆け込むのだ。いま、イヴォンヌにはその家がはっきりと目に浮かんだ。小さな家で、風雨にさらされて銀色になった板でできており、赤いドアと、日光をたっぷり採り入れる観音開きの窓がついている。お手製のカーテンが見え、それから、領事の机と愛用の古い椅子、インディオの色鮮やかな毛布で覆われた寝台、六月の長い夕べの奇妙な青色に映えるランプの黄色い明かり、夏には領事の仕事場となる、屋根のない日当たりのよいテラスを半ば支えているクラブアップルの木、秋の嵐の夜に、頭上の暗い木々を揺らす風と浜に打ち寄せる波。そして、日光が水面に反射してできる水車の輪のような光が――ヒューがクアウナワク醸造所《セルベセリア・クアウナワク》で話していたように――いまはただ、二人の家の正面を滑っていき、窓を、壁をするすると動いて、家の上と背後では、松の枝を緑のふさふさしたシュニール糸に変える。夜、二人は桟橋に立って星座を眺める。蠍座に三角座、牛飼い座に大熊座。このとき水車の輪のように現われる光は月光の反射であり、重なり合った銀色の板の壁を絶え間なく滑り落ちる。月の光は、水面の上でも揺れる窓を縁取っている――

これを現実のものにすることができる。できるのよ！　何もかもちゃんと、私たちを待っている。いまジェフリーと二人きりで、このことを話せたら！　カウボーイ・ハットをあみだにかぶり、踵の高いブーツの足を前の座席に載せたヒューは、いまでは侵入者、自分たちとは関係ない、下の場面の一部に見えた。彼は雄牛の支度を熱心に見守っていたが、彼女の視線に気づいて不安げに目を伏せ、煙草の箱を探して見つけると、それが空であることを目というよりも手で確かめた。

下の闘技場では、馬上の男たちの間で瓶が回され、それから雄牛の支度をしている者たちに渡された。馬に乗った男が二人、あてもなく場内を速駆けで回った。観衆はレモネード、果物、ポテトチップ、プルケなどを買っていた。領事もプルケを買おうとするそぶりを見せたが、気が変わって、焼酎《アバネロ》の瓶を指でまさぐっていた。

酔っ払いがまた数人、雄牛に乗りたがって邪魔をしたが、興味をなくして突然馬好きに変身し、また興味をなくして、よろめきながら場外へと追い出された。

あの巨人が、煙を吐いてキーキー音を立てる「ロケット号」とともに戻ってきたが、姿を消した。ロケット号に吸い込まれたかのようだった。観衆は静まり返り、彼女の耳にクアウナワクの祭りらしき音がふたたび聞こえてくるほどに静かになった。

歓喜と同じように沈黙もうつるものだとイヴォンヌは思った。ある集団が気まずく黙り込むと、別の集団もぎこちなく黙り込み、さらにそれが別の集団にもっと漠然とした、無意味な沈黙を引き起こし、全体が静まり返る。この説明のつかない突然の沈黙ほど、この世で強力なものはない――

――小さな若葉の間からやわらかく降り注ぐ、ぼんやりとした光でまだらになった家、そして水面を横切っていく靄《もや》。まだ雪の残る白い山が青空を背にくっきりと浮かび上がり、流木の薪の青い煙が煙突から渦を巻いて立ち昇る。勾配のついた板葺きの材木小屋の屋根にはハナミズキの花が舞い落ち、木々は美しさを宿している。斧、こて、熊手、鋤《すき》、守護聖人の像の置かれた深くて冷たい井戸、漂流物、木製の海の彫刻が、その上に留めてある。古いやかん、新しいやかん、ティー・ポット、コーヒー・ポット、二重鍋、シチュー鍋、食器棚。手書きの好きなジェフリーは外で書き物をし、私は窓際の机に向かってタイプを打つ――だって、タイプを習って、彼の原稿を、お馴染みの一風変わったギリシア文字みたいなeやへんてこなtのある斜めの筆跡から、きちんと清書するつもりだから――そして仕事をしていると、アザラシが水面から顔を出し、あたりを見回して、音も立てずに潜っていくのが見えるだろう。あるいは、厚紙と紐でできているように見えるサギが、重々しく翼をはためかせて通り過ぎ、堂々と岩の上に舞い降りて、丈高く身じろぎもせずにそこに立っているだろう。カワセミやツバメが軒先を行き交い、桟橋にとまる。あるいはカモメが、流木にとまって水面を滑っていく。頭を翼の下に隠し、海の動きに合わせて揺れながら……食料は全部、ヒューが言っていたように森の向こうの店で買って、何人かの漁師以外は誰にも会わない。冬になると、その漁師たちの白い船が、湾に停泊して縦揺れしているのが見える。私は料理と掃除をして、ジェフリーは薪を割って井戸から水を汲んでくる。そして二人はジェフリーの本のために一生懸命取り組む。この本が彼に世界的な名声をもたらすのだ。でも二人は呑気に構えて、名声なんて気にかけない。飾りけのない、愛情に満ちた生活を、森と海に挟まれた二人の家で営むのだ。そして半潮のときには、桟橋から海を見下ろし、浅い透明な水のなかに、青緑色や朱色や紫色のヒトデや、茶色のビロードのような小さなカニを見る。カニは、ハート型の針山のように緞子《どんす》状になっているフジツボのついた石の間を横歩きしている。週末には入江を、連絡船が短い間隔で通り過ぎ、流れに逆らって歌を運んでいく――

観衆はほっとため息をつき、木の葉のこすれるようなざわめきが走った。イヴォンヌには見えなかったが、何かが下のほうで行なわれたのだ。騒がしい声がして、あたりの空気にはふたたび、提案や、口を極めた悪態や、当意即妙のやりとりで緊張が走った。

雄牛は乗り手の下でどうにか立ち上がろうとしていた。乗っているのは太ったぼさぼさ頭のメキシコ人で、この状況にしびれを切らして苛立っているようだった。雄牛もいらいらしているようで、いまは立ち上がってじっと動かずにいた。

向かいの正面観覧席の弦楽楽団が、調子はずれの「グアダラハラ」を演奏しはじめた。グアダラハーラ、グアダラハーラー、楽団の半分が歌っていた……

「グ、ア、ダ、ラ、ハ、ラ」ヒューが一つ一つの音を区切って発音した。

下、上、下、下、上、下、下、上、とギターがかき鳴らされた。乗り手は楽団を睨みつけていたが、やがて憤怒の表情を浮かべて、雄牛の首に巻かれた縄を握り直してぐいっと引き、雄牛は一瞬、期待されているとおりの動きをして、揺汰機のようにぶるぶるっと大きく体を震わせ、四つ足で飛び上がった。しかしまもなく、元のゆったりした足取りに戻ってしまった。すっかりやる気をなくした雄牛は、乗り手に厄介をかけることもなく、重々しく闘技場を一周すると、柵にかかった観衆の重みで戸の開いていた囲いを目指してまっすぐに帰っていった。実は囲いに戻ることばかり考えていたのだろう。その蹄は、突然、邪気のない軽快な音を叩き出した。

皆は悪い冗談でも聞いたときのような笑い声を上げた。この笑いは、続いて起こったもう一つの不運にも符合し、笑い声はさらに大きくなった。別の雄牛があまりにも早く現われ、囲いに引きとめようと容赦なく押されたりつつかれたり殴られたりした結果、駆け足になり、場内に入るやいなやつまずいて、地面にのびてしまったのだ。

最初の雄牛の乗り手は、面目をなくして不機嫌になり、囲いのなかで牛から下りた。柵のそばに立って、頭を掻きながら、手すりの上に素晴らしい平衡感覚で立っている少年の一人に向かって自分の失敗のわけを説明している彼にも、人は同情せずにはいられなかった――

――今月だって、季節はずれに暖かい日があれば、ポーチに立ち、仕事をするジェフリー越しに、その肩越しに水中を覗き込んで、乳白色に光る泡や枯れた――でもとても美しい――シダの枝でできた群島と、水面に映るハンノキを見られるだろう。木々はもうほとんど葉を落として、まばらな影を、針山のような緞子状の石の上に投げかけている。その上を緞子状のカニが、沈んだ木の葉の間をあわてて逃げていく――

二頭目の雄牛は、立ち上がろうと二度弱々しく試みたが、結局寝そべってしまった。一人の騎手が縄を振り回し、雄牛に向かってしゃがれ声で「ブーア、シューア、ブーア」と叫びながら、速足で場内を横切って駆けてきた――ほかのカウボーイ《チャーロス》も縄を持ってやってきた。先ほどの小さな犬もどこからかちょこまかと現われ、ぐるぐると走り回った。しかし何の役にも立たなかった。大きな変化は何もなく、寝そべったその場でゆるく縄をかけられている二頭目の雄牛は、何があろうと動く気配はなかった。

またしばらくは何も起こらないまま待たされそうだ、というあきらめの気分が皆に広がり、下ではカウボーイたちがうしろめたそうに、気乗りしない様子で二頭目の雄牛に縄をかけはじめていた。
「あの哀れな雄牛をごらん」と領事が言っていた。「美しい広場《プラサ》にいる。ちょっとだけ飲んでも構わないかい？　ほんの一口《ポキティン》……いいかい？　ありがとう。縄がどう来るんだろうってじらされながら待っているよ――」

――黄金色の葉も、深紅の葉も、緑の葉も一枚、私の煙草と一緒に水面をくるくると回転しながら下流へと流れていき、石の下から強い秋の日差しがまぶしく反射して——

「それとも、縄がどう来るんだろうって、とんでもない可能性を七通り考えてじらされながら待つか——ありえないことじゃない。次に勇敢なコルテスが登場して、身の毛もよだつものを見つめなくちゃならない。平和というのからは誰よりも遠い男だ……クアウナワクの頂上から、無言でね。畜生、ひどい闘牛だな——」

「ほんとにね」とイヴォンヌが言って顔を背けたとき、向かいの楽団の下に、今朝ベーヤ・ビスタの外にいたサングラスの男を見たように思った。男はそのあとにも、コルテス宮殿のそばに立っていたような——それとも思い違いかしら？「ジェフリー、あの人は誰？」

「あの牛は妙だな」領事は言った。「何を考えているのやら。——敵がいるのに、今日は試合に乗ってこない。寝転がっちまう……それか倒れちまう。ほら、奴はこっちが敵だってことをすっかり忘れてる。こっちはそう思って、軽く叩いてやる……本当のところ……次に会うときには、奴が敵だなんて気がつきもしないだろうな」

「もしかして去勢牛かな？《エス・イスト・フライライヒト・アン・オクス》」とヒューがつぶやいた。

「撞着語法《オクシモロン》……賢くも愚かな」

当の牛はあいかわらずぼんやりと寝そべっていたが、いまは放っておかれていた。人々は下のほうでいくつかの集団になってしゃがみ込み、言い争いをしていた。騎手たちも口論しながら場内を回り、鬨《とき》の声を上げていた。しかしこれといった行動は起こらず、何かが起こりそうな兆しもなかった。誰が二頭目の雄牛に乗るのか、ということが皆の関心事のようだった。しかしそれなら最初の雄牛はどうする？　囲いのなかで大騒ぎして、また場内に入ろうとするのをやっとのことで止められている。イヴォンヌの周りで交わされている意見も、下の闘技場での議論を反映していた。最初の乗り手にはまともなチャンスが与えられなかった、そうだろ《ベルダー》？　いやいや《ノ・オンブレ》、そもそもあいつにやらせるべきじゃなかったんだ。そりゃない《ノ・オンブレ》、もう一度機会を与えるべきだ。無理だよ、別の奴が乗ることになってるんだから。だが《ペロ》、そいつはここにいないか、来られなくなったか、ここにいるんだが乗る気がないのか、まだ来ていないがこっちに向かっている途中、じゃないか《ベルダー》？――だからといって、予定が変わるわけじゃないし、最初の乗り手に二度目のチャンスがやってくるわけでもない。

酔っ払いどもは、前にも増して代わりを務めたがった。一人などは雄牛にまたがり、乗り回しているつもりになっていたが、実のところ雄牛は微動だにしなかった。最初の乗り手がふくれっ面でそれをやめさせている。間一髪のところだった。まさにそのとき、雄牛は目を覚まし、寝返りを打った。

最初の乗り手は、外野のさまざまな声にもかかわらず、いま一度挑戦するところだが――いや、違った。先ほどあまりにもひどい侮辱を受けたので、何があろうともう乗る気はないのだ。乗り手はまだ柵の上でバランスを保っている少年にさらに説明を続けようと、柵のほうへ去っていった。

下のほうで、巨大なソンブレロをかぶった男が静粛を求めて叫び、両腕を振り回しながら、闘技場からこちらに向かって呼びかけている。しばらくこのまま待ってくれと言っているのか、乗り手として誰か名乗り出てくれということなのか、観衆に訴えている。

どちらなのか、イヴォンヌにはわからずじまいだった。とんでもないことが始まったのだ。馬鹿げたことが、突然、地面を揺るがすような勢いで――

ヒューだった。上着を残して足場から場内に飛び降り、雄牛のほうへと走っていく。冗談なのか、ヒューを予定されていた乗り手と勘違いしたからなのか、縄が牛から魔法のようにさっと引っ込められた。イヴォンヌは立ち上がった。領事も隣で腰を上げた。

「なんてこった、あの馬鹿！」

二頭目の雄牛は、予想に反して縄が外されたことに反応し、乗り手の登場に沸き上がる混乱した歓声に戸惑って、うなり声を上げながらぎこちなく立ち上がった。ヒューは闘技場の真ん中で牛にまたがり、すでに体をのけぞらせて狂ったように牛を操っていた。

「どうしようもない馬鹿者め！」と領事は言った。

ヒューは片手できつく手綱を引き、もう片方の手で牛の脇腹を打っていた。なかなか上手いものだとイヴォンヌは思い、自分でまだそういう判断ができることに気づいて驚いた。イヴォンヌと領事はまた腰を下ろした。

雄牛は、まるで縄で一つにまとめられているかのように前脚を揃えて、まず左へ、次に右へ跳ねた。それからがっくりと膝を折った。牛は怒って立ち上がった。イヴォンヌは隣にいる領事が焼酎《アバネロ》を飲んだことにも、そのあと瓶の栓を締めたことにも気づいていた。

「なんてことだ」

「大丈夫よ、ジェフ。ヒューはちゃんとわかってるわ」

「大馬鹿者が……」

「ヒューは大丈夫――どこで習ったのか知らないけど」

「ヒモ野郎……梅毒持ちめ」

たしかに雄牛はすっかり目を覚まし、精一杯の力でヒューを振り落とそうとしていた。足で地面を引っ掻き、カエルのように発作的に飛び跳ね、さらには腹で地面をこすらんばかりに体勢を低くした。ヒューはしっかりとつかまっていた。観衆が笑い、喝采する一方で、いまやメキシコ人とまったく区別のつかないヒューは真剣な表情で、凄みさえ感じさせた。断固として手綱を握ったまま、体をのけぞらせ、足を広げ、汗のにじむ牛の横腹を蹴っている。カウボーイたちは速駆けで場内を横切っていた。

「見せびらかすつもりはないんだと思うわ」イヴォンヌは微笑んだ。そう、行動を起こしたいという馬鹿げた欲求に身を任せているだけなのだ。今日という、だらだらと過ぎていく無情な一日のせいで、ひどくかき立てられた欲求に。いま、彼の頭のなかは、あの哀れな雄牛を屈服させることでいっぱいだ。「あなたはこんなふうに試合をしたいのね。いいわ、私もこの雄牛が嫌い」こう念じることが、ヒューの気持ちを雄牛の屈服に集中させる助けになるとイヴォンヌは感じた。それにどういうわけか、彼を見ていても不安はほとんど感じなかった。この状況での彼には、高飛び込みの選手や綱渡り芸人や煙突屋のように見る者に大丈夫だと思わせるものがあった。ヒューはこういうことをするのにぴったりだという、皮肉交じりの考えが浮かびさえした。イヴォンヌは、今朝ヒューが峡谷《バランカ》にかかる橋の欄干に飛び乗ったとき、自分が一瞬恐怖を感じたことを思い出して驚いた。

「危ないことを……馬鹿者め」領事は焼酎《アバネロ》を飲みながら言った。

実際、ヒューの災難は始まったばかりだった。カウボーイ、ソンブレロの男、最初の雄牛の尻尾に嚙みついた子供、肩掛け《サラーペ》とぼろ布をまとった男たち《オンブレス》、それに柵の下からまたもぐり込んできた小犬さえもが、周りを取り囲んでじりじりと輪を狭め、そろってヒューの厄介事を増やしていた。皆がそれぞれ加担していた。

イヴォンヌは不意に、黒雲が北西の方角から空に上ってきているのに気づいた。雲は一時的にあたりに不吉な影を落として夕方の雰囲気を漂わせた。雷が山のほうで一度ゴロゴロと金属的な音を立て、一陣の風が木々の間を吹き抜けて枝をしならせた。眼下の光景そのものも、現実味のない奇妙な美しさを帯びていた。雄牛をけしかけている男たちの白いズボンと色鮮やかな肩掛け《サラーペ》が、暗い木々と雲の垂れ込める空に映えて輝き、馬たちは乗り手のサソリむちに打たれて、瞬時にもうもうと砂ぼこりを舞い上げて姿を隠し、騎手たちは鞍から身をぐっと乗り出して、縄をものすごい勢いで、四方八方、やみくもに繰り出していた。その真ん中ではヒューが、不可能な、それでいてなぜかあざやかな演技を続け、木の上の高いところでは少年が風に髪を吹き散らされていた。

楽団は風のなかでふたたびグアダラハラを演奏しはじめ、雄牛は角を柵にとられて吠えたけった。抵抗するすべもない雄牛は、その柵の隙間から、睾丸の名残りを棒でつつかれ、しないむちや鉈《マチエテ》でくすぐられ、一度は自由になってまた捕まり、熊手でもつつかれた。土くれや糞も、その赤い目に投げつけられた。いまやこの子供じみた残酷な行為は果てしなく続くように思われた。

「ねえお願い」イヴォンヌが突然ささやいた。「ジェフリー――こっちを見て。話を聞いてちょうだい。私はずっと……私たちがここにいる理由はもう何もないわ……ジェフリー……」

青ざめた領事は、サングラスをかけずに悲しげにイヴォンヌを見ていた。汗をかいており、全身が震えていた。「そうだな」彼は言った。「ないな……ないよ」彼はヒステリックとも言える調子で言い添えた。

「ねえジェフリー……震えないで……何を怖がっているの？　ここを離れましょうよ、いますぐにでも、明日でも、今日でも……私たちを止めるものなんてないわ」

「ないね……」

「ああ、あなたいままでとてもよくやってきたわ――」

領事は彼女の肩に腕を回し、じっとり湿った頭を子供のように彼女の頭にもたせかけた。一瞬の間、とりなしと優しさの精が二人の頭上を舞い、二人を見守っているかのようだった。領事は疲れた声で言った。

「そうしようじゃないか。何が何でもここを離れよう。千マイル、いや、百万マイル離れたところへ行こうよ、イヴォンヌ、離れてさえいればどこだっていい。とにかくよそへ。こんなところから離れて。そうさ、こんなところから」

――目覚めたときには星の散りばめられた野生の空を、日の出のころには金星と黄金色の月を、真昼には雪を戴き、青く冷たい水が荒々しく流れる青い山々を――「本気で言ってくれているの？」

「本気かだって！」

「あなた……」ある思いがイヴォンヌの脳裏をかすめた。私たちは、いまになって突然、話す時間が限られた囚人みたいに話している。結論を急いでいる。領事は彼女の手を取った。二人は手を握り合い、肩を寄せ合って座っていた。闘技場ではヒューが闘っていた。雄牛も力いっぱい引っ張り、身をもぎ離したが、怒り狂い、焦って出てきてしまった囲いを懐かしんで、ところかまわず柵に体当たりした。そのうちに疲労困憊し、あまりに虐げられて、囲いを見つけ、激しい怒りと苦しみをあらためて思い出したかのように門に何度も体当たりし、やがて小犬にうしろから吠えつかれて囲いを見失い……ヒューは疲れてきた雄牛に何度も場内を回らせた。

「ただ逃げ出すわけじゃないの、本当にやり直すのよ、ジェフリー、どこかで、もう一度、一から。生まれ変わるみたいに」

「そうだね、そんなふうかもしれない」

「わかったのよ、やっと心のなかではっきりしたの。ああジェフリー、やっとわかったのよ」

「俺にもわかる気がするよ」

二人の下では、雄牛の角がふたたび柵に絡まった。

「あなた……」二人は目的地に汽車で着くのだ。太平洋の入り江の水面を横目に、平らに広がる夕暮れの大地をくねくねと走っていく汽車で――

「ねえ、イヴォンヌ」

「どうしたの？」

「俺は堕落してしまったんだ……いくらかね」

「いいのよ、あなた」

「……イヴォンヌ」

「なあに？」

「愛しているよ……イヴォンヌ」

「ええ、私もよ！」

「君は……大事な人だ」

「ああジェフリー、私たち幸せになれるわ、私たちきっと――」

「そうだね……きっと」

――そして海のはるか向こうでは、あの小さな家が待っている――

突然、拍手喝采が起こり、すぐにテンポを上げたギターの音が、風下に流されながらそれに続いた。雄牛は柵から角を引き抜いていて、場内はふたたび活気づいていた。ヒューと雄牛は、ほかの者が退いたことで場内にできた小さな円の中心で、一瞬取っ組み合った。それから、すべてがもうもうたる砂ぼこりに覆われた。左手にある囲いの門がふたたび乱暴に開かれ、最初の一頭を含むすべての雄牛が放たれた。門を開けたのは最初の一頭だったのかもしれない。雄牛たちは歓声を浴びながら場内に駆け込み、鼻息荒く四方八方へと散った。

遠くの隅で自分の雄牛と格闘しているヒューの姿は、しばらく見えなくなった。向こう側にいる誰かが突然悲鳴を上げた。イヴォンヌはさっと領事から体を離して立ち上がった。

「ヒュー……何か起こったんだわ」

領事はふらふらしながら立ち上がった。彼は瓶に口をつけて焼酎《アバネロ》を飲んでおり、もうほとんど飲み干していた。それからこう言った。

「見えないけど、雄牛のほうじゃないかな」

粉塵が舞い、騎手、雄牛、縄が交錯するなかで、向こうの端で何が起こっているのか、はっきりと見きわめるのはまだ不可能だった。それから、そのとおり、悲鳴の原因は雄牛のほうで、疲れ果てて、ふたたび地面に倒れているのがイヴォンヌに見えた。ヒューは平然とした様子で雄牛から離れ、喝采している観衆に一礼すると、ほかの雄牛をやり過ごして向こう側の柵を飛び越えた。誰かが彼に帽子を返してやっている。

「ジェフリー――」イヴォンヌはあわてて言いはじめた。「無理を言うつもりはないのよ――つまり――わかってるもの、きっと――」

だが、領事は最後の焼酎《アバネロ》を飲んでいるところだった。しかし、ヒューのために少し残しておいた。

……三人がトマリンに下りていったときには、頭上にはふたたび青空が広がっていた。暗雲はまだポポカテペトルの背後に立ちこめていて、その紫色の塊は午後の明るい日差しに貫かれていた。日光は、涼しくさわやかにきらめきながら眼前に広がっている別の小さな銀色の湖にも降り注いでいた。ここに来たとき、イヴォンヌは気づきもせず覚えてもいなかった湖だ。

「タスマニアの司教か誰かも、タスマニアの砂漠で喉が渇いて死にそうなときに、似たような体験をしたのさ」と領事が言っていた。「はるか彼方のクレイドル山の眺めに少しの間慰められ、それから水面が目に入った……だがあいにくそれは、無数の割れた瓶が日光を浴びてぎらぎら光っているだけだったんだ」

湖に見えたのは、シコタンカトル公園にある温室の割れた屋根だった。温室には雑草がはびこっているばかりだった。

だが、歩くイヴォンヌの頭のなかにあるのは二人の家だった。それはたしかに存在した。家のさまざまな姿がイヴォンヌの目に浮かんだ。日の出時の家、南西風が吹く長い午後の家。夕暮れ時、雪をかぶり、月と星の光を浴びている家。上空からの様子。森のなかから煙突と屋根が覗き、桟橋が寸詰まりに見える。頭上に隆起している海岸からの様子。海から見た、はるか遠くの小さな姿。木々を背にしたちっぽけな標識、灯台のようだ。二人の会話の小舟はあまりしっかりとつながれていない。小舟が岩にぶつかる音まで聞こえる。あとで安全なところまで引っ張り上げよう。でも、なぜ？　頭の真ん中に、ヒステリーを起こしている女の姿があって、人形のように体を痙攣させ、拳で地面を激しく叩いている。

「いざ、〈サロン・オフェリア〉へ」領事が叫んだ。

雷を運んできそうな熱風が三人に吹きつけ、勢いを失い、どこかで鐘が、三つ一組の音となって荒々しく鳴り響いた。

三人の影は行く手の砂ぼこりのなかを這い、家々の白く乾ききった壁の上をすべり落ち、一瞬、楕円形の影と激しく絡まった。ねじれながら向きを変える、少年の自転車の車輪の影だった。

輻《や》のついた車輪の影は、巨大に、横柄に、さっと通り過ぎた。

いまや三人の影は広場を横切って長々と伸び、〈皆の満足　私の満足〉《トドス・コンテントス・イ・ヨ・タンビエン》の戸口に達していた。扉は観音開きで、その下から松葉杖の脚のようなものが見えた。誰かが出てくるところだ。松葉杖は動かなかった。持ち主は戸口のところで言い争いをしているのか、最後の一杯を飲んでいるのか。それから杖は消えた。酒場《カンティーナ》の扉が片側だけ開き、何かが現われた。

体を二つに折り曲げ、重みにうめき声を上げながら、足を引きずった年寄りのインディオが、額に巻きつけた革紐で、自分よりもさらに年取ったよぼよぼの哀れなインディオを背負っている。男は老人を松葉杖ごと運んでおり、この過去の重みに四肢をぶるぶる震わせながら、二人分の重荷を負っていた。

老人を背負ったインディオが角を曲がって、灰白色の砂ぼこりをかき分けるようにしてみすぼらしいサンダルを引きずりながら夕闇に消えていくのを、三人はそろって見送った……

10

「メスカル」と領事はほとんど上の空で言った。いま何て言った？　まあいい。メスカル以下のものではだめだ。でもあまり強いのを飲んではまずい、と自分に言い聞かせた。「いや《ノ》、セニョール・セルバンテス」と彼はささやいた。「メスカルを少し《ポキート》」

にもかかわらず、まずいことをしたというだけではない、と領事は思った。いや違う、それだけではなくて、何かをなくしたか、見失ったか、そんな気がする。いや、正確に言えばなくしたのではないし、見失ったというのでもない。――むしろ、何かを待っているようで、そしてやはり待ってはいないのだ。――〈サロン・オフェリア〉の戸口に立って、イヴォンヌとヒューがこれから泳ごうとしている静かなプールを見下ろしているのではなく、まるでふたたびあの黒い吹きさらしの駅のプラットホームに立っているみたいだとも言える。ホームの向こう側にはヤグルマソウとシモツケソウが生えている。そこへ、一晩中飲んだあとで、彼は朝の七時四十分にヴァージニアから戻ってくるリー・メイトランドを迎えに行ったのだ。頭は朦朧とし、足取りは軽かった。実際そんな状態で、ボードレールの天使は目覚めるのだ。おそらく汽車を出迎えたいと願いながら。でもそれは停まるような汽車ではない。天使の頭のなかには停まる汽車など存在しないし、そんな汽車からは誰も降りてはこないからだ。別の天使さえも、リー・メイトランドみたいな金髪の天使さえも。——汽車は遅れているのか？　なぜ自分はプラットホームを行ったり来たりしているのだろう？　彼女が乗っているだろうと駅長が言っていたのは、サスペンション・ブリッジ——宙《サスペンション》ぶらりん！——から来る二本目の汽車だったか、それとも三本目か？　赤帽は何と言っていた？　彼女は本当にこの汽車に乗っているのか？　彼女って誰だ？　リー・メイトランドがこんな汽車に乗っているはずはない。それに、この汽車はみんな急行だ。線路は丘を上ってはるか彼方へと続いている。鳥が一羽、遠くのほうで翼をはためかせて線路を横切る。少し離れたところにある踏切の右手には、木が一本立っていて、爆発の瞬間に凍りついた緑色の水雷のように見える。待避線脇の乾燥玉葱工場が目を覚まし、石炭会社がそれに続く。〈真っ黒になる商売ですが、扱いは公正です。デーモン石炭……〉ヴァヴァンの路地ではオニオン・スープのいい匂いが早朝の空気を満たす。ほこりにまみれた煙突掃除夫が近くで手押し車を押したり、石炭をふるいにかけたりしている。切れた電灯が列になり、身をもたげた攻撃態勢の蛇のようにプラットホーム沿いに並んでいる。反対側には、ヤグルマソウ、タンポポが咲いていて、ごみ入れの缶がシモツケソウのなかにぽつんと立って野外用の火鉢のように赤々と燃え立っている。朝はだんだん暑くなってきた。そしていま、恐ろしい汽車が次々と稜線に現われ、蜃気楼のなかでゆらゆらと光っている。まず、かすかにむせび泣くような音がして、次に黒煙がもくもくと吐き出されたかと思うと、土台のない柱となってそびえ立ち、動きを止め、それから筒状の車体が、まるで線路に載っていないかのように、あるいは反対方向に進むかのように、あるいは止まるかのように、止まらないかのように、あるいは地面を滑っていくかのように、止まるかのように、ああ大変だ、止まらない、坂を下ってくる。ガタンゴトン（一回）、ガタンゴトン（二回）、ガタンゴトン（三回）、ガタンゴトン（四回）。ああよかった、止まらずに、線路は震え、駅は飛び去り、石炭の灰の粉が飛び、黒軟炭が飛んでいく。ガタゴト、ガタゴト、ガタゴト。そして次の汽車が、ガタンゴトン（一回）と反対方向から、車体ごと揺れながら、ヒューッと音を立てて、線路の二フィート上を飛ぶようにやってきて、ガタンゴトン（二回）、朝の風景にライトを一つ光らせ、ガタンゴトン（三回）、役に立たない赤金色の奇妙な目を一つだけつけている。汽車、汽車、また汽車、どの汽車も死人があるのを知らせる妖精バンシーが運転していて、金切り声の鼻オルガンを二短調で響かせる。ガタゴト、ガタゴト、ガタゴト。でも自分が乗っている汽車ではない。彼女が乗っている汽車でもない。でも汽車は間違いなくやって来る──駅長は、三本目か四本目の、どこから来る汽車だと言った？　北はどっちで西はどっちだ？　そもそも、誰の北で誰の西だ？……それに天使を迎えるために花を摘んでおかなくてはならない。汽車から降りてくる金髪のヴァージニア娘を迎えるために。でも土手の花はうまく摘めない。茎から汁が出てべたべたになる。花は茎の反対側についていて（そして自分は線路の反対側にいて）、おっと、火鉢のなかに転ぶところだった。ヤグルマソウの花は茎の真ん中についているし、シモツケソウ──それともクイーンズ・レースか？──の茎は長すぎて、花束はできそこないだ。それにどうやって線路を越えて戻ればいい？──また逆方向からの汽車が来た、ガタンゴトン（一回）、実体のない線路、そこにはなく、空中を歩いている。あるいはちゃんとどこかに通じている線路、非現実の世界へ、それかおそらくオンタリオのハミルトンへ。──馬鹿だな、単線に沿って歩こうとしていた。縁石の上を歩く男の子みたいに。ガタンゴトン（二回）、ガタンゴトン（三回）、ガタンゴトン（四回）、ガタンゴトン（五回）、ガタンゴトン（六回）、ガタンゴトン（七回）──汽車、汽車、汽車、汽車、地平線のあらゆる方角からこっちをめがけて、それぞれ悪魔の恋人を求めて泣き叫びつつやって来る。人生には無駄にする時間などない。それなのにどうして、時間以外のすべてのものはあんなに無駄にしなければならないのだろう？　夕方、枯れたヤグルマソウを前にして──次に気がついてみると——領事はいまちょうどぐらぐらする歯を三本売りつけてきた男と一緒に駅の酒場に座っていた。汽車を出迎えることになっていたのは明日だったかな？　駅長は何と言ったのだ？　急行列車からこっちに向かって気でも狂ったように手を振っていたのは、リー・メイトランドその人だったのか？　そして窓から汚いティッシュ・ペーパーの束を投げたのは誰だったのだ？　俺は何をなくしたのだろう？　あの馬鹿はなんであそこに座っているのだ？　汚れた灰色のスーツを着て、膝の抜けたズボン、自転車用の裾止めを一つだけ着け、長い長い汚れただぼだぼの灰色の上着を着て、灰色の布の帽子をかぶり、茶色の長靴を履き、太った灰色の顔をして、上の歯が三本、まさに例の歯とおぼしき三本が、全部片方の側からなくなっていて、首は太く、数分おきに、入ってくる人に向かって手当たり次第に声をかけている。「お前を見ているぞ」「俺にはお前が見えている——」「俺からは逃れられない」——「クラウス、黙ってさえいれば、誰もお前がいかれているなんて気がつかないのに」……あれもやはり嵐の国でのことだ。「稲妻が電柱の皮をひんむいてね、ファーミンさん、電線に噛みついたんですよ——あとで、水に味が残ってるんでさあ、まじりっけない硫黄の味がね」——毎日午後四時に、隣の墓地から出てくる墓掘り人足——汗を垂らし、重い足取りで、うなだれ、顎は長く、がくがくしながら特別な死の道具を担いでいる——に続いて、彼はバルバドスのコドリントン出身の黒人ノミ屋、カトラス氏に会いに、この同じ居酒屋へ通っていた。「私は競馬場の人間で、白人に交じって育ったんで、黒人には嫌われとるんです」にこやかで悲しげなカトラス氏は国外退去させられるのを恐れていた……しかし死とのその闘いは勝利に終わった。そして彼はカトラス氏を救ったのである。まさにあの晩のことではなかったか？——プラットホーム脇の露に濡れたシモツケソウのなかに立っている、冷たくなった火鉢のような心で。美しく恐ろしい、柵沿いにさっと通り過ぎるこの車両の影。月下の暗いオークの並木の間、草の生えた小道をシマウマのように横切っていく。影が一つ、線路の上を傘のように、杭垣に沿って動いていく。破滅の前触れ、心臓が止まる兆し……行ってしまった。逆に夜に飲み込まれた。月も消えてしまった。「暗い夜の恐怖のなかでのこと《セテ・パンダン・ロリュール・デュヌ・プロフォン》だった《ド・ニュイ》」そして、墓掘り人足に見捨てられて、星の光に照らされた、人気《ひとけ》のない墓地。彼はいまでは酔っ払い、野原をぶらぶらと横切って家路をたどっている――「お許しが出れば、三時間で一つ墓穴が掘れるぜ」――一本だけある街灯の、まだらになった月光を浴びた墓地、生い茂る草地、そびえ立つオベリスクの先端が天の河のなかに消えている。「ジュル」とその記念碑には刻まれている。駅長は何と言ったのだ？　死者。死者は眠るのか？　生きている者が眠れないというのに、なぜ死者が眠るのだ？「だがすべては眠る《メ・トゥ・ドール》、軍隊も《エ・ラルメー》、風も《エ・レ・ヴォン》、ネプチューンも《エ・ネプチューン》」そして彼は、哀れなみすぼらしいヤグルマソウを打ち捨てられた墓にうやうやしく供えたのであった……あれはオークヴィルだった。――しかし、オアハカだろうとオークヴィルだろうと何の違いがある？　あるいは、午後四時に開く酒場と、（休日以外は）午前四時に開く酒場との違いは？……「まぎれもない本当の話なんだが、百ドルで地下納骨所をまるまる掘り上げて、クリーヴランドに送らせたことがあったんだ！」

死体は急行列車で運ばれる……

毛穴という毛穴からアルコールをにじませながら、領事は〈サロン・オフェリア〉の開いた戸口に立っていた。メスカルを飲むなんて先見の明があった。先見の明だ！　だってメスカルこそが、この状況で飲むべき唯一の酒だから。さらに、メスカルを恐れていないことを自分に対して証明しただけでなく、いまや完全に目が覚めていて、まったくのしらふに戻り、これから何が起きようと余裕をもって対処することができる。視界のなかで、無数のハマトビムシのような、小刻みに跳ねたり震えたりするような感覚が続いていることを除けば、もう何か月も酒を飲んでいないと言っても通りそうなくらいである。一つだけ具合が悪いのは、暑すぎるということだ。

天然の滝が、二段に作られた貯水池のようなものに轟音とともに流れ落ちている——それを見ると涼しさを感じるというよりは、汗が一気にどっと流れ出ているというおぞましい連想が沸き上がった。下のほうの段は、ヒューとイヴォンヌがこれから泳ぐはずのプールである。流れの激しい上段の水は人工の滝を流れ落ち、その先は急流となってうねりながら、生い茂る密林を抜け、ここからは見えないもっと大きくて段の連なった天然の滝《カスカーダ》を流れ下っていく。その後は分散し、正体をなくしていろいろなところでぽたぽたとしたたり落ち、峡谷《バランカ》に合流するのだ、と彼は思い出した。小道がその流れに沿って密林のなかを通っていて、ある場所に来ると右に枝分かれし、パリアンへ、そして〈ファロリート〉へと通じている。だが、もとの道も酒場《カンティーナ》に富んだ地へと通じている。理由はわからない。かつて、おそらく大農場《アシエンダ》時代、トマリンには灌漑上の重要性があったのだろう。それから、サトウキビ農園が焼かれたあとで、湯治場にしようという輝かしい開拓計画が進んだが、硫黄のせいで断念された。のちに、水力発電のはかない夢が宙を漂ったが、実現に向けて何かが行なわれたわけではない。パリアンはさらに大きな謎である。もともとは、セルバンテスの先祖であるあの猛々しい人々、卑怯な手を使ったとはいえメキシコを偉大にした、裏切り者のトラスカラ人が少数住みついており、この名ばかりの州都は革命以来クアウナワクの陰に隠れて存在感が薄くなり、いまだに何となく行政の中心ではあるものの、この町が存在しつづけている理由を、いままで誰も領事に対してきちんと説明してくれたことがない。そこへ向かう人に会うことはある。しかし、考えてみると、そこから戻ってくる者にはめったに会わない。もちろん戻ってきているのだろうし、彼自身も戻ってきた。何か理由があるのだ。だがなぜパリアン行きのバスはないのか。あると言っても、いやいやながら奇妙なルートを通っていくバスだけではないか。領事はぎくりとした。

彼のそばにフードをかぶったカメラマンが何人か待ち構えていた。くたびれたカメラの脇で、プールに入る人々が更衣室から出てくるのを待っている。古めかしい借り物の水着を着た娘が二人、水際まで来て甲高い歓声を上げている。連れの男たちは、プールを上流の早瀬から隔てている灰色の手すり沿いに闊歩していた。見るからに飛び込もうとする意志はなさそうで、その口実として上の梯子のない飛び込み台を指さして見せた。枝垂れコショウボクの下にある飛び込み台は打ち捨てられ、満潮のなかに取り残されてしまった人のように見えた。少しすると彼らは、坂になったコンクリートの上をわめきながら駆け下りてプールに入っていった。娘たちはつんと頭をそらしたが、あとについて忍び笑いをしながらそろそろと水のなかに入っていった。不安定な風がプールの水面を波立たせた。赤紫色の雲が地平線にもくもくと上がったが、上空は晴れたままであった。

ヒューとイヴォンヌがおぞましい水着姿で現われた。二人は笑い声を上げ――横から日差しの猛烈な熱気を浴びているにもかかわらず震えながら――プールのふちに立っている。

カメラマンたちは写真を撮った。

「ねえ、これってウェールズのホースシュー滝みたいね」とイヴォンヌが叫んだ。

「あるいはナイアガラのね」と領事は言った。「一九〇〇年ごろのね。〈霧の乙女《メイド・オブ・ザ・ミスト》〉号での周遊はいかが、レインコート付きで七十五セント」

ヒューが膝に手を置いて注意深く振り返った。

「そう、虹の根元への旅」

「風の洞穴。聖なる滝《カスカーダ・サグラダ》」

実際、虹がいくつか出ていた。たとえ出ていなくても、メスカルが（イヴォンヌはもちろん気づいていないはず）すでにこの場所に魔法をかけていただろう。それはほかならぬナイアガラ瀑布の魔法だった。その本質をなす威容の魔法ではなく、新婚旅行の目的地たるナイアガラの魔法だ。この郷愁をかき立てる、水しぶきが上がる場所につきまとう、甘くて安っぽい、はすっぱとも言える愛にひそむ魔法。しかし、そこでメスカルが不協和音を一つ打ち鳴らし、悲しげな不協和音がひとしきりそれに続いた。漂う霧の粒子はすべてその音に合わせて踊っているようだった。ずたずたにちぎれて漂っている虹に混ざり、とらえどころのないリボン状の光線の合間をぬって。それは魂の妄想の舞踏だった。この幻惑的な混合によって迷わされてはいるが、それでも、永久に消えていくばかりの存在、永遠に失われるばかりの存在のただなかにあって、永遠を求めている。もしくは、探求者とその対象との舞踏で、こちらでは、自らが明るい色彩を帯びていることに気づかずにそれを追うかと思えば、あちらでは、より美しい場面を認識しようと努めている。自分もすでにその一部となっていることにはついに気づかないかもしれない……

人気《ひとけ》のないバーのなかで、影が黒々ととぐろを巻いていた。影は領事に飛びかかってきた。「メスカルもう一つ《オトロ・メスカリート》。少しだけ《ウン・ポキート》」声はカウンターの上方、二つの猛々しい黄色の目が薄暗がりを貫いているところから聞こえてくるように思われた。カウンターの上に立っている鶏の、真紅の鶏冠、肉垂、続いて青銅がかった緑色の金属的な羽根が姿を現わし、セルバンテスがそのうしろからいたずらっぽく顔を出し、トラスカラ流に喜びを表わして領事に挨拶した。「とても強い《ムイ・フエルテ》。とても《ムイ》おっそろしい」彼は鶏のように大声で笑った。

これが五百隻の船を動かし、裏切りによってキリストを西半球にもたらした顔なのか？　しかし鶏はそう獰猛でもなさそうであった。じこっくは三時半、と前に別の男が言っていたが、本当に雄鶏《コック》が出てきた。闘鶏だ。セルバンテスはトラスカラでの試合のためにこの雄鶏を訓練しているのだが、領事は興味を持てなかった。セルバンテスの雄鶏はいつも負ける——領事は酔っ払ってクアウトラでの試合を見に行ったことがあった。人の手で引き起こす小規模ながら凶暴な闘いで、残酷で破壊的だが、どことなく薄汚い感じで決着がつかず、一つ一つがぶざまにやりそこなった性交のように短くて、領事は嫌気がさし、うんざりした。セルバンテスは雄鶏をどかした。「凶暴な奴で《ウン・ブルート》」と彼は付け加えた。

弱くなった滝の轟音が、船のエンジン音のように部屋中に響いていた……永遠……領事は少し涼しくなってからカウンターにもたれ、二杯目になる無色でエーテル臭のする液体のグラスを覗き込んでいた。飲むべきか、飲まざるべきか。――しかしメスカルなしでは、と彼は想像した。永遠を忘れ、自分たちの世界の航海を忘れてしまっていた。地球は船で、ホーン岬の尾端で鞭打たれ、バルパライソにはけっしてたどり着けない運命にあることも。あるいは、地球はゴルフ・ボールのようなもので、ヘルクレス座の蝶から打ち上げられ、地獄の精神病院の窓から巨人によってやみくもにフックされるのだということも。はたまた地球はバスで、トマリンと無を目指して進路の定まらない旅をしているのだということも。もしくは地球が――何であれ、もうすぐ次のメスカルを飲めばわかることだ。

でも、「次の」メスカルはまだだった。領事は手がグラスの一部と化したかのようにそこに立ちつくし、耳を澄ませ、思い出していた……不意に彼は、轟音よりひときわ高く、外にいる若いメキシコ人たちの気持ちのよい声をはっきりと聞いた。イヴォンヌの声も。いとしく、耐えがたく、一杯目のメスカルのあとでは違った響きを帯びたかと思うと、まもなく消えた。

どうして消えてしまったのだろう？……その声はまるで、目のくらむようなあふれる陽光と入り混じっているようだった。道沿いに咲く真紅の花を燃えさかる剣に変えながら、光は開いた戸口に横向きに差し込んでいる。出来が悪いとさえ言える詩だって人生よりはましだ、と混じり合った声は言っているようにも聞こえた。まさに、彼がメスカルを半分飲んだいまこの瞬間の声であった。

領事は別の轟音にも気づいていたが、それは頭のなかから聞こえてくる音であった。ガタン（一回）。アメリカン・エキスプレスが揺れながら、緑の牧草地のなか、死体を運んでいく。人間なんて、死んだ体を支えているちっぽけな魂でしかない。魂！　ああ、そこにも、野蛮で裏切り者のトラスカラ人がいて、コルテスがいて、悲しい夜《ノチエ・トリステ》があり、その内奥の要塞には、青ざめたモクテスマが鎖につながれ、チョコレートを飲んでいるのではないか？

轟音が高まり、やみ、ふたたび高まった。大渦巻の音よりも高く、ギターのコードが呼び、歌い、カシミール地方の原住民の女のように嘆願する大勢の叫び声と混じり合っている。「酔っぱらあーい《ボルルルルラーチョ》！」とむせぶような声が響いた。そしてまばゆい戸口の暗い部屋は領事の足下で揺れた。

「――どう思う、イヴォンヌ。いつかあのかわいい山、つまりポポのことだけど、あれに登るっていうのは――」

「いったいどうして？　もう十分運動したじゃない――」

「――まず筋肉を鍛えて、小さい山をいくつか登ってみるのがいいかもしれないよ」

二人は軽口を叩いているのだ。しかし領事のほうは冗談ではなかった。二杯目のメスカルが効いてきた。彼がそれを飲み終えないままカウンターに置くと、セニョール・セルバンテスが向こうの隅から手招きしていた。

片目に眼帯をしたみすぼらしい小男。黒い上着を着て、うしろに長い色鮮やかな房の垂れている美しいソンブレロをかぶっている。根はいかに野蛮でも、領事とほとんど同じくらい神経を高ぶらせているようだ。震える堕落したこういう人間をこちらの軌道に引き寄せるのは、いったいどんな磁力なのだろう？　セルバンテスは先に立ってカウンターのうしろに回り、階段を二段上がってカーテンを開けた。この哀れで孤独な男は、また家のなかを見せてくれようとしているのだ。領事は苦労して階段を上った。巨大な真鍮のベッドが置かれた小さな部屋だ。さびたライフルが数丁、壁のラックに掛かっている。片隅では、小さな陶器の聖母の前に小型ランプがともっている。本当は聖餐用の蠟燭で、ガラス越しにルビー色の揺らめく光で部屋を照らし、明滅しながら円錐形に広がる黄色い光を天井に投げかけていた。灯心は短くなっている。「旦那《ミステル》」セルバンテスは震える指でそれを指した。「旦那《セニョール》。けっして火を絶やしてはいけないとじいさんに言われた」メスカルの涙が領事の目に浮かび、昨夜、深酒の合間に、ビヒル医師とともにクアウナワクの知らない教会に行ったことを思い出した。くすんだ色のタペストリーや奇妙な奉納画が掛かっており、慈悲深い聖母が薄暗がりに浮かんでいた。彼はその聖母に向かって、鈍い動悸を覚えながら、イヴォンヌをお返しくださいと祈ったのだった。悲劇と孤独を背負った暗い人影が、教会のあちこちに立ったりひざまずいたりしていた――近しい人を失った孤独な者だけがそこを訪れるのだ。「身寄りのない人たちの聖母ネ」と医者は聖母像を頭で指し示しながら言った。「それから海に出ている水夫のための」そして彼は砂ぼこりのなかにひざまずき、ピストルを――ビヒル医師は赤十字のパーティーにいつも武装して出かけるのだ――脇の床に置いて、悲しげに言った。「誰もここには来ないヨ。ひとりぼっちの人だけ」いま、領事は目の前の聖母を、祈りに応えてくれたもう一人の聖母なのだと思って、セルバンテスと一緒に黙って立っているとき、ふたたび祈りを捧げた。「何も変わることはなく、神のお慈悲にもかかわらず私はいまだに孤独です。私の受難は無意味なようですが、それでも苦しみに変わりはありません。この人生は説明がつきません」本当に説明はつかなかったし、彼が伝えようとしたのはこういうことではなかった。「どうか、私と新しい生活を始めたいというイヴォンヌの夢――夢だって？――を叶えてやってください――どうか私に、それが忌まわしい自己欺瞞ではないと信じさせてください」彼は懸命だった……「どうか彼女を幸せにできますように、この恐ろしい自我の支配から私を解放してください。私は堕落しました。真実を知ることができるよう、私をより堕落させてください。私にふたたび愛することをお教えください。人生を愛することを」これも違う……「愛はどこにあるのですか？私を心から苦しませてください。私が裏切り、失ってしまった純粋さを、秘儀の知識をお返しください。――私が正直に祈ることができるよう、私を真の意味で孤独にしてください。私たちがどこかでふたたび幸せになれるよう、たとえそれが一緒のときだけだとしても、この恐ろしい世界の外でだけだとしても。世界を滅ぼしたまえ！」彼は心のなかで叫んだ。聖母の視線は、祝福を与えるように下に向けられていたが、もしかしたら聞こえていなかったのかもしれない。――領事はセルバンテスがライフルを取り上げたことにほとんど気がついていなかった。「狩りが大好きだ」ライフルを元に戻すと、彼は別の隅に押しつけてある簞笥の一番下の引き出しを開けた。そこには本がぎっしり詰まっており、そのなかには『トラスカラ史』全十巻もあった。彼はすぐに引き出しを閉めた。「私はつまらない人間。自分のつまらなさを証明するためにこういう本を読むんじゃない」と彼は誇らしげに言った。「そうなんです《シ・オンブレ》」ふたたび店に下りていく途中で彼は続けた。「お話ししたとおり、私はじいさんの言いつけを守っている。じいさんは妻と結婚しろと言った。だから私は妻を母と呼びます」彼は子供が棺に横たわっている写真を取り出し、カウンターの上に置いた。「一日中飲んだ」

「――スノーゴーグルとアルペンストック。きっと君に似合う――」

「――顔じゅう脂まみれになって。毛糸の帽子を目深にかぶってね――」

またヒューの声が、それからイヴォンヌの声が聞こえてきた。二人は着替えをしていて、それぞれの更衣室の上から大声で会話をしている。壁の向こう、六フィートも離れていないところだ。

「――お腹が空いた？」

「――レーズン二、三粒とプルーン半分！」

「――ライムを忘れちゃいけない――」

領事はメスカルを飲み終えた。ポポカテペトルに登るというこの計画は、もちろんお粗末な冗談で、いかにもヒューが、ほかのことを何かとおろそかにしているくせに、こちらに来る前に考えつきそうなことだった。だが、火山に登るということが人生をともにするのと同じことを意味するのだなどと、あの二人は考えたりするのだろうか？　そう、火山は彼らの目の前にそびえ、あらゆる危険を隠し、落とし穴と曖昧さと欺瞞に満ちたその存在は、煙草を一本吸う短い哀れな自己欺瞞の瞬間だけ、三人の運命を予兆するかのような不吉な力で迫ってくる――それともイヴォンヌはただただ、ああ、幸せなのだろうか？

「――どこから登る？　アメカメカは――」

「高山病にならないようにね」

「――でもそうしたってずいぶん大変だと思うわ！　何年も前に、ジェフと二人で登ろうかって考えたことがあったの。まずは馬でトラマンカスまで行って――」

「――真夜中に、オテル・ファウストで！」

「カリフラワーとポテトとどっちがいいかい？」領事はやましいことなどないかのように酒なしで仕切り席に座っており、思案顔で二人を迎えた。エマオの晩餐だ、と領事は思った。セルバンテスが持ってきてくれたメニューを検討しながら、メスカルのせいでぼんやりとした声をごまかそうとしつつ。「それともエクストラマピー・シロップか。卵を落としたガーリック・スープ、オナン入り……」

「唐辛子と牛乳は？　それとも、鯛の切り身フライのタルタルソース《フィレテ・デ・ワチナンゴ・レボサード・タルタル》、ドイツ人の友だち添えはどうかな？」

セルバンテスはイヴォンヌとヒューにそれぞれメニューを渡していたが、二人はイヴォンヌの持ったメニューを一緒に見ていた。「モイゼ・フォン・シュミットハウス博士の特製スープ」イヴォンヌが嬉々として読み上げた。

「胡椒をきかせたペトルートがうまそうだな。オナンのあとでね」と領事は言った。

「一つだけ」ヒューがげらげら笑っているので、セルバンテスが気を悪くしやしないかと心配しながら、領事は続けた。「でもドイツ人の友だちには要注意だ。鯛にまでついてくるんだから」

「タタール人《タルタル》はどうかな?」ヒューが尋ねた。

「トラスカラ!」笑顔のセルバンテスは鉛筆をぶるぶる震わせながら、三人の間でいろいろな可能性を並べ立てた。「そう《シ》、私はトラスカラ人……奥さん《セニョーラ》、卵はきっとお気に召すよ。踏んづけた卵。とてもおいしい《ムイ・サブローソス》。離婚卵は? 魚は、切り身に豆を添えたものがある。鶏肉入り折り込みパイ《ヴォロヴァン・ア・ラ・レーヌ》、女王のための宙返りという意味ね。それともポチポチ卵、トースト付きがよろしい? それとも子牛のレバー居酒屋の主人? ピメサン・チーク・チャップ? おすすめの特製透明チキンは? 鳩の雛鳥。揚げタルタル付き赤魚の切り身がいい?」

「神出鬼没のタルタルだね」ヒューが声を上げた。

「それもいいけど、おすすめの特製透明チキンはもっとすごそうな気がするわ、そう思わない?」

イヴォンヌは笑っていたが、いままでの猥談はほとんどわかっていないらしく、まだ何にも気づいていないようだ、と領事は思った。

「心霊体《エクトプラズム》つきで出てくるんだろうな」

「そう《シ》、イカのイカ墨ソースは好き? それともツナ? あるいは極上のモレソース? 前菜はファッション・メロンなどいかがです? イチジクのジャムは? 木苺のほら吹き大公添えは? びっくりオムレツは好き? お飲み物は、まずジン・フィッシュを召し上がる? ジン・フィッシュ、おいしい。シルバー・フィッシュは？　発泡性《シュパルケン》ワインは？」

「母親《マードレ》だって？」領事は尋ねた。「この母親ってのは何だい？――イヴォンヌ、自分の母親を食べたいかい？」

「バードレですよ、旦那《セニョール》。魚です、これも《タンビエン》。ヤウテペックの魚。とてもおいしい《ムイ・サブローソ》。それにする？」

「どうする、ヒュー――魚が死ぬのを待つかい？」

「僕はビールがいいな」

「ビール《セルベサ》ね、モクテスマ、XX《ドス・エキス》、それともカルタブランカ？」

結局三人とも、クラムチャウダー、スクランブルドエッグ、おすすめの特製透明チキン、豆、それにビールに決めた。領事ははじめ、海老とハンバーガーしか頼まなかったのだが、イヴォンヌの「あなた、お願いだからもっと食べて。私なんか子馬だって食べられそう」という勧めに負けたのである。二人はテーブルの下で手を握り合った。

　それから、二人はお互いを求めるようなまなざしでじっと見つめ合った。その日二度目のことであった。彼女の瞳の向こうに、彼女の背後に、領事は一瞬グラナダを見た。アルヘシラスからの汽車がアンダルシアの平原をシュッポシュッポと軽快に進んでいく。駅から続く低くてほこりっぽい道は、古い闘牛場とバー〈ハリウッド〉の脇を通って町のなかへ通じていて、それから英国領事館とロス・アンヘレス修道院を過ぎ、上り坂になってワシントン・アーヴィング・ホテル（俺からは逃れられないぞ。俺にはお前が見えている。イングランドはふたたびニュー・イングランドの価値観に回帰する必要がある！）のそばを通っていく。古い七号列車がそこを走っている。夕方になり、堂々たる馬車が何台も庭園を抜け、ゆっくりと苦労しながら上っていく。馬は一歩一歩踏みしめるように門をくぐり、いつ来てもかならずそこにいる乞食が三弦のギターを弾いているそばを上って、庭、庭、一帯に広がる庭園を通り抜け、上へ上へ、アルハンブラの（彼にはつまらないものに見えた）素晴らしい狭間飾りへと、二人が出会った井戸を過ぎて、ペンシオン・アメリカを目指す。上へ上へ、今度は自分たちの足でヘネラリーフェ庭園へ、さらにそこから、丘のてっぺんのムーア人の墓地へ。ここで二人は結婚の約束を交わしたのだ……

　領事はついに視線を落とした。あれから、何本の酒瓶を空にしてきただろう？　あれから一人で、何杯のグラス、何本の瓶のなかに身を隠してきたのか？　突然、いままで干してきた瓶やグラスが目に浮かんだ。蒸留酒《アグアルディエンテ》の瓶、アニスの瓶、シェリーの瓶、ハイランド・クイーンの瓶、そしてグラス、うずたかく積まれたグラスが、あの日の汽車の煙のように空に向かってそびえ、それから倒れた。グラスはぐらついてガラガラと音を立てて崩れ、粉々に割れて、ヘネラリーフェ庭園から転げ落ちる。瓶も割れている。ポルト、赤《ティント》ワイン、白《ブランコ》ワインの瓶、ペルノー、オキシドール、アブサンの瓶、砕ける瓶、放り出される瓶、庭園の地面に、ベンチやベッドや映画館の座席の下にどさりと落ちる瓶、領事館の引き出しに隠されている瓶、カルヴァドスの瓶が落ちて割れ、あるいは破裂して飛び散り、ごみの山に放り込まれ、海中に投げ込まれる。地中海に、カスピ海に、カリブ海に、瓶は大海原を漂い、死んだスコットランド《スコッチ》人は大西洋という高地に横たわる——そしていま、最初の最初からのすべての瓶やグラスが目に浮かび、匂いも押し寄せてきた——数限りない瓶、数えきれないほどのグラス、ドライビールの、デュボネの、ファルスタッフの、ライの、ジョニー・ウォーカーの、ヴュー・ウィスキーの、ブラン・カナディアンの、食前酒の、食後酒の、デミの、ダブルの、「もう一つ頼む《ノッホ・アイン》、ボーイさん《ヘル・オーバー》」、「アラック一杯」、「どうもありがとう《トゥセン・タック》」、瓶、瓶、テキーラの美しい瓶、そして瓢箪《ひょうたん》、瓢箪、瓢箪、美しいメスカルの入った無数の瓢箪……領事は身じろぎもせずに座っていた。彼の良心の声は水の立てる轟音でくぐもった音になっていた。水音は弱まったり強まったりしつつ、この木造の家の周りでバシバシ、ヒューヒューと鳴り、窓から見える樹上の雷雲と相まって勢いを増した。再出発の望みなんてどうやって持てというのだ。あの失われた瓶あるいは壊れた瓶のどれかのなかに、あのグラスのどれかのなかのどこかに、俺という人間の正体を知るたった一つの手がかりが永遠に眠っているかもしれないとしたら？　いったいどうしたら、ふたたび戻って探すことができるというのだろう。割れたガラスをかき回し、永遠のカウンターの下を、大海の底を。

　やめろ！　おい！　聞け！　どっちにしても、いま自分がどのくらい酔っているか、あるいは飲んだせいで頭が冴えて酔っ払っていないか、お前はわかっているのか？　セニョーラ・グレゴリオのところで飲んだよな。二杯以上いっていないのはたしかだ。その前は？　その前か！　でもそのあとバスのなかでは、ヒューの焼酎《アバネロ》を一口飲んだだけで、それから闘牛の間、それをほぼ飲み干してしまった。そのせいでまた酔っ払って、でもいやな酔い方で、広場で酔ったときよりひどいくらいだった。いまにも無意識が襲ってきそうな、船酔いみたいな。そしてこっそりメスカルを何杯か飲んだのは、この酔いを醒まそうとしてのことだった——のか？　しかし、メスカルがいくらか予想を外れた効き方をしたことに領事は気づいた。奇妙なことに、彼は別の二日酔いに襲われていた。実際、領事のいまのすさまじい極限状態には、ほとんど美しいとも言えるところがあった。海上で強い風が一方から続けて吹きつけ、風自体はすでに吹きやんでいるのだが、その力で暗い大海原が大きく盛り上がり、ついに沈みかかった蒸気船へと押し寄せていく、そんな二日酔いだった。そして、こんな状態からは、しらふに戻ることよりも、ふたたび目覚めることこそが必要なのだ、そうだ、目覚めること……

「イヴォンヌ、今朝、川を渡っているときに、向こう岸に〈ラ・セプルトゥーラ〉とか何とかいう名前の居酒屋《プルケリア》があったのを覚えているかい？　インディオが一人、壁にもたれて座っていたよね。顔は帽子で隠れていて、馬が木につないであって、馬の腰角には数字の7の焼印が押してあってさ――」

「――鞍袋がついていて――」

……風の洞窟、すべての偉大な決断の座、子供時代の小さなシテール島、永遠の読書室、無料で、あるいは一ペニーで買える安らぎの場所、ここ以外のどこで、人はこれほど多くを吸収すると同時に手放すことができるだろう？　領事はすっかり目覚めていたが、二人の声ははっきり聞こえてくるのに、いまはどうもイヴォンヌとヒューと一緒に夕食をとっているわけではなさそうだ。トイレは全体が灰色の石造りで、墓のように見えた――便座さえ冷たい石だった。「ぴったりじゃないか……これが俺自身の姿なんだから」と領事は思った。「セルバンテス」と呼ぶと、驚いたことにそこの角からセルバンテスが顔を覗かせ――この石の墓には扉がないのだ――その小脇には闘鶏が抱えられていて、もがくふりをしながらコッコッと鳴いている。

「――トラスカラ！」

「――それとも尻のところだったか――」

少しして、領事の窮状を理解したセルバンテスはこう助言した。

「石ね、石をお持ちしますよ」

「セルバンテス！」

「――焼印が押されて――」

「……石で拭いて、旦那《セニョール》」

――ともかく、一分かそのくらい前、食事は滑り出しも好調だったんだ、と領事はいまになって思い出した。「危険なクラム・マグーだな」と、チャウダーが運ばれてきたときに彼は言っていたのだ。「あわれ、家では脳みそと卵が台なしだろうな！」おすすめの透明チキンが、素晴らしいモレソースにどっぷりつかって現われたときには、哀悼の意を表してはいなかったか？　道端の男とバスのなかの泥棒のことを話していて、そこで「ちょっと手洗い《エスクサード》へ」。そしてこれだ。この灰色の最後の領事館、魂のフランクリン島が便所《エスクサード》なのだ。プールとは離れており、便利だが目につかないようになっている。このトイレは間違いなく純粋なトラスカラの幻想で、セルバンテスの手になるものに違いない。霧に包まれたどこかの冷え冷えとした山村を思い出すよすがにと作られたのだ。領事は腰掛けていたが服は着たままで、身じろぎもせずにいた。どうしてここにいるんだろう？　どうしていつも、何だかんだでここにいるんだろう？　こう自分に問いかけられるように、鏡があったらよかったのに。でも鏡はなかった。あるのは石だけ。この石の隠れ家には、ひょっとしたら時も流れていないのかもしれない。ことによるとこれが、いままであれほどから騒ぎをして探し求めてきた永遠というものなのかもしれない。すでにスヴィドリガイロフ的永遠が、ただここは蜘蛛がうようよいる田舎の浴場ではなく、石造りの修道院の独房で、そこに座っているのは――妙だな！――自分自身なのかもしれないじゃないか？

「――居酒屋《プルケリア》――」

「――そうしたらインディオがいて――」

占領の歴史の舞台
ぜひトラスカラへ！

と領事は読んだ。（俺の横にメスカルが半分入ったレモネードの瓶があるのはどういうことなんだ？　どうやってこんなにもすぐ手に入ったんだろう？　セルバンテスが石のことを悪かったと思って、ありがたくも鉄道とバスの時刻表のついた観光客向けパンフレットと一緒に持ってきてくれたにしても――それとも事前に買ってあったのか？　だとしたらいつ？）

ぜひトラスカラへ！

記念碑、名所旧跡、美しい自然の数々《スス・モヌメントス・シティオス・イストリコス・イ・デ・ベイエーサス・ナトゥラーレス》をごらんください。安らぎの地《ルガール・デ・デスカンソ》、気候も最高《エル・メホール・クリマ》。澄みわたる空気《エル・アイレ・マス・プーロ》。どこまでも青い空《エル・シエロ・マス・アスール》。

トラスカラ！　征服の歴史の舞台《セデ・デ・ラ・イストリア・デ・ラ・コンキスタ》

「――イヴォンヌ、今朝、川を渡っているときに、向こう岸に居酒屋《プルケリア》があって――」

「……〈ラ・セプルトゥーラ〉のこと？」

「――インディオが一人、壁にもたれて座っていた――」

地形

トラスカラ州は北緯一九度〇六分一〇秒と一九度四四分〇〇秒の間、メキシコ子午線から東経〇度二三分三八秒と一度三〇分三四秒の間に位置している。北西部と南部ではプエブラ州と、西部ではメキシコ州と、北西部ではイダルゴ州と境を接している。面積は四・一三二平方キロメートル。人口は約二十二万人で、一平方キロメートル当たりの人口密度は五十三人である。マトラルクエヤトルやイスタクシワトルなどの山々に囲まれた谷間にある。

「――きっと覚えているはずだよ、イヴォンヌ、居酒屋《プルケリア》があって――」

「――素晴らしい朝だったわね！――」

気候

熱帯気候でありながら高地気候の特徴も見られ、安定していて健康的。マラリアは存在しない。

「――うーん、一つには、ジェフがあいつはスペイン人だと言っていたし――」

「――でも、どんな違いが――」

「もちろん、道端の男がインディオだってことにするためさ」と領事は突然石の隠れ家から呼びかけたのだが、奇妙なことに、誰にも聞こえなかったようだった。「なんでインディオかって？　そうすれば、あの事件は彼にとって何らかの社会的意味を持つし、一種の征服の余波のように見えるし、じゃあなぜ征服の余波かといえば、翻ってはそれがまた――」

「――川を渡っているときに水車が――」

「セルバンテス！」

「石……石が入り用ですか、旦那《セニョール》？」

水路

サワパン川――アトヤック川を源流とし、トラスカラ市の境界を流れ、いくつかの工場に多量の動力を供給している。あまたある礁湖のなかでは、アクイトラピルコがもっとも有名で、トラスカラ市から南に二キロのところにある……第一の礁湖には水かきのある鳥が多く見られる。

「――ジェフの話では、あの男が出てきた酒場はファシストの溜り場らしいよ。あの〈愛のなか《エル・アモール・デ・ロス・》の愛《アモーレス》〉っていう店。あの男はもとはあの店の持ち主だったのが、落ちぶれていまではあそこで雇われているだけなんじゃないかと僕は思ったんだが……もう一本ビールを頼む？」

「いいわね、そうしましょう」

「あの道端の男がファシストで、あっちのスペイン人が共産主義者だとしたら？」――石の隠れ家のなかで、領事はメスカルを一口すすった。――「わかった、あの泥棒はファシストだと思う。でも、何か恥ずべき種類の。ひょっとしたら対スパイ情報員とか――」

「あの人は市場から帰る途中のただの貧しい人で、プルケを飲みすぎて馬から落ちてしまったんじゃないかしら、ヒュー。そしてちゃんと手当てを受けていたのに、そこに私たちが来合わせて、あの人はお金を盗られてしまったのよ……といっても実は私、何も気がつかなかったんだけど……自分が恥ずかしいわ」

「でも息ができるように帽子をずらしてやった」

「〈ラ・セプルトゥーラ〉の外で――」

トラスカラ市

グラナダに似ていると言われる州都は、グラナダに似ていると言われる州都は、グラナダに似ていると言われる、グラナダ、グラナダに似ていると言われる州都は、美しい町で、まっすぐな通り、古い建物、安定した素晴らしい気候に恵まれ、街灯はきちんと整備され、観光客向けの最新式ホテルがある。〈フランシスコ・I・マデロ〉という名の美しい中央公園があり、トネリコを中心とする古木が生い茂り、美しい花々が咲き乱れる庭園もある。ベンチがいたるところに設置され、四つの清潔な、ベンチがいたるところに設置され、四つの清潔な並木道がきれいに整備されている。日中は鳥たちが木々の葉陰で美しくさえずっている。公園全体を見渡すと、荘厳さを感じさせるが、荘厳さを感じさせるが、それが平穏と安らぎを損なうことはない。二百メートル延長されたサワパン川の土手道は、川の両岸に沿ってトネリコの木がどっしりと茂り、ところどころに塁壁が築かれていて堤防のような印象を与える。土手の中間地帯には森があり、そこにはハイキングを楽しむ人々の休息の日々を快適にするために〈セナドーレス〉（ピクニック用の座席）がある。この土手からは、ポポカテペトルとイスタクシワトルを臨む、情緒あふれる景観が楽しめる。


「——あるいは、あの男は〈愛のなかの愛《エル・アモール・デ・ロス・アモーレス》〉で酒代を払っていなくて、店主の兄弟があとをつけていって飲み代を請求したのかもしれない。大いにありうることだよ」

「……ヒュー、農地信用銀行《バンコ・デ・クレディト・イ・エヒダル》って何なの？」

「——村単位の活動に対して金を貸しつける銀行だよ……伝令の仕事は危険なんだ。オアハカに友だちがいるんだけど……ときには日雇い労働者に変装して移動するんだ……ジェフの話によれば……あれやこれやを合わせて考えると……あのかわいそうな男は銀行の伝令だったかもしれないと僕は思った……でもあの男は僕たちが今朝見たのと同じ男だったし、少なくとも同じ馬だった。朝見たとき、馬に鞍袋がついていたかどうか覚えてる?」

「つまり、あのときの馬だとすれば……つけていたわ」

「——ああ、そんな銀行がクアウナワクにあると思うよ、ヒューー、コルテス宮殿のすぐ脇に」

「——信用銀行が気に入らなくて、カルデナスのことも嫌っている人たちとか、カルデナスの農地改革法を認めない人たちの多くは——」

聖フランシスコ修道院

トラスカラ市内に、新世界最古の教会の一つがある。この場所は、スペインのカルロス五世にちなんで〈カロレンセ〉と名づけられた最初の教皇管区の所在地であった。初代司教は一五二六年に任命されたドン・フライ・フリアン・ガルセスである。言い伝えによれば、この修道院において、トラスカラ共和国の四人の指導者が洗礼を受けた。教会の右側にはいまでも洗礼盤があり、教父となったのは征服者エルナン・コルテスとその指揮下の司令官数名であった。修道院の正面入口には壮麗なアーチが立ち並び、内部には秘密の通路が秘密の通路がある。入口右側には荘厳な塔がそびえ立ち、アメリカ大陸では唯一のものとされている。修道院の祭壇はチュリゲラ(装飾過多)様式で、カブレラ、エチャベ、フアレスなど、名高い芸術家たちの描いた絵で飾られている。右側にある礼拝堂のなかには、新世界ではじめて福音が説かれた有名な説教壇が現存する。修道院の教会の天井には、素晴らしい彫刻を施したヒマラヤスギの羽目板と、黄金の星をかたどった装飾が見られる。この天井はスペイン系の中南米地域全体でも類を見ない。

「――僕が取り組んできたことと友だちのウェーバーのこと、ジェフが軍事連合《ウニオン・ミリタル》について言っていたことはあるにしても、それでもやっぱり、ファシストはここでは大した影響力を持っていないと思うな」

「ヒュー、お願いだから――」

市の教会

この教会は、スペイン人たちが聖母マリアに捧げる最初の修道院を建てた場所に建設された。いくつかの祭壇は、チュリゲラ様式の作品で飾られている。柱廊《ポルチコ》は美しく簡素である。


「ハハハ！」

「ハハハ！」

「一緒に来ていただけないのが残念ネ」

「だって身寄りのない人たちの聖母だから」

「誰もここには来ないョ。ひとりぼっちの人だけ」

「――ひとりぼっちの人――」

「――ひとりぼっちの人――」

トラスカラ王立礼拝堂

フランシスコ・I・マデロ公園の向かいに王立礼拝堂の跡がある。トラスカラの指導者たちがはじめて征服者の神に祈った場所である。いまでは柱廊《ポルチコ》だけが残り、教皇の盾に加えて、メキシコ司教の盾とカルロス五世の盾がある。歴史の記述によると、王立礼拝堂の建設に要した費用は二十万ドル——

「ナチがファシストであるとは限らないけど、奴らがこのあたりにうようよしているのはたしかだよ、イヴォンヌ。養蜂家だったり、鉱夫だったり、薬売りだったり。酒場の主人もね。酒場そのものは、もちろん根城にはうってつけの場所だ。たとえば、メキシコ・シティの〈ピルスナー・キンドル〉じゃ——」

「ヒュー、パリアンではさておき」と領事はメスカルをすすりながら言ったが、ちょうどこの瞬間、石の隠れ家にいびきのような音を立てて飛び込んできたハチドリ以外は、誰も彼の声を聞かなかったようであった。ハチドリは入口でブーンという音とともに細かく上下し、はずむようにして出ていくときに、もう少しで征服者その人の名づけ子であるセルバンテスの顔に突っ込みそうになった。セルバンテスはまた闘鶏を抱えて、そばを滑るように通り過ぎようとしていた。「ファロリートでは——」

トラスカラのオコトラン聖堂《サントゥアリオ・オコトラン》

高さ三十八・七メートルの装飾を施した白い尖塔が堂々とした荘厳な印象を与える、チュリゲラ様式の聖堂。正面部分は聖なる大天使たちと聖フランシスコ、それに聖母マリアの像で飾られている。聖堂の骨組みは、寓意的な象徴や花で装飾された、完璧な寸法の彫刻建材から成っている。建設されたのは植民地時代である。中央の祭壇はチュリゲラ様式。最大の見どころは聖具室で、アーチを描いた優美な彫刻で飾られ、緑、赤、金色が鮮やかである。丸天井《クープラ》のもっとも高い部分には十二使徒が刻まれている。全体として、共和国内のどの教会にも見られない、無二の美しさをたたえている。


「――私はそうは思わないわ、ヒュー。二、三年前には――」

「――もちろん、ミステコ、トルテカ、ケツァルコアトルは忘れて――」

「――かならずしもそうじゃない――」

「――そうだとも！　そして君が言うには、まずスペイン人がインディオを搾取し、それから子供が生まれると、混血を搾取した。次には純血のメキシコ系スペイン人、つまりクリオージョが、その次にはメスティーソが、皆を、つまり外国人とかインディオとかを搾取する。それからドイツ人とアメリカ人に逆に搾取された。いまは最終章で、皆が自分以外の皆に搾取されている――」

旧跡――サン・ブエナベントゥーラ・アテンパン

モクテスマの帝国の偉大なる首都テノチティトランへの攻撃において、征服者たちのために使われた船は、この町で造られ、堀で試された。


「マール・カンタブリコ号」

「わかったよ、たしかに、征服された側も組織化された共同体で、当然そこにはすでに搾取が存在していた」

「あのね――」

「……いや、イヴォンヌ、肝心なのは、征服された側が征服者の文明と同じぐらい、あるいはそれ以上に優れた文明で、構造的に深いものを持っていたということなんだ。人々は皆が皆、身軽に放浪する野蛮人や遊牧民じゃなかった――」

「――もし身軽な放浪者だったら搾取はなかったってこと?」

「もう一本ビールを頼めよ……カルタブランカにする?」

「モクテスマか……XX《ドス・エキス》か」

「それともモンテスマにする?」

「瓶にはモクテスマとあるわ」

「いまやビールの名前でしかない――」

ティサトラン

トラスカラ市にほど近いこの町には、同名の戦士の父である指導者、シコテンカトルの居城であった宮殿の跡が現存する。この遺跡では、神々への生贄《いけにえ》が捧げられた石壇をいまも見ることができる……遠い昔、この町には、トラスカラの戦士たちの本営があった……

「お前を見ているぞ……俺からは逃れられない」

「――ただ逃げ出すわけじゃないの、本当にやり直すのよ、もう一度、一から」

「どこなのか知っている気がする」

「俺にはお前が見えている」

「――手紙はどこにあるんだジェフリー・ファーミン、彼女が胸が張り裂ける思いで書いた手紙は――」

「だけど、デラウェア州のニューキャッスルに行くと、今度はまったく様子が違う！」

「――返事を書かなかったばかりじゃない書かなかった書いた書いた書かなかった書いたそれじゃその手紙はどこにある――」

「――だけど、まったくこの町ときたら――うるさいし、ごちゃごちゃしてる！　逃げ出したいよ！　行き場所さえあればね！」

オコテルルコ

トラスカラに近いこの町には、大昔、マシシュカツィン宮殿があった。言い伝えによれば、そこでインディオ初のキリスト教徒が洗礼を受けた。


「生まれ変わるみたいに」

「メキシコ国民となって、ウィリアム・ブラックストーンのように、インディオたちと一緒に暮らそうと思ってるんだ」

「ナポレオンの脚がつった」

「――あと少しで轢いちゃうところでしたよ。どうかなさったのでは？　いや、行っても――」

「グアナファアト――通り――通りの名前がたまらない――くちづけ通り――」

マトラルクエヤトル

この山にはいまでも、水の神トラロックに捧げられた神殿の廃墟がある。その痕跡はほとんど残っていないので、もはや観光客が訪れることはない。この場所で、若き日のシコテンカトルが配下の兵士たちに熱弁を振るい、最後の最後まで、必要とあらば命が尽きるまで征服者と戦えと訴えたと言われている。


「……誰も通すな《ノ・パサラン》」

「マドリード」

「馬まで攻撃したんだ。まず撃っておいて、そのあと尋問しやがる」

「俺にはお前が見えている」

「お前を見ているぞ」

「俺からは逃れられない」

「グスマン……エリクソン交換局４３」

「死体は――で運ばれるんだ」

電車・バス運行表
（メキシコ――トラスカラ）

鉄道会社	メキシコ	トラスカラ		運賃
メキシコ――ベラクルス鉄道	七時三十分発	十八時五十分着	十二時着	七ドル五十セント
メキシコ――プエブラ鉄道	十六時五分発	十一時五分着	二十時着	七ドル七十五セント

どちらの経路でもサンタ・アナ・チアウテンパンで乗り換え。

フレチャ・ロハ社のバスは五時から十九時まで、一時間に一本。

プルマンス・エストレーヤ・デ・オーロ社のバスは七時から二十二時まで、一時間に一本。

どちらの経路でもサン・マルティン・テスメルカンで乗り換え。


……そしていま、ふたたび、テーブル越しに二人の視線が合った。しかし今度は、まるで霧が二人の間にかかっているようで、その霧を通して領事に見えているのは、グラナダではなくトラスカラのようだった。領事の魂が恋い焦がれる、実際多くの点でグラナダに似た白く美しい大聖堂の都市であった。ただその都市は、パンフレットのなかにあった写真と同じく、がらんとしていた。それがこの都市についてもっとも奇妙なことであるとともに、もっとも美しいところでもあった。そこには誰もおらず――この点においてこの町はトルトゥにも少し似ていた――酒を飲むことを邪魔する者は一人もいない。イヴォンヌさえ、見ているかぎりでは、領事と一緒に飲んでいて、邪魔をしてはいない。オコトランの教会のチュリゲラ様式の白い聖堂が、二人の前に現われた。白い時計のついた白い塔で、人影はない。時計そのものも時間を超越している。彼らは白い瓶を抱え、ステッキとトネリコの若木をくるくる回しながら、安定した素晴らしい気候と澄みわたる空気のなかを、どっしりとしたトネリコや古木の間を抜けて、人気《ひとけ》のない公園を通っていく。清潔でよく整備された四つの並木道を、二人は腕を組み、雷雨のときのヒキガエルみたいにうきうきと歩いていく。ヒバリのように酔っ払って、誰もいない聖フランシスコ修道院の、新世界ではじめて福音が説かれたがらんとした礼拝堂の前に立つ。夜にはオテル・トラスカラで白い瓶に囲まれ、白く冷たいシーツにくるまって眠る。町のなかにも数限りない白い酒場《カンティーナ》があり、そこではドアを開け放して風に吹かれながら、いつまでもつけで飲んでいられる。「このまままっすぐ行けるよ」と彼は言っていた。「まっすぐトラスカラへ。あるいは、皆でサンタ・アナ・チアウテンパンに泊まって、もちろんどっちの行き方でも乗り換えをするから、そして朝ベラクルスに行くこともできる。もちろんそうするんだったら——」彼は腕時計を見た。「——いますぐ戻ることになるけど……次のバスに乗れるよ……二、三杯飲む暇もある」彼は領事らしい口調で付け加えた。

霧は晴れていたが、イヴォンヌの目には涙があふれ、その顔は蒼白だった。

まずいことになっている。ひどくまずいことに。一つには、ヒューもイヴォンヌも驚くほど酔っているらしい。

「どうしたんだ、いまトラスカラに戻るのはいやなのかい?」領事は言った。かなり舌がもつれていたかもしれない。

「そういうことじゃないのよ、ジェフリー」

ちょうどそこに都合よく、セルバンテスが生の貝を山盛りにした皿と楊枝を持って現われた。領事は置きっぱなしになっていたビールを少し飲んだ。酒はいまではこんな状況であった。まだ手をつけていないのが一杯あって、まだ飲み終わっていないこのビールもある。その一方で、さっきまで数杯のメスカルが(いいじゃないか——メスカルと聞いたって怖くないんだから)レモネードの瓶に入って外で待っていて、それを彼は飲んだし、飲んでいないのだ。実際は飲んだのだが、ほかの二人からすれば飲んでいない。そしてその前には、飲むべきでありながら飲むべきでなかったメスカルが二杯あった。二人は怪しんでいるのだろうか？　セルバンテスには黙っているよう誓わせた。あのトラスカラ人は、言わずにいられずに裏切ったのか？　自分が外にいた間、この二人は本当は何を話していたんだろう？　領事は自分の貝から目を上げて、ヒューをちらっと見た。ヒューも、イヴォンヌと同じく、かなり酔っているうえに、傷ついて怒っているように見えた。二人は何を企んでいるのだ？そんなに長く席を立っていたわけじゃない（と彼は思った）、せいぜい七分だ。身じまいを正して戻ってきたのだ――いったいどうやって？――チキンはほとんど冷めてもいなかったし、ほかの二人もようやく食べ終わるところだった……ブルータス、お前もか！　領事は、ヒューに向けた自分のまなざしが、冷たい憎しみの視線へと変わるのを感じた。穴のあくほどヒューをねめつけていると、朝、彼が微笑みながら、日差しに剃刀を光らせて現われたときの姿が目に浮かんだ。しかしいまは領事の首を切ろうとするかのように近づいてくる。そこで視界が暗くなり、ヒューはやはりこちらに向かってくるが、領事に向かってではない。今度は、ヒューはふたたび闘技場のなかにいて、雄牛を押さえ込んでいた。剃刀は剣に持ち替えている。彼は剣を突き刺して雄牛を屈服させた……領事は逆らいがたく理屈ぬきに襲ってくる激しい怒りを退けようと闘っていた。彼自身の感覚では、まさにこの努力――話はそれるが、それは建設的な努力なのに、誰も信じてはくれないだろう――のために体を震わせながら、領事は貝を一つ楊枝に刺して持ち上げた。歯のすき間からかすれた音を漏らさんばかりだった。

「これで、我々がどんな生き物なのかはっきりしたな、ヒュー。生きたものを食らってる。そういう生き物なのさ。どうして人類に敬意を抱いたり、社会的闘争を信奉したりできる？」

この言葉にもかかわらず、しばらくするとヒューは遠くのほうで穏やかにこう言っているようだった。「どこかの漁師の反乱を描いたロシア映画を見たことがある……サメがほかの魚の群れと一緒に網にかかって殺されていた……それがナチスの体制をかなりうまく象徴していると思ったんだ。死んでいるくせに、生きてもがいている人々を飲み込みつづけるんだ！」

「ほかの体制にも同じように当てはまるよ……共産主義にもね」

「いいかい、ジェフリー――」

「いいかい、とっつぁん《オールド・ビーン》」と領事は自分の声を聞いた。「フランコやヒトラーに対抗するのと、アクチニウムやアルゴンやベリリウムやジスプロシウムやノビウムやパラジウムやプラセオジムや――」

「いいかい、ジェフ――」

「――ルテニウムやサマリウムや珪素《けいそ》やタンタルやテルルやテルビウムやトリウムや――」

「あのね――」

「――ツリウムやチタニウムやウラニウムやバナジウムやバージニウムやキセノンやイッテルビウムやイットリウムやジルコニウム、ユーロピウムとゲルマニウムと――ひっく！――コロンビウム！こういうものをすべて敵に回すのとでは大違いだ」領事はビールを飲み干した。

突然、外でまた雷がドン、ガラガラと爆発し、空を這った。

にもかかわらず、ヒューは遠くのほうで穏やかにこう言っているようだった。「いいかい、ジェフリー。ここではっきりさせておこう。僕にとって共産主義というものは、いまどんな段階にあるにしても、本質的に体制なんかじゃない。新しい精神なんだ。いつか僕たちが吸っている空気と同じくらい当たり前のものになるかもしれないし、ならないかもしれない。こんなことは誰かが前に言っていたような気がする。僕が言おうとしているのも別に目新しいことじゃない。実際、もし僕が同じことをいまから五年後に言ったら、きっと陳腐でしかないだろう。でも僕の知るかぎり、この議論にマシュー・アーノルドを持ち出してきた人間はまだいない。だから僕は兄さんのためにマシュー・アーノルドを引用するよ。僕にマシュー・アーノルドは引用できないと兄さんが思っているってこともあるからね。だけどそれは兄さんの間違いだ。僕の考えでは、いわゆる――」

「セルバンテス！」

「――は、古代世界でキリスト教が果たしていたのに近い役割をいまの時代で果たしている精神なんだ。マシュー・アーノルドがマルクス・アウレリウスについてものした評論で言っているのは――」

「セルバンテス、後生だから――」

「『これとは違い、そういった皇帝たちが抑圧しようとしたキリスト教は、彼らの考えるところでは、哲学的観点からは卑しむべきもの、政治的観点からは体制を脅かすもの、倫理的観点からは厭うべきものであった。人間としては、彼らのキリスト教観は、今日の善良な人々のモルモン教観に近いものであった。統治者としては、その見方は、今日のリベラルな政治家のイエズス会士に対する見方に近いものであった。一種のモルモン教――』」

「――」

「『――政治的社会的転覆という隠された目的のもと、広範な秘密結社として構成されたものこそ、アントニヌス・ピウスが――』」

「セルバンテス！」

「『この概念の内なる中心的な要因は、おそらく以下のようなことである。すなわち、キリスト教はローマ世界における新しい精神であり、その世界を解体する役割を果たす運命にあった。そしてキリスト教は必然的に――』」

「セルバンテス、お前はオアハカ人かい？」と領事はさえぎって言った。

「違いますよ《ノ・セニョール》。トラスカラ人。トラスカラだよ」

「そうだったな」領事は言った。「それで、トラスカラには古い木があるんじゃないのかい？」

「ええ、そうです《シ・シ・オンブレ》。古い木ね。古い木がたくさん」

「それにオコトランだ。オコトラン聖堂《サントゥアリオ・デ・オコトラン》。あれもトラスカラにあるんじゃないか？」

「ええ、そのとおりです《シ・シ・セニョール・シ》。オコトラン聖堂《サントゥアリオ・デ・オコトラン》」セルバンテスはカウンターのほうへ戻りながら言った。

「それにマトラルクエヤトルも」

「そうです《シ・オンブレ》。マトラルクエヤトル……トラスカラ」

「それから礁湖も？」

「そう《シ》……礁湖がたくさん」

「その礁湖には水かきのある鳥がたくさんいるんじゃないのかい？」

「そうですよ《シ・セニョール》。とても強い《ムイ・フエルテ》……トラスカラには」

「そういうことなら」領事は二人のほうに向き直って言った。「俺の計画のどこが不満なんだい？お前たちはどうしたっていうんだ？ ヒュー、お前はベラクルスに行くんだろ？」

不意に、一人の男が戸口で怒ったようにギターをかき鳴らしはじめた。セルバンテスがふたたび寄ってきた。「黒い花というのがあの歌の名前」セルバンテスは、男を招き入れようとしていた。「歌詞はこう、僕は苦しんでいる、君の唇が嘘しか言わず、そのくちづけには死がひそんでいるから」

「よそに行くよう言ってくれ」と領事は言った。「ヒュー――ベラクルス行きの汽車は一日に何本あ《クアントス・トレネス・アイ・エル・ディア・パラ・ベラ・》る《クルス》？」

ギター弾きは曲を変えた。

「これは農夫の歌。雄牛の歌」セルバンテスは言った。

「雄牛か、今日はもう雄牛はたくさんだ。どこか遠くへ行くよう言ってくれ、頼むから《ポル・ファボール》」と領事は言った。「一体全体、お前たちはどうしたっていうんだ？　イヴォンヌ、ヒュー……すごくいい考えじゃないか、実に現実的な提案だよ。一石二鳥だってことがわからないかい――石だよ、セルバンテス！　トラスカラはベラクルスに行く途中にあるじゃないか、ヒュー、真の十字架《クルス》にさ……俺たちがお前に会うのはこれが最後になるだろう。俺の知るかぎり……お祝いをしようよ。さあさあ、お前は俺に嘘はつけないよ、俺はお前を見ているからね……どっちの行き方でもサン・マルティン・テスメルカンで乗り換えだ……」

　雷鳴が一つ、ドアのすぐ外の中空で轟き、セルバンテスがコーヒーを持って急いでやってきた。彼は皆の煙草に火をつけるためにマッチを擦った。「迷信によれば《ラ・スペルスティシオン・ディセ》」彼は領事のために新しくマッチを擦りながらにっこりした。「三人の仲間が同じマッチで煙草に火をつけると、最後に火をつけた者《ケ・クアンド・トレス・アミーゴス・プレンデン・ス・シガーロ・コン・ラ・ミスマ・セリーヤ・エル・》が他の二人より先に死ぬといいます《ウルティモ・ムエレ・アンテス・ケ・ロス・オトロス・ドス》」

「メキシコではそういう迷信があるのかい？」ヒューが尋ねた。

「そうです《シ・セニョール》」セルバンテスはうなずいた。「三人の仲間が同じマッチで煙草に火をつけると、最後に火をつけた者が他の二人より先に死ぬといいます。でも戦争のときは無理ね、兵士がたくさんいてもマッチは一本しかないから」

「フォイヤースティーク」ヒューは領事のために新たにつけられた火をかばいながら言った。「ノルウェー語の名前のほうがマッチと言うよりぴんと来る」

　――あたりは暗くなってきていた。ギター弾きはサングラスをかけて隅に座っているようだった。帰りのバスを逃してしまった。もし乗るつもりだったなら、自分たちをトラスカラに連れ帰ってくれるはずだったバスだ。でも領事はコーヒーを飲みながら、自分はまた突然しらふになって、気の利いたことをよどみなく話していると思っていた。まさに絶好調だ。これでもちろん、向かいに座っているイヴォンヌも安心しているに違いない。ヒューの言ったノルウェー語、フォイヤースティークという言葉がまだ頭に残っていた。そして領事は、インド＝アーリア人、イラン人、それに、神官が火おこし棒を使って天から呼び下ろす彼らの火の神アグニについて話していた。聖酒ソーマについて、不死の神酒《ネクタル》であるアムリタ——リグ・ヴェーダではまるまる一巻を費やしてそれを称えている——について、大麻について。おそらくメスカルについて、というよりむしろ、カシミールの建築がノルウェーの建築にいかによく似ているかという話をした。たとえばハマダン・モスクは木造で高い尖塔があり、軒から飾りが下がっているのだ。彼はクアウナワクのブスタメンテの映画館の向かいにあるボルダ庭園について話し、ボルダ庭園を見るとなぜかいつもカシミールのニシャト庭園のテラスを連想するのだと言った。領事はヴェーダの神々について話していた。この神々はあまり擬人化されていない。それに引き換えポポカテペトルとイスタクシワトルは……いや違うかな？　とにかく領事は、ふたたび火の神について、生贄の火について話していた。石のソーマ搾り器について、菓子や雄牛や馬の生贄について、神官がヴェーダの一節を朗誦することについて、はじめは簡素だった飲酒の儀式が時が経つにつれてどんどん複雑になり、一つでも過ちがあると——イヒヒ！——生贄が損なわれてしまうため、細心の注意を払って執り行なわなければならなくなった経緯について話した。ソーマ、大麻、メスカル、ああ、メスカル、またこの話題に戻ってきて、今度も前と同じくらい抜け目なく話題を変えた。彼は妻の殉死について、そしていま話している時代にはカイバル峠の入口にあるタクシラで、子のない寡婦は亡夫の兄弟とレビレート婚をする可能性があるという事実について話していた。気がつくと領事は、タクシラとトラスカラの間に、その響きが似ているというだけにとどまらない、何らかのつながりがあると主張していた。だってイヴォンヌ、あのアリストテレスの偉大な弟子、アレクサンドロス大王は、コルテス同様、タクシラに到着したときすでにタクシラ王アーンビに接触していた。アーンビのほうも、外国からの征服者との同盟関係に、敵、ここではモクテスマではなくパウラヴァ王だが、敵を蹴落とすまたとないチャンスを見出した。もしこの動きがなかったら、いったい誰がジェラム河とチェナブ河の間の国を統治しただろう？　トラスカラ……領事はサー・トマス・ブラウンのように、アルキメデスについて、モーセについて、アキレウスについて、メトセラについて、カルロス五世について、ピラトについて語っていた。さらにイエス・キリストについて、というよりユス・アサフについて話していた。カシミールの伝説によると、彼はキリストであったとされている——十字架から降ろされたあと、イスラエルの失われた部族を探してカシミールへとさすらい、スリナガルの地で没したキリスト——

　しかしちょっとした思い違いがあった。領事は話していなかった。明らかに話してはいなかった。一言も発していなかったのだ。すべてが幻、大脳の作り出した渦巻く混沌で、そこからようやく、まさにこの瞬間に、完璧な秩序が生まれたのである。

　彼は言った。「とっつぁん《オールド・ビーン》、狂人や酔っ払い、激しい興奮状態にあって苦しんでいる者の行動というのは、その行動をとった者の精神状態を知る者には自由度が低く必然性が高いものに見えて、知らない者には自由度が高く必然性が低いものに見えるのだよ」

　これはピアノ曲のようだった。黒鍵の七つのフラットで構成されているあの小品のようだ——いま思い出したが、そもそも便所《エスクサード》に行ったのは、これを思い出すため、これをうまく弾いてのけるためだったのだ——またこれはヒューの、マルクス・アウレリウスについて書かれたマシュー・アーノルドの一節の引用にも似ているかもしれない。何年も前に一生懸命覚えたのに、それを弾きたいときに限って思い出せない曲のようなもの。それがある日、酔い加減で指遣いを思い出し、奇跡的に、完璧に、豊かなメロディをあふれさせる。ただ、いまの場合、トルストイはメロディをつけてくれなかった。

「何だって?」ヒューが言った。

「何でもないよ。俺はいつも要点に戻って、途切れたところから始めるんだ。そうでなかったら、領事としてあんなに長くやっていられたはずがないだろう? 我々がある行為の動機についてちっとも理解していないとき——お前の考えが自分だけの会話のほうにそれているといけないから言っておくが、俺は今日の午後起きたことについて話しているんだ——その動機が悪意のあるものだろうと、高潔なものだろうと、それ以外だろうと、トルストイによれば、我々は、それがおもに自由意志によるものだろうと考える。そうすると、トルストイによれば、我々はもっと積極的に介入すべきだったということになる……」

「『自由意志と必然性について我々の想定が一致しない場合とは、例外なく常に三つの要件に左右されている』と領事は言った。「人はそれから逃れることはできない」

「さらにトルストイによれば」と彼は続けた。「我々はあの泥棒を裁く前に——彼が泥棒だとしてだが——自らに問わねばならない。彼とほかの泥棒とのつながりは何だったのか、親戚関係、時間的な位置関係、それだけわかったとしても、彼と外界との関係、あの行為に至った成り行きとの関係……セルバンテス!」

「もちろん、僕たちが時間をかけてこういうことをすべて明らかにしようとしている間にも、あの哀れな男は道端で死んでいくんだ」とヒューが言っていた。「どうしてこうなったんだ? あれが起こる前に割って入るチャンスは誰にもなかった。僕の知るかぎり、僕たちのうちの誰も、彼が金を盗むところを見ていない。そもそもジェフ、君はいったいどの犯罪の話をしているんだい？　もしほかに犯罪があったとしたら……それに僕たちが泥棒を止める手立てを何も取らなかったという事実は、あの男の命を救うために実質的に何もしなかったこととは別だよ」

「そのとおり」と領事は言った。「俺は割って入ることについて漠然と話していたんだ。なぜ、我々は彼の命を救うために何かをすべきだったのか？　もし死にたければ、彼には死ぬ権利があるんじゃないかい……セルバンテス――メスカルを――いや《ノ》、パーラスを頼む《パーラス・ポル・ファボール》……どうして人は誰かのすることに割って入る必要があるのか？　たとえば、誰かがトラスカラ人になぜ干渉する必要があったのか？　トラスカラ人は古い木のそばで、第一礁湖の水かきのある鳥たちに囲まれて幸せに暮らしていたのに――」

「水かきのある鳥だの、礁湖だの、何のことを言っているんだい？」

「あるいは、もっと話を限定するなら、ヒュー、俺は何も話していなかったんだろう……だって、もし何かを解決したとしよう――ああ、それは〈論点相違の虚偽〉というやつだよ、ヒュー。言い換えれば、争点ではないことを立証または論駁《ろんばく》する議論によって、ある争点が立証または論駁されたとする謬論《びゅうろん》だ。この戦争みたいにね。だって俺には、今日この世界のほとんどすべての場所から、人間にとって根本的な問題となるようなことがなくなってもう久しいと思えるんだ……ああ、お前たち思想を持つ奴らときたら！」

「ああ、〈論点相違の虚偽〉さ！……たとえば、スペインのために戦いに行くっていうご託宣だ……それか哀れな丸腰の中国のためにね！　民族の運命について、一種の決定論があることがわからないかい？　どの民族も、長い目で見れば、それぞれにふさわしい運命をたどっていると言える」

「うーん。……」

風が家の周りでうめき、鈴を鳴らしながらテニスのネットのあたりをさまようイングランドの北風に似た不気味な音を立てた。

「目新しいとは言えない説だな」

「少し前は、哀れな丸腰のエチオピアがそうだった。その前は哀れな丸腰のフランドル。哀れな丸腰のベルギー領コンゴは挙げるまでもない。そして明日には、哀れな丸腰のラトヴィアになるんだろうさ。それともフィンランドか。ナントカカントカか。ロシアってことさえありえる。歴史を読めよ。千年さかのぼってみろ。その、価値のない馬鹿げた流れに棹さしたって何になる？　ごみで埋まった峡谷《バランカ》みたいに、歳月を経て曲がりくねり、細くなってついには——そもそも悪だくみのせいで身を守るすべを奪われた、幾多の哀れな丸腰の民族どもが必死で行なってきた英雄的な抵抗が——」

「おい、それは僕が言ってたことだろう——」

「——人間の精神が生き延びることとどう関係していると言うんだ？　関係などないさ。まったく無意味だよ。数々の国や文明や帝国や遊牧民の群れが何の理由もなく滅び、その魂や意味もともに失われる。そのおかげで、お前がおそらく一度も聞いたことがない、滅んでいったもののことを知りもしない一人の老人、ティンブクトゥで〈論点相違の虚偽〉の数学的相関物の存在を、時代遅れの器具を使って証明しようと躍起になっている老人が生き延びるのさ」

「頼むから」とヒューが言った。

「トルストイの時代にさかのぼってみろよ——イヴォンヌ、どこへ行くんだい？」

「外」

「そのころは哀れな丸腰のモンテネグロだった。哀れな丸腰のセルビア。あるいはもう少しさかのぼって、ヒュー、お前のシェリーの時代には、哀れな丸腰のギリシアだった——セルバンテス！——

もちろんまたそうなるだろうがね。またはボズウェルの時代なら――哀れな丸腰のコルシカだ！　パスクアーレ・パオリとジェイムズ・モンボドーの亡霊だ。熱烈に自由を求めるポン引きと同性愛者。いつの世も同じさ。そしてルソーは――税関吏《ドゥワニエ》のほうじゃないよ――自分がたわごとを言っているとわかっていた――」

「兄さんがいったい何をのたまっているつもりなのか知りたいもんだ！」

「どうして人は、他人のことに首を突っ込みたがるんだ！」

「というよりどうしてはっきりものを言えないんだ？」

「そのとおり、何か別のことなんだ。〈動機〉というものの信用ならざる集団合理化、共通の病的な欲求の正当化だ。介入の動機だよ。たいていは、ただ不幸に引きつけられているだけだがね。好奇心。経験――実に自然なことだ……だが、その底に建設的なものなどありはしない。実際あるのは受容することだけだ。自分が気高いとか、有能であるとか、そんな気分にさせてくれる状況を、だらだらと情けなく受け入れているだけなんだ！」

「だけど、王党派のような人々はまさにそんな状況に対して――」

「だが最後には惨禍が起こるのさ！　惨禍が起こらなくてはならないんだ。だって、そうでなかったら、割って入った人間は戻ってきて、今度は自分の責任と折り合いをつけなくてはならないんだから――」

「いっそ本当に戦争を起こして、兄さんみたいな血に飢えた連中がどうなるか見てみたいもんだ！」

「そんなことしたって何にもなりゃしない。スペインに行って自由のために戦おうというお前みたいな奴らは――セルバンテス！――トルストイが『戦争と平和』のなかでそういう類のことを書いた部分を暗記すべきだよ。あの、汽車のなかでの義勇兵たちとの会話だ――」

「でもどっちにしろその場面は――」

「そこに出てくる一人目の義勇兵はうぬぼれ屋の堕落しきった奴だとわかるんだが、酒を飲んだあとで自分は何か英雄的なことをしていると信じ込んでいるんだ――ヒュー、何を笑っているんだ？」

「おかしくてさ」

「二人目は、あらゆることを試したのに何もかもうまく行かなかった男だ。そして三人目は――」イヴォンヌが不意に戻ってきて、大声で話していた領事は少し声を落とした。「砲兵で、最初こいつだけがいい奴のように見えた。でもその正体は？　試験に落ちた士官候補生さ。わかるだろ、全員が不適合者、役立たず、臆病者、とんま、腰抜けオオカミ、寄生虫、揃いも揃って、自分の責任を取ることを、自分の闘いを闘うことを恐れていて、どこにでも行く用意があるという奴らなのさ。トルストイがよく知っていたとおり――」

「意気地なしをかい？」ヒューが言った。「カタマーソフだか誰だかは、義勇兵たちの行動は、それでもやっぱりロシア人民全体の魂の声だと信じていたんじゃないかい？――でも、イギリス政府にスペインで実際起きていることを伝えるためにマドリードに戻る代わりに、さっさとフランコが勝ってほしいと思いながらただサンセバスティアンにとどまっている外交団が意気地なしで構成されているはずがないってことは、僕にだってわかっているよ！」

「お前の願いは、スペインのために戦うことなんだろう？　スペインでなくても、ナントカカントカのため、ティンブクトゥのため、中国のため、偽善のため、存在しないもののため、頭でっかちの馬鹿息子どもが自由と呼ぶことにしたたわごとのため――もちろん、自由なんてものは本当はありはしないんだが――」

「もし――」

「もしお前が言い張っているように、本当に『戦争と平和』を読んだのなら、どうしてそこから学ぶ分別がないんだい？　重ねて聞きたいね」

「少なくとも、僕は『戦争と平和』と『アンナ・カレーニナ』の違いくらいは学んだよ」とヒューが言った。

「そうか、じゃあ今度は『アンナ・カレーニナ』だ……」領事は言葉を切った。「セルバンテス！」――そしてセルバンテスが現われた。ぐっすり眠っているように見える闘鶏を小脇に抱えていた。

「とても強い《ムイ・フエルテ》」と彼は言った。「とても《ムイ》、すっごく」部屋を横切りながら、「凶暴な奴《ウン・ブルート》」――「しかし、俺が暗にほのめかしたように、お前たちは、よく聞けよ、外国じゃもちろん、自分の足下でだって自分のことをろくに片付けられないんだ。ねえジェフリー、お酒を飲むのをやめたら？　まだ手遅れじゃないわ――なんて言っているのがいい例だ。どうして手遅れじゃないんだ？　俺はそう言ったのか？」いったい何を口走っているんだ？　領事は突然、こんな冷酷な、粗野な言葉を口走ったことにほとんど驚きのようなものを感じながら自分の声を聞いていた。いまや、もっとひどいことになろうとしている。「もう手遅れだということが、申し分なく、法的にも決まったんだと俺は思っていた。そうじゃないと言い張っているのは君だけだ」

「ジェフリー、そんな――」

――領事はこんなことを口にしているのか？　こんなことを言わなくてはならないのか？――言わなくてはならないようだった。「お前たちにはわかってるだろうが、俺が生きつづけているのはひとえに、もう絶対に手遅れだと知っているからさ……お前たちは皆同じだ、イヴォンヌ、ジャック、ヒュー、お前も、他人の人生に介入しようとしている、介入、介入――たとえば、誰かがこの若いセルバンテスに余計なお節介を焼いて、闘鶏に興味を持たせる必要がなぜあったのだ？――それこそが、まさに世界に災厄を引き起こしているんだ。話を広げると、そう、大事な話だ、お前たちが知恵と単純さと勇気を持ち合わせていないばっかりに、そう、勇気を持ち――」

「聞けよ、ジェフリー――」

「ヒュー、いったいお前は人類のために何をしたことがあると言うんだ、資本主義体制についてさんざん間接話法を駆使しているが、口ではいろいろ言って、あとは魂が悪臭を放つまで資本主義の恩恵を受けているだけじゃないか」

「黙ってくれ、ジェフ、頼むから！」

「ついでに言えば、お前ら二人の魂はぷんぷん臭うよ！ セルバンテス！」

「ジェフリー、お願いだから座って」とイヴォンヌが疲れた声で言ったようだった。「大騒ぎしないで」

「騒いでなんかいないさ、イヴォンヌ。俺は実に穏やかに話しているよ。やはり穏やかに聞くが、君は自分以外の誰かのために何かをしたことが一度でもあるかい？」こんなことを言わなければならないのか？ 言葉は口から出ている。出てしまった。「俺が欲しがっていたかもしれない子供たちはどこにいる？ 俺が子供を欲しがったっていいだろう。水に沈められてしまったんだよ。何千もの膣洗浄器がガタガタいうなかで。よく聞け、〈人類〉を愛するふりなんかするんじゃない、ほんのちょっとでもな！ 君は幻想さえも必要としていない。あいにく、自分の持っている唯一自然で役に立つ機能を否定するための幻想は持っているがね。よく考えてみると、女なんて何の機能もないほうがいいようなもんだ！」

「そんなひどいことを言うもんじゃないよ、ジェフリー」ヒューが立ち上がった。

「そこを動くんじゃない」と領事は命令した。「もちろん俺は、お前たち二人が陥っているロマンチックな境遇を理解しているよ。でも仮にヒューがそれをまた最大限に利用するとしても、すぐにわかるさ、すぐにね、自分が、鱈《たら》みたいなえらと競走馬みたいな血管をした何百人もいる愚か者の一人にすぎないってね——その全員が山羊みたいに発情して、猿みたいにみだらで、群れたオオカミみたいに好色なのさ！　いや、一人で十分だ……」

運よく空になっていたグラスが床に落ちて砕けた。

「まるでキスを根こそぎ奪い取るようにして、それから彼は脚を彼女の太腿に重ねてため息をついた。お前たちはさぞかし稀な時間を過ごしたことだろうよ。俺を救うという大義名分を隠れ蓑にして、一日中、手のひらをもてあそんだり、おっぱいだの乳首だのをまさぐったりして……待てよ。哀れな丸腰の俺——これには気がつかなかったな。だがこの結論には完璧に筋が通っているよ。俺自身、自由を求めるちっぽけなつまらない闘いの最中なんだ。ママ、僕をあの美しい売春宿に帰してくれ！　あの三脚巴紋《トリスキール》がかき鳴らされ、永遠の開口障害《トリズムス》が……」

「休戦に心惹かれていたのは事実だ。お前たちが描いてみせる、アルコール抜きのしらふの楽園にだまされていたのさ。少なくとも、お前たちは一日中そういう方向に持っていこうとしていたんだろう。だけどいま、俺は芝居がかったちっぽけな決心をした。決心するのに足るだけの心はかろうじて残っているんだ。セルバンテス！　そんなものを望んだりはしない、ごめんこうむるよ。それとは逆に俺が選ぶのは——トラス——」どこにいるんだ？「トラス——トラス——」

……まるでふたたびあの黒い吹きさらしの駅のプラットホームに立っているみたいに思えた。そこへ、一晩中飲んだあとで、彼は朝の七時四十分にヴァージニアから戻ってくるリー・メイトランドを迎えに行った——行ったのか？　頭は朦朧とし、足取りは軽かった。実際そんな状態で、ボードレールの天使は目覚めるのだ。おそらく汽車を出迎えたいと願いながら。でもそれは停まるような汽車ではない。天使の頭のなかには停まる汽車など存在しないし、そんな汽車からは誰も降りてはこないからだ。別の天使さえも、リー・メイトランドみたいな金髪の天使さえも。――汽車は遅れているのか？ なぜ自分はプラットホームを行ったり来たりしているのだろう？ 彼女が乗っているだろうと駅長が言っていたのは、サスペンション・ブリッジ――宙ぶらりん《サスペンション》！――から来る二本目の汽車だったか、それとも三本目か？――「トラス――」領事は繰り返した。「俺が選ぶのは――」

彼は部屋のなかにいて、突然、この部屋のなかでは物体が分離していた。ドアノブがドアから少し離れて浮いている。カーテンがひとりでに舞い込んできた。ひらひらと、何にも取りつけられていない。自分を絞め殺しに来たのだという気がした。カウンターの向こうの規則正しい小さな時計が大きな音で時を刻み、彼を正気に返らせた。トラス、トラス、トラス、トラス、……五時半だ。それだけか？「地獄だ」彼は間が抜けたように会話を締めくくった。「なぜなら――」彼は二十ペソ札を取り出してテーブルに置いた。

「地獄が好きだからさ」彼は開いた窓越しに、外から彼らに呼びかけた。セルバンテスは闘鶏を抱え、怯えた目をしてカウンターのうしろに立っていた。「俺は地獄を愛しているんだ。あそこに戻るのが待ちきれない。実際、走っているんだ。もう着いたも同じだ」

足を引きずっているにもかかわらず、彼は狂ったように彼らに叫び返しながら、本当に走っていた。奇妙にも、森を目指して走りながら彼はそれほど本気ではなかった。森はどんどん暗く生い茂り、頭上で荒れ狂っていた――そこから風がさっと吹き出し、枝垂れコショウボクがごうっと音を立てた。

しばらくして彼は立ち止まった。何もかもが静かだった。誰も彼を追ってきてはいないのだ。これでいいのか？ そう、これでいいのだ、と彼は思った。心臓が激しく打っていた。こんなにうまく行ったのだから、パリアンへ、ファロリートへの道をたどることにしよう。

　前方には険しい火山が見え、それが近づいてきたように感じられた。火山は密林の上に、垂れ込めてきた空に向かってそそり立っていた――その背景にはほかの仲間たちが塊となって迫ってきていた。

11

日没。緑と橙《だいだい》の鳥の群れが渦のように空を高く舞い、波紋のように広がっていった。二頭の子豚が駆け足で塵埃のなかに消えていった。一人の女が、軽い小瓶を頭に載せ、イサクの妻リベカを思わせる優雅な足取りですばやく通り過ぎていった……

それから、ようやく〈サロン・オフェリア〉をあとにしたときには、砂ぼこりはおさまっていた。道はまっすぐになり、むこうみずな泳者たちが水音を響かせていまもなお遊びつづけているプールの先の森へと続いていた。

さらにその先、北東の方角に二つの火山が横たわり、その背後では、暗雲が天を衝かんとそびえ立っていた。

——すでに先駆けを遣わしていた嵐は、どうやら円を描いて進んでいるらしい。本格的な襲来はこれからだ。いつの間にか風はやみ、あたりはまた明るくなったように感じられたが、すでに太陽は彼らの背後やや左手、南西の方角に沈んでいて、赤々とした夕映えを扇のように頭上に映し出していた。

領事は〈皆の満足　私の満足〉《トドス・コンテントス・イ・ヨ・タンビエン》に来てはいなかった。いまや、暖かい夕陽のなか、イヴォンヌは意識的に、話をするには速すぎる速度でヒューの前を歩いていた。それでも、彼の声は（さっきの頷事の声と同じように）背後から追いかけてきた。

「私があの人を見捨ててどこかに逃げたりしないってこと、あなたはよくわかってるでしょう」と彼女は言った。

「まったく、僕がここに来なけりゃ、こんなことにはならなかったのに！」

「どうせまた別の騒動になっていたわよ」

鬱蒼とした密林が二人を包み込み、火山の姿は消えた。それでも、あたりはまだ真っ暗ではなかった。道の脇を流れる川が光を放っていた。菊に似た大きな黄色い花が川の両岸に咲き、薄闇のなかで星のように輝いていた。薄明かりを浴びて赤褐色に輝く野生のブーゲンビリアや、舌を垂れた白い鐘のような小さい花をつけた藪が、ところどころで二人に向かって身を乗り出すように咲いていた。道に沿って短い間隔で標識が木に打ちつけられており、そこには、風雨にさらされた矢印とともに、かすかに読み取れる〈滝はこの先《ア・ラ・カスカーダ》〉の文字が刻み込まれていた――

小川を常に左手に見つつさらに行くと、ぼろぼろになった鋤《すき》の刃や、乗り捨てられたアメリカ車の錆びてねじれた車台が、その流れを横切る橋を形作っていた。

うしろの滝の水音は、前方の小さな滝の水音に飲み込まれた。水しぶきや湿気が宙を満たした。滝の音さえなければ、周りの沖積土のあちらこちらから生え出た、しっとりとした鬱蒼たる葉の間を水が勢いよく流れていくかたわらで植物が生長する音まで聞こえてきそうだ。

突然、頭上にふたたび空が開けた。いまや赤みの消えた雲は、太陽ではなくて月に照らされたかのような妙に青白い光を放つどっしりとした漂流物となり、雲と雲の間では、夕方の名残である果てしなく深いコバルト色をたたえた空が荒れ狂っていた。

鳥たちは空高く、さらに高く舞い上がっていった。プロメテウスに襲いかかる地獄の鳥！　それはハゲタカであった。地上ではお互いを妬んで争い、血と汚物にまみれているくせに、それでもあれほどの高みに舞い上がることができるのだ。雷雲を突き抜け、アンデスの峰を越え、コンドルだけが届くことのできる高みに——

南西の空に出た本物の月は、地平線に沈みゆく太陽のあとを追う構えであった。左手に目をやると、小川の向こうに並ぶ木々の隙間から低い丘が見えた。ニカラグア通りの下にあるようなその丘は、悲しげな紫色をたたえていた。イヴォンヌは、丘の手前の麓から響くかすかな葉音に気がついた。丘の斜面で群れをなす畜牛たちが、金色に輝くトウモロコシの茎や縞模様の不思議なテントの間を動き回っていたのだ。

眼前では、相変わらずポポカテペトルとイスタクシワトルが北東を支配していた。二つの山のうちより美しく見えるのは、いまや眠れる美女のほうであった。切り立った山頂を覆う血のような赤に染まった雪は、みるみるうちに暗い岩影を帯びてくすんだ色になり、頂は宙ぶらりんとなって、まるで次第に大きくまとまっていく黒雲のなかを漂っているように見えた。

チンボラソとポポカテペトルに——領事のお気に入りの詩によれば——心を奪われてしまった！　だが、インディオの悲劇的な伝説では、奇妙なことにポポカテペトルが夢想家であった。戦士ポポカテペトルのイスタクシワトル姫に対する愛の炎は、詩人の胸のなかでもけっして消えることなく、永遠に燃えさかっている。戦士は、出会ったばかりの恋人をたちまち失い、その永遠の眠りをじっと見守っている……

二人が開拓地の端まで来たところで、道が二つに分かれていた。イヴォンヌはためらった。木に打ちつけられた雨ざらしの標識がふたたび現われ、その矢印はいわば道なりに左手を指して、〈滝《ア・ラ・》はこの先《カスカーダ》〉と告げていた。だが、別の木に打ちつけられた同じような矢印は、小川の方角から離れて、右手の道を指し示していた。〈パリアンへ《ア・パリアン》〉

イヴォンヌは、いま自分がどこにいるのかを認識していたが、二つの道、二つの選択肢が、まるで——彼女の脳裏を奇妙な連想がよぎった——磔《はりつけ》にされた男の両手のように延びていた。右手の道を選べば、パリアンへは早く到着する。もう一方の大きな道を行っても、結局は同じ場所に着く。そして、そちらを選んだほうがいいと彼女が確信したのは、その道沿いに少なくともあと二つ酒場《カンティーナ》があるからであった。

二人は大きな道のほうを選んだ。縞模様のテントやトウモロコシの茎が視界から消え、代わりに密林が姿を現わした。夜の訪れとともに土臭い湿った豆の匂いが立ち昇った。

この道は、〈ラム・ポポ〉だか〈エル・ポポ〉だかいう名の食堂兼酒場の近くで街道のような場所に出る。その道を（それを同じ道と言ってもいいのであれば）また歩き出すと、途中で直角に曲がる近道があり、そこから森を抜けてパリアンへ、さらにはファロリートへと行くことができそうだと彼女は考えた。磔にされた男の腕が留められた十字架の、陰になった横木にあたる道だ。

次第に大きくなる滝の音は、さながらオハイオの平原に棲む五千羽のムクドリモドキが目覚める声が風上から一気に流れてきたかのようだった。上流で勢いを蓄えた川の水は滝に向かって猛り狂うように流れ下り、突然植物が大壁となって現われる左岸を抜けて、密林でもっとも高い木よりもさらに上にある、サンシキヒルガオが美しく点在する藪の小川へと注ぎ込む。まるで自分の魂までが、根こそぎもぎ取られた木々や砕けた低木と一緒に急流にさらわれ、鉄砲水と一緒に最後の落下へと押し流されていくようだ。

二人は、〈エル・ペタテ〉という小さな酒場《カンティーナ》にたどり着いた。それは、騒々しい滝からさほど遠からぬところにあり、明かりのともった窓が夕暮れのなかで優しい光を放っていた。なかにいる客を確かめる彼女の心は、弾んだかと思うと沈み、また弾んで、そして沈んだ。そこにいたのはバーテンと、羊飼いかマルメロ農夫とおぼしき二人のメキシコ人だけであり、カウンターにもたれて熱心に話し込んでいた――彼らの口は音もなく閉じたり開いたりし、その褐色の手は、空中で丁寧に模様を描いた。

〈エル・ペタテ〉は、彼女が立っているところから見ると、まるで複雑な絵柄の郵便切手のようだった。店の外壁に、さながら価格訂正印のように貼られているのは、お決まりのモクテスマ、クリオージョ、カフェアスピリーナ、それから――〈虫さされは掻くべからず!《ノ・セ・ラスケ・ラス・ピカドゥラス・デ・ロス・インセクトス》〉――メンソレータムの広告であった。この店だけが、かつて栄えたアノチティトランの村の名残だということを、昔領事と一緒に聞かされたことがある。村は焼き討ちに遭ったのだが、一時は西に向かって延び、小川の向こうまで広がっていたという。

耳をつんざくような騒音のなか、彼女は外で佇んでいた。〈サロン・オフェリア〉を出てからここにやって来るまで、イヴォンヌは、自分が周囲からすっかり切り離されてしまったかのような感覚にさいなまれていた。だがいま、ヒューが――二人のメキシコ人に質問をしたり、バーテンにジェフリーの顎髭を説明したり、メキシコ人にジェフリーの顎髭を説明したり、おどけたように二本指で顎髭を形作ってみせるバーテンに質問をしたりしながら――酒場《カンティーナ》内部の風景に加わってみると、自分が独り不自然な笑い声を立てていることに気がついた。同時に、自分のなかの何かがくすぶり、そして火を噴くような奇妙な感覚を覚えた。まるで自分のすべてがいまにも爆発しそうであった。

彼女は思わずうしろに飛び退いた。酒場の近くにある木製の何かにつまずいた拍子に、それが自分に飛びかかってくるような気がしたのである。窓から漏れてくる光の下でよく見てみると、それは木の檻で、そのなかに大きな鳥がうずくまっていた。

それは小さなワシで、彼女はその鳥を脅かしてしまったのだ。いまやワシは、湿った暗い牢獄のなかで震えていた。鳥籠は、鬱蒼と葉の茂った低木と酒場との間に置かれていたが、低木はよく見ると、アマテとサビナの二本の木がお互いに抱き合うように絡み合ったものであった。微風が彼女の顔に水しぶきを吹きつけた。滝の音が響いた。愛し合う二本の木は、絡み合ったその根を大地の上から小川のほうへ伸ばし、無我夢中でその潤いを求めていたが、実のところ、そんなことをする必要はなかった。自分たちの居場所にそのまま根を下ろしていても、周りの自然は豊かな恵みを施していた。その先の高い木々のところに行くと、ひび割れや無惨な裂け目、あるいは索具のような蔓があった。帆桁《ほげた》のような枝が幅広の葉を広げ、彼女のまわりで暗い影を宿しながらぎこちなく揺れていた。木々の間には、嵐を前にした港の船の間に結ばれるような黒い共謀関係があるように見えた。すると突然、木々の間に覗く山の上方に雷光が走り、酒場の明かりがちかちかと明滅を繰り返して消えた。雷鳴は聞こえなかった。嵐はふたたび遠くへ去った。イヴォンヌは不安に神経を尖らせながら待っていた。ふたたび明かりがついてみると、ヒューは――やっぱり男の人はだめね、私が入ろうとしなかったのが悪いのかもしれないけれど――メキシコ人たちと飲みはじめていた。先ほどの鳥は、長い羽のある暗い怒りの塊となって、じっと動かずにいた。その小さな世界のなかには、激しい絶望と希望、それに、ポポカテペトルの上空を何マイルも漂い、そして鋭く目を光らせながら荒野へと急降下し、見る影もなく荒れ果てた高木限界線の山木のなかに降り立った記憶が詰まっていた。手を震わせながら、イヴォンヌは大急ぎで籠を開けはじめた。鳥は羽をばたつかせて檻の外に出ると、彼女の足下にとまってためらったのち、まず〈エル・ペタテ〉の屋根まで飛び、それから、もっとも近い木に飛ぶのではないかとの予想を裏切って、突然夕闇のなかに飛び立ったかと思うと、高く――やはり自分が自由になったことを知っていた――高く、その翼の先で軽やかに空を切りながら、一番星が出たばかりの澄んだ暗い紺碧の空に舞い上がっていった。イヴォンヌは少しも良心の呵責を感じなかった。その胸にあったものは、えも言われぬひそかな勝利と安堵の思いだけであった。これが自分の仕業だとは誰にもわからないだろう。次の瞬間、彼女の胸に忍び込んできたのは、どうにもならぬ絶望と喪失感であった。

ランプの光が木の根の向こうに落ちた。開いた戸口にメキシコ人たちとヒューが立ち、空模様を確認しながらうなずき、道の先のほうを指差していた。一方、酒場《カンティーナ》のなかでは、バーテンがカウンターの下の酒を一人で飲んでいた。

――「だめだ!……」ヒューは騒音のなかで大声を張り上げた。「ここに立ち寄った形跡はまったくない! でも、もう一つのところも覗いてみよう!」

「――」

「道沿いだから!」

〈エル・ペタテ〉の先では、犬小屋を越えたところで道が右に曲がっていた。犬小屋につながれているのは一匹のアリクイで、黒土に鼻をすりつけていた。ヒューはイヴォンヌの腕を取った。

「あのアリクイを見たかい? アルマジロを覚えてる?」

「何一つ忘れてはいないわ!」

二人が歩調を揃えて歩き出したとき、イヴォンヌはそう言ったが、自分でも何を言っているのかわからなかった。森の野生の生き物たちは、二人をかすめるように下生えのなかにもぐり込んだ。彼女は、逃がしたワシの姿をもう一度見たいという気持ちもあって、いたずらに四方を見渡していた。密林は次第に開けていった。枯れた植物があたりに広がり、腐敗臭が漂っていた。峡谷《バランカ》は遠くない。それから、吹きつける空気が妙にまったりとした暖かみを帯び、道が険しくなった。前にこの道を歩いたとき、イヴォンヌは夜鷹の鳴き声を聞いた。弱き心に鞭を打て《ホイップ・プア・ウィル》、妖精の心に鞭を打て《ホイップ・ペリ・ウィル》と、春の訪れを告げる哀調に満ちた孤独な声が響き、皆を故郷へ誘っていた――でも、故郷って、どこ？　オハイオの父の家かしら？　そもそも夜鷹のほうも、故郷を遠く離れ、メキシコの暗い森でいったい何をしているのだろう？　もっとも、愛や知恵と同じように、夜鷹にも故郷などないのだ。そして、あのとき領事が付け加えたように、フランスのカイエンヌあたりで餌を探し回りながら越冬するよりも、ここにいるほうがいいのかもしれない。

　二人は丘を登り、てっぺんにある小さな開拓地に近づいていた。イヴォンヌの目には空が映った。だが、方角はわからなかった。メキシコの空は見慣れぬ色合いを帯び、今宵の星が彼女のために探し出してくる教えは、あの哀れな宿なし夜鷹の言葉よりも寂しいものであった。なぜ我々はここにいるのか、と星々は問いかけているようだ。なぜ、故郷を遠く、遠く、遠く離れ、こんな場違いな場所に、間違った形で存在しているのか？　故郷とはどこなのか？　このイヴォンヌが故郷に帰らなかったことがあるのか？　だが、星たちは、まさにその存在によって、彼女を慰めていた。そして、歩を進めているうち、イヴォンヌはふたたびあの隔絶感が胸に舞い戻ってくるのを感じていた。いまやイヴォンヌとヒューはかなりの高みに登りついており、木々の間から西の地平線近くで低く輝く星が見えた。

　蠍座が沈んで……射手座と山羊座が見える。ああ、ほら、皆あるべきところで、はっきりそれとわかる正しい星位で、完璧な天空の輝きを放っている。そして今宵も、五千年前と同じように、星が昇っては沈んでいく。山羊座、水瓶座、その下に、南魚座の孤独なアルファ星フォマルハウトがある。魚座、牡羊座、それに牡牛座のアルファ星アルデバランにプレアデス星団。「蠍座が南西に沈むと、昴《すばる》が北東に昇るのよ」「山羊座が西に沈むと、オリオン座が東から昇る。そして、鯨座が変光星ミラとともに現われるんだ」今宵、後代の人たちと同じように、人々はそんな言葉を口にする。あるいは、家のドアを閉めて死別の悲しみに浸り、星から顔を背ける。あるいは、星に向かって優しくささやく。「あれが私たち二人の星」雲上の星をたよりに舵を取る者もいれば、海で迷う者もいる。船首の甲板で水しぶきを浴びて立ちつくし、じっと星を見つめていると、突然大きな揺れに見舞われ、星に信心を、あるいは不信心を捧げる。千の展望台でたよりない望遠鏡を空に向ければ、レンズを通して星の群れや暗黒の星雲がうごめき、恒星たちが悲劇的な大爆発を起こし、太陽の五百倍の大きさで煙る蠍座の巨星アンタレスが火を噴きながら憤死する。そして、地球は地軸を中心にして太陽の周りを回り、その太陽は輝く銀河の輪のなかで回り、きらめく無数無限の星雲の無数無限の輪が回り、その堂々たる回転を繰り返しながら永遠のなかに溶け込んでいき、その永遠の時のなかですべての生命が息づいている——自分が死んだはるかあとも、人間はそのすべてを夜空から読み取るのだろう。そして、はるか遠い季節を刻みながら回りつづける地球の上で、人は星座——牡羊座、牡牛座、双子座、蟹座、獅子座、乙女座、天秤座、蠍座、山羊座、水瓶座、魚座、そしてふたたび、栄えある牡羊座！——が現われ、天空を飾り、沈み、そしてまた現われる様子を眺めながら、やはり永遠に解決されぬあの問いを発しているのではないか——何のために？　いかなる力がこの壮大なる天の機械を動かしているのか？　蠍座が沈んで……そして、火山に隠れて見えない場所から、水瓶座が沈む真夜中ごろに真上にやってくる星座が昇りはじめるのだろうとイヴォンヌは考えた。そして、無常感にさいなまれつつも、自分の魂のなかに一瞬、同じダイヤモンドのような光がともり、記憶のなかにあるすべての甘美なるもの、高貴なるもの、たくましきもの、気高きものを照らし出していくのを感じながら、はるか上空に現われ、オリオン座に向かって鳥の群れのように静かに飛び立つ慈愛の星雲、昴を見つめる者たちがいるに違いない……

まばらになっていく林を抜けて歩いていくにつれて、視界から消えていた山々がふたたび目の前に現われた。――それでもイヴォンヌは遅れていた。

はるか南東の空には、今朝の道連れだった新月が低く掛かっていたが、それもついに沈みかけていた。彼女はその月――地球の死児！――を見つめながら、やりきれずに哀願するような不思議な気持ちに襲われた。――菱型の豊穣の海、五角形の神酒の海、北壁が崩れたフラスカトリウス、西側の縁近くで楕円形を描くエンデュミオンの巨大な西壁、南峰のライプニッツ山脈、プロクロスの東にある、夢の沼。地殻の大変動のまっただなか、人知を超えたところにヘラクレスとアトラスが立っている――

月は消えていた。熱い風が二人の顔に吹きつけ、北東の空では白いのこぎり状の稲妻が光っていた。出し惜しみのような雷鳴が轟いた。まるで宙に浮かんだ雪崩のように……

道は次第に険しさを増しながらさらに右に傾斜していき、あたりにぽつねんと立ちつくす、哨兵のような背の高い木々や、刺のある無数の手をうねうねと伸ばして、道が曲がるたびにあちらこちらの視界をさえぎっている巨大なサボテンの間を抜けて曲がりくねっていった。あたり一面があまりに暗くなってきたので、あの世の闇夜が待ち受けていないことが不思議なくらいであった。

しかしながら、道に出たところで二人の目に飛び込んできた風景はすさまじいものであった。一塊となった黒雲は、まだ夕暮れの空に掛かっていた。はるか、はるか頭上、おそろしいほどの高所を漂っているのは、体のない黒い鳥、骸骨のような鳥の群れであった。イスタクシワトルの頂上は猛り狂う吹雪に霞み、その下の部分は積雲に覆われていた。しかし、切り立ったポポカテペトルは、そのまま雲に乗って二人のほうに近づいてくるかのように見えた。ポポカテペトルが覗き込む谷の斜面では、そこに抗うかのように突き出した小さな嶺が憂いを含む奇妙な光に照らされて輝き、そこに彫り込まれるようにして小さな墓地があった。

墓地には人が群れていて、彼らの持った蠟燭の明かりだけが目に見えた。

だが、荒々しい風景のなかに回光信号を描き出すかのように、突然稲妻が光った。そして二人は、凍りついたような黒と白の小さな人影を認めた。それから、雷鳴を待つ二人の耳に彼らの立てる物音が届いた。風に乗って運ばれてきたのは、静かな泣き声、そして悲嘆の叫びであった。墓参りの者たちが優しくギターを奏でたり祈ったりしながら、愛する人の墓で歌を歌っているのである。チリンチリンという風鈴の音色にも似た、この世のものとは思えぬ音が二人の耳朶を叩いた。

大きな雷鳴がそれを打ち消すかのように響き渡り、谷を駆け抜けた。雷鳴は雪崩のような轟音となって谷を下っていった。しかしながら、それでも蠟燭の火がひるむことはなかった。それはいささかも揺らぐことなく光を放ち、そのうちのいくつかは列になって動いていた。一部の墓参者たちが一列になって丘の斜面を下っているのだ。

イヴォンヌは、足下に堅固な道があることをありがたく思った。ホテル兼レストラン〈エル・ポポ〉の明かりが目に飛び込んできた。隣のガレージの上には〈エウスカディ〉というネオンサインが刺すように光っていた――どこかで鳴っているラジオから、信じられない速さで演奏されている熱狂的な音楽が流れてきた。

レストランの外では、密林の端の袋小路にアメリカ車が何台か並んで停まっており、夜の境界線特有の、じっとうしろに引いて何かを待つような緊張感を醸し出していた。そして実際、ここからさほど遠からぬところに一種の境界線がある。渓谷――右手に橋がかかり、こちら側と昔の首都の郊外を結んでいる――が州の境界線を成しているのだ。

一瞬、入口のところで独り静かに食事をとる領事の姿が現われた。だが、その姿を認めたのはイヴォンヌだけであった。二人は丸テーブルの間を縫うように進み、内部がよくわからないがらんとした店のなかに入っていった。領事は難しい顔をして、隅のところで三人のメキシコ人と一緒に座っている。だが、イヴォンヌ以外は誰も彼に気づかない。バーテンも彼の姿を見ていない。異様に背の高い日本人副支配人兼料理人も、イヴォンヌには気づいたものの領事のことは見ていない。そして、店の者が彼を知らないと言っている間にも（そしてこのときまでには、イヴォンヌは彼が間違いなくファロリートにいると確信していたが）、領事は角という角を曲がって姿を消し、ドアというドアを抜けて出ていった。店の外にあるタイル張りの床に並べられたいくつかのテーブルにも客はいなかったが、ここでも領事はぼんやりと座っていて、二人が近づいてくるのを見て立ち上がった。そして、裏手の中庭《パティオ》の横で椅子をうしろに押しやり、二人を出迎えるためにお辞儀をしながら立ち上がったのは領事であった。

実のところ、このような場所ではどういうわけかよくあることだが、〈エル・ポポ〉には外に停めてある車の台数に見合う人数の客はいなかった。

ヒューは、半ば音楽の出所を探ろうときょろきょろしていた。音楽は一台の車のラジオから流れているらしく、このような荒涼たる場所では、何かこの世のものならぬ響きを帯びていた。それは制御不能な底知れぬ機械的な力であり、自らを破壊するかのようにがむしゃらに暴れまくった挙句、突然ぴたりと止まった。

レストランの中庭は長い長方形をしており、草花が生い茂っていた。手すりのところにアーチが設えられ、薄闇に包まれたベランダが、さながら回廊のような様相を呈しながら、両側に沿って続いている。ベランダの向こうは寝室につながっていた。背後のレストランから漏れる光が、あちらこちらで緋色の花や緑の小藪を妙に鮮明に照らし出していた。怒ったような顔をした二羽のコンゴウインコが、明るい色の羽を逆立てて、アーチの間にある鉄の輪に座っていた。

明滅する稲光が、一瞬窓をぱっと照らした。風が木々の葉を鳴らし、そしてやんだ。あとに残った熱い虚空で木々が無秩序にのたうち回っていた。イヴォンヌはアーチにもたれかかって帽子を脱いだ。一羽のインコが甲高い叫び声を上げたので、彼女は両手のひらを耳に押しあて、すぐに次の雷鳴が始まったため、両手に力を込めた。そして、雷がやむまでそのまま目を閉じてじっとしていると、ヒューが注文した寒々としたビールが来た。

「まあ」と彼は言っていた。「クアウナワク醸造所《セルベセリア・クアウナワク》とはちょっと違うな……そりゃそうだよな！……そう、今朝のことはずっと忘れないだろうな。空がとても青かったよね」

「毛むくじゃらの犬と子馬がついて来たり、鳥が頭上をすいすい飛び交う川があったり――」

「ファロリートまであとどのくらい？」

「一マイル半かな。森のなかを通れば、一マイルくらい近くなるけど」

「暗闇のなかを？」

「最終バスに乗ってクアウナワクに帰るとすれば、そんなにゆっくりしていられないわ。いま六時ちょっとでしょ。このビールは飲めないわ。飲んでくれる？」

「僕もだめだ。砲金みたいな味がするよ――まったく――ひどいもんだ」とヒューは言った。「それじゃ――」

「違うのを飲みましょうか」イヴォンヌが半ば皮肉を込めて言った。

「電話で頼めないのかな？」

「メスカル」イヴォンヌは陽気な声で言った。

空気はめいっぱい帯電して震えているようであった。

「何《コモン》？」

「メスカルをいただくわ《ポル・ファボール》」イヴォンヌはそう繰り返しながら、真面目くさって、冷笑的に首を振った。「ジェフリーにとってメスカルの何がそんなにいいのか、いつも知りたいと思っていたの」

「なるほど《コモ・ノ》。それじゃ、メスカルを二つ頼もう」

だが、ヒューがまだ戻ってこないうちに、別のウェイターが酒を持ってやって来て、暗くないですかと聞くと、盆を片手に載せて、もう一つの明かりをつけた。

夕食時も含め、イヴォンヌがこの日飲んだ酒は、比較的少量ではあったものの、魂のなかに巣食う豚のように淀んでいた。しばらく間を置いてから、彼女はやおら手を伸ばして一口飲んだ。

メスカルは、吐き気を催すような、エーテルくさいだけの陰鬱な酒であった。はじめのうち、それが彼女の胃袋にもたらしたものは、ぬくもりではなく、ただビールのような冷ややかさ、冷たさだけであった。だが、酒は次第に効いてきた。入口の外からやや調子はずれのギターが「鳩《ラ・パロマ》」をかき鳴らし、それに合わせてメキシコ人が歌っていた。メスカルはまだ効いていた。つまるところ、良質な強い酒の特徴を備えている。ヒューはどこ？　領事を見つけることができたのだろうか？　それはないだろう。彼女は領事がここにいないことを知っていた。彼女は〈エル・ポポ〉のなかをぐるりと見回した。時計の音やうめき声が響く、気の抜けた死の館だといつかジェフリーは言っていた——出来の悪いアメリカ風ドライブ・インもどき。だが、いまはそれほどひどくは見えない。彼女はテーブルからライムを取り、その汁を数滴グラスに落とした。それだけのことをするのに、とてつもなく長い時間がかかった。

突然、彼女は自分が独り不自然な笑い声を立てていることに気がついた。自分のなかの何かがくすぶり、燃えている。そしてまた、脳裏に一つの像が浮かんだ。一人の女が、絶え間なく拳を地面に打ちつけている……

いや違う。炎を上げているのは自分ではない。それは自分の精神の容れ物だった。それは夢だった。農場であり、オリオン座であり、昴であり、海辺の家だった。でも、どこから炎が出ているの？　それに最初に気づいたのは領事だった。この幻想は何？　形も論理もないこの想念は。彼女は、もう一杯のメスカルに、ヒューのメスカルに手を伸ばし、炎が消えると同時に、突然、自分の全身を突き抜けるような、領事に対するどうしようもない愛を、優しさを感じた。

――陸風の吹く暗く澄みきった空の下、目には見えない波の音が聞こえ、春の夜更け、夏の訪れを予感させる夏の星が頭上で明るく輝いている。暗く澄みきった空に月はまだ昇っていない。美しくも力強い、さわやかな陸風が吹いて、欠けた月が水際から昇り、そののち、家のなかに入っても、見えない波の猛りが夜を引き裂いている――

「メスカルはどうだい？」

イヴォンヌは飛び上がった。気がつくと、ほとんどヒューのメスカルの上に覆いかぶさっていた。ヒューは体を揺らしながら彼女のかたわらに立ち、ぼこぼこになった長い鍵型のキャンバス地のケースを脇に抱えていた。

「何を持ってるの？」イヴォンヌの声は、ぼやけたように遠くで響いていた。

ヒューは、そのケースを手すりの上に置いた。それから彼は、テーブルの上に懐中電灯を置いた。それは、ボーイスカウト用の奇妙な代物で、船の送風機のような形をしており、ベルトを通す金属の輪がついていた。「店の入口のところでさ、ジェフリーが〈サロン・オフェリア〉で無礼を働いた相手に会ってね、これを買ってやったのさ。だけど、自分のギターを売って新しいのを買いたがっていたから、こいつも買ってやった。たったの八《オチヨ》ペソ五十《シンクエンタ》センターボだったし――」

「なんでギターが要るの？　船の上で、『インターナショナル』でも演奏するつもり？」とイヴォンヌは言った。

「メスカルはどうだい？」ヒューはまた聞いた。

「十ヤード分の有刺鉄線の柵みたい。頭がどうにかなりそうだった。ほら、ヒュー、こっちがあなたの分。少し飲んじゃったけど」

ヒューは腰を下ろした。「外でそのギター野郎《オンブレ》とテキーラを飲んできたよ……」

「ところで」彼は続けて言った。「今夜はもうメキシコ・シティには行かないことにしたから、そうと決まれば、ジェフリーのことでいろいろできることになるよ」

「私はもっと酔いたいわ」とイヴォンヌは言った。

「お好きなように《コモ・トゥ・キエラス》。それもいいんじゃないか」

「なんで酔っ払うのがいいって言ったの？」イヴォンヌは新しいメスカルを飲みながらそう訊いた。それから、「なんでギターが要るの？」と繰り返した。

「歌を歌うためだよ。皆をだますためかもしれない」

「ねえヒュー、あなたってなんでそう変わってるの？　どんな人を、どんなふうにだまそうっていうのよ」

ヒューはうしろの手すりに触れるまで椅子を傾け、その格好で座りながら、煙草をふかし、膝の上で大事そうにメスカルのグラスを抱えていた。

「サー・ウォルター・ローリーが自分の魂に呼びかけるときに思いめぐらしたようにさ。『真実は汝を保証するものなり。行け、我は死なねばならぬ。そして、世界の嘘を証明せよ。法廷に対しては、それが朽ち木のごとく光り輝いていると言うがよい。教会に対しては、何が善かを示しながらまるで善を行なっていないと言うがよい。もしも教会と法廷がそれに応えたなら、その双方に嘘を投げかけよ』そんな感じかな、ちょっと違うけど」

「かっこつけてるわねえ、ヒュー。乾杯しましょう《サルー・イ・ペセタス》」

「乾杯」

「乾杯」

彼は、煙草を吸いながら酒を片手に持って立ち、修道院のような暗いアーチ道にもたれかかってイヴォンヌを見下ろしていた。

「それどころか」彼は口を開いていた。「僕たちは善いことをしたいんだよ。同胞に手を差し伸べ、一緒に苦しみたいと願っている。いざとなれば、一緒に十字架にかけられてもいい。そもそも、定期的に、二十年くらいおきに十字架にかけられている。だけど、イギリス人にとっては、善意の殉教者になるのはもっとも無礼な行為なんだ。頭のどこかでは、たとえばガンジーとかネルーとかいう人たちの高潔さを尊敬しているのかもしれないし、彼らの無私無欲を手本にすれば救われそうだとは思うかもしれないけどさ。でも、心のなかでは、『あのいまいましい小男を川に投げ入れちまえ』と叫んでいるんだ。あるいは、『イエスの代わりに盗賊バラバを自由にしてやれ!』とか、『鬼の副総督オドゥワイヤよ、永遠に!』とかね。まったく!――そう考えると、スペイン人が殉教者になるのだってかなり無礼な行為だ。まあ、意味合いはだいぶ違うけど……それから、もしロシア人だったら――」

ヒューがそのようなことをしゃべっている間、イヴォンヌは、彼がテーブルの上にさっと滑らせてよこした文書に目を通していた。それは、床に落ちていたか、ずっと誰かのポケットに入っていたのではないかと思われるような、薄汚れてしわくちゃになった、ただの古いメニューであった。彼女はそれを、酔いゆえの緩慢な神経で何度も読んだ。

アラカルト・メニュー

〈エル・ポポ〉

ガーリック・スープ……………………$〇・三〇
グリーンソースのエンチラーダ……………$〇・四〇
唐辛子の肉詰め…………………………$〇・七五
ポポ風唐辛子の細切り炒め……………$〇・七五
山羊の腸詰めグリーンソースがけ…………$〇・七五
ソノラ風モツ煮込み………………………$〇・七五
子牛の足のオーブン焼き…………………$一・二五
山羊のオーブン焼き………………………$一・二五
鶏のロースト……………………………$一・二五
豚のスペアリブ…………………………$一・二五
ステーキ　ポテトまたはお好みの付け合わせ……$一・二五
サンドイッチ……………………………$〇・四〇
豆のペースト……………………………$〇・三〇
スペイン風ココア…………………………$〇・六〇
フランス風ココア…………………………$〇・四〇

エスプレッソまたはカフェオレ…………………$〇・二〇

ここまでの部分が青の文字で印字されており、その下には――同じ緩慢な神経で認識したところによれば――小さな車輪のような模様が描かれていた。そしてそのなかに、同じく円を描くように〈公共利益のための国営宝くじ《ロテリア・ナシオナル・パラ・ラ・ベネフィセンシア・プブリカ》〉の文字が並び、さらにそのなかに、子供を愛撫する幸せそうな母親を描いた商標印か認証印のようなものがあった。

メニューの左側一面には、微笑んでいる若い女性を描いた石版画が印刷されており、その上にはホテル兼レストラン〈エル・ポポ〉では、従業員一同、女性同伴でお見えになるお客さまにも安心してご利用いただけるよう努めます《セ・オプセルバ・ラ・マス・エストリクタ・モラリダー・シエンド・エスタ・ディスポシシオン・デ・ス・プロプリエタリオ・ウナ・ガランティーア・パラ・エル・パサヘーロ・ケ・イエーゲ・エン・コンパニーア》と書かれていた。イヴォンヌは、その石版画の女をじっと見つめた。アメリカ風の髪型をした野暮ったい豊満な女で、紙吹雪のように色を散りばめたプリント地の長いドレスを着ている。女は一方の手で茶目っ気たっぷりに手招きをしながら、もう一方の手で十枚一組の宝くじを掲げている。その一枚一枚に描かれているのは跳ね上がる馬に乗ったカウガールで、（まるで自分に別れの手を振っているイヴォンヌ自身の、半ば忘れ去られた己の小さな肖像でもあるかのように）手を振っている。

「へえ」と彼女は言った。

「違う、そっち側じゃないって」とヒューが言った。

イヴォンヌはメニューを裏返し、それからぼんやりとそれを眺めた。

メニューの裏面は、もっとも乱れたときの領事の肉筆でほとんど埋めつくされていた。左上のところにはこう書いてある。

勘定書

ラム酒とアニス一杯　一・二〇
ラム酒　サロン・ブラッセ一杯　〇・六〇
テキーラ　ダブル一杯　〇・三〇
計二・一〇

さらにG・ファーミンの署名が添えられていた。それは、領事が数か月前にここでつけで飲んだ酒に関する本人の覚書であった――「大丈夫、代わりに払っておいたから」と、いまでは隣に座っているヒューが言った。

だが、この「勘定書」の下には、「貧窮《ダース》……腐朽《フィルス》……地球《アース》」という謎めいた言葉が記され、その下の長い走り書きは判読不能であった。その紙の中央には、「縛る《ロープ》……当る《コープ》……探る《グロープ》」とあり、それから「冷たい独房の」という文字も見られた。右側には、これらの文字の放蕩三昧に関して親が部分的に弁明をするかのように、創作途中の詩のようなものが書かれていた。ソネット形式を目指しているようでありながら、形が揺れ動いたり崩れたりしている。何度も訂正や修正が施され、あちらこちらがひどく汚れているうえに――ゴルフのクラブや車輪、さらには棺のような長くて黒い箱などの――ぞんざいな絵まで描かれているので、ほとんど解読不能であった。よくよく眺めて、ようやく次のような詩行が浮かび上がった。

数年前、彼は逃亡を始めた

……以来……ずっと逃げつづけている
彼を捕まえて縄につなぐ（そして踊らせる）ことを
すでに追跡者たちがあきらめたとも知らず
鋭いまなざしと群がる恐怖に追い立てられ
睨みつける世間の目は彼の弁明さえも遠ざけ
過去形でのみ彼を厳しく読み
まったく……を費やさぬ冷たい独房の価値……（さえも）
ないと考えている。
もし死んでいたら醜聞くらいはささやかれたかもしれない。
だがそれだけ。なかにはこの破滅した哀れな魂について
恐ろしくも不思議な物語を語る者もいよう
かつて北に逃げた者について……

かつて北に逃げた者、と彼女は考えた。ヒューが口を開いていた。

「行こう《バモノス》」

イヴォンヌは同意した。

外では、風が妙に甲高い音を立ててうなっていた。どこかで締まりのない鎧戸がバタンバタンと開閉を繰り返し、ガレージの上のネオンサインが夜の闇を突き刺していた。〈エウスカディ〉――その上の時計が――公共時間案内所だわ！――七時十二分前を指していた。「かつて北に逃げた者」食事をしていた客たちも、〈エル・ポポ〉の入口からいなくなっていた……

二人が階段を下りはじめたとき、稲妻に続いてすぐに雷が鳴り、轟音が長く散り散りに響き渡った。北と東の方角では、重なり合った黒雲が星を飲み込んでいた。どこか見えないところでペガサス座が天翔《あまがけ》ていた。だが、頭上はまだ晴れ渡っている。ヴェガ、デネブ、アルタイルが輝いている。西を向けば、木々の間からヘルクレス座が見える。「かつて北に逃げた者」と彼女は繰り返した。――眼前の道路脇に、廃墟と化したギリシア風の寺院があった。細くて高い二本の柱のある薄暗い建物で、幅の広い二段の階段がついている。あるいは、かつてはこのうえなく美しい柱と、見事に均整のとれた、広い階段を持つ寺院として存在していたが、いまやガレージから漏れ出る揺らめく二条の光と化して道にこぼれ落ち、柱はまるで二本の電柱のようであった。

二人は小道に入った。ヒューは懐中電灯で目には見えない対象を照らし出した。それは広がって巨大化し、脇にはみ出して、その透明な姿でサボテンと絡み合っていた。道幅が狭まったのでヒューがうしろに回り、二人は一列になって歩いた。光を当てられたものは、同心の楕円となって二人の前を軽やかに滑っていき、女巨人の影を思わせる彼女自身の歪んだ影がそれを横切るように飛び跳ねていた。――光を受けたハシラサボテンは塩灰色に輝き、風でしなりそうもないくらい、肉厚で硬く見えた。多くのものが静かに浮かび上がり、骨と皮をきしませながら非人間的な音を発していた。

「かつて北に逃げた者……」

いまやイヴォンヌはすっかり酔いが醒めていた。サボテンが急に少なくなり、高木と下生えのなかの道はまだ細かったが、それでもだいぶ歩きやすくなっているように見えた。

「かつて北に逃げた者」だが、二人は北に向かってはいない。二人はファロリートに行くのだ。それに、領事もあのとき北に逃げたわけではない。おそらくは、今夜と同じように、ファロリートに行ったに違いない。「もし死んでいたら醜聞くらいはささやかれたかもしれない」木々の梢が、頭上で水が流れるような音を立てた。「死んでいたら」

イヴォンヌの酔いは醒めていた。酔っているのは下生えのほうで、何度も突然道の上に伸びてきては行く手をさえぎっている。動いている木々もしらふではない。そしてヒューもだ、酔っている。いまや頭上に落雷するかもしれない森のなかにいるのはとても危険な状況となり、この大きな道のほうが実際都合がよかったということを証明するがために自分をここまで連れてきたのだ。イヴォンヌは、気づくと急に立ち止まっていて、指が痛むほど強く両手を握りしめてこう言っていた。

「急がなきゃ、たぶんもう七時になるわ」それから、道を駆け下りんばかりに足を速めながら、大声で興奮気味に口走っていた。「前に話したかもしれないけど、一年前に私がジェフリーのもとを去る前の晩、メキシコ・シティで食事をする約束をしていたの。でも彼、その場所を忘れちゃって、私を捜してレストランを渡り歩いたんですって。いま私たちが彼を捜しているみたいに」

仕事場でも武器庫でも《エン・ロス・タイエーレス・イ・アルセナーレス》
戦争だ《ア・ゲーラ》！　男たちよ《トドス》、皆の出番だ《トカン・ヤ》

ヒューはあきらめたような顔をして、低い声で歌った。

「――はじめてグラナダで会ったときもそうだったの。アルハンブラ宮殿の近くで食事をする約束をしたんだけど、アルハンブラ宮殿のなかで待ち合わせるものだとばっかり思っていたら、彼、どこにもいないの。それで今度はまた私が彼を捜しているんだわ――戻ってきた日の夜だというのに」

――女たちよ《トダス》、皆の出番だ《トカン・ヤ》

人は何のため死を望むのか《モリール・キエン・キエレ》
名誉のためか？《ポル・ラ・グロリア》　それとも武器商人たちのためか？《オ・ポル・ベンデドーレス・デ・カニョーネス》

雷鳴が森を貫き、イヴォンヌはふたたび立ち止まりかけた。一瞬、道の先に、顔に笑みを張りつけた女が宝くじを持って自分を手招きしているのが見えたような気がした。

「あとどのくらい？」とヒューが聞いた。

「もうすぐだと思う。この先で二、三回曲がって、それから倒れた大木を乗り越えたら着くわ」

進め、若人よ《アデランテ・ラ・フベントゥー》
いざ、攻撃だ《アル・アサルト・バモス・ヤ》
帝国主義に対抗せよ《イ・コントラ・ロス・インペリアリスモス》
新しい世界を作るため《パラ・ウン・ヌエボ・ムンド・アセール》

「じゃあ君の言うとおりだったんだな」とヒューは言った。

嵐が静まり、凪が訪れた。それは、暗い木々の梢が荒れ模様の空を背に長くゆっくりと揺れているのを見上げているイヴォンヌにとって、潮の流れが変わるような瞬間であった。それでいながら、今朝のヒューとの馬上散歩を思わせる雰囲気に満ちた瞬間でもあった。二人が共有した朝の想念が夜になって凝縮され、そこには、海に激しく恋い焦がれるような、青春と愛と悲しみがあった。

どこか先のほうから鋭い銃声のような音が響いた。車が逆火を起こしたかのようなその音は、それまでの揺れ動く静寂を切り裂き、さらに何発か響いた。「また射撃演習をやってるよ」と言ってヒューが笑った。しかしながら、続いて響いたいまいましい雷鳴とは異なり、この銃声はほっとさせてくれる日常の音として感じられた。パリアンが近いことを教えてくれたからである。まもなく、パリアンのぼんやりとした明かりが木々の間から見えてくるはずだ。日の光と見まがうばかりの雷光の下で、二人は自分たちが歩いてきた道を、焼け落ちたアノチティトランのほうを指している物悲しい無用の矢印を見た。そしていま、さらに深い闇のなかで、ヒューの持っている明かりが左手にある木の幹を照らし出した。そこには、指差している手の描かれた木の標識があり、彼らの方向が正しいことを請け合っていた。

パリアンへ☞

ヒューは彼女のうしろで歌っていた……やわらかな雨が降りはじめ、甘くさっぱりとした香りが木々の間から立ち昇った。そして、まさにここで道が折れ曲がって逆行したかと思うと、そこにいきなり苔むした巨木が横たわり、道をふさいでいた。向こう側には、まさに彼女が選ばなかったほうの道があるのだが、領事はトマリンから先はそちらを通っていったに違いない。巨木のこちら側には、横木の間隔が広い、かびの生えた梯子がまだ立てかけられており、イヴォンヌはそれによじ登ってから、自分がヒューの明かりの届かぬ位置にいることに気がついた。イヴォンヌは、この黒くて滑りやすい巨木の上で何とかバランスを取りながら、ふたたび彼の明かりを見つけたが、それは道の片側にややずれて木々の間を揺れ動いていた。彼女は勝ち誇ったような口吻で言った。

「気をつけてヒュー、そこのところちょっと紛らわしいけど、道から外れちゃだめよ。それから、倒れている木があるから、気をつけてね。こっち側の梯子からは上れるけど、反対側は飛び降りなくちゃならないの」

「それなら、飛び降りるよ」とヒューは言った。「どうも道を外れちゃったみたいだから」

イヴォンヌは、ヒューがギター・ケースをぶつけたせいで響いた激しい抗議の不協和音を聞いて呼びかけた。「ここにいるわ、こっちよ」

鎖に縛られた青年たちよ《イホス・デル・プエブロ・ケ・オプリーメン・カデナス》
こんな不正はもうまかり通らない《エサ・インフスティシア・ノ・デーベ・エクシスティール》
君の存在が苦痛でしかないのなら《シ・トゥ・エクシステンシア・エス・ウン・ムンド・デ・ペナス》
奴隷になるよりも死を選べ、《アンテス・ケ・エスクラーボ・プレフィエレ・モリール》死を選べ《プレフィエレ・モリール》……

ヒューは皮肉っぽく歌っていた。

いきなり雨脚が強くなった。急行列車のような風が森を駆け抜けた。ちょうど眼前では、稲妻が木々の間を射抜き、それに続いて森を引き裂くような雷鳴が轟き、大地を揺らした……

雷鳴を聞いていると、ときどきそこに別の人物がいるような気がする。天が異常事態を迎え、人間には間近で見ることも許されぬ醜悪な姿で猛り狂っているときの空模様ほどではないにせよ、何やら外が怪しくなってきたとき、その人は自分のことを思い、心の玄関に置いてある家具を取り込み、心の窓を閉めて差し錠を掛ける。だが、心のなかにはいつも開けっぱなしの扉があり――雷雨のときにイエス・キリストが入って来られるよう、本当に扉を開けておく習慣もあるらしい――いままで起こったことのないことを、けっして自分に落ちることのない雷を、いつも隣の通りに突き刺さる稲妻の矢を、いかにも災難が訪れそうな時間にはほとんど訪れない災難をおそるおそる受け入れる用意ができている。そして、まさにこの心の扉から入ってくる情報を頼りに、まだ大木の上でバランスを取っているイヴォンヌは、異常事態を感じ取った。次第に弱まりゆく雷鳴のなか、雨音とは別の音を立てて何かが近づいてきた。それは嵐に怯えた動物らしいのだが、それが何であれ——鹿か馬か、ともかく蹄《ひづめ》があることは間違いない——ものすごい勢いで下生えのなかを突進してくる。そしていま、ふたたび稲妻が走り、それに続く雷鳴がおさまったとき、馬の長いいななきが、錯乱状態にある人間の悲鳴のように彼女の耳に届いた。イヴォンヌは、自分の膝ががくがくと震えているのがわかった。ヒューの名前を呼びながら、彼女は梯子を下りるべく振り向いたが、木の上の足場が崩れるのを感じた。足を滑らせながらも、彼女は何とかバランスを取ろうとし、それからまた足を滑らせて前につんのめった。木から落ちる際、一方の足首が激しい痛みとともに折れ曲がった。次の瞬間、何とか起き上がろうとした彼女の目がまばゆい雷光のなかに見たものは、乗り手のいない馬であった。馬は、彼女のいる場所とは違う方角に斜めに突進していき、背中から滑り落ちてガシャガシャと音を立てている鞍から、臀部に押された数字の7の焼印まで、その体の細部がはっきりと見えた。ふたたび立ち上がろうとしたとき、彼女は自分自身の叫び声を聞いた。馬が自分のほうに向きを変え、自分の上に襲いかかってきたのだ。空は一面の白い炎と化し、一瞬、森の木々、そして棹立ちになった馬がそこにつなぎ留められているように見えた——

　私の周りを回っているのは、お祭りの車なのかしら。いいえ、あれは惑星で、太陽がその真ん中で赤々と燃え、光り輝きながら回転している。また出てきたわ。水星、金星、地球、火星、木星、土星、天王星、海王星、冥王星。だけど、これは惑星じゃない。メリーゴーラウンドでもなくて、観覧車だわ。あれは星座で、中心のところで、大きくて冷たい目のように輝いているのは北極星、その周りを星座がぐるぐる回っている。カシオペア座、ケフェウス座、山猫座、大熊座、小熊座、竜座。だが、それは星座ではなく、どういうわけか、無数の美しい蝶に姿を変え、その美しい蝶が嵐のごとく乱舞し、頭上でジグザクに飛び回っては果てしなく船のうしろの海上に消えていくなか、彼女はアカプルコに入港するところだった。荒々しく清らかな海、長い夜明けの大波が前進しては高くうねり、それから砕けて無色の楕円を描きながら砂の上を滑り、沈んで、どんどん沈んでいく。誰かが遠くで自分の名前を呼んでいる。そう、私たちは暗い森のなかにいるんだった。雨風が森を走り抜ける音が聞こえ、明滅する雷光が空と馬を震わせている――なんてこと、あの馬だわ――同じ場面が永遠に繰り返されるということ?――馬が自分に覆いかぶさるように棹立ちになったまま空中で石と化して、まるで石像のようで、誰かがその像の上に乗っていると思ったら、それはイヴォンヌ・グリファトン、いえ、ウエルタの像だ。あの酔っ払い、人殺し、領事の像かしら。それともメリーゴーラウンドの機械仕掛けの馬か、回転木馬か、でも回転木馬は止まっていて、自分は渓谷にいて、百万頭の馬が轟音を響かせながらこちらに向かってくる。逃げなくちゃ、優しい森を抜けて家に逃げ帰らなくちゃ、海辺の小さな家に。だけど家は燃えている。いま、この森からも、上の梯子に上ればそれが見える。パチパチと音を立てて燃えている。何もかもが燃えていて、夢も燃えていて、家も燃えていて、それでも、一瞬、私たちは、ジェフリーと私は、手を固く握りしめながらそのなかに、その家のなかに立っている。すべてがあるべき姿で、あるべき位置にあり、家はまだそこに建っていて、何もかもがいとおしくて、自然で、懐かしくて、ただ屋根だけが燃えている。そして、この音、乾いた葉っぱが風に乗って屋根をかすめているような音が、パチパチという機械的な音が聞こえ、見ている間にも炎が燃え広がって、食器棚とシチュー鍋と古いやかんと新しいやかんと深くて冷たい井戸の脇にある守護聖人の像とこてと熊手と、勾配のついた板葺きの材木小屋、その屋根の上には白いハナミズキの花が落ちているけれど、もう落ちることはない。だって木が燃えているから。炎がどんどん燃え広がって、水に映る太陽が水車の輪のように映る壁も燃えて、庭の花々も燃えて黒こげになり、もだえて、よじれて、焼け落ちて、庭が燃えて、二人が春の朝に腰を下ろしたポーチも燃えて、赤いドアと観音開きの窓とお手製のカーテンが燃えて、ジェフリーの古い椅子が燃えて、机と、いまや本まで、彼の本まで燃えて、本のページが燃えて、燃えて、燃えて、炎の上をひらひら舞って、それから燃えながら浜辺に散らばって、そしていまではすっかり暗くなって、潮が満ちて、潮は焼け落ちた家の下を洗い、上流へ歌を運んだ遊覧船が、ゼウスの怒りの電光に打たれたパエトーンが落ちた暗いエーリダノス河の水の上を滑って静かに家路につく。二人の家は死に絶え、いまでは苦しみのみがそこを訪れる。

そして、その燃える夢から醒めたイヴォンヌは、突然自分の体が一つになって持ち上げられ、星に向かって運ばれていくのを感じた。空に散りばめられた星の渦が、まるで波紋のようにどんどんその輪を広げていき、いまやそのなかに現われたのは、オリオン座を目指して穏やかに、たしかに飛んでいくダイヤモンドの鳥の一群と見まがうような昴……

12

「メスカル」と領事は言った。

ファロリートの店内は閑散としていた。カウンターの向こう側にある鏡は、広場に向かって開け放たれたドアだけでなく、不吉な色をたたえたいつもの厳しい顔で静かにこちらを睨みつけている自分自身の顔を映し出していた。

それでも、あたりは静まり返っているわけではなかった。いたるところでカチカチというあの音が響き渡っていた。それは彼の腕時計の音であり、心臓の音であり、良心の音であり、そしてどこかで動いている時計の音であった。はるか下方から響く別の音もあった。それは怒濤のような水音であり、地下が崩れ落ちる音であった。それから例の声もまだ聞こえていた。彼がみじめな自分自身に投げかけた、刺のある非難の声だ。まるで言い争っているようなその声のなかで、彼自身の声がどれよりも大きかった。そして、いまや彼の声は、遠くで嘆き悲しんでいるほかの者たちの声と混じり合った。「酔っ払い《ボラーチョ》、大酒飲み《ボラチョン》、酔っぱらあーい《ボルルルルラーーチョ》!」

だが、その声の一つは、哀願するイヴォンヌの声に似ていた。領事はまだ〈サロン・オフェリア〉での彼女の視線を、彼らの視線を背中で感じていた。彼は意図的にイヴォンヌについての思考をすべて頭のなかから閉め出した。メスカルを二杯急いで飲み干すと、声はやんだ。

ライムをしゃぶりながら、彼は自分の周りを眺めた。メスカルは、神経を鎮めると同時に頭の働きを鈍くしていた。一つ一つのものが頭に入ってくるのには時間がかかった。部屋の片隅では、白ウサギがうずくまってトウモロコシを食べていた。ウサギは、まるで楽器でも演奏しているかのように、素知らぬ顔で紫や黒の音孔をかじっていた。カウンターのうしろにある締め金を掛けた回り継手の脇には、オアハカの地酒メスカル・デ・オーヤの入った優美な瓢箪《ひょうたん》がぶら下がっていた。彼の酒は、その瓢箪から注がれたものだ。両脇に並んでいるのは、テナンパ、ベレテアガ、テキーラ・アニェホ、アニス・ドブレ・デ・マヨルカの瓶、ヘンリー・マレットの〈美酒《デリシオーソ・リコール》〉の入ったすみれ色のデカンター、ペパーミント・リキュールの入ったフラスコ、それから、熊手を振り回す悪魔がラベルに描かれたアニス・デル・モノの背の高い螺旋状の瓶であった。目の前にある幅広のカウンターには、楊枝入れ、唐辛子の小皿、ライムの小皿、ストローがいっぱいに詰まっているタンブラー、長いスプーンが絡み合うガラスの大ジョッキがあった。カウンターの一方の端には、胴のふくらんだ大きなガラス瓶に入った色とりどりの蒸留酒《アグアルディエンテ》が置かれていた。さまざまな香りのする生《き》アルコールで、柑橘類の果皮が浮いていた。鏡の横に留められている、昨晩クアウナワクで開催された舞踏会のポスターが彼の目に入った。〈オテル・ベーヤ・ビスタ、一九三八年十一月の大舞踏会《グラン・バイレ・ノビエンブレ》。ラジオで活躍《ア・ベネフィシオ・デ・》中の人気アーティストが集合、収益は赤十字に寄付されます《ラ・クルス・ロハ・ロス・メホーレス・アルティスタス・デル・ラディオ・エン・アクシオン》。どうぞお見逃しなく《ノ・ファルテ・ウステ》〉一匹のサソリがポスターにしがみついていた。領事は、これらすべてを注意深く観察した。長い冷えきった安堵のため息をつきながら、彼は楊枝の本数を数えさえした。ここなら安全だ。これこそ自分が愛する場所――聖域であり、自分の絶望の天国なのだ。

「怒りんぼノミさん」として知られている――「象さん」の息子――「バーテン」は、肌の浅黒い、病的な顔をした小柄な少年で、角枠の眼鏡をかけ、いかにも近眼らしい目つきで、少年向け雑誌に連載されている「悪魔の息子《エル・イホ・デル・ディアブロ》」という漫画をじっと読んでいた。「ティ、ト」彼は漫画を読みながらぶつぶつと何かつぶやき、チョコレートを食べていた。ふたたびグラスに満たしたメスカルを領事のところに持っていくとき、少年はカウンターの上に少しこぼした。しかしながら、彼はそれを拭こうともせず、ぶつぶつと独り言を言いながらまた漫画を読みつづけ、死者の日のために買った骸骨チョコをほおばった。チョコレートの骸骨、そうだ、チョコレートの霊柩車もある。領事が壁の上のサソリを指差すと、少年は苛立ったような仕種でそれを払い落とした。サソリは死んでいた。怒りんぼノミさんはまた漫画を読みはじめ、くぐもった声でつぶやいていた。「突然、ダリアはシグリータから《デ・プロント・ダリア・ブエルベ・エン・》離れ、通りがかった警官の注意を引こうとして叫んだ《シグリータ・ヤマンド・ラ・アテンシオン・デ・ウン・グアルディア・ケ・パセア》。放して《スエルテメ》！　放して《スエルテメ》！」

少年が突然釣り銭を取りに出て行ったとき、助けてくれ、と領事はぼんやり思った。放して《スエルテメ》、助けて。だが、おそらくサソリは助かりたいとは思わず、自らを刺して死んだのだ。彼は部屋のなかを歩き回った。いたずらに白ウサギと仲良くなろうとしたあと、彼は右手にある開いた窓に近づいていった。窓を出れば、まっさかさまに渓谷の底に落ちる。なんと暗くて陰鬱な場所だろう！　ほかならぬパリアンでクブラ・カーンは……それから、岩山もまだそこにある――シェリーかカルデロンか、あるいはそのどちらもが詠っているように――すっかり崩れ落ちてしまう決心のつかぬ岩が、ひび割れながらも、生にしがみついている。あの高さだけでも恐ろしいなと彼は思った。体を反らして、かたわらで割れている岩を横ざまに睨み、シェリーの『チェンチ』の一節を思い出そうとしている。巨大な孤立した岩が、まるで生命の上に載っているかのように大地の塊にしがみつき、落ちることを恐れてはいないものの、それでもやはり自らが落ちていく先に影を落としているというあの一節だ。谷底はおそろしく深いところにある。だが、領事は自分もまた落ちることを恐れてはいないような気がした。彼は、奈落に通じるような峡谷《バランカ》のくねくねとした道を通って田園を抜け、崩れ落ちた鉱山を抜け、最後に自分の庭に至る経路を頭のなかでたどってみた。それから、彼の脳裏には、今朝イヴォンヌと一緒に印刷屋の外に立っていた自分の姿が浮かんだ。そこで二人は、あの別の岩山の写真、〈別れ《ラ・デスペディーダ》〉を見つめている。氷の岩が、店のウィンドウに飾られた結婚式の招待状や、うしろで回転しているはずみ車に囲まれて崩れ落ちる。それははるか昔の、何とも奇妙で、何とも悲しいことのように思えてくる。まるで初恋の記憶のように、さらには母親の死の遠い記憶のように。まるで何か悲哀のように、今度はすんなりと、イヴォンヌがふたたび彼の脳裏を去った。

窓の向こうにポポカテペトルがそびえていたが、その広大な斜面は、沸き上がる入道雲にいくぶん隠れていた。天を衝くようなその山頂はほとんど真上にあるように見え、峡谷とファロリートが真下にあるかのようであった。火山の下！　古代の人々がエトナ山の下に地獄《タルタロス》を置いたのも、そしてそのなかに、百の頭と――どちらかと言えば――恐ろしい目と声を持つ怪物テュポーエウスを置いたのも、あながち故なきことではない。

領事は振り向くと、開いた戸口のところに酒を持っていった。西の方角には、マーキュロクロム色の苦悩が広がっている。彼はパリアンを眺めた。草地の向こうには、小さな公園のあるお馴染みの広場がある。左を見ると、峡谷の端のところで、一人の兵士が木の下で眠っている。右に目を転じると、斜面の上には、ひと目見たところ廃墟となった修道院か浄水場のようなものが、半分こちら側を向いて建っている。この塔のついた灰色の建物は、憲兵隊の兵舎だ。有名な軍事連合《ウニオン・ミリタル》の司令部だと、以前ヒューに話したことがある。牢獄まで備えたその建物は、その低い前面の一部に設えられたアーチ道の上から、片目でこちらを睨んでいる。時計は六時を指している。アーチ道の両側では、警察署《コミサリア・デ・ポリシア》と治安警察《ポリシア・デ・セグリダー》の建物の鉄格子のついた窓が、明るい緑色の縄のついたラッパを肩からぶら下げて話をしている兵士の一団を見下ろしている。歩哨に立っている他の兵士たちは、ゲートルをはためかせながらよろよろと歩いている。アーチ道の下にある中庭への入口では、一人の伍長が、明かりのついていない石油ランプの置いてあるテーブルについて仕事をしている。曲線的な書体で何かを書いているのだと領事は知っていた。それというのも、ここにたどり着くまで、かなり危なっかしい――さっきクアウナワクの広場にいたときほど危なっかしくはなかったにせよ、それでもみっともない――歩き方をしてきたために、その男のすぐ近くを通ったからである。アーチ道からその先にある中庭の周りに固まって見えるのは、豚舎についているような木の格子のついた土牢のように見えた。その一つでは、なかにいる男が身振り手振りで何かを伝えようとしている。また、左のほうに目を転じると、町をぐるりと取り囲んでいる密林に溶け込むかのように点在する黒っぽい茅葺きの小屋が、いまや嵐の到来を告げる妙に赤みがかった光のなかで輝いている。

怒りんぼノミさんが戻ってきたので、領事は釣り銭を取りにカウンターのところに行った。少年は、ろくに注文も聞いていない様子で、優美な瓢箪に入ったメスカルをなみなみと領事のグラスに注いだ。瓢箪を元に戻すときに、彼は楊枝入れをひっくり返した。このとき、領事はおつりについて何も言わなかった。しかしながら、頭のなかでは次の注文を用意していた。すでに支払った五十センターボ以上の値段の酒を注文すれば、それで少しずつ金を取り戻すことになる。そのためだけでもここに留まる必要がある。彼はそんな馬鹿な議論を自分自身に吹っかけていた。ここに留まる理由がもう一つあることはわかっているのだが、どうしてもはっきりと思い出せない。イヴォンヌのことが頭に浮かぶたび、このことに気がついた。それどころか、まるでイヴォンヌのためにここに留まっていなければならないように思われた。彼女が自分を追ってここに来るからということではない――そんなことはありえない。彼女は行ってしまった。その最後の決断を自分がしむけたのだ。ヒューなら来るかもしれない。でも彼女は、今度だけは絶対に来ない。彼女が帰ってしまったのは明らかであり、彼の心はそこから先に向かうことはできなかった――だが、何か別の目的で来るかもしれない。彼は、カウンターの上に自分の小銭が載っているのを見た。メスカルの代金は、そこから差し引かれていない。彼はそれを全部ポケットに入れて、ふたたび店の戸口に戻った。これで立場は逆転した。今度は少年がこちらを見張る番だ。そう考えながら、怒りんぼノミさんのために、彼はいつの間にか悲哀を帯びた想像をめぐらしていた。もちろん、少年がほかのことに熱中していてまったくこちらを気にしていないことはうすうすわかっている。彼は自分がある種の酔っ払いに特徴的な憂鬱な表情を浮かべているのだと想像してみた。がらんとした酒場から外を眺め、不本意ながらつけで二杯飲んでいると言わんばかりのさえない顔をしているのだ。助けを待ち望むふりをしている表情だ。どんな助けでもいい、友だちが、どんな種類の友だちでもいいから、自分を助けにこちらに向かってくるのをじっと待っている。自分にとって、人生とはすぐそこの角を曲がったところにあって、新しい酒場で引っかけるもう一杯の酒の形をしている。しかしながら、自分が本当に求めているのはそんなものではない。自分が見捨てた友に見捨てられた自分にわかるのは、あそこを曲がったところにあるのが威圧的な借金取りの顔だけだということだ。おまけにこれ以上金を借りたりつけを頼んだりするほど強気にもなれない。それに、どうせ隣の店の酒は気に入らない。なぜ俺はここにいるのだと静寂が問いかけ、俺は何をしたのだと虚空がこだまし、なぜわざわざ好き好んで自己破滅的な生き方をしてきたのかとレジの金がくすくす笑い、なぜここまで落ちぶれてしまったかと通路がささやき、そのすべての問いに対する唯一の答えは――広場は何も答えてくれなかった。人気《ひとけ》がないように見えた小さな町も、日が暮れるにつれ、にぎやかになってきた。時折、口髭を生やした将校が重々しい足取りでふんぞり返って歩いていた。ステッキですね当てを叩いている。人々は墓地から帰りはじめているが、しばらくの間葬列が通ることはあるまい。隊列の乱れた連隊が行進をしながら広場を通り過ぎた。ラッパが鳴り響いた。警官たちも――ストライキをやっていない者か、あるいは墓守を装っていた者か、それとも副官たちか、警察と軍とを頭のなかで区別するのもなかなか容易ではない――大挙してやって来た。おそらくドイツ人の友だちもついてくるのだろう。伍長はまだテーブルで書き物をしていた。それを見て領事はなぜか安心した。酒飲みが二、三人、彼の横を通ってファロリートに押し入ってきた。それぞれ房のついたソンブレロをあみだにかぶり、拳銃入れを太股のところにぶら下げていた。荒れ模様の空の下、二人の乞食がやって来て、酒場の外の定位置についた。そのうちの一人は脚がなく、哀れなアザラシのように土ぼこりのなかで体を引きずっていた。だが、片脚の健在を誇るもう一人の乞食は、まるで射殺される瞬間を待つかのように、酒場《カンティーナ》の壁を背にして、ぎこちなくも堂々と立ち上がった。それから、この乞食は前かがみになり、脚のない男が伸ばした手のなかに硬貨を落とした。一人目の乞食の目には涙が浮かんでいた。それから領事は視界の右端に、ラクダくらいの大きさのガチョウに似た不思議な動物と、高足に乗った首のない皮なしの男たちを認めた。彼らはぴくぴく動く内臓を地面に引きずりながら、領事が通ってきた森の小道から飛び出してきた。彼はそれを見ないように目を閉じ、そしてふたたび目を開けると、警官らしき男が馬を引いて小道を歩いてくるのが見えるだけであった。相手が警官であるにもかかわらず、彼は笑い、それから笑うのをやめた。前かがみになっている乞食の顔がゆっくりとセニョーラ・グレゴリオの顔に変わり、それから今度は自分の母親の顔に変わったのである。そこには、このうえない憐れみと哀願の表情が浮かんでいた。

　ふたたび目を閉じ、グラスを手にしてそこに立ったまま、彼は一瞬、おかしくなるほど冷えきった気持ちで、否応なしにやって来る恐ろしい夜のことを考えた。これ以上飲もうが飲むまいが、部屋は悪魔の奏でる交響曲で震え、恐怖と喧噪に満ちた浅い眠りを妨げるように、実際には犬の鳴き声にすぎないいくつもの声、想像のなかでひっきりなしに訪れる集団が自分を呼ぶ声が聞こえるのだ。誰かが悪態をつき、楽器をかき鳴らし、ドシン、バタンという騒音が響き、無礼な悪魔との闘いは続き、雪崩がドアを破壊し、ベッドの下からは何かが突き上げてくる。そしていつも家の外では、叫び声、泣き声、恐ろしい音楽、闇のスピネットが鳴り響いている。彼はカウンターのところに戻った。

「象さん」ことディオスダードが裏口から入ってきたところであった。領事が見ている前で彼は黒い上着を脱ぎ、それを納戸の衣紋掛けにかけた。それから、染み一つない白いシャツの胸ポケットを探り、そこから突き出ているパイプをつかんだ。彼はそれを取り出すと、カントリー・クラブ〈エル・ブエノ・トノ〉の箱から出した煙草をそこに詰めはじめた。いまや領事は自分のパイプのことを思い出した。これだ、間違いない。

「いえいえ、旦那《シ・シ・ミステル》」首をかしげて領事の質問を聞いて、彼はそう答えた。「もちろん《クラーロ》。違うね——私の、そう、パイプ、英国《イングレセ》のじゃない。モンテレイのパイプ。あんた——ああ——あのとき一日、酔ってた《ボラーチョ》。違うかい《ノ・セニョール》」

「そうだが《コモ・ノ》」と領事は言った。

「一日二回」「一日三回酔っ払ってるね」そう言ったディオスダードの顔つき、そこに浮かんだ侮蔑の表情は、彼がどこまで落ちぶれ果てたかを暗示しており、領事の胸に突き刺さった。「それじゃ、もういまはアメリカに帰るんだね」彼はそう付け加えて、カウンターのうしろでしきりに何かを探していた。

「俺が——まさか——何で《ポル・ケ》？」

ディオスダードは突然、輪ゴムでとめてある分厚い手紙の束をカウンターの上にどんと置いた。

「――あんたの?《エス・スーヨ》」男は単刀直入に尋ねた。

ジェフリーファーミン彼女が胸が張り裂ける思いで書いた手紙あの手紙はどこにある? 手紙はここに、ほかならぬここにあったのだ。その手紙は目の前にあり、領事は封筒を確認せずともすぐにそれを了解した。自分の口から出た声が自分のものとは思えなかった。

「ああそうだ《シ・セニョール》、どうもありがとう《ムチャス・グラシアス》」と彼は言った。

「どういたしまして《デ・ナーダ・セニョール》」天の賜物《ディオスダード》はくるりと背を向けた。

無用の櫂が不動の海をいたずらに掻く……《ラ・ラム・イニュティル・ファティガ・ヴェヌマン・ユヌ・メール・イモビル》一分ほどの間、領事はまったく身動きできなかった。酒に手を伸ばすことすらできなかった。それから体を横向きにして、カウンターにこぼれた酒の上に小さな地図を描きはじめた。戻ってきたディオスダードは、興味津々といった顔つきでその様子を見ていた。「スペインだ《エスパーニャ》」と領事は言い、それからうまくスペイン語が出てこないと気づくや、「君《セニョール》、スペイン人なんだろ?」と言った。

「ええ、そうです《シ・シ・セニョール・シ》」とディオスダードは答え、領事をじっと見つめながら、しかし声音を改めて言った。「スペイン人。スペイン出身」

「いまもらったこの手紙はな――いいか――妻から来たもんなんだ、女房《エスポーサ》だよ。わかるか《クラーロ》? 俺たちはここで出会ったんだ。スペインでな。あんたの故郷だから、わかるだろう。アンダルシアは知っているかい? これを上がったそこがグアダルキビル河。その先にシエラモレーナ山脈がある。こっちに下ったところがアルメリアだ。ここ」彼は指でなぞった。「この間にあるのがシエラネバダ山脈。それから、これがグラナダ。ここだよ。まさにここで出会ったんだ」領事は微笑んだ。

「グラナーダね」ディオスダードは、領事の発音とは違う、鋭く強い音でその名を口にした。彼は領事に意味ありげな、いぶかしげに何かを詮索するような一瞥を与え、それからまた領事の前を離れた。気がつくと、彼はカウンターの端で別の一団と話していた。男たちの顔が領事のほうを向いた。

領事は新しい酒とイヴォンヌの手紙を持って、迷路のように入り組んだ奥の部屋に入っていった。以前もこんなふうに、まるで銀行の会計係がいるオフィスのように曇りガラスが張りめぐらされていたかどうか、領事は覚えていなかった。この部屋で、彼は今朝方ベーヤ・ビスタで見たタラスコ人の老女と再会したが、別段驚きはしなかった。丸テーブルの上には、ドミノ牌に囲まれたところに老女のテキーラが載っていた。彼女の鶏がドミノの間で餌をついばんでいた。領事は、それが彼女のドミノなのかどうかと考えた。どこにいても、ドミノを持っていなくてはならないのか？　鉤爪の柄のついた杖が、まるで生き物のようにテーブルの端に引っかかっていた。領事は彼女に近寄り、自分のメスカルを半分飲んでサングラスを外すと、それから手紙の束にかけられた輪ゴムを外した。

――「明日が何の日か覚えていますか？」彼は手紙を読んだ。いや、覚えていない。手紙の言葉がまるで石のように彼の頭のなかにずしりと沈み込んだ。――実のところ、彼は自分の状況が理解できなかった……自分自身から切り離されていながら、同時にそのことをはっきりとわかっていた。手紙を受け取った衝撃で、ある意味で目覚めたのだが、目覚めたと言っても、一つの夢から醒めて別の夢を見はじめたようなものであった。自分は酔っており、しらふであり、二日酔いなのだ。すべてが同時に起こっている。時刻は夕方の六時過ぎなのだが、ファロリートにいるからなのか、それとも電球が赤々と燃えるガラス張りの部屋にこの老女がいるからなのか、ともかくまた早朝に戻っているような気がする。まるで別の国で、別の状況の下で、別の酔っ払いになったみたいだ。周りで起こっているのは、まったく別のこと。彼は、まるで酒のせいで半ば朦朧としながら夜明けに目を覚ました人間のようであった。そして一人でしゃべりまくるのだ。「まったく、俺はどうせこんな人間だよ、ゴホ、ゴホ！」早いバスで妻を見送るはずだったが、もう遅すぎる。朝の食卓には置き手紙がある。

「昨日はヒステリーを起こしてごめんなさい。いくらあなたに傷つけられたと言っても、それが言い訳にならないほど度が過ぎていました。牛乳を取ってくるのを忘れないで」その下には、あとで付け足したかのように次のように書かれている。「あなた、もうこんなひどい生活には我慢ができません。出ていきます――」そして、これが一体全体何を意味しているのかを理解せず、何の脈絡もなく、昨夜誰かの家が焼け落ちたという話を長々とバーテンにしたのを思い出す――それで、どうして自分が住んでいるところのことなんかを彼に話してしまったのだろう。警察にばれるじゃないか――それに、どうしてバーテンはシャーロックなんていう忘れがたい名前なんだ！――それから、ポートワインと水とアスピリンを三錠飲んだら気分が悪くなって、あと五時間待てば店が開くから、そうしたら同じ店に行って謝ってこなければと思う……それより、煙草をどこに置いた？　それに、どうしてポートワインの入ったグラスが浴槽の下に置いてあるんだ？　そして、どこか家のなかで響いたあれは、何かの爆発音なのか？

それから、小部屋の別の鏡に映る責めさいなむような自分の視線と向き合い、領事は一瞬、ベッドから起き上がっていまの状況に至っているのではないかという奇妙な感覚に襲われた。自分はベッドから跳ね起きて、「コリオレイナスが死んだ！」とか「無茶苦茶だ、無茶苦茶だ」とか「そのとおりだ、ああ！　ああ！」とか、あるいは「桶だ、桶、困ったことになっている何百万もの桶」といった無意味なことを口走らなければならないのだ。そして、（こうしてファロリートで静かに座っていながら）ふたたび枕に沈み込んで、己に対するどうしようもない恐怖に打ち震えながら、カーテンのなかに髭と眼球が現われるさまを、あるいはそれが衣装簞笥と天井の間の隙間を埋めつくすさまをじっと見つめ、亡霊のような警官が外の街路を永遠に歩き回るひたひたという足音を聞くのだ――

「明日が何の日か覚えていますか？　私たちの結婚記念日です……あなたのもとを離れてから、何の連絡もありません。あなた、音沙汰がないのが怖いのです」

領事はまた少しメスカルを飲んだ。

「音沙汰がないのが怖いの――音沙汰がない――」

領事はその文章を、同じ文章を、同じ手紙を、すべての手紙を何度も読み返した。その手紙は、海で亡くなった人宛の、船で港に運ばれた手紙のようにむなしかった。文面がまったく焦点を結ばなかったからだ。言葉はぼやけたまま、真意を隠しつづけ、自分の名前だけが目に飛び込んでくる。だが、メスカルを飲んだおかげで、ふたたび自分の状況が見えてきて、言葉の意味を理解する必要はなかった。そこに書かれた言葉が、いまとなっては、己ののっぴきならぬ状況、むなしく身勝手な破滅、いまや自業自得ともいえる破滅を、どうしようもなく証明しているのだということだけがわかっていれば。自分が彼女の胸をどれほど痛めつけたかを示す、いままで冷酷に無視してきたこの証拠を前にして、彼の脳は苦しさのあまり動きを止めていた。

「音沙汰がないのが怖いのです。もしかしたら、とんでもないことになっているのではないかと思って、よくないことばかり想像してしまいます。まるであなたが戦争に行ってしまって、私はあなたからの便りを、手紙を、電報を、じっと待っているような気がして……でも、どんな戦争も、私の心をこれほどの戦慄と恐怖で満たすことはないでしょう。いつもあなたのことを思いながら神に祈っています」――領事は酒を飲みながら、ドミノの老女が自分の注意を引こうとしていることに気づいていた。女は口を開け、口のなかを指差したかと思うと、今度はテーブルを回り込むようにして、さりげなく近づいてきた。――「きっとあなたも私たち二人のことを、二人で築き上げたもののことをいろいろと考えてくれたでしょう。せっかく二人で作り上げたのに、愚かにもその美しいものを二人で壊してしまったこと、だけどあの美しい思い出だけはけっして壊せないことも。昼も夜も、ずっとそんなことばかり考えています。うしろを振り向くと、たくさんの場所でたくさん笑った思い出が目に浮かびます。外に出れば、そこにあなたがいます。夜ベッドにもぐり込むと、あなたがそこで待っていてくれます。愛する人、そしてその人と築く生活以外に、人生に何の意味があるの？　はじめて自殺の意味がわかりました……ああ、世界はなんて無意味で空虚なのかしら！　輝きを失ったつまらない昼間、苦悩に満ちた落ち着かない夜がやるせなく続きます。日が照っても輝くことはなく、月が昇っても光を与えてはくれません。心は灰のように乾き、喉は疲れと涙につぶれています。迷える魂って何かしら？　それは正しい道を外れ、暗闇のなか、記憶のなかにある道を手探りしている魂のこと――」

老女に袖を引かれた領事は――イヴォンヌはエロイーズとアベラールの往復書簡でも読んでいたのだろうか？――手を伸ばして呼び鈴を押した。こんな奇妙な小さな壁のくぼみにも、近代的でありながらどこか野蛮な電動の呼び鈴がついているのを見ると、彼はいつも驚きを禁じ得なかった。しばらくして、怒りんぼノミさんがテキーラの瓶を片手に、シコタンカトルというメスカルをもう一方の手に持って現われたが、二人に酒を注ぎ終わると、そのまま瓶を持っていってしまった。領事は顎で合図をしてテキーラが来たことを老女に知らせ、それから自分のメスカルをほとんど飲み干してまた手紙を読みはじめた。彼は、自分が酒代を払ったかどうか覚えていなかった。――「ああジェフリー、私はいまひどく後悔しています。なぜ先延ばしにしたのかしら？　もう遅すぎる？　あなたの子供がほしい。早く、いますぐにでもほしい。あなたの存在で私のすべてを満たし、震わせてほしい。心の奥であなたの幸福を感じ、この目にあなたの悲しみを映し、そしてこの手であなたの安らぎに触れたいの――」領事は間を置き、いったい彼女は何を言っているのだ、と考えた。それから目をこすり、手探りで煙草を探した。ああ《アラス》。なんてことだ。悲劇の言葉が、まるで自分を貫く弾丸のような音を立てて部屋中に響き渡った。彼は煙草を吸いながら、さらに読みつづけた。「あなたは私のついていけない奈落の淵を歩いています。ふと目を覚ますと、私は暗闇のなかでずっと自分自身と追いかけっこです。永久にあとをつけてきて、立ちはだかるこの自分を憎みながら。私たちがこの悲しみのなかから立ち上がり、ふたたびお互いを求め合い、その唇と瞳のなかに慰めを見出すことができたなら。二人の間に誰が立ちはだかるというの？　誰が二人を邪魔できるというの？」

　領事は立ち上がって――イヴォンヌはたしかに何かを読んでいたのだ――老女に会釈をし、それからまたカウンターのほうに戻った。自分が去ったあとで客が増えたのではないかと思っていたが、まだかなり閑散としていた。実際、二人の間に誰が立ちはだかるというのだろう？　彼はふたたび戸口に陣取った。紛らわしいすみれ色の夜明けに、時折ここにいたものだ。誰が邪魔できるというのか？ふたたび彼は広場を見つめた。隊列の乱れた同じ連隊が、まるで途中で途切れた映画が同じ場面で回りつづけているかのように、いまも広場を横切っているように見えた。伍長は、相変わらずアーチ道の下で曲線的な書体でせっせと書き物をしていて、ランプの明かりだけがともっている。外は暗くなってきた。警官はどこにも見当たらない。だが、峡谷《バランカ》のそばでは、同じ兵士がまだ木の下で眠っている。それとも、あれは兵士ではなくて、何か別のものなのか？　彼は目をそらした。黒雲がふたたびもくもくと沸き上がり、遠くで雷鳴が轟いていた。彼はむっとするような重苦しい空気を吸い込んだが、そのなかにはかすかな涼しさが感じられた。いまだって二人の間に立ちはだかる者などいないのだ、と彼は必死に考えた。いまでも二人を邪魔する者はいないさ。この瞬間、彼はイヴォンヌにそばにいてほしいと思った。彼女を腕に抱き、許しを請いたい、そして許したいと、いままでにないほど強く思った。だが、自分はどこへ行けばいいのか？　いま、どこに行けば彼女に会えるのか？　どんな身分ともわからない変わった家族連れが店の戸口の前を通り過ぎた。先頭にいるのが祖父で、いまだに六時を指している暗い兵舎の時計を見ながら自分の時計を直している。母親は笑いながら肩掛け《レボーソ》を頭の上にかぶり、嵐模様の空について（山の上では、遠く離れて立っている二人の酔っ払いの神様が、空からぶら下げたビルマの銅鑼を延々と鳴らし合って遊んでいるのだと）冗談を言っている。父親は物思いに耽りながら一人で得意げに笑っており、指を鳴らしながら、ピカピカ光る褐色の高級ブーツのほこりを払っている。黒い澄んだ目をした二人のかわいい子供たちは、手をつないで両親の間を歩いている。突然、年上の子供が妹の手を離したかと思うと、青々とした草地の上で何度も側転をやってみせた。皆笑っている。領事はその家族を見るのが嫌になった……やれやれ、ともあれ、消えてくれた。みじめな気持ちで、彼はイヴォンヌがいてくれればいいと思った。いや、いてほしくない。「マリアがほしい《キエレ・マリア》？」うしろから優しい声が響いた。

　はじめのうち、彼の目には均整のとれた娘の脚だけが映った。娘は、うずく肉体のなかに抑制された、悲しみに打ち震えながらも抑えがたい肉欲の力で彼を導きながら、ガラスで仕切られた小部屋を通り抜けていった。部屋は次第に小さく、暗くなっていき、悪臭の漂う闇のなかで悪意に満ちた笑い声が響く殿方《セニョーレス》と書かれた便所《ミンヒトリオ》のそばに、明かりのついていない離れの部屋があった。そこは押し入れほどの大きさで、顔はよく見えないものの、二人の男が腰掛けていて、酒を飲んでいるか何か企みごとにいそしんでいた。

　そのとき、彼は何か途方もなく破壊的な力に駆り立てられているような気がした。自分の行為の当然の結果をまざまざと意識しつつ、その一方で無邪気なほどに無頓着に、用心も良識も捨て去り、けっして取り返しもつかず否定もできぬことをしでかそうとしているのだ。その抗しがたい力に導かれるようにして、彼は庭に出た。そのとき、空に雷光が満ちて、奇妙にも彼の脳裏に我が家のことを、それから先ほど行こうと思っていた〈エル・ポポ〉のことを呼び起こした。もっとも、ここはあそことは反対に暗い場所だ――彼はそのまま開け放たれたドアを出て、中庭《パティオ》に面してずらりと並んだ暗い部屋の一つに入った。

そうか、これぞ愚かにも徹底的な無防備の抵抗だ。いまならまだ止められる。だが、止めるまい。それでも、あの親しき者たち、そのなかの誰かの声がいい忠告を与えてくれるかもしれない。彼はあたりを見回し、耳を澄ませた。淫猥な勃起《エレクティス・ウオリプス》。声は聞こえてこなかった。突然、彼は笑い出した。あの声どもをうまくまいたということか。俺がここにいることは知らないのだ。部屋を照らしているのはたった一つの青い電球だったが、けっして汚い場所ではなかった。一見、学生寮のような部屋だった。むしろ自分のいた学寮の部屋にそっくりだが、こちらのほうが少し広い。同じような大きなドアと本棚がいつもの場所にある。一番上の棚には、開いた本が載っている。片隅には、何の脈絡もなく、大きな軍刀が立てかけてある。カシミール! 彼はその文字を見たような気がしたが、すぐに消えてしまった。おそらく本のなかに見たのだろう。本棚にあるのが、よりによって英領インドに関するスペイン語の歴史書なのだから。ベッドは雑然としていて足跡だらけ、さらには血痕のようなものもついているが、これまた寮の簡易ベッドによく似ている。彼は、その脇にほとんど空になったメスカルの瓶があることに気づいた。だが、床には赤い板石が敷き詰められており、その冷たく強力な圧迫感が恐怖を払拭した。彼は、その瓶のメスカルを飲み干した。二重ドアを閉めながら、もしかしたらサポテク語か、よくわからない言葉で話しかけてきた娘が彼のほうに近づいてきた。よく見ると若くてきれいな娘だった。雷光によって窓に映し出されたその影は、一瞬、不思議なほどイヴォンヌのそれに似ていた。「マリアがほしい《キェレ・マリア》?」娘はふたたび自分から歩み出たかと思うと、その腕を彼の首に回して、彼をベッドに引き倒した。その肉体もまたイヴォンヌの肉体だった。脚も、胸も、激しく脈打つ心臓も。その体の上を滑る彼の指は電気が弾けるのを感じていたが、感傷が作り上げた幻想は消えかけていた。それは、まるで最初からなかったかのように海に沈み込み、海そのものとなった。荒涼たる水平線の上に一艘の黒い巨大な帆船が、はるか彼方、夕焼けのなかに滑り込んでいく。もしかしたら、彼女の体は無で、実体を有しないただの抽象概念、一つの災いにすぎないのかもしれない。強い吐き気を引き起こす悪魔の機械。それは悲劇であり、イヴォンヌが去ったあと、毎朝三時半にオアハカで服を着たまま目を覚ますときの恐怖だった。オアハカ、そしてかつてイヴォンヌと幸せなときを過ごした眠れるオテル・フランシアから夜ごと逃げ出す悪夢。高いバルコニーに出られる安い部屋から、もう一つのファロリートとも言える〈エル・インフィエルノ〉に向かうのだ。暗がりで瓶を探すが、見つからない。洗面台にはハゲタカがとまっている。自分の足音も聞こえず、ホテルの部屋の外は静まり返っている。下の厨房から悲鳴や殺戮の恐ろしい物音が聞こえてくるにはまだ早い――かつて中庭《パティオ》だったがらんとした食堂の巨大な闇だまりに向かって、絨毯の敷かれた階段を下り、絨毯のやわらかな不幸のなかに沈み込み、階段にたどり着いたとき、苦悩に足が沈み込むが、まだ下についたという実感がない――そして、左手奥の冷え冷えとしたシャワー室を思うと、突然の刺すような恐怖と自己嫌悪に襲われる。以前一度だけ使ったことがあるが、それで十分だ――そして、最後の戦慄が静かに近づき、足は災いのなかに沈み込んでいく。（そして、彼はいまやマリア相手にこの災いを貫いている。いま自分のなかで唯一生きているのは、磔《はりつけ》にされたこの焼けるほど熱い悪の器官なのだ――神よ、これ以上の苦しみがあるのか、この苦しみから何かが生まれるはずだが、生まれ出るのは己の死なのだろう。）ああ、愛の悶えはなんと死の苦悶と似ていることか、なんと、愛のそれは、死のそれに近いのだろう――そして足下が、戦慄のなかに、吐き気がするほどの冷たい戦慄のなかに、食堂の闇だまりに沈んでいき、角を曲がるとぼんやりとした明かりが机の上に漂っていて、それから時計――まだ早すぎる――そして書かれていない手紙、書く力もない、それから、カレンダーが永遠に、力なく、二人の結婚記念日を示し、支配人の甥が、メキシコ・シティからの早朝列車を出迎えるために、長椅子で眠り込んでいる。闇がささやき、肌に感触を残し、死を思わせる灰白色の折り畳まれたナプキンが並ぶ仰々しい食堂には、冷たく痛々しいほどの孤独が漂い、苦悩と良心の重みは、かつて生き延びたいかなる人間が背負ったものよりも重い（ように思われ）――喉の渇きはただの渇きではなく、それ自体が苦悩、情欲であり、死、死、死、そしてまた死そのものであり、冷たいホテルの食堂で、半ば独り言を言うようにして待つ死なのだ。もう一つのファロリートたる〈エル・インフィエルノ〉は朝の四時にならないと開かないし、外で待つわけにもいかないから――（そして、自分が貫いているこの災い、災い、己の人生の災い、そのまさに核心部を自分はいま貫き、突き突かれている）――地獄《インフィエルノ》が開くのを待っているのだ。そこの希望の一灯が、やがて口を開けた暗い下水溝の向こうで輝きはじめ、そしてホテルの食堂のテーブルには、よく見ると、水の入った瓶が置いてある――ぶるぶると震えながら、その水の瓶を口に運ぼうとするが、まだ届かない。自分が背負った悲しみのように重すぎて――「お前はここから飲むことはできない」――ようやく唇を湿らすことができて、それから――イエス・キリストからの贈り物に違いない、結局、ずっとついていてくれたのはあの方だったのか――サリナ・クルスから運ばれたフランス産赤ワインが、苦労して開けた痕跡を残しつつ、誰か別の部屋番号をつけて、朝食の準備が整ったテーブルにまだ載っている。（例の甥が見ていないことを確認しつつ）それを両手で捧げ持って、ありがたい霊液《イコル》を喉に流し込む、ほんの少し、つまり、結局のところ自分は堂々たるイギリス人なのだから。そして長椅子に腰を下ろす――心臓は片側だけ温かい冷たい痛みを覚えている――脈打つ孤独の冷たく震える殻に閉じこもる――が、まだかすかにワインの酔いを感じる。まるで沸き立つ氷で胸が満たされているか、赤々と焼けているのに冷たい鉄のかんぬきを胸に押しつけられているかのようだ。というのは、新たに沸き起こり、胸を突き上げる良心が地獄の業火とともに激しく燃えているために、赤々と焼けた鉄のかんぬきなどひんやりするくらいのものなのだ——そして時計はチクタクと時を刻み、自分の心臓は雪で覆われた太鼓のように、チクタクと震えながら脈打ち、時は震え、チクタクと音を立てて〈エル・インフィエルノ〉に向かって鳴り響く——逃げろ！——ホテルの部屋からこっそり取ってきた毛布を頭にかぶり、支配人の甥の前をそっと通り過ぎる——逃げろ！——ホテルの帳場を通り過ぎ、郵便物を確認しようともせず——「音沙汰がないのが怖いの」——（あそこにあるのか？　これは俺なのか？　ああ、己を哀れむ情けない人間に成り下がったものだ）戸口の床で寝ているインディオの夜警の前を過ぎ——逃げろ！——自分もまたインディオのように、なけなしの数ペソを握りしめ、塀に囲まれ、丸石が敷き詰められた冷たい街に出て——秘密の裏道から逃げろ！——薄汚い通りを流れる下水溝と、ぽつんと立っている数本の暗い街灯の前を過ぎて、夜の闇のなかに、棺のような家々が何かの目印のようにしてまだそこにある奇跡のなかに入り込み、うめき、悶えながら崩れかけたみすぼらしい舗道を逃げ下りていくと——そして、愛の悶えはなんと死の苦悶と似ていることか、なんと、愛のそれは、死のそれに近いのだろう！——夜明け前の家々はあまりに静かで、あまりに冷たく、やっと無事に角を曲がると、〈エル・インフィエルノ〉のランプの一つが赤々と燃えており、それがまたファロリートによく似ていて、それから、自分がそこにたどり着けたことにあらためて驚き、壁にもたれてその店内に立って、まだ毛布を頭にかぶったままで、乞食、早朝労働者、薄汚い売春婦、ポン引き、街路の瓦礫や岩屑と大地の底辺に話しかけるが、その実みな自分よりずっと高いところにいて、自分と同じようにここファロリートで酒を飲みながら、嘘をつき、偽りの物語を語っている——逃げろ、逃げつづけろ！——そうこうするうちに死をもたらすべきライラック色の夜明けが訪れる。自分ももう死んでいるべきだったのだ。俺は何をしていたのだ？

領事の目は、ベッドのうしろにあるカレンダーをとらえた。ついに自分の危機が訪れたのだ。持てるものもなく、ついには快楽すらもほとんどなく、そして、自分が見ているのは、もしかしたら、いや間違いない、カナダの風景だ。煌々たる満月の下、一頭の牡鹿が川岸に立っていて、川では男女が樺の皮のカヌーを漕いでいる。このカレンダーは未来を、来月を、十二月を見据えている。そのとき、自分はどこにいるのだろう？　ぼんやりとした青い光の下でも、十二月の日付の横に記された、日々の守護聖人の名前が読み取れる。聖ナタリア、聖ビビアーナ、聖フランシスコ・ザビエル、聖サボス、聖ニコラス・デ・バリ、聖アンブロシオ。雷が呼び起こした風が勢いよく戸口を開け、ラリュエルの顔が戸口に消えていく。

便所《ミンヒトリオ》では、メルカプタンのような悪臭がその黄色い手で彼の顔を叩き、小便まみれの壁からは、招かれざる者たちの甲高い摩擦音のような、自分に向けられた不平の声が聞こえてきた。「やっぱりやっちまった、本当にやっちまったんだな、ジェフリー・ファーミン！　もう俺たちにも助けてやれない……こうなった以上、まだ宵のうちだし、せいぜい楽しむがいいさ……」

「マリア好き？　好き？」という男の声が——先ほど笑っていた男だ——闇のなかから聞こえてきたので、領事は膝を震わせながらあたりを見回した。はじめに見えたのは、ぼんやりと照らし出された泥だらけの壁に貼られているぼろぼろの広告だった。〈ビヒル医院《クリニカ》、男と女の秘密の病気《エンフェルメダーデス・セクレタス・デ・アンボス・セクソス》、泌尿器官《ビアス・ウリナリアス》、精力減退《トラストルノス・セクスアレス》、勃起不全《デビリダー・セクスアル》、夜尿症《デラメス・ノクトゥルノス》、早漏《エミシオネス・プレマトゥラス》、精液漏《エスペルマトレア》、不能《インポテンシア》。666〉昨夜から今朝にかけて行動をともにした万能のビヒルが伝えようとしていたのは、皮肉なことに、まだすべてを失ったわけではないということだったのかもしれない——あいにく、彼はいまごろグアナファアトに向かっていることだろう。領事は、片隅にある便座に座って背中を丸めている、驚くほど醜い男の存在に気がついた。ズボンをはいた足がごみだらけの汚れた床に届かないほど小柄な男であった。「マリア好き?」とその男がふたたびしわがれた声で言った。「私、送ったョ。私、旦那」男は屁をひった。「私の友だちイギリス人、いつも、いつも」「いま何時だい《ケ・オラ》?」と領事は尋ねながら、溝のところでサソリが死んでいるのを見つけて震え上がった。それはきらりと燐光を放ったかと思うと、そのままどこかに消えてしまった。もしかしたら、最初からそこにいなかったのかもしれない。「何時だい?」「ろうじん」と男は答えた。「違う、えーと、じこっくは、まら、ろうじん半ョ」

「時刻は六時半なんだな」「そうだョ《シ・セニョール》。じこっくは、まら、ろうじ半」

606。――きずマラ、なえちん。領事は服を直しながら、ポン引きの男の答えに苦笑した――それとも奴は、文字どおり警察のイヌなのか? それより、さっきじこっくは三時半などと言ったのは誰だったっけ? こっちがイギリス人であることをなぜ知っているのだろうかと彼は思い、笑いを抱えたままガラスで仕切られた部屋を抜け、人が集まりはじめたカウンターを通り過ぎてふたたび戸口のほうに行った――あの男はもしかしたら軍事連合《ウニオン・ミリタル》の手先で、公安部《セグリダー》の便所の椅子に一日中座り込んで、副業としてポン引きをやりながら、囚人たちの会話を盗み聞きしているのかもしれない。あいつに聞いたらマリアのことがわかるかもしれない。もしや――しかし、彼はそれを知りたくはなかった。ともあれ、時刻は正確に教えてくれた。中途半端に明るい警察署《コミサリア・デ・ポリシア》の丸い時計は、まるでいまちょうど針を進めたかのように六時半過ぎを指しており、領事は、遅れている自分の時計を合わせた。かなり暗くなっていた。それでも、先ほどと同じ連隊がまだだらだらと行進しながら広場を横切っているようだった。とはいえ、伍長はもはや書き物をしていなかった。牢獄の外では、一人の衛兵がじっと立ちつくしていた。その背後にあるアーチ道が突然ぱっと明るくなった。向こうにある独房のそばでは、警官の持っているランプの影が塀の上で揺れていた。眠りを思わせるような奇妙な音が夜を満たした。どこかから聞こえる太鼓の音は革命の合図であり、通りの向こうの叫び声は誰かが殺されたことを知らせている。はるか遠くに響くブレーキの音は、苦しむ魂の叫びだ。ギターでかき鳴らされる不協和音が頭上で響いた。遠くで狂ったように鐘が鳴っていた。稲妻が走った。じこっくは、まら、ろうじ半……カナダ、ブリティッシュ・コロンビアの冷たいピナウス湖には、自分の島がある。長い間放ってあるので、月桂樹、ユウレイタケ、野いちご、ヒイラギメギが伸び放題になっている。あのあたりでは、雄鶏《コック》が溺死体の上で鳴くという、奇妙なインディアンの言い伝えがある。それが現実になったときには、なんと恐ろしかったことか！　昔、あたりが銀色に輝く二月の晩、リトアニア領事としてヴァーノンにいたとき、ボートの捜索隊に参加したことがあった。あのとき、退屈した雄鶏が頭をもたげ、甲高い声で七度も鳴いたのだ！　その衝撃的な警告によって何も変わらないように見えたが、雲に覆われた夕焼け空の下、一行が鬱然と岸に向かって船を漕いでいたとき、突然水のなかから何かが突き出ているのに気づいた。はじめは手袋に見えたが、よく目を凝らしてみると——溺れ死んだリトアニア人の手であった。ブリティッシュ・コロンビアはシベリアを上品にしたようなところだが、上品でもなければシベリアでもなく、まだ発見されていない、おそらくは発見されざる楽園なのだ。あの場所こそが答えだったのかもしれない。あそこに帰り、自分の島の上でなくとも、どこかでイヴォンヌとの新しい生活を始めること。なぜいままでそこに思い至らなかったのか？　彼女のほうこそ、なぜそれを思いつかなかったのか？　それとも、彼女が今日の午後ずっと言おうとしていたのはそのことだったのか？　それがようやく半分ほど自分に通じたということなのか？　西にある灰色の小さな我が家。いまになって思うと、こうして立っているまさにこの場所で、何度も同じように考えたことがあるような気がしてきた。だが、やはりいま思うと、少なくともこれだけははっきりしている。自分は、たとえ戻りたくても、もはやイヴォンヌのもとには戻れない。二人で新たな生活を始める希望がふたたび奇跡的に与えられたとしても、これだけ長い間お互いに離れていたことによって生まれたこの不毛な空気のなかでは、とてもそれをつなぎ留めることはできないだろう。何にも増して、残酷なる衛生上の理由だけでも、それは不可能だ。たしかに、そのような理由はまだ動かしがたい根拠を与えられていないにせよ、頭からすり抜けた別の目的のために、厳然とそこに存在しなければならなかった。すべての解決策が、二人の間の許しという万里の長城にぶち当たった。彼はふたたび笑いながら、ほとんど達成感にも近い奇妙な解放感を覚えていた。頭は冴えている。体調も、だいぶよくなったらしい。まるで究極の汚穢《おわい》のなかから力を得たかのようだった。誰にも邪魔されず、気の向くままに残された人生を味わいつくせるような気がした。同時に、ぞっとするほど陽気な気分、ある種の軽率ないたずらっぽい気分が妙な具合に胸に忍び込んできた。彼は、自分のなかに二つの欲求が同時に存在していることに気がついた。徹底的に何もかも忘れてしまいたいという欲求、そして若者のように無邪気に羽目を外したいという欲求。「ああ《アラス》」という声が耳のなかでも響いているようであった。「かわいそうな坊や、本当はそんなこと何にも感じていない、ただの迷い子、家なき子のくせに」

彼ははっとした。いままで気づかなかったが、ちょうど酒場《カンティーナ》の向かい、道の反対側の小さな木につながれた馬が青々と茂った草を食んでいる。その動物に見覚えがあるような気がして、彼はそちらに向かって歩いていった。そうだ——まさに思ったとおり。臀部に押された数字の7の焼印も、あの形の革の鞍も、もはや見間違えようがない。あのインディオの馬だ。最初に見たときは、この馬にまたがって歌を歌いながら日の当たる世界に乗り出していき、それから瀕死の状態で道端に打ち捨てられていた男の馬。彼がその頭を軽く叩くと馬は耳をぴくりと動かしたが、落ち着いた様子で草を食みつづけた——もしかしたら、さほど落ち着いてはいなかったのかもしれない。雷鳴が轟くと、馬は情けない声を出しながら全身を震わせたが、不思議なことにいつの間にかまた元のところに下がっている鞍袋は、これまた不思議なことにもはやチリンチリンという音を発することはなかった。午後の出来事の顚末が、自然と領事の脳裏に像を結びはじめた。さっき目にしたおぞましいものが消えたときに現われたのは、警官がこちらのほうへ馬を引いてくる姿ではなかったか？　あのときの馬がこの馬に違いない。今日の午後、道に現われたのは、あの自警団《ビヒランテ・オンブレス》の男たちだったのだ。そしてヒューにも話したとおり、まさにここパリアンにこそ奴らの根城があったのだ。ヒューがここにいたら、どんなに面白がるだろう！　警察が——ああ、恐ろしい警察が——いや、もっと正確に言えば、と彼は訂正した。本物の警察ではなくて、あの軍事連合《ウニオン・ミリタル》の連中こそが裏にいて、とても正気とは思えない複雑なからくりではあるが、やはり裏にいて、すべての糸を引いているのだ。突然、彼は確信した。まるで、自らのなかに存在する異様に疑り深い錯乱した世界と、この劣った世界との何らかの一致から、突如として、それでいながら影のように、真実が飛び出してきたかのようであった——それは——

「ここで何してる？」《ケ・アセイス・アキ》

「何も」《ナーダ》と彼は言い、メキシコの巡査部長に似た男に微笑みかけると、男は彼の手から手綱を奪い取った。「何も。地球が動くのを見ているんだ。《ベオ・ケ・ラ・ティエラ・アンダ》ちょっと待っていれば自分の家が通りかかるから、《エストイ・エスペランド・ケ・パセ・ミ・カーサ・ポル・》そしたらなかに入ろうと思って」《アキ・パラ・メテルメ・エン・エーヤ》彼はなんとかうまいことあしらった。驚いている警官の制服の留め金を飾る真鍮細工がファロリートの戸口から漏れる光をとらえた。それから警官が向きを変えると、その肩に掛かった帯革もその光をとらえて、まるでバナナの葉のようなつやを放ち、最後にブーツが、同じ光を浴びていぶし銀のように輝いた。領事は笑った。相手を見ているだけで、人類がたちまち救われそうな気がしてくる。彼が陽気なメキシコ流の冗談をおかしな英語で繰り返しながら警官の腕を軽く叩くと、相手は驚き呆れたような顔でぽかんと口を開け、彼の腕のあたりをぼんやりと見つめていた。「地球は動いているらしいから、ここで自分の家が通りかかるのを待ってるんだ」彼は

「やあ《アミーゴ》」と言って、片手を差し出した。

警官はうなり声を発して、領事の手を払いのけた。それから肩越しにいぶかるような一瞥を投げると、馬をさらにしっかりと木につないだ。その一瞥のなかにただならぬ色があることに領事は気づいた。そこには、急いで逃げろと命ずる何かがあった。かすかな胸の痛みを感じつつ、彼はまたディオスダードが自分に与えた一瞥をも思い出していた。だが、領事はとくに深刻な気分でも、逃げ出したい気分でもなかった。さらに、その警官にうしろから追い立てられるようにして酒場《カンティーナ》に連れていかれるときも、その気分に変化はなかった。酒場の先に稲妻が走り、東の空が一瞬覗いて、どこからか押し寄せてくるかのような入道雲が沸き上がっていた。先に立って戸口を抜けた巡査部長が、自分を丁重に扱おうとしていると領事は感じた。警官はさっと脇に退いて、先に行けという仕種をした。「やあ、どうも《ミ・アミーゴ》」と彼は繰り返した。警官は彼を押し入れ、二人は誰もいないカウンターの端に向かって進んでいった。

「アメリカ人か、え?」その警官は、いまや断固とした声で言った。「待て、ここで《アキ》。わかるか《コンプレンデ》、旦那《セニョール》」警官はカウンターの裏に回って、ディオスダードと言葉を交わした。

領事は、自らの振る舞いの申し開きをすべく、親しみのある口調で「象さん」に対して説明を差しはさもうとしたが、うまくいかなかった。象さんは、まるで神経衰弱の治療と称してまた一人女房を殺したばかりだと言わんばかりの気味の悪い顔をしていた。その一方で、たまたま手の空いていた怒りんぼノミさんは、驚くべき寛大さで彼のためにメスカルを一杯注いでカウンターの上を滑らせてよこした。人々はまた彼のほうを見ていた。それから、警官がカウンターの向こうから彼に向かって口を開いた。「あんた、お金払わない、みんな、困ると言ってる」と警官は言った。「メキシコ・ウィスキーのお金――えーと――払わない。メキシコ娘のお金、払わない。お金ないの、え?」

「まさか《ジッカー》」と領事は言った。スペイン語もときどき押し寄せてくるものの、実質的には使いものにならないとわかっていた。「いや《シ》。そんなことはない。金はたくさんある《ムーチョ・ディネーロ》」と彼は付け加え、怒りんぼノミさんへの支払いとして、一ペソをカウンターの上に置いた。よく見ると、警官は首の太い、黒いざらざらした感じの口髭を生やしたいい男で、白い歯を輝かせながら、かなり意識して威張った態度をとっているようであった。このとき、仕立てのよいアメリカ製のツイードの服を着た長身の痩せた男がやって来た。男は陰鬱でいかめしい顔をしており、指の長い、きれいな手をしていた。そして、時折領事のほうに目をやりながら、低い声でディオスダードと警官に何かを話していた。生粋のスペイン人に見えるこの男には見覚えがあり、領事は前にどこで彼と会ったのかを思い出そうとした。警官はその男から離れると、カウンターの上に両肘をついて前かがみになり、領事に話しかけた。「お金、持ってない、しかもさっき私の馬盗んだ」彼は天の賜物《ディオスダード》に目くばせした。「何のためにメキシコの馬《カバージョ》で逃げる？　メキシコのお金払わないためか――え？」

領事は目を丸くして相手を見た。「いや。断じて違う。あんたの馬を盗むはずないじゃないか。ただ見ていただけだよ。見とれていたんだ」

「何のためメキシコの馬《カバージョ》見てた？　なぜ？」警官は、突然心から楽しそうに笑い出し、自分の太股を叩いた――どうやらいい人そうなので、領事も打ち解けた気分になって一緒に笑った。だが、警官のほうもだいぶ酔っているらしく、笑いの意味がいま一つよくわからない。一方、ディオスダードとツイードを着た男の顔は、いずれも暗く、険しいままである。「あんた、スペインの地図描いた」とようやく笑いを抑えた警官はしつこく話を続けた。「スペイン、えーと、知ってるか？」

「もちろんだ《コマン・ノン》」と領事は言った。ということは、ディオスダードは地図の話をしていたんだ。だが、まあそれは悪意のない悲しい行為と言えるだろう。「ああ《ウィ》。実に素晴らしいところだよ《エス・ムイ・アソンブローサ》」おっと、ここはブラジルのペルナンブコではなかった。ポルトガル語を話してはだめだ。「そうです《ヤヴォール》。そのとお《コレクト・》りですよ《セニョール》」と言って、彼は言葉を締めくくった。「ああ、スペインは知っている」

「スペインの地図描いた？　あんた、ボリシェヴィキの一味？　国際旅団のメンバー、問題起こす？」

「まさか」領事は穏やかな口調ではっきりと言ったが、いまや心中ただならぬものを感じていた。

「断じて違うよ《アブソルタメンテ・ノ》」

「だ、ん、じ、て《アブ・ソ・ルタ・メンテ》、だって、え？」警官はまたディオスダードに目くばせしながら、領事の口調を真似た。彼は、いかめしい顔の男を連れて、ふたたびカウンターのこちら側にやって来た。男は、言葉を発するでもなく、酒を飲むでもなく、カウンターの向こうで怒ったようにグラスを拭いている象さんと同じように、ただ険しい顔つきでじっとそこに立ちつくしていた。「なあーるほど」と彼が長く引き延ばした言葉を継いで、「そうかい！」と警官がすさまじく大きな声を上げ、領事の背中をどんと叩いた。「そうかい。それじゃ、こっちに来てもらおうか――」彼は領事を手招きした。「まあ、飲め。まあ、好きなだけ飲め。ずっとあんたのこと探してた」警官は、半ばからかうような、酔っ払ったような大声でそう続けた。「あんた、人殺した。七つの州を逃げ回った。あんたのこと知りたい。ベラクルスで船を乗り捨てたの、知ってる。そうだろ？　あんた、お金あるって言った。どのくらいある？」

領事はしわくちゃの紙幣を取り出し、それをまたポケットに入れた。「五十ペソか。それ足りないかも。あんたどこの人？　イギリス人？　スペイン人？　アメリカ人？　ドイツ人？　ロシア人？　あんた、ユー・エシ・エシ・アールから来たソ連の人？　何してる？」

「私、英語話さない――おい、名前、何？」誰かがすぐそばで大きな声を出した。横を向いた領事の目に入ったのは、また別の警官であった。最初の警官と同じような格好をしているが、こちらのほうが背が低くて顎はがっしりとしており、きれいに髭を剃った青白いぶよぶよの顔のなかで小さな目が残忍そうな光を放っていた。腰にピストルを下げてはいたが、引き金を引く指と右手の親指がなかった。言葉を発しながら彼は卑猥に腰を振り、一人目の警官とディオスダードに目くばせをしていたが、ツイードの男の視線は避けていた。「穴を掘られるぞ《プログレシオン・アル・クーロ》」と彼は続けて言い、領事にはよくわからない何かの理由のためにまだ腰を振っていた。

「この人は町の長官」最初の警官が領事に元気よく説明した。「名前知りたがってる。何て名前？《コモ・セ・ヤーマ》」

「そう、あんた名前は？」と二人目の警官は叫び、カウンターから酒のグラスを取り上げたが、領事を見ずにまだ腰を振りつづけていた。

「トロツキー」カウンターの端から誰かが冷やかし、領事は自分の髭に気づいて赤面した。

「ブラックストーンだ」と彼は重々しい口調で答えた。そうだ、自分はインディオと暮らす覚悟を決めてきたのではなかったか。メスカルをもう一杯受け取りながら、彼はそう自問していた。一つだけ問題があるとすれば、ここにいるインディオたちも思想を持っているおそれがあるということだ。

「ウィリアム・ブラックストーン」

「なぜだ？」と太った警官が叫んだ。彼自身は、ススゴイテアとか何とかという名前らしい。「あんた、ここで何してる？」それから彼は、何から何まで一人目の警官を真似するかのように、同じ尋問を繰り返した。「イギリス人？　ドイツ人？」

領事は首を振った。「いいや。ただのウィリアム・ブラックストーンだ」

「ユダヤ人か？」一人目の警官が聞いた。

「いいや。ただのブラックストーンだ」と領事は首を振りながら繰り返した。「ウィリアム・ブラックストーン。ユダヤ人はめったに酔っ払う《ボラーチョ》ことはない」

「あんた――ああ――酔っ払い《ボラーチョ》か」一人目の警官がそう言うと、一同は笑った――明らかに部下とおぼしき数人の男たちも集まっていたが、領事には一人一人の区別がつかなかった――相変わらず冷淡な顔をしたツイードの男以外は。「この人は、庭園の長」一人目の警官が説明を続けた。「この人は、庭園の長《ヘフエ・デ・ハルディネロス》だ」それから、どこかうやうやしい口吻で「私も長。演壇の長」と付け加えたが、そこにはまるで「自分は演壇の長にすぎない」とでも言うかのような内省的な響きがあった。

「で、私は――」領事は口を開いた。

「まったくの酔っ払い《ペルフエクタメンテ・ボラーチョ》だ」一人目の警官がそう言葉を継ぐと、庭園の長を除く全員がまた大声で笑った。

「で《イ》、私は《ヨ》――」と領事は繰り返した。だが、いったい自分は何を言おうとしているのだろう？　そもそも、ここにいる連中はいったい何者なのだ？　どんな演壇の長で、どこの町の長官で、とりわけどんな庭園の長なのだ？　まさかツイードを着たこの無言の男が、一団のなかで唯一武器を持っていないらしいが、不吉な感じのするこの人物がたくさんある小さな公園のすべての責任者というわけではあるまい。領事は怪しい何かを感じつつも、とりあえずそれぞれの人間をその主張どおりの肩書きと結びつけて考えようとしていた。彼の頭のなかで、この一団は州の監察官と、そしてヒューに話したとおり軍事連合《ウニオン・ミリタル》と結びついていた。どうやら、以前ここの一室かカウンターのところで見たことのある連中だが、これほど間近で接触したことはなかった。しかしながら、とても答えられないあまりに多くの質問があまりに多くの人間から浴びせられるために、このことが何を意味するのかはほとんど頭に浮かばなかった。それでも、自分がこの期に及んで無言で助けを求めている偉い庭園の長が、もしかしたら監察官よりもさらに「格上」らしいことは何とか推測がついた。助けを求められて、彼の顔はさらに邪悪になった。同時に、領事は前にどこでこの男と会ったのかを思い出した。庭園の長は、自分自身に生き写しだった。人生の岐路に立ち、髭もなく、痩せていて、日焼けしていて、真面目な顔をした、グラナダで副領事に就任したころの自分だ。無数のテキーラとメスカルがどんどんと運ばれてきて、領事は誰の酒だろうがお構いなく、手当り次第に飲んでいった。「こいつらは〈愛のなかの愛〉《エル・アモール・デ・ロス・アモーレス》でつるんでいたというだけじゃない」彼はその台詞を繰り返す自分の声を聞いた――これは、今日の午後の出来事をしつこく聞いてくる声に対する返事だったのだろうが、とはいえ、なぜそれを聞かれているのか、彼にはわからなかった――「重要なのは、事件がどんなふうにして起こったかということだ。あの日雇い労働者は――もしかしたら日雇い労働者ではないのかもしれないが――酔っ払っていたのか？　それとも落馬したのか？　ひょっとしたら、泥棒が一度か二度酒をおごったことのある飲み仲間に気づいただけのことかもしれない――」

　ファロリートの外では、雷鳴が轟いていた。彼は座った。命令されたのだ。何もかもがひどく混沌としてきた。店のなかはほとんど満杯になった。客のなかには、墓地からやって来た者もいた。ゆったりとした衣服を着たインディオたちだった。ぼろぼろの服を着た兵士のなかには、ところどころにきちんとした身なりの将校が交じっていた。彼は、ガラス張りの部屋でラッパと緑色の輪縄が動いているのに気づいた。いつの間にか踊り手たちがなかにいた。その黒い長い衣装には、きらきらと光る塗料で骸骨が描かれていた。町の長官は、いまや彼の背後に立っていた。演壇の長もまた立ったままで、右のほうで庭園の長と話をしていた。領事が理解したところによれば、庭園の長はフルクトゥオーソ・サナブリアという名前であった。「やあ、元気かい《ケ・タル》？」と領事は尋ねた。半分背を向けた姿勢で隣に座っている人間にも、どこか見覚えがあった。大学時代に友人だった詩人に見える。その秀でた額の上に金髪が垂れていた。領事は一杯おごろうと申し出たが、この若者はスペイン語で断ったばかりか、はっきりそれを示すべく立ち上がって手で領事を押しのけるような仕種をしたかと思うと、努りの浮かんだ顔を半分背けたまま、カウンターの端に移動していった。領事は傷ついた。彼はふたたび無言で庭園の長に助けを請うような視線を投げた。それに応えたのは、最後通牒を突きつけるかのような、無慈悲とも言える表情であった。このときはじめて領事は、身の危険が手の届くところに迫っていることを感じ取った。サナブリアと一人目の警官が、このうえない敵意を込めて自分の始末を議論していることがわかった。それから、二人が町の長官に何かを伝えようとしていることがわかった。二人は人の間を縫うようにしてふたたびカウンターの裏に回り、いままで彼が気づかずにいた電話のところに行った。不思議なことに、この電話はどうやらちゃんと使えるらしい。もっぱら演壇の長が話をしている。サナブリアはいかめしい顔で立ったまま、何か指示を出しているように見える。長い電話であり、話の中身は、よくはわからないが、どうやら自分に関することらしい。領事は、じりじりと焼けるような不安の苦痛を感じながら、自分がいかに孤独であるかをあらためて思い知った。周りに大勢の客がいるにもかかわらず、そしてサナブリアが何か合図をするたびにかすかに静まる騒音にもかかわらず、そこには孤独が荒海のように広がっていた。マリアの相手をして以来、灰色の荒波を立てる大西洋が眼前に浮かび上がるのだが、いまでは船の帆一つ見当たらない。さっきまでのいたずら心と解放感はすっかり消え去っていた。彼は、イヴォンヌが助けにきてくれることを半ば期待していた自分に気がついた。そして、いまやそれを願っても遅すぎることを、彼女がけっしてやって来ないことを悟った。ああ、たとえ娘としてでもいいから、イヴォンヌが自分を理解し、慰めてくれたら！　いまそばにいてくれさえしたら！　石だらけの原野を、森を、千鳥足で抜けて家路につく自分の手を引いて連れ帰ってくれるだけでもいい――昔、日曜日にインディオの子供たちが酔っ払った父親の手を引いていたように――もちろん、ときどき瓶を開けてチビチビやるのを止めたりもしない。ああ、一人で喉に流し込む熱い液体。どこに行っても、酒がなくては寂しすぎる。自分の人生のなかで最高の幸せを与えてくれたもの！　次の瞬間、ふたたび彼は故意にイヴォンヌのことを忘れていた。いまなら一人でひそかに、たやすくファロリートを抜け出せるかもしれないという考えが脳裏をかすめたのだ。町の長官はまだ話し込んでおり、電話のところにいる他の二人の警官はこちらに背を向けている。だが、彼は動こうとはしなかった。その代わり、カウンターに肘をつき、両手のなかに顔を埋めた。

彼の脳裏には、ラリュエルの家の壁に掛かっていた〈酔いどれども《ロス・ボラチョーネス》〉というおかしな絵がふたたび浮かんだ。だが、今度はやや違った雰囲気を醸し出していた。明らかにわかる象徴性のほかに、もしかしたらこの絵は、その諧謔《かいぎゃく》と同様、画家も意図していない別の意味を持っているのではないか？　絵に描かれた精霊のような人々は、光に向かって昇っていくにつれ、どんどん束縛から解き放たれ、自由になっていくように見え、その特徴のある高貴な顔立ちはさらに鮮明に、さらに高貴になっていく。群がる悪鬼にも似た赤ら顔の人間たちは、闇に向かって落ち込んでいくにつれて次第に似通った姿となり、さらに強く結びついて、まるで一体の悪鬼のようになる。もしかしたら、これは見かけほど滑稽な図ではないのかもしれない。イヴォンヌと出会って高みを目指していたとき、人生の「相貌」はもっと鮮明に、もっと生き生きと見えていたのではなかったか？　敵味方はもっとわかりやすく、特別な問題も、場面も、それにともなって自分自身の現実感覚も、自分とはまったく切り離されたものとして存在してはいなかったか？　そして、自分が落ちぶれていけばいくほど、それらの相貌が次第にぼやけ、飽和した混乱状態のなかに溶けていき、ついには偽りの自己の内と外の、そして自分の闘いの——もっとも、自分がまだ闘っていればの話だが——不気味な戯画にも等しいものと化してしまったのではないか？　そうだ、だが、自分が望み、志向していたとしたら、この物質世界こそは、たとえ幻影であったとしても、共犯者として正しい道を示してくれていたかもしれない。そこでは、あの崩壊していく非現実の声と形に囲まれて落ちていくことはなかっただろう。それは、次第にまとまりゆく死よりも破滅的な死の呼び声となり、だが無限に広がり、無限に進化し、境界を拡張し、そこでは精霊が一つの、完璧な、まったき姿となる。ああ、自らの運命を嘘で固めつつも、人が愛を与えられる理由を誰が知ろうか？　だが、しっかりと現実を見据えなければならない。落ちて、落ちて、そして――それでもまだ底に着いてはいないのだ、と彼はようやく気づいた。まだ完全に終わってはいない。まるで落下の途中で狭い岩棚に引っかかったかのようだった。そこからは登ることも下ることも能わず、半ば呆然と血にまみれて横たわっている。はるか下方では、奈落の口がぽっかりと開いて自分を飲み込もうと待ち構えている。そして、岩棚に横たわる自分は譫妄《せんもう》状態にあり、自分の亡霊に、警官たちに、フルクトゥオーソ・サナブリアに、詩人のように見える別の男に、光る骸骨に囲まれている。部屋の隅のウサギや、汚い床の上の灰と痰にまでも――その一つ一つが、はっきりとは理解できないまでもぼんやりと知覚できる形で、自分の存在の断片に対応しているのではないか？　そして、彼はまたぼんやりと悟った。イヴォンヌの到着、庭の蛇、ラリュエルとの、その後のヒューとイヴォンヌとの喧嘩、地獄の機械、セニョーラ・グレゴリオとの邂逅、手紙の発見、その他もろもろ、今日一日に起こった出来事は、すべて自分がままよとつかんだ冷酷な一束の草、自分が落ちるときに一緒に崩れ落ち、いまなお頭上に降りかかってくる石のようなものだったのだ。領事は、翼の描かれた青い煙草の箱を取り出した。ああ《アラス》！　彼はふたたび頭をもたげた。だめだ、自分はまだここにいる。どこにも飛んでいけない。まるで、黒い犬に背中から乗られ、立ち上がれないように押さえつけられているかのようだった。

　庭園の長と演壇の長は、まだ電話のそばにじっと立っていた。どうやら正しい番号を探しているらしい。もしかしたら、監察官を呼び出そうとしているのかもしれない。だが、もし彼らが自分のことを忘れていたとしたら？――まったく別件で電話をしているのだとしたら？　彼は、イヴォンヌの手紙を読むためにサングラスを外していたことを思い出し、変装するという奇抜な発想が脳裏をかすめ、それをかけてみた。うしろでは、町の長官がまだ夢中になって話をしている。逃げ出す再度のチャンスだ。サングラスもかけていることだし、これほど簡単なことはない。逃げ出せる――ただ、もう一杯飲んでからでないとだめだ。出かける前の一杯。ここに来て、かなりの数の人々がしっかりと自分の回りを固めていることに彼は気づいた。さらにまずいことに、カウンターの隣には、汚いソンブレロをあみだにかぶり、ズボンの下のほうまで弾帯をぶら下げた男がいて、人なつこく自分の腕を抱えているではないか。こいつは便所《ミンヒトリオ》にいたスパイのポン引き。前とほとんど同じく背中を丸め、この五分間ずっと自分に話しかけていたようだ。

「ねえ、旦那」彼はしゃべりまくっていた。「こいつら、あんたや私のためにいるんじゃないネ。こいつら――あんたのためじゃない、私のためじゃない！　こいつら、悪い奴ら……ほんと、旦那イギリス人ネ！」男は領事の腕をさらに強くつかんだ。「ねえ！　メキシコ人ヨ。いつもイギリス人、私の友だち、メキシコ人ヨ。ひどいアメリカ人、どうでもいいネ。旦那のためじゃないし、私のためじゃないし、メキシコ人、いつも、いつも、いつも――え？――」

領事は腕を引っ込めたが、すぐに左にいた国籍不明の男にがっちりとつかまれた。酔って目の据わった、水夫のような男だった。「イギリスの水兵さんよ」男は椅子をくるくる回しながら、単調に言った。「俺、法王の州から来た」その見知らぬ男は大きな声でゆっくりとそう言うと、今度は領事の腕に自分の腕を絡めてきた。「どう思う？　モーゼアルトは聖書を書いた人。あんた、あそこに落ちるためにここにいる。この地上で、人間はみんな平等。そして、平安あれ。平安とは、平和。地上の平和、みんなの平和――」

領事は身を引き離したが、ポン引きの男にふたたび捕まった。助けを求めるかのように、彼はあたりを見回した。町の長官は、まだ話し込んでいる。カウンターの向こうでは、演壇の長がまた電話をかけている。サナブリアはそのすぐ脇に立ち、指示を出している。ポン引きの椅子に押しつけられたような格好で、領事の目にはアメリカ人に見える男が立っており、まるで誰かを待っているかのような様子で絶えず肩越しに横目を使い、誰にともなくしゃべっている。「ウィンチェスターかよ！　馬鹿、それは違うって。わかったよ。そうだ！　黒鳥屋《ブラック・スワン》ってのがウィンチェスターにあってさ。俺は兵舎のドイツ軍側で捕まっちまったんだが、その同じ側に女子校があってさ。女教師がよ、それを俺にくれたんだ。持っていけ。やるよ」

「ああ」とポン引きは言いながら、ずっと領事にしがみついていた。男は、半ば領事越しに水夫に向かってしゃべっていた。「旦那――だいじょぶ？　私、旦那いつも見てるネ。イギリスの旦那、いつも、いつも、だいじょぶ、だいじょぶネ。ごめんネ。この男、私としゃべってる、旦那、いつもネ。彼好き？――金持ちョ。この男――よくも悪くも、だいじょぶネ。メキシコ人かイギリス人、友だちネ。アメリカ人、旦那にも、私にも、悪い奴らネ、いつもネ」

領事は、身動きが取れぬまま、この不気味な連中とずっと飲みつづけていた。あらためて見回してみると、そこには、じっとこちらを見つめている町の長官の小さくて残酷そうな白眼があった。彼は、スパイのポン引きよりももっと朦朧としている無学な水夫が何を話しているのか理解しようとするのをあきらめた。彼は自分の時計を見た。まだ七時十五分前。時間もまたメスカル漬けでぐるぐる巡っているのだ。うがつようなセニョール・ススゴイテアの視線を喉元に感じながら、彼は身を守るかのように、もったいぶって、ふたたびイヴォンヌの手紙を取り出した。サングラスをかけていると、なぜか文面がより鮮明に見える。

「それで、ここの奴らが何でどうなってもだ、神様、いつもお守りくださいってなもんだ」と水夫がどなった。「俺の宗教は、そういう簡単な言葉よ。モーゼアルトが聖書を書いた。モーゼアルトが旧約誓文を書いたんだ。それさえわかってりゃ大丈夫。モーゼアルトは律法家なんだ」

――「あなたがいないと、私は打ち捨てられ、引き裂かれたかのよう。自分からも見捨てられた影のようなの」――

「俺の名前は、ウェーバーってんだ。フランダースで捕まってさ。あんた、俺のこと多少なりとも疑ってんだろうさ。だけど、いま捕まえに来てみろ！――アラバマが出てきたとき、こっちだって飛んできたよ。誰にも何も聞きゃしねえ。あそこじゃ走らねえからな。なあ、もし奴らの首が欲しいなら、行って捕まえな。だけど、もしアラバマが、あれが欲しいってんなら」領事は顔を上げた。ウェーバーというその男は歌を歌っていた。「おいらは、ただの田舎者。何にも知りゃしねえ」男は、鏡に映った自分に向かって敬礼をした。「外人部隊《ソルダ・ドウ・ラ・レジオン・エトランジエール》の兵隊さんよ」

――「そこで会った人たちのことをあなたにお話ししておかなくてはなりません。その人たちの思い出を贖罪の祈りのように目の前に掲げておくことで、消えこそしないものの、いまとても弱くなってしまっている炎を、もう一度、二人で燃え上がらせようという力が湧いてくるかもしれないから」

――「そうさ。モーゼアルトは律法家なんだ。もう議論はやめ。あとは神様、神様。俺は、議論、わけわからない！」

「外人部隊《ドウ・ラ・レジオン・エトランジエール》の――。汝らには祖国がない《ヴ・ナヴェ・パ・ドウ・ナシオン》。フランスこそ汝の母国《ラ・フランス・エ・ヴォートル・メール》。タンジールから三十マイル離れたところで、ドンパチやった。デュポン大尉の命令さ……テキサス出身の大馬鹿野郎。名前を口にするのもイヤだね。石頭の堅物野郎だ」

「――マール・カンタブリコ号！――」

――「あなたは光のなかを歩く運命にある人。いまは白い空から頭を突き出して、違う世界でもがき苦しんでいる。自分では迷ってしまったと思っているけれど、そうじゃない。光の精霊たちは、あなたが嫌だと言っても、どんなに抵抗しても、あなたを助けて救い上げてくれるはず。気でも狂ったと思ってるかしら？　たしかに自分でもそう思うことがあります。自分のなかにある大きな力に抗うのでなく、それをその手でつかみ取ってください。その力はあなたの体のなかにある。魂のなかにはもっと強い力がある。正気を取り戻してください。私を忘れてしまったとき、私を追い出したとき、違う道の上を、いままで歩いたことのない方角に向かって歩き出したときになくしてしまったあの正気を……」

「あいつ、ここの地下のところに向かって、塔から攻撃した。フランス外人部隊の第五大隊。拷問にかけた。外人部隊の兵隊《ソルダ・ドゥ・ラ・レジオン・エトランジェール》さんよ」ウェーバーはふたたび鏡のなかの自分に向かって敬礼し、踵を鳴らした。「太陽が焦がした唇はひび割れるのさ。ああ、ひどい話だ。馬たちはみんな土ぼこりを上げて逃げていく。俺は我慢できない。馬まで攻撃したんだ」

――「きっと私は神の手で作られたもっとも孤独な人間よ。理想的ではないにせよ、あなたにはお酒という仲間がいるけど、私にはいません。このみじめな思いは、ずっと心のなかにしまったままです。よくあなたは助けてくれと叫んでいましたね。私があなたに訴えていることはもっと切実です。助けて、お願い、私を救って。私を取り囲み、脅かし、震わせ、この頭上にいまにもどっと降りかかろうとするすべてのものから、私を救ってちょうだい」

「――聖書を書いた男だ。モーゼアルトが聖書を書いたってことは、しっかり勉強しなくちゃわからない。でも、いいか、俺と考えちゃだめ。俺、頭悪いから」水夫は領事にそう話していた。「あんたもそうだといいね。あんたはいいことになるといいね。俺はひどい目に遭うばかり」そう付け加えたかと思うと、突然絶望したような顔をして水夫は立ち上がり、よろよろと出ていった。

「アメリカ人、私のためじゃない。アメリカ人、メキシコ人のためじゃない。あいつら、間抜け」ポン引きの男は意味ありげにそう言い、水夫の背中を、それから手のひらの上で輝く宝石のような光を放つピストルを吟味しているフランス外人部隊の男をじっと見つめていた。「メキシコ人、みんな。いつもイギリス人、メキシコ人の友だち」男は怒りんぼノミさんを呼び、勝手に領事のおごりと決めつけてさらに酒を注文した。「旦那のためじゃない、私のためじゃない、アメリカの悪い奴ら、どうでもいいネ。メキシコ人、いつもいつもいつも。ネ?」彼はそう言い切った。

「あなたはメキシコの救済を望みますか?《キエレ・ウステ・ラ・サルバシオン・デ・メヒコ》」突然、カウンターの裏あたりにあるラジオが問いかけてきた。「キリストが我らの王になることを望みますか?《キエレ・ウステ・ケ・クリスト・セア・ヌエストロ・レイ》」そして領事は、演壇の長がすでに電話を切っていながら、庭園の長とまだ同じ場所に立っているのに気づいた。

「いや」

――「ジェフリー、どうして返事をくれないの? 私の手紙がそちらに届いていないとしか思えません。プライドを捨てて許しを請います。私もあなたを許します。もはやあなたが私を愛していないなんて、私を忘れてしまったなんて、そんなこととても信じられません。絶対に信じたくありません。それとも、自分がいないほうが私が幸せに暮らせるなどと誤解しているのでしょうか。私が誰かほかの人と幸せになれるよう、自分を犠牲にしているのでしょうか。ねえ、あなた、そんなことがあるはずないことくらいわかるでしょう? 私たちは普通の人たちよりもはるかに多くのものをお互いに与え合うことができるのよ。再婚して、またやり直しましょう……」

――「旦那、ずっと私の友だち。私、旦那と私とこいつの分払う。こいつ、友だち。私の、こいつの」そう言ってポン引きは、間が悪いことにちょうど酒をあおっていた領事の背中を強く叩いた。

「彼、ほしい？」

――「もう私を愛していないのなら、そして私が戻ることを望んでいないのなら、手紙にそう書いて送ってください。音沙汰がないのが怖いのです。音沙汰がないので不安で仕方がなくて、すっかり元気を失っています。いまの生活こそ望んでいたものだという返事でもいい、楽しくやっている、惨めだ、満足だ、落ち着かない、何でもいいから書いて送ってください。私に向かって何を書いたらいいかわからなくなってしまったというなら、天気の話でもいい、私たちの知り合いの話でもいい、いま歩いている通りの話でも、海抜の話でもいいから――ジェフリー、どこにいるの？　あなたはどこにいるの？　ああ、あまりに残酷です。私たちはどこに行ってしまったの？　どれほど遠くに行ったら、いまでも手に手を取って歩いている私たちに会えるの？」――

ここでスパイのポン引きの声が鮮明になり、それを取り巻く喧騒に勝った――まるでバベルの塔だ、さまざまな言葉が飛び交っていると領事は思い、遠くから響く水夫の声を聞き分けながら、チョルーラへの旅行を思い出していた。「旦那が話してる？　それとも私が話してる？　アメリカに日本よくない。アメリカに……よくない《ノ・ブエノ》。メキシコ人、じゅうはち《ディエス・イ・オチョ》。いつもメキシコ人、アメリカのために戦争に行った。ほんと、ほんと、そうネ……私に煙草、私に。私にマッチください。メキシコの戦争、いつもイギリスのためヨ――」

――「どこにいるの、ジェフリー。あなたがどこにいるのかさえわかれば、あなたに必要とされていることさえわかれば、ねえ、もうずっと前にあなたのもとに帰っていたのに。だって、私の人生はもうどうしようもなく、永遠にあなたの人生と結びついているんですもの。私の手を離すことで自由になれるなんて思わないで。自分たちを呪って、究極の生き地獄を味わうだけ。何か別のものを解放して、私たち二人を破滅させるだけよ。怖いのよ、ジェフリー。何が起こったのか、どうして教えてくれないの？　何が必要なの？　そして、ああ、何を待っているの？　愛を放棄することほどひどいことがほかにある？　あなたを抱きしめたくて太股がうずきます。この空っぽの体は、あなたに飢えています。二人の会話がなくて、舌は渇ききっています。あなたに何かあったら、私の心も体も傷つくのです。いま、私の運命を決めるのはあなたなのよ。助けて――」

「メキシコ人働いて、イギリス人働いて、メキシコ人働いて、そうネ、フランス人働くヨ。なんで英語話す？　わたしメキシコ人。メキシコ合衆国に黒人いて――わかるよネ《コンプレンデ》――デトロイト、ヒューストン、ダラス……」

「あなたはメキシコの救済を望みますか《キエレ・ウステ・ラ・サルバシオン・デ・メヒコ》？　キリストが我らの王になることを望みますか《キエレ・ウステ・ケ・クルスト・セア・ヌエストロ・レイ》？」

「いや」

領事は、手紙をポケットにしまいながら顔を上げた。近くにいる誰かが大きな音でバイオリンを弾いていた。古老といった風情の、髭もじゃで歯のない老いたメキシコ人が、背後の町の長官にはやされながら、まさに耳元でアメリカ国歌を奏でていたのだ。だが、老人もまた彼に対してこっそり何かを話しかけていた。「アメリカ人？　こんなとこ、いちゃいけない。こいつら、悪い連中、泥棒《ディス・オンブレス・マロス・カコス》。ここ、悪い人たち。乱暴者《ブルートス》。誰にも、よくない《ノ・ブエノ》。わたしわかる《コンプレンド》。わたし焼き物つくり」老人は顔を領事に近づけて、しつこく話しつづけた。「うちに連れていく。わたし、外で待つから」老人は、かなり調子はずれに激しくバイオリンをかき鳴らしながら、彼のために人垣のなかにできた道を通って行ってしまったが、その老人のいたところ、領事とポン引きとの間に、今度は老女が腰を下ろした。きれいな肩掛け《レボーソ》を羽織ったきちんとした身なりの老女だが、振る舞いは嘆かわしく、しきりに領事のポケットに手を入れてくる。領事は相手が盗みを働こうとしていると思い、その手をいちいち払いのけた。それから彼は、老女もまた自分を助けようとしているのだと悟った。「ここはあんたによくない場所」と彼女はささやいた。「悪い場所。とても悪い《ムイ・マロ》。ここの男、メキシコ人の友だちじゃない」老女が顎で指し示すカウンターのなかには、演壇の長とサナブリアがまだ立っていた。「この人たち、警察じゃない《ノ・ポリシア》。この人たち、悪魔《ディアブロス》。人殺し。あの人、年寄り十人殺した。あの人、年寄り《ビエホス》二十人殺した」老女は落ち着かない様子で肩越しに目をやり、町の長官が自分のことを見ていないかどうか確認すると、肩掛けのなかからぜんまい仕掛けの骸骨を取り出した。老女はそれを怒りんぼノミさんのカウンターの前に置いた。ノミさんは、こっちをじっと見つめながら、マジパンで作った棺桶をかじっていた。「行くよ《バモノス》」と老女は領事にささやいた。ぜんまいの巻かれた骸骨は、カウンターの上で軽快に踊り回ったかと思うと、そのままへなへなと崩れ落ちた。だが、領事はただグラスを持ち上げてみせただけであった。「どうもありがとう、お婆さん《グラシアス・ブエナ・アミーガ》」彼は無表情でそう言った。そして老婆は行ってしまった。そうこうしているうちに、彼を取り巻く会話はさらに狂気じみてきた。ポン引きの男は、水夫がいたのとは反対の側から領事に手をかけていた。ディオスダードは、オーチャスと生《き》アルコールのハーブ茶割りを客に出していた。ガラス張りの部屋からは、マリファナの刺激臭も漂ってきた。「みんな、ここの男と女、ここにいる人、旦那の友だち言ってるネ。ああ、私《メ》、好き好き好き《グスタ・グスタ・グスタ》……旦那も私好き？　私、こいつにいつもおごってるネ」ポン引きは、領事に一杯おごろうとしているフランス外人部隊の男を咎めた。「私の友だちイギリス人！　みんなメキシコ人の友だち！　アメリカ人よくない。アメリカ人メキシコ人によくない。あいつら馬鹿ネ。あいつら馬鹿。何も知らない《ノ・サーベ・ナーダ》。旦那の分は、ぜんぶおごるヨ。アメリカ人じゃないネ。旦那、イギリス人ネ。オーケー。煙草に火つけよか？」

「いや結構だ《ノ・グラシアス》」領事は自分で煙草に火をつけ、意味ありげにディオスダードのほうに目をやった。

そのシャツのポケットからは、領事の別のパイプがまた突き出ていた。「あいにく俺はアメリカ人でね、あんたの侮辱にはほとほとうんざりしているところだ」

「あなたはメキシコの救済を望みますか？《キエレ・ウステ・ラ・サルバシオン・デ・メヒコ》 キリストが我らの王になることを望みますか？《キエレ・ウステ・ケ・クリスト・セア・ヌエストロ・レイ》」

「いや」

「ここにいる連中、馬鹿。どうしようもない奴ら」

「一、二、三、四、五、十二、六つ、七——ティペレールまでの——長い、長い、長い、長い道のり」

「ラムをもう一杯《ノッホ・アイン》——」

「——ソ連共産党員《ボルシエヴィステン》——」

「やあ、こんばんは《ブエナス・タルデス・セニョール》」領事は、電話のところから戻った庭園の長と演壇の長に挨拶をした。

二人は彼の横に立っていた。しばらくして、これといった理由もなしに、二人の間でふたたび不条理な会話が繰り広げられていた。されてもいないかもしれない質問に対する彼なりの答えだけが、なぜか宙を漂っているようであった。そして、ほかの者たちがそれに返事をしたのかと思って振り向くと、そこには誰もいなかった。夕食時となったために、酒場はゆっくりと客を送り出していた。しかしながら、それまでいた客に代わって、すでに見知らぬ一団が入ってきていた。いまや領事は、逃げ出そうとは思わなくなっていた。彼の意志も時間も——最後に確認してから五分と経っていない——麻痺してしまった。領事の目は、見覚えのある顔に留まった。昼過ぎに乗ったバスの運転手だ。すでにへべれけになっており、一人一人と握手をして歩かずにはいられないありさまであった。領事もいつの間にか運転手と握手をしていた。「あんたがたの鳩はどこだい？《ドンデ・エスタン・ブエストラス・パロマス》」と運転手は彼に聞いた。突然、サナブリアが顎で合図をすると、演壇の長が領事のポケットを探り出した。「そろそろ——メキシコ・ウィスキーのお金、払え」長は大声でそう言い、領事の財布を取り出しながらディオスダードに目くばせをした。町の長官は、淫らに腰を振った。「穴を掘られるぞ《プログレシオン・アル・クーロ》——」彼は口を開いてそう言った。演壇の長は、イヴォンヌの手紙の束を取り出した。領事がかけ直した輪ゴムを外すことなく、ちらりと横目でそれを見た。「てめえ《チンガオ》、この野郎《カブロン》」その目がサナブリアの指示を仰ぐと、サナブリアはいかめしい顔のまま、ふたたび黙ってうなずいた。長は領事の上着のポケットから、また別の紙きれと、領事自身持っていることすら知らなかった名刺を取り出した。三人の警官は一斉にカウンターの上に顔を突き出し、その紙きれを読んだ。面食らった領事は、自分でもその書面を読んでみた。

「デイリー・グローブ宛……ロンドン　至急　料金先方払イ　昨日頂点ニ達シタ反ユダヤ主義運動ニ続キ……織物工場主……ドイツ公使館」何だ、これは？「……報ジタ……ユダヤ人……絶対的ナカ……目的ノタメニハ手段ヲ選バ……」ノヲ強調シテイル　ファーミン」

「違う。ブラックストーンだ」と領事は言った。

「名前は何《コモ・セ・ヤーマ》？　フィルミンという名前か。そこに書いてる。フィルミン。ユダヤ人ということか」

「どこに何と書いてあっても構わん。俺の名前はブラックストーンだ。新聞記者じゃないぞ。本当にほんと《ペーロ》、作家、物書き《エスクリトール》だ。経済関係のことしか書かないがな」領事はそう締めくくった。

「身分証どこ？　なぜ証明書持ってない？」演壇の長はそう聞きながら、ヒューの電報をポケットに入れた。「旅券《パサポルテ》どこ？　なぜ変装する必要ある？」

領事はサングラスを外した。庭園の長は、無言のまま、親指と人差し指ではさんだ名刺を冷笑的な態度で突き出した。イベリア・アナーキスト連盟《フエデラシオン・アナルキスタ・イベリカ》とそこには書かれていた。セニョール・ヒューゴー・ファーミン。

「知らないね《ノ・コンプレンド》」領事は名刺を受け取り、それを裏返した。「俺の名前はブラックストーンだ。作家であって、アナーキストじゃない」

「さっか？　お前、反キリスト主義者《アンチクリスタ》か。そう《シ》、お前、反キリスト野郎《アンチクリスタ》だ」演壇の長は名刺をさっと奪い返し、ポケットに入れた。「それに、ユダヤ人」と彼は付け加えた。そしてイヴォンヌの手紙の束から輪ゴムを外すと、親指をなめて封筒をぱらぱらとさばき、ふたたび横目でそれを見た。

「この野郎《チンガール》。どうして嘘つく？」その声は悲しみの響きすら帯びていた。「畜生《カブロン》。なんで嘘つく？　ここにも書いてる。名前はフィルミン」このとき領事は、まだ酒場に残っていたフランス外人部隊のウェーバーの視線を感じた。ウェーバーは、少し離れたところからではあるが、意味ありげにこちらを見つめていたかと思うと、また視線をそらしてしまった。町の長官は、指の欠けた一方の手のひらに載せた領事の時計を眺めながら、もう一方の手でしきりに股の間を掻いていた。「いいか、よく聞け《オイガ》」演壇の長は領事の財布から十ペソ紙幣を抜き取ると、それを丸めてカウンターの上に投げた。「この野郎《チンガオ》」ディオスダードに目くばせをしながら、長は領事のほかの持ち物と一緒にその財布をふたたび自分のポケットに入れた。それから、サナブリアがはじめて彼に対して口を開いた。

「残念だが、牢屋行きだ」彼は英語で素っ気なく言った。それから、また電話のところに戻った。

町の長官は腰を振り、領事の腕をつかんだ。領事はそれを振り払って、ディオスダードに向かってスペイン語で叫んだ。彼は何とかカウンター越しに手を伸ばしたが、ディオスダードはそれを振り払った。怒りんぼノミさんは、急に大声でしゃべりはじめた。隅のほうで突然大きな音がし、一同を驚かせた。ついにイヴォンヌとヒューが来てくれたか。彼は急いで振り向いた。まだ長官には捕まっていなかった。目に留まったのは、どうにもならぬ表情で酒場の床にうずくまっているウサギであった。ウサギはひきつけを起こしたかのように全身を震わせ、鼻に皺を寄せて、何かを咎めるかのように床を蹴っていた。領事は、肩掛け《レボーソ》の老女に目を留めた。老女は彼を見捨てずにそこにいた。悲しげに眉間に皺を寄せて、彼に向かって首を振っている。彼は、ようやく老女がドミノを持っていたのと同じ人物であることに気づいた。

「なぜ嘘つく?」演壇の長はドスの利いた声で繰り返した。「お前の名前、ブラックだと言った。違う《ノ・エス》、ブラック」彼は領事をうしろ向きにドアに向かって押していった。「さっかだと言った」彼はまた領事を押した。「さっかじゃない」彼は領事をさらに激しく押したが、領事は踏みとどまった。「さっかじゃない、お前、スパイ。メキシコで、工作員《スパイダー》は撃つ」軍警察官が数名、じっと様子を窺っていた。あとから来た客たちは散り散りになっていった。野良犬が二匹、酒場のなかを走り回っていた。それに怯えた一人の女が、赤ん坊を抱き寄せた。「さっかじゃない」長は彼の喉元をつかんだ。「お前、アル・カポン。ユダヤ野郎」領事はまた相手を振り払った。「お前、工作員《スパイダー》」

サナブリアがふたたび電話を切ったとき、ディオスダードが音量を最大にしたラジオが、突然スペイン語で叫びはじめた。領事はそれを瞬時に頭のなかで翻訳した。暴風のなか、大声で伝えられる命令のようだ。船を救うことのできる唯一の命令。「文明が我々にもたらした利益は計り知れず、科学の発明と発見に由来するあらゆる階層の富の生産力は無尽蔵です。人をより幸せに、自由に、完全にするために人間の性が生み出したものは、思いもよらぬほどの驚異です。新たな生命の、比類ないほどに美しく、力強い生命の泉。でもそれは、いまだに苦しく野蛮なる営みに従事する者たちの渇いた唇を潤すことはありません」

突然領事は、巨大な雄鶏が爪で床を引っかき、甲高い声で鳴きながら目の前で羽をばたつかせるのを見たような気がした。彼が両手を上げると、鶏は彼の顔めがけて汚物を放った。彼は、戻ってきた庭園の長の眉間を殴った。「手紙を返せ!」彼は演壇の長に向かって叫ぶ自分の声を聞いたが、それはラジオの声にかき消され、すぐにそのラジオの声も雷鳴にかき消された。「この梅毒持ち。このチンポカンポめ。きさまらがあのインディオを殺したんだな。殺しておきながら、それを事故に見せかけたんだ」彼は狂ったように叫んだ。「きさまら、皆グルなんだ。あれから仲間を呼んで、馬まで奪いやがった。書類を返せ」

「書類だと。馬鹿野郎《カブロン》。お前、書類持ってない」背筋を伸ばして演壇の長を見据えたとき、領事はそこにラリュエルの表情らしきものを認め、そこに向かって殴りかかった。それから、また庭園の長のほうを向いて、この人物をも殴った。さらに、町の長官のなかに、午後、ヒューが殴るのを我慢した警官の姿を認め、これも殴った。外の時計がたてつづけに七回鳴った。雄鶏が目の前でバタバタと暴れ、彼の視界を閉ざした。演壇の長が彼の上着をつかんだ。誰かが彼をうしろからつかんだ。抵抗してみたものの、彼は戸口のほうへ引っ張られていった。ふたたび現われた色白の男が一緒になって彼を戸口に追いつめていった。それから、険しい顔でカウンターを飛び越えてきたディオスダードも手を貸し、怒りんぼノミさんはひどく向こうずねを蹴ってきた。領事は、入口近くのテーブルに置いてあった鉈《マチエテ》を取り上げ、激しく振り回した。「手紙を返せ！」と領事は叫んだ。あのいまいましい雄鶏はどこにいる？　首を刎《は》ねてくれるわ。彼はよろめきながらうしろ向きに道に出た。嵐を避けるために、炭酸水《ガセオサ》の載ったテーブルを屋内に取り込んでいた客たちは、固唾を飲んでその様子を見守った。乞食たちが物憂げに振り向いた。兵舎の外の衛兵たちはじっと立ちつくしていた。領事は、自分が何を言っているのかわからなかった。「貧乏人だけだ、神の手によってのみ、きさまらが足蹴にしている者たち、心貧しき者たち、父親を運ぶ老人たち、塵のなかで涙を流す哲学者たちだけだ。もしかしたらアメリカと、ドン・キホーテ――」領事はまだ刃物を振り回していた。これは実はマリアの部屋にあった軍刀なのだと彼は考えた――「きさまらが干渉するのをやめるなら、眠り歩きをやめたら、俺の女房と寝るのをやめたら、乞食と呪われた者たちだけが」鉈《マチエテ》がガランと音を立てて転がった。領事は自分がうしろにひっくり返るのを感じ、そのまま草むらに倒れた。「きさまらが馬を盗んだんだ」彼はそう繰り返した。

演壇の長が彼を見下ろしていた。サナブリアは、黙ってかたわらに立ったまま、いかめしい顔で頬をこすっていた。「アメリカ人だな」と長は言った。「イギリス人め。お前、ユダヤ人」彼は目を細めた。「このあたりで何をしてるつもりだ？　このごろつき《ペラード》め。体によくない。私、二十人撃った」それは脅迫のようでもあり、親しげな内緒話のようでもあった。「やっとわかった――電話でな――この言い方でいいのか？――お前、犯罪者だってな。警察官なりたいのか？　メキシコで警察官にしてやる」

領事はよろめきながらゆっくりと立ち上がった。そのとき、近くにつながれている馬に目が留まった。まさにこのとき、雷光に輝く馬の全体像が鮮明に見えた。手綱がつけられた口元、鉋《かんな》できれいに仕上げられ、うしろにひもが垂れ下がった木製の前橋《ぜんきょう》、鞍袋、革帯の下の敷物、古傷と、光沢をたたえた腰角、臀部に押された数字の7の焼印、酒場《カンティーナ》から漏れてくる光を受けてトパーズのように輝く、鞍の留め金のうしろについた飾り鋲。彼はよろめきながら馬に向かって歩いていった。

「このユダヤ人め、こいつ《チンガオ》、膝から上に風穴を空けてやろうか」演壇の長が彼の襟首をつかんでそう脅し、かたわらに立つ庭園の長はいかめしい顔でうなずいた。領事は相手を振り払い、狂ったように馬勒《ばろく》に突進していった。演壇の長は一歩脇に寄って、拳銃入れに手をかけ、それからピストルを引き出した。彼は空いているほうの手を振って、にわかに集まった野次馬にあっちに行けと合図をした。「膝から上に風穴を空けてやる、この野郎《カブロン》」彼は言った。「このごろつき《ペラード》め」

「俺だったら、そんなことはしないね」領事は振り向きながらそう静かに言った。「それ、コルトの十七口径だろう。だいぶ鉄くずが飛ぶんだよ」

演壇の長は領事を暗いところに押し戻し、二歩前進して発砲した。空を下りてくる尺取り虫のような雷光が走り、よろめく領事が見上げる先に、一瞬、エメラルド色の雪に覆われて光を浴びたポポカテペトルの姿が現われた。演壇の長は、念入りに間隔を計算しつつ、さらに二発発砲した。山の上では雷鳴が轟き、次に手元で轟音が響いた。放たれた馬が棹立ちになった。それから馬は首を振り立て、くるりと向きを変えると、いななきながら森に向かって突進していった。

最初、領事は奇妙な安堵を覚えた。それから彼は、自分が撃たれたことを知った。片膝をつき、それからうめき声を上げながら彼は草むらにうつぶせに倒れ込んだ。「なんてこった」彼はどうしてよいかわからずに声を上げた。「馬鹿げた死に方をするもんだ」

鐘が語りかけた。
悲しい《ドレンテ》……痛い《ドローレ》！

雨が静かに降っている。影があたりを漂い、手を握ってくる。またポケットを探っているのか、助けようとしているのか、それともただの好奇心のゆえか。彼は、自分の命が、まるで臓物のように自分の体を裂いて、やわらかな草の上に流れ出ていくような気がした。孤独だ。皆どこにいるのだ？ そもそも、最初から誰もいなかったのか？ それから、憐れみをたたえた顔が闇のなかに照らし出された。あの老いたバイオリン弾きが彼の上にかがみ込んでいたのだ。「お前さん《コンパニェーロ》――」老人は口を開いた。そして見えなくなった。

まもなく、「ペラード」という言葉が彼の全意識を満たしはじめた。それはヒューが泥棒を呼ぶときに使っていた言葉だった。それを今度は誰かが自分に浴びせたのだ。まるで、一瞬、自分がごろつき《ペラード》に、泥棒になったかのように思われた――そうだ、たしかに訳のわからない雑多な想念をくすねてきたかもしれない。そこから人生を拒絶する気持ちが育ったのだ。そんな抽象概念の上に小さな山高帽を載せ、それを二つ三つかぶり替えて正体を隠してきた。そして、いま、そのなかでもっとも現実的なやつが近づいてきている。だが、誰かが俺を仲間《コンパニエーロ》と呼んでいた。それならいいぞ、だいぶいい。彼は気分がよくなった。頭のなかで渦巻くこのような想念の伴奏のように、聞き耳を立ててようやく聞き取れるほどの音楽が流れてきた。モーツァルトか？　シチリアーナだ。モーゼによる弦楽四重奏曲ニ短調の最終楽章だ。いや、何かの葬送曲かもしれない。グルック作曲の、アルチェステの一節か。だが、バッハみたいなところもあるぞ。バッハだろうか？　遠く十七世紀の英国から聞こえてくるようなクラヴィコードの音色だ。英国。ギターの音も聞こえる。彼方の滝の水音と愛の叫びのような音色に交じるように、かき消されるかのように。

　彼は、自分がカシミールにいるのがわかった。水辺の草地に、スミレとクローバーに囲まれて横たわっているのだ。彼方にはヒマラヤ山脈が見えるが、突然、ヒューとイヴォンヌを伴ってポポカテペトル登山に出発する自分がいた。すでに二人は前を進んでいた。「ブーゲンビリアを摘んでくれないかい？」それはヒューの声だった。それに答えて、「気をつけて」とイヴォンヌが言った。「気をつけてね、ヒュー。刺があるし、どこに蜘蛛がひそんでいるかもわからないから」「メキシコで、工作員《スパイダー》は撃つ」という別のつぶやき声が聞こえた。その声とともに、ヒューとイヴォンヌは消えた。もしかしたら、自分たちはポポカテペトルに登っただけでなく、すでに頂上を越えてだいぶ先に来てしまったのではないかと彼は思った。苦しみながら、彼はアメカメカに向かう手前の山の斜面を一人で登っていた。通気孔のついたスノーゴーグルをつけ、アルペンストックを握り、手袋をはめ、毛糸の帽子を目深にかぶっている。ポケットには、プルーンとレーズンとナッツが詰まっており、一方のポケットからは米を入れた瓶、もう一方のポケットからはオテル・ファウストの案内パンフレットが突き出ている。完全に荷物に押しつぶされている。もうこれ以上先へは行けない。疲れ果て、救いの手もなく、彼は地面に倒れ込んだ。助けられたとしても、誰も助けてはくれないだろう。いまや自分は、善きサマリア人も立ち止まることのない路傍で屍《しかばね》と成り果てるのだ。とはいえ、そんなときにこの声が、この笑い声が耳に響いているのはなぜなのか、わけがわからない。ああ、やっと救助が来た。自分は救急車のなかにいて、救急車は密林を突き抜ける叫び声を上げ、高木限界線を超えて頂上に向かう山道を走っている――頂上へはこういう行き方もあったんだな！――一方で、周りに響いているのは親しい者たちの、ジャックとビヒルの声だ。彼らも大目に見てくれるだろうし、自分の身を案じるヒューとイヴォンヌを安心させてくれるだろう。「愛なしでは生きられない《ノ・セ・プエデ・ビビール・シン・アマール》」と彼らは言うだろう。これですべて説明がつく。そして、彼はこの文句を声に出して繰り返した。いつでも救いの手が近くにあったのに、自分はなぜこれほど世界を憎んできたのか。そして、いま、頂上に着いた。ああ、いとしいイヴォンヌ、許してくれ！　力強い手が彼を持ち上げた。目を開き、彼は下界を見下ろした。素晴らしい密林が、高地が、ピコ・デ・オリサバが、マリンチェが、コフレ・デ・ペローテが見えるはずだ。自分は人生においてあのような頂を次々と制覇し、そしていままでに経験したことのないような、この最高峰への登頂を見事に果たすのだ。だが、そこには何もなかった。頂もなければ、人生も、登頂もない。そして、このたどり着いた頂も、頂と言えるわけではなかった。実体もなければ、確たる基盤もない。それが何であれ、ぼろぼろとこぼれ落ち、崩れ落ち、自分はと言えば、火口にどんどんと落ちていく。何とか登ったはずなのだが、噴火によって噴き上げられた溶岩がしゅうしゅうと恐ろしい音を立てているのが聞こえる。いや、違う、火山ではなく、世界そのものが爆発しているのだ。爆発しながら黒こげの村々を宙に噴き上げ、自分はそのなかを、百万の戦車がうごめく想像を絶する地獄のなかを、燃えつづける一千万もの焼死体のなかを、森に向かって、落ちて、まっさかさまに落ちていく――

突然、彼は叫び声を上げた。その叫びは、まるで木から木へと投げ回されたかのようにこだまとなって響き渡り、それから木々が周りに押し寄せ、彼を哀れむかのように一塊になってその体を覆いつくす……

誰かが彼に続いて死んだ犬を渓谷に投げ入れた。

この庭が好きですか？《レ・グスタ・エステ・ハルディン》
あなたのものですか？《ケ・エス・スーヨ》
子供たちが荒らさないようにご注意ください！《エビテ・ケ・スス・イホス・ロ・デストルーヤン》

解説

本書は、マルカム・ラウリーの長編小説 *Under the Volcano*（一九四七年）の全訳である。底本としては、一九六二年に出たペンギン版を用いた。

作者ラウリーはイギリスの小説家である。一九〇九年、裕福な綿花仲買人の四男としてチェシャー州のニューブライトンに生まれた。八歳のとき、寄宿制の私立初等学校に入学、さらにケンブリッジの近くの私立中等学校に進学した。ハーマン・メルヴィルやジョゼフ・コンラッドの海洋小説を愛読し、海に憧れていた彼は、大学進学を前にして極東への船旅に出た。このときの体験は、本作中に登場するヒューの人物設定のなかに生かされている。またこの船旅の最中にラウリーは多量の酒を飲むようになり、これがのちのアルコール依存症の引き金になったと言われている。言うまでもなく、本作の主人公たるジェフリー・ファーミンのアルコール依存症は、作者本人の体験を元にして描かれている。この船旅ののち、ラウリーは二九年に当初の予定どおりケンブリッジ大学に進学し、勉学のかたわら創作を手がけるようになった。この時期、彼はアメリカの小説家コンラッド・エイケンの影響の下に自伝的小説『群青《ウルトラマリン》』の執筆に取りかかっている。その草稿自体は在学中に完成したが、この小説が最終的に出版されるのは一九三三年のことであった。

一九三四年、ラウリーはユダヤ系アメリカ人のジャン・ゲイブリエルと結婚し、本作の舞台となるメキシコに移り住んだが、この地で彼のアルコール依存症は悪化、二人の結婚生活も破局を迎えた。そののち、四〇年に女優上がりのマージョリー・ボナーと再婚してカナダのブリティッシュ・コロンビア州のドラートンに居を構え、その献身的な介護の下でそれまで書き進めていた『火山の下』を完成させた。もともと彼は、ダンテの『神曲』に匹敵するような作品を書こうとしていたらしく、本作は「地獄篇」に相当するものとして書き始められたらしい。彼は同地でさらに創作にいそしんだが、生きている間に形になった主要作品は、結局先述の『群青』と本作のみである。一九五七年、彼がイギリスのサセックス州に滞在中に死去したのちに出版された作品としては、『おお、主よ、天の住まいより我らが声を聞き届けよ』（六一年）、『選詩集』（六二年）、『我が友が眠る墓のごとく暗い』（六八年）、『ガブリオラへの十月の渡し船』（七〇年）などがある。

ここで、『火山の下』の筋を確認しておこう。舞台が一九三九年に設定されている第一章を除けば、基本的に一九三八年十一月二日（死者の日）の出来事が物語を構成している。（たった一日の物語であるところにジェイムズ・ジョイスの『ユリシーズ』の影響が窺える。）とはいえ、一読しただけでは何が起こっているのか理解しづらいと思うので、以下のあらすじを読んで確認していただきたい。物語を語っているのは全知の語り手だが、章によって視点人物が異なるので、それについても明記しておく。

第一章［視点人物＝ラリュエル］一九三九年十一月二日（死者の日）夕刻。ラリュエルとビヒル医師が一年前のジェフリーの死について語り合う。ラリュエルは翌日メキシコを去ることになっている。ビヒルと別れてからラリュエルはクアウナワク（クエルナバカ）の町をさまよい、ジェフリーとの思い出にふける。雨宿りのため入った映画館で、館主のブスタメンテから、ジェフリーのものであったエリザベス朝戯曲集を渡される。そのなかにはジェフリーがイヴォンヌに宛てて書いたものの投函できずにいた手紙が入っている。読み終わったあと、ラリュエルはその手紙を蠟燭の火にかざして燃やしてしまう。

第二章［視点人物＝イヴォンヌ］一九三八年十一月二日朝七時。イヴォンヌがクアウナワクに約一年ぶりに戻ってくる。オテル・ベーヤ・ビスタのバーで一人で飲んでいるジェフリーに出くわす。二人は近況を語り合いながら家に帰る。

第三章［視点人物＝ジェフリー］朝八時半頃。イヴォンヌとジェフリーは家に着く。イヴォンヌが入浴している間にジェフリーは酒を求めてニカラグア通りに出るがそこで倒れる。心のなかでヒューに語りかけているとイギリス人の男に声をかけられ、アイリッシュ・ウイスキーを分けてもらう。彼は家に戻ってイヴォンヌの部屋へ行くが、さらに酒を飲み、イヴォンヌと仲違いしたまま、ポーチの椅子で眠りに落ちる。

第四章［視点人物＝ヒュー］ジェフリーの家に滞在しているヒューは、ロンドンの『グローブ』紙に電報を送って家に帰ってきたところでイヴォンヌと再会して驚く。二人は近況を話しながら散歩に出かけ、途中の農場で乗馬を楽しむ。通りかかった酒場の壁にもたれてインディオの男が眠っており、数字の7の焼印を押された馬が近くにつながれている。二人は、ジェフリーのこと、彼とイヴォンヌの将来などについて話し合う。

第五章［視点人物＝ジェフリー］午前十一時〜十二時頃。ジェフリーは眠りから覚め、幻聴に悩まされながらまた飲み始める。庭に出て「この庭が好きですか？」という立て札を見る。庭で飲んでいるところを隣人のクインシー氏に見つかる。クインシー氏相手にとりとめのない話をしていると、そこにビヒル医師、ついで散歩から戻ったヒューとイヴォンヌも現われる。ヒューとイヴォンヌはジェフリーの家のプールで泳ぎ始め、ジェフリーはビヒルとアルコール依存症について話す。プールから上がったヒューとイヴォンヌに、ジェフリーはトマリンへ行こうと提案する。気がつくと彼は酩酊して浴室におり、寝室へ移動してベッドに横になる。

第六章［視点人物＝ヒュー］午後一時頃。ヒューがポーチで横になって若き日の思い出に浸っていると、ジェフリーが髭を剃るのを手伝ってくれと頼みにくる。ジェフリーの身支度が済み、三人はトマリンへ出発するが、歩いている途中でラリュエルに出くわし、招かれるままに彼の家に行く。郵便配達夫がジェフリーに絵葉書を届けるが、その葉書は少なくとも一年前、イヴォンヌがジェフリーのもとを去った直後に投函されたものであった。

第七章［視点人物＝ジェフリー］午後一時二十分〜二時頃。ラリュエルの家でイヴォンヌはジェフリーとよりを戻すため話し合おうとするが、和解できずに終わる。ラリュエルの部屋でジェフリーはイヴォンヌに裏切られたことを思い出し、絵葉書をラリュエルの枕の下に隠す。イヴォンヌとヒューは祭りを見るために先に出発、ジェフリーとラリュエルも遅れて出発する。ラリュエルの家の表には「愛なしでは生きられない」というスペイン語が書かれている。ジェフリーとラリュエルがコルテス宮殿に着くと、イヴォンヌとヒューが仲良さそうにしている。ジェフリーがふと気づくとすでにラリュエルはいなくなっており、彼は金をせびりにきた子供たちから逃れるために「地獄の機械」という名の遊具に乗る。遊具から降りると、彼は一人で居酒屋に入る。

第八章［視点人物＝ヒュー］午後二時四十分。ジェフリー、イヴォンヌ、ヒューの三人はトマリン行きのバスに乗っている。途中でメロンを食べている男（ペラード）が乗ってくる。ヒューは路上で倒れている男がいるのを発見し、バスを止める。ヒューたち三人と男性の乗客が二人、バスから降りて見に行くが、イヴォンヌはインディオの服装をしたその男が血を流しているのを見てバスに引き返す。彼らは男を助ける手立てがないかと相談を始める。男のそばにいた馬が、イヴォンヌと散歩したときに見たのと同じ馬であることにヒューは気がつき、ジェフリーもそれを見た気がすると言う。バスが出発しようとしたため彼らはバスに戻る。ヒューはペラードがインディオから金を盗ったことに気がつく。バスはトマリンに着き、三人は闘技場を目指す。

第九章［視点人物＝イヴォンヌ］午後三時半。三人は闘牛を観にトマリン闘技場にいる。けだるい雰囲気のなか、酒を回し飲みしながら、イヴォンヌは女優時代のことなどを回想する。闘技場では一人目の闘牛士が失敗し、ヒューが場内に飛び込んで牛を乗りこなし始める。イヴォンヌはその間にふたたびジェフリーと話し合うが、突然わき起こったヒューへの喝采に気を取られているうちにジェフリーが瓶の酒を飲み干して酩酊してしまい、それ以上話し合いを続けることができなくなる。三人は闘技場を出る。

第十章［視点人物＝ジェフリー］午後五時半頃。ジェフリーは〈サロン・オフェリア〉でメスカルを飲んでいる。ヒューとイヴォンヌはプールで泳いでいる。〈サロン・オフェリア〉の主人が、ジェフリーをカウンターの裏にある聖母像のところへ連れて行く。ジェフリーは祈りを捧げ、プールから上がった二人とともに食事を取る。料理を注文したときに和気あいあいとした雰囲気が漂ったのもつかの間、ジェフリーはヒューと政治について論争を始め、さらに自分に対する二人の態度を批判し、そのまま〈ファロリート〉で飲もうとパリアンへ向かって一人走り出す。

第十一章［視点人物＝イヴォンヌ］午後六時〜七時頃。分かれ道でイヴォンヌとヒューが〈サロン・オフェリア〉を出てジェフリーを探している。嵐が近づいている。イヴォンヌは、パリアンへの近道よりも、途中に二軒の居酒屋のある道のほうを選ぶ。ホテル兼レストラン〈エル・ポポ〉のバーで二人はビールやメスカルを飲む。そこを出て雷鳴の轟く森のなかを急いでいると、何発かの銃声が聞こえるが、ヒューはそれを射撃練習だろうと言う。雨が降り始める。イヴォンヌは倒木にかけられた梯子に上り、馬が走ってくるのに気がついてあわてて下りようとするが、足を滑らせて落ち、さらに7の焼印のある馬にはねられ、星に向かって運ばれていくように感じながら死ぬ。

第十二章［視点人物＝ジェフリー］午後六時〜七時頃。ジェフリーは〈ファロリート〉で飲んでいる。店の主人ディオスダードが彼にイヴォンヌの手紙の束を渡す。ジェフリーがカウンターにスペインの地図を書くと、ディオスダードと彼の仲間たちはジェフリーを疑いの目で見始める。ジェフリーはイヴォンヌの手紙を読み返す。娼婦マリアに声をかけられ、彼は彼女と関係を持つ。その後、警官が引いてきた馬が、昼間見た7の焼印のある馬であることに気がつく。その馬を見ていた彼は、町の長官・庭師の長・演壇の長と名乗る男たちに因縁をつけられる。男たちは、イヴォンヌの手紙をはじめジェフリーの持ち物を調べ、ヒューがその日の朝打った電報の写しを見つける。ジェフリーは暴れて抵抗し、店の外に出たところで演壇の長に撃たれる。音楽が聞こえ、ヒューとイヴォンヌと一緒にポポカテペトルに登っているような幻覚を見、爆発する世界のなかを落下しているような感覚を覚えながら死んでいく。彼の死体に続いて、死んだ犬が渓谷に投げ入れられる。

以上がおおまかなあらすじである。次に、本作の舞台となる一九三八年のメキシコ・クエルナバカの地理的・社会的状況、そしてそれを取り巻く政治環境について説明しておく。

小説の舞台となるクエルナバカ（小説中で使われるクアウナワクという地名は、この町の旧名である）は、メキシコ・シティから百キロほど南にあり、現在では車で一時間ほどで行くことができる。首都からアカプルコ方面に抜ける街道沿いにあって地理的にも重要なうえに、標高二二四〇メートルのメキシコ・シティに対して高度一五五〇メートルと七百メートル近くも低いせいもあって気候は温暖で、アステカの皇帝や征服者コルテスにはじまり、フランス干渉の時代の皇帝マクシミリアンや革命後の実力者カイェスなども、この地に別宅を構えた。

クエルナバカを州都とするモレロス州は、温暖な気候から農業に適した土地として知られ、トウモロコシなどのメキシコの伝統的な農作物に加えて、十九世紀後半からはサトウキビの栽培が盛んとなった。このサトウキビ農園の拡大が伝統的な農村を圧迫したことが、メキシコ革命へと至る反乱の原因となった。エミリアーノ・サパタを中心に巻き起こったモレロスの農民反乱は、北部のパンチョ・ビジャの蜂起とともに、メキシコ革命の時代でももっとも激しいものとして有名である。一九一七年に起草された憲法には、革命に参加した彼ら農民の意向を反映する形で、農地改革の推進などの条文が盛り込まれた。サパタ自身は一九一九年に暗殺されるが、一九二〇年代には州の各地で農地改革が実施され、また二〇年代を通じてサパタ派の元ゲリラ兵士が政府の要職に就くなど、反乱は一定の成果をあげた。

一九三〇年代に入ると、当時の最高権力者カイェス元大統領は自分に親しい人物をモレロス州知事に任じ、農地改革の継続とクエルナバカの観光地としての振興を州経済の中心課題に掲げた。本書の冒頭に出てくるホテル、カシノ・デ・ラ・セルバはこのときの目玉として多くの予算がつぎ込まれた場所である。こうした振興策によってクエルナバカが観光地として整備されていたことも、ラウリーがこの地を訪れた要因の一つとして考えられるだろう。

この小説の舞台となる一九三八年になると、また状況が変わってくる。本文中にもたびたび名前が出てくるラサロ・カルデナスが一九三四年大統領に就任し、カイェス一派を追放したのである。カルデナスは農地改革を積極的に進めたほか、本文に出てくる農地《エヒード》信用銀行（日本でいう農協の金融部門のような、農民を資金面から支援する仕組み）を推進するなど、憲法に盛り込まれた農民重視の路線を積極的に推し進めようとした。こうした左派寄りの姿勢は、保守派や地主・資本家層の反発を招き、また農地改革も必ずしも徹底して行なわれたとは言い難い。とはいえ、この農地改革により農民の間での人気が高まったことはいうまでもない。

農地改革の推進と並んでカルデナスの名を高めたのは、この小説のなかでも扱われている石油の国有化である。メキシコの憲法は、鉱物や石油などの地下資源の国有を宣言していたが、当時のメキシコの石油産業は、革命以前に採掘権を獲得した欧米資本が独占していた。カルデナスは一九三八年の三月に、労使関係のもつれに介入する形で石油産業の国有化を宣言する。このような大胆な政策は諸外国の反発を招き、自国の会社の設備を接収された英米両国はメキシコ産の石油をボイコットするなどの制裁策に出た。結果的には直後に第二次世界大戦が勃発し、両国にとってメキシコを味方につける必要が生じたことと、その後の財政権補償がなされたことで英米両国との関係は正常化に向かっていったが、第四章のヒューの言葉は、一九三八年十一月の時点でのメキシコと英国との冷えきった関係を反映したものである。またこの年、彼は政府与党であった国民革命党をメキシコ革命党に改組し、その後二〇〇〇年まで続くことになる制度的革命党（ＰＲＩ）の長期政権の基盤を作った。

このカルデナス時代、モレロス州においては農地改革の継続のほか、革命前の主産業であったサトウキビ生産を、地主や企業家たちではなく農民主導で行なおうとする試みの一環として、製糖工場が建設された。これに対して観光への投資は切り捨てられ、本文中にもあるようにカシノ・デ・ラ・セルバのカジノは閉鎖された。また、メキシコ革命期最強の農民運動を担ったサパタ派の人々（あるいは革命で戦ったと自称する人々）は、この時期に農地改革以外にもさまざまな形でカルデナス政権の恩恵を受けたとみられる。確実なことはいえないが、十二章に出てくる〈ファロリート〉にたむろし「長」を名乗る人々は、何らかの形で政府に職を得た元ゲリラあるいは政府軍兵士ではないだろうか。ごろつきなのか警官なのかわからない彼らのような人々は、革命の終結から十年以上が経った当時でも、数多くいたのではないかと思われる。

また、この小説のなかには、メキシコ革命直後の文化活動として有名な壁画運動の影が見え隠れする。本文中に出てくるコルテス宮殿の回廊の壁画は、この運動を担った一人であり、またフリーダ・カーロの夫としても知られるディエゴ・リベラが一九二九年から三〇年にかけて制作した作品で、ヨーロッパ人によるメキシコの征服から一九三〇年代当時までの歴史をモチーフにしている。また二七八ページから二七九ページの領事の言葉は、この壁画が当時のアメリカ大使ドワイト・モローの依頼によって製作された経緯を指している。

最後に現在のクエルナバカの様子にふれておこう。一九五〇年以降、メキシコ全体の工業化の流れに沿って、あるいはそれを主導するような形で、クエルナバカ周辺の都市化は急激に進んでいく。ラウリー生誕百年目に当たる二〇〇九年現在、周辺市町村をあわせると人口は七〇万人を数える。これに伴って都市の景観も大いに変化し、小説執筆当時の面影をそのままに残すのは、博物館となっているコルテス宮殿や中央広場、そしてカテドラルなどの歴史的建造物と、街を縦横に巡る急な坂道ぐらいである。しかも、これらのランドマークが当時見る者にどのような印象を与えたのかを考えるには、かなりの想像力が必要である。たとえば、コルテス宮殿の壁画はガラスがかけられ、しかも向かい側に裁判所などが建っているため、領事たちのように下から見上げることはできないし、鉄道は九〇年代半ばに民営化され事実上廃線となって、線路ぎりぎりまで住宅が建ち並んでいる。ラリュエルの「サクアリ」のモデルとなった塔のある建物は、現在 Bajo el Volcan という名前のホテルになっているが、周りの建物の高層化が進んだ今、作品中で感じさせるような存在感はない。

これらの建物のなかで近年もっとも議論を呼んだのが、長らく閉鎖されていたのちにアメリカ系大規模スーパーの手に渡ったカシノ・デ・ラ・セルバである。当初の計画では、老朽化した建物は単に撤去される予定だったが、政府から企業側への土地の譲渡過程の不透明さや文化財保存を訴える市民運動の盛り上がりを受けて計画が一部変更され、ショッピングセンターは計画どおり建設されたものの、その脇に壁画が残る建物を修復したうえで、ディエゴ・リベラやフリーダ・カーロの絵画を展示した新館を併設した美術館が建設されることで決着した。このような様子を見ても、『火山の下』に描かれたクエルナバカの光景は、大規模な都市化を経た七十年後の現在の街にも、ところどころに、ではあるが、確かに見て取ることができる。

この作品は、一人の男の破滅を描いた架空の物語として読むこともできようし、ラウリー自身の生き様を反映した自伝的小説と考えることもできる。また、ジェフリーとイヴォンヌの楽園喪失物語と解釈することもできるだろう。とにかく一筋縄では読み解けない複雑な小説であり、ここで通り一遍の解釈を書き記すのは控えることにしたい。また、作品中には、『聖書』、『神曲』、『失楽園』をはじめ、古今東西の書物、文学作品に対する言及があるが、それらについては、訳文の読みやすさに配慮して注釈を挿入することを控え、できるだけ訳文中に組み込んで説明する形で処理をした。とはいえ、テクスト間相互関連性にまつわる隠し味やからくりをすべて解き明かすことは不可能に近く、本作を専門的に研究してみたい読者諸氏には、その詳細な注釈書たるChris Ackerley and Lawrence J. Clipper, *A Companion to* Under the Volcano, University of British Columbia Press, 1984を参照することをお勧めしたい。

本作の翻訳は、最初から最後まで苦難続きであった。当初、白水社の名編集者・平田紀之氏から本作の新訳を出したいので翻訳者を探してほしいとの依頼を受けたとき、私はよもや自分でその翻訳を手がけることになるとは思ってもいなかった。ひと月後、翻訳者探しがどうなったかとの平田氏の問い合わせの電話に対して適任が思い当たらないと答えたところ、氏は「それは困りましたなあ」と深い声で言った。その声の力に気圧《けお》され、うかつに「もし私でよければ……」と言ってしまったため、この難物との格闘が始まったのである。とはいえ、とても一人で訳せる代物ではないので（ちなみに旧訳は十人がかりで成ったものらしい）、四人のチームを組んで作業を進めた。メキシコ関係とスペイン語を担当してくれた渡辺暁氏の作業だけは順調に進んでいたものの、残りの三人の翻訳のペースが合わず、予定の倍以上の時間がかかってしまった。何より、平田氏の在職中に翻訳を完成させることができなかったことが残念でならない。作業分担を記しておくと、馬渕聖子氏が一〜三章の下訳を、山崎暁子氏が七〜十章の訳を、渡辺氏がメキシコ関係とスペイン語、および「解説」中の背景説明を、私が一〜三章の訳の手直し、四、五、六、十一、十二章の訳を担当した。ひととおり訳が完成したのち、山崎氏と私で訳の相互チェックを行なった。さらに、作業が終盤を迎えたころ、東京大学教養学部四年の廣幡晴菜さんに加わってもらい、全体の訳文チェックと「解説」中のあらすじ説明をお願いした。彼女は、訳文のチェック作業をきっかけとして、本作を卒業論文のテーマに選んだ。まさに魔物に魅入られたといったところだろうか。平田氏のあとを引き継いだ白水社の芝山博氏には、作業の大幅な遅れのために多大なご迷惑をおかけした。この場を借りてお詫びを申し上げたい。また、仕上げの段階で編集を担当してくれた白水社の金子ちひろ氏には本当にお世話になった。彼女は、原文と訳文の細部に至るまで綿密な照合作業をしてくれた。お陰で、それまで不明であった細部の意味、物語中の逸話の対応関係などが次々に明らかになった。まさに見事にこの訳書を磨き上げてくれたのであり、この場を借りて金子さんに心からの感謝を申し上げる。

平成二十一年十二月三十一日

斎藤兆史

訳者略歴

斎藤兆史（さいとう・よしふみ）
一九五八年栃木県生まれ
東京大学大学院総合文化研究科教授
『英語達人列伝』、『英語達人塾』（以上、中央公論新社）、『日本人と英語』（研究社）ほか著書多数
J・バンヴィル『コペルニクス博士』、J・バーンズ『ここだけの話』（以上、白水社）、R・キプリング『少年キム』（晶文社、筑摩書房）ほか訳書多数

渡辺　暁（わたなべ・あきら）
一九七二年東京都生まれ
東京大学教養学部等非常勤講師（スペイン語）
メキシコ現代政治ならびに移民研究
「メキシコ―文民権威主義体制からの民主化と選挙」（吉川洋子編『民主化過程の選挙』所収、行路社、二〇一〇年刊行予定）ほか

山崎暁子（やまざき・あきこ）
宮城県生まれ
東京大学大学院総合文化研究科博士課程単位取得退学
埼玉工業大学人間社会学部准教授
訳書にポール・オースター編『ナショナル・ストーリー・プロジェクト』（共訳、新潮社）ほか

〈エクス・リブリス・クラシックス〉
火山の下

二〇一〇年三月一五日　印刷
二〇一〇年四月一〇日　発行

著　者　マルカム・ラウリー
監訳者 © 斎藤兆史
共訳者 © 渡辺　暁
　　　　 © 山崎暁子
発行者　及川直志
印刷所　株式会社 三秀舎
発行所　株式会社 白水社

東京都千代田区神田小川町三の二四
電話　営業部〇三（三二九一）七八一一
　　　編集部〇三（三二九一）七八二一
振替　〇〇一九〇‐五‐三三二二八
郵便番号　一〇一‐〇〇五二
http://www.hakusuisha.co.jp
乱丁・落丁本は、送料小社負担にてお取り替えいたします。

誠製本株式会社

ISBN978-4-560-09901-8

Printed in Japan

エクス・リブリス

通話

ロベルト・ボラーニョ

スペインに亡命中のアルゼンチン人作家と〈僕〉との奇妙な友情を描く「センシニ」をはじめ、心を揺さぶる14の人生の物語。ラテンアメリカの新たな巨匠による、初期の傑作短編集。

（松本健二訳）

野生の探偵たち（上・下）

ロベルト・ボラーニョ

謎の女流詩人を探してメキシコ北部の砂漠に消えた詩人志望の若者たち、その足跡を証言する複数の人物。時代と大陸を越えて二人の詩人＝探偵のたどり着く先は？作家初の長編にして最高傑作。

（柳原孝敦・松本健二訳）

＊2010年4月中旬刊行予定